ANNE'S BOOKS
5
패트 은빛숲의 집
루시 모드 몽고메리/김유경 옮김

동서문화사

패트 은빛숲의 집
차례

요정의 선물 / 11
은빛숲 / 22
라일락 향기 바람에 날리고 / 32
파슬리 밭에서 아기를 기르고 있어요 / 41
이름은 무엇으로 / 55
헤이젤 고모가 시집가는 날 / 62
아, 정말이지 결혼식이란 / 78
잔치가 끝난 뒤 / 85
'해변가'에서 보낸 하루 / 93
집으로 가는 길 / 104
친구는 좋은 거야 / 112
마법 때문에 / 125
더는 참을 수 없어 / 140
어둡고 괴로운 일주일 / 154
엘리자베스 윌콕스 / 163
기다란 집 / 175
달빛 속에서 / 190
검은 구름 아래서 / 199
난 왜 이렇게 못생겼을까요? / 214
바닷가에서 생긴 일 / 229

헤이젤 고모네 집 / 242
진정한 아름다움 / 261
사라진 꿈 / 275
편지 / 288
조 오빠의 가출 / 295
위독한 패트 / 309
첫사랑 / 319
사랑과 우정 / 329
4월 / 340
빼앗긴 친구 / 347
쓰라린 나날 / 356
은빛숲이여 안녕 / 361
검은 숭배자 / 368
에이버그웨이트 거리 / 379
그림자 / 385
은빛숲의 딸들 / 398
위니 언니의 결혼식 / 408
울며 웃으며 / 418
요르단 강가에서 /424

요정의 선물

1

"아, 빨리 파슬리 밭을 뒤져보아야겠구나." 주디 아주머니가 말했다. 주디 아주머니는 깔개의 무늬를 만드는 데 쓰려고 위니의 빨간 크레이프 드레스를 가느다랗게 자르고 있는 중이었다. 주디 아주머니는 가드너 부인을 은근히 위협해 의도했던 대로 이 드레스를 교묘하게 가로챘기 때문에 매우 기뻐하고 있었다. 가드너 부인은 위니에게 이 크레이프 드레스를 여름 한철 더 입히려 했었다. 다른 것이라면 몰라도 빨간 크레이프 드레스만큼은 파슬리 밭에서 주워올 수 없을 것이다.

주디 아주머니는 어떻게 해서든지 이 드레스를 갖고 싶어했다. 지금 헤이젤 고모를 위해 짜고 있는 호화로운 깔개의 무늬는 장미꽃인데, 볼록 솟아오르게 수놓을 장미의 안쪽 꽃잎에 이 드레스 색이 딱 맞았던 것이다. 이 깔개는 가장자리에 금갈색의 소용돌이 무늬를 두르고, 한가운데에 이 세상에는 없을 빨강과 자주색 장미송이들이 무리 지을 것이었다.

주디 플럼 아주머니의 코바늘 뜨기 깔개는 유명했다. 특히 주디 아주머니는 이번에 짜는 것을 대단한 걸작으로 만들려고 단단히 마음먹고 있었다. 헤이젤에게 결혼 축하 선물로 주려는 것이었다. 그야 물론 헤이젤 고모가 결혼할 올여름 이야기이긴 하지만. 그동안 헤이젤이 꽤나 까다롭게 신랑감을 골랐으므로 이제 그만하면 결정할 때가 되었다고 주디 아주머니는 생각했다.

곁에서 매우 재미있다는 듯 바라보고 있는 패트는 그것이 헤이젤 고모에게 선물할 것이라는 것밖에는 몰랐다. 그리고 또 한 가지, 주디 아주머니는 '은빛숲'에 닥칠 어떤 사태에 대해서도 전혀 몰랐으므로 패트에게 미리 마음의 준비를 시켜야겠다고 생각했다. 온 집안 사람들에게서 7년 동안이나 극진한 사랑을 받아온 패트는 자기를 대신할 사람이 나타난다면 대체 어떤 기분일까.

주디 아주머니는 '은빛숲'의 모든 사람들에게 깊은 애정을 가지고 있었다. 특히 패트를 무척이나 귀여워했다. 그래서 이번 일에 관해서 깊이 걱정하고 있었던 것이다. 패트는 모든 일에 대하여 너무 진지했다. 주디 아주머니 말대로 '애정이 지나치게' 많았다.

그날 아침만 해도 커다란 소동이 일어났었다. 패트가 오랫동안 입었던 자주색 스웨터를 주디 아주머니가 장미꽃 무늬에 쓰겠다고 했기 때문이다. 그 스웨터는 이제 패트에게는 너무 작아서 꼭 낄 뿐만 아니라, 좀 미안한 얘기지만 언뜻 보기에도 볼품이 없어 보였다. 그런데도 패트는 어떻게 해서든 한 해를 더 입겠다고 우겼다. 패트의 맹렬한 반대에 부딪혀 주디 아주머니도 어쩔 수 없이 포기해야만 했다.

옷에 관한 일이면 패트는 언제나 그랬다. 입는 동안에 정이 듬뿍 들어서 도저히 봐주지 못할 때까지 입었다. 새 옷을 무척이나 싫어했다. 그러나 그런 새 옷도 2, 3주일 입는 동안에 어느새 강한 애착을 품는 것이었다.

"정말이지, 애는 유별나다니까." 주디 아주머니는 고개를 절레절레 흔들면서 중얼거렸다. 그러면서도 만약 다른 사람이 패트에 대해 그렇게 말했다면 아마도 패트를 감싸주기 위해 그에게 온갖 비난을 퍼부었을 것이다.

"패트가 유별나다는 게 무슨 뜻이지요?" 패트의 오빠인 시드가 달려들 듯이 되물었다. 귀여운 여동생을 유별나다고 한 데에 기분이 상했던 것이다.

"패트가 태어나던 날, 레프리콘(아일랜드의 요정)이 초록색의 작은 장미 가시로 그 애를 찔렀기 때문이지." 주디 아주머니는 수수께끼 같은 대답을 했다.

주디 아주머니는 레프리콘이나 번시(집에 죽은 사람이 있을 때 큰소리로 울어서 그것을 알리는 요정), 켈피(물귀신) 등 이상한 요정에 관해 많은 것을 알고 있었다.

"그래서 그 애는 다른 사람과는 달라. 하지만 꼭 나쁜 것만은 아니야. 패트에게는 다른 사람에게는 없는 장점도 생길 테니까."

"어떤 장점이요?"

"그 애는 누구보다도 사람이나 사물을 사랑하게 될 거야. 그것이 그 아이에게 커다란 기쁨을 가져다주겠지. 그러나 기쁨이 큰 만큼 가슴아픈 일도 많을 거야. 요정의 선물이란 그런 것이지. 좋은 점도 있는 반면에 나쁜 점도 있는 법이거든."

"그런 정도밖에 안 된다면 레프리콘도 별것 아니로군요."

시드가 업신여기며 말했다.

그러자 주디 아주머니는 두려워 벌벌 떨면서 말했다.

"쉬잇! 누가 듣겠다. 패트는 그뿐만이 아니야. 그 아이는 특별한 것을 볼 수 있지. 밤에 몇백 명이나 되는 마녀가 뒤에 검은 고양이를 거느리고 빗자루를 타고는 숲이나 첨탑 위를 날아다니는 것이 패트에겐 보이거든. 어때, 굉장하지?"

"헤이젤 고모가 그러는데 마녀 따위는 없다던데요? 그리고 특히 프린스에드워드 섬에는 없다고 그랬어요."
"아무것도 믿을 것이 없다면 이 세상에 어떤 즐거움이 있겠니? 프린스에드워드 섬에는 없을지도 모르지만, 아일랜드에는 지금도 엄청나게 많이 있어. 우리 할머니도 마녀였는걸."
"그럼, 아주머니도 마녀예요?"
시드는 용기를 내어 물어보았다. 그것은 전부터 알고 싶었던 것이었다.
"내 몸 속에도 얼마쯤은 마녀의 피가 흐를지 모르지만 완전한 마녀는 아니란다." 주디 아주머니는 뭔가 의미가 있는 것처럼 대답했다.
"레프리콘이 패트를 장미 가시로 찔렀다는 게 정말이에요?"
"정말이냐고? 요정이 하는 일에 정말이고 아니고가 어디 있어? 그 애가 유별난 것은 여러 가지 피가 섞인 탓인지도 모르지. 프랑스, 영국, 아일랜드, 스코틀랜드, 게다가 퀘이커 교도(17세기에 창시된 그리스도교의 한 종파로 절대평화주의를 부르짖음)의 피까지 섞였으니까."
"그렇지만, 그런 건 모두가 이미 옛날 일이잖아요. 지금은 그냥 캐나다 사람이라고 톰 삼촌이 그러던데요."
주디 아주머니는 벌컥 화를 냈다.
"그래, 나보다 톰 삼촌이 많이 알 것 같으면 어째서 이렇게 성가시게 물어대는 거지? 자, 어서 가, 가라구. 그렇지 않으면 엉덩이를 때려줄 테니."
"마녀라든가, 요정 같은 것은 없어요."
시드는 주디 아주머니의 성화를 부채질했다. 아주머니를 화나게 하는 것은 재미있었다.
"호오, 그렇습니까? 아일랜드에도 그런 말을 했던 사람이 있었지. 그 남자는 요정 따위는 없다고 큰소리쳤어. 그런데 어느 날 밤에 전혀 엉뚱한 곳에서 요정들과 딱 마주친 거야. 그래서 엄청난 일을 당했다던가, 아마?"
"어떤…… 어떤 일을 당했는데요?"
시드가 궁금해서 안달을 했다.
"무슨 일을 당했건 그건 아무래도 상관없어. 오히려 모르는 게 나아. 그 사람은 다시는 옛날 모습으로 돌아갈 수 없었다거든! 그 뒤로는 마녀나 요정들에 대한 이야기는 전혀 하지 않게 되었다는 거야. 다만, 이것만큼은 일러 두겠는데, 혼자 있을 때에도 소리내어 말할 때는 늘 조심하는 게 신상에 좋을걸, 요 장난꾸러기 시드야."

2

주디 아주머니는 자기 침실에서 깔개를 짜고 있었다. 부엌 바로 위에 있는 그 방은 '은빛숲'의 아이들에게는 엄청난 매력을 지닌 방이었다. 벽과 천장에는 매끄러운 판자를 대었고, 거기에 주디 아주머니가 말끔하게 회반죽을 칠했다. 커다란 침대에는 전나무 무늬의 두꺼운 이불이 깔려 있었다. 주디 아주머니는 깃털 이불을 무척이나 싫어했으며 매트리스 따위는 지옥의 악마가 발명한 것이 틀림없다고 말하곤 했다.

베갯잇에는 가장자리에 고비늘로 찐 파인애플 레이스가 장식되어 있었고, 커다란 누비이불에는 수많은 명사의 서명이 수놓아져 있었다. 몇 년 전에 지역의 상류사회 부인회에서 만든 것을 주디 아주머니가 산 것이었다.

"문득 잠에서 깨어났을 때, 이불에 이름이 쓰인 사람들은 이미 지하에 묻혀 있는데, 나만 이렇게 건강하게 살아서 펄펄 날아다닌다고 생각하면 기분이 아주 좋아지거든." 주디 아주머니는 이렇게 말하곤 했다.

'은빛숲'의 아이들은 자라서 꽤 클 때까지 주디 아주머니와 함께 잠을 자면서 이불에 쓰인 이름의 주인공에 대한 얘기와, 이제는 잊혀진 오랜 전설 따위를 듣는 것을 매우 좋아했다. 주디 아주머니는 그런 이야기를 엄청나게 많이 알고 있었으며, 또 아는 게 없을 때는 직접 지어내기도 했다. 주디 아주머니는 놀랄 만큼 기억력이 좋은 데다가 줄거리를 재치 있게 연결시켜 극적인 효과를 거두는 요령도 터득하고 있었다.

주디 아주머니가 해준 이야기들이 모두가 유익한 것만은 아니었다. 꺼림칙한 유령이나, 진짜 사람을 죽이는 이야기 따위를 끝없이 해주는 바람에 아이들이 무서워서 어떻게 잘못 되지 않은 것이 이상할 정도였다. 아이들은 그저 기분 좋은 스릴에 소름이 돋는 정도였는데, 그것은 그 이야기들이 지어낸 것임을 알기 때문이었다. 그러나 지어낸 이야기라도 전혀 상관이 없었다.

매일 밤, 주디 아주머니는 진짜 숨도 쉬지 못할 만큼 재미있는 부분에서 이야기를 끝내버리는 습관이 있었는데, 그런 재주는 연재물 작가를 뺨칠 정도였다. 패트가 특히 좋아했던 것은 어떤 죽은 남자의 시체가 팔뚝은 다락방에, 머리는 지하실에, 그리고 척추 뼈는 음식 창고의 항아리 속에서 발견되었다는 이야기였다.

"오싹오싹해지는 게 뭐라고 말하기 힘들 만큼 재미있어요, 아주머니." 패트는 말했다.

주디 아주머니의 침대 옆에는 코바늘로 짠 테이블 덮개가 깔린 작은 테이블이 있었고, 그 위에는 하트 모양의 구슬 바늘꽂이와 조개 껍질로 무늬를 넣은 상자가 놓여 있었다. 상자에는 '은빛숲'의 아이들 모두의 빠진 이와 머리칼이 소중하게 보관되어 있었다. 또 호주산 면도날 조개와 실을 매끄럽게 하는 밀랍도 들어 있었다. 그 밀랍에는 '해변가'집의 한나 외증조할머니 얼굴에 생긴 주름처럼 촘촘한 십자 주름이 수없이 새겨져 있었다.

성경책과 《실용백과》라는 작지만 두꺼운 밤색 책도 놓여 있다. 이

책 덕분에 주디 아주머니는 놀랄 만큼 유식했다. 읽을 책이라고는 이것 한 권뿐이었다. 책보다도 사람 쪽이 훨씬 재미있기 때문이란다.

천장 여기저기에는 쑥이나 서양 톱풀, 그리고 약초 등을 말려 다발 지은 것이 매달려 있어서 달 뜨는 밤에는 형언할 수 없는 이상한 기운이 감돌곤 했다.

벽 가장자리에 놓인 커다랗고 푸른 상자는 30년 전에 주디 아주머니가 고향인 아일랜드를 떠날 때 가져온 것인데, 주디 아주머니는 기분이 매우 좋을 때면 속에 든 것을 보여주곤 했다. 상자 속에는 희한한 것들로 가득 차 있었다. 젊은 시절에 주디 아주머니가 조금이나마 세상을 돌아다녔던 흔적이었다.

아일랜드에서 태어나 10대 때는 죽 '성(城)'에서 일을 했다는 주디 아주머니의 말을 듣고 '은빛숲'의 아이들은 눈을 동그랗게 떴다. 그 뒤로는 영국에서 일을 했으며, 그러다가 방랑벽이 있는 오빠가 호주로 가자는 바람에 주디 아주머니도 따라나섰다고 한다.

호주도 마음에 들지 않았는지 오빠는 캐나다로 와서 프린스에드워드 섬에서 2, 3년쯤 정착했었다. 그 무렵의 '은빛숲'에는 패트의 할아버지, 할머니가 살고 있었다. 그곳에 주디 아주머니가 일하러 왔던 것이다. 주디 아주머니의 오빠가 프린스에드워드 섬을 떠나 클론다이크로 가자는 말을 꺼냈을 때 주디 아주머니는 "오빠 혼자 가세요"라며 거절했다. 주디 아주머니는 이 섬이 마음에 들었던 것이다. 지금까지 살았던 그 어떤 곳보다도 고향 같은 느낌이 들었던 데다가 '은빛숲'과 가드너 집안에 깊은 애정을 품게 되었기 때문이다.

그 이후로 주디 아주머니는 '은빛숲'에 눌러앉고 말았다. 패트의 아버지인 '꺽다리 앨릭'이 신부를 맞을 때도 이곳에 있었고, 모든 아이들이 태어날 때에도 함께였다. 주디 아주머니는 이곳 '은빛숲'의 토박이였던 것이다. 주디 아주머니가 없는 '은빛숲'이란 도저히 생각할 수 없었다. 주디 아주머니가 옛날 얘기나 전설 이상으로 해박한 것은 이 집안의 역사인데, 그에 대해서만큼은 당사자인 가드너 집안의 누구 한 사람도 대적하지 못했다. 아주머니는 결혼하려 했던 적은 한 번도 없었다. 언젠가 패트에게 이런 이야기를 한 적이 있었다.

"나도 딱 한 사람, 나를 좋아해주는 사람이 있었단다. 어느 날 밤, 내 방 창문 밑에서 세레나데를 부르기에 비눗물을 냅다 뿌렸지. 그래서 사랑이 식었던 모양이야. 그 뒤로는 오지 않았으니까."

"아주머니, 많이 실망했겠네요?"

"조금도 실망하지 않았단다, 나의 귀여운 아가씨. 그런 바보 같은 사람 따위는 딱 질색이야."

"아주머니, 그럼 지금이라도 결혼할 생각이 있으세요?"

패트는 걱정이 되었다. 주디 아주머니가 시집을 가버리면 큰일이었다.

"무슨 소리! 내가 말이냐? 이렇게 머리가 하얗게 센 할머니인걸."

"아주머니 나이는 몇 살이에요?"

"그런 것을 묻는 것은 실례란다. 나는 말이야, 내 혀와 동갑이고, 이빨보다 조금 나이가 많단다. 내가 시집갈지도 모른다는 걱정은 하지 않아도 돼. 시집을 가도 고생, 가지 않아도 고생이라면 내게 익숙한 고생을 하는 편이 나으니까."

"아주머니, 나도 절대 결혼하지 않을래요. 결혼하면 이곳 '은빛숲'에 있을 수가 없잖아요. 그런 건 싫어요. 시드도 나도 언제까지나 이곳에 있을 생각이에요. 아주머니도 같이 있어줄 거죠? 네, 아주머니? 그리고 치즈 만드는 법도 가르쳐 주고 말이에요."

"치즈라고 했니? 치즈라면 이젠 다들 공장에서 만든단다. 프린스에드워드 섬에서 아직도 치즈를 만드는 농장은 '은빛숲'뿐이니까. 내가 치즈를 만드는 것도 올여름이 마지막이 될 거야."
"아주머니, 치즈 만들기를 그만두면 안 돼요! 언제까지나 언제까지라도 만들어야 해요, 네? 부탁이에요, 아주머니."
"그러자꾸나. 네 아버지도 공장에서 만든 치즈에는 손으로 만든 치즈의 감칠맛이 없다고 늘 말해왔으니까. 공장 치즈가 맛있을 턱이 없지. 남자들이 치즈를 만드니, 치즈에 대해 뭘 알겠어? 처음 이곳에 왔을 때에 비하면 세상도 참 많이 달라졌어!"
"나는, 뭔가가 변하는 것이 제일 싫어요."
패트는 금방이라도 울음을 터트릴 것 같았다. 주디 아주머니가 더 이상 치즈를 만들지 않는다고 생각하면 끔찍했다.

치즈를 만들려면 우유에 주디 아주머니가 레네트라고 부르는 응고효소를 넣어서 하룻밤을 재워두고 나면 하얗고 깨끗하게 엉겨붙는데 그것을 바퀴 모양 틀에 채우고, 그러고는 '교회 헛간' 옆에 둥근 회색 돌로 눌러놓는다. 그런 다음 다락방에서 오랫동안 말리면서 커다란 금빛 달 같은 치즈가 부드러워지기를 기다린다. 달 모양의 커다란 치즈 가운데 오직 하나 작은 것이 들어 있는데 그것은 특별한 모양의, 패트를 위한 치즈였다.

아직도 집에서 치즈를 만들다니 시나치세 구식이라고 북(北)글렌 마을에 소문이 나 있다는 것을 패트도 알고 있었지만 그런 것은 아무래도 상관없었다. 코바늘로 뜬 깔개도 구식이지만, 여름에 오는 손님이나 관광객들은 눈빛이 달라지면서 주디 아주머니가 만든 것이면 뭐든 모조리 갖고 싶어하고 사고 싶어하지 않던가.

그러나 주디 아주머니는 단 한 장도 팔려고 하지 않았다. '은빛숲'에서 쓰려고 만든 것이라서 파는 것은 당치도 않은 일이었다.

3

주디 아주머니는 날이 어슴푸레해지기 전에 깔개의 장미꽃 무늬를 끝내려고 맹렬한 기세로 짜나갔다. 주디 아주머니가 말하는 '어슴푸레해진다'라는 것은 동트기 전이나 해질 무렵의 어두컴컴한 시각을 뜻한다. 패트는 이 말이 무척 좋았다. 뭐라고 표현하기 힘든, 아름답고 신비로운 느낌을 주기 때문이다.

패트는 부엌 계단 층계참에 놓인 작은 의자에 앉아 야윈 무릎에 팔꿈치를 괴고 각진 턱을 받치고 있었다. 패트의 작은 얼굴은 슬플 때나 화날 때나, 나쁜 짓을 했을 때조차도 웃는 것처럼 보였다.

겨울 동안은 상아처럼 희던 얼굴이 요즘은 점점 햇볕에 그을려 있었다. 연노란색 머리칼은 긴 직모였다. '은빛숲'에서는 헤이젤 고모 말고는 아직 아무도 머리를 자르지 않았다. 주디 아주머니가 야단법석을 떨었기 때문에 어머니는 위나 패트의 머리칼을 자를 수가 없었다. 그러면서 정작 당사자인 주디 아주머니는 짧은 머리여서, 자신이 경멸하는 유행의 첨단을 걷고 있었다. 주디 아주머니는 백발이 섞인 머리칼을 짧게 잘랐다. 머리핀이라든가 뭐 그런 것 따위를 할 틈이 없기 때문이라는 것이 그 이유였다.

패트 옆에는 고양이 '젠틀맨 톰'이 앉아서 사람을 얕보는 듯한 초록색 눈을 반짝반짝 빛내며 패트를 보고 있다. 2, 300년 전 같으면 고양이가 그런 표정을 지었다는 것만으로도 주디 아주머니는 마녀로 몰려 화형을 당했을 것이다. 커다랗고 키가 껑충한 그 고양이의 표정은 언제나 말할 수 없는 고통을 안고 있는 듯했다. 주디 아주머니가 특별 대우를 하며 소중히 여기는 데도 비쩍 마르고 검었다. 주디 아주머니가 "이렇게 검은 고양이는 본 적이 없어"라고 말할 정도로 새카맸다.

이 고양이는 한동안 이름이 없었다. 어디선가 훌쩍 나타난 동물에게 이름을 붙이는 것은 불길한 일이라고 믿었기 때문이다. 주디 아주머니 말에 의하면 '고양이의 기분을 상하게 할지도' 몰랐다. 그래서 이 검은 고양이는 그냥 '주디 아주머니의 고양이'라고 불렸다. 그러던 어느 날, 문득 시드가 '젠틀맨 톰'이라고 부른 뒤로는 고양이 이름이 '젠틀맨 톰'이 되었다. 주디 아주머니도 별수 없이 그 결정에 따르기로 했다.

패트는 어떤 고양이든지 매우 귀여워했으나, '젠틀맨 톰'에게만은 두려움 비슷한 감정을 느꼈다. 이 고양이는 어디에서 불쑥 솟아나거나 떨어진 것처럼 그렇게 갑자기 불쑥 나타나곤 했다. 다른 새끼고양이처럼 어미에게서 태어나지 않은 것 같았다. 그리고 아주머니만 따랐다.

젠틀맨 톰은 언제나 주디 아주머니의 침대 발치에서 자고, 아주머니가 어딜 가든지 꼬리를 바짝 쳐들고 따라다녔다. 젠틀맨 톰이 가르릉대는 소리를 들은 사람은 아무도 없었다. 사교적이지 않은 것이 분명했다. 젠틀맨 톰에 대해 조금이라도 나쁜 말을 하면 싫은 표정을 짓는 주디 아주머니조차도, "이 고양이는 사람을 가려서 좋아하는 모양이야"라고 말할 정도였다.

"분명히 말수는 많지 않지만, 이 고양이는 나름대로 좋은 말벗이야."

은빛숲

1

주디 아주머니가 파슬리 밭에서 어쩌고 하는 뜻 모를 말을 할 때까지 패트는 층계참의 작고 둥근 창을 통해 바깥을 내다보고 있었다. 이 창은 선박의 창처럼 밖으로 열리는데, 패트는 이 창을 무척이나 좋아했다. 주디 아주머니의 방으로 갈 때면 반드시 여기서 멈춰 서서 바깥 경치를 내다보곤 했다. 변덕스런 산들바람이 다른 어디에도 가지 않고 이곳 창으로만 불어오는 데다가 여기서 바라보는 경치는 참으로 멋졌다.

집 뒤 언덕 위에는 커다란 자작나무 숲이 있었다. '은빛숲'이라는 집의 이름도 여기서 따온 것이다. 이 자작나무 숲에는 작은 부엉이가 많이 살지만 거의 울지 않고 쿡쿡, 깔깔 웃기만 했다.

자작나무 숲의 맞은편에는 작은 계곡과 비탈로 이어지면서 '은빛숲'의 목장이 펼쳐져 있다. 목장 둘레에는 패트가 아주 싫어하는 철조망을 친 곳도 있지만, 그래도 여전히 지그재그형으로 만든 나무 울타리를 친 곳이 많았다. 울타리의 가로목은 비바람에 바래어 은회색이었다. 울타리 모퉁이에는 가을 기린초나 쑥부쟁이가 수북이 피어 있었다.

패트는 자기 집 목장은 어디고 모두 맘에 들었다. 패트는 시드와 둘이서 목장 구석구석까지 돌아다녔다. 패트에게는 단순한 목장이 아니라 마치 인격을 가진 사람처럼 느껴졌다.

봄에 씨앗을 뿌린 언덕의 밀밭은 지금 커다란 초록 융단을 깔아놓은 듯했다. '연못들판' 한가운데에는 보조개같이 움푹 팬 물웅덩이가 있었는데, 이 세상이 만들어지던 초창기에 한 거인이 부드러운 땅에 손가락 끝으로 살짝 누른 흔적 같았다. 그 주위에는 여름 내내 데이지와 붓꽃이 흐드러지게 피었다. 패트와 시드는 무더운 여름날이면 피곤에 지친 발을 이곳 연못에 담그곤 했다.

'민스파이 들판'은 세모꼴의 목장인데, 그곳으로 올라가면 가문비나무 숲으로 들어가게 된다. 습지인 '미나리아재비 들판'엔 온 세상 미나리아재비를 다 모아놓은 것 같았다. '여름이여 안녕 들판'은 9월이 되면 자줏빛 쑥부쟁이가 들판 한쪽을 온통 뒤덮었다.

'비밀들판'은 훨씬 안쪽에 있다. 언젠가 패트와 시드가 가문비나무 숲을 빠져나오자 갑자기 이곳 들판이 비밀처럼 드러났던 것이다. 단풍나무와 전나무 숲으로 둘러싸여 따뜻한 햇볕이 내리쬐고 있었다. 들판 둘레의 금빛 양치식물 덤불에서 향기로운 냄새가 났다.

휜 날개 같은 풀덤불에는 점점이 빨간 산딸기가 섞여 있고, 여기저기에 커다란 돌이 굴러다녔다. 돌의 갈라진 틈에는 양치식물이 자라났고, 그 밑으로는 줄기가 긴 딸기가 감아 돌고 있었다. 패트가 딸기 '꽃다발'을 만든 것은 이때가 처음이었다.

둘이서 들어간 들판 한쪽 구석에는 귀엽고 작은 가문비나무가 두 그루 서 있었다. 한 그루가 다른 한 그루보다 10센티미터쯤 컸다. 시드와 패트처럼 남매인 것 같았다. 둘은 곧장 '나무의 여왕'과 '가문비나무 공주'라는 이름을 붙였다. 둘이 같이라기보다는 패트가 붙인 것이었다. 패트는 사물에 이름 붙이는 것이 재미있고 흥미로웠다. 이름을 붙이면 사람인 것 같은……, 좋아하는 사람 같은 느낌이 들기 때문이었다.

패트와 시드는 다른 어떤 들판보다도 '비밀들판'을 좋아했다. 이곳은 왠지 발견자인 자기들만의 것인 듯한 느낌이 들었다. 이 들판은 헛간 뒤쪽에 있는, 가련하게도 돌투성이인 작은 들판과는 크게 달랐다. 누구 한 사람도 돌이 굴러다니는 들판에 애정을 보이는 사람은 없다, 패트를 빼고는. 패트가 돌투성이 들판에 애정을 지닌 것은 '은빛숲'의 들판이기 때문이었다. '은빛숲'의 것……. 패트는 그것만으로도 충분했다.

서쪽 하늘이 온통 금빛과 부드러운 핑크빛으로 빛났다. 주디가 말하는 바로 그 '어슴푸레함'이 자작나무 숲에 살며시 내려앉은 기분 좋은 봄날의 저녁 무렵, 창문으로 보이는 것은 목장과 들판뿐만이 아니었다. 동쪽으로는 자작나무 숲 언덕보다 조금 더 높은 '안개언덕'이 있었다. 그 꼭대기에 포플러 세 그루가 서 있는데 험상궂은 표정으로 쏘아보는 충실한 흑인 일꾼 같았다. 이 언덕은 '은빛숲'의 언덕은 아니지만 패트는 그곳을 무척이나 좋아했다. 실제로는 '은빛숲'과 꽤 멀리 떨어져 있으며 누구 소유인지도 몰랐다. 어떤 의미에서 그것은 다른 사람의 것이지만, 또 다른 의미에서는 이렇게까지 좋아하는 패트의 것이기도 했다. 매일 아침 패트는 자기 방 창문에서 손을 흔들며, "좋은 아침이야"라고 인사를 했다.

패트가 5살 무렵, 사람들과 함께 '해변가'에 놀러간 적이 있었다. 그때, 자기가 없는 동안에 '안개언덕'이 어디론가 가버리지는 않을까 꽤나 걱정했던 것을 지금도 기억하고 있다. 그래서 집으로 돌아오자마자 '안개언덕'이 원래의 자리에 그대로 있으며, 세 그루의 포플러도 언제나처럼 변함 없이 커다란 보름달에 닿으려고 발돋움하고 있음을 확인했을 때의 그 기쁨은 말로 표현할 수가 없었다.

이제는 어느새 7살이나 되었고, 영리해지기도 했으므로 '안개언덕'이 아무데도 가지 않는다는 것을 안다. 어딜 가든지 다시 돌아오면 '안개언덕'은 언제까지나 원래의 자리에 있을 것이다. 그렇게 생각하는 것만으로도 가슴속이 따뜻해졌다. 패트가 이미 '변화'라는 끔찍한 것들로 가득 차 있음을 감지하기 시작한 이 세상에서 '안개언덕'은 마음의 안식처가 되는 존재였다. 세상에는 '환멸의 비애' 또한 가득하지만, 이것은 어린 패트가 아직 경험한 적이 없었다. 다만 1년 전까지는 '안개언덕'의 꼭대기에 올라가면, 아름답게 빛나는 하늘을 만날 수 있었고, 저 먼 곳에서 흔들리는 별을 하나쯤 따올 수 있을 것 같았으나 지금은 그런 것이 불가능하다는 것을 알고 있었다. 시드가 가르쳐 주었던 것이다. 시드는 패트보다 1살밖에 많지 않았지만 여러 가지를 알고 있었다. 패트는 시드만큼 사물에 대해 잘 아는 사람은 없는 것 같았다. 물론 무엇이든지 모르는 게 없는 주디 아주머니는 빼고서 말이다. 주디 아주머니는 '안개언덕'에 바람 요정이 산다는 것도 알고 있었다. 이곳에서 사방 몇 킬로미터 안에 '안개언덕'만큼 높은 곳은 없었다. 바람 요정은 높은 곳을 좋아하는 모양이다.

패트는 바람 요정이 어떻게 생겼는지도 알고 있었다. 누가 가르쳐 준 것은 아니다. 주디 아주머니조차도 그런 것은 입 밖에 내지 않는 것이 좋겠다고 생각하고 말해주지 않았다. 하지만 패트는 알고 있었다. 북풍은 차갑게 빛나는 요정이며, 동풍은 회색 그림자 같은 요정이었다. 그러나 서풍의 요정은 웃음쟁이이고, 남풍의 요정은 노래를 부른다.

둥근 창 바로 밑은 채소밭이다. 그곳에는 양파와 누에콩, 완두콩 등이 예쁘게 줄지어 나 있고, 그 한쪽 구석에는 주디 아주머니가 말하는 신비한 파슬리 밭이 있다.

문 옆에는 우물이, 옛날식 도르래 우물이 있었다. 오래도록 도르래 방식을 유지하는 것은 주디 아주머니가 당시 유행하는 펌프를 들여놓는 것을 완강하게 거부했기 때문이다. 패트는 주디 아주머니 덕택에 옛날 우물이 그대로 남아 있는 것이 기뻤다.

우물 안쪽은 돌 틈 사이로 길다란 양치식물이 자라고 있어서, 15미터나 아래의 맑은 우물을 거의 뒤덮고 있었다. 파란 하늘이 조금 비치는 그 잔잔한 우물 물 속에서 패트의 작은 얼굴이 이쪽을 올려다보고 있었다. 커다란 단풍나무 한 그루가 우물 위로 자라나, 푸른 가지를 집 쪽으로 뻗고 있었다. 가지는 해마다 조금씩 집에 가까워졌다.

과수원도 보였다. 옛 과수원은 가문비나무와 사과나무가 사이좋게 섞여서 자라고 있는 특이한 과수원이었다. 새 과수원은 깨끗하게 손질되어 있었지만 옛 과수원의 절반만큼도 흥미롭지 않았다. 옛 과수원에는 증조할아버지가 심은 나무도 있는가 하면, 아무렇게나 자라난 나무도 있고, 그 사이로 정다운 오솔길을 이곳저곳에서 만날 수 있었다. 옛 과수원 가장 안쪽에는 어린 가문비나무가 많이 자라는 데가 있다. 그 한가운데 햇볕이 잘 드는 작은 공터가 있는데, 그곳은 사랑스런 고양이들의 묘지였다. 걱정거리가 있을 때면 패트는 곧잘 이곳에 왔다. 비록 7살이긴 하지만 걱정거리는 있었다.

2

과수원 한쪽은 묘지였다. 진짜 묘지로, 이곳에는 1780년에 프린스에드워드 섬으로 건너온 고조할아버지 니어마이아 가드너와 그의 아내인 프랑스 신교도 마리 보네, 증조할아버지 토머스 가드너와 퀘이커 교도인 아내 제인 윌슨도 묻혀 있다.

제인 윌슨은 행실이 얌전하고 몸집이 작은 부인으로 언제나 회색 옷을 입었으며, 아무런 장식이 없는 모자를 썼다. 그 모자 가운데 하나는 지금도 '은빛숲'의 다락방에 보관되어 있다.

제인 윌슨은 언젠가 통나무 오두막의 창문으로 들어오려는 커다란 검은 곰의 얼굴에 부글부글 끓는 옥수수 죽을 뒤집어 씌워 내쫓았다고 한다. 곰은 오두막 뒤 나무 그루터기 사이로 정신 없이 도망쳤으며, 가끔 멈춰 서서는 얼굴에 붙은 뜨거운 죽을 필사적으로 떼어내려 했다는 이야기를 주디 아주머니가 들려줄 때면 패트는 언제나 즐거웠다.

그 무렵 프린스에드워드 섬은 퍽 재미있었던 모양이다. 숲에는 곰이 우글우글 살고 있어서 늘 집집마다 창틀에 손을 대고 들여다보았을 게 틀림없다. 이제는 곰 따위는 한 마리도 남아 있지 않아서 유감스럽게도 그런 일은 일어나지 않는다. 패트는 프린스에드워드 섬에 있던 마지막 곰을 생각하면 애처로워서 견딜 수가 없었다. 얼마나 쓸쓸했을까!

증조할아버지의 동생 리처드의 무덤도 있다. '난폭한 딕'이라 불리던 뱃사람으로 바다에 나가 상어와 싸우기도 했고, 풍문에 따르면 인육을 먹은 적도 한 번쯤 있다고 한다. 그는 "나는 결코 육지에서 죽지 않겠다"고 맹세했건만, 뜻하지 않게 홍역에 걸려 육지에서 생을 마감하게 되었다고 한다. 그는 임종 무렵에 형인 토머스에게 자신의 유해를 보트에 태워 바다 속에 수장해 달라고 했지만, 토머스는 절대 그럴 수 없다고 가족 묘지에 상사시냈다.

그래서 가드너 집안에 뭔가 불행이 닥칠 때면 반드시 '난폭한 딕'이 무덤에서 일어나 울타리에 앉아 술잔치 노래를 부르기 때문에, 결국은 맨 정신인 혈육들마저 모두 무덤에서 나와 합창한다는 것이 주디 아주머니의 이야기였다. 패트는 믿을 수가 없었다. 그러면서도 믿을 수 있으면 좋겠다고 생각했다.

'울보 윌리'의 무덤도 있다. 그는 고조할아버지 니어마이아의 동생으로 처음 프린스에드워드 섬에 왔을 때, 섬 근처 어디를 봐도 엄청나게 큰 나무들이 즐비했는데, 그것을 전부 베어넘겨야만 한다는 생각에 그만 털썩 주저앉아 울음을 터뜨렸다고 한다.

그 일을 사람들은 영원히 잊지 않았으므로 윌리는 죽을 때까지, 아니 죽은 뒤에도 '울보 윌리'로 통했으며, 아무도 그와 결혼하려고 하지 않았기 때문에 80살이 되어 죽을 때까지 혼자 지냈다. 주디 아주머니 말로는 집안에 어떤 행운이 찾아오면, 울보 윌리가 자기의 평평한 묘석에 앉아서 운다고 했다.

이 이야기도 패트는 믿지 않았다. 그러나 울보 윌리가 돌아와서 옛날에 그를 겁에 질리게 했던 쓸쓸한 삼림이 지금 어떻게 변해 있는지를 볼 수 있다면 얼마나 좋을까 하는 생각은 했다. 지금의 '은빛숲'을 그에게 보여줄 수만 있다면!

'수수께끼 무덤'이라는 것도 있다. 묘비에는 '나의 사랑하는 에밀리와 우리의 어린 릴리언의 무덤'이라고 새겨져 있을 뿐 날짜조차도 없다. 에밀리란 누구일까. 가드너 집안 사람이 아님은 분명했다. 아마도 이곳 새로운 땅에 의지할 데가 없는 이웃 사람이, 가드너 집안의 묘지라면 가까운 사이기도 하거니와 말벗도 될 것이므로 쓸쓸하지 않게 지내리라고 부탁하여 자기의 사랑하는 사람들을 이곳에 장사지냈는지도 몰랐다.

어린 릴리언의 나이는 몇 살 정도였을까. 만약 '은빛숲'에 정말로 유령이 돌아다닌다면 릴리언의 유령이면 좋겠다고 패트는 생각했다. 그렇다면 조금도 무섭지 않을 테니까.

이곳에는 어린아이도 많이 묻혀 있지만, 묘비가 없으므로 그 수는 알 수 없다. 오래된 조상들의 무덤에는 바닷가에서 가져온 판판하고 붉은 사암을 네 개의 다리로 받친 것이 묘비로 쓰였으며, 그 위에 저마다의 이름과 공적이 새겨져 있다.

주위에는 풀이 무성하게 자라나 있었다. 여름날 오후에는 언제나 사암이 따뜻해지므로 젠틀맨 톰은 여기서 몸을 동그랗게 틀고는 잠을 잔다. 주위를 둘러싼 울타리는 해마다 봄이면 주디 아주머니가 칠을 했다. 무덤 위로 뻗은 가지에서 떨어진 사과는 절대로 먹어서는 안 되었다.

"예의에 벗어나는 일이란다."

주디 아주머니는 그렇게 말하고 떨어진 사과를 긁어모아서 돼지에게 주었다. 패트는 그러는 까닭을 이해할 수 없었다.

"그 사과를 먹는 것이 예의에 벗어나는 것이라면서 어째서 돼지에게 주는 건 실례가 아닐까?"

패트는 이곳 묘지가 대단히 자랑스러웠으므로 가드너 집안의 사람이 이제 더 이상 이곳에 묻히지 않게 된 것이 퍽 유감스러웠다. 이곳에 묻히면 날마다 가족들의 목소리와, 집 안에서 들려오는 즐거운 소리를 들을 수 있을 텐데. 예를 들면 지금도 작고 둥근 창에서 들려오는 듯한 그런 소리 말이다. 사과나무 밑에서 아버지가 그라인더로 도끼를 가는 소리, 톰 삼촌의 농장 어귀에서 개들이 세차게 짖는 소리, 포플러 잎을 살랑살랑 흔드는 산들바람 소리, 자작나무 숲에서 울려나오는 딱새 소리, 마당 안을 헤집고 돌아다니는 주디 아주머니의 칠면조, '은빛숲'의 거위들과 늘 이야기를 나누는 톰 삼촌의 거위들, 울타리 안에서 꿀꿀대는 돼지들 소리……. 그 돼지는 '은빛숲'의 돼지였기에, 패트는 그 울음소리조차 즐겁게 들렸다.

새끼고양이 시즈데이가 곳간으로 들여보내 달라고 야옹거리고 있다……. 누군가가 웃고 있다……. 물론, 위니다. 위니 언니의 웃음소리는 무척이나 예쁘다. 헛간 쪽에서 큰오빠인 조의 휘파람 소리가 들려온다. 조는 무척이나 휘파람을 잘 분다. 대개는 자기도 모르게 부는 것 같다. 언젠가 교회에서도 불어댄 적이 있었으니까. 여기에 대해서는 주디 아주머니의 말을 들어 보아야만 한다. 어찌나 놀랐던지 주디 아주머니는 정신이 하나도 없었다고 한다.

조가 휘파람을 불면서 일하고 있는 두 개의 헛간은 과수원 옆에 있는데, 헛간과 헛간 사이를 지나는 '소곤소곤길'을 따라가면 톰 삼촌네 농장이 나온다.
　작은 헛간은 커다란 헛간에 바싹 달라붙어 있는 것이 꼭 어린아이 같다. 작은 헛간은 뾰족지붕과 탑, 밖으로 내민창 등이 있어서 꼭 교회처럼 보이는데, 사실 그곳은 원래 교회였다. 남글렌 마을에 새 장로교회가 세워지자 할아버지가 옛 교회를 사들여 집으로 옮겨와 헛간으로 사용한 것이다.
　주디 아주머니는 할아버지가 하는 일에 대체로 만족했지만 이때만큼은 불평을 했었다. 그로부터 다섯 해가 지나 할아버지가 75세 되시던 때에 뇌일혈로 반신불수가 되어 80세에 돌아가시기까지 힘들게 연명하신 것도 당연한 일이며, 돼지 움막을 옛 교회로 옮겼기 때문에 돼지가 류머티즘에 걸린 것이라고 했다.

3

　해가 저물었다. '소곤소곤길' 저편으로 보이는 톰 삼촌네 집 창문이 저녁 햇빛을 받아 빛나고 있다. 패트는 그것을 바라보는 것이 커다란 즐거움이었다. 지금이 농장의 하루 중에서 패트가 제일 좋아하는 시각인 것이다. 희미해져 가는 햇빛을 받아 포플러 잎이 살랑대고 있다.
　갑자기 아래쪽 뒤뜰이 귀엽고 동글동글한 고양이들로 가득 찼다. 고양이들은 황혼 무렵을 애써 소란스럽게 하려는 모양이다. '은빛숲'에는 언제나 고양이가 우글우글했다. 고양이를 강물에 던져 없애버리려고 생각하는 사람은 단 한 사람도 없었고, 특히 패트는 고양이를 좋아했다. 이건 주디 아주머니가 즐겨 하는 이야기인데, 패트가 4살 적에 목사님이 무엇이든지 물어보라고 했더니 패트는 슬픈 듯이 이렇게 물었다고 한다.
　"젠틀맨 톰은 어째서 새끼를 낳지 않나요?"
　그 목사님은 교회를 옮긴 뒤에 목사직을 사임했는데, 자기는 잘 웃는 버릇이 있기 때문에, 어린 패트의 진지하고 책망하는 듯한 눈망울을 보고 있으면 도저히 설교를 할 수가 없다고 말했다고 한다.

뒤뜰에는 검은 고양이 선데이, 얼룩이 먼데이, 청회색의 튜즈데이, 노랑 웬즈데이, 알록달록 프라이데이, 노을빛 새터데이 들이 모여 있다. 줄무늬 진 서즈데이가 곳간 앞에서 계속 구슬픈 목소리로 울고 있다. 서즈데이는 친구들과 사귀기를 싫어해서 언제나 또래들에게서 떨어져 있다. 늙은 칠면조는 과수원 울타리 위에서 홰를 치고 있고, 박쥐가 날아다니고 있다. 주디 아주머니는 요정이 박쥐를 타고 날아다닌다고 가르쳐주었다.

갑자기 집집마다 등불이 켜졌다. 베이커 씨네 집, 로빈슨 씨네 집, 덩컨 가드너 씨의 집, 애덤스 씨네 집 등이다. 패트는 등불이 빛나는 방 안에서 무슨 일이 일어나고 있을까 상상하기를 좋아했다.

그러나 단 한 곳 불이 켜지지 않은 집이 있었다. '은빛숲'에서 남서쪽을 향해 농장 두 곳을 넘어가면 언덕이 있는데, 언덕 꼭대기의, 울창한 전나무로 둘러싸인 낡고 하얀 집이 그곳이다. 그 집을 패트는 '기다랗고 쓸쓸한 집'이라고 불렀다. 그곳은 몇 년 동안이나 빈집이었다. 패트는 전부터 그 집이 가여워서 견딜 수가 없었다. 다른 모든 집들에 등불이 들어오는 저녁 무렵이면 더욱 그랬다. 분명 그 집은 그 누구의 보살핌도 받지 못하니 쓸쓸할 것이 틀림없었다. 다른 집이 모두 누리고 있는 것을 그 집만은 누리지 못한다는 것이 패트는 너무나도 안타까웠다.

"그 집은 사람이 살아주길 바라고 있어요, 아주머니." 패트는 슬픈 어조로 말했다.

'은빛숲' 한가운데에 높이 솟아오른 전나무 바로 위의 은색 하늘에 저녁별이 빛나고 있다. 가장 먼저 나오는 별은 항상 패트의 가슴을 설레게 한다. 바람에 살랑대는 저 검은 전나무의 꼭대기까지 올라갈 수만 있다면 더더욱 멋지련만!

라일락 향기 바람에 날리고

1

빨간 장미꽃이 거의 완성되었을 무렵 패트는 문득 주디 아주머니가 파슬리 밭을 뒤져보아야겠다고 했던 말을 떠올렸다.
"아주머니, 파슬리 밭에서 무엇을 찾겠다고 하셨죠?"
주디 아주머니는 물끄러미 패트를 바라보았다.
"만일 작고 귀여운 아기가 있다면 어떻게 할까?"
패트는 조금 놀란 듯했으나 침착하게 말했다.
"아주머니, 이 집에 아기가 하나 더 필요할까요?"
"글쎄, 그거야 사람마다 생각이 다르겠지만, 역시 하나쯤 더 있는 게 좋지 않을까? 아기가 없는 집은 쓸쓸해서 말이야."
"아주머니는…… 아주머니는…… 나보다도 그 아기가 더 좋아요?"
그렇게 말하는 패트의 목소리는 떨리고 있었다.
"그럴 리가 있나? 넌 이 아주머니의 강아지야. 설사 앞으로 파슬리 밭에서 열 명이나 되는 아기를 찾아낸다 하더라도 내 강아지는 너뿐이란다. 그보다도 내가 걱정하는 건 네 엄마야. 사실은 말이야, 엄마가 무슨 생각에선지 아기를 하나 더 갖고 싶다고 했거든. 패트, 너도 알겠지만 엄마는 그리 건강하지 않기 때문에 조금은 엄마의 기분을 맞춰줘야 한다고 생각하지 않니?"

"물론 엄마가 아기를 원한다면 저도 상관하지 않아요. 하지만 지금 이대로가 딱 좋지 않을까요……? 엄마와 아빠, 그리고 헤이젤 고모와 아주머니, 또 위니 언니와 조 오빠, 시드 오빠, 그리고 나만으로 말이에요. 언제나 지금 이대로가 좋겠는데."

"나도 이대로가 좋지 않다는 건 아니야. 이제 이것으로 가족들이 모두 찼다고 생각했는데, 그런 말을 들으니 조금은 당황스러워지던걸. 그러나 엄마는 아기를 원해. 그러니 아주머니도 허리를 두들겨가며 파슬리 밭을 뒤져 아기를 찾아야만 하겠구나."

"아주머니, 아기는 정말로 파슬리 밭에서 찾아오는 거예요? 젠 포스터는 의사 선생님이 검은 가방에 넣어서 가져온다 그러고, 엘렌 프라이스는 황새가 갖다준다고 그러고, 폴리 가드너는 다리 밑에 사는 갈런드 할머니가 바구니에 담아서 가져온다고 하던데요."

"요즘 아이들 앞에선 아무 말도 할 수가 없다니까. 닥터 벤틀리가 가끔 이곳에 오시니? 닥터 벤틀리가 검은 가방 같은 것을 들고 오시던?"

"아니오……."

"그리고, 프린스에드워드 섬에 황새가 있던가?"

"그런 말은 들은 적이 없어요."

"그리고 갈런드 할머니 말인데, 분명히 때로는 아기 하나나 둘을 바구니에 담기도 하지만, 그건 자기네 파슬리 밭에서 찾아낸 거야. 그게 어쨌다는 거냐? 아기를 찾아내긴 하지만 그 할머니는 근본이 좋은 아기만 찾아내는 것은 아니야. 그런 갈런드 할머니의 아기 따위가 갖고 싶은 거야?"
"아, 아니에요. 하지만 나도 아주머니를 도와 아기를 찾아봐도 되나요?"
"당치도 않아. 나처럼 조금이라도 마녀의 피가 섞인 사람이 아니면 눈에 띄지 않거든. 달이 떠오를 때 고양이를 데리고 혼자서 가야만 한단다. 아기를 찾아내는 것은 엄숙한 일이라서 아무렇게나 하면 안 되거든."
패트는 잔뜩 실망하여 한숨을 쉬었다.
"아주머니, 예쁜 아기를 골라야 돼요. '은빛숲'의 아기니까 꼭 예뻐야만 해요."
"네, 네. 여부가 있겠습니까? 열심히 찾아보지요. 다만 알아둘 것은 어떤 아기든지 처음엔 그다지 겉모습이 예쁘지 않단다. 마치 파슬리 잎처럼 주름투성이니까. 그리고 또 한 가지, 대개 예쁜 아기일수록 자라면 못생겨진단다. 내가 아기였을 때에만 해도……."
"아주머니도 아기였어요?"
패트는 믿을 수가 없었다. 아주머니가 아기였다고는 도무지 생각할 수가 없었다. 정말 아주머니가 아기였던 때가 있기나 했던 것일까.
"그럼, 그렇고말고. 굉장히 예쁘게 생긴 아기여서 이웃 사람들이 놀러 오거나 하면 나를 데려가서는 자기네 아기라고 했을 정도였으니까 말이야. 그랬는데 지금은 어떻지? 앞으로 찾아올 아기도 네가 생각하는 것처럼 얼굴이 예쁘지 않거들랑 지금 내가 했던 말을 떠올리도록 해라. 물론 나는 어릴 적에 황달에 걸려서 피부가 동전처럼 노래진 뒤로 다시는 원래대로 되지 않았지만."
"하지만 아주머니는 못생기지 않았어요."
"뭐, 그야 그럴지도 모르지만, 하지만, 나에게 선택권이 있었다면, 이런 얼굴은 고르지 않았을 거야. 그런데 이제 장미꽃도 완성되었으니 소젖을 짜러 가야겠는걸. 패트야, 서즈데이가 울고 있으니까 헛간에 넣어주거라. 그리고 지금 했던 파슬리 밭 얘기는 아무한테도 말하면 안 돼." 주디 아주머니는 조심스럽게 말했다.

"으응, 말하지 않을게요. 하지만, 아주머니. 왠지 뱃속이 좋지 않은 것 같아······."

주디 아주머니는 웃었다.

"아유, 요 영리한 아가씨! 그래그래, 알았다. 네 뱃속의 좋지 않은 비밀은 내가 다 알고말고. 우유짜기가 끝나거든 부엌으로 오너라. 계란을 볶아주마."

"버터에다가, 아주머니."

"그러고말고. 버터를 듬뿍 쳐서······ 빵을 흠뻑 적셔서 먹음직하게. 그런데 계피과자가 남았는지 모르겠구나."

앞치마를 두르는 법이 없는 주디 아주머니는 치마를 허리까지 걸어올려 밑으로 줄무늬 페티코트를 다 드러내고는 언제나처럼 혼잣말을 중얼대면서 계단을 내려갔다. 그 뒤를 젠틀맨 톰이 친구처럼 따라갔다.

패트도 아래층으로 내려가 서즈데이를 헛간에 넣어주었다. 아직은 기분이 이상했지만, 그것이 과연 배가 아픈 탓인지 아닌지는 잘 몰랐다. 왠지 이 세상이 갑자기 커진 것만 같은 느낌이 들었다. 새로운 아기라니 아무래도 탐탁지가 않다. 갑자기 파슬리 밭이 미워졌다.

차라리 밭에서 파슬리를 모조리 뽑아내 버릴까. 그러면 아기도 발견될 리가 없겠지. 하지만 엄마가······. 엄마는 아기를 갖고 싶어한단다. 엄마를 실망시키다니 그럴 수는 없다.

"그래도 아기는 싫어. 그런 낯선 건!"

시드와 이런 얘기를 나누면 마음이 편해질 텐데. 하지만 아무에게도 말하지 않기로 아주머니와 약속을 하고 말았다. 시드에게 뭔가를 감추는 것은 처음이었으므로 패트는 안절부절못했다. 모든 것이 조금씩 달라지고 있었다. 패트는 변화를 무척이나 싫어했다.

2

 30분쯤 지나자 패트는 아기 일은 깨끗이 잊은 채 마당에서 꽃들에게 '잘 자라'는 인사를 하고 있었다. 이 말은 반드시 해야 했다. '잘 자라'는 말을 잊거나 하면 꽃들이 쓸쓸해할 것이 틀림없었으므로.
 해질녘의 정원은 아름다웠다. 이제 곧 달이 떠오르려는지 '안개언덕'의 위쪽이 은빛으로 물들었다. 주위의 나무들, 할머니가 새신부로 '은빛숲'에 와서 심은 오랜 단풍나무들은 밤이면 언제나처럼 이야기를 나누곤 했다. 한쪽 구석의 작은 자작나무 세 그루는 저희들끼리 소곤소곤 비밀을 속삭이고 있었다.
 커다랗고 짙은 붉은색 작약은 어두운 곳에서는 검은 얼룩처럼 보인다. 오솔길을 따라 피어 있는 블루벨은 온몸을 떨면서 요정 같은 웃음소리를 내고 있다.
 마당 한쪽에는 늦게 피는 6월의 백합이 풀 위에 점점이 피어 있고, 매발톱꽃이 춤을 추었다. 이슬을 머금은 공기 속에 라일락 향기가 바람에 날렸다.
 주디 아주머니가 '귀부인의 사랑'이라 부르는 향쑥은 퀘이커 교도였던 증조할머니가 100년 전에 고향에서 가져온 것인데, 지금도 여전히 좋은 향기가 난다.
 패트는 여기저기를 뛰어다니면서 모든 꽃에게 키스했다. 튜즈데이도 함께 뛰어다니다가 너무나도 좋아서 오솔길 앞에서 넘어져 뒹굴었다. 오솔길에는 주디 아주머니가 바닷가에서 가져온 커다란 돌이 가장자리에 죽 놓여 있었는데, 돌은 회칠을 해서 눈 부시도록 새하

앴다.

꽃들 모두에게 키스를 하고 나서 패트는 한동안 멈춰 서서 자기 집 쪽을 바라보았다. 아, 얼마나 아름다운가! 나무로 뒤덮인 언덕에 마치 싹이 난 것처럼 솟아 있다. 하얗고 초록인 집. '은빛숲'의 자작나무와 똑같다. 그리고 지금 '안개언덕'으로 올라오고 있는 달빛으로 집 전체에 나무들이 아름다운 그림자를 드리우고 있다.

패트는 언제나 어두워진 뒤에 밖에 서서 등불이 빛나는 창을 바라보기를 좋아했다. 부엌의 등불은 시드가 공부를 하는 것이고……, 응접실의 등불은 위니가 음악 연습을 하는 것……. 엄마 방에도 불이 들어와 있다. 갑자기 홀이 환하게 밝아지면서 현관 위 부채 모양 창문이 붕 하고 떠올랐다. 누군가가 2층으로 가려는 모양이다.

"아아, 우리 집은 얼마나 멋진지! 아무도…… 누구 한 사람도…… 이런 멋진 집을 가진 사람은 없을 거야. 꼭 껴안아 주고 싶어."
패트는 두 손을 맞잡으면서 중얼거렸다.

패트가 부엌에서 버터 소스를 듬뿍 끼얹은 계란을 다 먹고 나자 마지막 의식이 기다리고 있었다. 요정에게 줄 우유 접시를 우물가에 놓아두는 일이다. 주디 아주머니는 이 일을 빠뜨린 적이 없었다.

"깜박 잊거나 하면 어떤 재앙이 내릴지도 모르기 때문이지. '은빛숲'은 요정에게 대접을 살 해야 한단다."

요정은 밤 사이 와서 우유를 모조리 마셔버린다. 그것은 패트도 믿을 수 있었다. 아주머니가 어렸을 적에 고향인 아일랜드에서 어느 날 밤, 요정들이 둥글게 원을 그리며 춤추는 것을 보았다고 하지 않는가.

"하지만, 프린스에드워드 섬에는 요정이 없다고 조가 그러던걸요."

패트는 유감스럽다는 듯이 말했다.

그 말을 들은 주디 아주머니는 분개했다.

라일락 향기 바람에 날리고 37

"조가 그렇게 말할 때면 가끔은 머리가 조금은 이상해진 게 아닐까 싶을 때가 있다니까. 지난 100년 동안 유럽에서 프린스에드워드 섬으로 사람들이 건너오지 않았어? 그렇다면 조금은 모험을 좋아하는 요정 한둘이 아무도 모르게 짐 속에 숨어서 왔을 수도 있지 않을까? 게다가 언제나 아침이 되면 우유가 없어지는 건 무슨 까닭일까요, 착한 아가씨?"
그건 분명한 사실이어서 그것만큼은 부정할 수가 없었다.
"그건 아주머니, 고양이가 마셔버린 것이 아닐까요?"
"고양이가 먹어버렸을 거라고? 분명히 고양이란 동물은 일단 마음먹은 것은 대개 해치우지만, 요정에게 바친 우유만큼은 제아무리 뻔뻔스런 고양이라도 마시지 않는 법이야. 그런 일은 어떤 고양이라도 하지 않아. 요정에게 실례가 되니까 말이야. 그러니까 사람도 고양이를 보고 배워야 해."
"그런데 아주머니, 밤에 잠자지 않고 계속해서 지켜보면 안 돼? 어떻게 해서든 요정을 한 번 봤으면 좋겠는데."
"아유, 무슨 소릴 하는 거냐! 특별한 것을 보는 눈이 없으면 요정은 보이지 않아. 다만 우유가 슬슬 줄어들 뿐이지. 자, 잠잘 시간이다. 기도하는 것을 잊지 말거라. 그렇지 않으면 한밤중에 뭔가가 네 침대에 앉아 있을지도 모르니까."
패트는 화를 냈다.
"기도를 잊어먹은 적은 단 한번도 없었는걸요!"
"그럼 됐어. 내가 아는 어떤 여자애가 말이야, 밤에 기도를 까먹고 안 하는 바람에 번시에게 씌여서 두 번 다시 원래대로 돌아오지 못했다는구나."
"번시가 그 애한테 어떻게 했는데요, 아주머니?"
"어떻게 했느냐고? 저주를 내렸지. 그 애가 웃으려 하면 울게 되고, 울려고 하면 웃는 식이었지. 어휴, 세상에. 아주 지독한 벌이지. 그런데 무슨 일로 끙끙대고 있는 거야? 걱정거리가 있다고 네 얼굴에 빤히 쓰여 있는걸."
"어? 아주머니, 파슬리 밭의 아기 얘긴데 말이에요. 저, 그러니까…… 톰 삼촌네 집에는 아기가 한 명도 없잖아요. 한 명 드리면 안 될까요? 거기라면 엄마도 언제든지 만나러 갈 수 있잖아요. 우리 집에는 아이들이 넷이나 있으니까요."
"아이구, 그러니까 넷이라는 게 많다고 생각하는 모양이네. 너희 고조할머니 같은 분께서는 열일곱이나 낳으신걸? 그 가운데 넷은 하룻밤 새에 콜레라로 죽어버렸고."
"휴우, 고조할머니는 그러고도 잘 사셨나요?"
"그래도 열셋이나 남았잖아, 착한 아가씨. 건강이 예전 같지는 않았다고 하더라만. 자, 이제는 그만 자도록 해요."

3

패트는 까치발로 2층을 향해 올라갔다. 가는 길에 층계참에 있는 커다란 시계는 40년 전부터 멈춰 있었다. 시드와 패트는 그 시계를 '죽은 시계'라고 불렀다. 그러나 주디 아주머니는 이 시계가 하루에 두 번은 정확한 시간을 알려준다고 했다.

패트는 복도를 따라서 손님용 침실을 지나쳐 자기 방으로 들어갔다. 손님용 침실에는 '시인의 방'이라는 이름이 붙어 있다. 언젠가 '은빛숲'을 찾아온 어떤 시인이 여기서 하룻밤을 묵었기 때문이다.

패트는 기도를 시작했다.

"저는 이제 잠을 잘 것입니다……." 이어서 주기도문을, 그리고 마무리 기도를 했다. 이 마무리 기도가 가장 재미있었다. 자기가 하고 싶은 말을 할 수 있기 때문이다. 패트는 기도하기를 싫어하는 사람을 이해할 수 없었다. 예를 들면 메이 비니가 그랬다. 지난 일요일에 주일학교에서 만났을 때 메이 비니는 자기는 무서울 때만 기도

하게 된다고 했던 것이다.
 아무래도 이해하지 못할 일이었다.
 패트는 기도했다. 가족 모두를 위해, 주디 아주머니와 톰 삼촌과 에디스 고모와 바바라 고모를 위해, 그리고 바다에 나가 있는 모든 선원 아저씨들을 위해, 모든 고양이와 젠틀맨 톰과 조의 개를 위해.
 "조의 개는 슈니클프리츠라고 꼬리가 획 말려 올라간 작고 검은 개입니다."
 패트는 하느님이 조의 개와 톰 삼촌네 집에 있는 꼬리가 반듯하고 커다란 검둥개를 혼동하지 않도록 설명을 했다. 그 다음으로 '은빛숲', 소중하고도 소중한 '은빛숲'을 위해 기도했다.
 "하느님, 부디 이 집을 언제까지나 지금 이대로 놔두어 주세요. 그리고 앞으로 더 이상 나무가 바람에 쓰러지지 않기를 빕니다."
 패트는 일어나서 잠깐 동안이지만 쓸쓸한 표정으로 서 있었다.
 이것으로 모든 사람을 위해 기도하고, 또 기도해야만 할 모든 것을 위해 기도한 것이다. 물론 폭풍 이는 밤에는 언제나 밖에 나가 있는 모든 사람들을 위해 기도하기로 되어 있다. 그러나 오늘 밤은 평온한 봄밤이다.
 이윽고 패트는 또다시 무릎을 꿇었다.
 "하느님, 혹시 오늘 밤 파슬리 밭에 아기가 있다면, 부디 따뜻하게 해 주세요. 서리가 내릴지도 모른다고 아빠가 말씀하셨거든요."

파슬리 밭에서 아기를 기르고 있어요

1

 그로부터 2, 3일이 지난 저녁 때 '은빛숲'은 평소 같지 않게 술렁거렸다. 사람들은 창백한 얼굴로 어수선하게 드나들었다. 바바라 고모가 새하얀 앞치마를 두르고 달려왔다. 손님으로 온 것이 아니라 일을 하러 온 모양이었다. 주디 아주머니는 중얼중얼 혼잣말을 하면서 이리저리 돌아다녔다. 아빠는 아침부터 일이 손에 잡히지 않는지 집 안을 서성서리나가 안방에서 내려와 식당 문을 굳게 닫고 어딘가로 전화를 걸었다. 30분쯤 지나자 '해변가'집에서 프랜시스 할머니가 달려와 위니와 조를 데리고 가버렸다.
 패트는 울보 윌리의 묘지에 앉아 있었다. 자기만 따돌림을 당한 것 같아서 언짢았다. 이런 답답한 기분을 엄마에게 털어놓을 수도 없었다. 엄마는 오후부터 내내 방 안에 틀어박혀 있었기 때문이다. 그래서 어쩔 수 없이 이렇게 조상의 유령들을 상대해야 하는 곳에 와 있는데 그곳으로 주디 아주머니가 찾아왔다. 주디 아주머니는 자기만큼 머리가 잘 돌아가는 여자는 다시없다는 듯 얄미울 만큼 당당하고 뻐기는 듯한 태도였다.
 "나의 귀여운 아가씨, 오늘 밤은 기분 전환을 위해 톰 삼촌네 집에서 자거라. 시드도 함께 갈 거야."
 "어째서지요?"
 패트는 쌀쌀맞게 대답했다.
 "엄마가 두통이 심해서. 집 전체가 조용해야만 하거든. 의사 선생님이 오실 거야……."
 "엄마가 그렇게 많이 아파요?"
 패트는 가슴이 철렁했다. 메리 메이네 엄마도 1주일 전에 의사 선생님의 진찰을 받고는…… 돌아가시지 않았는가!
 "아니, 뭐 그리 걱정할 일은 아니야. 의사란 두통이 날 때도 곁에 있으면 안심이 되니까. 오늘 밤만 조용히 보내면 엄마는 내일 아침에는 다시 기운을 차릴 거야. 패트는 착한 아기니까 오늘 밤은 시드와 둘이서 '제비들판' 집에 가 있어. 오늘 밤에는 보름달이 뜰 테니 파슬리 밭을 찾아봐야 되겠다. 내일 돌아오면 뭔가 볼 수 있을 거야."
 패트는 터무니없다는 듯이 말했다.
 "아기 말이지요? 엄마가 많이 아픈데 아기가 새로 생기면 귀찮을 거라는 생각이 안 드세요?"
 "엄마는 말이야, 전부터 아기를 기다려왔으니까 찾아다 드리면 분명히 두통도 나을 거야. 어쨌든 오늘 밤이 지나면 때를 놓치게 돼. 너를 파슬리 밭에서 찾아낸 것도 오늘 같은 밤이었을 거야, 아마."
 패트는 화가 치밀어 못 참겠다는 듯 달을 쳐다보았다. 평소의 달과는 다른 것 같았다. 이상하게 빨갛고, 또 너무나도 가까워서 마치 등불 같았다.
 "자, 가야지. 네 잠옷은 이 까만 가방에 들어 있단다."

"시드 오빠를 기다릴래요."
"시드는 칠면조를 찾고 있어. 모두 찾은 뒤에 갈 거야. 설마 혼자서 가는 게 무서워서 그러는 건 아니겠지? 낯선 곳도 아니고 또 달도 저렇게 환하게 떠 있는데."
"무섭지는 않아요. 아주머니도 알잖아요. 하지만 왠지…… 오늘 밤은…… 이상해서 그래요."
주디는 깔깔 웃었다.
"확실히 마법에 걸린 것 같은 기분일 테지. 아마도 오늘 밤은 숲 속 전체가 마녀로 가득 차겠지만 쓸데없는 참견만 하지 않는다면 아무 짓도 하지 않을 거야. 자, 오늘은 일요일은 아니지만 건포도를 조금 줄게."
패트는 혼자서 터덜터덜 '제비들판'으로 걸어갔다. '제비들판'은 바로 이웃 농장으로 패트에게는 자기 집이나 마찬가지였다. 톰 삼촌과 에디스 고모와 바바라 고모가 산다.
주디 아주머니는 바바라 고모는 좋게 생각했지만 에디스 고모와는 옛날부터 사이가 나빴다. 독신으로 사는 톰 삼촌에 대해서는 아주머니 나름의 의견을 가지고 있었는데, 모름지기 남자란 결혼해야 한다는 것이었다. 결혼하지 않으면 남의 아내를 유혹하기 때문이라고 했다.
하지만 패트는 쾌활한 톰 삼촌이 좋았다. 톰 삼촌은 키가 컸고 목소리가 쩌렁쩌렁 울렸다. 북글렌 마을에서 아직껏 턱수염을 기르고 있는 사람은 톰 삼촌 하나뿐이었다. 길고 곱슬곱슬하고, 새카만 톰 삼촌의 수염은 참으로 멋졌다.
동글동글 살이 찌고, 장밋빛 볼을 한 쾌활한 바바라 고모도 좋았지만, 에디스 고모는 조금 무서웠다. 에디스 고모는 마르고 혈색이 나빴으며 소리내어 웃는 일이 결코 없었다. 주디 아주머니와는 오랫동안 반목해왔다. 주디 아주머니 역시, "혼자 살도록 태어난 여자야, 저 여자는" 하고 심술궂게 말했다.

패트는 '소곤소곤길'을 지나 '제비들판'으로 갔다. 오솔길을 따라 죽 늘어선 자작나무는 지금은 이 세상에 없는 새색시들이 심은 것인데, '은빛숲'의 신부들에게는 아마도 나무를 심는 취미가 있었던 모양이다. 또 오솔길의 가장자리를 두른 커다란 돌을 문께까지는 주디 아주머니가 회칠을 했고, 문에서부터는 에디스 고모가 했다. 톰 삼촌도 바바라 고모도 회칠할 마음 따위는 전혀 없었다. 하지만 에디스 고모는 주디 아주머니가 뻐기는 것이 싫어서 자신이 직접 했던 것이다.

문은 오솔길을 반쯤 간 곳에 있었다. 거기서부터는 자작나무 대신 울타리 모퉁이에 고사리, 양치식물, 제비꽃, 캐러웨이 등이 무성했다. 패트는 '소곤소곤길'을 무척 좋아했다. 4살 때 주디 아주머니에게 이렇게 말한 적이 있었다.

"주디 아주머니, 이게 목사님이 말씀하신 '생명의 길'이 맞지?"

그때 이후로 패트에게는 자작나무 뒤에 뭔가 아름다운 비밀이 감추어져 있으며, 끊임없이 고개를 끄덕이는 캐러웨이 꽃들이 소곤소곤 비밀을 속삭이는 것같이 느껴졌다.

이제 기분이 완전히 좋아진 패트는 건포도를 먹으면서 통통통 뛰어갔다. 오솔길은 춤추며 손짓하는 그림자들로 가득했다······. 놀이 친구를 찾으러 나온 친숙한 그림자들이다. 회색 토끼가 고사리 덤불에서 뛰어나와서 다른 덤불로 달려들어갔다.

오솔길 저쪽은 약간 어둡고 바람이 지나가는 '황혼 목장'이었다. 대기는 향기로웠고 나무들은 패트와 친해지고 싶어했다. 산들바람이 불어와 키 작은 풀들이 모두 패트 쪽으로 나부꼈다.

톰 삼촌네 헛간 앞 들판에는 털이 복슬복슬한 아기 양들이 여기저기 놀고 있었고, 어린 저지종 송아지 세 마리가 부드러운 눈길로 울타리 너머 이쪽을 보고 있었다. 패트는 송아지들이 귀여워 견딜 수가 없었다. 저지종을 키우는 것은 북글렌 마을에서는 톰 삼촌네뿐이었다.

　들판 저쪽으로 톰 삼촌네 건물이 하나의 마을을 이루고 있었다. 건물이 무척 많았던 것이다. 돼지우리에 닭장, 양 우리와 보일러 창고, 거위 사육장과 '순무의 집', 게다가 '사과의 집'까지 있었다. 사과의 집이라니 무척이나 멋진 이름이라고 패트는 생각했다.

　"톰 가드너의 집에는 해마다 하나씩 새 건물을 올리지"라고 북글렌 마을 사람들은 말했다. 새로 지은 건물들이 모두 커다란 헛간 주위에 옹기종기 모여 있는 모습은 어미 닭 주위에 모여든 병아리들 같았다.

　오래된 톰 삼촌의 집은 발코니를 코라고 한다면, 그 양쪽으로 폭넓고 낮은 창이 눈처럼 이어져 있었다. 점잖고 위엄 있는 집이지만, 현관문이 빨갛기 때문에 마치 집이 장난스레 혀를 쏙 내밀고 있는 것처럼 보였다.

　패트는 언제나 이 집이 다른 사람은 모르는 비밀을 알고 있어서 껄껄 웃는 듯한 느낌이 들었고, 그런 비밀스런 점이 좋았다. 그러나 '은빛숲'이 그러기를 바라지는 않았다. 자신에게 뭔가를 숨기는 것은 질색이었다. 하지만 '제비들판'이라면 상관없었다.

2

　엄마의 두통이나 의사 선생님, 또 파슬리 밭 등만 아니면 이렇게 '제비들판'에서 하룻밤쯤 머무는 것도 낭만적이고 재미있는 일일지도 모른다. 지금까지 이곳에 한 번도 자러 온 적이 없는 것은 집에서 너무 가까웠기 때문이다. 그러나 그 점이 오히려 좋았다. 이 집 다락방 창문으로 내다보면 '은빛숲'이 보였다. 나무들 위로 지붕이 보였고, 창이라는 창에는 모두 등이 켜져 있었다. 패트는 조금은 쓸쓸해졌다. 시드 오빠는 지금 이곳에 없었다.

톰 삼촌은 신이 나서 의사의 검은 가방 얘기를 해주었지만, 결국 에디스 고모에게 제지당하고 말았다. 아니, 에디스 고모 때문에 입을 다문 사람은 톰 삼촌이 아니라 패트였을 것이다.
"삼촌, 벤틀리 선생님이 검은 가방에 아기를 담아서 가져온다고 생각한다면 커다란 잘못이에요. 우린 파슬리 밭에서 아기를 기르고 있어요. 지금쯤 아주머니가 찾아냈을걸요."
패트는 자신 있게 설명했다.
"이거야, 원……. 거 참…… 졌다, 졌어."
톰 삼촌은 완전히 항복했다.
에디스 고모는 패트에게 과자를 준 뒤 멋진 침실로 안내했다. 그 방에는 자주색 제비꽃 무늬의 크림색 사라사 천으로 된 커튼과 의자 커버가 있었고 침대에는 분홍빛 이불이 덮여 있었다. 모두 예쁜 것들뿐이었다. 하지만 너무 넓어서 어딘가 허전한 느낌이 들었다.
에디스 고모는 이불을 덮어주고는 패트가 이불 속으로 파고드는 것을 확인하고 나서 방을 나갔다. 하지만 바바라 고모처럼 키스를 해주지도 않았을 뿐더러 이곳에는 주디 아주머니도 없었다.
주디 아주머니는 늘 패트가 잠들기를 기다렸다가 까치발을 하고 들어와서는, "신께서 오늘 밤도 지켜주시기를. 우리 착한 강아지"라고 속삭이곤 했다.
하지만 오늘 밤에는 주디 아주머니도 파슬리 밭을 찾아다니느라 정신이 없어서 아주머니의 착한 강아지 따위는 잊어버린 모양이었다. 패트의 입술이 떨리면서 눈물이 복받쳤다……. 그때 울보 윌리가 생각났다. '그런 수치는 집안에 한 사람이면 충분해. 울보 패트 같은 건 없어.'
그렇지만 패트는 쉬이 잠이 오지 않았다. 창문 너머로 '은빛숲'의 굴뚝을 바라보면서, 시드의 방이 이곳에서 가까우면 얼마나 좋을까 생각했다. 갑자기 '은빛숲'의 다락방에 번쩍 등불이 켜졌다가 꺼졌다. 마치 집이 패트에게 윙크를 하는 것 같았다.

패트는 부리나케 일어나서 창가로 다가가 커다란 안락의자에 웅크리고 앉았다. 잠들려 해도 잠이 오지 않으니 차라리 이렇게 앉아 그리운 집을 바라보기라도 해야겠다는 것처럼. 집 쪽을 바라보니 눈앞에 아름다운 광경이 펼쳐졌다. 어두운 숲을 배경으로 부옇게 떠오른 '은빛숲'은 그 가장자리를 두른 둥그런 나뭇가지와 함께 마치 액자 속의 그림처럼 보였다.

'그리고 어쩌면 엘렌 프라이스가 말한 대로 황새가 아기를 데려다 줄는지도 몰라. 그렇게 되는 것이 다른 어떤 방법보다도 훨씬 멋지지. 이렇게 바라보고 있으면, 푸른 물굽이 저 너머 어딘가 먼 나라에서 은빛 새가 '은빛숲' 지붕 위로 내려앉는 것이 보일지도 몰라.'

밖의 오래된 전나무 가지가 창을 가볍게 두드렸다. 북글렌 마을의 여기저기에서 개들이 짖어댔다. 가끔 커다란 풍뎅이가 창문에 와 부딪쳤다. '연못들판'의 물이 빛났다. 저편 언덕 위 '기다랗고 쓸쓸한 집'의 창문에 달빛이 비쳐드는 순간, 등불이 켜진 것처럼 보였다. 패트는 오싹하고 즐거운 한기를 느꼈다. '기다랗고 쓸쓸한 집' 뒤편으로 보이는 나무들의 우듬지가 지금 막 빗자루를 타고 지붕으로 내려온 마녀 같았다. 패트는 기뻐서 소름이 돋았다.

역시 마녀는 있는지도 모른다. 밤에는 빗자루를 타고 항구 위를 날아다니리라. 그렇게 날 수 있다면 무척이나 기분 좋을 텐데! 어쩌면 마녀가 아기를 데려오는지도 모른다. 아니, 아니, '은빛숲'은 마녀가 가져오는 것 따위는 전혀 필요치 않아. 파슬리 밭 쪽이 나아. 오늘 밤은 아기를 데려오기에 안성맞춤인 밤이야.

저 나무들 위를 날아가는 희고 커다란 것은 새일까? 아니, 은빛 구름이네. 또다시 풍뎅이가 와 부딪는다. 쏴 소리를 내면서 바람이 톰 삼촌네 '사과의 집' 주위를 쓰다듬고 지나간다. 탁탁 소리를 내며 전나무 가지가 창문을 두드린다…….

날이 샐 즈음 모두들 잠든 시간에 시드가 발소리를 죽이며 방으로 들어왔다. 패트는 커다란 의자에 웅크린 채로 깊이 잠들어 있었다.

"아아, 시드!" 패트는 시드를 꼭 껴안았다. "어머, 내가 밤새 여기에 있었나봐. 주디 아주머니가 이제 그걸 찾아내셨을까?"

"그거라니, 뭘?"

"으응…… 아기 말이야." 이젠 시드에게 이야기해도 상관없었다. 더 이상 떳떳치 못하게 시드에게 감출 필요가 없다고 생각하자 마음이 한결 가벼웠다. "어젯밤에 아주머니가 파슬리 밭으로 아기를 찾으러 간댔어. 엄마를 위해서."

시드는 꽤나 뭔가를 아는 듯한 표정을 지었다. 황갈색의 곱슬머리 아래로 커다랗고 둥근 갈색 눈이 자못 모든 것을 알고 있다는 듯한 표정을 띠고 있었다.

'나는 패트보다 1살이 많아. 학교에도 다니고 파슬리 밭 이야기가 무슨 소린지도 나는 안다. 하지만 패트 같은 어린아이에게는 그렇게 생각하도록 내버려두는 것이 좋겠지.'

"집에 가보자."

패트는 서둘러서 옷을 찾아 입었다. 둘은 소리나지 않도록 조심하면서 계단을 내려와 희뿌옇고 어슴푸레한 밖으로 나왔다. 이슬에 젖은 땅에서 희미하게 좋은 냄새가 피어올랐다. 패트는 해가 뜨기 전에 일어난 것이 난생 처음이었다.

"이번 아기는 여자아이였으면 좋겠다. 남자아이는 한 집에 둘이면 충분하지만, 여자아이는 몇이 있어도 아무도 뭐라고 하지 않잖아. 예쁜 아기면 좋겠는데 말이야."

시드가 하는 말을 듣고 패트는 태어나서 처음으로 가슴을 찌르는 듯한 질투심을 느꼈다.

"물론, 틀림없이 예쁠 거야. 하지만 나보다 아기를 더 좋아하지는 말아 줘. 부탁이야."

"바보 같은 소리! 그럴 리가 없잖아? 전혀 좋아지거나 할 것 같지도 않으니까."

"어어, 하지만 조금은 좋아해줘야 해. 엄마를 위해서 말이야. 응? 시드, 어떤 여자아이기라도 나보다는 더 좋아하지 않겠다고 약속해 줘."

"말 하나마나지."

시드는 패트를 무척이나 귀여워했고, 그런 사실이 누구에게 알려지더라도 전혀 상관하지 않았다. 나무 문께에서 시드는 동글동글 살진 팔뚝으로 패트를 안고 키스해 주었다.

"다른 여자애하고 결혼하거나 하면 안 돼, 시드?"

"당치도 않아. 나도 톰 삼촌 같은 독신자가 될 거야. 톰 삼촌은 조용한 생활을 좋아한대. 나도 그래."

"둘이서 언제까지나 '은빛숲'에서 살아. 내가 집안일을 할게." 패트는 다짐하듯 말했다.

"아아, 그래. 그렇게 하자. 내가 서부에 가지 않으면 말야. 남자는 모두들 그리로 가니까."

"뭐?" 행복감에 가슴 벅차하던 패트를 차가운 바람이 쓸고 지나갔다. "서부 같은 곳으로 가면 안 돼, 시드⋯⋯. '은빛숲'을 벗어나니, 그러면 안 돼. 우리 집처럼 좋은 곳은 없으니까."

"하지만 어른이 되어서까지 어떻게 모두가 여기서 살게 되겠어?" 시드가 타이르듯 말했다.

"어째서 안 되는데?"

패트는 또다시 울어버릴 것만 같았다. 쾌청한 아침도 엉망진창이 되고 말았다.

"뭐 아직 몇 년이나 이 상태로 지낼 건데 뭘 그래. 자, 가자. 아주머니가 프라이데이하고 먼데이에게 우유를 주고 있네."

파슬리 밭에서 아기를 기르고 있어요 49

"아주머니, 아기를 찾았어요?" 패트는 주디 아주머니를 만나자마자 숨을 헐떡이며 물었다.

"찾았고말고. 그렇게 귀여운 여자아이는 본 적이 없을 정도야. 일이 끝나면 축하하러 가기 위해 가장 좋은 옷으로 갈아입어야 하겠구나."

"귀여운 아기라서 다행이야. 우리 집 아기인걸. 지금 보러 가면 안 돼요?"

"안 돼, 안 돼. 내 착한 강아지. 지금 엄마는 잠이 푹 드셨어. 어젯밤에는 편히 주무시질 못했으니까 방해하면 안 된단다. 그 아기를 찾아내는 데 꽤나 힘이 들었거든. 한심하게도 내 눈도 전 같지가 않더구나. 파슬리 밭에서 아기를 찾아내는 것도 이것이 마지막인 것 같아."

3

주디 아주머니는 아이들에게 부엌에서 아침 식사를 하도록 했다. 다른 사람들은 모두 자고 있었다.

패트와 시드 그리고 주디 아주머니, 이렇게 셋이서만 '젖소'에 든 죽에다 우유를 부어가며 식사를 하는 것은 매우 기분이 좋았다. '젖소'란 소 모양의 작고 검은 빛을 띤 갈색 주전자를 말하는데 동그랗게 말린 꼬리가 손잡이이고, 입이 따르는 곳이다. 주디 아주머니가 고향인 아일랜드에서 가져온 것인데, 주디 아주머니는 그것을 매우 소중히 여긴다. 아주머니는 자기가 죽으면 그것을 패트에게 주겠다고 했다. 패트는 주디 아주머니가 죽는다는 말에 질색을 했지만 주디 아주머니가 100살까지——하느님의 뜻이라면——살겠다고 약속했기 때문에 조금은 안심이 되었다.

아기가 태어나기까지 밤새도록 조바심을 냈을 터인데도 '은빛숲'의 부엌은 얼룩 하나 없이 정돈되어 있었다. 난로는 반짝반짝 닦여 있었고, 식기 선반에 놓여 있는 푸르고 흰 그릇과 접시들은 아침 햇살을 받아 빛나고 있었다. 창가에는 주디 아주머니의 제라늄이 활짝 피어 있었다.

난로와 테이블 사이에 깔려 있는 벽돌색 깔개에는 세 마리의 검은 고양이 무늬가 있다. 고양이들의 눈은 노란 털실로 되어 있었다. 세 마리 모두 몇 년 동안이나 밟혀왔음에도 그 눈은 변함 없이 고양이답게 빛나고 있었다.

주디 아주머니의 살아 있는 검은 고양이는 벤치에 앉아서 깊은 생각에 잠겨 있는 것 같았다. 그 옆에는 동글동글한 새끼고양이 두 마리가 마룻바닥의 양지쪽에서 자고 있는데, 그것으로도 부족해서 벽에는 그림이 걸려 있었다. 이것도 주디 아주머니가 아일랜드에서 가져온 것이다. 푸른 눈을 한 세 마리의 흰 새끼고양이가 뒤엉킨 비단실 꾸러미를 가지고 장난치고 있는 그림이었다. '은빛숲'에서는 어른 고양이나 새끼고양이가 수없이 드나들었다.

그러나 주디 아주머니 그림 속에 있는 새끼고양이들은 언제까지나, 아무리 시간이 지나도 재롱을 부리고 있었다. 그것은 패트에게 기분 좋은 일이었다. 아주 어릴 때 패트는 이 새끼고양이들도 자라서 변해버리면 어쩌나 걱정을 했던 것이다. 귀여운 새끼고양이가 갑자기 껑충 자라서 다 큰 고양이가 되는 것을 볼 때마다 패트는 슬픔을 맛보곤 했던 것이다.

다른 그림도 있었다. 대관식을 하는 빅토리아 여왕의 초상. 윌리엄 왕이 백마를 타고 보인 강을 건너는 모습. 거친 파도가 부서지는 검은 바위에 놓인 십자가……. 그 십자가는 풍성한 꽃으로 장식되어 있으며, 십자가 아래쪽에는 자주색 쿠션 위에 커다란 성경책이 펼쳐져 있다. 그 밖에 아끼던 작은 새의 죽음을 소재로 한 그림과 '즐거운 우리 집'이나 '하늘 나라를 향하여'라는 문구를 수놓은 수예품 등이 있었다.

그 그림들은 봄 대청소 때마다 다른 방에서 떼어낸 것들이었다. 태워버리라는 것을 주디 아주머니가 받아들이지 않았던 것이다. 패트는 이런 그림이 다른 곳에 있었다면 좋아하지 않았겠지만, 주디 아주머니의 부엌 벽에 걸려 있었기 때문에 좋았고, 이 그림이 없으면 뭔가 빠진 것처럼 허전해 보일 정도였다.

패트는 토스트를 먹으면서 모든 것이 원래대로 놓여 있어서 다행이라며 안심했다. 자기가 없는 동안에 완전히 변해버린 것은 아닐까 은근히 걱정했던 것이다.

식사가 끝나갈 때 아빠가 들어왔다. 패트는 달려갔다. 아빠는 피곤한 모습이었으나 빙긋 웃으면서 패트를 안아 올렸다.

"너에게 새 여동생이 생겼다는 얘기를 아주머니가 하시던?"

"네에, 기뻐요. 정말 잘됐어요." 패트가 기특하게도 점잖게 대답하자 아빠는 활짝 웃었다.

"그렇다면 잘됐구나. 네가 아기를 질투해서 네 코가 횡 하고 돌아갈까 봐 걱정했는데 말이야."

"내 코라면 걱정 마세요. 만져 보세요."

"물론 이 아이의 코는 어떻게도 되지 않았어요. 이 아이한테 바보 같은 소릴 하지 말아요, 앨릭." 주디 아주머니가 주의를 주었다. 주디 아주머니는 패트의 아버지인 꺽다리 앨릭을 어릴 적부터 혼내왔기 때문에 앨릭이 이렇게 가족을 거느린 지금에도 여전히 잔소리를 해댔다.

"이 아이가 질투한다는 둥 쓸데없는 걱정은 하지 않아도 돼요. 이 아이는 질투의 '질'자도 모르니까! 질투라니 기가 막혀서 내 원 참!"

주디 아주머니의 회색이 섞인 초록색 눈이 분노로 불타올랐다. 패트보다 새 아기를 귀하게 여기거나 애지중지했단 봐라, 내 그냥 두지 않을 테니!

4

 오전도 꽤 지났을 무렵 드디어 2층으로 올라가도 된다는 허락이 떨어졌다. 주디 아주머니는 맨 앞에 서서 아이들을 이끌었다. 푸른 실크드레스를 입은 주디 아주머니는 정말이지 당당함 그 자체였다. 이 드레스는 15년 전에 패트의 아버지 '꺽다리 앨릭'이 신부를 맞을 때 만든 것인데 아기가 태어날 때 같은 특별한 경우에만 입었다. 최근에 입었던 것은 6년 전 가드너 할머니의 장례식 때였다. 유행이 한참 지났지만 주디 아주머니는 한번 실크는 영원한 실크라면서 전혀 신경 쓰지 않았다.
 주디 아주머니가 너무나도 멋졌으므로 아이들은 가까이 다가가기가 힘들게 느껴졌다. 아이들은 평상복을 입었을 때의 아주머니가 더 좋았지만, 아주머니는 호사스런 기분을 즐기고 있었다.
 방에서는 하얀 모자에 하얀 앞치마를 두른 간호사가 엄마를 돌보고 있었다. 심한 두통을 앓았다는 엄마는 창백한 얼굴을 베개에 뉘고 있었다. 검은 머리칼이 날개처럼 펼쳐져 있고, 부드럽게 꿈꾸는 듯한 황갈색 눈은 행복한 듯 빛나고 있었다.
 바바라 고모는 다락방에서 꺼내온 고풍스런 검정 요람을 흔들고 있었다. 이 요람은 100년 전에 고조할아버지인 니어마이아가 직접 만든 것으로 '은빛숲'의 아기들은 모두 그 속에서 자라났다.
 간호사는 요람도, 요람을 흔드는 것도 마음에 들지 않으나, 바바라 고모와 주디 아주머니의 연합군에게는 당할 수가 없었다.
 패트는 엄마에게 키스하고 나서 흥분에 떨면서 까치발로 요람 곁으로 다가갔다. 주디 아주머니가 아기를 안아 올려서 아이들에게 보여주었다.
 "아유, 귀여워라. 아주머니, 잠깐 안아보면 안 돼요?"
 패트는 너무나 기뻤다.
 "그럼, 괜찮고말고."

간호사와 바바라 고모가 제지할 틈도 없이 주디 아주머니는 패트에게 아기를 건네며 생각했다. '어쩌냐, 요 간호사야. 고것 참 깨소금맛이다!'
패트는 좋은 냄새가 나는 아기를 마치 늘 안아왔던 것처럼 익숙하게 안았다.
발이 너무나도 작고 귀여웠다. 세상에 이렇게 조그맣고 주름투성이인 발바닥이 있을까! 작은 핑크색 발톱은 꼭 조개껍질 같았다.
"눈은 무슨 색이에요, 아주머니?"
"파란색이란다. 위니처럼 파랗고 커다란 눈이지. 보조개가 있는 게 분명해. 이런 아기라면 여왕님도 부러워할 거야."

안식일에 태어난 아기는
재주가 뛰어나고
명랑하고
마음씨가 곱고
순박한 아기

바바라 고모가 이렇게 노래하자 패트가 말했다.
"물론 그렇고말고요. 이 아기는 이 집의 아기인걸요."
"그래그래, 모두 착한 아기들이지." 주디 아주머니가 칭찬했다.
"자, 아기는 이제 요람으로 돌아가야만 해요." 간호사가 명령했다.
패트는 마지못해 아기를 돌려주었다. 엄마의 행복을 위해 참아야 했다. 낯설게만 여겨졌던 아기가 이제는 예전부터 함께 지낸 가족 같은 느낌이 들었다. 황새가 데려다주었건, 의사 선생님이 검은 가방에 담아 왔건, 혹은 파슬리 밭에서 주워왔건 간에 어쨌든 이 집에 온 이상은 이 집의 식구였다.

이름은 무엇으로

1

새로 태어난 아기는 3주일 동안이나 이름이 없는 채로 지냈다. 3주일이 지나자 엄마는 아래층으로 내려올 수 있었다. 또 간호사도 돌아갔으므로 주디 아주머니는 아주 시원해했다. 주디 아주머니도 간호사인 미스 마틴을 싫어했지만, 미스 마틴도 꽤나 주디 아주머니를 싫어했다.

"저런, 저런. 저렇게 송아리를 다 드러내놓고, 입술은 또 저게 뭐람, 새빨갛게!"

마틴이 흰 가운을 벗고 바람을 쐬러 산책 나가는 것을 주디 아주머니는 몹시 못마땅해 했다. 그러나 그런 비난은 좀 부당했다. 미스 마틴의 치마는 유행하는 길이였고, 입술 색깔도 요란하지 않았기 때문이다. 주디 아주머니는 오솔길을 걷는 미스 마틴의 뒷모습을 미워 죽겠다는 듯 쳐다봤다.

"저런 여자는 혼을 좀 내어주어야 해. 저렇게 귀여운 아기에게 그 레타라느니 뭐라느니 하는 이름이 좋다고 떠들어대니 말이야!"

무어? 그레타라고? 자기네 할아버지는 죽었다가 다시 살아난 주제에."

"정말이에요, 아주머니?"

"정말이고말고. 지미 마틴 할아버지는 이틀 동안이나 죽었다가 살아났다는걸. 의사 선생님이 그렇게 말했다구. 죽었다가 가족들을 난처하게 하려고 다시 살아난 게 분명해. 그러나 다시 살아난 뒤에는 물론 옛날 같지는 않았어. 친척들은 할아버지의 일을 무척이나 창피해했지. 미스 마틴도 저렇게 고개를 빳빳이 쳐들고 다닐 수만은 없을 텐데."

"하지만 아주머니, 어째서 모두들 그 할아버지를 부끄러워했어요?" 시드가 물었다.

"그건 일단 죽었으면 죽은 채로 있는 것이 예의니까 그렇단다. 자기가 아직 태어나기도 전부터 아기를 보살펴온 사람을 가르치는 것 같은 행동은 너무 뻔뻔스럽지 않니! 자기 할아버지를 생각하는 게 좋을 텐데 말이야. 하지만 이제 가버렸으니 속이 다 후련하구나. 거드름을 피우며 제멋대로 집 안을 돌아다니는 일도 없을 테니까. 사공은 많고 배는 너무 작다는 얘기지. 쓸데없이 참견하고 다니는 것이 그 여자의 결점이야."

"미스 마틴도 할아버지 일은 어쩔 수 없었을 거예요, 아주머니." 패트가 말했다.

"그건 나도 알고 있어. 사람은 누구나 자기의 조상만큼은 마음대로 할 수 없는 법이지. 우리 할머니도 마녀였지 않니? 사람은 누구나 뭔가 있는 법이니까 제멋대로 뽐내고 거드름을 피워선 안 된다는 거야."

패트도 미스 마틴이 가버려서 기뻤다. 그건 그녀가 싫어서가 아니라 아기를 지금까지보다도 자주 안을 수 있게 되었기 때문이다. 패트는 아기에게 푹 빠졌다. 지금까지 아기 없이도 잘 지내왔지만 지금의 패트는 아기가 없는 '은빛숲'은 도저히 생각할 수 없었다. 톰 삼촌이 심각한 표정으로 그 아기를 그냥 기르기로 했는지, 아니면 내다 버리기로 했는지를 물어 왔을 때에는 몸이 벌벌 떨릴 지경이었다.

주디 아주머니는 깔깔대며 큰소리로 웃더니 말했다.

"삼촌이 너를 놀리려고 한 것뿐이야, 착한 아가씨. 혼자 사는 사내는 농담을 해도 그런 것밖에는 생각나지 않는 모양이지."

아기 이름을 짓는 것은 미스 마틴이 돌아갈 때까지 연기되었다. 그레타라는 이름이 마음에 들지 않는다고 말해서 미스 마틴의 기분을 상하게 하고 싶지 않았기 때문이었다. 미스 마틴이 돌아간 날 오후에 집안 식구들은 아기 이름을 짓는 일에 골몰했다.

하지만 이름을 결정하는 것은 쉬운 일이 아니었다. 엄마는 외할머니의 이름을 따서 도리스라고 짓고 싶어했고, 아빠는 아빠대로 할머니의 이름을 따서 레이철로 부르고 싶어했다. 로맨틱한 위니는 일레인이 좋겠다고 했고, 조는 덜시가 멋지다고 했다.

패트는 1주일 전부터 아무도 모르게 아기를 미란다라고 불러왔다. 시드는 이렇게 푸른 눈의 아기는 바이얼릿이라는 이름으로 불러야 한다고 주장했다. 헤이젤 고모는 캐슬린이야말로 딱 어울리는 이름이라고 했고, 무슨 일이든지 사기도 한 마디 해야만 직성이 풀리는 주디 아주머니는 에머럴러스야말로 아주 우아한 이름이라고 큰 소리쳤다. 분명 아마릴리스라고 하려는 모양이라고 식구들은 추측했지만 확실한 것은 알 수가 없다.

결국 아빠가 이런 제안을 했다. 저마다 마당에 씨를 뿌린 다음 그것에 이름을 표시했다가 가장 먼저 싹을 틔운 씨앗의 주인이 아기에게 이름을 지어주면 어떠냐는 것이었다.

"만약 한 번에 하나 이상의 싹이 나오면 그 사람들끼리 다시 한 번 씨를 뿌리기로 하자."

이렇게 모든 것을 하늘에 맡겨야만 하는 방법에 아이들은 환호성을 지르며 기뻐했다. 식구들은 씨앗을 뿌리고 거기에 이름표를 세웠다. 그리고 날마다 관찰을 했다. 하지만 아침 일찍 일어나서 어떻게 되었는지 살피는 데 가장 열심인 사람은 패트였다. 모든 것은 밤중에 자라는 법이라고 주디 아주머니가 말했기 때문이었다. 저녁 무렵에는 아무것도 없어도…… 아침이 되면 싹이 나올 터였다.

그러다가 여드렛날 아침 정확히 해가 떠오른 시간에 패트는 주디 아주머니를 제외한 그 누구보다도 일찍 일어나서 마당으로 나갔다.

패트가 씨앗을 심은 곳에 싹이 나 있었다! 그것을 확인한 순간 패트는 기뻐서 어쩔 줄 몰랐다. 그러나 곧 패트는 진지한 표정이 되었다. 속눈썹이 긴 패트의 호박색 눈에 망설임의 빛이 감돌았다.

'물론, 미란다도 좋은 이름이지만 아빠는 레이첼로 하고 싶어해. 엄마는 나와 시드의 이름을 지었고, 톰 삼촌은 조에게, 헤이젤 고모는 위니에게 이름을 지어주었으니 이번에는 아빠 차례야. 아빠는 별로 말씀은 안하시지만, 원래부터 그다지 말이 없는 편이니까, 하지만 이번 아기만큼은 꼭 레이첼로 하고 싶어하시는 게 분명해.'

패트는 속으로 아빠의 씨앗이 제일 먼저 나왔으면 좋겠다고 바랐었다.

패트는 주위를 둘러보았다. 돌 위에 젠틀맨 톰이 앉아 있을 뿐 사람 그림자는 보이지 않았다. 다음 순간 패트는 자기가 심은 씨앗에서 나온 새싹을 뽑아서 닭장 뒤의 우엉 밭으로 내던졌다.

'이렇게 하면 아빠에게도 아직 기회가 있는 거야.'

하지만 안타깝게도 아빠의 씨앗은 싹이 나지 않는 모양이었다. 다음날 아침에는 위니와 엄마의 씨앗이 싹을 틔웠다. 패트는 주저하지 않고 뽑아냈다. 위니 언니쯤이야 아무래도 좋았고, 엄마는 이미 두 아이에게나 이름을 지어주었으니 그것으로 충분했다.

다음날 아침에는 조의 씨앗이 같은 운명에 처해졌다. 그 뒤로는 시드와 주디 아주머니의 씨앗에서 싹이 났다. 이제 패트는 아무런 느낌 없이도 나쁜 짓을 해냈다. 어떤 아이에게든 에머럴러스라는 따위의 이름을 붙이는 건 참을 수 없었던 것이다.

다음날에는 그 누구의 싹도 나오지 않아서 패트는 걱정이 되었다. 씨앗이 하나도 싹을 틔우지 않는 이유가 뭐냐고 모두들 의아해했다. 달 모양이 좋지 않은 시기에 심었기 때문이라고 주디 아주머니가 넌지시 말했다. 어쩌면 아빠의 씨앗은 끝끝내 싹을 틔우지 않을지도 모른다. 패트는 어떻게든 다음날 아침에는 아빠의 씨앗에 싹이 나게 해달라고 간절히 기도했다.

그러자 정말 싹이 나왔다!

패트는 의기양양하게 주위를 둘러보았다. 죄의식 따위는 조금도 없었다. 아아, 모든 것이 얼마나 아름다운가! '안개언덕' 위에는 구름의 둥우리 같은 맑은 금빛 구름이 떠 있다. '은빛숲'에서는 바람이 불어왔고, 삐죽이 솟은 전나무가지는 햇빛을 받고 가늘게 떨고 있었다.

주위 들판은 모두 자애로운 팔을 뻗어 패트를 감싸안았다. 곳간 옆에서는 주디 아주머니의 말을 빌리면 '포플'(포플러)이 서로 뭔가를 속삭이고 있었다.

눈앞에는 웃음 짓는 초록빛 세계가 펼쳐져 있었고, 저 너머로는 사람을 유혹하는 것처럼 푸른 바다가 빛나고 있었다. 머리 위에는 맑게 갠 연푸른 하늘이 은색으로 빛났고, 온 마당 안의 꽃들이 하룻밤 새에 활짝 피어난 것 같았다. 부엌문께에 주디 아주머니가 심은 커다란 금낭화 덤불에는 루비 보석 같은 열매가 달려 있었다.

막 떠오른 햇빛 속으로 여기저기 흰 집들이 떠올랐다. 새끼 고양이가 살금살금 과수원을 빠져나갔다. 서즈데이는 좋아하는 곳간 창문턱에서 제 몸을 열심히 핥고 있었다. 우물 위로 뻗어난 단풍나무

가지에서 빨간 다람쥐가 서즈데이를 향해 쉴새없이 지껄여댔다. 주디 아주머니가 물을 푸려고 양동이를 들고 나왔다.
"아주머니, 아빠의 씨앗에 싹이 났어."
패트는 외쳤다. 제일 먼저라고는 말하지 않았다. 사실이 아니었으니까.
이런 '소식'을 주디 아주머니는 너그럽게 받아들였다.
"그랬어? 그랬구나! 사실 이번엔 아빠 차례기도 하고, 어쨌든 그레타라는 이름보다 레이철 쪽이 훨씬 낫지 뭐냐. 그레타라니 원! 뻔뻔스러운 것도 분수가 있어야지!"

2

아기의 이름은 레이철로 결정되었고, 6주일 뒤에는 교회에서 세례를 받아 법률상으로도 레이철이 되었다. 세례식 때 아기에게는 할머니가 첫아기를 위해 만든, 작은 구멍무늬 자수가 멋진 세례복을 입혔다. '은빛숲'의 집 아이들은 모두 이 세례복을 입고 세례를 받았다.

아기에게 기다란 옷을 입히는 것은 유행에 뒤진 것이었지만, 세례 때는 적어도 길이가 1미터 50센티는 되는 옷을 입혀야만 한다고 주디 아주머니가 완강하게 주장했다. 아기 이름에는 엄마가 원했던 대로 도리스라는 이름도 덧붙이긴 했지만 아빠의 대승리였다.

패트는 자기가 한 일에 대해 후회하지 않았지만 죄책감이 느껴졌다. 그날 밤 주디 아주머니가 언제나처럼 밤 기도를 하기 위해 방으로 와보니, 눈을 빤히 뜨고 있던 패트가 벌떡 일어나 주디 아주머니의 목에 매달렸다.

"아아, 아주머니······어떤 일을 했는데······ 나쁜 일이었던 것 같아요. 아빠가 아기 이름을 지어주게 하고 싶어서 아침마다 돋아난 싹을 모조리 뽑아 버렸거든요. 아주 나쁜 짓이지? 아주머니."

"이게 무슨 소리야, 깜짝 놀랐는걸." 그러나 말과는 정반대로 주디 아주머니의 눈은 재미있다는 듯 빛나고 있었다. "조가 이 사실을 알았다면 가만있지 않았겠는걸. 하지만 아무에게도 말하지는 말아라. 나도 아빠가 바라는 대로 되기를 바랐거든. 이 집에서 아빠는 늘 여자들에게 지기만 하니까 말이야."

"아빠 것이 제일 마지막이었어요. 헤이젤 고모 것은 전혀 싹이 나지 않았거든요."

주디 아주머니는 빙글빙글 웃으면서 말했다.

"아유, 그랬어? 그랬다면 아마 내가 먼저 뽑아버렸을 거야."

헤이젤 고모가 시집가는 날

1

8월 말부터 패트는 학교에 다니게 되었다. 첫날의 괴로움이란! 작년에 시드가 패트를 따돌리고 혼자서 학교로 가버리던 때보다 더 하면 더했지 조금도 덜하지 않았다. 그때까지 둘은 단 한 번도 떨어진 적이 없었다. 패트는 그때, 문에 기대어 오솔길로 멀어져 가는 시드가 보이지 않게 될 때까지 눈물이 글썽한 눈으로 바라보았었다.

"착한 아이지? 저녁에는 돌아올 거야. 돌아오는 것을 기다리는 것도 즐거운 일이란다"라고 주디 아주머니가 위로하면 패트는 "저녁때는 너무 멀어요" 하고 훌쩍이곤 했다.

아무리 시간이 지나도 끝나지 않을 것 같던 하루가 지나고 마침내 4시 반이 되면, 패트는 시드를 마중하러 오솔길로 뛰어갔다. 시드가 돌아왔을 때의 기쁨은 배웅할 때의 괴로움을 메우고도 남는 것이었다.

패트는 학교 같은 곳을 다니고 싶지 않았다. 1주일에 닷새 동안, 그것도 하루에 8시간 동안 '은빛숲'을 비우는 것은 실로 슬픈 일이었다. 하지만 주디 아주머니는 맛있는 도시락을 마련해 주었고, 손가방에는 패트가 무척이나 좋아하는 빨간 사과를 가득 담아서 격려의 키스와 함께 배웅해주었다.

"자, 어때, 좋지? 지금부터는 교육을 받아야 하는 거란다. 교육이란 굉장히 중요한 거야. 나는 교육을 받지 않았지만 그것을 잘 안단다."

"하지만 아주머니는 이 세상 그 누구보다도 많은 것을 알고 있잖아요?"

"그렇긴 하지만, 교육이란 그저 어떤 것을 아는 것만이 아니란다. 너도 이제 책을 잘 읽을 수 있을 테고, '은빛숲'의 자랑이 되도록 열심히 해야 하는 거야."

'은빛숲'의 자랑. 그 한마디 때문에 그럭저럭 하루를 보낼 수 있었다. 시드의 손에 이끌려 오솔길을 한참 가다가 뒤돌아보았을 때, 마당의 나무문에서 주디 아주머니가 손을 흔드는 것을 보고 눈물이 복받쳐 올랐지만 그것도 애써 참을 수 있었다.

얼굴도 모르는 많은 아이들이 물끄러미 쳐다볼 때도, 선생님과 이야기할 때에도 '은빛숲'의 명예를 생각하고 참았다. 기나긴 하루 동안 패트는 뒷자리 작은 책상에서 글씨 연습을 하거나, 창문으로 학교의 잡목림을 내다보면서 시샜나.

쉬는 시간과 점심 시간이 되자, 위니 언니와 조 오빠가 다른 큰 아이들과 어디론가 가버려서 패트는 외톨이가 되고 말았다. 그런 때에도 잡목림은 여전히 곁에 있어 주었으므로 무척이나 마음이 든든했다. 가까스로 수업이 끝났다. 생각해 보니 무엇 한 가지 '은빛숲'의 수치가 될 만한 일은 한 것이 없었다. 패트의 어깨에 힘이 솟았다.

이제 즐겁게 집으로 돌아가는 것이다! 마치 1년 동안이나 집을 비웠던 것처럼 주디 아주머니와 엄마는 환영해 주었고, 아기는 방글 방글 웃고 빠아빠아 소리를 내면서 맞이했다. 고양이 서즈데이도 달려나왔고 마당의 꽃들은 고개를 끄덕이면서 '어서 오라'고 손짓하는 것 같았다.
"내가 돌아왔다고 모두들 기뻐하네요." 그렇다면 학교에 다니는 것도 나쁘지는 않다. 게다가 학교에서 있었던 일을 주디 아주머니에게 이야기하는 즐거움도 엄청났다.
"다른 여자애들은 다 좋은데, 메이 비니만은 싫어요. 메이는 자기네 집 오솔길에는 이끼 따위는 나 있지 않다는 거예요. 그래서 내가 오솔길에 이끼가 있는 것이 좋다고 말했더니, 너의 집은 구식인 데다가 페인트가 벗겨지지 않았냐고, 또 손님용 침실의 벽지에는 얼룩이 져 있다고 그러잖아요."
"그건 사실이야. 굴뚝도 꺽다리 앨릭이 고치려고 애써 보았지만 여전하고, 그렇지만 비니네 사람들이 하는 말에 일일이 귀를 기울이다가는 하루 해가 저물고 말 거야. 그래서 넌 메이한테 뭐라고 해주었니?"
"'은빛숲'은 다른 집처럼 꼴사납지가 않아서 페인트 따위는 아무래도 상관없다고 말해주었죠 뭐."
주디 아주머니는 깔깔 웃었다.
"그렇다면 메이도 항복했겠는걸. 아무리 노란색을 칠해도 그 집처럼 꼴사나운 집은 본 적이 없으니까. 그랬더니, 메이가 뭐라고 그러던?"
"우리 집 응접실 커튼이 색이 바래서 볼품이 없다는 거예요. 난 기가 팍 죽고 말았어요. 그건 사실이니까. 북글렌 마을의 어느 집 응접실이나 예쁜 레이스 커튼이 쳐 있잖아요."

2

그러나 그로부터 3주일이 지나자 학교에 가는 것이 당연한 일이 되었을 뿐만 아니라 패트는 학교가 좋아지기까지 했다.
 그러던 어느 날 주디 아주머니에게서 생각지도 않은 말을 듣게 되었다.
 "헤이젤 고모가 시집을 갈 텐데, 알고 있겠지?"
 처음에 패트는 믿어지지가 않았다! 아무리 해도 믿을 수가 없었다. 헤이젤 고모가 다른 집으로 시집을 가다니, 그럴 리가 없었다. 패트는 1주일 동안이나 밤마다 울며 지샜다. 아무리 주디 아주머니가 위로를 해도 소용이 없었다. 울보 윌리 애기를 해도 전혀 소용이 없었다.
 "이쯤해서 헤이젤 고모도 시집을 가지 않으면 노처녀가 되고 말걸."
 "바바라 고모랑 에디스 고모도 노처녀지만 행복하게 살잖아요."
 패트는 훌쩍훌쩍 울면서 말했다.
 "아니, 아니, 한 집에 노처녀는 둘로 충분해. 헤이젤 고모가 시집을 가는 건 좋은 일이란다. 세상은 여자들이 혼자 살아가기엔 힘든 곳이야. 주위를 밝게 해주는 헤이젤 고모가 시집을 가면 집안은 좀 쓸쓸해지겠지만, 이쯤에서 결혼해야 한단다. 헤이젤 고모는 남자에게 푹 빠진 적은 단 한 번도 없었어……. 아무리 헤이젤 고모를 미워하는 사람이라도 그런 말반은 할 수 없을 거야. 하지만 좀 들떠서 돌아다닌 적이 있긴 하지. 한두 번 이상한 사람을 붙드는 게 아닐까 가슴을 졸인 적도 있었지만, 그럴 때마다 헤이젤 고모는 '아주머니, 앞으로 두세 명 더 사귀어보고 나서 결혼하고 싶어요'라고 했단다. 로버트 메디슨으로 정한 건 운이 좋았던 거야. 의지할 만한 사내니까 말이야. 너도 분명 로버트가 좋아지게 될 거란다, 나의 착한 아가씨."
 "좋아지거나 하는 일은 없을 거예요!" 패트는 영원히 그를 미워하기로 결심했다. "아주머니는 그 사람이 좋아요?"

"그럼, 좋고말고. 그렇게 반듯한 사람은 좀처럼 없단다. 게다가 가게 주인이기도 하고. 농가로 시집가서 사는 것보다는 훨씬 편안할 거야."
"아주머니, 로버트 메디슨이라는 사람, 헤이젤 고모와 어울릴 만큼 잘생겼을까요?"
"무슨 소리, 그보다 더 못생긴 사람도 많이 봤는걸. 물론 로버트의 귀가 커다란 세모꼴인 건 부인할 수 없는 사실이야. 그건 칼렌더 집안의 혈통에서 온 거지. 헨리 칼렌더 할아버지의 귀 같은 귀는 본 적이 없으니까. 뒤에서 머리만 보면 사람인지 박쥐인지 구분이 가지 않았단다. 하지만 운 좋게도 메디슨 집안의 피가 섞이면서 조금은 깎이어 둥그스름해지고 작아졌지! 로버트는 얼굴도 잘생겼고, 우린 모두 이번 결혼을 기뻐하고 있단다.

지금이니 말하는 거지만, 그동안 걱정이 아주 없지는 않았단다. 고든 로즈라는 사람이 있었는데, 물론 나는 헤이젤이 그런 사람을 선택하지는 않을 거라고 굳게 믿고 있었단다. 로즈 집안 사람들은 모두 등이 굽어서 침대에 똑바로 누울 수도 없을 지경이었지. 게다가 윌 오웬도 있었고……. 꺽다리 앨릭은 그를 마음에 들어했지만, 그 사람은 나무토막처럼 무뚝뚝해서 자기 의견을 아무것도 말하지 못했어. 하느님이 벙어리로 만들기라도 했는지 그거야 모르지만, 난 어느 정도 말수가 많은 쪽이 좋거든.

한번은 헤이젤 고모가 시디 테일러에게 마음을 주는 것 같았지. 그런데 어느 날 밤, 헤이젤이 그의 넥타이 취향은 도저히 참을 수 없다고 말하는 바람에 시디는 벌컥 화를 내고 돌아간 뒤로 다시는 오지 않았어. 무리도 아니었지. 너도 좋아하는 남자가 생기거들랑 목사님 앞에서 정식으로 맺어질 때까지는 결코 넥타이 얘기 따위는 해서는 안 된단다. 네 엄마는 칼 깁슨이 맘에 들었던 모양이지만, 그는 꼭 여자 같았어. 하지만 서머사이드의 깁슨 집안이어서,

나는 그가 이 집안을 얕보지나 않을까 걱정했단다. 게다가 꼭 사팔뜨기 고양이 같은, 이상한 표정을 짓고 있었지. 그런데 이 로버트 메디슨 말인데, 다른 사람들이 퇴짜를 맞을 때마다 느닷없이 나타나는 거야. 메디슨 집안 사람들은 일단 이거라고 생각하면 반드시 그대로 하고야 마는 성미이지. 로버트의 삼촌 짐도 그랬고. 아 참, 짐이 동생의 시신을 럼주로 절인 다음 집으로 가지고 돌아와 장사를 지낸 얘기는 아직 하지 않았지?"
"절였다고요, 아주머니?"
"얘기해 줄게. 1850년의 일인데, 인도양 한가운데서 짐의 배에 탔던 네드 메디슨이 죽어버렸지. 다른 사람들은 모두 바다에 장사 지내야 한다고 했지만, 짐은 무슨 수를 쓰든 네드를 데리고 돌아와 프린스에드워드 섬의 가족 묘지에 묻어주겠다면서 서슬이 퍼렇게 큰소리를 치는 바람에 모두들 새파래졌었지. 짐은 배의 목수에게 납으로 관을 만들게 한 다음 그 안에 네드를 넣고 럼주를 가득 부어넣고 돌아왔던 거야. 네드는 살아 있을 때 모습 그대로였지. 짐은 그때 이후로 다시는 예전 같지 않았지만, 그것이 메디슨 집안 사람들이 사는 방식이지. 어쨌든 결혼 상대로 로버트를 택한 것은 잘한 일이야. 이 집의 명예를 위해서도 훌륭한 결혼식을 치러야 해."

패트는 좀처럼 단념할 수가 없었다. 패트는 헤이젤 고모를 워낙 좋아했다. 에디스 고모나 바바라 고모보다도 훨씬 좋았다. 헤이젤 고모는 아주 쾌활하고 예뻤다. 얼굴은 약간 검고 눈과 머리칼은 갈색이며, 입술과 볼은 새빨갰다. 이름 그대로 개암나무 열매와 똑같았다. 사람에 따라서는 전혀 이름과 반대인 경우도 있다. 릴리 휘틀리는 까마귀처럼 까맣고, 루비 로즈는 창백하고 생기가 없다.

다른 가족들은 이 일을 훨씬 차분히 받아들이고 있었다. 시드는 가족 누군가가 결혼식을 올리는 것은 분명 재미있을 거라며 잔뜩 기대하고 있었고, 위니는 결혼이란 분명히 유쾌한 일이라면서 가슴 설레어 하고 있었다.
"난 뭐가 재미있다는 건지 이해할 수가 없어." 패트는 싫은 표정을 지었다.
"애는, 누구든지 결혼은 해야만 하는 거야. 너도 언젠가는 결혼할 텐데 뭐."
위니가 이렇게 말하자 패트는 안방으로 달려갔다.
"있잖아, 엄마……. 나, 언제까지나 결혼하지 않아도 괜찮지요?"
"너만 괜찮다면."
"그럼, 잘됐어. 난 평생 결혼 따윈 하지 않을 거예요."
주디 아주머니는 패트의 머리 너머로 가드너 부인에게 눈을 찡긋하며 말했다.
"여자아이들이란 모두들 그렇게 말하지. 나도 그랬던 것 같으니까. 며칠 전 밤에 나도 결혼 신청을 받았단다. 저 주정뱅이 톰이 다리를 질질 끌며 와서는 내게 네 번째 아내가 되어달라는 거지 뭐냐. 그 말을 들었을 때 나는 한 번도 쓰지 않은 새 찻주전자를 떨어뜨릴 뻔했단다. 기다리고 기다리던 기회가 마침내 오고야 말았던 거야."
"아주머니, 시집을 가버리진 않을 테지요?"
"시집가면 안 되는 이유도 없을 텐데."
"우리를 놔두고요?"
"그게 문제야." 실은 톰을 몹시 호통을 쳐서 내쫓아버렸던 것이다. "뭐, 사지가 멀쩡한 사내라면, 나도 그런 생각이 없지 않았겠지."
하지만 그러다가 사지가 멀쩡한 남자가 주디 아주머니를 좋아하지나 않을까 패트는 걱정이 되었다. 아아, 무엇이 변한다는 것은 정말 싫다! 누구나 결혼해야만 한다니 이 얼마나 괴로운 일인가!

3

"결혼식은 9월 마지막 주에 올릴 거야. 하느님이 허락하신다면 말이지." 다음날 이 같은 주디 아주머니의 말을 듣고 패트는 충격을 받았다.

"혹시 하느님이 허락하지 않으면 어떻게 되는데요, 아주머니?"

"결혼식은 그만두는 거지 뭐, 착한 아가씨."

패트는 하느님께 허락하시지 말라고 기도를 해볼까 생각했다.

"하지만 만약 나쁜 일을 기도하면 어떻게 되는 걸까요?"

"아이고 맙소사. 그거야 물론 벌을 받게 되지."

너무나도 꺼림칙한 말투였기 때문에 위험한 짓은 하지 않는 것이 좋겠다고 패트는 판단했다.

차츰 패트도 헤이젤 고모의 결혼식을 반대하는 일을 포기하게 되었다. 학교에서는 고모가 결혼한다니까 패트는 대화중의 중요 인물이 되었고, '은빛숲'은 하루가 다르게 들뜬 흥분에 휩싸여 갔다. 사람들의 입에 오르내리는 것은 온통 결혼식 준비에 관한 이야기뿐이었다.

오래전부터 헛간에 살던 고양이가 새끼고양이들을 낳았지만, 패트 말고는 아무도 관심을 보이는 사람이 없었다. 하지만 별것 아닌 비밀을 지니는 것도 즐거운 일이었다. 새끼고양이들이 어디에 있는지 아는 것은 패트와 엄마고양이뿐이다. 자라서 더 이상 물에 빠져 죽을 염려가 없을 때까지는 아무에게도 말하지 않을 작정이었다.

그런데 어떻게 된 일인지, 이상하게도 봄에 태어난 새끼고양이들은 거의 모습을 감춰버렸기 때문에 패트는 고개를 갸우뚱하지 않을 수 없었다. 남은 것은 튜즈데이와 서즈데이뿐이고, 더욱이 튜즈데이는 헤이젤 고모를 따라 가기로 되어 있었다.

그런 이유로 이번에 태어난 새끼고양이들은 크게 환영을 받았지만 이름을 짓는 것은 결혼식이 끝난 뒤로 미룰 수밖에 없었다. 지금은 아무도 그럴 여유가 없었기 때문이다.

기쁜 일은 '시인의 방'의 벽지가 바뀐 것이다. 다만 지금까지 붙어 있던 벽지를 떼어내는 것이 서운하기는 했지만 엄마가 큰 응접실의 커튼에 달 예쁜 레이스를 사왔을 때에는 역시 결혼식이란 좋은 것이라고 생각하게 되었다.

하지만 패트 방의 벽지도 바꿔 붙이겠다는 말을 들었을 때는 심하게 반대했다. 앵무새 모양의 빨강과 초록색 벽지는 패트가 철이 든 이래로 쭉 익숙해진 것이어서 무척 좋아했다. 그 앵무새들이 언젠가는 살아 있는 진짜 앵무새가 되지 않을까 마음속으로 바라던 터였다.

"헤이젤 고모가 시집을 가는데 어째서 내 방 벽지까지 바꿔야만 하는 거야?" 패트는 앙탈을 부렸다.

"착한 아가씨, 잘 들어보거라. 결혼식 날을 위해 이 집 전체를 멋지게 꾸며야 하는 거야. 노바스코샤와 마을에서 친척들이 올 테고, 뉴브런즈윅에서는 메디슨네 가족들이 올 테지. 무엇보다 그들은 억만장자라는구나. 그런 사람들 가운데는 네 방에다 코트나 모자 따위를 걸어 두는 사람도 있을 텐데, 그들에게 넌 그 낡아빠지고 색바랜 벽지를 보여주고 싶니?"

그건 곤란하다.

"게다가 벽지는 네가 직접 고르게 하라고 엄마한테 말해 두었어. 분명히 그 가게에는 네가 무척 마음에 들어할 블루벨 무늬가 있을 거야. 그러니까 기운을 내고 은그릇 닦는 일을 도와주면 좋겠구나. 성대한 잔치니까 집안 전체가 반짝반짝 빛나야 하거든. 어쨌든 '은빛숲'에서 결혼식을 하는 것은 20년 만이란다. 그동안 이런 일이 전혀 없었던 만큼 마치 천국같이 즐겁구나. 요전에 크리스틴 고모가 시집갈 때였던가. 크리스틴은 가엾게도 면사포 때문에 고생을 했지. 헤이젤은 그런 일이 없어야 할 텐데."
"면사포가 어떻게 됐는데요, 아주머니?"
"면사포가 어떻게 됐냐고? 그건, 너희 할머니가 본국에서 가져온 것이었지. 작은 물방울 무늬 자수가 놓인 모자가 달려 있고 아주 멋진 것이었단다! 그걸 '시인의 방' 침대 위에 펼쳐놓았었거든. 그런데 가지러 가보니 글쎄 큰일이 난 거야. 그 무렵 '은빛숲'에는 작은 개 한 마리가 있었는데, 그 개가 어느새 그 방으로 들어가서 면사포와 레이스 모자를 뒤죽박죽으로 물어뜯어버린 거야. 가련하게도 크리스틴은 울고 또 울었지. 무리도 아니었어."
"그래서 어떻게 됐어요, 아주머니?"
"어떻게 되긴 뭐가 어떻게 되었겠니? 글쎄, 크리스틴은 면사포 없이 결혼식을 올려야만 했단다. 식이 진행되는 동안 내내 울었지. 그리고 애깃거리가 된 거야. 요번엔 내가 '시인의 방'에 자물쇠를 꼭꼭 채워놓아야지. 만약에 슈니클프리츠가 그곳을 얼쩡거리기만 했단 봐라. 조가 화를 내더라도 상관없어. 개에게 주먹을 날려줄 테니까. 그런데 이걸 다 닦고 나면 옛 과수원에 가서 자두를 딸 건데 좀 도와주렴. 헤이젤 고모에게 자두구이를 한 항아리 해주려고 그런다. 내가 만든 것 같은 자두구이는 아무도 못 만든다고들 그러니까. 이건 분명 내 이름이 '주디 플럼(자두)'이기 때문인 것 같아."
"아주머니, 그릇 닦는 걸 빨리 끝내도록 해요."
패트는 주디 아주머니와 함께 자두를 따는 것이 무척 좋았다. 초록 자두에, 금자두, 자줏빛의 커다란 달걀자두.
"뭐, 그렇게 서두를 것 없단다, 착한 내 강아지. 시간은 얼마든지 있는 데다가, 앞으로 영원이라는 것이 기다리고 있으니까 말이야. 헤이젤 고모에게 훌륭한 결혼식을 올려주기 위해 할 일이 태산처럼 쌓여 있지만 천천히 순서를 밟아가야 한단다."

4

패트는 자기가 헤이젤 고모 앞에서 꽃을 드는 들러리로 뽑혔다는 말을 듣고 가슴이 설레었다. 하지만 패트는 10살된 위니 언니가 꽃을 드는 들러리가 되기에는 너무 크고, 그렇다고 뒤에 서는 들러리가 되기에는 나이가 너무 어려서 그것도 안 된다는 것을 알고 불쌍한 마음이 들었다. 그래서 기쁨이 그만 반으로 줄어들고 말았다.

헤이젤 고모에게는 들러리 둘이 뒤를 따르기로 했는데, 모두들 초록색 드레스를 입는다는 말을 듣고 주디 아주머니는 움찔했다. 아주머니는 결혼식에 초록색 드레스를 입으면 재수가 없다고 생각했다.

"아일랜드에 있을 때 일인데, 한번은 결혼식에서 뒤를 따르는 들러리가 초록 드레스를 입었다고 요정들이 심하게 화를 내고는 그 집에 저주를 내렸단다."

"어떤 저주를 내렸는데요, 아주머니?"

"이제 말해 주지. 그 집에서 두 번 다시 웃음소리가 나지 않도록 하는 거였어. 아이고 맙소사, 아주 무시무시한 저주지. 웃음소리가 나지 않는 집이라니, 난 생각만 해도 끔찍해."

"웃음소리가 전혀 나지 않았어요, 아주머니?"

"그것으로 끝이었지. 울음소리만 나고, 웃음소리는 전혀 나지 않았지. 완전히 음침한 집이 되고 만 거야!"

패트는 약간 불안해졌다. '은빛숲'에 이제 웃음소리가 없어진다면 어떻게 하지? 아빠의 부드럽고 껄껄대는 웃음소리, 톰 삼촌의 쩌렁쩌렁한 웃음소리, 위니의 은방울을 울리는 듯한 웃음소리, 주디 아주머니의 깔깔대는 활기찬 웃음소리.

패트의 드레스는 무척이나 예뻤다. 여린 풀색의 쪼글쪼글한 실크 드레스로 요크(여성복·아동복을 재단할 때 장식으로 어깨나 스커트 위쪽에 다른 감을 바꿔대는 것)가 있는 부분에 주름이 들어가고, 어깨에는 귀여운 분홍색 장미 꽃봉오리 장식이 늘어져 있었다. 장식 주름이 달린 초록색 모자의 가장자리에도 장미 장식이 있었다. 패트는 저주를 받든 말든 이 드레스와 모자가 좋아서 어쩔 줄 몰랐다. 주디 아주머니는 알고 있었지만, 초록색은 패트의 혈색 나쁘고 약간 검은 얼굴을 한층 검고 나쁘게 보이게 한다는 것을 패트는 몰랐다. 자신을 예쁘게 보이도록 하겠다는 생각 따위는 아직 전혀 없이, 패트는 드레스만 예쁘면 다른 건 아무래도 상관없었다.

결혼식은 가드너 집안 사람들이 옛날부터 다니던 남(南)글렌 마을의 고풍스런 회색의 석조 건물 교회에서 오후에 거행하기로 되어 있었다. 주디 아주머니의 말대로라면 너무나도 현대적인 방식이었다.

"원래 '은빛숲'에서는 저녁나절에 식을 거행하고 밤새도록 춤을 추었지. 하지만 요즘은 신혼여행 따위는 가지 않고 곧장 집으로 돌아가 일을 한단 말이야. 세상도 많이 달라졌지. 나쁜 쪽으로 말이야. 원래 교회에서 식을 거행하는 것은 영국 성공회뿐이고, 장로교회의 방식은 결코 아니었어."

"아주머니는 장로교 신자예요?"

문득 패트는 알고 싶어졌다. 지금까지 한 번도 주디 아주머니의 신앙 따위는 생각해본 적이 없었다. 일요일에는 주디 아주머니도 식구들과 함께 남글렌 마을 교회에 가긴 했어도, 가드너 집안의 좌석에 앉은 적이 없었다. 모든 것이 내려다보이는 높은 좌석에 올라가 있다고 말했었다.

"그렇단다. 아일랜드 사람들은 대부분 장로교 신자지. 물론 스코틀랜드 인이 아니니까 정식이라고는 할 수 없지만 말이야. 하지만 헤이젤 고모가 네 할아버지의 육촌과 같은 경우를 당하지 않도록 열심히 하느님께 기도를 해야 한단다." 주디 아주머니는 신중하게 대답했다.

"할아버지의 육촌에게 어떤 일이 있었는데요?"
"저런, 저런. 아직도 듣지 못했나? 이 아주머니가 말해주지 않으면 아무도 이 집안의 역사를 말해주는 사람은 없으니까 그럴 만도 하겠지. 안됐지만 그녀는 결혼식 전날에 폐렴으로 죽어버렸거든. 그래서 결혼 예복을 입혀서 장사지냈지. 결혼식에 이르기까지 많은 준비를 했는데, 불쌍하게도……. 아마 30살이었을 거야. 설마 설마 하는 동안에 그렇게 되고 말아서 얼마나 실망했는지. 자, 자, 울지 말아라. 착한 아가씨. 50년이나 지난 옛날 얘기인걸. 어쨌든 지금쯤은 이미 죽었을 테고, 한평생 많은 고생을 안 해도 되게 되었으니 말이야. 그 신랑이란 사람이 무법자여서 육촌의 얼마 안 되는 돈을 노렸다지 뭐냐. 자, 잠깐 나 대신 케이크 반죽을 저어다오. 케이크에 장식할 자두를 먹어버리거나 하면 안 된다."

5

마지막 주로 접어들자 온 집안은 열기와 흥분에 휩싸였다. 패트는 학교를 쉬고 집에 있어도 좋다는 허락을 받았다. 모두들 패트에게 심부름시키고 싶어한 탓도 있지만 패트도 전혀 학교 같은 곳에 가 있을 기분이 아니었다.

주디 아주머니는 대부분 부엌에서 음식을 만들거나 굽거나 했다. 그런 모습은 무시무시한 합성물질의 냄비 위에 웅크리고 앉은 나이든 마녀를 떠올리게 했다.

바바라 고모도 도우러 왔지만 에디스 고모는 주디 아주머니와 함께 부엌을 쓰는 것이 싫다면서 자기 집에서 할당받은 구이요리를 했다.

헤이젤 고모는 크림을 만들고 엄마는 반짝이는 빨간 젤리를 만들었다. 엄마에게는 젤리를 만드는 것 말고 다른 일은 주어지지 않았다. 귀염둥이를 돌보는 것만으로도 벅찼기 때문이다. 귀염둥이란 물론 아기를 말한다. 그렇게나 엄청난 법석을 떨면서 이름을 지었지만 식구들은 그저 귀염둥이라고 불렀다. 주디 아주머니 말에 의하면 귀염둥이를 파슬리 밭에서 찾아내던 날 밤의 엄청난 두통 이래로 엄마는 전 같지가 않기 때문에 잘해드려야 했다.

패트는 달걀을 거품 내서 케이크 재료에 섞는 일을 수도 없이 했고, 그릇 가장자리에 들러붙은 맛있는 찌꺼기를 시드와 번갈아 가며 문질러 떼어먹었다. 아침부터 밤까지 맛있는 냄새가 온 집 안을 가득 채웠다. 패트는 가는 곳마다, "패트야, 잠깐 이리 와 줄래?"라든가, "패트야, 저쪽에 한 번 갔다 와주렴"이란 말을 수없이 들어야 했으므로 어지러울 지경이었다.

"마음을 편히 가지렴. 머리를 쓰면 몸을 좀 덜 움직여도 되지. 좋은 경험이 될 거야. 모든 것은 하느님께서 시기를 봐서 좋도록 해주실 게다. 모두들 너를 너무 부려먹는구나. 하지만 너에게 너무 힘든 일을 시키지 않도록 아주머니가 지켜보고 있으니까 안심해도 된단다. 네가 없었다면 헤이젤 고모의 결혼식을 어떻게 치를까 몰라."

분명히 결혼식에 쓸 버터는 패트가 없었다면 만들지 못했을 것이다. 주디 아주머니는 1주일 동안 푸른 소의 젖을 공장에 내놓지 않고 모아두었다가 결혼식 전날이 되어서야 손잡이가 달린 구식 기계로 버터 만들기에 나섰다. 좀더 근대적인 기계로 바꾸라고 해도 주디 아주머니는 완고하게 받아들이지 않았다. 10시쯤에 패트가 거미줄투성이의 음침한 지하실로 내려가 보니 주디 아주머니는 반미치광이가 되어 있었다.

"이 크림에는 마귀가 씐 게 분명해. 팔뚝이 뿌리째 뽑혀나갈 것만 같은데 버터의 '버'자도 생겨나지가 않으니 원."

엄마에게 손잡이를 돌리게 할 수도 없는 노릇이고, 헤이젤 고모는 몸이 열 개라도 부족한 상황이어서 헛간에 있는 아빠를 불러왔다.

아빠는 손잡이를 잡고 기세 좋게 돌리기 시작했으나 30분도 채 지나지 않아 녹초가 되고 말았다.
"아주머니, 이 크림은 돼지에게 주는 게 낫겠어요. 버터는 가게에서 사오면 되잖아요?"
주디 아주머니에게는 그보다 더 불명예스러운 말은 없었다. 어디 사는 누가 만든 건지도 모르는 버터를 가게에서 사오다니, 역시 결혼식에 초록 드레스 따위를 입은 탓이라면서 주디 아주머니는 점심 식사를 준비하러 가버렸다.
사과 궤짝 위에 앉아 있던 패트는 궤짝에서 미끄러져 내려와 기계의 손잡이를 돌리기 시작했다. 전부터 못 견디게 해보고 싶었지만, 주디 아주머니가 좀처럼 하게 내버려 두질 않았었다. 돌리는 것이 너무 느려도, 또 너무 빨라도 버터가 지나치게 딱딱하거나 부드러워지기 때문이었다.
하지만 이젠 이미 그런 건 아무래도 좋았으므로 패트는 속이 후련해질 때까지 돌려보았다. 영차…… 영차…… 영차! 삐걱…… 삐걱! 풀럭…… 풀럭! 슈우…… 슈우…… 슈웃! 차츰 손잡이에 힘이 들어가게 되면서 패트는 이제 돌리고 싶은 만큼 실컷 돌려보았다고 생각한 순간 갑자기 손잡이가 가벼워졌다. 바로 그때 주디 아주머니가 패트에게 점심을 먹으라고 부르러 내려왔다.
"내가 있잖아, 버터 만드는 기계의 손잡이를 빙글빙글 돌렸더니 이렇게 된통 땀이 났어요, 아주머니."
주디 아주머니는 몸을 떨었다.
"된통이라고 했니? 그런 말은 절대로 쓰는 게 아니란다. 혹시 비니네 사람이라면 된통이라고 해도 상관없겠지만, 가드너 집안에서는 그렇게 말하지 않아요. 그런데 크림을 돼지에게 주어야만 한다니 이런 창피한 일이 어디 있겠니……? 푸른 소의 크림인데…… 게다가 '은빛숲'의 결혼식에 시장에서 파는 버터를 쓰다니, 이거야 원! 하지만 초록색 드레스를 입었으니 당연한 일인지도 몰라. 그런 정도는 누구나 알 만한……."

휘젓는 기계의 뚜껑을 들춰본 주디 아주머니는 눈이 튀어나올 지경이었다.

"설마, 이 아이가! 빙글빙글 통 속을 돌고 있는 저게 특등급의 버터가 아니냐? 더구나 7살 난 아이의 고사리 같은 손으로. 나도, 꺽다리 앨릭도 하지 못했는데 아이고! 자, 자, 어서 식구들에게 알리러 가야겠다."

영광스러운 순간이었다. 패트의 일생 동안 두 번 다시 없을 영광스러운 순간이었다.

아, 정말이지 결혼식이란

1

 마침내 결혼식 날이 되었다. 패트는 1주일이나 전부터 안타까운 심정으로 날짜를 세고 있었다. 헤이젤 고모가 '은빛숲'에 있는 것도 이제 나흘……, 사흘……, 이틀밖에……, 하루밖에 남지 않았다.
 전날 밤은 기쁘게도 주디 아주머니와 함께 잘 수 있었다. 패트의 방은 멀리서 온 손님들에게 내주어야 했기 때문이다. 패트는 해가 뜨기 전에 주디 아주머니와 함께 일어나서 날씨가 어떤지 알아보기 위해 아래층으로 내려갔다.
 "두말할 것도 없이 좋은 날씨야!" 주디 아주머니는 대만족이었다. "어젯밤에는 비가 오지나 않을까 걱정이 많았지. 달이 삿갓을 쓰고 있었거든. 비가 오면 신부에게 불운이 오는 데다 집 안이 온통 진흙투성이가 되니까 말이야. 그럼 해님한테 어서 올라오라고 한 다음 아버지가 아래층으로 내려오시기 전에 우유 짜기를 끝내야겠구나. 왠지 아버지가 피곤해하는 것 같던데."
 "아주머니가 말하지 않으면 해님이 올라오지 않아?"

"결혼식 날이니까 기념하기 위해서 말하는 거지 뭐, 착한 아가씨."

주디 아주머니가 소 젖을 짜러 간 사이에 패트는 집 안을 둘러보았다. 이른 아침, 아직 사람들이 일어나지 않을 시간의 집 안은 퍽 이상한 느낌이 들었다. 마치 뭔가를 기다리는 것 같았다. 물론 결혼식 때문에 집 안이 온통 어수선한 탓도 있을 것이다. 큰 응접실에는 단풍이 든 가을잎과 국화가 장식되어 있었다. 새 커튼이 너무나도 멋있어서 초대 손님들 가운데 비니 집안 사람들이 없다는 것이 못내 유감스러웠다. 이 커튼을 보았다면 메이는 어떤 표정을 지었을까!

작은 응접실은 결혼 선물로 가득했다. 식당에는 전날 밤에 상차림을 다 갖춰 놓았다. 얼마나 멋있는지! 반짝이는 유리잔, 은촛대, 길고 가느다란 초의 달빛 같은 불빛, 그리고 젤리의 예쁜 색깔.

패트는 밖으로 뛰어나갔다. 해가 주디 아주머니의 명령을 듣고 막 떠올랐는지 가을 공기는 호박색 벌꿀같이 달콤했다. '은빛숲'의 자작나무와 포플러는 모두 금빛 처녀가 되어 있었다.

마당의 풀과 나무들은 자라기를 포기하고 주저앉아서 쉬고 있는 듯했지만, 화려한 접시꽃만은 자신만만하게 오래된 돌들 위로 곧추선 자세를 보여 주었다. '안개언덕'에 옅게 깔린 아침 안개가 태양 앞에서 떨면서 사라져 간다. 이렇게 아름다운 세계에 산다는 것은 얼마나 멋진 일인가.

그때 문득 뒤돌아보니 한쪽 귀가 떨어져나간——'은빛숲'에서는 본 적이 없는——마르고 껑충한 도둑고양이가 요정에게 바친 접시 위의 우유를 핥고 있었다. 그랬었단 말인가! 전부터 그렇지 않을까 추측하기는 했지만 실제로 보고 나니 너무나도 기가 막혔다. 이 세상에는 진짜 마법 같은 것은 더 이상 남아 있지 않은 걸까?

주디 아주머니가 양손에 우유통을 들고 우물가로 와보니, 패트는 당장이라도 울 듯한 표정이었다.

"아주머니, 우유를 마시는 게 요정이 아니었어요. 고양이야……
역시, 시드가 말했던 대로였어요."
"아, 어젯밤에는 요정들이 우유가 먹고 싶지 않았던 모양이지. 그런데 어째서 불쌍한 고양이가 우유를 먹으면 안 되니? 고양이도 먹고 살아야 하지 않겠어? 요정들이 매일 밤 찾아온다는 말은 난 한 적이 없단다. 다른 데에도 먹을 것이 있을 게 분명하니까."
"아주머니, 아주머니는 정말로 요정이 우유를 마시는 걸 본 적이 있어요? 맹세할 수 있어요?"
"설사 본 적이 없다고 해도 그렇지, 그게 어쨌다는 거냐? 우리 할머니께서는 분명 보셨다는구나. 그 얘기를 몇 번이나 하셨는지 몰라. 레프리콘이 작은 귀를 쫑긋쫑긋 움직이면서 우유를 마셨다는 거야. 하지만 다음날 할머니는 다리를 접질리시고 말았단다. 그런 초록의 무리를 본 적이 없는 걸 다행이라고 생각해야만 해. 요정은 사람에게 보이는 걸 좋아하지 않으니까 말이야."

2

그날은 패트에게 즐거움과 괴로움이 뒤섞인 하루였다. '은빛숲'의 집에는 흥분의 소용돌이가 일었다. 특히 슈니클프리츠가 말벌에게 눈꺼풀을 쏘였을 때는 엄청난 소동이 일어나서 교회 헛간에 가둬야 할 정도였다.

그날은 모두들 몸치장에 바빴다. 아, 정말이지 결혼식이란 재미있는 일이다. 시드가 말한 대로였다. 엄마의 새 드레스는 노란 국화색으로 그 아름다움은 이루 표현할 수가 없었다. 패트는 너무 자랑스러워 가슴이 아플 지경이었다.

"엄마가 아름다워서 난 행복해."

패트는 식구들 모두가 자랑스러웠다. 아빠는 넥타이를 찾느라 정신이 없어서 오른발을 왼쪽 구두에 쑤셔 넣고 구두끈을 매고 나서야 뒤바뀐 것을 알아챌 정도였다. 몸치장을 끝낸 아빠는 어디를 보아도 훌륭한 가드너 집안의 가장이었다.

어린 귀염둥이는 실크 양말이 헐렁해서 벗겨지는 바람에 통통하게 살찐 다리가 드러나고 말았다. 노란 드레스를 입은 위니는 커다란 금빛 팬지 같았다. 시드와 조는 새 양복에 흰 와이셔츠를 입었다. 주디 아주머니도 당당하게 차려입었다. 갈색 상자에서 꺼낸 나들이옷에 갈색으로 변해버린 레이스가 달린 숄, 거기에 고풍스럽고 파란 공단으로 만든 누비 모자 차림이었다. 모자를 쓰지 않고 남 앞에 나서는 일은 주디 아주머니에게는 생각할 수도 없는 일이었다. 요즘 식의 모자처럼 경박한 것은 딱 질색이었다. 구두는 반짝반짝 빛나는 에나멜 하이힐이었다.

이렇게 멋진 몸차림으로 주디 아주머니는 이곳저곳에 눈길을 보내면서 거드름을 피우며 돌아다녔고, 손님이 도착하면 점잖은 목소리로, 게다가 깜짝 놀랄 만큼 정확한 표준어로 인사를 건네곤 했다.

헤이젤 고모와 들러리 처녀들은 아직 '시인의 방'에서 나오지 않았다. 엄마는 패트에게 아름다운 초록 드레스를 입히고 똑같은 색 모자를 씌웠다. 패트는 기뻐서 어쩔 줄 몰라했다. 그러면서도 2층으로 뛰어올라가 옷장에 넣어둔 보일(평직으로 성기게 짠 얇은 직물) 천으로 만든 낡은 드레스에게, "역시 네가 가장 좋은걸" 하고 말하고 왔다.

이윽고 고모들이 왔다. 바바라 고모는 과연 결혼식에 어울리는 드레스에 베이지색 레이스 코트를 입었다. 이 코트를 에디스 고모는 나이에 어울리지 않게 너무 화려하다고 말했다. 에디스 고모의 드레스는 누가 보더라도 화려하지 않으면서도 실로 멋진 것이어서 패트는 가족 모두가 자랑스러워서 가슴이 터질 것만 같았다.

서머사이드의 브라이언 삼촌이 새 자동차로 신부와 들러리들을 교회로 태워가기로 했다. 신부 일행이 옷깃을 나부끼며 계단을 내려왔을 때, 패트의 눈에는 눈물방울이 맺혔다. 이렇게 흰 새틴 드레스에 안개 같은 면사포를 쓰고, 장미와 은방울꽃으로 만든 커다란 꽃다발을 받쳐든 사람이 정말 그 쾌활한 헤이젤 고모가 맞을까. 이제 고모는 이 집 식구가 아닌 것 같았다.

헤이젤 고모는 발길을 멈추고 패트의 귓가에 속삭였다.

"네가 묶어준 팬지가 이 부케 속에 들어 있어. 신부는 '파란 것'을 몸에 지녀야만 하기 때문에 팬지로 넣었단다. 정말 고마워."

한동안 모든 것이 순조롭게 진행되었다.

엄마와 위니, 그리고 주디 아주머니와 조는 아빠가 운전하는 '은빛숲'의 자동차로 가고, 패트와 시드는 톰 삼촌의 말 두 마리가 끄는 마차를 타고 가기로 했다. 톰 삼촌은 자동차 따위에는 취미가 없었다. 좌석 넉넉한 대형 마차를 이마에 흰 별이 있고 윤기 나는 밤색 털의 말이 끌었다. 패트는 자동차보다 마차가 훨씬 좋았다. 하지만 톰 삼촌은 어째서 이리 늦으신담.

"이러다간 지각하고 말겠어요. 벌써 우리를 제치고 다른 마차와 자동차가 백 대, 천 대는 지나가 버린걸요."

패트는 안달을 했다.

"그렇게 허풍떨 것 없다."

"하지만, 다섯 대는 넉넉히 지나갔단 말이에요."

패트는 분개했다.

"어머, 벌써 도착했네. 이제 되었니? 지금부터는 행동거지에 조심해야 돼. 식이 엄숙하게 진행되는 동안 떠들거나 뛰어다니면 안 돼." 주디 아주머니는 강조했다.

패트와 시드, 그리고 바바라 고모는 뒷좌석에 앉아 있었다. 패트는 자기가 무척이나 멋진 인물이 된 듯한 기분이 들었다. 경적을 울리면서 곁을 지나쳐간 자동차에서 메이 비니가 부러운 듯 이쪽을 쳐다볼 때 패트는 고개를 반짝 쳐들고 몸을 뒤로 젖히고 으스대었다.

평소에 패트와 시드는 들판과 작은 개울을 가로지르는 지름길로 교회까지 걸어서 갔었다. 그러나 마차를 타고 가는 이 길도 멋있었다. 곡식을 베어낸 황금빛 그루터기 밭에 햇빛이 눈부시게 쏟아졌고, 반들반들한 검은 까마귀가 울타리에 앉아 있었다. 가지가 휘도록 달린 사과 열매가 과수원의 풀밭 위에까지 늘어졌고, 목장에는 점점이 쑥부쟁이가 피어 있다. 또 저 멀리 즐거운 듯한 푸른 하늘 위로는 커다란 구름 함대가 지나갔다.

단풍나무와 가문비나무로 둘러싸인 교회는 사람들로 가득 넘쳐났다. 장내가 정돈되자 사람들은 자리에서 일어났다. 헤이젤 고모는 아빠의 팔에 기대어 옷자락을 끌며 통로를 지나갔고, 그 뒤로 진 매디슨과 샐리 가드너가 따라갔다. 패트는 햇볕에 그을린 손에 장미꽃 바구니를 들고 그들을 인도했다.

갑자기 주위가 물을 끼얹은 듯 조용해졌다. 목사님의 근엄한 목소리가 울려 퍼졌다. 그리고 기도. 사람들의 얼굴에 스테인드글라스를 통과한 아름다운 빛이 비쳐 낯익은 얼굴들을 기적처럼 바꿔놓았다.

패트는 어째서 이렇게 가슴이 답답한지 그 까닭을 알 수 없었다. 헤이젤 고모의 하얀 면사포에 루비같이 빨간 햇빛이 내려와 희미하게 떨리고……, 신랑 로버트 메디슨의 세모꼴 귀가 보였다. 샐리 가드너의 초록색 모자 아래로 새카만 머리칼이 드리워져 있고 양치식물과 꽃……. 문득 헤이젤 고모의 '네' 하는 목소리가 들리면서, 신랑을 올려다보는 것이 눈에 들어왔다.

바로 그때였다. 엄청난 일이 일어났다. 패트는 서둘러 주디 아주머니 쪽을 돌아보았다. 주디 아주머니는 맨 앞줄 한가운데에서 조금 떨어진 패트의 바로 뒤에 앉아 있었다.

"아주머니, 손수건 좀 빌려줘. 나 눈물이 나올 것 같아."

주디 아주머니는 부들부들 떨었다. 어떻게든 이 급박한 상황을 벗어나야만 했다. 주디 아주머니의 흰 손수건은 패트를 푹 뒤집어씌울 만큼 컸다. 뒤쪽에는 비니네도 와 있었다. 주디 아주머니는 몸을 굽했다.
 "알겠니, 패트? 단 한 방울이라도 눈물 따위를 떨어뜨려 '은빛숲'에 창피를 안겨 주었다가는 앞으로 평생 계란 버터구이는 만들어 주지 않을 테다."
 패트는 애를 썼다. '은빛숲'을 생각했는지, 아니면 계란 버터구이 때문인지, 어쩌면 그 둘 다였는지도 모르지만 목구멍까지 올라왔던 울음의 덩어리를 필사적으로 삼켰다. 그리고 자꾸 눈을 깜박거려서 겨우 눈물을 참는 데 성공했다.
 결혼식은 무사히 끝났다. 사람들은 패트가 눈물을 참은 것은 눈치채지 못했다. 가족들은 휴우 하고 가슴을 쓸어 내렸다. 동생의 결혼식에 참석했던 코라 가드너처럼 패트도 중요한 순간에 울어버리는 것이 아닐까 조마조마했던 것이다. 코라는 한창 기도하는 순간에 불에 덴 것처럼 울기 시작하여 창피함에 얼굴이 새빨개진 어머니 손에 이끌려 교회 밖으로 나갔었다.
 "아주 훌륭했어, 착한 내 아기." 주디 아주머니가 속삭였다.
 피로연과 저녁 식사도 아무 일 없이 끝났지만 패트는 치킨 한 조각도, 엄마가 만든 멋진 '백합 샐러드' 한 입조차도 목으로 넘기질 못했다. 누군가가 헤이젤 고모에게 물었다.
 "헤이젤 메디슨이 된 소감이 어때? 넌 이제 헤이젤 메디슨인 거야"라고 하는 말을 듣자 또다시 눈물이 솟아올랐지만 패트는 입술을 깨물고 꾹 참았다.
 이제 헤이젤 가드너가 아닌걸! 아아, 이런 슬픈 일이 있을까?!

잔치가 끝난 뒤

1

이윽고 헤어질 시간이 왔다. 패트는 다시는 돌아오지 않을 사람에게 작별인사를 하는 기분이 어떤 것인지를 비로소 알았다. 하지만 이번에는 울어도 괜찮았다. 다른 사람들도 모두 울었으니까.

"난 말이야, 울고 싶을 때면 어딘가에 앉아서 실컷 웃어준단다"라고 입버릇처럼 말하던 주디 아주머니마저도 울었다.

그러면서 눈물로 범벅이 되어 헤이젤 고모를 배웅하는 패트를 향해 "떠나는 사람이 보이지 않을 때까지 배웅하는 건 좋지 않아"라고 일깨워주었다.

패트는 집으로 돌아와 텅 빈 방을 슬픈 듯 둘러보았다. 2층도 아래층도 눈 둘 곳이 없을 정도로 어질러져서 내 집 같은 느낌이 들지 않았다. 레이스 달린 새 커튼이 도리어 낯선 느낌을 한층 더해주었다. 그렇게 아름다웠던 식탁도 지저분해진 것 같았고, 헤이젤 고모의 의자는 늘 있던 그 자리에서 비스듬히 옆을 향하고 있었다. 또다시 패트의 눈에 눈물이 주르륵 흘러내렸다.

"자, 같이 가서 좀 도와주지 않겠니? 네 엄마는 난리통에 벌써 녹초가 되어 침대에 들어갔고, 위니는 복통이 일어나 고생이란다. 그렇게 잔뜩 먹어댔으니 무리도 아니지. 그래서 말이야, 우리 둘밖에 뒷마무리할 사람이 아무도 없구나. 식당은 아침까지 그대로 두기로 하고, 거실과 침실만이라도 정리해볼까? 가련하게도 집도 피곤한 모양이야." 사리에 밝은 주디 아주머니가 말했다.

주디 아주머니는 실크드레스와 하이힐, 그리고 점잖은 목소리마저 벗어 던지고 활동이 편한 나사(두껍게 짠 모직물의 한 가지) 평상복으로 갈아입었다. 그와 동시에 말도 아일랜드 사투리로 돌아간 것을 깨닫고 패트는 안도했다. 그러는 것이 평소의 주디 아주머니다웠다.

"의자랑 테이블을 원래 있던 자리에 갖다놓아야겠지요?" 패트는 물었다. 볼썽사납다면서 보이지 않는 곳에 감춰둔 식기선반과 흔들의자, 팸퍼스(남미 원산의 참억새비슷한 풀) 꽃병 등은 제자리에 갖다놓는 것이 좋겠다는 생각이 들었다.

"그게 좋겠구나. 자, 그렇게 어두운 표정을 짓지 말고. 헤이젤 고모의 결혼식이 아니라 장례식에라도 갔다온 것 같은 표정을 지어서야 되겠니?"

"하지만, 아주머니. 아무리 애를 써도 웃을 기분이 아닌걸요."

"그렇겠지. 나도 오늘은 너무 많이 웃기만 해서 체셔 고양이(루이스 캐럴의《이상한 나라의 앨리스》에 나오는 언제나 빙그레 웃는 고양이)가 된 기분이야. 하지만 어쨌든 훌륭한 결혼식이었잖니? 제인 비니 따위는 마을에 아무리 훌륭한 사람이 있어도 그렇게는 할 수 없었을걸. 식사도 총독 저택의 만찬에 비교해봐도 전혀 손색이 없을 정도였고, 결혼식도 너무나 엄숙했지. 나는 거기에 미치지 못할까봐 시집갈 기분이 싹 사라졌어."

"내가 우는 바람에 결혼식을 엉망진창으로 만들 뻔했는데, 아주머니 덕분에 살았어요."

"무슨 소리, 무리도 아니지. 전에 신부 들러리를 섰던, 너보다 나이가 들고 똑똑한 소녀가 있었는데, 그 소녀가 결혼식 도중에 갑자기 울기 시작한 거야. 그걸 사람들은 글쎄, 사람들의 입이란 그저…… 자기 결혼식이 아니어서 울었다는 거야. 소녀는 가슴이 벅차서 운 것인데. 하지만 그건 약과야. 로젤라 가드너의 결혼식 때는 신부 들러리가 웃었어. 왜 웃었는지는 아무도 몰랐지. 그 아가씨도 말하지 않았고. 하지만 신랑은 자기를 얕잡아보고 웃은 게 틀림없다며 그 이후로 다시는 그 아가씨에게 말을 하지 않았단다. 그걸 빌미로 양쪽 집안에 40년 동안이나 앙금이 남아 있었지. 사소한 일이 그만 커다란 문제가 되고 말았던 거야."

패트에게는 한창 결혼식이 진행되고 있는 도중에 들러리 아가씨가 웃는 것이 예사로운 일 같지는 않았다. 헤이젤 고모의 결혼식을 엉망으로 만드는, 그런 일이 일어나지 않은 게 얼마나 다행인가.

"그런데 먼저 이 종이 눈을 치워야겠다. 옛날 하던 방식대로 쌀을 쓰는 게 좋았을걸. 닭한테 주면 끝나니까 말이야. 아이구, 이 식탁을 보니 옛날 생각이 나는군. 지금은 고급 은제 크림통 하나가 찌그러졌을 뿐이니, 이 정도면 괜찮은 거야. '해변가'에서 있었던 네 마거릿 이모의 결혼식 때는 정말 엄청난 소동이 일어났었지!"

"어떤 일이 있었는데요, 아주머니?"

"무슨 일이 있었느냐고? 그때는 말이야, 결혼식을 특별히 성대하게 치르려고 가장자리에 술이 달린 테이블보를 씌웠단다. 그런데 신랑의 사촌 되는, 지금은 할아버지가 되어버린 짐 밀로이가…… . 당시에는 '턱수염 짐'이라 불렀는데…… 멋진 턱수염을 길렀었지. 글쎄 짐이 그걸 유행에 뒤졌다며 깎아버린 건 안타까운 일이야…….

내가 어디까지 말했더라. 그래, 그 짐이 평소 대로 허둥대며 테이블에서 벌떡 일어선 순간, 윗옷 단추가 테이블보의 술에 걸리는 바람에 테이블보와 함께 그 위에 음식을 담아놓은 접시들이 몽땅 쨍그랑 소리를 내며 쏟아지고 말았지. 나는 도와주러 갔었는데 함께 뒷정리를 하면서 너의 프랜시스 할머니가 운 것도 무리가 아니었어. 예쁜 접시가 모두 깨져버렸거든. 바닥 깔개에는 요리들이 흩어졌고, 게다가 커다란 찻잔의 차가 무릎에 쏟아져서 신부의 옷은 엉망진창이 되었단다. 그 당시 나는 젊었을 때라 어쩐지 자꾸 웃음이 나와 참을 수가 없었는데 '해변가' 사람들은 얼굴 표정이 싹 달라지더구나.

자, 2층으로 올라가서 깨끗한 옷으로 갈아입은 다음 일을 하도록 하자. 오늘 밤은 비가 오겠군. 바람이 부는 데다 이제 곧 어두워질 거야."

모든 것이 원래대로 정리되자 뭐라고 표현하기 힘든 편안한 기분이 되었다. 해는 완전히 저물었고 비가 창문을 두드리기 시작했다.

"자, 부엌에 들어가 보자. 빵을 만들기 전에 뭐 먹을 것을 좀 줄까. 그러고 보니 넌 맛있는 걸 한 입도 먹지 않았구나. 내가 먹으려고 만들어 둔 완두콩 수프를 스토브에 데워도 좋을 것 같고, 치킨도 조금 남아 있는데."

"헤이젤 고모가 없어서 아무것도 먹고 싶지 않아요."

또다시 눈물이 글썽해졌다. 무슨 말만 하면 헤이젤 고모가 생각이 나곤 했다.

"뭐니뭐니해도 슬플 때는 허기진 것보다 배 부른 것이 참기 쉬운 법이란다. 아이쿠 좋아라, 여긴 참 편하네. 우린 마치 바구니 속 새끼고양이 같지 않니? 바깥의 어둠 따위는 아무런 문제도 되지 않고 말이야. 원 세상에 고급 회색 옷에 흰 셔츠를 입은 서즈데이가 울고 있잖아. 하루 종일 아무도 돌봐주지 않았기 때문이야."

밖에서 야옹 소리가 들려왔다. 젠틀맨 톰이다. 집 안으로 들여보내 달라고 호소하고 있는 것이다.

"아주머니, 내가 들여보내 줄게요."

패트는 생명이 있는 것이 추운 밖에서 떨고 있는 것이 안쓰러웠다.

낮에는 그렇게도 날씨가 쾌청했는데 지금은 비가 주룩주룩 쏟아지고 있다. 바람이 사정없이 불어댄다. 헛간에서는 슈니클프리츠가 서글픈 목소리로 짖어대고 있다. 조가 아직 역에서 돌아오지 않은 것이다.

패트는 몸을 떨면서 문을 닫았다. 폭풍우 부는 밖에서 보면 낡고 따뜻한 부엌은 뭐라고 형언할 수 없는 아늑함으로 가득 차 있다. 희미한 어둠 속에서 빨갛게 달아오른 스토브가 반짝반짝 빛나고 그 곁에 서즈데이가 태평한 표정으로 몸을 웅크리고 있다.

뜨거운 완두콩 수프를 먹으면서 유리창에 비친 부엌을 바라보니 매우 기분이 좋았다. 부엌이 마치 창 밖에 있는 것처럼 보인다……. 가지를 떨고 있는 우물가 단풍나무 아래에서 주디 아주머니가 천천히 빵 반죽을 하고 있다.

2

패트는 주디 아주머니가 밀가루 반죽을 주무르고 두드리면서 혼잣말하는 것을 듣는 것이 좋았다. 오늘 밤은 교회에서 있었던 일을 되새김질하고 있었다.

"겉옷은 예쁘지만 속에는 무엇을 입었는지 알 재간이 있나. 하여간 누덕누덕 기운 게 틀림없을걸……. 아주 제멋대로야. 그때 그 버사 홈스는 겨우 15살인 주제에 벌써부터 남자에게 추파를 던졌으니까 말이야. 그 처녀가 마침 패트 정도의 나이였을 때 자기 고모의 결혼식에 와서 침대에 털썩 엎어져서는 발버둥을 쳐가며 울부짖었는데 정말 한 대 때려주고 싶더구먼!

그리고 보면 사이먼 가드너는 오늘 훌륭하게 멋을 냈다고 할까.

마치 세상을 위해, 또 남을 위해 살려는 사람처럼 말이야. 그렇게 잔뜩 긴장해서 몸이 굳어 있는 것을 보니, 요전에 언제 그렇게 곤드레만드레 취했었는지 전혀 믿어지지 않을 정도였어. 여하튼 완전히 술에 절어서 테이블이 쫓아온다면서 어린애처럼 울더라니까. 자기 다리는 두 개뿐인데, 테이블은 네 개니까 자기는 분명히 잡히고 말 거라나 뭐라나. 교회에서 남들이 자기를 어떻게 생각하는지 전혀 모르는 눈치였어.

그리고 또 뭐냐, 그 테일러 할아버지는 또 어땠는지. 30년이나 부부로 같이 산 아내한테 '사랑하는 당신'이라는 거야. 글쎄, 나이는 그렇게 들어 가지고, 그 할아버지도 원 참. 조지 하비처럼 '할멈'이라고 부르는 편이 훨씬 나을지도 모르겠어.

엘머 데이비슨 할아버지는 식이 시작되고 나서 들어오는 바람에 방해가 되었어. 그 사람은 부활절 날에도 늦게 왔지, 아마. 두 사람이 서류에 서명할 때 메리 자비스의 째지는 목소리라니! 그 목소리로 어떻게 노래 부를 생각을 했을까. 노래를 듣는 순간 완전히 질리고 말았지.

'해변가'의 할머니들은 지나치게 당당한 태도였어. 마치 가드너 집안이나 메디슨 집안을 얕잡아보는 듯이. 어떻게 결혼식에 참석할 생각을 다 했는지 알 수 없을 정도지. 그렇지만 이런 진수성찬을 본 것은 아주 오랜만이었을걸. 그래, 참, 노처녀 샌즈에게 내가 앙갚음을 해 주었지. '살아 있는 한 희망은 있을 테니까'라고 시치미를 떼고 말했더니 금세 알아듣지 뭐야."

주디 아주머니는 빵 반죽을 치대면서 소리도 내지 않고 웃더니 이내 진지한 표정으로 돌아갔다.

"결혼식에 왔던 케이트 매킨지에게 신의 계시가 있었지."

"어떤 계시인데요?"

패트는 졸린 듯 물었다.

"낮말은 새가 듣고 밤말은 쥐가 듣는다던데, 착한 아가씨. 죽음의 계시야. 하지만 그게 세상사란 거지. 태어나고 죽고 결혼하는 것 등등이 뒤섞여 있는 것 말이야. 어쨌거나 넉넉하고 즐거운 결혼식이었어."

패트는 이제 거의 잠이 들어 있었다. 검은 고양이들이 깔개 주위를 빙빙 돌아다니기 시작했다.

"자, 착한 아가씨, 일어나요. 침대에 가서 자야지. 저런, 바람이 부네. 내일은 사과를 주워야겠구먼."

패트는 눈을 뜨고 기분 좋게 하품을 했다. 역시 이 집에서는 지금까지와 똑같은 나날이 계속될 것이다. 헤이젤 고모가 시집을 갔다고 해서 이 세상이 끝나는 것은 아니니까.

"아주머니, 자기 전에 아주머니가 아일랜드에서 보았다던 그 목맨 남자 얘기를 좀 해 줘요."

"자기 전에 들으면 무서워서 온몸의 털이 곤두설 텐데."

"나, 소름이 끼치고 싶어서 그래요. 아주머니, 부탁이야."

주디 아주머니는 패트를 무릎에 안았다.

"꼭 안아 줘."

무서운 이야기가 시작되었다. 몇 번을 들었는지 모르는데도 처음 듣는 깃처럼 패트는 오싹오싹 즐거운 한기를 느꼈다. 무시무시한 것이 좋았다.

"이런 나쁜 사람 이야기를 들어서 괜찮을지 모르겠다."

눈을 동그랗게 뜬 패트를 보고 주디 아주머니는 약간 걱정이 되는가보다.

"아니, 아주머니. 함께 사는 데는 나쁜 사람보다 좋은 사람이 나은 게 분명해요. 그렇지만 이야기는 좋은 사람보다도 나쁜 사람이 나오는 게 훨씬 재미있어요."

"그것도 그렇긴 해. 해서는 안 될 짓을 아무도 하지 않는다면 이 세상은 틀림없이 따분할 거야. 그래서 이야깃거리가 되는 걸까?"
주디 아주머니는 대답할 수 없는 말을 했다.
 "어쨌든 이제 자도록 하자. 불쌍한 유령님들을 위해 기도를 하거라. 어쩌면 오늘 밤 '난폭한 딕'이나 '울보 윌리' 중에 누군가, 아니면 둘이 함께 선반 위에 나타나면 흠뻑 젖게 될 테니까 말이야."
 '혹시 기도를 두 번 하면 쓸쓸하지 않을지도 몰라요.' 패트는 이렇게 생각하고 기도를 두 번 한 다음 새 고모부를 위해서도 기도를 했다. 아마도 그 보답이었는지 기도를 끝내자마자 패트는 곧장 잠에 곯아떨어졌다.
 자다가 한 번 잠이 깼다. 쓸쓸함이 왈칵 밀려왔다. 그러자 어둠 속에서 드르렁드르렁 코를 고는 소리가 들려왔고, 비로드 같은 고양이의 털이 손에 닿았다. 패트는 눈물을 삼켰다. 비는 여전히 처마 끝에서 훌쩍이고 있었다.
 헤이젤 고모는 가버렸다. 하지만 은빛숲의 집은 패트를 포근하게 꼭 안아주었다. 이렇게 정다운 집이 폭풍을 막아주고 옆에서는 서즈데이가 가르릉대고 있다…… 내일은 사과를 주울 수 있겠지…… 아아, 세상은 또다시 손짓을 하고 있다. 패트는 깊은 잠에 빠졌다.

'해변가'에서 보낸 하루

1

또다시 9월이 돌아왔다. 헤이젤 고모가 결혼한 지 꼭 1년이 지났다. 이제 와서 생각하니 헤이젤 고모는 마치 오랜 옛날에 결혼한 것만 같았다. 헤이젤 고모는 로버트 고모부와 함께 자주 친정에 오는데, 패트는 고모부가 무척이나 좋았다. 요전에 왔을 때는 패트처럼 갈색 눈을 한 귀여운 아기를 데리고 왔었다.

귀염둥이는 이제 아기가 아니다. 포동포동한 다리로 아장아장 걸어다니는 귀염둥이는 패트의 자랑거리이다. 11개월 됐는데 이가 모두 났다. 놀 때도 귀엽지만, 자는 모습은 더욱 귀여웠다. 그걸 아는지, 귀염둥이는 잠 자면서도 기쁜 듯이 방긋 웃는다. 마음속으로 느끼는 것이리라. 8개월이었을 때 이가 나기 시작하는지 보려고 톰 삼촌이 귀염둥이 입에 손가락을 집어넣었다가 순간 꽉 깨물리고 말았다. 톰 삼촌은 너무나 분명하게 확인한 것이다.

어느 날, 외갓집인 '해변가'에서 패트에게 토요일에 놀러 오라고 초대했다. 그 집에는 프랜시스 셀비 할머니와 오너 앳킨스 할머니,

엄마의 사촌인 댄 가우디 외삼촌, 그리고 엄마의 고모할머니, 즉 패트에게는 외증조할머니뻘이 되는 분도 계신다. 여기까지 이르면 패트는 언제나 머리가 핑핑 돌 지경이다. 그것도 무리가 아니라고 주디 아주머니는 생각했다.

패트는 '하루를 느긋하게 보낸다'는 말을 좋아했다. 하루 온종일을 여유 있게 보내는 것은 마치 매순간 금 구슬들이 손가락 사이로 빠져 흐르는 듯한 호화로운 느낌이 든다.

그러나 '해변가'에서 하루를 보내는 것은 그다지 마음에 내키지 않았다. 어릴 때부터 시드와 둘이서 '해변가'는 '만지면 안 되는 집'으로 불렀다. 그곳에 사는 사람들은 노인들뿐이었다. 2년 전 엄마하고 같이 갔을 때 과수원을 걷고 있으려니 예쁘고 맛있게 생긴 빨간 자두가 가지가 휠 정도로 열려 있어서 패트는 손을 뻗어 한 개를 땄다. 그랬더니 프랜시스 할머니가 싫은 내색을 했었다.

또한 머리칼은 눈처럼 하얀데 눈과 옷은 온통 새카만, 키가 큰 오너 할머니는 성경책의 한 구절을 외우라고 시켜서 패트가 틀리기라도 하면 무섭게 혼을 내곤 했다. 몇 번이나 외가댁에 갔던 위니와 조의 말에 의하면 할머니들은 성경을 잘 외운 사람에게는 상으로 10센트짜리 은화나 쿠키를 주거나, 혹은 머리를 쓰다듬어 준다고 했다.

그런데 혼자서 '해변가'에 가야 한다니! 시드도 초대받았지만 치과에 다녀야 하기 때문에 브라이언 삼촌 집에 가 있었다. 오히려 그편이 나았는지도 모른다. 시드는 '해변가'에서는 그다지 평판이 좋지 않았으니까. 요전에 갔을 때 한창 저녁 식사를 하는데 졸려서 그만 그 집안의 보배인 받침대가 달린 컵을 쥔 채로 의자에서 굴러 떨어지는 모습을 보였던 것이다.

금요일 저녁때 패트는 부엌문의 돌계단에 앉아서 월요일에 가져갈 수학 문제를 풀면서 그 일에 대해 주디 아주머니와 이야기를 나눴다. 8살이 된 패트는 키도 2.5센티미터나 더 자랐다. 주디 아주머니는 아이들 모두의 키를 재었는데 생일이 될 때마다 식료품 방의 낡은 문에 눈금으로 표시해두곤 했다.

패트는 뺄셈을 하고 있는데, 지금도 주디 아주머니의 도움을 받는다. 주디 아주머니는 덧셈과 뺄셈은 할 수 있으며, 머리가 맑을 때는 곱셈도 가능했지만 나눗셈만큼은 결코 도와주지 않았다.

뒤쪽 부엌은 주디 아주머니의 피클 냄비에서 나는 맛있는 냄새로 가득 차 올랐다. 우물가 받침대 위에는 젠틀맨 톰이 앉아서 물끄러미 슈니클프리츠를 바라보고 슈니클프리츠는 지하실 입구 위에서 졸면서 젠틀맨 톰을 쳐다보고 있다.

뒤뜰 구석의 떡갈나무 장작더미는 어느 여름날 저녁, 패트와 시드가 학교에서 돌아와 말끔하게 쌓아올린 것이다. 패트는 그것을 가슴 뿌듯하게 바라보았다. 문이 닫혀 내쫓긴 바람이 밖에서 울부짖지만 부엌 안은 겨울밤의 따뜻함과 안락함으로 가득하다. 내일의 초대만 없다면 더없이 아늑하고, 기분 좋은 밤이겠는데.

"할머니들이, 너무…… 무서워서 그래요."

패트는 주디 아주머니에게 본심을 털어놓았다. 엄마에게는 이런 말을 할 수 없었다. 셀비 집안 출신으로 친척들을 무척이나 자랑스러워하시기 때문이다.

"그 집 할머니란 분이 치들러 가분 사람이니까." 그 말 한마디로 더 이상 말하지 않아도 충분히 알 수 있었다. "확실히 그 집 사람들은 좀 까다롭지. 장례식도 꽤 치뤘어. 프랜시스 할머니는 결혼 전에 상대가 죽어버렸고, 오너 할머니는 결혼한 뒤에 신랑이 죽었지. 어느 쪽이 나은지는 모르겠다만. 솔직히 말해서 그 사람들은 돈이 넘칠 만큼 있으면서도 검소하지. 그리고 마음만큼은 매우 상냥해서 네 엄마의 아이들이라면 아주 끔찍이 여기시지 않던?"

"프랜시스 할머니와 오너 할머니는 괜찮지만 한나 외증조할머니와 댄 외삼촌이 좀 무서워서 그래요."

"맙소사, 무서워할 거 없어요. 한나 외증조할머니는 만나지 않을 수도 있을걸. 16년 동안이나 방에 틀어박혀 있는 데다가 93살이나 되셨으니까, 만나러 오는 사람도 거의 없을 테고. 또 댄 외삼촌은 악한 구석이라곤 없는 사람이란다. 어렸을 때 계단 꼭대기에서 졸다가 굴러 떨어진 이래로 좀 달라졌지. 하지만 유령을 보았기 때문이라고 말하는 사람도 있단다."
"와아, 아주머니. '해변가'에는 유령이 있어요?"
"지금은 없어졌지만 아주 옛날에는 있었단다. 그래서 그 집 사람들은 무척이나 창피해 했어."
"어째서요?"
"집에 유령이 있다는 것은 불명예라고 생각했기 때문이란다. 사람에 따라서는 명예라고 여기는 사람도 있지만 말이다. 유령은 분명히 '해변가'의 애물단지였단다. 그 유령은 성격이 좋고 사교적이긴 했지만, 때와 장소를 가리지 않고 갑자기 불쑥 나타났다는 거야. 외로워서였는지도 모르지. 자주 침대 발치에 앉아서는 '어째서 부드러운 말 한마디 붙이지 않느냐'고 말하기라도 하는 것처럼 슬픈 표정으로 이쪽을 쳐다보았대. 또 손님이 찾아와서 모두가 바쁜 와중에 깊은 한숨소리가 들리는가 싶으면 분명히 유령이 그곳에 와 있더라는 거야. 하지만 네 외증조할아버지께서 돌아가시고 오너 할머니가 지휘봉을 흔들게 되고 난 뒤로는 유령은 두 번 다시 모습을 나타내지 않았지. 오너 할머니가 너무나 알뜰했기 때문에 유령도 견딜 재간이 없었던 거야. 그런 까닭으로 유령은 나올 마음이 없어진 모양이지만. 그런데 잔뜩 상을 찡그린 꽃병만큼은 뚫어져라 쳐다보지 않도록 해."
"얼굴을 잔뜩 찡그린 꽃병이라고요?"
"그래요. 착한 아가씨. 거실의 난로 선반에 놓여 있는데, 언젠가 하녀인 세라 젠킨스가 먼지털이로 먼지를 터는데 그 꽃병이 잔뜩 찡그린 표정을 짓는 바람에 세라는 겁에 질려서 전혀 손을 댈 수가 없었다는구나."

야, 이거 재미있겠는데. 하지만 패트는 주디 아주머니가 '해변가' 사람들을 조금은 경멸하고 있다는 느낌을 받았다.

"거기 있는 물건들은 굉장히 훌륭해요, 아주머니."

"훌륭하다고?" 패트가 주디 아주머니를 꼼짝 못하게 하려는 것임을 주디 아주머니는 금세 눈치챘다.

"내 앞에서 훌륭하다는 말 따위는 하지 말아라. 이래 봬도 나는 젊은 시절에 맥더못 성에서 일을 했단다. 훌륭하다고? 이불은 레이스나 새틴이었고, 흰 대리석 계단에는 금으로 된 손잡이가 달려 있었지. 접시나 받침은 순금이었고, 금 술병에는 샴페인이 주둥이까지 들어 있었어. 집사가 서른 명이나 있었는데, 그 집사들이 다시 저마다 하인들을 거느렸단다. 크리스마스 만찬 같은 때에는 성주께서 금화 1파운드를 쌓아올린 접시를 돌리셨는데, 그걸 저마다 집어들었지. 그에 비하면 너네 해변가 농장은 아무것도 아니야. 참, 그런데 지난번 일요일에 배운 성경 구절을 외워두는 게 좋을 거다. 오너 할머니가 물어볼지도 모르니까."

"아주머니 앞에선 하나도 틀리지 않고 외울 수 있지만, 오너 할머니 앞에선 그게 잘 안 돼요."

"그럼, 눈을 꼭 감고 오너 할머니를 양배추라고 생각하면 되겠구나. 하긴 전도집회에서 제드 캐터몰 할아버지가 오너 할머니를 골려주려고 했을 때는 그렇게 되지 않았지만."

"오너 할머니가 어떻게 했는데요?"

"어떻게 했느냐고? 지금 말하려던 참이란다. 제드 할아버지는 하느님 따위는 믿지 않는다고 말했지. 그는 자신이 머리가 좋다고 생각했어. 그래서 다른 사람들 앞에서 잘난 척하고 싶은 마음에 캠벨 목사님이 남글렌 마을의 교회를 맡고 있던 해의 어느 날 밤에 전도 집회에 나갔지. 설교랑 뭐 그런 것들이 모두 끝난 뒤에 제드 할아버지는 벌떡 일어나서 이렇게 말했단다. '나는 하느님 따위가 있다는 걸 믿지 않지만, 만약 있다면 하느님은 잔혹하고 말을 알아듣지 못하는 폭군임에 틀림없어. 왜냐하면,' 자만심으로 칠면조처럼 잔뜩 부풀어 있던 제드 할아버지가 다시 말했지. '만약 하느님이 있다면 지금 이런 말을 한 나를 어째서 그 자리에서 죽이지 않는가. 죽일 거라면 죽여 보라고 나는 외치겠어.' 이렇게 점점 잘난 척하기에 이르자, 사람들은 모두들 깜짝 놀라서 물을 끼얹은 것처럼 조용해졌어. 그러자 오너 할머니가 제드 할아버지 쪽을 쳐다보면서 매우 침착한 태도로 이렇게 말했단다. '하느님이 문제삼을 만큼 당신이 중요한 사람이라고 생각하세요, 캐터몰 씨?' 그 소리에 모두 폭소를 터뜨리고 말았지. 커다랗고 빨간 풍선을 바늘로 찌르는 것을 본 적이 있는지 모르겠구나. 자신만만함이 절정에 이른 제드 씨가 바로 그 꼴이었어. 다시는 그런 말 못하게 됐지. 자, 그럼 네 수학 숙제도 끝났고, 내 피클도 다 만들어졌으니, 이번에는 향긋한 정향을 넣어 구운 사과라도 만들어 볼까?"

"시드가 있었으면 좋았을 텐데." 패트는 한숨을 내쉬었다. "시드는 정향을 넣어 구운 사과를 굉장히 좋아해요. 일요일 밤에는 돌아올까요, 아주머니? 앞으로 1주일을 어떻게 지내야 할지 모르겠어요."

"넌 너무 지나치게 시드만 생각하는구나. 착한 아가씨. 이 다음에 어른이 되어 떨어져 살게 될 때는 어떻게 하려고 그래?"

"그런 일은 없을 거예요, 아주머니. 시드랑 나는 결코 헤어지지 않을 테니까요. 우리는 둘 다 결혼하지 않고 이대로 이 집에서 살면서 모든 살림을 맡아할 거예요. 둘이서 그렇게 결정했는걸요."

주디 아주머니는 한숨을 쉬었다.

"그렇게 시드만 생각하지 않는 게 좋을 거야. 다른 여자아이들처럼 너도 학교에서 친한 친구를 사귀면 좋을 텐데. 위니한테는 엄청나게 친구들이 많지 않니."

"난, 시드만 있어주면 돼요. 학교엔 괜찮은 애들이 많긴 한데, 좋아하는 애들은 별로 없어. 나는 우리 식구들과 이 집만 있으면 돼요. 다른 건 아무것도 좋아하거나 그러고 싶지 않아요."

2

어차피 '해변가'에 갈 바에는 이번 토요일이 딱 좋다고 패트는 생각했다. 아빠가 과수원의 낡은 판자 울타리를 새것으로 바꾸기로 했는데, 그것이 쓰러지고 넘어지는 것을 보기가 괴로울 것이기 때문이다. 판자 울타리는 예쁜 이끼로 뒤덮였고, 말뚝에는 담쟁이덩굴이 휘감았으며, 둘레에는 허리만큼 올라오는 캐러웨이가 무성하게 자라 있었다.

패트가 집에 없는 것을 주디 아주머니도 다행으로 생각했다. 왜냐하면 마당 구석에 있는 커다란 포플러의 밑동이 썩어서 센 바람이라도 불면 넘어져서 닭장을 부숴버릴 우려가 있어서 잘라내기로 했기 때문이다. 도끼로 내리칠 때마다 패트가 몸을 떨면서 괴로워할 것을 주디 아주머니는 알고 있었으므로 아빠와 상의해서 패트가 없는 틈을 타서 자르기로 했던 것이다.

조가 패트를 자동차로 '해변가'에 데려다주었다. 오솔길을 돌아설 때, 패트는 자기 집에다 대고 '갔다올게'라며 손을 흔들었다. 집 뒤뜰에 널어놓은 귀염둥이의 작은 원피스가 바람에 부풀려져 마치 작은 귀염둥이 셋이 빨랫줄에 매달려 있는 것 같았다. 패트는 한숨을 쉬면서 모든 일을 운명에 맡기기로 했다.

날씨는 쾌청하고, 푸른 안개가 끼었다. '해변가'까지 길은 거의가 내리막길이고, 도중에 가문비나무의 '황야' 제방에는 양치식물과 향기로운 냄새가 나는 풀이 무성했다. 길 저쪽에는 푸른 바다와 오래된 회색 집이 기다리고 있었다. 집은 물결치는 곳 바로 옆이어서 폭풍이 불 때면 물보라가 흩어져 현관 계단에 닿을 정도였다.

손님이 도착하자 '해변가'에는 커다란 소동이 일어났다. 할머니들은 나와서 진심으로 환영 인사를 했고, 댄 외삼촌은 근처 밭에 있다가 손을 흔들어 보였다. 댄 외삼촌은 흙을 파내 뒤집어서 예쁘고 빨간 밭두렁을 만들고 있었다.

조가 서둘러 돌아갔기 때문에 패트는 혼자서 인사를 하거나 물끄러미 바라보는 눈길을 온통 받아내야만 했다. 할머니들은 빳빳하게 풀 먹인 흰 페티코트를 입고 있었는데, 태도도 그에 못지않게 빳빳했다. 사실, 가끔은 이렇게 다리가 길고 햇볕에 그을린 여자아이를 하루쯤 초대하는 것이 친척의 의무라고 여겨 초대하기는 했지만, 그렇다고 무슨 이야기를 해야 할지 몰라 막막했던 것이리라.

이윽고 패트는 외증조할머니의 방으로 안내되었다. 외증조할머니 한나는 나이가 굉장히 많은 주름투성이의 노인으로 커튼이 달린 커다란 침대 위 산 같은 이불 속에서 패트를 바라보았다.

"그럼 이 애가 메리의 딸이란 말인가?" 외증조할머니는 새된 목소리로 말했다.

"아니에요. 전 패트리샤 가드너예요." 패트는 비록 엄마든 누구든 간에 누구의 딸이라는 따위의 말을 듣는 것이 싫었다.

외증조할머니는 갈퀴 같은 손을 뻗어서 패트의 팔뚝을 붙잡고 잡아당기더니 찬찬히 바라보면서 중얼거렸다.

"예쁘게 생기진 않았군……. 확실히 예쁘진 않아."

"이 아이도 크면 분명히 미인이 될 거예요. 지금은 햇볕에 심하게 그을려서 그렇지요." 프랜시스 할머니가 감싸주었다.

패트의 작은 얼굴은 분노로 새빨개졌다. '못생겼다'는 말을 면전에서 듣다니 참을 수가 없었다. 주디 아주머니라면 그 무슨 실례냐고 불만을 터트렸을 것이다.

아래층으로 내려오니 오너 할머니가 놀란 목소리로 말했다.

"패트야, 옷에 실밥이 터졌구나."

패트는 그 말에 기분이 상해서 혀를 쏙 내밀어주고 싶었지만, 그런 짓을 하면 예의 바르지 못하다고 할까봐서 어쩔 수 없이 오너 할머니가 실밥이 터진 곳을 기워주는 동안 어색하게 서 있었다.

"물론 메리가 일일이 다 살피는 것도 무리일 테고, 주디라면 애들한테 누더기를 입혀도 태연할 사람이니까." 프랜시스 할머니는 정말이지 어쩔 수가 없다는 말투였다.

"그렇지 않아요!" 패트는 외쳤다. "주디 아주머니는 우리가 입는 옷이랑 예의범절에 무척이나 까다롭단 말이에요. 어깨의 실밥은 이곳에 오는 도중에 뜯어진 거라구요."

이렇게 시작은 좋지 않았으나, 그 뒤로는 그다지 나쁠 것은 없었다. 성경 구절을 틀리지 않고 외웠으므로 오너 할머니는 쿠키를 주었다. 그러고는 패트가 먹는 것을 물끄러미 바라보았다. 패트는 목이 말랐지만, 물을 달라는 말이 나오질 않았다. 하지만 점심 식사 때에는 우유를 충분히 마실 수 있었다…… 주디 아주머니라면 '탈지 우유'라고 했겠지만. 예쁘고 오래된 금녹색 유리 주전자에 담아서 내놓았기 때문에 비록 아무리 옅은 빛 우유라노 서지종 소의 우유처럼 여겨졌다.

식사는 '은빛숲'에 비하면 아주 검소한 편이어서 패트에게 주어진 양은 결코 충분하지는 않았다. 예쁜 단풍잎이 가장자리에 그려진 접시만큼은 100년 전부터 셀비 집안에 전해지는 명품이었으므로 패트는 영광스럽게 생각했으며, 그것으로 시장기를 잊으려 했다. 디저트로는 빨간 자두 세 개가 나왔다.

식사가 끝나자 프랜시스 할머니는 두통이 난다면서 누워야겠다고 했다. 댄 외삼촌이 아스피린을 권하자 프랜시스 할머니는 눈을 동그랗게 떴다.
"하느님께서 주신 고통을 아스피린 따위로 얼버무리려는 것은 하느님 뜻에 어긋나는 일이야." 이렇게 서슴없이 잘라 말하더니 은 뚜껑이 달린 빨간색 냄새 맡는 병을 코에 대면서 방을 나가버렸다.
오너 할머니가 응접실에서 마음껏 놀라고 해서 패트는 기뻤다. 진기한 것들로 가득한 데다가 혼자라면 자유로우니까. 오후 내내 할머니들과 함께 잔뜩 긴장하고 앉아 있어야 한다면 어떻게 하나 걱정하던 참이었다. 패트도, 오너 할머니도 서로 상대방으로부터 해방되어 안도했다.

3

응접실의 가구는 모두가 훌륭한 것들뿐이었다. 반짝반짝 닦아놓은 커다란 놋쇠 문고리는 기묘하게 일그러진 패트의 얼굴을 비추었다. 도자기로 된 문의 표찰에는 장미 그림이 그려져 있었다. 햇볕가리개가 쳐져 있어서 시원한 초록빛이 방안 전체에 흘러 넘치고 있었다……. 패트는 마치 바다의 인어가 된 듯한 기분이 들었다.
검은 난로 선반에는 흰 상아로 된 조각상 6개가 장식되어 있다. 장식 선반에 놓여 있는, 점이 있는 커다란 조개 껍데기는 귓가에 갖다대면 바다의 속삭임이 들려오리라.
세라 젠킨스에게 찡그린 표정을 지어 보였다는 그 꽃병에는 공작의 깃털이 잔뜩 꽂혀 있었다. 하얀 유리로 만들어진 데다가 꽃병 몸통에 이상한 무늬가 있어서 그것이 얼굴과 비슷했던 모양이다. 하지만 패트가 잔뜩 기대를 했음에도 꽃병은 찌푸린 표정을 짓지 않았다.
구석의 테이블에는 눈이 번쩍 뜨일 만큼 아름다운, 빨갛고 노란 도자기 암탉 한 마리가 노란 둥지에 앉아 있었다. 커튼에는 가장자리에 부채 모양의 배튼버그 레이스가 폭넓게 장식되어 있다. 이 정도라면 맥더못 성이라도 도저히 대적하지 못할 것이 틀림없었다.

　패트는 집 안 깊숙한 곳에 보관되어 있는 것을 보고 싶었다. 가구나 카펫 따위가 아니라, 2층 낡은 상자에 보관되어 있는 편지라든가, 낡은 트렁크에 들어 있는 드레스 같은 것을. 그러나 그것은 도저히 불가능했다. 응접실에서 나와서 그 근방을 어슬렁거리는 것이 발각되면 틀림없이 할머니들은 깜짝 놀랄 테니까.

　방 안 전체를 살펴보고 나서 패트는 안락의자에 앉아 1시간쯤 오래된 앨범을 보느라 정신이 없었다. 표지는 색이 바랜 파랑과 빨강 천이고, 이음매를 대어서 책처럼 열었다 닫았다 할 수 있는 가죽 테두리가 달려 있었다.

　옛날에는 이 무슨 이상한 모습을 했을까. 잔뜩 부풀어오른 치마, 커다란 소매에 하늘 높이 머리에 쓴 커다란 모자!

　1880년대의 프랜시스 할머니의 사진도 있었다. 주름 장식을 단 드레스에 어깨가 내려온 작은 윗옷을 입고, 가장자리에 주름을 댄 파라솔을 쓰고 있다. 아마도 파라솔이 매우 자랑스러웠던 모양이다. 이런 이상한 파라솔을 쓴 소녀가 프랜시스 할머니라고 생각하니 우스웠다.

　젊은 시절의 아빠 사진도 있었다. 수염이 없는, 매끈한 얼굴이다. 패트는 킥킥 웃었다. 엄마도 있었다. 농그랗고 새침한 표정을 짓고는 앞머리를 잘라 늘어뜨리고 커다란 리본을 매고 있다.

　그리고 '행방불명'된 버튼 외삼촌도 있었다. '행방불명!' 이 얼마나 매력 있는 말인가. 죽은 사람들조차도 행방불명은 아니다. 장례식도 묘비도 있으니까.

　오너 할머니가 아기였을 때의 사진도 있었다. 귀염둥이하고 똑같다! 그럼 귀염둥이도 앞으로 오너 할머니처럼 될까. 전혀 상상할 수가 없었다. 사람은 어째서 변하는 것일까! 패트는 한숨을 내쉬었다.

집으로 가는 길

1

날이 저물자 패트를 어떻게 돌려보낼 것인가가 문제가 되었다. '해변가'에서 말을 다룰 수 있는 사람은 프랜시스 할머니뿐인데, 아직 하느님의 뜻으로 두통이 심해서 침실에 틀어박혀 있다. 오너 할머니는 최근 몇 년 동안 말을 몬 적이 없는 데다가 댄 외삼촌에게는 안심하고 말을 맡길 수가 없었다. 결국 오너 할머니는 가장 가까운 이웃 농가에 전화를 걸었다.

"매클라우드 씨가 토요일에 시내로 나가면서 너를 '은빛숲'에 내려주신다고 했단다. 매클라우드 씨네 집까지 혼자서 갈 수 있겠지? 어두워지기 전엔 닿을 테니까."

패트는 '해변가'에서 하룻밤을 보낼 바에는 그 어떤 일이라도 마다할 생각이 없는 데다가 어두워진다 해도 조금도 무섭지 않았다. 어두운 길이라면 지금까지 혼자서 걸었던 적이 몇 번이나 있었다. 또래 아이들은 어두워지면 무서워서 집으로 달려가지만 패트는 결코 그렇지 않았다. 그런 점에서 가족들은 패트가 '아빠의 딸'이 분명하다고 말했다. 아빠, 껑다리 앨릭은 '어둠의 아름다움을 즐긴다'면서 밤중에 혼자서 돌아다니는 것을 좋아했다.

지금도 집안의 이야깃거리가 되어 있듯 패트는 4살 때, 밤새 과수원의 캐러웨이 속에서 잠을 잔 적이 있다. 아무도 그걸 몰랐지만 주디 아주머니가 밤새도록 이웃집 환자의 시중을 들다가 새벽녘이 되어서야 집에 돌아와 보니 패트의 모습이 보이지 않았다. 그제서야 당황한 가족들은 서둘러 패트를 찾기 시작했다. 패트를 발견했을 때 가족들의 기뻐하던 모습, 이성을 잃고 새파래진 엄마 얼굴에 활짝 피어났던 기쁨의 표시를 패트는 어렴풋하게 기억하고 있었다.

할머니들에게 안녕히 계시라는 인사를 공손히 하고 매클라우드 씨네로 가보니, 나쁜 소식이 기다리고 있었다. 자동차가 고장나서 시내에 나가지 않기로 했다는 것이다.

"그러니까 다시 '해변가'로 서둘러 돌아가야겠구나."

매클라우드 부인이 친절하게 말했다.

패트는 느릿느릿 오솔길을 되돌아왔으나, 가문비나무에 가려져 마을에서 보이지 않는 곳에 이르자 멈춰 서서 고민했다.

''해변가'로 돌아가는 건 싫어. 넓은 손님용 침실의 커다란 침대에서 밤새도록 있어야만 하다니 생각만 해도 끔찍한 일이야. 그래, 집까지 걸어가자. 겨우 5킬로미터인걸. 그 정도라면 날마다 학교를 다니면서 걷는 거리니까.'

패트는 씩씩하게 걷기 시작했다. 저절로 용기가 솟으면서 갑자기 어른이 된 듯한 기분이 들었다. 홀연히 부엌으로 들어가 '해변가'에서부터 어두운 길을 5킬로미터나 혼자서 걸어왔다고 시치미를 떼고 이야기하면, 주디 아주머니는 분명히 눈을 동그랗게 뜨고는, "아이고, 원 세상에, 기특하기도 하지!"라며 감탄할 것이 틀림없다.

하지만…… 갑자기 춥고 어두운 밤이 몰려왔다. 길이 두 갈래로 갈라진 곳에 이르자 어느 쪽으로 가야 할지 막막했다. 왼쪽이었던가? 그래, 왼쪽이었어. 차츰 무서운 생각이 들면서 패트는 자기도 모르게 내달리기 시작했다.
　이미 주위는 온통 캄캄해지고 말았다. 그때서야 갑자기 패트는 집에서 3킬로미터나 떨어진 곳에서 어둠 속에 혼자 남겨졌다는 사실을 깨달았다. 이 낯선 길에 있는 것은 집의 등불이 보이는 과수원을 어슬렁거리거나, '소곤소곤길'을 달리거나, '연못들판'을 내달리는 것과는 전혀 달랐던 것이다.
　황금빛으로 빛나던 9월의 대낮에는 친근하기만 하던 숲과 나무들이 지금은 전혀 낯설기만 했다. 맞은편에 시커멓게 가로누워 있는 가문비나무 언덕은 위협하는 것처럼 다가오고 있다. 이 길로 가면 되는 것일까. 인가의 등불은 단 하나도 보이지 않았다.
　'길을 잘못 들어선 게 아닐까. 여긴 두 개의 군(郡) 사이의 농장 뒤를 지나는 경계 길이 아닐까. 집으로 돌아갈 수 있을까. 또다시 시드를 볼 수 있을까. 위니의 웃음소리랑 패트의 귀가를 기뻐하는 귀염둥이의 목소리를 다시 들을 수 있을까'
　얼마 전 일요일 날 교회에서 '밤은 어둡고, 집으로 가는 길은 멀다'고 성가대에서 노래했는데, 그 노래의 의미가 절실하게 가슴에 와 닿았다. 패트는 정신없이 내달렸다. 길가의 자작나무는 유령 같은 팔을 뻗어 패트를 붙잡으려 했다. 가문비나무 숲에서는 바람이 으르렁거렸다.
　바람이 '은빛숲'에 갑작스레 불어온다. 교회 헛간 뒤에서 고양이처럼 뛰어들기도, '안개언덕'에서 새처럼 날아오기도, 과수원에서 놀이 친구처럼 나타나기도 한다. 그러나 그것은 언제나 친구로만 왔었다.
　이 바람은 친구가 아니었다. 가문비나무 숲에서 비명소리를 지르는 것은 과연 바람이 맞을까. 그렇지 않으면 주디 아주머니의 이야기에 나오는 그린 하퍼의 연주 소리일까. 그린 하퍼는 좋든 싫든 간에 하프를 연주하면서 듣는 이를 요정의 나라로 데려가 버린다고 하던데.

주디 아주머니의 이야기는 집에서 들을 때는 모두가 다 재미있고 믿지 못할 것들로만 가득 찼었는데, 지금 여기서는 오싹하리만큼 생생한 느낌으로 되살아났다. 어둠 속 까맣게 보이는 양치식물 밑 기묘하고 작은 그림자는…… 어쩌면 요정이 아닐까. 요정을 만나면 다시는 원래처럼 돌아오지 못한다고 주디 아주머니가 그랬는데. 패트에게 그보다 더 두려운 것은 없었다. 내가 아닌 것으로 변해버리다니!

저 멀리에서 기분 나쁜 소리가 났다. 주디 아주머니의 이야기 속에 등장하는 피터 브래나간이 양의 유령들에게 피리를 불어주는 것일까. 인가의 등불은 아직도 보이지 않았다. 아무래도 길을 잘못 든 것 같았다.

추운 밤길에 요기가 감도는 바람, 주위를 에워싼 커다란 어둠의 세계. 패트는 갑자기 무서워서 정신이 아득해지는 것 같아 저도 모르게 비명을 질렀다.

"왜 그러니?"

그때 누군가가 길모퉁이를 지나 이쪽으로 왔다. 남자아이다. 키는 패트와 조금도 차이가 나지 않는다. 눈 주위에 이상한 것을 끼고 있다. 뒤에 있는 어슴푸레하고 작은 그림자는 개인가. 패트에게는 그것밖에 보이지 않았다. 하지만 이제 살았다, 이제 걱정 없다고 생각했다. 소년의 목소리는 맑고 상냥했다.

"나…… 길을 잃은 것 같아. 나는 패트 가드너야. 길을 잘못 들었어."

"여기는 경계 길이야. 하지만 조금만 돌아가면 '은빛숲'이 나와. 집까지 데려다줄게. 나는 힐러리 고든이란다. 다들 징글이라고 부르지."

패트는 소년이 누구인지 금세 알았다. 집 근처 애덤스 농장을 사들인 고든 집안에 대한 소문을 주디 아주머니에게서 들었던 것이다. 고든 부부에게는 아이가 없고 고아인 조카가 함께 사는데, 틀림없이 학대를 당하고 있을 거라고 주디 아주머니는 말했었다. 징글은 애덤스 농장이 남글렌 초등학교 구역이어서 북글렌 초등학교에 다니지는 않지만 이웃인 것이다.

2

둘은 걷기 시작했다. 별로 말은 하지 않았지만 패트는 어느덧 쾌활하고 들뜬 기분이 되었다. 달이 떠오르자 그 빛으로 패트는 신기한 듯 소년을 바라보았다. 소년은 거무죽죽하고 각진 안경을 쓰고 있었다. 그래서인지 눈 주위가 이상한 느낌이었다. 바지는 한쪽은 무릎까지 걷었고, 다른 한쪽은 무릎과 발목의 한가운데쯤에 와 있었다.

"난 '은빛숲'의 아이야."
"나는 어느 집 아이도 아니야."

징글은 쓸쓸하게 말했다.

패트는 그 기분을 알 수 없었으나, 그래도 어떻게든 위로해야겠다는 생각이 들어서 작은 손으로 살며시 소년의 손을 잡았다. 둘은 손을 잡고 걸었다.

바람도…… 어둠도…… 다시 친근하게 다가왔다. 은빛으로 가득 찬 하늘을 배경으로 나무들은 검은 가지를 흔들었고, 양옆의 숲에서 감도는 신선한 내음이 코를 간지럽혔다.

달빛과 그림자가 뒤섞인 오솔길 옆을 지날 때 패트는 물었다.

"저 길은 어디로 통하는 거니?"
"나도 모르겠는데, 언제 우리 한 번 가볼까?"

둘은 마치 오래된 친구가 된 기분이었다. 이윽고 들판 저쪽에 그리운 '은빛숲'의 등불이 보이기 시작했다. 패트를 기쁘게 환영하는 듯 방마다 등불이 빛나고 있었다. 다시 집을 볼 수 있게 된 기쁨에 패트는 눈물이 나올 것만 같았다. 비록 아무도 기뻐해 주지 않는다 하더라도 집만큼은 저렇게 내가 돌아온 것을 기뻐해 주고 있다.

뒤뜰에 있는 나무문까지 오자 패트는 수줍어하면서 고마움을 표시했다.

"집까지 데려다주어서 정말 고마워. 굉장히 무서웠거든."

그렇게 말한 다음에 언젠가 주디 아주머니가 이런 말을 했던 것이 생각났다. 모름지기 괜찮은 남자가 집까지 데려다주었을 때는 반드시 식사에 초대하는 법이라고. 그렇다면 '은빛숲'의 명예를 위해 나도 예의에 어긋나지 않게 행동해야만 한다.

"월요일 날 식사하러 오지 않을래? 노동절이라서 맛있는 치킨을 준비할 거야. 아주머니가 그러는데 그날은 평소와 똑같이 일은 하지만 치킨 요리로 축하를 하는 거랬어. 꼭 와주었으면 하는데……"

"고마워. 맥긴티랑 나는 오늘 너를 만나서 정말 좋았어."

"그 개 이름이 맥긴티야?"

패트는 조심스레 개를 바라보았다. 개라면 조가 귀여워하는 슈니클프리츠와 톰 삼촌의 늙은 브루노밖엔 몰랐다.

"응. 세상에서 나를 생각해주는 건 맥긴니 하나야."

"나 말고는 말이지."

문득 징글은 빙긋 웃었다. 웃는 모습이 보기 좋았다.

마침 부엌문에 주디 아주머니가 나타나 이쪽을 엿보고 있는 것 같아서 패트는 서둘러 말했다.

"그럼 월요일이야. 잊으면 안 돼. 맥긴티도 데리고 와. 뼈다귀가 있으니까."

주디 아주머니가 수상해하는 듯한 목소리로 물었다.

"지금 밖에서 떠드는 게 누구냐. 애인이라면 나에게 보여줘도 괜찮을 것 같은데."
패트는 발끈했다.
"뭐? 애인이니 뭐니 그런 거 아니에요, 아주머니. 쟤는 징글이에요."
"징글이 누구지?"
"힐러리 고든이에요. '해변가'에서 나 혼자 오다가 길을 잃어버리고 좀 무서웠거든요. 그때 길에서 만났어요, 아주머니. 그래서 징글을 월요일 날 식사에 초대했어요."
"이거야, 원. 빠르기도 하시지."
주디 아주머니는 킥킥대며 웃었다. 지금까지 남자라면 세상에 시드밖에 없는 줄 아는 패트를 놀려줄 수 있겠다며 기뻐하는 것이었다.
그러나 패트는 그런 건 아무래도 상관없었다. 등불이 빛나는 자기 집 부엌으로 돌아올 수 있게 된 게 기쁠 뿐이다. 컴컴한 길에서 무서운 생각을 했던 것이 언제였느냐는 듯 지금은 거짓말같이 잊혀졌다. 어두운 바깥에서 밝고 따뜻한 집 안으로 들어오는 것은 얼마나 멋진 일인가!
"아주머니, 나한테 파이 한 조각 줄 거죠?"
"주고말고. '해변가'의 식사가 얼마나 빈약한지 내가 모르는 줄 아니? 이리 와서 맘껏 먹으렴. 파이뿐만 아니라 소시지하고 구운 감자도 있단다."
먹으면서 패트는 그날 있었던 일들을 하나도 빠트리지 않고 이야기했다.
"어두워졌는데도 혼자서 여기까지 돌아올 생각을 하다니 굉장하구나."
생각했던 대로 주디 아주머니는 칭찬해주었다. 바로 이런 점 때문에 아주머니가 좋았다.

"길에서 징글을 만나서 정말 다행이구나. 괜찮다면 가끔 식사에 초대하렴. 그 아이의 삼촌인 래리 고든이 가게 맞은편의 테일러 농장에 살던 무렵부터 알았지만, 그 사람은 엄청난 구두쇠여서 말이야."

주디 아주머니는 남에게 잘 베풀지 않는 사람들을 몇 단계로 나누었다. 검소한 사람…… 양호, 검약가…… 기준선 상에 있는 사람, 구두쇠…… 기준선을 넘은 사람, 노랑이…… 어찌할 수 없는 사람, 이런 식이었다.

그러나 주디 아주머니는 패트를 조금은 놀리지 않을 수 없었다.

"훌륭한 해변가 농장을 보고 온 뒤라서 이런 볼품없는 부엌은 마음에 들지 않으시겠습니다그려."

"우리 집 부엌이 '해변가'의 거실보다도 훨씬 좋아요."

패트는 졸리운 듯 말했다. 8살 난 아이에게는 꽤나 힘든 하루였다.

"쓸데없이 비교하고 그래서는 안 된단다, 착한 아가씨."

패트를 2층으로 데리고 올라가면서 주디 아주머니는 말했다.

자장가를 부르며 귀염둥이를 재우던 엄마는 살며시 패트의 방으로 들어와서, "오늘 재미있었니?"라고 물었다.

"'헤번기'는 이주 멋졌어요."

그건 거짓말이 아니었다. 확실히 훌륭한 것은 사실이었다. 엄마의 친정집이 별로 재미가 없었다는 등 엄마를 슬프게 할 말은 도저히 할 수가 없었다. 이 집을 소중히 여기는 패트 못지않게 엄마도 '해변가'에 깊은 애정을 품고 있을 테니까! 패트는 그 어떤 위험으로부터도 안전하게 지켜주는 이 집에 푹 안긴 채 깊이 잠들었다.

친구는 좋은 거야

1

일요일은 패트에게 무척이나 괴로운 하루였다. 해묵은 포플러가 잘려 넘어진 것을 알고 패트가 얼마나 슬퍼했던지 아무리 위로를 해도 소용없었다.

"착한 아가씨, 저것 좀 봐요. 글쎄 닭장과 헛간 사이로 훌륭한 경치가 보이잖아요. 지금까지 전혀 보이지 않던 남쪽 개울도 뚜렷하게 보이고. 애야, 이건 일요일의 건포도란다. 자, 이걸 먹고 그만 훌쩍거리렴. 그렇게 오래된 나무는 10년도 되기 전에 베어버려야 했는데."

'은빛숲'의 아이들은 일요일에 특별 대우로 주디 아주머니에게서 건포도를 한 줌씩 받기로 되어 있었다. 그걸 패트는 울면서 먹었다.

저녁 무렵이 되어서야 겨우 새롭게 펼쳐진 경치가 멋있다는 생각이 들었다. 둥근 창 옆에 앉으면 은색의 활 모양을 그리며 흐르는 개울과 멀리 푸른 산이 보인다. 그러나 역시 지금까지 그곳에서 푸른 잎을 사각사각 부딪던 포플러 나무가 없어진 것이 쓸쓸해서 견딜 수 없었다.

 월요일 아침이 밝아서야 패트는 징글을 식사에 초대한 것이 생각났다. 그러자 조금은 불안해졌다. 만약 길이가 짝짝이인 그 바지를 입고 오면 어떻게 하나. 주디 아주머니에게 특별히 맛있는 요리를 만들어달라고 부탁하고 싶었으나 놀림당할 것이 싫어서 그것도 할 수가 없었다. 하지만 주디 아주머니는 은제 나이프와 포크를 내놓고, 고급 크림통을 내놓았으므로 패트는 기뻤다.
 "어째서 이렇게 호화로운 식탁을 꾸미는 거죠?" 조가 물었다.
 "패트가 애인을 식사에 초대했거든. 가문의 명예를 위해서도 최대한 대접을 해야지."
 "아주머니!" 패트는 불같이 화를 냈다. 이때뿐만 아니라 앞으로도 누구든지 징글이 자신의 애인이라는 둥의 말을 하면 결코 가만 있지 않겠다고 선언했다.
 "징글은 애인이 아니에요! 애인이라니 나는 그런 거 결코 없단 말이에요."
 "결코라는 말은 아무렇게나 하는 게 아니야." 주디 아주머니가 일깨웠다.
 "조, 슈니클프리츠는 가둬두는 게 좋겠어. 초대받은 어린 손님도 게를 데리고 오신다니까, 개끼리 으르렁대기라도 하면 곤란하잖아."
 얼마 안 있어 징글과 맥긴티가 뒤뜰 나무문 어귀에서 머뭇거리는 것이 보였다. 패트는 마중하러 달려나갔다.
 패트는 징글이 초라하긴 했지만 말끔하게 옷차림을 가다듬고, 바지 길이도 양쪽이 똑같아 가슴을 쓸어 내렸다. 맨발이었지만 그거야 아무래도 상관없었다. 북글렌 마을의 남자아이들은 누구나 여름에는 맨발이니까······. 물론 식사 초대를 받았을 때는 다르겠지만.
 누가 깎았는지 징글의 갈색 머리칼은 엄청나게 들쭉날쭉했다. 파

친구는 좋은 거야 113

란 안경을 써서 눈은 보이지 않았다. 얼굴은 창백하고 입은 너무 길었다. 분명 잘생긴 편은 아니지만 밉상도 아니었다. 낮에 보니 맥긴티는 아직 아주 어린 강아지였다.

패트는 징글을 부엌으로 안내했다.

"저 요리 냄새 굉장하지 않니? 디저트로는 아주머니가 자랑하는 애플 케이크를 만들었어. 아주머니의 애플 케이크는 맛있기로 유명하거든. 아주머니, 징글이에요. 이쪽은 맥긴티고."

가족들은 따뜻하게 징글을 환영했다. 아마도 미리 주디 아주머니에게서 주의를 받았기 때문이리라. 아빠는 징글에게 쇠고기를 좋아하느냐, 아니면 칠면조로 하겠느냐고 물었고, 엄마는 설탕을 친 크림을 권했다. 그렇다면 안심하고 아빠와 엄마에게 맡겨도 되었다. 위니조차도 친절하게 애플 케이크를 한 조각 더 주었다. 얼마나 따뜻한 가족인가!

맥긴티에게는 고기 뼈를 산더미처럼 쌓아놓은 커다란 접시를 움막 입구 위에 놓아주었다.

"자, 실컷 먹어라. 마리아 고든네 집에선 좀처럼 이런 걸 먹어보지 못했을 테니까."

식사가 끝나자 징글은 수줍어하면서 말을 꺼냈다.

"저, 있잖아…… 어제, 개울 건너 들판에서 예쁜 백합을 보았는데 꺾으러 가지 않겠니?"

패트는 전부터 개울에 가보고 싶었다. 그 개울은 '은빛숲'의 농장과 애덤스 농장의 경계를 흐르다가 그 집 땅으로 흘러들었다.

지금까지 아이들은 그 경계선을 넘은 적이 없었다. 원 소유주인 애덤스 노인이 목장에 아이들이 들어오는 것을 싫어했기 때문이다.

"네 삼촌이 싫어하지 않을까?" 패트는 걱정했으나, 징글의 삼촌과 숙모는 아는 집에 노동절을 보내러 가고 없다는 말을 듣고 패트는 놀랐다.

"그럼, 만약 우리 집에 오지 않았다면 넌 점심 식사를 어쩔 셈이었니?"

"빵하고 당밀이 있어."

축제일인데 빵하고 당밀뿐이라니! 구두쇠도, 이런 구두쇠가 어디 있을까!

주디 아주머니가 계피가 든 과자빵 봉지를 건네면서 주의를 주었다.

"너희들, 절대 버섯 같은 것을 먹어선 안 된다. 내가 아는 어떤 남자아이와 여자애가 무심코 숲에서 독버섯을 먹은 적이 있어서 그래."

"그래서 두 번 다시 돌아오지 못했다는 거죠?" 조가 놀려댔다.

"돌아오지 못했고말고. 둘 다 죽어버렸으니까." 주디 아주머니는 버럭 화를 내면서 말했다.

집이 보이지 않게 되자 징글의 수줍음은 어디론가 사라지고 유쾌한 말벗이 되었다. 같이 있는 것이 너무나도 즐거운 패트는 시드에게 미안한 느낌이 들어 스스로에게 핑계를 댔다.

'나는 단지 친한 친구가 아무도 없는 징글이 불쌍해서 그럴 뿐이야.'

작은 개울이 경계를 흐르고 있으므로 요르단 강이라는 이름을 붙이자고 말을 꺼낸 것은 징글이었다. 패트는 기뻤다. 여기에도 사물에 이름 붙이기를 좋아하는 친구가 있었다니!

"요르단 강에 돌다리를 놓자. 그렇게 하면 우리가 언제든지 오갈 수 있으니까 말야."

징글은 앞으로 자주 이 다리를 오가기로 마음먹은 것 같았다.

다리 놓기는 재미있었다. 징글은 일을 대강대강은 하지 못하는 성격이어서 아주 튼튼하고 훌륭한 다리를 만들었다. 그 일이 끝나자 둘은 요르단 강의 시원을 찾아보자며 애덤스 농장 뒤편에 있는, 햇빛과 고요로 가득 찬 목장을 가로질러 가을 기린초로 화려하게 둘러싸인 울타리를 넘어갔다. 얼룩진 그림자를 떨구고 있는 숲을 빠져나가니 꼬불꼬불한 오솔길이 나타났다. 그 오솔길 옆 작은 개울에는 귀엽고 작은 물웅덩이가 여기저기 있었고, 둑에는 에메랄드와 금 같은 이끼가 나 있었다.

맥긴티는 좋아서 껑충껑충 뛰었다. 이렇게 돌아다니는 것이 무엇보다도 기쁜가보다. 미친 듯이 앞으로 뛰어가는가 싶다가도 우뚝 그 자리에 멈춰서 빨갛고 작은 혀를 축 늘어뜨리고 둘이 오기를 기다리곤 했다. 패트는 그 강아지가 귀여웠다. 검은 털이 곱슬곱슬한 슈니클프리츠보다도 더 좋아지는 것이 아닐까 걱정될 정도였다.

슈니클프리츠는 조 말고는 아무도 따르지 않는 데다가 누구에게나 으르렁대었다. 맥긴티는 작고, 어딘가 슬픈 듯 사람의 애정을 바라고 있었다. 볼은 희고, 등과 귀는 황갈색으로, 뾰족한 귀를 기쁠 때는 뾰족하게 세우고, 슬플 때는 축 늘어뜨렸다. 누군가 꼬리를 흔들었으면 좋겠다고 생각할 때면 반드시 꼬리를 흔들어 보이곤 했다.

2

마침내 그들은 멋진 장소를 찾아냈다. 숲 속 깊은 곳에 깊은 연못이 있었던 것이다. 그곳이 개울의 발원지였다. 그 위 작은 절벽에서는 끊임없이 다이아몬드 같은 물방울이 떨어졌다. 주위는 이끼가 낀 가문비나무와 살랑대는 단풍나무들로 둘러싸였고, 뒤쪽은 나지막한 산이었다. 그 경치는 가슴 시리게 아름다웠다. 어째서 아름다운 것을 보면 이렇듯 가슴이 아플까. 패트는 이상한 감동에 견딜 수가 없었다.

"이렇게 아름다운 곳은 본 적이 없어. 마치……." 패트는 무심코 이곳이 '비밀들판'에 뒤지지 않다고 말했다.

징글도 기뻐하며 말했다.

"정말로 아름답구나. 아무도 이곳을 모르는 게 아닐까. 비밀로 해두자."

"으응, 그게 좋겠어." 패트도 곧장 찬성했다.

"이런 곳을 보면 나는 학교에서 배운 시가 생각나. '유령의 샘'이라고 하는데. 들어본 적이 있니?"

징글은 시를 읊었다.

"너는 참 머리가 좋은가봐. 이렇게 긴 시는 시드도 도저히 외우지 못할걸." 패트는 감탄했다.

시의 이곳저곳이 화음처럼 패트를 오싹오싹 감동시켰다. ……'산의 골짜기를 쾌활하게 건너'……'멀리서 희미하게 울려 퍼지는 나팔 소리'

하지만 '농부에게 밤의 공포를 불러일으킨다'는 말은 무슨 뜻일까? 농부가 뭐지? 아아, 농사짓는 아저씨를 말하는 거로구나. 패트와 징글은 함께 웃었고 차츰 그들의 우정은 깊어갔다.

둘은 달콤한 풀향기가 퐁퐁 솟는 작은 동산에 앉아서 과자빵을 먹었다. 목장과 나무들이 있는 저 멀리에 푸른 평원 같은 바닷가의 큰 물굽이가 펼쳐져 있었다.

"요정의 다이아몬드야." 패트는 큰소리로 말하면서 손가락으로 멀리 밭에서 반짝반짝 빛나는 조그마한 것을 가리켰다. 그것은 흙을 파내면서 밖으로 드러난 유리 조각들로, 햇빛이 비치는 순간에 반짝인 것이었다.

징글은 클로버의 뾰족한 끝으로 꿀을 빨아들이는 방법을 가르쳐 주었다. 이끼가 피어난 오래되고 평평한 돌 옆에 귀여운 노랑꽃이 다섯 개나 피어 있는 것을 발견하고 징글은 볼품 없는 안경 너머로 무척이나 기쁜 듯 바라보았다.

징글이 꽃을 좋아하는 것을 본 패트는 기뻤다. 꽃을 좋아하는 남자아이는 별로 없다. 조와 시드하고 왔더라면, "꽃도 좋지. 여자아이에게는 말이야!"라고 큰소리를 쳤을 게 틀림없다.

맥긴티는 머리를 징글의 다리에, 꼬리는 패트의 드러난 무릎에 올려놓고 있었다. 징글은 옆에 쓰러져 있는 자작나무 껍질을 조금 벗겨내고 목초 줄기를 두세 개 써서 패트의 눈앞에서 순식간에 훌륭한 집을 지었다. 방, 현관, 창, 굴뚝, 모든 것이 갖춰졌다. 마치 마술 같았다.

"와아, 어떻게 그런 걸 할 수 있니?"

패트는 완전히 감동하고 말았다.

"난 언제나 집을 짓거든."

징글은 꿈꾸는 듯한 눈길로 맥긴티를 살짝 돌려 눕히더니 햇볕에 그을린 무릎을 끌어안았다.

"언제나 머릿속으로 말이야. 그것을 '꿈의 집'이라고 부르지. 그렇지만 어른이 되면 언젠가 진짜 집을 지을 생각이야. 네게도 한 채 지어줄게, 패트."

"정말이야, 징글?"

"응, 지난 토요일 밤 잠자리에 들어서 생각한 거야. 나중에 완성한 뒤에 보면 네가 지금까지 본 적이 없는 아름다운 집일 거야, 패트."

"'은빛숲'보다 더 멋지진 않을걸." 패트의 목소리에는 질투심이 묻어났다.

"분명 '은빛숲'은 훌륭해. 보고 있으면 저절로 기분이 좋아지지. 기분을 좋게 하는 집은 별로 없는데 말이야. 어떤 집을 보아도 나는 부숴 버리고 다시 짓고 싶은데 '은빛숲' 만큼은 어느 한 곳도 바꿀 생각이 들지 않던걸."

그후로 패트는 집에 관한 징글의 의견을 모조리 믿게 되었다.

맥긴티는 배를 긁어달라기라도 하는 것처럼 벌렁 누웠다.

"마리아 숙모가 조금만 맥긴티를 귀여워해줬으면 좋겠는데 아주 싫어하셔. 언젠가 숙모의 고급 냅킨을 먹어버렸을 때는 쫓아내지나 않을까 얼마나 걱정했는지 몰라. 그런데 로렌스 삼촌이 키워도 된다고 했어. 삼촌은 그다지 싫어하지는 않지만, 가끔씩 맥긴티를 놀려대곤 해. 그렇지만 맥긴티는 놀림거리가 되는 것을 견딜 수 없어한단 말이야."

"걔는 그런 거 몰라."

세 마리의 개를 알고 있는 패트는 아는 체를 했다.

"밤에는 움막집에서 자야만 하는 일도 가끔 있단다. 며칠 전 밤에는 맥긴티가 심하게 짖어대는 바람에 나도 어쩔 수 없이 움막집에서 같이 잤어. 엄마라면 집 안에서 재워주거나 뼈나 뭐 그런 걸 주실 텐데."

패트는 깜짝 놀라 눈을 크게 떴다. 엄마라고? 주디 아주머니는 분명히 징글이 고아라고 했는데 엄마가 있다니, 그리고 스스로도 이 세상에 자기를 생각해 주는 건 맥긴티뿐이라고 하지 않았던가.

"네 엄만 벌써 돌아가신 줄 알았는데?"

징글은 그런 건 아무래도 상관없다는 듯 목초 줄기를 물어뜯기 시작했다.

"아니, 아빤 돌아가셨지만…… 내가 갓난아기였을 때 엄만 재혼하셨어. 지금은 호놀룰루에서 사셔."

"그럼 엄마를 만나진 않아?"

패트는 큰 소리로 말했다. 호놀룰루가 어디쯤 있는지 전혀 모르지만 징글의 말투로 보아 상당히 먼 곳임에 분명했다.

"만나지 않아."

징글은 단 한 번도 엄마와 만난 적이 없다는 말은 도저히 할 수가 없었다.

"엄마랑 결혼한 사람은 몸이 약하고, 캐나다의 날씨가 좋지 않아서 호놀룰루에 가 있대. 하지만 편지는 물론 보내지…… 월요일마다."
 징글은 그 편지를 우체통에 넣지 않고 소중하게 묶어서 상자에 넣은 다음 침대 밑에 보관하고 있었다. 하지만 그런 것은 이야기하지 않았다. 언젠가 엄마에게 건넬 것이므로.
 "물론 그렇겠지" 8살인 패트도 나름의 분별력으로 사정을 대충 짐작할 수 있었다. "너희 엄만 어떤 사람이야?"
 "굉장히, 굉장히 예뻐. 금발에다가 파랗고 아름다운 큰 눈을 가졌지."
 "위니 같은 눈이구나." 패트는 빠르게 말했다.
 "엄마가 있는 곳이 그렇게 먼 곳이 아니라면 좋으련만." 징글의 목소리가 움츠러들었다. 징글은 애써 눈물을 참았다. 10살이나 된 남자애가 여자 앞에서 울거나 해선 안 되었다.
 패트는 아무 말도 하지 않았다. 단지 작고 가냘픈 손으로 징글의 손을 세게 쥐었을 뿐이다.
 둘이 그렇게 앉아 있는 사이에 공기가 차가워지면서 저 먼 산에는 옅고 푸른 산 그림자가 내려앉았다. 산 저편까지는 둘 다 가본 적은 없었다. 다른 사람들 눈에는 이곳이 그저 로렌스 고든네 목장에 지나지 않았지만 패트와 징글에게는 그날 이후로 영원히 동화의 나라가 되었다.
 "여기에도 이름을 붙이자. '행복들판'이 어떨까. 그리고 비밀로 해 두는 거야."
 징글이 말하자 패트도 맞장구를 쳤다.
 "난 비밀을 아주 좋아해. 오늘은 정말로 멋진 하루였어."

3

 둘이 돌아왔을 때는 저녁 식사가 끝난 뒤였다. 주디 아주머니는 부엌에서 둘에게 햄 프라이와 옥수수 과자를 먹게 해주었다. 징글과 맥긴티가 가고 나자 주디 아주머니는 남자 친구와 하루를 어떻게 보냈느냐고 물었다. '남자 친구'라는 편이 '애인'보다는 조금 나았다. 패트는 주디 아주머니의 코를 납작하게 해주려고 어려운 말을 불쑥 꺼냈다.

"우린 서로 유익한 대화를 나누었어요."

"여부가 있겠습니까. 처음치고는 분명 넌 썩 괜찮은 아이를 찾아낸 것 같아. 그 애한테서는 타고난 좋은 점이 보이는구나."

주디 아주머니는 언제나 타고난 우수성을 중요시했다.

"징글은 엄청난 바보예요, 아주머니. 아주머니가 못 봐서 그렇지, 징글이 있잖아요, 식당에서 나가다가 문에 부딪히고는 '실례했습니다'라고 하더라니까요." 나쁘게 말하면 징글이 애인 따위가 아니라는 것을 알겠지 하는 투로 패트가 말했다.

"그러니까, 그 아이가 신사라는 거다. 문에다 대고 사과하는 사람이 또 있을 것 같니?"

"하지만 바보니까, 사람하고 혼동하는 거죠 뭐."

"당치 않아. 바보일 리가 있나. 그 애는 굉장히 영리한 아이야. 또 예의도 바르고. 수프도 소리내지 않고 먹지 않든? 시드도 그렇게 하면 좋으련만."

"하지만 시드는 잘생겼는데, 그 애는 조금도 살생기지가 않았어요."

"그건 말이야, 안경 때문에 그렇게 보이는 거란다. 그리고 머리도 집에서 깎아서 더욱 그렇게 보이는 거야. 하지만 네가 보았는지 모르겠지만 귀가 아주 잘생겼더구나. 진심으로 상대를 고를 때는 말이야 얼굴보다 마음이 중요하단다. 이 점을 알아두는 게 좋을 거야, 패트 아가씨. 갠 조금 말라서 껑충하긴 하지만 그런 체격의 아이는 자라서 살이 붙지. 지금은 잘 먹지도 못하는 것 같으니 되도록 식사에 많이 초대하거라. 무엇보다 엄마가 그 애를 팽개치고 좋아하는 새 남편에게 가버렸다니까."
"아주머니, 그 애 엄마를 만난 적이 있어요?"
"한 번도 없어. 이 근처 사람들은 아무도 본 적이 없을걸. 짐 고든은 노바스코샤에서 결혼해서 그곳에서 살았으니까. 짐은 아기가 태어나자마자 곧 죽었단다. 혼자 남겨진 부인은 그다지 오래지 않아, 아마 징글이 2살 때였다지? 그 아이를 로렌스에게 맡기고는 재혼을 해서 외국으로 가버렸다는구나. 짐 고든은 훌륭한 젊은이였지. 아이가 로렌스의 손에서 자라는 걸 알면 마음놓고 천국에도 가지 못했을 거야. 로렌스는 엄마를 닮았지. 아빠 쪽은 비위를 잘 맞추고 쾌활한 사람이어서 입을 열었다 하면 남 듣기 좋은 말만 했지. 하지만 속삭이는 목소리 때문에 죽고 말았단다."
"속삭이는 목소리라뇨?"
"그래. 가련하게도, 짐 고든한테는 지독히 슬픈 생각을 하게 만들던 여자가 있었는데 그 여자가 일찍 죽어 버렸어. 그런데 그 뒤 늘상 귓가에서 그 죽은 여자의 목소리가 들리더래. 힘들여 새 신부를 맞았는데도 그는 그 속삭이는 목소리 때문에 결국 죽고 말았지. 그는 교회에서 설교나 찬송가가 한창일 때조차도 계속 무슨 소리가 들리는 것처럼 고개를 숙이고 있었지. 하지만 그것은 이미 옛날 이야기가 아니겠니? 잊어버리는 게 낫지. 대개는 집집마다 밖에는 알려지지 않은 집안의 비밀이 있게 마련이거든. 남글렌 마을의 솔로몬 가드너 집안도 그렇지. 하느님께 나쁜 짓을 저질렀으니까."
"그래서, 어떻게 되었는데요?"
"어떻게 될 것도 없어."
"어떻게도 되지 않았다고요?"
"말한 대로야. 아무런 일도 일어나지 않아. 하느님은 솔로몬을 방치하신 거야. 그건 가족들에게는 고통스런 일이었지만. 자, 그건 그렇고 칠면조를 우리에 몰아넣는 일을 도와주지 않겠니? 그런데 무슨 생각을 그리 골똘히 하니?"

"응, 아주머니. 징글도 아부를 잘 하는 게 아닐까 해서요. 이런 말을 했거든요……."

"무슨 말인데?"

"내 눈처럼 아름다운 눈은 본 적이 없다는 거예요."

주디 아주머니는 킥킥대며 웃기 시작했다.

"그건 아부가 아니란다. 식사할 때 그렇게도 주뼛거리던 애가 어떻게 아부를 할 수 있겠니? 고든 집안의 할머니가 아일랜드 사람이었기 때문에 아일랜드계 피가 섞여 있어서 그런 것뿐이란다."

"아주머니, 내 눈이 예쁘다고 생각해요?"

패트가 자기 눈에 대해 생각해 본 것은 이번이 처음이었다.

"넌 셀비 집안의 눈을 가졌고, 위니는 가드너 집안의 눈을 가졌지만 모두 다 아름답단다. 하지만 눈 같은 것에 대해 생각하는 건 아직 몇 년 뒤에나 해도 괜찮아요. 게다가 남자애가 한 말은 무조건 그냥 받아들이는 게 아니란다, 착한 아가씨."

주디 아주머니의 흰 칠면조 떼를 묘지의 울타리에서부터 몰아서 우리에 넣었을 때 시드가 브라이언 삼촌의 자동차를 타고 돌아왔다. 시드에게 징글의 이야기를 했지만 태연한 표정이었으므로 패트는 한편으로는 안도하면서도 그다지 좋은 기분은 아니었다. 좀더 심각하게 받아들여주기를 속으로는 바랐는데 말이다. 왜 아무런 느낌도 없는 것일까.

"그 애한테는 친구가 필요한 것 같았어. 나한테는 형제가 셋이나 있잖아. 하지만 물론 내가 가장 좋아하는 건 시드 오빠뿐이야." 패트는 설명했다.

"그 애 친구가 되어줘. 그렇지 않으면 나는 너보다 메이 비니를 더 좋아할 거야."

"하지만 나는 어떤 사람이든지 우리 가족들보다 더 좋아하거나 할 수는 없어."

패트는 뭔가 마음에 차지 않았다.

시드는 간식을 달라고 주디 아주머니에게로 달려가 버렸다. 시드는 왼손에 새롭게 사마귀가 돋아난 것을 보고 득의에 차서 어쩔 줄 몰라했다. 이렇게 되면 마침내 샘 비니를 추월한 셈이다. 오랫동안 둘은 모든 면에서 비겨왔던 것이다.

패트는 얼마간 쓸쓸하게 뒷계단에 올라 둥근 창문 옆에 앉았다. 들판에 있는 진주 같은 작은 연못에 빨간 저녁놀 빛을 받고 있는 검은 가문비나무가 비쳤다. 순간 '기다랗고 쓸쓸한 집'의 창이 불타올랐지만 이윽고 슬프게도 사라져 버렸다.

'아아, 시드가 조금이라도 징글에게 질투를 느껴주었더라면 좋았을 것을!'

만약 시드가 다른 여자애와 사이가 좋아지면 어떤 기분이 될지 패트는 알고 있었다. 만약 시드가 메이 비니를……, 그 뻔뻔스러운 검은 눈을 가진, 밉살스런 메이 비니가 좋아졌다고 하면 어쩌지? 잠깐이었지만 패트는 징글이 좋아졌던 자신이 미웠다.

그때 '행복들판'이랑 그 비밀의 장소에서 돌멩이 사이를 웃으며 흘러 떨어지는 물소리가 정겹게 떠올랐다.

"징글은 내 눈을 맘에 들어했어. 그래서 친구는 좋은 거야."

마법 때문에

1

맥긴티가 없어진 것은 10월 말의 일이었다. 징글뿐만 아니라 패트도 걱정이 되어서 반미치광이가 되었다. 이제는 징글도 맥긴티도 오래 전부터 친구였던 것 같았다. 토요일 오후에는 반드시 징글과 맥긴티가 요르단 강을 건너왔고, 추운 초저녁에는 주디 아주머니의 부엌에서 즐거운 한때를 보냈다. 가정의 따스함이 어떤 것인지를 모르는 징글에게 '은빛숲'에서 보내는 저녁 시간은 완전한 별세계였다.

패트의 단 한 가지 걱정은 시드와 징글이 그다지 사이가 좋지 않다는 점이었다. 싫어하는 건 아니지만 둘 사이에 별로 이야기가 없었다. 둘이 좀더 나이가 들었다면 서로 따분해서 그렇다고 말했으리라.

시드는 징글을, 꿈의 집 같은 허황된 이야기를 하는, 행색이 초라하고 거무죽죽한 안경을 쓴 이상하고 좀 맹한 녀석이라고 했다. 징글도 시드를, 아무리 '은빛숲'의 가드너 집안 아이라 해도 지나치게 잘난 체한다고 생각했다. 그렇지만 그것을 겉으로는 표현하지 않았다.
 그런 이유로 패트는 평일에는 방과 후에 시드와 함께 놀거나 집 주위를 돌아다니지만 시드가 농장 일로 조와 외출하는 토요일 오후에는 징글과 놀기로 했다.
 둘은 대부분 '행복들판'에서 시간을 보냈다. 그곳에서 징글은 수없이 많은 집을 지었다. 패트를 위해 짓는 집도 매주 새로운 아이디어가 덧붙여졌다. 물론 패트는 '은빛숲' 이외의 곳에서 살 생각은 전혀 없었다. 그런데도 흥미는 있었다. 둘은 숲이나 거친 들판, 그리고 개울가로 탐험을 나갔으나 패트는 '비밀들판'에는 결코 징글을 데리고 가지 않았다. 그곳은 시드와 패트만의 비밀의 장소였기 때문이었다. 마찬가지로 '행복들판'은 징글과 패트만의 비밀 장소였다.
 패트는 재미있었다. 비밀이란 얼마나 멋진 것일까. 교회에 앉아 있을 때도 패트는 '비밀들판'도 '행복들판'도 모르는 뭇사람들이 불쌍해서 견딜 수가 없었다.
 둘이서 어딜 가더라도 맥긴티는 껑충껑충 뛰며 따라다녔다. 그런 맥긴티가 없어지다니!
 어느 날 오후 패트가 '행복들판'에 가보니, 징글은 서리맞아 시든 양치식물 사이에 주저앉아서 가슴을 치며 눈물을 뚝뚝 떨어뜨리고 있었다.
 사실은 패트도 울고 싶은 기분이었다. 그 밉살맞은 메이 비니가 어제 학교에서 시드에게 사과를 주었기 때문이다. 새빨간 사과에 시드와 메이의 이름 머리글자가 연두색으로 쓰여 있는 사과를……. 뻔뻔스럽게도 말이다! 메이는 몇 주일이나 전부터 사과에다가 풀로 이니셜을 붙여놓고는 사과가 빨개지기를 기다렸다가 글자를 떼어내 연두색 이니셜을 남긴 것이다.
 시드는 무척 좋아했지만 패트는 사과를 난로에 집어던지고 싶을 만큼 밉살스러웠다. 시드가 사과를 식당의 난로 선반에 장식해 놓아서 싫어도 식사를 하는 내내 쳐다보아야만 했다. 그날 아침, 시드는 어제 비가 내린 건 패트 때문이라면서 패트에게 화풀이를 했다.
"목요일 밤에 넌 비가 오게 해달라고 기도했잖아……. 내가 다 들었어. 너는 내가 금요일 날 날씨가 좋기를 바란다는 것을 알면서."
"그런 거 몰랐어! 아빠가 샘물이……, '행복……', 아니 요르단 강이 시작되는 샘물이 줄었다고 하셔서 비가 내리게 해달라고 빌었을 뿐이야. 미안해, 시드."
"날 시드라고 부르지도 마. 내가 싫어한다는 걸 알면서도……."
"이제 다시는 그렇게 부르지 않을게. 그렇게 화내지 마. 시드……, 아니 오빠."
"괜찮아. 자, 그렇게 훌쩍거리지 말고 울음을 그쳐. 귀염둥이보다 더 우는군."
시드가 건성이긴 했지만 안아주었으므로 패트는 조금쯤 기분이 나아졌다. 그러나 잠깐 동안에 지나지 않았다.
'행복들판'에 갈 때도 무거운 기분이었으나 징글의 모습을 보는 순간 자신의 고통 따위는 어디론가 사라지고 말았다.
"왜 그래, 징글? 무슨 일이야?"
징글은 벌떡 일어서더니 말했다.
"맥긴티가 없어졌어."
"없어졌다구?"
"응, 어젯밤 실버브리지 가게에 같이 갔는데 그후로 보이지 않아. 찾아봐도 아무 데도 없어. 아아, 패트!"
징글은 다시 털썩 주저앉았다. 우는 모습을 누가 보든 말든 상관하지 않았다. 패트도 덩달아 따라 울면서 "괜찮아, 꼭 찾을 거야"라며 위로했다.
괴로운 1주일이 지났다. 맥긴티의 소식은 전혀 없었다. 도둑맞은

게 틀림없다고 주디 아주머니가 말했다.

징글은 개를 찾아주는 사람에게 그의 전 재산인 25센트를 사례로 주겠다는 전단지를 붙였다. 패트는 45센트로 하고 싶었다. 자기가 갖고 있는 10센트에, 주디 아주머니에게서 10센트를 더 빌리면 20센트가 될 것이므로. 하지만 징글은 받아들이지 않았다. 패트는 매일 밤, 자기 전에 맥긴티를 찾게 해달라고 기도하고 자다가 깨면 또다시 기도했다.

"하느님, 부디 맥긴티를 징글에게 돌려주세요. 부탁입니다, 하느님. 걔네 엄마는 멀리 가버렸고, 징글에게는 맥긴티밖에 없습니다."

하지만 그 어떤 기도도 소용이 없었다. 맥긴티의 행방은 전혀 알 수 없었다. 밤에 집으로 돌아가도 자그마한 강아지는 뛰어와 징글을 맞아주지 않았다. 추운 가을 밤, 넓은 세상에 오직 혼자서 풀이 죽어 있을 강아지를 생각하면 징글은 잠을 이룰 수 없었다. 맥긴티는 어디 있는 것일까. 추위에 떨지나 않을까. 쓸쓸할 텐데. 먹을 것은……. 아무것도 먹지 못하는지도 모른다.

패트는 주디 아주머니에게 울면서 말했다.

"어떻게 좀 해봐요. 아주머니의 몸에는 마녀의 피가 섞여 있다고 하지 않았어요? 아주머니네 할머니는 언제든지 고양이가 될 수 있다고 언젠가 말했잖아요. 맥긴티를 찾아 줘요, 아주머니, 응?"

주디 아주머니도 패트를 이대로 내버려두면 어떻게 되지나 않을까 걱정이 되었다.

"나도 애써 찾아보았지만 내 힘으로는 되지 않는구나. 할머니의 마법책만 있으면 어떻게든 할 수 있을 텐데. 하지만 좋은 수가 있다. 실버브리지 거리의 메리 앤 맥클레나한의 집에 가보자. 그 여자는 유명한 마녀니까. 하긴 그렇게 살이 쪄가지고서야 빗자루를 타지도 못하겠지만. 그래도 안 된다면 포기해야지."

패트도 요정의 존재를 믿지 않았으나 마녀는 아직 믿었다. 성경에도 써 있을 뿐만 아니라, 무엇보다 주디 아주머니의 할머니가 마녀였으니까.

"메리 앤 맥클레나한이라는 아주머니는 정말로 마녀야?"

"그렇고말고. 사람의 생각을 다 읽어내는 게 뚜렷한 증거지."

패트는 한시라도 빨리 징글에게 알리기 위해 마구 뛰어갔다. 징글은 요르단 강 돌다리 위에서 하늘을 쏘아보면서 주먹을 흔들어대고 있었다.

"징글…… 그러는 건…… 기도하는 게 아니잖아?"

"뭐, 생각한 그대로를 하느님에게 말했을 뿐이야."

자포자기하고 있던 징글은 패트의 이야기를 듣자 다음날 저녁때 가보자고 했다.

둘은 시드에게도 같이 가지고 말했다. 사람 수가 많은 편이 안전할 것 같았기 때문이다. 하지만 시드는 '은빛숲'에서 잡은 새끼 올빼미를 길들여야 하기 때문에 곤란하다면서 사양했다.

둘이 나갈 때 조는 말의 사슬을 쩔렁쩔렁 울리면서 '민스파이 들판'을 가로질러 가는 참이었다. 조는 심각한 표정으로 패트 일행에게 주의를 주었다.

"너희들 알고 있니? 메리 앤 아주머니는 악마의 장부에 이름을 올린 사람이야. 만약 그 아주머니가 곁눈질로 보거나 하면 나도 떨릴걸."

그 말을 듣고도 패트는 눈 하나 깜짝하지 않았다. 그렇게나 열심히 기도를 했는데도 하느님은 모른 체하시는걸. 이제는 마녀한테 기대는 수밖에 별 도리가 없잖아.

"알겠니? 어두워지기 전에 돌아와야 한다. 오늘은 유령들이 어슬렁대며 돌아다니는 핼러윈 (모든 聖人의 날 전날인 10월 31일에 지키는 거룩한 밤) 날이야. 메리 앤 맥클레나한에게는 곧장 용건을 말하고 들은 대로만 하면 돼." 주디 아주

마법 때문에 129

머니가 말했다.

둘은 오솔길을 지났다. 앙상한 자작나무 가지가 바람에 흔들려 오솔길에 비친 그림자가 춤을 추고 있었다. 가문비나무 산울타리 밑에는 낙엽이 파도처럼 모아져 있다. 늦가을 해는 어느새 저물어 주위는 금빛의 홍수를 이루었다. '안개언덕'은 연한 자줏빛 스카프를 두르고 있었다.

패트는 맥긴티 걱정을 하면서도 새로 산 새빨간 베레모를 쓰고 있었기에 마음이 즐거웠다. 징글은 두 손을 호주머니에 찌르고는 너덜너덜한 바짓단을 서로 부딪혀가며 맨발로 걸었다. 지금까지 패트는 단 한 번도 한낮에 징글과 함께 거리를 걸은 적이 없었다. '행복들 판'이나 요르단 강가라면 징글이 어떤 차림새라도 상관없겠지만, 그래도 지금은……. 어쨌든 비니네 식구들을 만나지 않기만을 빌 뿐이었다.

2

'은빛숲'에서 맥클레나한의 집까지는 실버브리지 거리를 지나 3킬로미터는 넉넉히 되었다. 그녀의 집은 흰 페인트칠을 한 작은 집에 파란 대문이 달려 있었다. 커다란 버드나무에서 두 잎 세 잎 연노랑 잎이 춤을 추며 회색 지붕 위로 떨어졌다. 문 위에는 고풍스런 다락방 창이 있었다.

"아아, 패트, 저 창문 좀 봐. 저렇게 멋진 창은 처음인걸. 너의 집에도 저런 창문을 하나 달아줄게." 징글은 기쁨에 들떠서 잠시 맥긴티도 잊어버렸다.

창문은 멋있는지 모르겠으나 울타리는 엄청나게 낡았고, 마당에는 정글처럼 우엉이 무성하게 나 있었다. 마녀란 그다지 돈을 버는 직업이 아닌 모양이었다. '만약 내가 악마의 장부에 이름을 올렸다면 좀더 잘해 낼 텐데'라고 패트는 가만히 속으로 생각했다.

징글이 파란 문을 두드리자 곧 안에서 발소리가 들려왔다. 패트는 등줄기가 오싹해졌다. 역시 떳떳지 못한 힘 따위에 기대지 않는 편이 나았을지도 모를 일이었다.

문이 열리고 메리 앤 맥클레나한이 나타났다. 그녀의 작고 검은 눈 주위에는 살이 쿠션처럼 둘러싸고 흐트러진 머리칼은 새카맸다. 나이는 주디 아주머니쯤 되었을까? 마녀치고는 지나치게 살이 쪘고 너무나도 쾌활한 표정이어서 패트의 불안감은 말끔히 사라졌다.

"너희들은 누구지? 대체 무슨 볼일이 있는 거냐?"

맥클레나한의 말투는 주디 아주머니 못지않게 심한 아일랜드 사투리였다.

패트가 서둘러 말문을 열었다.

"얘는 힐러리 고든인데 개가 없어졌어요. 아주머니가 찾아주실지도 모른다고 우리 아주머니가 그랬어요. 아주머니는 진짜 마녀예요?"

순간 메리 앤 맥클레나한은 비밀스럽고 신비로운 태도로 변했다.

"쉬잇! 이런 백주 대낮에 마녀라는 말은 하는 게 아니란다. 무슨 일이 일어날지 모르니까. 게다가 이렇게 문가에 서 있어 봤자 개가 이곳을 찾아오지도 않는단다. 안으로 들어오너라. 다락방이 더 낫겠다. 그러면 나도 베 짜는 일을 계속할 수 있으니까. 요정에게 바칠 테이블보를 만드는 중이란다. 프린스에드워드 섬의 마녀들에게 모두 한 장씩 만들어주기로 약속했거든. 지난 화요일 밤에 건방진 요정들이 테이블보를 밖에다 팽개쳐놓는 바람에 모조리 서리를 맞아 못쓰게 돼버렸지 뭐냐."

세 사람은 좁은 계단을 올라 어수선하게 어질러 놓은 다락방 안으로 들어갔다. 베틀은 창가에 있었다. 창에는 예쁜 검정 고양이 한 마리가 앉아서 쉴새없이 몸을 핥고 있었다. 검은 줄이 쳐진 커다랗고 노란 고양이 눈이 어두운 다락방에서 꺼림칙하게 빛났다. 마녀의 고양이였지만 패트는 왠지 모르게 그 고양이가 마음에 들었다.
 사실은 이 고양이야말로 패트가 슬피 울부짖으며 찾던 선데이이며, 1년 전에 주디 아주머니가 맥클레나한에게 준 것임을 알았다면 패트는 과연 어떤 기분이었을까. 그렇지만 적당히 살이 오른 데다가 몸집도 훨씬 자랐기 때문에 선데이인지 분간할 수 없었다.
 맥클레나한은 등받이 없는 의자와 삐거덕거리는 의자를 아이들 쪽으로 밀어준 다음 자기 일을 계속했다.
 "한순간도 헛되이 보내선 안 된다. 지금 짜는 것은 여왕님의 옷감인데, 만약 기한까지 해내지 못하면 여왕님이 화를 낸단다."
 패트는 맥클레나한이 짜는 것은 그저 단순한 플란넬 천에 지나지 않음을 알고 있었으나 마녀의 생각을 거스를 뜻은 없었다…… 아마도 완성되고 나면 레이스 천처럼 예쁘게 변할지도 모르고, 여름날 아침에 풀이나 숲 속 양치식물 위에 보석을 흩어놓은 것처럼 될지도 모른다.
 "그렇다면 저 아이의 맥긴티를 내게 찾아달라는 말이렷다? 좋아, 좋아. 난 그 개의 이름도 분명히 알고 있지. 난 무엇이든 알고 있단다. 네 에디스 고모의 고양이가 요전번 댄스 파티 때 내 고양이에게 모든 것을 말해주었거든. 에디스 고모같이 존귀하신 분은 우리 같은 사람에겐 전혀 입도 벙긋하지 않겠지만, 나하고 이 고양이가 가끔 어딜 가는지는 꿈에도 생각지 못할 거다. 너희는 달이 아주 좋을 때 왔구나. 다음 주였다면 아마 아무것도 해주지 못했을 거야. 하지만 지금이라면 희망이 있지. 그런데, 힐러리 고든. 훌륭한 부인이신 네 어머니는 어째서 널 만나러 오지 않는 거냐?"
 징글은 마녀란 실례의 말을 아무렇게나 쏟아내는 모양이라고 생각했지만 애써 참았다.
 "너무 먼 곳에 계셔서 그리 자주 오시진 못합니다." 징글은 공손하게 대답했다.
맥클레나한은 살찐 어깨를 으쓱해 보였다.
"엄마를 감싸는 말을 하다니 훌륭하구나. 하지만 내 나름대로의 생각이 있어서 한 말이니까 그리 화낼 것 없단다. 마녀란 누가 화를 낸다 해도 전혀 개의치 않으니까. 그런데 그 개 말인데, 글쎄…… 어 참."
맥클레나한은 팔을 뻗어 선반의 종이 봉지에서 건포도 두 줌을 꺼냈다. 그리고 아이들에게 건넸다.
한동안 아무도 말을 하지 않았다. 아이들은 부지런히 건포도를 입으로 나르면서 어지럽게 드나드는 베틀의 북을 바라보고 있었다.
패트는 이 아주머니의 이름이 정말로 악마의 장부에 실려 있을까 의아한 표정으로 쳐다봤다. 그것을 눈치챈 맥클레나한은 고개를 끄덕였다.
"네 목에 검정 사마귀가 있구나. 그건 마녀의 표시란다. 너희도 한 번 마녀가 되어보지 않겠느냐. 빗자루를 타는 건 재미있단다."
그건 패트도 생각한 적이 있었다. 생각하는 것만으로도 멋졌다. 밤에 제비 등에 타고 첨탑이랑 칠흑 같은 가문비나무 숲 위를 날면 그보다 멋진 일이 또 있을까, 하지만…….
"내 이름을 악마의 장부에 꼭 써 넣어야만 하나요?" 패트가 작은 소리로 묻자, 맥클레나한은 무겁게 고개를 끄덕여 보였다.
"네게는 특별히 검은 악마를 한 마리 골라줄 거야. 번쩍번쩍 빛나는 놈으로. 하긴 악마도 요즘은 전 같지가 않지만."
"전, 아직 어린애니까 마녀는 되지 못할 거예요. 하지만 매우 감사해요."
패트가 딱 잘라 거절하자 맥클레나한은 재미있다는 듯 웃었다.
"정말은 나이 어린 마녀가 힘이 세단다. 뭐 나이가 들 때까지 기다릴 것은 없어. 신중하게 생각해 보는 게 좋을 거야……. 누구

마법 때문에 133

나 마녀가 될 수 있는 건 아니니까 말이야. 그런데 그 맥긴티 말인데, 너희들은 이곳을 나가거든 곧장 언덕을 올라가서 세 번 돌아서 북, 남, 동, 서쪽을 향해 절을 하거라. 그런 다음에 언덕을 내려와 실버브리지 다리에 이르면 너네 톰 삼촌네 집처럼 빨간 문이 달린 집이 있을 거야. 다시 세 번을 돈 다음에 문을 두 번 두드리렴. 만약 누군가 나오거든——알겠느냐, 반드시 나온다고는 하지 않았어——가운뎃손가락을 구부려 검지 위에 겹친 다음, '맥긴티는 있습니까'라고 묻거라. 그래서 만약 맥긴티를 붙잡거든 아무 말도 하지 말고 부리나케 달아나는 거야. 내가 할 수 있는 건 그게 다야."

"사례는 얼마입니까?" 징글은 25센트의 은화를 꺼내면서 물었다.

"우린 검정 사마귀가 있는 사람한테는 돈을 받지 않는단다. 규칙을 깨는 게 되거든."

"친절하게 대해주셔서 대단히 감사합니다, 아주머니."
패트가 인사를 했다.

"너희들은 둘 다 예의 바른 아이들이로구나. 만약 그렇지 않았다면 개를 찾는 것을 도와주지 않았을 거다. 정말이지 이곳 개구쟁이들은 건방지고 뻔뻔스러워서 아주 넌덜머리가 난다니까. 우리가 어릴 적에는 그렇지 않았는데. 자, 어서 서두르거라. 핼러윈에는 달이 뜨기 전에 집으로 들어가는 게 좋으니까. 세 번 도는 것을 잊지 말거라. 그렇지 않으면 아무리 시간이 지나도 맥긴티를 찾을 수 없을 테니."

맥클레나한은 현관에 서서 둘의 모습이 보이지 않을 때까지 배웅했다. 그러고는 마녀치고는 이상한 말을 중얼댔다.

"하느님이시여. 저 아이들을 부디 지켜주시옵기를."

그런 다음 비틀비틀 길을 가로질러 알렉산더 씨의 집으로 가서 실버브리지의 아는 사람네 집에 전화를 걸었다.

3

패트와 징글이 맥클레나한의 집을 나왔을 때, 해는 이미 거뭇해진 산등성이 뒤로 넘어가고 있었다. 언덕 꼭대기에 이르자 둘은 세 번 돌고 나서 북, 남, 동 서쪽을 향해 깍듯하게 절을 올렸다. 실버브리지 다리의 빨간 문이 달린 집 앞에서 다시 한 번 세 번을 돌았다. 마녀 맥클레나한이 말한 대로 의식을 거행했으므로 만약 맥긴티가 이곳에 없다손치더라도 자기들 탓은 아니었다.

징글이 두 번 두드리자 금세 문이 열리면서 건장한 남자가 나왔다. 그는 구두는 신지 않고 양말만 신고 있었으며, 아무렇게나 자란 붉은 머리칼에 붉은 턱수염이 텁수룩하게 나 있었다. 술 냄새가 풍풍 풍겨왔다.

둘은 가운뎃손가락을 구부려 검지 위에 겹친 다음 징글이 쉰 목소리로 물었다.

"맥긴티는 있습니까?"

사내는 흘끗 옆을 쳐다보더니 오른쪽의 볼품없는 문을 열었다. 그 안 흔들의자 위에 맥긴티가 앉아 있었다. 맥긴티의 슬픈 눈초리가 순식간에 절정의 환희로 비끼면서 단숨에 징글의 품으로 뛰어들었다.

"꼭 1주일 전이었을 거야. 밤에 여기에 왔더군. 춥고 배가 고파 떠는 걸 우리가 보살펴 주었지."

패트는 뛰어서 돌아가라고 했던 마녀 맥클레나한의 말이 생각났다.

패트는 "대단히 감사합니다"라고 말하고 나서 기쁨에 찬 나머지 제정신이 아닌 징글의 손을 잡아끌었다.

이제 빨간 문이 닫혔다. 언덕 위 두 그루의 키 큰 전나무들 사이로 빨간 달이 이쪽을 내려다보고 있었다. 맥긴티는 둘에게 안겨 미친 듯 날뛰었다.

돌아오는 길의 즐거움이란! 주변 경치는 또 얼마나 아름다웠던지! 들판을 가로질러 둘은 앞에 기다랗게 놓인 그림자와 함께 걸었다. 맥긴티를 꼭 껴안은 징글은 마치 꿈을 꾸는 듯한 기분이었으나 패트는 주위 멋진 경치에 폭 빠져 있었다. 바닥이 드러난 쓸쓸한 그루터기의 밭, 흰 달빛으로 가득한 하늘을 배경으로 검은 가지를 펼치고 있는 숲. 집을 나설 때는 속삭이는 듯하던 바람은 어느덧 바다에서 불어오는 차가운 강풍으로 바뀌었다.

'행복들판'을 지날 무렵에는 주위의 작은 산들은 깊은 잠에 빠져 있었다. 요르단 강을 건너 '은빛숲'의 오솔길을 따라 집 뒤뜰로 나서자 시드가 만든 멋진 순무 등이 나무문 기둥에 걸려 있고, 창가에는 소용돌이 손잡이가 달린 작은 접시 모양의 구리 촛대에 불이 켜져 있는 걸 보니 주디 아주머니가 환영의 마음을 담아 놓은 모양이다. 여기 '은빛숲'까지 소금에 절인 돼지고기를 굽는 냄새가 풍겨왔다.

부엌은 따뜻했고 맛있는 음식 냄새가 코를 간지럽혔다. 주디 아주머니는 어서 오라며 아이들을 맞았다. 셋은 소금에 절인 돼지고기 구이와 통감자구이로 저녁을 먹었다. 시드와 조는 헛간에서 일을 하고 있었다. 엄마와 귀염둥이는 2층에 올라갔고 아빠는 식당 긴 의자에서 졸고 있었다.

식사가 끝나자 패트와 징글은 커다란 그림자가 떼지어 있어 곧 괴물이 나올 것만 같은 움막에서 사과를 가져왔다. 그러고는 따뜻한 스토브를 에워싸고 저마다 오늘 있었던 일을 이야기하느라고 바빴다.

밖에서는 바람이 울부짖고 있었다. 이럴 때 집 안에서 이렇게 따뜻하고 기분 좋게 앉아 있는 것은 무어라 말할 수 없을 만큼 즐거웠다. 저 바람은 유령의 목소리다! 오늘 밤은 핼러윈이기 때문이라고 주디 아주머니가 말해 주었다.
 맥긴티는 검은 고양이가 그려진 깔개 위에 엎드려서 물끄러미 징글을 바라보고 있다. 넋놓고 잠이 들었다가 깨어났을 때 모든 것이 꿈이 되고 만다면 큰일이라고 생각하는 것 같았다. 하루이틀 행방불명이 되었던 서즈데이도 포동포동 살이 쪄서 돌아왔고, 젠틀맨 톰은 벤치에 앉아서 뭔가를 생각하고 있었다.
 "추우면 이렇게 불을 땔 수 있어서 좋아. 겨울이 훨씬 즐거워."
 패트가 말했지만 징글은 아무런 대답도 하지 않았다. 그에게 떠오르는 겨울밤은 춥고 지저분한 부엌, 그을음이 끼는 석유 램프, 얼기설기 덧대어 놓은 다락방의 침대였다. 그러나 여하튼 맥긴티가 돌아와서 지금은 그저 기쁠 따름이다. 주디 아주머니는 빵 반죽을 주무르거나 두드리고 있었고, 징글은 패트와 함께 사과를 깨물고 있다. 더 이상 아무런 말이 필요 없었다.
 맥긴티를 찾아온 자초지종을 듣고 나자 주디는 말했다.
 "과연 마녀와 만나보길 잘했구나. 그 맥클레나한 부부와는 알고 지낸 지 꽤 되었지. 남편 톰은 좋은 사람이지만 일단 말문이 터져 지껄여대기 시작했다 하면 끝이 없어. 무섭기까지 하다니까. 언젠가 메리 앤이 그걸 가지고 빈정댔더니 톰은 화가 나서 한 달 동안이나 한 마디도 하지 않겠다고 맹세를 하더래. 그 맹세는 이틀밖에 지키지 못했지만 전 같지는 않더라는 거야. 그러다가 1년쯤 지나서 톰이 죽어버렸는데 그것은 말을 실컷 못한 탓이라고 메리 앤은 굳게 믿고 있다는군. 젊었을 때 톰은 바이올린을 잘 켜서 누구든지 춤추지 않고는 배기지 못할 정도였지."
 "춤추지 않고는 배기지 못한다고요, 아주머니?"
 "그래, 사람들은 그 바이올린 소리를 들으면 춤추지 않고는 배길 수 없었지. 낡은 바이올린은 톰의 아버지가 아일랜드에서 가져온 거였어. 언젠가 톰은 목사님 앞에서 연주한 적이 있었지."

"그래서, 그래서 목사님이 춤을 추었어요?"
"물론이지. 엄청난 소동이 벌어져서 목사님은 장로회에 불려 나갔단다. 톰은 가련한 목사님이 춤추지 않을 수 없었다는 것을 증명해 보이기 위해 모두 앞에서 바이올린을 연주하겠다고 요청했지만 허락되지 않았어. 지금 생각하면 안타까운 일이지. 열 몇 명이나 되는 목사님들이 톰의 바이올린에 맞춰서 춤추는 모습을 봤어야 하는 건데! 그러나 장로회에서는 춤추었던 목사님을 파면하는 것으로 일을 일단 마무리지었지. 아니, 벌써 돌아가려고 징글? 그렇다면 불쌍한 영혼들을 위해 기도하거라. 또 앞으로는 되도록 마녀와 마주칠 일이 없도록 해. 어쩌다가 한 번은 괜찮지만 습관이 되면 좋지 않아요."

징글은 오늘 밤 고든 집안의 오두막에서 맥긴티와 함께 잘 생각을 하면서 돌아갔다. 패트도 오늘은 안심하고 잠자리에 들었다.

"왜 아이들에게 마녀에 대한 쓸데없는 상상을 심어주는 거지요, 아주머니?"

패트의 아빠가 반은 웃으며 반은 나무라듯이 말했다. 그는 오늘 주디 아주머니가 계속해서 아이들 머릿속에 이상한 생각을 주입하게 해서는 안 된다는 에디스의 말을 듣고 더 이상 이대로 내버려두면 안 된다고 생각했던 것이다.

주디 아주머니는 낄낄대고 웃으면서 말했다.

"걱정할 것 없어요. 아이들도 진심으로 그렇다고 믿고 있지도 않을 뿐더러 그런 대로 즐기고 있으니까. 메리 앤 맥클레나한도 분명 재미있었을 테고."

"어째서 아이들을 그곳에 보낸 거지요?"

"그곳이라면 맥긴티가 있는 곳을 알고 있을 게 틀림없다고 짚었거든. 메리 앤은 개 도둑 무리들과 친한 데다가, 한패인 빨간 대문 집의 톰은 남편의 조카거든. 게다가 메리 앤은 상냥해서 아이들이라면 사족을 못 쓰니까 적절히 대처해 주리라고 생각했지. 톰 무리들은 약간의 돈을 모았으므로 메리 앤이 하라는 대로 할 수밖에 없었을 거야. 그렇게 해서 모든 일이 잘 된 게 아닐까. 아이들에게 메리 앤을 마녀라고 해서 좀 즐겁게 해 준 것을 그리 걱정할 것은 없어. 자네도 나에게서 마녀 이야기를 들으면서 자라지 않았나? 그렇다고 자네의 됨됨이가 좋지 못하기라도 하던가?"

더는 참을 수 없어

1

 적어도 그해 겨울 초반에는 포근한 날씨가 계속되어서 패트와 징글, 혹은 패트와 시드는──경우에 따라 다르지만 셋이 함께 있었던 적은 거의 없었다──멀리까지 나가서 새로이 멋진 장소를 찾아내거나 전부터 좋아했던 곳을 찾아가곤 했다. 저녁 무렵, 벌써부터 우듬지에 별을 단 자작나무 사이를 벗어나 사과같이 빨간 볼을 하고 돌아오면 주디 아주머니가 간식을 주거나, 응석을 받아주거나, 또 때로는 꾸중을 했다.
 주디 아주머니는 필요하다고 생각되면 시드나 패트를 혼냈지만, 징글만큼은 결코 혼내지 않았다. 징글은 주디 아주머니가 자기도 혼내주면 좋겠다고 생각했다. 그 정도로 가까운 사람이 있으면 얼마나 행복할까……. 주디 아주머니는 어떤 꾸지람을 하더라도 안 보이는 데서 살며시 웃는 모양인지, 꾸중한 뒤에는 곧장 사과나 계피가 든 과자빵으로 상대방의 기분을 풀어주곤 했다. 그런 아주머니가 징글만큼은 혼내지 않았다. ……처음부터 징글은 안중에 없는 것이다.

큰소리로 계속되는 주디 아주머니의 긴 연설을 들은 뒤와 같은, 누군가에게 소중한 존재가 된다는 것은 어떤 기분일까 생각하면서 징글은 풀이 팍 죽어서 돌아가곤 했다.

눈은 내리지 않았지만, 추위에 '연못들판'의 연못이 얼어붙었다. 패트는 시드에게서 스케이트 타는 법을 배우고, 징글은 주디 아주머니가 다락방에서 찾아준 낡은 스케이트를 신고 스스로 익혔다. 얼음을 지칠 때 징글은 껑충한 체구에 평소 입는 너덜너덜한 바지에 낡은 스웨터를 걸쳤다. 노란 테두리가 달린 소매를 그의 숙모가 빨간색으로 기운 스웨터였다. 징글의 낡은 모자 밑으로 가다듬지 않은 머리칼이 삐죽 나와서 무척이나 괴상한 모습이었다.

"그게 무슨 꼴이냐?" 시드가 비웃었다.

"차림새 따위는 어떻게 할 수 없잖아." 패트가 감쌌다.

"저 애는 조금만 살이 붙으면 멋있을 거야. 게다가 너보다는 훨씬 머리가 좋잖아? 잘생긴 시드 씨."

주디 아주머니가 이렇게 말하자 패트는 시드를 흉보지 말라면서 맹렬하게 주디 아주머니에게 달려들었다.

주디 아주머니는 한숨을 쉬었다.

"이 집은 모두 다 한편이라서 무슨 말을 못한다니까. 때로는 나도 톰의 결혼 신청을 받아들일걸 그랬다는 생각도 들어. 뭣보다 난 아직 혼자니까."

그 말을 듣고 패트는 '앙' 하고 울음을 터뜨리면서 잘못했으니 제발 시집가지 말라고 애원했다.

오후 늦게 약간 눈발이 나부낄 때도 있지만 본격적으로 내리기 시작한 것은 12월에 들어서고부터였다. 크리스마스가 다가오고 있었다. 주디 아주머니는 가슴을 쓸어 내리면서 눈이 내리지 않는 크리스마스에는 묘지가 만원이 된다고 말했다.

패트는 둥근 창 옆에 동그마니 앉아서 신비스러운 베일처럼 내리는 눈발 속에 마당과 들판, 그리고 언덕이 차츰 하얗게 변해가는 것을 바라보고 있었다. 우물가의 단풍나무에 있는 텅 빈 작은 새둥지에도 눈이 소복하게 쌓여간다. 바라볼 때마다 바깥 경치는 하얘져만 갔다.
"난, 눈 내리는 걸 보는 게 너무 좋아요."
패트는 매우 기뻐하며 주디 아주머니에게 말했다.
"대체, 네가 좋아하지 않는 게 있기나 한 거냐, 착한 아가씨?"
"무언가를 좋아하는 건 즐거운 일이거든요, 아주머니."
"그것도 정도가 있어야 한단다. 도가 지나치면…… 결국은 눈물을 흘리게 되지."
"우리 집은 달라요. 우리 집은 내게 눈물 흘리게 놔두지 않아요, 아주머니."
"이 집과 헤어지게 되면 그때는 어떻게 하려구?"
"나는 우리 집과 절대로 헤어지지 않는다는 걸 아주머니도 알고 계시면서……. 절대로 그런 일은 없어요. 어, 저것 봐요. '안개언덕'이 저렇게 하얘졌어. 휴우, '기다랗고 쓸쓸한 집'이 무척이나 외로운가봐요. 저기 가서 불을 때서 따뜻하게 해주면 기뻐하지 않을까요?"
"설마 집이 뭔가를 느끼지는 않겠지."
"분명히 느끼는 게 틀림없어요. 징글도 그렇게 말했는걸요. 이 집만 해도 그렇잖아요. 우리가 기쁠 때는 이 집도 기뻐하고, 우리가 슬플 때는 이 집도 슬퍼해요. 그러니까 아무도 살지 않으면 이 집은 가슴이 찢어지는 것 같을 거예요. 금요일 오후에 학교에서 시를 외울 때 내가 한 번도 다른 애들처럼 일어나서 왼 적이 없어서 이 집은 나를 조금 창피해하고 있었거든요. 난 그걸 알아요. 그래서 지난주 금요일 날 일어나서 외웠잖아요, 아주머니. 다리가 후들후들 떨리고 메이 비니는 킥킥 웃질 않나. 시가 하나도 나오질 않는 거예요. 난 내 자리로 뛰어가려고 했어요. 그때, 그런 용기 없는 행동을 하면 우리 '은빛숲'을 볼 면목이 없다는 생각이 퍼뜩 들어서 자세를 가다듬었더니 술술 외울 수 있었어요. 데리 선생님이 '아주 잘했구나, 패트리샤'라고 칭찬해 주셨고, 모두들 박수를 쳤어요. 그러고는 집으로 돌아오니까 우리 집도 활짝 웃고 있던걸요."
"넌 정말이지 특별한 애야. 메이 비니의 코를 납작하게 해주었으니 잘됐구나. 그 애는 왠지 나도 좋아질 것 같지 않아서."
"하지만 시드는 그 애를 좋아해요."
패트는 조금은 쓸쓸한 듯 말했다.

2

얼마 안 있어 '은빛숲'은 온통 비밀투성이가 되었다. 곳곳마다 수수께끼가 감춰져 있고, 주디 아주머니는 단발머리 스핑크스 같은 요상스런 표정을 지었다.

패트는 주디 아주머니가 푸딩 만드는 것을 돕기도 하고 엄마와 위니를 도와 식당을 장식하거나, '비밀들판' 주위의 숲에서 모아온 초록빛 나뭇가지와 잎을 둥글게 엮어서 계단 난간을 장식하기도 했다.

시드가 실비브리지의 상점에서 선물을 살 때에도 패트는 자기 것을 제외한 다른 사람들 것은 전부 골라주었다. 시드가 혼자서 살그머니 접시류가 있는 2층으로 올라갔어도 패트는 기분 나빠하지 않았고, 집으로 돌아올 때 부푼 호주머니에 들어 있는 꾸러미는 뭐냐고 묻지도 않았다. 다만 그것이 자기한테 줄 선물인지, 아니면 메이 비니 것인지, 어느 쪽인가를 생각하면 조금은 우울해졌다.

깊이 쌓인 눈 속을 헤치고 우편함에서 갈색 소포를 잔뜩 안고 집까지 옮기는 기쁨이란. 크리스마스 아침까지 풀어보아서는 안 되었다. 마침내 때가 되어 열어보면 금색 리본으로 매듭을 지은 예쁜 은

박지 상자가 나올 것이다.
 크리스마스 때는 날씨가 쾌청했다. 징글과 맥긴티는 식사에 초대되었으나 까딱하면 못 올 뻔했다. "너의 애인을 꼭 부르거라"라는 주디 아주머니의 말에 마음이 상한 패트가 징글에게 알리지 않았기 때문이다.
 하지만 크리스마스 저녁 무렵이 되자 후회스러웠다. 패트는 서둘러 다락방으로 올라가 창문가에 불 붙인 양초를 세웠다. 고든 씨 집에는 전화가 없어서 뭔가 특별한 용건이 있을 때는 다락방 창문에 양초를 켜놓기로 징글과 약속되어 있었다. 징글은 곧장 달려와서 아슬아슬하게 크리스마스에 초대되었다.
 이로써 징글은 난생 처음으로 진정한 크리스마스를 보내게 되었고, 맥긴티도 자신만의 특별 식사에 너무 기뻐 어떻게 될 것만 같았다. 모두가 선물을 받고 징글도 받았다. 주디 아주머니는 징글에게 벙어리장갑을 선물했고, 패트는 분홍 리본을 단, 푸른 눈의 작고 하얀 도자기 개를 선물했다. 패트는 얼마 되지 않는 저금 가운데서 가족들 모두에게 선물을 하고 보니 그것밖에는 살 수 없었던 것이다. 모두들 그런 것이 대체 징글에게 무슨 선물이 되겠느냐고 고개를 갸우뚱했지만, 그날 밤 징글은 베개 밑에 그 개를 넣어두고 잤다. 그 개는 주디 아주머니가 준 장갑보다 더 그를 따스하게 해주었다.
 징글의 엄마에게선 아무것도 오지 않았다. 편지조차도 없었다. 그걸 생각하면 눈물이 북받쳐 올랐지만 푸른 눈을 한 도자기 개 덕분에 어떻게든 참아낼 수 있었다. 그는 엄마를 위한 변명을 생각해냈다. 호놀룰루는 늘 따뜻한 곳이어서 분명히 크리스마스 따위는 지내지 않을 거라고.
 시드는 패트에게 안쪽에 금색칠을 한 주전자를 주었다. 동글동글하고 작은 갈색 주전자로 배가 불룩했다. 패트는 무척이나 마음에 들었으나 무엇보다 멋있는 것은 징글에게서 받은 선물이었다. 그것은 손으로 만든 인형의 집으로, 패트가 상상도 하지 못할 만큼 멋진 작품이었다. 그걸 보고 아빠는 '휘익!' 휘파람을 불었고, 톰 삼촌은 "굉장하구나!"라고 외쳤다.

"네게 줄 선물을 살 돈이 없어서 직접 만든 거야."

징글은 그렇게 털어놓았다. 오랫동안 소중하게 갖고 있던 25센트짜리 은화는 엄마에게 보낼 크리스마스 카드를 사는 데 써버린 것이었다.

"나는 돈으로 산 것보다 직접 만든 게 훨씬 좋아. 이 귀여운 굴뚝 좀 봐. 진짜 창문처럼 열리기도 하네." 패트는 기뻐했다.

"언젠가 네게 지어줄 집에 비하면 이런 건 아무것도 아니야."

'은빛숲'에서 보내는 이번 크리스마스도 여느 해와 마찬가지로 즐거웠다. 다만 한 가지 사건은 부엌에서 일어난 젠틀맨 톰과 올빼미 스눅스와의 엄청난 싸움이었다. 이제 스눅스는 가족 모두에게서 귀여움을 받고 있었다. 스눅스는 서즈데이와 슈니클프리츠와는 서로 참아줄 수 있는 사이가 되었으나 젠틀맨 톰과는 처음부터 아옹다옹 다투기만 했다.

결국 젠틀맨 톰이 져서 터덜터덜 풀이 죽어 스토브 밑으로 꽁무니를 뺐지만 그때는 이미 부엌 한쪽에 올빼미의 빠진 날개가 여기저기 흩어져 있었다.

다음 주의 어느 날, 패트는 큰소리로 주디 아주머니를 불렀다.

"아주머니…… 아주머니…… 드디어 성장통이 왔어요!"

주디 아주머니는 패트에게 지금까지 성장기에 앓는 근육통이 없어서 키가 자라지 않는 것은 아닐까 걱정하던 참이었다. 아빠는 류머티즘이 아닐까 걱정했지만 주디 아주머니는 웃어넘기고는 부랴부랴 한밤중까지 패트의 다리를 주물러주었다.

"올봄부터 넌 잡초처럼 쑥쑥 자라날 거다. 그러니 안심하거라. 이 집안의 딸이 쭈그러들어 크게 자라지 않으면 어쩌나 걱정했는데."

3

　크리스마스가 지나자 눈은 그쳤지만, 꽁꽁 얼어붙은 목장과 쓸쓸한 나무들 사이로 정월의 찬바람이 으르렁댔다. '민스파이들판'의 빨간 두렁만 얇은 눈을 뒤집어썼을 뿐, '안개언덕'의 북쪽에는 잔뜩 눈이 쌓여 있었다.
　'은빛숲'의 1월의 밤은 즐거웠다. 톰 삼촌이 와서 주디 아주머니의 스토브를 쬐면서 아빠와 이야기를 나누고, 그걸 패트와 시드는 듣고 있었다. 위니와 조는 식당에서 공부를 했다. 톰 삼촌은 정치나 돼지 기르는 이야기를 비롯해 집안 역사와 마을 소문까지 화제로 삼았다. 석회를 칠한 낡은 부엌 벽에 두 사람의 웃음소리가 부딪혀 울려 퍼졌다. 때로는 톰 삼촌이 버럭버럭 화를 낼 때도 있었는데 그럴 때면 벽에 비치는 커다란 수염이 와들와들 떨리곤 했다. 하지만 톰 삼촌은 금세 언제 그랬냐는 듯 태연스러워졌다. 테이블을 탁탁 두드리면 그것으로 본래의 기분으로 돌아갔다.
　가끔은 엄마도 귀염둥이와 함께 곁에 앉아 있을 때가 있었다. 그 모습은 정말로 아름다웠다. 엄마는 원래 말수가 적다. 주디 아주머니와 아빠, 그리고 톰 삼촌의 이야기에는 끼어 들 틈이 없기도 했다. 하지만 물끄러미 패트나 시드, 그리고 귀염둥이를 바라보는 그 눈길을 보면 징글은 가슴이 벅차 올랐다. 저런 눈으로 지켜봐 주는 엄마가 있다면 얼마나 좋을까!
　그 무렵 어느 날 밤, 위니의 친한 친구가 와서 함께 자게 되었다. 패트는 주디 아주머니 이불 속에서 말했다.
　"아주머니, 천국도 여기보다는 좋지 않을 거야, 그치?"
　"저런, 저런. 무슨 소릴 하는 거냐. 천국에도 저렇게 혹독한 바람이 불 거라고 생각하니?"

"어? 난 저 바람이 좋은데. 여기까지 쳐들어오지 못한다고 생각하면 더욱 기분이 좋아져. 따뜻하잖아요? 저것 봐요. '은빛숲'을 휘잉휘잉 불며 지나가잖아요. 아주머니, 유령 얘기 하나 해줘요. 아주머니랑 같이 자는 것도 오래간만이잖아요…… 응? 부탁이에요. 오싹오싹 소름이 끼치는 걸로 말이에요."
"그 얘길 한 적이 있나 모르겠네. 재닛 맥기건이 묻히던 날 밤에 그녀가 결혼 반지를 찾으러 돌아온 얘기 말이야. 재닛을 관에 넣을 때 남편 톰이 두 번째 아내를 맞이할 때 쓰려고 재닛의 손가락에서 반지를 빼두었거든. 그저 맥기건네 사람들이란 나중의, 더 나중 일까지 생각한다니까."
"재닛 맥기건이 반지를 찾으러 온 걸 어떻게 알았어요?"
"글쎄, 다음날 아침이 되고 보니, 톰 맥기건의 금고에 넣어두었던 반지가 없어진 거야. 그뒤 6년이 지나 새 묘지를 사서는 재닛의 관을 파내어 옮기려 했더니 관이 털썩 부서지고 말더라는구나……. 싸구려 관이었기 때문이지……. 그런데 그녀의 손가락에 반지가 꼭 끼워져 있더라지 뭐냐. 하이고 맙소사. 구두쇠 톰은 두 번 다시 제정신을 찾지 못했어."

2월이 되어도 눈은 내리지 않았다. 주디 아주머니는 빵 부스러기를 받이내는 키다린 깔개를 짜서 식당에 깔아야겠다는 말을 꺼냈다. 에디스 고모가 자랑하는 깔개보다도 훨씬 크게 만들어서, 하늘 높은 줄 모르고 높아진 에디스 고모의 코를 납작하게 해주고 말겠다고 선언했다.

스토브에는 언제나 염료 항아리가 올려져 있었다. 주디 아주머니는 천연 염료를 만드는 데 솜씨가 아주 뛰어났다. 주디 아주머니는 가게에서 파는 염료는 사용하지 않았다. 1년만 지나면 색이 바래기 때문이란다. 이끼와 나무껍질 등을 주로 사용했는데, 자주색 염료로는 말오줌나무 열매, 갈색은 자작나무 속껍질, 초록색은 버드나무

줄기, 노란색은 서양고리버들 등을 썼다. 그런 것에 대해서 주디 아주머니는 진짜 아는 게 많았고, 그녀는 아이들을 데리고 멀리까지 염료 재료들을 찾으러 다녔다.

이윽고 바람이 세차게 불어대는 3월이 되어 아빠와 엄마의 결혼 기념일이 돌아왔다. 가드너 집안은 언제나 생일이나 결혼 기념일에는 규모는 작으나 사람들을 초대하곤 했는데, 올해는 브라이언 삼촌 가족과 헬렌 테일러 고모가 초대되었다. 보통 오후에 도착해서 저녁 식사를 시작한다. 그래서 주디 아주머니는 눈코 뜰 새 없이 바빴다.

"아이구, 맙소사. 이런 초대 손님은 전혀 반갑지가 않아."

그렇지만 패트는 기뻐서 가슴이 뿌듯했다. 그렇다고 보통 때처럼 반갑게 손님들을 맞을 수는 없었다. 브라이언 삼촌은 '은빛숲'에 올 때마다 아빠에게 '나라면 여기를 이렇게 바꿀 텐데' 하는 식의 말을 하곤 해서 패트는 친근함을 느낄 수가 없었다.

게다가 헬렌 고모가 온다, 부자인 헬렌 고모가. 아빠의 누나이긴 하지만 아빠와는 나이 차이가 너무 나서 누나라기보다 아빠의 숙모처럼 보였다. 주디 아주머니의 이야기에 따르면 헬렌 고모는 패트나 위니 중에 하나를 서머사이드로 데리고 돌아가 한동안 그곳에서 지낼 거라고 했다.

패트는 헬렌 고모가 자기를 데려가지 않도록 기도했다. 집을 떠나 있는 건 싫었다. 지금까지 단 한 번도 집 밖에서 잔 적도 없거니와 그렇게 된다면 참을 수 없을 것 같았다.

사소한 일이긴 하지만 소중한 우리 집을 위해 무언가를 하는 것은 즐거운 일이었다. 먼지떨이로 털거나 닦고 여기저기 뛰어다니며 심부름을 하고, 엄마의 결혼 기념 축하 식기 세트를 꺼내는 일을 돕기도 했다. 세로로 골이 새겨진 식기 세트의 찻잔과 접시 중앙에는 금색 팬지 무늬가 그려져 있었다.

패트와 위니는 '시인의 방'을 치우고 새로 장식을 해달기로 했다.

침대에 레이스가 달린 침대보를 깔고 꽃 같은 쿠션을 놓아 두기만 해도 아주 멋지게 바뀌었다.

주디 아주머니는 부지런히 재료를 반죽해 빵과 과자를 구웠고, 귀염둥이는 손에 닿는 것이면 무엇이든지 입으로 가져갔다. 나중에는 차가운 문고리까지 빨았다. 그런 뒤 한동안 귀염둥이는 다른 것은 빨지 않고 맥아유를 먹었다.

엄마 아빠의 결혼 기념일이 되자 패트는 파란 실크드레스를 입었다. 사실은 빨간 드레스가 입고 싶었지만, 파란 드레스를 입을 차례였던 것이다.

'헬렌 고모가 나로 결정하지 않았으면 좋겠는데!'

그게 걱정되어 파티의 즐거움 따위는 멀리 사라지고 말았다. 아픈 척을 하면 어떨까. 안 돼, 그건 안 돼, 요전에 감기 들었을 때처럼 주디 아주머니가 아주까리 기름을 먹일 게 틀림없으니까.

"차라리 아주머니 것, 그 까만 병에 들어 있는 걸 마시면 안 될까요? 그게 아주까리 기름보다는 괜찮은 냄새가 나던데." 그때 패트가 이렇게 항의하자 주디 아주머니는 장난스런 표정으로 설명했다.

"뭐? 그건 너희들에겐 너무 독해서 못 쓴단다······."

"그 병엔 뭐가 들어 있는데요?"

"궁금해힐 것 없단다. 자, 이러궁저러궁하지 말고 숟가락을 쏙 빨아먹으면 다 끝난다."

아주까리 기름보다는 헬렌 고모 쪽이 훨씬 나을지도 모른다. 하지만 혹시 병이라도 난다면. 누군가를 아프게 해달라고······, 심하게 아프지는 말고······ 아주 가볍고 별것 아닌 정도로······, 이렇게 춥고 바람이 심한 3월에 밖에 나가기는 싫다는 기분이 들 만큼만 병나게 해달라고 하느님께 기도하는 건 못된 짓일까? 패트는 이런저런 궁리를 해보았다.

패트는 파란 스카프를 머리에 두르고 징글과 둘이서 교회 헛간의 건초더미 위에 올라갔다. 그곳의 창으로 바깥을 내다볼 참이었다. 맥긴티는 생쥐를 쫓는 척하다가 우리 둘이 전혀 상관하지 않는 것을 깨닫고는 앞에 벌렁 누워서 죽은 시늉을 해보였다.

패트는 길에 마차나 자동차가 지날 때마다 헬렌 고모가 온 것이 아닐까 싶어 바짝 긴장했다. 마침내 손님이 도착했다. 헬렌 고모는 브라이언 삼촌의 자동차로 와서는 비틀비틀 마당을 걸어갔다.

"꼭 주전자 같아."

패트는 원망스러운 표정을 지었다.

브라이언 삼촌의 딸 노마도 함께였다. 패트는 노마도 오지 않았으면 좋겠다고 바라던 참이었다. 위니보다 예쁘다는 평판이 있어서 노마에게 호의를 가질 수가 없었다.

"저 애는 위니의 반만큼도 예쁘지 않아."

"파란 스카프를 두르고 있으니까 너 참 멋지다."

징글이 패트에게 칭찬을 했다.

거기까지만 했으면 좋았을 것을 징글은 쓸데없는 말까지 해버리는 바람에 모든 것을 망가뜨리고 말았다.

"저어, 패트. 어른이 되면…… 늘 내 옆에 있어주지 않겠어?"

그것이 최초의 결혼 신청이라는 것을 9살 난 패트는 전혀 깨닫지 못했다. 패트는 얼굴이 새빨개져서 버럭 화를 냈다.

"두 번 다시 그딴 말을 하면 평생 너와는 말도 하지 않을 테야!"

"아, 알았어. 널 화나게 할 생각은 없었어." 징글은 풀이 팍 죽어서 말했다. "그런데, 내가 싫어?"

"그런 것은 아니지만 난 늘 누군가의 옆에 있어야 하는 건 싫어."

징글이 슬픈 표정을 짓는 것을 보고 패트는 점점 화가 나서 잔인한 말을 해주고 싶어졌다.

"만약 내가 누군가의 옆에 있어야 한다면, 그건 아주 잘생긴 사람이어야만 해."

징글은 안경을 벗었다.

"이렇게 하면 좀 낫지 않니?"

확실히 그랬다. 그때까지 패트는 징글의 눈을 본 적이 단 한 번도 없었다. 징글의 커다란 회색 눈은 성실하고 진지하면서도 어딘가 장난기가 어려 있었다. 하지만 패트는 감동할 기분 따위가 아니었다.

"별로야. 머리칼은 부스스하고, 입은 또 얼마나 큰데? 시드가 그러던데 네 입을 재려면 특별히 긴 자가 있어야 할 거래."

패트는 그렇게 쏟아 붓더니 건초더미를 훌쩍 내려와 바람처럼 사라졌다.

맥긴티가 징글을 위로해주듯 컹컹 짖었다. 마치 "패트는 생각이 달라질 거야"라고 말하는 듯했다.

"그렇고말고." 징글이 말했다.

4

그날은 패트에게 최악의 날이었다. 집으로 들어서자 곧장 노마와 부딪히고 말았다. 노마는 소문대로 붉은 기운이 도는 금발 곱슬머리를 흔들어 보였고, 녹갈색 눈에는 상대방을 바보 취급하는 빛을 띠면서 잔뜩 몸을 뒤로 젖히고는 이리저리 돌아다녔다.

"이게 '은빛숲'이라는 집이군. 꽤나 구식이네."

패트는 또다시 새빨개져서 화를 벌컥 냈다.

"덧문이 집에 품격을 더해주는 것 몰라?"

"뭐? 덧문 같은 걸 말하려는 게 아니야. 덧문은 우리 집에도 있어. 너네 집 것보다 훨씬 더 진한 초록색이지. 우리 집을 꼭 보여주고 싶은걸. 이 집은 베란다도 없고, 차고도 없고 말이야."

"그래. 하지만 우리 집엔 묘지가 있어." 패트의 목소리는 의기양양했다.

그 말에는 노마도 항복하고 말았다. 묘지만큼은 어떻게 할 수가 없으니까 말이다.
"너네 집에는 '시인의 방'도 둥근 창도 없겠지?"
패트는 기세를 누그러뜨리지 않고 맹렬한 공격을 퍼부었다. 창이라는 말을 듣자 노마의 머리에 반짝 떠오르는 것이 있었다.
"너희 집에는 밖으로 내민창이 없지? 단 한 개도 없잖아. 우린 세 개나 있어. 거실에 둘, 식당에 하나. 내민창이 없는 집이라니 우스꽝스럽지 뭐야."
'은빛숲'을 감히 우스꽝스럽다고 하다니! 패트는 도저히 참을 수가 없었다. 패트는 노마의 희고 볼그레한 볼을 철썩……, 있는 힘을 다해 후려쳤다.
그 뒤의 난리법석이라니! 노마는 비명을 지르며 '앙앙' 울어댔고, 엄마는 깜짝 놀라 뛰어나왔으며, 아빠는 새파랗게 질렸다. 아니, 질린 체를 했다. 주디 아주머니는 패트를 세차게 밀어 부엌으로 데리고 갔다.
"왜 이런 볼썽사나운 짓을 하는 거냐!"
"내버려둬요. 내버려두라니까요. 이 집을 모욕하는 건 참을 수가 없단 말이에요. 한 대 후려치길 잘했지, 아무리 나를 혼내도 괜찮아!" 패트는 흐느껴 울었다.
"아유, 이런 불뚱이 같으니라구!"
그렇게 말하면서 주디 아주머니는 자기 방으로 올라가 파란 상자에 앉더니 눈물이 쏟아질 정도로 웃고 또 웃었다.
"고상한 노마 아가씨에겐 좋은 약이 되었을걸? 제까짓 게 잘났으면 잘났지, 우리 아빠의 집을 헐뜯는 건 뭐야!"
패트는 벌로 부엌에서 식사를 해야만 했다. '은빛숲'을 위해 한 일인데 벌을 받아야만 하다니 이것은 해도 너무했다.
"여기에서 아주머니랑 같이 밥을 먹는 건 좋지만, 내 마음은 상처를 받았어요."

패트는 훌쩍이고 있었다.

그렇다고 나쁜 일만 있는 건 아니었다. 패트의 거친 행동에 놀란 헬렌 고모는 패트 대신 위니를 서머사이드로 데려가기로 했기 때문이다.

패트는 가족들과 화해를 했다. 가족들도 건방지고 제멋대로인 노마를 누구 하나 좋게 보지는 않았다. 패트는 자기 전에 시드와 주디 아주머니와 셋이서 칠면조의 맛있는 살을 발라먹었다. 주디 아주머니는 노마의 외할머니 이야기를 들려주었다.

"그 할머닌 심한 변덕쟁이인 데다가 바보 같은 말만 지껄였단다. 가련한 남편이 좀처럼 죽지 않는다면서 아직도 살아 있느냐, 아직도 살아 있느냐 다그치면서 미워했지. 내게도 몇 번이나 '언제까지나 살아 있으면 다른 남자와 결혼할 수 없으니까'라고 말했는데, 말 그대로 남편이 오래 살아서 재혼할 기회가 없어지고 말았단다. 하지만 내가 그 할머니를 동정한다면 더 이상 주디 플럼이 아니지, 암."

어둡고 괴로운 일주일

1

위니 언니가 떠나자마자 곧 겨울이 찾아왔다. 패트의 둥근 창은 두꺼운 눈 모피를 둘렀고, '소곤소곤길'에는 커다란 눈더미가 쌓였다. 그 눈더미를 아빠와 톰 삼촌이 삽으로 치워 '귀여운 오솔길'을 냈고, 두 사람이 낸 이 눈길은 나무문께까지 이어졌다.

옛 과수원에 쌓여 있는 돌무덤은 대리석 피라미드로 바뀌었고, '안개언덕'은 은빛으로 빛났다. 언덕의 흰빛은 눈이 부실 정도여서 돌멩이들이 함부로 널려 있는 들조차도 아름다웠다. '나무 여왕'과 '버섯 공주'의 보호를 받는 '비밀들판'도 무척이나 아름다울 거라고 패트는 생각했다.

묘지에는 아슬아슬하게 울타리에 닿을 정도로 눈이 쌓여 있었다.

"이래 가지고서는 '난폭한 딕'도 나오지 못할 거야."

주디 아주머니는 고양이와 개, 닭, 그리고 아이들이 추위에 견딜 수 있도록 월동 준비에 들어갔다.

패트는 눈보라를 좋아했다. 특히 눈보라 치는 겨울 밤, 아늑한 방에서 따뜻한 물주머니를 꼭 껴안고 포근한 담요를 뒤집어쓰고 있는 것이 좋았다.

뜨거운 물주머니는 정말 좋았다. 먼저 뜨거운 물주머니로 발끝을 따뜻하게 한 다음, 두 팔로 물주머니를 꼭 껴안는다. 마지막으로 그것을 싸늘한 등에 댄다. 정신이 들면 벌써 아침이어서 눈더미 너머로 햇빛이 빛난다. 그리고 물주머니는 등 가운데서 죽은 쥐의 시체처럼 축 늘어져 있기 마련이었다.

방을 혼자서 차지할 수 있게 된 것은 기쁜 일이었지만, 역시 위니 언니가 없으니 쓸쓸했다. 웃고 있는 파란 눈동자, 은방울 같은 목소리가 그리웠다.

"이제 앞으로 2주일만 지나면 위니 언니가 돌아온단다!"

패트는 그날을 손꼽아 기다렸다.

그 소식을 들은 것은 학교에서였다. 소식을 전해준 것은 물론 메이 비니였다.

"위니는 헬렌 고모의 양녀가 된다는구나."

패트는 깜짝 놀라 메이의 얼굴을 쳐다봤다.

"그렇지 않아."

"넌 그럼 그것도 몰랐단 말이니? 이건 틀림없는 사실이야. 위니에게는 엄청난 출세라고 우리 엄마가 그러던걸. 노미의 따귀를 갈기지만 않았다면 네가 되었을지도 모를 텐데."

패트는 우뚝 선 채로 물끄러미 메이의 얼굴을 바라보았다. 마치 11월의 눈보라가 몰아치기 전 땅 위에 흘러넘치는 차가운 회색 빛과도 같은 것이 패트의 가슴을 뒤덮었다. 노마의 얼굴을 때린 이야기는 시드에서 들은 게 틀림없다. 하지만 이 무서운 생각에 패트는 화낼 여유조차도 없었다.

아직은 오후의 쉬는 시간이었지만 패트는 현관으로 달려가서 모자와 코트를 서둘러 걸치고 바퀴 자국이 깊이 파인 눈더미 사이를 구르듯 정신없이 달려 집으로 갔다. 집으로 돌아가서 엄마에게로 가야 한다. 주디 아주머니에게가 아니라, 엄마에게여야 한다. 어지간히 난처한 일이라면 주디 아주머니에게 가겠지만, 이건 아니다. 그런 말은 거짓말일 것이다. 위니 언니가 헬렌 고모네 집에서 산다니, 그런 일은 절대로 있을 수 없다고 엄마에게서 직접 들어야 한다.

꽁꽁 언 패트가 비틀거리면서 부엌으로 들어서는 것을 보고 주디 아주머니는 깜짝 놀랐다.

"아니, 이게 누구냐. 어째서 이렇게 일찍 돌아왔니? 설마 눈길을 내내 걸어온 것은 아닐 테고…… 톰 삼촌이 새 마차로 데리러 간다고 했는데."

"엄마는, 어디 계셔요?" 패트는 숨을 헐떡이며 물었다.

"엄마 말이냐? 프랜시스 할머니가 폐렴에 걸렸다는 전화가 와서 네 아버지와 함께 '해변가'에 가셨단다. 그런데 대체 무슨 일이냐?"

태어나서 처음으로 패트는 주디 아주머니의 물음에 아무런 대답도 하지 않았다. 이 일은 주디 아주머니에게 물어볼 일이 아니다.

패트는 텅 빈 집 안을 불안한 유령처럼 이리저리 헤매고 다녔다. 아, 왜 이리 쓸쓸할까! 아무도 없잖아. 엄마도, 아빠도 귀염둥이도 없고 위니 언니도 없으니! 더구나 위니 언니는 영원히 돌아오지 않을지도 모른다. 이 집에서 두 번 다시 위니 언니의 웃음소리를 들을 수 없게 된다면 어쩐다지!

"학교에서 무슨 일이 있었던 모양이로구나. 그 여자 선생님과 무슨 일이 있었던 게 아니라면 좋으련만. 평의원들이 어째서 아서 세인트 할아버지 딸 같은 사람을 고용했는지 몰라. 그런 빨강머리 여자 따위를 말야." 주디 아주머니는 걱정되어 안절부절못했다.

패트는 저녁 식사도 목에 넘어가질 않았다. 잘 시간이 되어도 아빠랑 엄마는 돌아오지 않았다. 패트는 울면서 잠이 들었다. 하지만 밤중에 잠이 깨어 일어나 앉으니 오싹하는 기억이 되살아났다.

주위는 조용했다. 바람이 불어와 꽁꽁 얼어붙은 집이 터지듯 탁탁 소리를 내고 있다. 창문 너머 '은빛숲'과 '제비들판'의 목장 어귀 둔덕에 솟아 있는 검디검은 전나무 위에 별이 희미하게 빛나고 있었다.

그때 패트는 분명한 것은 아무것도 모르는 채 더욱 나쁜 쪽으로만 생각하고 있는 자신을 깨달았다. 진실을 모르고서는 1분 1초도 참을 수가 없었다.

패트는 결연히 침대에서 뛰쳐나와 양초에 불을 붙였다. 그리고 어둡게 가라앉은 복도로 나섰다. 조의 방과 '시인의 방' 앞을 지나 아빠와 엄마의 방으로 갔다. 두 분은 집으로 돌아와 깊이 잠들어 있었다. 아기 침대에는 귀염둥이가 잠들어 있었지만 패트는 처음으로 귀염둥이의 얼굴을 들여다보지 않았다.

추위를 뚫고 험한 길을 어렵사리 지나와 지칠 대로 지친 엄마와 아빠는 깊은 잠속에 빠져 있다가 깜짝 놀라 일어났다. 일어나 보니 무언가를 골똘히 생각하는 작은 얼굴이 보였다.

"무슨 일이니, 패트? 어디가 아픈 거냐?"

"아니에요, 아빠. 헬렌 고모는 위니 언니를 양녀로 삼지 않을 거지요? 그렇지요, 아빠?"

"어허, 참. 그걸 물으러 이 밤중에 여기까지 와서 아빠랑 엄마를 깨운 거니?" 아빠의 말투는 근엄했다.

"하지만, 아빠. 난 너무 알고 싶었어요!"

엄마는 그 기분을 알았는지 마른 손으로 패트의 떨리는 팔뚝을 붙잡았다.

"패트야, 헬렌 고모는 위니를 양녀로 삼으시는 게 아니란다. 그저 한동안 고모 옆에 두고 학교에 보내주시려는 거야. 위니로서는 참 잘된 일이지 뭐냐."

"그럼, 위니 언니는 이제 여기로 돌아오지 않는 거야?"
"아직은 결정된 것이 아니란다. 다만 그렇게 해보면 어떻겠느냐고 헬렌 고모가 말씀하신 것뿐이야. 물론 위니는 자주 여기로 돌아올 거란다."

2

그 뒤 1주일은 어둡고 괴로운 나날의 연속이었다. 패트는 음식도 먹지 않고, 식사 시간에는 텅 빈 위니의 자리를 바라보며 울음을 터뜨리곤 했다. 가족들은 그것을 어떻게 달래야 할지 몰랐다.
"조금만 비위를 맞춰주면 좋을 텐데. 그 아이는 너무나 흥분했고, 또 슬퍼서 뭐가 뭔지 모르는 것 같아. 역시 사람은 빵만으론 살 수 없는 것이 아닌가 싶다우."
"아주머니는 그 애의 응석을 너무 받아주고 있어요."
아빠는 불만을 터뜨렸다. 울적해하는 패트 때문에 속이 탔던 것이다.
"누구든지, 때로는 응석을 받아줄 필요가 있다우."
그렇게 말하기는 했지만 주디 아주머니도 이쯤해서 패트에게 세상을 살아가는 이치를 알게 해줘야겠다고 생각했다.
"넌 위니가 훌륭한 교육을 받지 않기를 바라는 모양이구나?"
"집에 있어도 공부는 할 수 있잖아요."
패트는 울면서 말했다.
"아니란다. 알겠니? 이것만큼은 네게 알려주고 싶구나. 가드너 집안은 비니 집안과는 다르단다. 비니 부인은 '우린 수잔에게 공부 같은 거 시킬 생각이 없어요. 퀸즈아카데미에 보내봤자 졸업하면 곧장 시집을 가버릴 텐데, 쓸데없이 돈을 쓸 필요는 없다구요'라고 말했지. 아니 아니, 우리 착한 강아지. 가드너 집안은 태어나면서부터 다른 집안과는 다르단다. 위니도 벌써 13살이야. 이제 입시 준비를 해야 할 나이야. 그 아서 세인트 할아버지네 딸에게서 뭘 배울 수 있겠니? 라틴어랑 프랑스어랑 하나라도 알더냐?"

"누구든지 영어만으로도 충분해요." 패트는 억지를 부렸다.

"그것만으론 퀸즈아카데미에 가기는 부족하단다. 또 어쩌면 위니는 서머사이드 학교에 다닐지도 몰라. 아마 헬렌 고모는 네 아버지 이상으로 위니에게 잘 해주실 거다. 네 아빠는 작은 농장 하나밖엔 없는 데다가 먹여 살려야 할 자식들이 다섯이나 있으니까 어렵지 않겠니? 자, 그만 훌쩍대려무나, 착한 아가지? 아줌만 잠깐 뜨개질을 해야겠는데 네가 천을 잘라주면 좋겠구나."

이윽고 헬렌 고모한테서 아빠 앞으로 편지가 왔다. 패트는 손이 떨리는 것을 보이지 않으려고 두 손을 뒷짐 지고 아빠 곁에 잠자코 서 있었다. 아빠는 천천히 안경을 쓰더니 물끄러미 우표를 들여다보고는, 헬렌 누님은 원래 글씨를 잘 쓴다면서 겉봉을 뜯어 편지를 꺼냈다. 뒷뜰에서 누군가가 웃고 있었다. 이런 때에 잘도 웃음이 나오는 모양이다.

"토요일에 브라이언이 위니를 집으로 데려온다는구나. 헬렌 고모는 위니를 곁에 두지 않기로 한 모양이구나. 내 그럴 것 같았어." 아빠는 느긋하게 알렸다.

'아아, 난 날개가 돋아난 것 같아.'

이런 생각을 하면서 패트는 주디 아주머니에게로 달려갔다.

주디 아주머니도 만족스러워했다.

"아마 그렇게 될 거라고 나도 생각했단다. 원래 헬렌은 어딘가 좀 특별한 사람이거든. 어쨌든 가족이 이리저리 흩어지는 건 좋지 않아."

"이 세상에 가족만큼 좋은 것이 있을까. 어, 젠틀맨 톰 좀 봐요. 아주 귀여운 모습으로 앉아 있네요!"

"아이고, 맙소사. 너도 아침과는 아주 딴 사람이 된 것 같구나. 넌 오늘 무얼 보아도 즐거울 거야. 고양이가 화장실 뒤에서 몸치장을 한대도 말이야."

자신이 애지중지하는 패트가 다시금 명랑해지자 주디 아주머니는 기뻐서 어쩔 줄 몰라 쿡쿡대며 웃었다.

패트는 해질녘 바깥으로 달려나가 은빛숲과 낙엽이 떨어진 단풍나무에게 이 기쁜 소식을 전해주었다. '은빛숲'에도 깊은 애정을 듬뿍 담은 눈길을 보냈다. 오래된 집은 지붕에 잔뜩 흰 눈을 뒤집어쓴 채 둘레의 나무들에게 외투처럼 둘러싸여 조용하고 온화한 겨울 석양 속에 서 있었다. 겨울에도 편안함과 희망으로 가득 찬 '은빛숲'은 정말 아름다웠다.

패트는 다시 집 안으로 뛰어들어갔다. 곧장 다락방으로 올라가서는 징글에게 보내는 신호 촛불에 불을 붙였다. 이렇게 고통스러운 1주일 동안 패트를 위로해준 것은 징글뿐이었다. 시드조차도 위니 언니 일로 심각하게 걱정하는 눈치는 아니었다. 물론 다시 돌아와 주면 좋겠다는 생각은 했지만 그 때문에 잠을 못 이루거나 하지는 않았다.

징글은 언젠가 위니 언니가 돌아올 것이 틀림없다, 할 수만 있다면 '은빛숲'으로 돌아오고 싶어하지 않는 사람은 없다면서 패트에게 힘을 북돋아 주었었다.

징글도 패트와 함께 기뻐했다. 둘은 눈 속을 헤치고 요르단 강을 따라 '행복들판'으로 가보았다. 들판은 눈으로 뒤덮여 있었으나 '유령의 샘'은 퐁퐁 솟아나고 있었고, 보석 같은 얼음으로 둘러싸여 있었다. 은빛 세계란 얼마나 아름다운가······. 하얀 눈이 덮인 언덕은 그 얼마나 멋진가! 둘이 집으로 돌아왔을 때는 어느새 8시가 다 되어서 주디 아주머니에게 꾸중을 들었다.

"아무리 징글하고 함께라 하더라도 제시간에 돌아오지 않으면 다시는 산책을 내보내지 않을 테다."
"제시간이 언젠데요, 아주머니?" 패트는 웃으면서 물었다. 오늘 밤 패트는 무슨 말을 들어도 웃고 싶었다. 게다가 저녁 식사는 또 얼마나 맛있는지!
"하긴 그렇게 말하면 대답하기 곤란하긴 하겠구나." 주디 아주머니도 웃었다.
토요일에는 3월의 바람이 더욱 세차게 불면서 눈이 펄펄 내렸다. 아, 위니 언니가 돌아올 텐데 눈보라가 치면 큰일이다. 눈보라가 치면 브라이언 삼촌이 데려오지 않을는지도 모른다.
하지만 오후 느지막에 눈보라 사이로 해님이 얼굴을 나타내면서 주위는 온통 눈부신 세상으로 바뀌었다. 서쪽 하늘이 맑아지면서 집 안의 방마다 금빛이 흘러넘쳤고 앞뜰과 뒷뜰, 그리고 과수원 곳곳에 낙엽 진 나무들이 우아한 그림자를 드리웠다.
마침내 초겨울 저녁 햇빛이 한창인 때에 위니 언니가 돌아왔다. 위니 언니는 헬렌 고모가 돌려보내 주어서 잘됐다며 기뻐했다.
"고모는 내가 너무 웃어서 속이 탄다고 하셨어. 언젠가는 가정부가 외출했을 때 나는 소금 대신 후추를 감자 속에 넣고 말았어. 물론 모르고 그랬지. 그걸로 결정이 나버린 거야. 너 같은 애는 칠칠치 못한 주부가 될 거라고 그러셨어."
"우린 언니의 웃음소리를 들을 수 있게 되어서 기뻐."
패트는 위니를 꼭 끌어안으면서 속삭였다.
밤이 되자 또다시 눈보라가 쳤다. 울부짖는 바람 소리에 잠이 깬 패트는 모든 일이 잘되었음을 떠올리고는 즐거운 마음으로 또다시 깊은 잠에 빠져 들었다. 이제는 아무리 바람이 세차고 사나워도 전혀 상관없었다. 소중한 가족들이 모두 이렇게 한 지붕 아래에 있으니까. 아빠와 엄마와 귀염둥이……, 조와 시드…… . 주디 아주머니는 자기 방에서 잠들었고, 아주머니의 발 언저리에는 젠틀맨 톰이 몸을 둥글게 말고 잠들어 있다. 서즈데이와 슈니클프리츠는 스토브 뒤에서 자겠지. 그리고 위니 언니가 돌아왔다……. 언제까지나 우리는 이 집에 있는 거야!

엘리자베스 윌콕스

1

"봄 냄새가 나요."

어느 날 패트는 기쁜 나머지 큰소리로 외쳤다. 그날 처음으로 '소곤소곤길'가에서 작은 날개 같은 캐러웨이 잎을 발견했던 것이다. 그날 밤 '연못들판'에서는 개구리가 울기 시작했다. 패트는 징글과 '행복들판'에서 돌아오는 도중에 저녁녘의 어슴푸레함 속에서 개구리들의 노래를 들었다.

"나는 개구리 소리가 좋아."

패트가 그렇게 말했지만 징글은 맞장구를 칠 수 없었다. 은방울을 흔드는 듯한 구슬픈 소리는 멀리 떨어져 있는 엄마를 생각나게 하기 때문이다.

패트는 지난 아홉 해에 이르는 세월을 돌이켜보았을 때 이렇게 아름다운 봄은 처음이었다. '은빛숲'을 둘러싼 길고 울퉁불퉁한 언덕들에는 초록빛이 피어나고, 우물가 단풍나무에서는 작은 새들이 한창 지저귀며, 저녁때가 되면 라일락 향기가 그윽하게 풍겨났다. '행복들판'의 어린 벚나무와, '비밀들판' 울타리에 가지를 늘어뜨린 작은 자두나무도 한껏 아름다움을 뽐냈다.

어느 토요일 오후 징글은 패트와 함께, 모든 것이 시드는 겨울 동안 '비밀들판'이 어땠는지를 보러 나갔다. 이곳 들판에는 다른 어떤 곳보다도 먼저 봄이 와 있었다. 가문비나무는 들떠서 둘에게 환영 인사를 했고, 자두나무는 또 하나의 비밀로 삼고 싶을 만큼 아름다웠다.

봄에는 모든 것이 아름답다. 잡초나 키 큰 풀도 나 있지 않고 낙엽도 없으니까……. 패트는 그렇게 생각했다.

대청소가 막 끝난 집 안에서 상쾌한 냄새가 감돌았다. 엄마와 주디 아주머니는 몇 주일에 걸쳐서 벽지를 새로 바르고, 바닥을 문지르고, 세탁을 하고, 다림질을 했다. 집 안이 온통 반짝반짝 빛났다. 패트와 위니도 저녁 무렵 학교에서 돌아오면 일을 거들었다. 정성을 들여 집을 아름답게 꾸미는 것은 보람 있는 일이었다.

"아무래도 초봄의 열병에 걸린 모양이야."

어느 날 밤 주디 아주머니가 이런 말을 하는가 싶었는데, 정말 다음 날부터 유행성 감기로 드러눕더니 집 안 전체로 퍼졌다. 모두들 가벼운 감기를 앓았으나 단 한 사람만은 그렇지 못했다. 패트였다.

'뭐든지 특별하게 치른다니까, 불쌍하게도.'

주디 아주머니는 그렇게 생각했다. 회복도 더뎠다.

어느 날, 헬렌 고모가 갑자기 찾아와서 패트를 어딘가 다른 곳으로 데리고 갈 필요가 있다고 했다. 3주일 동안이나 '느릅나무 집'에서 지내도록 순식간에 결정되었다. 패트는 가고 싶지 않았다. 지금까지 어딘가 다른 데서 잠을 잔 적도 없는데다가 3주일 동안이라니 그것은 영원과도 같은 시간이었다.

아무리 싫다고 말을 해봐도 들어주는 사람은 없었다. 마침내 두려워하던 아침이 밝자 패트는 아빠에게 이끌려 서머사이드로 가게 되었다. 패트가 가던 날은 징글도 와서 둘은 모랫돌 층계참에서 아침을 먹었다.

'안개언덕' 위로 해가 빨갛게 솟아올랐고, 둔덕을 따라 늘어선 벚나무가 푸른 하늘을 배경으로 진주처럼 하얀 꽃잎을 날리고 있었다.

패트는 활기찬 주변 분위기에 마음이 설레기 시작하면서 얼마쯤 기분이 나아졌다. 어쨌든 중요 인물이 된다는 것은 기분 좋은 일이다.

시드는 우울해했다. 우울하다기보다는 질투를 했다는 편이 맞을지도 모른다. 징글은 풀이 죽어 있었다. 귀염둥이는 패트에게 무슨 일인가가 일어났음을 느끼고 울어댔다. 주디 아주머니는 잊지 말고 편지를 보내라고 부탁했다. 잊어버리다니! 당치도 않아!

"아주머니도, 나한테 편지를 보낼 거지요?"

패트는 걱정스러운 듯 다짐했다.

"편지를 그다지 잘 쓰질 못해서 말이야. 편지는 다른 사람 앞으로 하는 게 좋겠구나. 그렇더라도 가끔은 내게도 소식을 전해주렴." 주디 아주머니는 주저했다. 솔직히 말하면 20년 이상이나 편지라는 것을 쓴 적이 없었다.

패트는 소중히 여기는 인형 3개를 인형의 집 침대에 눕혀 파란 상자에 넣어 보관해달라고 주디 아주머니에게 부탁했다. 집 안의 모든 방마다, 그리고 목소리가 다다르는 곳에 있는 나무들에게도, 우물에 비친 자신의 모습에도 패트는 울면서 이별을 고하고, 슈니클프리즈와 맥긴티, 그리고 서즈데이와는 꼭 껴안고 이별을 슬퍼했다.

"저 아이가 돌아올 때까지 이 집도 쓸쓸해 하겠군."

주디 아주머니는 한숨을 내쉬었다.

2

'느릅나무 집'에 도착하자마자 패트는 우선 어서 빨리 집으로 돌아가고 싶다면서 눈물을 자아내는 편지를 엄마 앞으로 띄웠다. 첫날 밤에는 참을 수 없을 정도로 괴로웠다. 커다란 구식 침대에는 노란 망사 지붕이 씌워져 있었다. 그 속에서 자려니까 마치 미아가 된 것처럼 마음이 불안했다.

지금쯤 집에서는 엄마나 주디 아주머니가 부엌문에 서서 어두워 오는 바깥을 내다보며 모두 집으로 들어오라고 부르고 있으리라. '아!' 패트는 저도 모르게 큰소리를 지를 것만 같았다.

"다만 손님으로 왔을 뿐이니까, 곧 다시 집으로 돌아갈 수 있을 거야……. 앞으로 겨우 21일인걸 뭐." 패트는 기특하게도 스스로를 위로했다.

이어서 주디 아주머니에게 쓴 편지는 얼마간 밝은 내용을 담고 있었다. 이렇게 자기 집이 아닌 바깥에 나와 머무는 것도 꽤 괜찮은 일이라고 느꼈기 때문이다. 브라이언 삼촌 집이 바로 옆이고, 헬렌 고모도 놀랄 만큼 친절하고 상냥하게 대해주었기 때문이다. 거의 매일마다 시내로 데려가 주었고, 그때마다 가게 진열장에 장식되어 있는 예쁜 것들을 이것저것 볼 수 있어서 아주 재미있었다.

가끔 토요일 저녁 같은 때에는 노마와 에이미가 데려가 주었는데, 그럴 때는 집집마다 창에 밝은 불이 들어와서 마치 다른 나라에 와 있는 것 같았다. 특히 가게의 쇼윈도에는 파랑과 빨강 그리고 자줏빛의 예쁜 병들이 늘어서 있어 멋있었다.

패트는 편지 쓰는 즐거움도 알게 되었다.

헬렌 고모네 집은 굉장히 훌륭해요. '해변가'보다도 호화롭답니다. 브라이언 삼촌네 집은 더 훌륭하고요. 그렇지만 훌륭하다는 말은 노마에게는 하지 않을 거예요. 왜냐하면 늘 잘난 체를 하거든요. 나한테 "'은빛숲'보다도 우리 집이 훨씬 낫지?"라고 하기에, '그래, 훨씬 훌륭해. 하지만 '은빛숲'의 반만큼도 멋지지가 않아'라고 말해주었어요.

　브라이언 삼촌도 전보다는 좋아졌어요. 나한테 어른처럼 악수를 해주거든요. 노마는 변함없이 콧대가 높지만 에이미는 좋은 사람이에요. 이곳 식당 난로 선반에 프랑스제 석고 개가 장식되어 있는데 그게 샘 비니하고 똑같이 생겼어요.

　헬렌 고모에게서 들은 얘기인데 올겨울에 아마사 테일러 씨네 사과나무는 쥐가 모두 쏠아서 말라죽을 거래요. 아주머니, 우리 사과나무는 쥐가 쏠지 않았으면 좋겠어요.

　내가 돌아갈 때까지는 새로 태어난 빨간 송아지에게 이름을 짓지 말아달라고 아빠께 부탁해 주세요. 이제 이곳에 있을 날도 얼마 남지 않았으니까. 앞으로 겨우 14일인걸요.

　아주머니, 매일 밤 서즈데이에게 우유 주는 걸 잊지 마세요. 우유에 크림을 조금 넣어주는 것도요. 매발톱꽃하고 금낭화는 피었을까요? 내가 돌아가기 전에 귀염둥이가 그다지 자라지 않았으면 좋겠는데요.

　헬렌 고모가 새 드레스를 주셨어요. 실용적인 드레스라고 합니다만, 저는 실용적인 드레스는 그리 좋아하지 않아요. 그리고 여기선 일요일에도 건포도를 먹을 수 없는걸요.

　헬렌 고모는 집안일에 굉장히 능숙해서 고모네 마루 위라면 그곳에다 죽을 부어 먹어도 괜찮을 정도로 깨끗하다고 이웃 사람들은 말합니다. 하지만 헬렌 고모네 죽은 소금이 적게 들어가서 나는 좋아하지 않아요.

　브라이언 삼촌은 짐 하틀리 씨가 나쁜 최후를 마칠 거래요. 바로 이웃에 사는 하틀리 씨의 얼굴을 매일 보면서 어떤 최후일까 생각해보는 것은 흥미진진해요. 교수형은 아닐까요, 아주머니?

　헬렌 고모는 내게 차를 마시게 해준답니다. 아이에게 차를 마시지 못하게 하는 건 바보 같은 짓이래요.

조지 가드너 아저씨는 저를 보고 엄마와 별로 닮지 않았다고 말했어요. 엄마는 어릴 적에 예뻤다고 하더군요. 그래서 저를 보고 실망한 모양이에요. 조지 아저씨는 노마와 에이미에게도 예쁘게 생겼다고 칭찬했어요. 그건 아무렇지도 않지만, 그 애들 집이 칭찬을 받는 건 참을 수 없어요. 밖으로 내민창이라니, 별로 좋지도 않아요.
　아주머니, 내가 집으로 돌아갔을 때, 모든 것이 그대로였으면 좋겠어요.

　패트는 집에서 오는 편지를 무엇보다 기다렸다. 특히 징글에게서 오는 편지를 몹시 기다렸다. 그 누구도 이야기해주지 않는 일들이 씌어 있었기 때문이었다. 다락방에 다람쥐들이 나타나 '은빛숲'의 걱정거리가 되었으며, 주디 아주머니는 거의 반미치광이처럼 신경질적이 되었다고 했다. 그리고 '행복들판'에 기다란 바나나 우산 석남꽃이 피기 시작했으며 어떤 사과나무가 가장 꽃을 많이 피웠는가에 대한 소식도 있었다.
　주디 아주머니 말에 의하면 조가 젠틀맨 톰의 수염을 잘라버렸지만 다시 원래대로 자라나고 있다 했고 헛간에 사는 고양이가 새끼를 낳았다는 소식을 담고 있었다.
　가장 멋진 뉴스는 '기다랗고 쓸쓸한 집'을 산 사람이 왔다는 것이었다. 패트는 두근거리는 가슴으로 그 편지를 읽었으나, 그곳에 함께 있으면서 그런 사건을 보지 못한 것이 매우 유감스러웠다.
　패트는 달력을 바라보면서 스스로를 위로했다.
　"앞으로 겨우 열흘이야. 열흘만 지나면 집으로 돌아갈 수 있어."
　주디 아주머니한테서는 편지가 오지 않았지만, 다른 사람들이 보내는 편지에 반드시 안부를 물어왔다. '패트가 없으니 쓸쓸해서 견딜 수가 없다고 전해달라는구나'라는 말은 대단히 기뻤으나, '너의 비쩍 마른 애인이……' 등등의 말은 싫었다.

　패트가 헬렌 고모의 집에 머무는 동안에 제시 고모가 친구들을 위해 오후의 티타임을 열었다. 그렇지만 패트는 따분해서 견딜 수가 없었다. 노마도, 에이미도, 자기 일에 열중하느라 패트에게 신경 쓸 겨를이 없었다. 북적이는 많은 손님들과 후텁지근한 방 안, 소란스러운 말소리 등으로 패트는 머리가 아팠다. 마치 톰 삼촌네 거위들이 모두 일제히 꽥꽥대기 시작한 것 같았다.

　패트는 어딘가 조용한 곳으로 가려고 살그머니 방을 빠져나와 2층으로 올라갔다. 복도의 막다른 곳은 브라이언 삼촌의 방이다. 그곳에서 천천히 집 생각이라도 하려고 했다. 그래서 복도의 의자에 앉으려고 커튼을 잡아당겨 보니, 그곳에는 이미 먼저 온 손님이 있었다.

　구석 쪽에 패트 또래의 여자아이가 동그마니 앉아 있었다……. 지금까지 울고 있었던 것 같았으나 이제는 호소하는 듯한, 도전하는 듯한 눈으로 패트를 쳐다보았다. 아름다운 눈이었다. 꿈꾸는 듯한 커다란 회색 눈이다. 길고 검은 속눈썹으로 둘러싸여 있는, 이렇게 예쁜 눈은 본 적이 없었다. 눈만 예쁜 것이 아니었다. 패트는 말로 설명할 수 없는 무언가를 느꼈다. 전부터 이 소녀를 알았던 것 같은 느낌이 들었다.

　그 소녀도 패트의 눈을 바라보면서 똑같은 느낌을 받은 것 같았다. 아니면 패트가 웃었기 때문인지도 모른다. 패트는 몰랐지만, '어린 패트 가드너의 웃는 얼굴'은 온 집안에 평판이 나 있었다. 소녀는 문득 진한 갈색 곱슬머리를 흔들고 다리를 움츠리더니 꽃 같은 작은 얼굴에 환한 웃음을 지으며 의자의 맞은편 구석을 가리켰다. 둘은 한 마디 말도 나누지 않았는데도 어느새 친해졌다.

　패트는 의자로 팔짝 뛰어갔다. 파란색 묵직한 비로드 커튼이 휙 닫히면서 둘은 이 세상으로부터 아득하게 멀어졌다. 밖에는 소나무

가지가 창을 뒤덮고 있었다. 둘은 얼굴을 마주 보며 또다시 활짝 웃었다.

"나는 '은빛숲'의 패트리샤 가드너야."

"나는 엘리자베스 윌콕스라고 해. 하지만 모두들 베츠라고 불러."

"아, 그러고 보니 북글렌 마을의 '기다랗고 쓸쓸한 집'을 산 사람도 윌콕스라는 이름이었는데."

그러자 베츠는 고개를 끄덕였다.

"그래, 우리 아빠야. 그래서 내가 울고 있었던 거야. 그런 곳에 가고 싶지 않거든. 모두에게서 너무 멀리 떨어져 있어야 하다니."

"우리 집에서는 멀리 떨어져 있지 않아."

베츠의 말이 채 끝나기도 전에 패트가 이렇게 말하자, 베츠도 얼마쯤은 마음이 놓이는 듯했다.

"그래? 정말이야?"

"얼마 안 되는 거리야. 우리 집에서 언덕을 올라간 곳인걸. 그 집은 아주 아름다워. 난 그 집을 아주 좋아해. 그곳에 어서 빨리 불이 들어왔으면 좋겠다고 나는 오래전부터 생각했었어. 아, 네가 그 집으로 온다니 너무나 기뻐, 베츠."

베츠는 아직껏 남아 있던 눈물을 훔쳐내면서, 그렇다면 그리 나쁘진 않을 것 같다고 생각했다.

패트와 베츠가 앉아서 이야기를 하는 동안 둘의 모습이 보이지 않자 온 집안이 소란해졌다. 결국 베츠는 함께 왔던 숙모에게 이끌려서 돌아가고 말았지만 그때쯤에는 이미 둘 다 서로의 과거를 완전히 알아낸 뒤였다.

3

그날 밤, 패트는 주디 아주머니에게 편지를 썼다.

아주머니, 나 멋진 친구를 찾아냈어요. 베츠 윌콕스라고 하는데, '기다랗고 쓸쓸한 집'으로 이사를 온대요. 정확한 이름은 엘리자베스 거트루드인데 굉장히 예쁜 애예요. 노마보다도 훨씬 예뻐요. 우리는 죽을 때까지 친하게 지내기로 약속했어요. 어제 이맘때는 그런 아이가 이 세상에 있다는 건 꿈에도 생각지 못했는데 말이에요. 헬렌 고모의 말로는 베츠는 굉장히 몸이 약하답니다. 그래서 그 애 아빠는 저지대에다 습기도 많은 농장을 팔고 '기다랗고 쓸쓸한 집'이라면 건강에 좋겠다면서 샀다는 거예요.

나는 우리 가족들 말고 다른 사람인 베츠를 이만큼 좋아하게 되리라고는 생각해본 적이 없어요. 우리가 창문 아래 의자에 있는 걸 찾아낸 건 노마였는데 그 애는 질투가 났는지 '흥' 하며 콧방귀를 뀌더니 "하여간에 끼리끼리 노는 법이니까"라고 하는 거예요. 그래서 내가 그렇다고 했더니 노마는 베츠를 향해, "너, 패트와 힐러리 고든 사이에 끼어들면 안 돼. 패트는 힐러리의 애인이니까"라는 거예요. 그래서 내가 엄숙한 표정으로 말해주었어요.

"난 힐러리의 애인이라느니, 뭐 그런 것이 아니야. 우린 그냥 좋은 친구에 지나지 않아"라고 말예요.

베츠에게 징글 얘기를 했더니 베츠는 우리가 어떻게든 징글을 행복하게 해주자고 했어요. 베츠는 그냥 친군데 애인이라느니 뭐니 그런 소릴 하는 건 바보 같다고, 우리에게 애인이 생기려면 적어도 7년은 지나야 될 거라고 했어요. 내가 애인 같은 것은 평생 없을 거라고 말하자 베츠는 어른이 되면 애인이 있는 것도 괜찮을 거라고 하는 거예요.

아주머니, 이상한 일도 있죠. 베츠와 나는 태어난 날짜가 똑같아요. 그러니까 우린 쌍둥이나 다름없어요. 게다가 둘 다 시를 무척 좋아한답니다. 베츠의 이웃 농장에 사는 조지 파머 씨는 아들이 시를 쓰는 걸 발견하고는 채찍으로 때렸대요. 베츠가 《버사 백작 부인의 당밀 스튜〉라는 이야기책을 빌려주기로 약속했어요. 예쁜 유령이 나온다나요.

　아, 아주머니. 내일모레면 나는 돌아갈 수 있어요. 너무 기뻐서 믿어지지가 않아요.

4

"다른 집에 손님으로 갔을 때 가장 기쁜 일은 집으로 돌아오는 거야." 패트가 말했다.

저녁 무렵, 브라이언 삼촌이 패트를 '은빛숲'까지 자동차로 데려다 주었다. 브라이언 삼촌으로서는 하루 종일 회사 일로 쫓기다가 30분쯤 기분 전환을 위해 드라이브한 것에 지나지 않았지만, 패트는 유배지에서 돌아오는 기분이었다.

벌써 해가 기울어 북글렌 마을은 농가의 등불밖에는 보이지 않았으나, 어느 것이나 패트가 아는 집의 등불들뿐이었다. 프렌치 씨네 집의 등불과 플로이드 씨네 등불, 또 지미 카드 씨네 등불, 그리고 오른쪽으로는 실버브리지의 밝은 등이 보였다. 로빈슨 씨네 집에도 불이 들어와 있었다. 몇 달 동안 집을 비웠었는데 돌아온 게 틀림없다. 어떤 등불이든지 얼마나 그리웠던가! 길은 어두웠지만 그것조차도 익숙한 어둠이었다.

마침내 집으로 향하는 오솔길에 접어들었다. 저건 조의 휘파람소리 아닐까. 그리운 고목들이 패트에게 손을 흔들고 있다. 집에서는 창이라는 창에 전부 등불을 켜놓고 패트를 환영했다. 젠틀맨 톰은 문기둥 위에서 기다리고 있고, 온 식구들이 달려와서 패트를 맞아주었다. 아빠만 실버브리지의 정치 집회에 나가고 안 계셨다.

귀염둥이는 이제 2살이 되는데도 아직 말을 못해서 그동안 모두들 은근히 걱정을 했었는데 갑자기 분명하게 '패트'라고 말했다.

징글과 맥긴티도 와 있었다. 모두들 부엌에서 바삭바삭한 금갈색의 롤빵과 징글이 패트를 위해 요르단 강에서 잡아온 송어구이로 저녁을 먹었다. 주디 아주머니는 새로 만든 나사 옷을 입고는 얼굴에 온통 주름을 잡아가며 웃었다. 무엇 한 가지 변한 것이 없었다. 패트는 가구의 위치가 달라지지는 않았는지, 그림 속의 새끼고양이가 쑥 자라버리지나 않았을까, 백마를 탄 윌리엄 왕이 보인 강을 건너가 버린 것은 아닐까 등등의 걱정을 하던 참이었다. 목장에 떠오른 달은 무척 아름다웠고, 북글렌 마을의 개들이 농장에서 농장으로 돌아가며 짖어대고 있었다.

"아주머니, 정말 조 오빠가 젠틀맨 톰의 수염을 잘라버렸어요?"
"그랬단다. 무척이나 이상한 얼굴이 되어버렸지만, 다시 그 전처럼 새로 돋아났단다."
"여기저기에 다 가봐야지." 패트는 기쁜 듯이 말했다. "내가 잠들기 전에 아빠가 돌아오실까?"
"돌아오실 것 같지 않은데."

주디 아주머니는 무슨 까닭에선지 껑다리 앨릭이 돌아오기 전에 패트가 잠들어버렸으면 좋겠다고 바라고 있었다.

그리운 나의 방……. 이 얼마나 조용하고 즐거운 방인가. 그리운 침대가 기다리고 있었다. 아침에 일어나서 밝은 햇살 속에서 이것저것을 바라보는 기분은 얼마나 좋을까.

정원은 믿기지 않을 정도로 잡풀이 무성해졌지만, 패트를 기억해주었다. 패트는 여기저기로 뛰어가 뽀뽀를 하고 다녔다. 나무문 옆에 서 있는 까다롭고 작은 가문비나무에게까지 뽀뽀를 했다. 우물 속의 패트에게도 뽀뽀를 보냈다. 인생은 얼마나 즐거운 것인가.

그때 헛간에서 아빠가 나오는 것이 보였다!

그런데 수염이 없는 것이 아닌가. 전혀 딴사람 같았다. 패트는 그 자리에서 울음보를 터뜨렸다. 패트를 가족들은 애써 달래보았으나 쉽지가 않았다. 아빠가 다시 수염을 기르겠다고 약속한 뒤에야 패트는 간신히 울음을 멈췄다.
　주디 아주머니는 꺽다리 앨릭에게 불평을 늘어놓았다.
　"그러니까 내가 미리 말하지 않았수. 저 애는 무엇이든지 조금이라도 변하는 걸 싫어하니까. 집으로 돌아와서 한시름 놓을 때까지 수염을 깎지 않았더라면 좋았을 것을."
　패트가 풀죽은 모습으로 '소곤소곤길'을 지나 '제비들판'의 친척들에게 인사를 하러 올라가니 삼촌도, 고모들도 패트가 없어서 쓸쓸했다면서 크게 기뻐했다. 역시 집으로 돌아오길 잘했다고 패트는 생각했다. 그리고 또 한 가지 기쁜 일은 톰 삼촌의 수염은 그대로 있다는 점이다!

기다란 집

1

마침내 껑다리 앨릭은 또다시 수염을 기르지 않아도 되었다. 그에 관해 너무나도 진지하게 패트가 의논해 왔는데, 이제는 수염이 없는 얼굴이 익숙해졌으며 오히려 지금 이대로가 더 좋다고 패트가 말했기 때문이다. 게다가 수염이 없는 편이 뽀뽀하기가 훨씬 좋다고 패트는 주디 아주머니에게 털어놓았다.

패트는 또다시 울 일이 생겼다. 이번에는 위니가 그 유명한 금빛 곱슬머리를 싹둑 잘라버렸기 때문이다. 그것도 징글처럼 깎았던 것이다. 그러나 그것도 1주일쯤 지나자 아주 오래전부터 그랬던 것처럼 익숙해지기 시작했다.

주디 아주머니 쪽이 도리어 언제까지나 불만스런 표정이었다. 잘라낸 곱슬머리를 소중하게 그녀의 잡동사니 상자에 넣은 뒤에도 주디 아주머니는 중얼중얼 화를 가라앉히지 못했다.

"꼭 남자 같군. 정말이지 요즘 아이들이란 대체 어떻게 되려고 그러는지 몰라. 남자처럼 행동한다고 남자가 되는 것도 아닌데. 그렇지만 50살만 되면 모두들 반들반들 대머리가 될 테니, 그나마 다행한 일이라고 해야 할까?"

위니가 머리를 자른 것보다 한층 더 패트를 속상하게 하는 일이 일어났다. 어느 날, 주일학교에서 돌아오니 위니가 어른이 되면 선교사가 되어 인도에 가겠다는 것이었다. 패트는 몇 주일 동안 내내 걱정을 했다. 주디 아주머니가 무슨 말을 해도 소용이 없었다.

"알겠니, 패트? 그런 먼 앞날의 일을 미리 걱정할 필요가 뭐가 있니? 적어도 앞으로 10년은 더 지나기 전엔 위니는 아무 데도 가지 못할 테고, 그때쯤이면 너희의 요르단 강도 아주 큰 강이 될 걸. 그러니까 자, 여기 앉아서 내가 만든 비숍 빵이라도 하나 먹어보렴. 위니의 로맨틱한 종교열 같은 건 신경 쓰지 말고."

"위니 언니가 선교사가 되지 않았으면 하는 게 나쁜 생각이라는 건 알지만, 인도라면 굉장히 먼 곳이잖아요. 응, 아주머니. 위니 언니가 어른이 되기 전에 생각이 바뀌도록 기도해야만 할지도 몰라요." 패트는 한숨을 내쉬었다.

"아니, 아니, 그런 앞날의 꿈 같은 것에 대해선 너무 깊이 생각하지 않는 게 좋아요. 그렇게 될지 알 수 있는 게 아니니까 말야. 그런 기도를 했다가 이상한 결과가 되었던 일이 내게도 몇 번 있었단다. 우선, 운에 맡기고 위니 스스로가 마음이 바뀔 것을 기다리는 게 좋아. 그게 가장 안전한 방법이지." 주디 아주머니는 깊이 뭔가를 아는 듯한 얼굴로 말했다.

패트는 비숍 빵을 먹었다. 주디 아주머니는 호주에서 이 빵을 만드는 방법을 익혔는데, 그 조리법을 쓴 종이는 아무한테도 보여주지 않았다. 하지만 자기가 죽으면 패트에게 주겠다고 약속했다.

그래도 패트는 눈물 흘릴 일이 아직 많았다.

"제임스 로빈슨 씨가 소 목장 울타리를 따라 나 있는 가문비나무를 베어버렸어. 용서할 수 없어요."

"무슨 소릴 하는 게냐. 자기 것을 어떻게 하든 자기 마음 아니니? 무엇보다 로빈슨 씨네는 나무를 심거나 하는 일은 하지 않으니까 말이야. 그보다는 베어 넘어뜨리는 것이 쉽지."

"그 가문비나무는 로빈슨 씨 것이 아니고 내 거란 말이에요." 패트는 고집스럽게 말했다. "로빈슨 씨는 나만큼 그 나무를 소중하게 생각하지 않았어요. 아침에 잠에서 깨면 그 가문비나무 뒤로 붉은 해가 떠올라 굉장히 멋있었다니까요. 그리고 아주머니, 지난 겨울 눈 녹을 때 생각나요? 그 가문비나무들이 마치 우산도 없는데 갑자기 비를 만난 할머니들이 한 줄로 서서 걸어가는 것 같아서 우스웠잖아요."

윌콕스 집안 사람들이 이사를 왔다. 그날 밤 처음으로 '기다랗고 쓸쓸한 집'의 창들에 등불이 켜졌다. 패트는 베츠가 새로운 환경에 잘 적응하도록 도울 수 있어서 기뻤다. 윌콕스 부부는 매우 조용한 사람들로 베츠를 눈에 넣어도 아프지 않을 정도로 귀여워했으며, 무엇이든지 원하는 대로 하게 했다. 그런 양육 방식이라면 제멋대로인 아이가 될 테지만 베츠는 상냥하고 원만한 성격으로 조금도 그럴 걱정은 없었다.

베츠는 자기 방의 벽지를 마음대로 고르라는 말을 듣고 패트와 함께 실버브리지도 사서 벅시를 고르기로 했다. 둘 다 같은 것에 눈길이 멎었는데, 연두색 바탕에 장미꽃 무늬가 들어 있는 벽지였다. 패트는 어느새 전나무 그림자가 진 베츠 방의 벽에 그 벽지가 발라져 있는 것을 상상해 보았다.

"아, 이 집은 다시 사람이 살게 되어서 정말 기쁠 거야. '기다란 집'임에는 틀림없지만 이제는 더 이상 '쓸쓸한 집'이 아니야." 패트는 외쳤다.

드디어 패트에게 또래 여자 친구가 생기자 주디 아주머니는 기뻐했다. 지금까지 그런 친구가 단 한 명도 없어서 남모르게 가슴아파

했던 것이다. 위니에게는 친한 친구가 대여섯 명이나 있었지만, 패트는 학교 친구들과는 사이좋게 지내면서도 특별하게 친한 여자 친구는 하나도 없었다.
 패트는 자랑스레 주디 아주머니에게 보고했다.
 "이젠 베츠가 우리 학교에서 제일 예쁜 아이예요. 메이 비니 따위는 비교도 안 될걸. 메이는 베츠를 미워해요! 하지만 다른 여자 애들은 모두 베츠를 무척 좋아하죠. 난 베츠가 너무 좋아요."
 "그렇게 좋아하다니, 지나치게 좋아하는 것도 생각해 볼 일이야, 패트."
 "좋은 게 지나치는 것도 있어요?"
 패트의 대꾸에 주디 아주머니는 고개를 흔들었다.
 "그 애는 머리가 하얘질 때까지 살지는 못할 거야. 그 애의 얼굴에는 이 세상의 것이 아닌 듯한 빛이 있거든."
 주디 아주머니는 혼잣말을 하면서 베츠의 눈에 가끔 나타나는 아름다운 광채를 떠올렸다. 자기 혼자만 아는 비밀스런 행복을 맛보는 듯한 기묘한 표정이었다. 아마도 베츠의 매력은 그 표정에 있는지도 몰랐다. 베츠에게는 분명히 사람의 마음을 끄는 면이 있었다. 그건 어린 아이들에게나 나이 든 사람에게나 마찬가지였다.
 "학교엔 베츠가 내 친한 친구라서 질투를 하는 여자 애들도 많아요. 그 애들은 어떻게 해서든지 베츠를 데려가려고 하지만, 절대로 우릴 떼어놓지 못해요. 진짜로 우리는 쌍둥이 같아요. 그리고 거의 날마다 난 베츠에게서 뭔가 새로운 걸 발견하곤 하는데 가끔 우린 서로를 거트루드와 마거릿으로 불러요. 가운데 이름을 전혀 쓰질 않는 건 불쌍하잖아요. 틀림없이 그동안 무척 슬펐을 거라고 우린 생각해요. 하지만 이건 우리 둘만의 비밀이에요. 난 좋은 비밀을 좋아해요. 지난주에 메이 비니가 비밀을 털어놓았는데, 그건 나쁜 비밀이었어요. 아주머니, 윌콕스 씨네가 '기다란 집'으로 이사를 와서 정말 기쁘지 않아요?"
"그렇고말고, 이웃사촌이란 말도 있잖니? 게다가 조지 윌콕스 씨는 아주 점잖고 악의가 없는 사람이란다. 하지만 그의 아버지인 조디 할아버지는 젊었을 적에는 성미가 괴팍했지. 벌컥 화를 내며 냄비의 푸딩을 집어들어 밖으로 내던지는 것을 본 적이 있거든. 게다가 고집불통이어서 말이야. 교회에서, '그럼 기도를 하겠습니다' 했을 때, 조디 할아버지도 그렇게 했을 것 같니? 당치도 않아. 벌떡 일어나더니 목사님에게는 등을 보이고, 신자들 쪽으로 다리를 떡 벌리고 서서는 쏘아보는 거야. 아이고 맙소사, 지금은 가엾게도 천국에 계시겠지만 말이야. 조금쯤은 천사들이 하는 말을 듣기를 바라."
"아줌만 많은 사람들의 우스운 일들을 기억하고 있네요."
패트는 킥킥대며 웃었다.
"우스운 일이라고 했니? 그렇다면 우습지 않는 것도 기억하고 있단다. 조디 할아버지의 사촌 중에 매트 윌콕스가 있었는데 다락방에 쥐가 돌아다니는 것을 매트는 자신이 악마에게 쫓기고 있는 걸로 생각했지."
"악마에게 말예요?"
패트는 등줄기에 으스스한 기운이 지나가는 걸 느꼈다.
"그렇단다. 하지만 가족들은 그리 크게 걱정하지 않았어. 그러는 동안 매트는 쥐의 말을 듣는 것을 좋아하게 되었단다. 그래서 가족들이 매트를 정신병원에 집어넣었는데, 매트는 태연한 거야. 악마도 함께 따라갔으니까. 몇 년 동안이나 병원에서 지냈는데, 혼자 있을 때면 조용히 앉아서 뭔가를 열심히 듣는 것 같더래. 그런데 어느 날, 가슴이 터질 것처럼 울더라는 거야. 무슨 일인가 했더니, '나의 악마가 자기 집으로 돌아가 버려서, 이제부터 무슨 재미로 살아가야 할지 모르겠다'고 하더라는 거야. 병원에선 다

나왔다며 집으로 돌려보냈지. 하지만 그로부터는 평생 남이 무슨 얘길 해도, '전혀 재미가 없어. 그…… 그곳 얘기와는 비교도 안 되니까'라고 말했단다."
"그곳이란, 아마 지옥을 말하는 거겠지요, 아주머니?" 패트는 아무렇지도 않게 말했다. "그런 얘긴 가끔 들었어요. 톰 삼촌네서 일하는 사람이 자주 '지옥에나 떨어지라'는 말을 하거든요. 그 사람은 그런 말을 하지 않고는 못 배긴다고 톰 삼촌이 말했어요."
주디 아주머니는 계속해서 말했다.
"그야 그렇긴 하지만. 그 남자는 앤디 테일러 할아버지의 손자니까 말이야. 앤디 할아버지는 욕쟁이였단다. 남글렌에서 욕을 해대는 사람은 그 사람 하나였지. 앤디 할아버지가 욕하는 것을 듣고 난 뒤에는 아무도 욕할 생각을 못했단다. 늘 욕을 하거나 웃거나 둘 중 하나였지. '내가 웃을 수 있는 동안에는 하느님 따위에게 볼일이 없어. 웃지 못하게 되면 그때 하느님을 찾지'라고 말했단다.
자기 아들이 죽었을 때에도 앤디 할아버지는 '이제 아들에게 많은 고생을 시키지 않아도 된다'면서 웃었고, 할머니가 죽었을 때에도 '이것으로 잘못을 바로잡게 됐다'면서 웃었어. 하지만 늘그막에 미워서 싸우기만 하던 아첨꾼 존 할아버지가 마차에서 떨어져 목이 부러져 죽었을 때에는 '이건 너무나 우스워서 웃지도 못하겠는걸. 교회에 가서 기도를 해야겠어'라고 하더니, 그 뒤로는 돌아가실 때까지 단 한 번도 빠지지 않고 일요일이면 교회에 나가게 되었단다."

2

패트에게는 태어나서 처음이라고 해도 좋을 정도로 행복한 여름이 지나갔다. 친한 친구와 함께 학교에 다닐 수 있는 기쁨은 엄청났다. 시드는 점점 남자아이들과 노는 시간이 많아졌으나, 그러면서도 가끔은 패트와 함께 목장에서 뛰놀았다. 또 헛간에서 달걀을 찾고 어슴푸레하게 저물 무렵, 길 잃은 칠면조를 찾으러 다니는 등 둘은 유쾌하게 보냈다.

가끔 베츠는 '은빛숲'으로 내려와서 자작나무 아래서 패트와 소꿉놀이를 하기도 했다. 주디 아주머니는 때때로 그곳에서 저녁 식사를 하게 해주기도 했는데, 밖에서 식사를 하는 것은 무척이나 낭만적이고 재미있었다. 디저트는 루비처럼 빨간 건포도를 양상추 위에 올려놓은 것이었다.

또 달이 있는 밤이면 부엌문에 앉아서 주디 아주머니의 이야기에 귀를 기울이곤 했다. 그 가운데는 유령이나 요정, 그리고 조상들의 이야기와, 노을이 질 때나 해뜨기 전의 어슴푸레한 때에 사과밭을 헤맨다는 '회색 사람들' 이야기도 있었다. 그런 이야기가 끝나고 베츠가 돌아갈 때면 패트는 '기다란 집'까지 바래다주었다. 패트는 주디 아주머니의 이야길 들어도 유쾌하게 오싹한 느낌을 받을 뿐이었고, 베츠도 마찬가지였다. 그러나 만약 베츠의 부모님이 주디 아주머니의 이야기가 어떤 것인지 알았다면 베츠를 마음놓고 '은빛숲'에 보내지 않았을 것이 틀림없다.

둘은 주디 아주머니가 치즈 만드는 것을 돕기도 했다. 그건 마지막 치즈 만들기였다. 앞으로는 우유를 모조리 공장으로 가져가고 그곳에서 치즈를 사오기로 한 것이다.

"아, 아주머니. 이런 식으로 어떤 것이 변하는 건 정말 싫어요."
"그게 세상살이라는 거다. 그리고 네 아버진 돈이 필요하고 말야. 이제 '은빛숲'에선 두 번 다시 향기 좋은 치즈를 맛볼 수 없게 되었어. 공장에서 만든 치즈라니, 정말이지 끔찍하구나!" 주디 아주머니는 어지간히 화가 난 모습이었다.

패트가 '기다란 집'으로 갈 때도 있었다. 그곳에 가느라 언덕 목장으로 난 오솔길을 지나갈 때면 마치 요정이 지나간 길을 걷는 것 같은 느낌이 들면서 행복감에 사로잡혔다. 그 길에서 패트는 양치류가 자라고 있는 양지바른 곳이나 이끼 낀 통나무, 아니면 어린 묘목 등 마음에 드는 것을 찾아내곤 했다.

'소곤소곤길'에서 톰 삼촌네 마당 한편을 가로지르면 오르막길이 나온다. 이곳 동화 나라의 입구에는 커다란 가문비나무가 서 있었다. 여기서 패트는 대개 발을 멈추고 나무진을 맛본다. 그리고 요르단 강으로 흘러드는 실처럼 가는 작은 개울 위에 걸쳐져 있는 통나무 다리에는 소담스런 자작나무 한 그루가, 가지를 드리우고 있다. 다리 건너 목장을 곧장 가로질러 가면 꼭대기에는 데이지가 잔뜩 피어 있고, 늙은 소나무 한 그루가 언제나 뭔가를 기다리는 것처럼 서 있었다.

그곳에서 다시 오르막길을 올라가면 둔덕이 끊어진 곳에 줄기가 기다란 딸기덤불이 있었다. 저 멀리 발 아래 저지대와, 나무들 저편으로는 바다가 보였다. 여기까지 베츠가 마중하러 내려오는 때도 있고, 언덕의 가문비나무 숲을 올라가면 창문에서 손을 흔들 때도 있었다. '은빛숲'과 패트가 아는 세계는 여기서 더 이상 보이지 않게 되고, 눈앞에는 덤불이 점점이 흩어져 있는 '기다란 집'의 농장과 은빛으로 반짝이는 실버브리지 강이 펼쳐졌다. 그 광경을 보고 있노라면 살아 있다는 것이 절실하게 고마웠다.

그해 여름의 비극은 서즈데이의 죽음이었다. 불쌍한 서즈데이는 이틀쯤 전부터 모습이 보이지 않다가 어느 날 아침, 우물가의 받침대 위에 딱딱하게 굳은 몸으로 쓰러져 있었다. 간신히 자기 집을 찾아와서 죽은 것 같았다. 하기야 서즈데이는 여름 내내 어딘가로 나갔고, 때로는 몇 주일씩이나 돌아오지 않을 때도 많아서 새끼고양이 페퍼와 솔트가 쓸쓸함을 위로해 주고 있던 터였다.

"아주머니, 고양이도 우리만큼 오래 살 수 있으면 좋을 텐데. 겨우 정들 만하면 죽어버리고 말잖아요. 아주머니, 서즈데이는 죽을 때 고통스럽지 않았을까요?"

패트는 무척이나 슬퍼했다.

서즈데이의 장례식이 정성껏 치러졌고, 시드와 징글이 고양이 관을 날랐다. 싫다고 내빼는 페퍼와 솔트의 목에 커다란 검은 리본을 두르고 장례식에 참석케 했다. 패트와 베츠는 죽은 고양이를 위해 들꽃으로 화관을 만들었다. 패트에게는 서즈데이도 가족의 일원이었기에 '울보 윌리'와 '난폭한 딕'의 묘 사이에 묻어주고 싶었지만 주디 아주머니가 당치도 않은 일이라며 반대했다. 그래서 '은빛숲'의 고양이들이 영원히 잠들어 있는, 가문비나무 숲의 작은 공터에 매장하기로 했다.

베츠는 서즈데이를 위해 추도문을 써 주었고, 징글이 그것을 판자 위에서 태웠다. 서즈데이의 장례식이 '은빛숲' 사람들의 기억에서 잊혀지지 않게 된 것은 장례식 뒤에 귀염둥이가 무심코 엉겅퀴 위에 털썩 앉아버렸기 때문이었다.

"서즈데이의 무덤에 꽃이라도 바칠 수 있어서 다행이야."

패트는 조금 분한 듯이 말했다. 서즈데이를 가족 묘지에 묻지 못하게 한 것 때문에 주디 아주머니에게 화가 난 것이다.

3

비가 갠 어느 날 오후, 페퍼가 우물에 빠지는 바람에 커다란 소동이 일어났다. 페퍼는 소동을 피우는 데 명수여서 며칠 전 일요일 밤에도 모두가 작은 거실에서 기도를 하고 있을 때, 주디 아주머니의 어깨에 기어올라가 뛰어내린 일이 있었다. 그걸 보고 시드가 큰소리로 웃기 시작해서 아빠가 몹시 화를 냈다.

그날도 패트가 우유를 접시에 부어서 우물가의 받침대 위에 놓았는데, 페퍼의 모습이 보이지 않아서 불러보았더니 어딘가에서 구슬프게 우는 소리가 들렸다. 어디서 나는 소릴까? 패트와 베츠는 그 주변을 샅샅이 뒤졌으나 페퍼는 없었다. 단지 가여운 목소리만이 하늘에서 들려오는 것 같다가, 이번엔 은빛숲 쪽에서, 또 이번엔 묘지 쪽에서 들리는 것처럼 여기저기서 들려오는 것이었다.

"분명히 그 고양인 마귀에 씐 것일 거야." 주디 아주머니는 외쳤다. "그렇게 먼 것 같지는 않은데, 대체 어디서 나는 소리일까?"

마침내 베츠가 그 수수께끼를 풀어냈다.

"아, 우물 속이야!"

패트는 비명을 지르면서 우물가로 달려갔다. 어슴푸레한 우물 바닥에는 아무것도 보이지 않았으나, 페퍼는 어딘가 아래쪽에 웅크리고 있음에 틀림없었다. 셋이서 들여다보고 있으려니 울음소리는 한층 크게 들렸다.

"우물 물은 잔잔한데 대체 어떻게 된 걸까? 어, 보인다, 보여. 저기 빛나는 눈을 봐. 물에 떨어진 건 분명한데 기특하게도, 도중에 튀어나온 작은 돌 위로 기어올라왔잖아. 아유, 저 소리 좀 들어 봐. 목이 찢어지게 우는구나. 저렇게 우는 것도 무리는 아니지. 그런데 어떻게 위로 끌어올린다지? 네 아빠랑 조는 '해변가'에 가서 한밤중이나 되어야 돌아올 테고. 이거 참 난처하게 됐구나."

"설마, 오늘 밤새도록 저대로 둘 수는 없잖아요?" 패트는 몸부림을 치며 안타까워했다.

패트는 다락방으로 뛰어올라가서 초에 불을 붙였다. 부디 징글이 이것을 보았으면!

징글은 대개 저녁 무렵이 되면, 삼촌이 개간하고 있는 넓은 들판에서 가문비나무 묘목을 파내는 일을 했다. 하지만 집으로 돌아오는 길에 패트의 촛불 신호를 보고는 맥긴티와 함께 곧장 '은빛숲'의 뒤뜰로 달려왔다. 사정을 이야기하는 동안 맥긴티는 그 자리에 앉아서 페퍼의 비명소리에 맞추어 짖어대기 시작했다. 참말이지 구슬픈 이중창이었다.

"아아, 징글. 어떻게 페퍼를 구해주지 않겠어?" 패트는 울먹였다.

언제나처럼 너덜너덜한 바지에 거무죽죽한 안경, 부스스한 머리칼의 징글은 기사치고는 겉모습이 우스꽝스러웠으나, 아름다운 숙녀의 소원을 들어주기 위해 당장 행동에 나섰다. 셋은 주디 아주머니와 함께 헛간에서 사다리를 들고 와서 간신히 우물 속으로 사다리를 내렸다. 그리고 징글은 우물 속으로 들어갔다. 그것을 보고 맥긴티도 따라 뛰어들려는 것을 패트와 베츠가 붙잡았다. 1초, 1초, 불안한 시간이 흘러갔다. 이윽고 징글은 물이 뚝뚝 떨어지는 불쌍한 페퍼를 잡아들고 올라왔다. 페퍼는 생명의 은인에게 감사의 표시로 손목을 지독히도 물고 늘어졌다.

"아이고, 맙소사!" 주디 아주머니는 신음했다. "십년감수했네. 오늘은 엄청나게 액운이 낀 날이로군. 귀염둥이는 탈수기에 손이 끼었고, 슈니클프리츠는 아빠의 구두 한 짝을 물어뜯었고, 또 시드의 올빼미는 어딘가로 내뺐지. 이 우물물이 깨끗해질 때까지 요르단에서 물을 끌어와야겠구나. 그동안에 도마뱀 몇 마리는 먹게 되겠는걸."

"도마뱀이라고요?"

"그렇단다, 애덤스 씨네 할아버지가 언젠가 개울물을 마셨는데 그때 도마뱀도 한 마리 삼켜버렸다는구나. 그 후로 할아버지가 이상해지셨다는 거야. 뱃속이 빌 때마다 도마뱀이 꿈틀거려서 말야."

패트는 얼굴을 찡그렸다. 징글과 둘이서 늘상 요르단의 물을 마셨던 것이 떠올랐기 때문이다. 대개는 '행복들판'의 바위 사이에서 떨어지는 샘물이긴 했지만. 어느새 속이 메스꺼워졌다. 그건 지금 배가 몹시 고파서일 것이다.

페퍼의 몸을 말리기 위해 곳간에 넣어놓고는 모두들 부엌으로 들어가 따뜻한 미트 파이로 저녁을 먹었다. 모두들 안절부절못하며 애를 태운 뒤라 사실 어느 정도 영양을 보충할 필요가 있었다.

하지만 그날 밤, 패트는 개구리를 삼키는 무서운 꿈을 꾸었다!

4

패트에게 새로운 즐거움이 생겼다. 베츠의 집으로 자러 가는 일이다. 처음 갔던 것은 12월에 들어선 지 얼마 안 된 때였다. 패트가 학교에서 돌아오자 주디 아주머니는 참으로 잘됐다는 듯 물건을 챙겨 '기다란 집'으로 보냈다.

그날 패트의 아빠가 돼지를 잡을 예정이었던 것이다. 돼지를 잡는 날이 되면 패트는 몸부림을 치면서 안타까워하는 바람에 마음 놓고 일을 할 수가 없었다. 그러면서도 패트는 주디 아주머니가 놀린 것처럼 그렇게 슬프고 애달파하던 돼지고기로 만든 소시지나 햄 프라이를 잘도 먹었다.

패트는 방금 내린 눈으로 하얗게 빛나는 눈길을 밟으면서 '기다란 집'으로 올라갔다. 그날 학교를 쉰 베츠는 소나무 밑에서 기다리고 있었다. 위쪽으로는 전나무에 둘러싸인 '기다란 집'이 작고 검은 섬처럼 눈 바다에 떠 있었다.

처마가 낮은 이 집 지붕에는 지붕창이 달려 있어서 패트를 기쁘게 했다. 그리고 베츠의 방에는 양쪽으로 하나씩 밖으로 낸 멋진 창이 있었다. 응접실에는 응접 세트가 놓여 있는데, 굉장히 호화롭다고 패트는 주디 아주머니에게 들려주었다. 머리에서 발끝까지 비춰주는 커다란 거울도 있어서 둘은 그 앞에 서서 들여다보며 즐거워하기도 했다.

서쪽 창에는 담쟁이덩굴이 얽혀 있었다. 지금은 잎이 떨어졌지만 여름에는 초록 무늬 커튼이 될 것이 분명했다. 동쪽 창 바로 앞에는 커다란 사과나무가 서 있었다.

패트와 베츠는 작은 스토브 옆에 앉아서 엄청나게 많은 사과를 먹었다. 그 다음에는 침대로 파고들어가 가슴속 깊은 곳에 감춰둔 소중한 이야기들을 나누기 시작했다.

"어두운 곳에선 이야기를 털어놓을 수 있어서 좋아요. 어둠 속에서는 무엇이든지 베츠에게 말해버릴 수 있거든요." 패트는 나중에 주디 아주머니에게 말했다.

"아니, 어떤 사람에게든 모든 것을 다 말하는 건 아니란다. 전부는 곤란해. 착한 아가씨." 주디 아주머니는 주의를 주었다.

"베츠 아닌 다른 사람에게는 그렇게 할 거예요. 하지만 베츠는 다른 사람하고 달라요."

"분명히 너무나도 다르지." 주디 아주머니는 한숨을 쉬었지만 그 이유는 패트에게 말하지 않았다.

밖에서는 전나무가 쏴 하는 부드러운 소리를 내었다. 이렇게 베츠하고 서로의 비밀을 털어놓는 것은 즐거운 일이었다.

베츠는 최근에 있었던 친척의 결혼식에서 본 신부의 진주빛 섞인 은빛 드레스와 들러리 처녀들의 예쁜 드레스, 화려한 꽃, 맛있는 음식 등등을 패트에게 이야기했다.

"우리도 언젠가는 결혼하게 될까?" 베츠가 속삭였다.

"난 안 할 거야. '은빛숲'을 떠날 수 없으니까."

"하지만 노처녀가 되는 건 싫지 않니? 네 남편을 '은빛숲'으로 데려와서 함께 살면 되잖아."

이건 패트에겐 새로운 발상이었다. 그렇다면 멋진 일이다. 어쨌든 베츠와 함께 있으면 무슨 일이든 불가능한 일은 없을 거라는 생각이 든다. 그것도 베츠가 지닌 매력 가운데 하나인지도 모른다.

"우린 같은 날에 태어났어. 결혼식도 같은 날에 하자꾸나"라고 베츠가 말하면 패트도 기뻐하며 이렇게 말했다.

"죽는 것도 같은 날이야. 아, 너무 낭만적이지 않니?"
밤중에 잠이 깬 패트는 집이 그리웠다. 어떻게 되지나 않았을까. 살며시 침대에서 내려와 다락방 창문 쪽으로 가서 얼어붙은 유리창을 호호 불면서 밖을 내다보았다. 그 순간, 패트는 숨이 멎는 것 같았다.

눈은 그쳤고, 커다란 달이 차가운 눈으로 덮인 산들을 비추고 있다. 달빛으로 짠 꽃들이 전나무를 뒤덮고 있었고, 사과나무는 은세공품으로 장식되어 있는 듯했다. 넓게 펼쳐진 잔디는 무수한 다이아몬드 알갱이가 떨어져 있는 듯 반짝거렸다. 겨울 달빛에 떠올라 있는 '은빛숲'의 아름다움! 귀염둥이는 이불을 차내지나 않았을까. 이불을 곧잘 차내곤 했는데……. 엄마의 두통은 나았을까.

'은빛숲' 저편에는 볼썽사나운 고든네 집이 보였다. 지금쯤 징글은 부엌 다락방에서 잠들어 있으리라. 여름에는 늘 맥긴티와 함께 건초 오두막에서 잤다는데. 불쌍한 징글! 엄마가 단 한 번도 편지를 보내지 않다니! 엄마면서 어떻게 그럴 수 있을까.

패트는 아름다운 경치가 아까워서 그대로 잠들 수가 없었다. 달밤에는 언제나 그랬었다. 문득 학교에서 외웠던 시 한 구절이 떠올랐다.

밤은 차갑고
얼어붙은 달빛이
기괴한 아디스 언덕의
웅덩이와 틈새에 흘러 넘친다

이 시를 되풀이해서 중얼거리는 동안에 패트는 이 세상의 것이 아닌 듯한 이상한 감동에 휩싸였다……. 그것은 어린아이인 패트가 여태껏 경험해본 적이 없는, 감각과 이성을 뛰어넘는 것으로 패트의 마음 깊은 곳을 울렸다. 이곳 '기다란 집'의 다락방에서 달빛 속에 보낸 밤은 패트의 일생을 통해 하나의 커다란 이정표가 되었다.

달빛 속에서

1

"세상에 태어날 때와 마찬가지로 아무것도 걸치지 않았었다구요."

말을 마친 에디스 고모는 더 이상 아무 말도 하지 않았다. 에디스 고모뿐만 아니라 다른 사람들도 모두 더 이상 말이 필요 없다고 느꼈다.

엄마는 몹시 창피스러워하고 있었다. 톰 삼촌과 브라이언 삼촌은 어이없어하면서도 재미있어하는 모습이었다. 제시 고모는 경멸에 가득 찬 표정이었고, 노마와 에이미는 무척이나 새침을 떨고 있다. 위니는 불쾌한 표정이었고, 조와 시드는 그저 기가 막히다는 태도였다.

가정 법정에 선 패트는 에디스 고모의 손에 어깨를 잡힌 채 눈물을 참으려고 애썼지만 흐르는 눈물을 어찌할 수 없었다.

'우는 건 당연하다'고 사람들은 생각했지만 패트의 눈물은 모두가 생각하듯 수치나 두려움 때문에 흘리는 눈물이 아니었다. 뭔가 무척이나 아름다운 것을 에디스 고모가 깨뜨려버려서, 다시 돌이킬 수 없다는 아쉬움 때문이었다. 그래도 전혀 나쁜 짓을 했다는 기분은 들지 않았다.

지난 1주일은 패트에게 슬픈 기간이었다. 베츠는 다른 곳에 묵으러 갔고 징글도, 시드도 건초를 만드느라 매우 바빴다. 게다가 생각할 수도 없는 일이지만 주디 아주머니까지도 없었다. 패트가 철이든 뒤로 주디 아주머니가 '은빛숲'을 비운 적은 단 한 번도 없었다. 휴가라는 말 따위는 주디 아주머니의 달력에는 없었다.

"달리 할 일이라도 있으면 난 일하지 않을 거야. 하지만 이상하게도 다른 할 일이 눈에 띄지 않아서"라고 주디 아주머니가 말했었다.

댄 외삼촌의 다리가 부러지고, 프랜시스 할머니가 병이 나는 바람에 '해변가'에서 일을 좀 거들어달라고 주디 아주머니에게 도움을 청해서 지금은 '은빛숲'에 없다. 패트는 주디 아주머니가 몹시 보고 싶었다. 주디 아주머니가 곁에 없고 보니 새삼스럽게 아주머니의 존재가 크게 느껴졌다. 이제는 엄마가 하루의 대부분을 부엌에서 보내고 있어서 엄마를 도울 수 있어 기쁘기도 했지만, 그래도 만족스럽지는 않았다.

게다가 주디 아주머니가 '해변가'로 가버린 그날에 젠틀맨 톰이 없어져버린 것이다. 젠틀맨 톰의 모습이 보이지 않는 뒤뜰과 부엌은 무척이나 쓸쓸했다. 주디 아주머니가 돌아와서 젠틀맨 톰이 없어진 것을 알게 되면 뭐라고 할까? 패트는 자기가 먹을 것을 주는 걸 잊었기 때문이라고 생각하지 않을까 걱정이 되었다.

패트는 주디 아주머니가 돌아왔을 때 기쁘게 해주려고 정원 가꾸기에 온갖 정성을 기울였다. 날마다 저녁때가 되면, 양동이에 물을 퍼다가 날랐다. 패트는 물을 퍼 올리는 것을 좋아했다. 아래로 내려가는 두레박을 보고 있는 것은 재미있다. 우물 바닥에는 달걀 모양의 푸른 하늘이 비치고, 푸른 하늘 속에 자기 얼굴이 있다. 이윽고 첨벙 두레박이 수면에 닿으면 거울이 깨지는 것처럼 모든 것은 사라져 버린다.

　마지막 물을 퍼 올리면 패트는 가장자리 돌 위로 몸을 잔뜩 내밀고는 그 안을 들여다본다. 물은 차츰 원래의 모습으로 돌아가고 수면의 패트도 처음에는 떨다가 이윽고 차츰 분명하게 모습을 나타낸다. 그 다음은 가끔 우물 가장자리에 돋아난 양치식물에 맺혔던 물방울이 떨어질 때마다 조금 떨 뿐이다.

　패트는 정원에 물을 주는 것이 좋았다. 더운 하루를 지내고 목말라하는 꽃들에게 마실 물을 갖다 주는 것이다. 먼저 주디 아주머니가 소중히 여기는 꽃부터 시작한다. 부엌 창 밑에 한 줄로 심어져 있는 바이올렛부터 물을 준다. 주디 아주머니는 이 꽃을 몹시 좋아해서 '핑크빛 존스'라고 불렀다. 이 얼마나 재미있는 이름인가! 다음에는 칠면조 우리 옆 보라색과 흰색의 '와인에 적신 빵'과 나무문 옆의 작약에게 물을 주고, 그런 다음 다른 꽃들 모두에게 골고루 물을 주었다.

　장미와 팬지는 가장 마지막이었는데, 그것은 장미가 있는 곳에서 오랫동안, 여유 있게 있고 싶어서였다. 패트는 특히 꽃술이 꿈 같은 금빛을 띤 백장미가 좋았다. 그리고 멀리 구석에 있는 팬지는 패트를 위해서만 피어 있는 것처럼 여겨졌다.

　그날 저녁 무렵, 패트에겐 아무런 할 일이 없었다. 지난밤에 큰비가 내려서 꽃에 물을 주지 않아도 되었던 것이다. 날이 어두워지기 시작하자 할 일도 없고 말상대도 없었다.

　이상한 아름다움으로 가득 찬 여름날 저녁이었다. 그 분위기에 매료된 패트는 긴 머리칼을 나부끼며 달빛 아래의 은빛숲을 달려 남쪽의 작은 빈터로 갔다. 그곳은 양치식물로 둘러싸이고, 하얀 데이지가 한쪽에 안개처럼 피어 있었다. 그것은 마치 차가운 달빛 아래 연못처럼 보였다.

그 아름다움에 이끌려 패트는 그대로 멈춰 섰다. 10살이 된 패트는 차츰 주위 자연의 아름다움을 강하게 느끼게 되었고, 그것은 열정이라고도 할 만한 것이 되어 갔다.

달은 '안개언덕' 위로 솟아올랐다. 패트는 어릴 적에 달이 행복으로 가득 찬 세계일 거라고 생각했다. 추수가 끝난 농장의 여기저기에 검은 그림자 뭉치가 흩어져 있다. 아직 추수가 끝나지 않은 널따란 건초 밭을 아련한 달빛 속에서 바람이 물결치듯 지나가고 있다. 그 저편 목장에는 송아지들이 등까지 오는 미나리아재비 속에서 껑충거리며 뛰놀고 있다……. 살아 있는 것이라곤 그 송아지들밖에 보이지 않는다. 은빛숲 저편으로 그림자 같은 것이 보이긴 하지만, 그것은 어디까지나 그림자일 뿐이다.

따뜻하고 조용한 밤이다. 요정들이 출몰하는 밤이라는 느낌이 들었다. 또다시 요정의 존재가 가슴 깊은 곳에서부터 고개를 들었다. 이상한 마력 같은 것이 패트의 온몸에 전해졌다. 문득 주디 아주머니에게 들은 마법에 걸린 공주 이야기가 생각났다. 그 공주는 보름달이 뜨는 밤이 되면 숲 속 계곡에서 옷을 모두 벗은 채로 쏟아지는 달빛을 받으며 춤을 춰야 한다고 했다. 문득 패트는 자기도 그렇게 달빛 속에서 춤을 춰보고 싶어서 견딜 수가 없었다. 아무도 보는 사람도 없으니 괜찮을 것이다. 분명히 아주 멋질 거야.

패트는 입은 옷을 벗었다. 양말은 신고 있지 않았고, 하늘색 원피스와 작은 속옷을 두 장 벗으면 그뿐이었다. 약간 어두운 그림자 속에 서 있는 패트는 자신이 숲 속의 작은 요정처럼 생각되었다. 나무들 사이로 비쳐드는 창백한 달빛이 몸에 닿는 순간, 지금껏 알지 못했던 이상한 기쁨으로 온몸이 떨려왔다.

패트는 데이지 속으로 들어가서 베츠에게 배운 춤을 추기 시작했다. 빛나는 자작나무들 사이로 산들바람이 불어왔다. 손 내밀면 잡을 수 있을까. 춤추는 발 밑으로 이슬에 젖은 양치식물의 그윽한 향기가 풍긴다. 어딘가 멀리에서 웃음소리가 들려왔다……. 희미한 요정의 웃음소리, '유령의 샘' 쪽인 것 같았다.

패트는 자기도 달빛이 된 듯한 느낌이 들었다. 아아, 이렇게 멋진 일이 또 있을까! 패트는 데이지 속에서 마르고 작은 온몸에, 까치발을 하고 두 팔을 활짝 벌리고는 아름답고 차가운 달빛을 듬뿍 받아들였다.

"패트!"

기겁한 에디스 고모의 날카로운 소리가 들려왔다.

몸을 떨면서 패트는 현실의 세계로 돌아왔다. 패트의 아름다운 꿈은 그것으로 끝났다. 놀람과 혐오로 가득 찬 에디스 고모의 외침소리를 듣고 패트는 갑자기 부끄러워져서 아무런 말도 할 수 없었다.

"옷 입거라." 얼음처럼 차가운 목소리로 에디스 고모는 명령했다. 이건 도저히 내 선에서 끝낼 성질의 일이 아니라 앨릭에게 알려야 한다고 에디스 고모는 생각했다.

패트는 잠자코 옷을 입고는 에디스 고모의 뒤를 따라 은빛숲을 벗어나 작은 거실로 들어섰다. 그곳에선 가끔 찾아오는 브라이언 삼촌네 가족을 대접하는 중이었다. 물론 노마도, 에이미도 있었다. 단 한 번도 못된 짓을 한 적이 없는 그들에게 이런 모습을 보일 수 있을까. 패트는 비참한 생각이 들어 견딜 수가 없었다.

"어째서 그런 짓을 한 거지, 패트?" 엄마가 꾸중했다.

"난…… 난, 그냥 달빛을 쐬고 싶었을 뿐이에요. 전혀 나쁜 짓이라는 생각은 하지 않았고, 아무도 보는 사람이 없다고 여겼어요." 패트는 훌쩍이면서 설명했다.

"제대로 된 아이라면 달빛을 쐬고 싶다는 둥 그런 생각은 하지 않을 텐데." 제시 고모가 말했다.

그러자 톰 삼촌이 큰소리로 웃기 시작했다.

2

패트에게 주어진 벌은 가족들이 볼 때는 이상한 행동을 한 죄의 대가치고는 너무 가벼웠으나, 패트에게는 더없이 혹독한 벌이었다. 따돌림을 당한 것이다. 1주일 동안 부득이하게 필요한 경우가 아닌 이상 가족들의 누구하고도 말을 해서는 안 되며, 아무도 패트에게 말을 시켜서도 안 되었다.

사흘 동안 패트는 말로 다 표현할 수 없을 만큼 힘겹게 보냈다. 사흘이 마치 영원처럼 느껴졌다. 시드조차도 말을 걸어주지 않다니! 그래그래, 온 집안 식구들 가운데 시드가 가장 화를 냈었지. 엄마도, 아빠도, 불쌍하다고는 생각해도 냉정한 태도였고 위니 언니도 마치 전혀 모르는 사람을 보기라도 하는 눈초리였다. 패트는 슬펐다.

아무것도 모르고 다음날 저녁 무렵에 찾아온 징글과 노는 것도 허용되지 않았다. 징글은 몹시 분개했지만, 그런 그에게 패트는 핀잔을 주었다.

"우리 식구들이 나를 혼내는 건 당연해."

그러나 패트는 밤마다 울면서 잠들어야 했다. 사흘째 되던 날 밤에도 꽃과 새끼고양이들에게 키스를 하고 나서 슬프게 잠자리에 들었다. 아래층에서는 등불이 빛나고 웃음소리가 울려왔다. 부엌에서 톰 삼촌과 아빠가 큰소리로 이야기하거나 웃기도 하고, 작은 거실에서는 위니 언니가 노래 연습을 하고 있었다. 오빠들은 식당에서 트럼프에 푹 빠졌고, 현관 계단에서 엄마와 함께 있는 귀염둥이가 깔깔 웃거나, 기쁜 듯이 뭔가를 말하기도 했다. 패트만이 따돌림을 당하고 있는 것이다.

어둠 속에서 문득 패트는 잠이 깼다. 햄 프라이 냄새가 난다! 패트는 벌떡 일어났다. 작은 거실의 시계가 12시를 쳤다. 이 집에서 이런 한밤중에 햄을 구울 사람이 있을까? 주디 아주머니 말고는 아무도 없다. 그래, 주디 아주머니가 돌아온 거야!
 위니가 잠에서 깨지 않도록 패트는 소리를 죽이고 침대에서 내려왔다. 비록 눈을 뜬다고 해도 위니는 패트에게 무슨 일이냐는 말 따위는 하지도 않겠지만.
 맛있는 냄새를 맡으면서 패트는 조용하게 가라앉은 집 안을 발소리를 죽이면서 걸었다. 주디 아주머니도 나를 따돌리지 않았으면 좋겠다고 패트는 바랐다. 주디 아주머니에게 꼭 안기면 이 고통쯤이야 아무렇지도 않을 것 같았다.
 살그머니 부엌문을 열어보았다. 아, 얼마나 멋진 광경이란 말인가! 그리운 주디 아주머니가 밤참으로 햄을 굽고 있었다. 주디 아주머니가 재빠르게 움직이며 일할 때마다 벽과 천장에 그녀의 그림자가 날아다녔다.
 그리고 젠틀맨 톰이 얌전히 벤치에 앉아서 물끄러미 주디 아주머니를 지켜보고 있는 것이었다! 이 얼마나 가슴 따뜻하고 편안한 광경이란 말인가!
 그러나 2시간쯤 전에 주디 아주머니가 돌아왔을 때에는 지금과는 전혀 다른 광경이 펼쳐져 있었다. 아이들은 모두 별일 없느냐고 물은 주디 아주머니는 패트의 이야기를 듣자마자 은빛숲이 생겨난 이래로 가장 엄청난 소동을 일으켰던 것이다.
 "하지만, 만약 누가 보기라도 했으면 어쨌겠어요"라고 엄마가 말하자, 주디 아주머니는 경멸조로 말했다.
 "그렇지만, 아무도 본 사람이 없었잖우."
 "그래요, 에디스 고모 말고는……."
 "에디스 고모라구요? 그럼 브라이언과 그 정숙하신 부인을 위시해 모두가 있는 앞으로 그 애를 끌고 가서 있는 것 없는 것 죄다 털어놓은 게 에디스였다는 거야? 에디스라면 충분히 그럴 만도 하지. 그런 하찮은 일을 가지고 그렇게까지 떠벌린 건 참으로 한

심스럽구려. 더구나 감수성이 예민한 아이에게 그런 끔찍한 벌을 내리다니! 자네도 참 현명하지가 못했군, 앨릭. 잔소리 한마디 하면 될걸 가지고 불쌍하게도 1주일 동안이나 그런 고통을 주다니! 대체 무슨 짓이야? 그 애는 그렇게나 끔찍이 가족들을 생각하는데! 앨릭, 내 분명히 말해두겠는데 자네는 그 애 아빠 자격이 없네."

"알았어요, 알았다니까. 그 앤 뭐 그다지 개의치 않는 것 같던데. 어쨌든 없었던 일로 하지, 뭐." 꺽다리 앨릭은 쩔쩔맸다.

"대체 그 애는 어떻게 춤출 생각이 났는지 모르겠어." 엄마가 의아해했다.

"그건 말이우, 프랑스 혈통이 밖으로 드러난 것뿐이라우." 주디 아주머니가 설명했다.

"퀘이커 교도의 피가 아니라는 것은 분명해."

톰 삼촌이 웃었다.

주디 아주머니에게 안긴 패트는 울다가 웃다가 했다. 무척이나 기쁜 순간이었다. 젠틀맨 톰마저도 조금은 가엾어 하는 듯한 표정을 지어주었다.

주디 아주머니는 패트를 떼어놓으며 무서운 얼굴로 이렇게 말했나.

"패트, 이런 말은 하고 싶지 않지만, 대체 무슨 일을 한 거냐? 네 아빠에게서 들었다만 아무것도 입지 않고서 나무들 사이에서 춤을 추었다던데."

"하지만 아주머니, 그렇게 아름다운 달은 본 적이 없어요……. 그래서 나는 마법에 걸린 공주 흉내를 낸 거예요. 톰 삼촌이 웃는 바람에 완전히 엉망이 돼버렸지만요. 게다가 에디스 고모가 오기 전까지는 얼마나 멋있었는지 몰라요, 아주머니."

주디 아주머니에게는 시적인 데가 있었으므로 그 기분을 이해할 수 있었다. 주디 아주머니는 부드럽게 패트를 안아주면서 털어놓았다.

"사실은 말야, 내가 모두를 혼내주었단다. 난 한번 화가 났다 하면 주체할 수가 없어서 말이야. 이제 따돌림도 그만두기로 했단다. 착한 내 강아지. 하지만 앞으로 한동안은 이상한 행동은 하지 않는 게 좋아."

"하지만 나는 내 행동이 이상하다고는 생각지 않아요. 당연한 것으로만 여겨지는걸. 그런데도 에디스 고모는 바보 취급을 했어요."

"그렇구나. 에디스 고모는 틀림없이 깜짝 놀랐을 거야. 하지만 너도 조금쯤은 조심하는 게 좋아, 패트. 그리고 만약 또다시 그런 기분이 들거든 내게 살짝 귀띔을 하거라. 그러면 주전자에 달빛을 듬뿍 담아다가 네게 부어줄 테니까 말야. 자, 여기 앉아서 나하고 같이 햄을 먹으면서 무슨 일이 있었는지 자초지종을 들어보자꾸나. 아이고, 세상에 집만큼 좋은 곳은 없더라."

"아주머니, 젠틀맨 톰은 어디 갔었어요? 아주머니가 간 뒤로는 줄곧 여기 없었어요."

"정말이냐? 내가 '해변가'의 마차에서 내렸더니 입구의 계단 있는 곳에 얌전히 앉아 있던걸. 어디 갔었느냐는 말 따위는 묻지 않는 게 좋겠구나. 어차피 그 고양이에게서 좋은 소린 듣지 못할 테니까. 어쨌거나 이렇게 젠틀맨 톰도, 나도, 돌아왔으니. 그리고 참, 내 여행 가방 속에 네 오너 할머니가 네게 보낸 분홍색 자수 드레스가 들어 있단다. 아마 노마가 보면 눈이 휘둥그레질걸?"

"오늘 밤은 아주머니랑 같이 잘 테야."

패트가 나지막이 말했다.

검은 구름 아래서

1

 9월도 중순에 들어섰을 무렵, 갑자기 아빠가 추수도 끝났으니 서부에서 살고 있는 동생의 집에 다녀오겠다고 했다. 그 말을 들은 패트는 가족들이 걱정했던 것보다는 느긋한 기분이었다. 물론 아빠가 한 달이나 집을 비우는 것은 괴롭지만, 아빠가 말한 것처럼 나가지 않으면 돌아오는 일도 없다. 돌아오는 것을 기다리는 것도 즐거운 일이고, 환영 계획도 세울 수 있었다. 그래서 '은빛숲'에는 변함 없이 즐거운 나날이 계속되었다.
 패트는 불을 지피는 가을밤을 좋아했다. 징글은 패트를 위해 한창 멋진 새집을 만드는 중인데, 다 만들어지면 우물가 단풍나무에 매달기로 되어 있었다.
 윌콕스 씨는 베츠와 함께 패트를 샬럿타운의 박람회에 데려갈 예정이었다. 패트는 지금까지 한 번도 박람회에 가본 일이 없었다. 북글렌 마을의 어린이들에게 박람회에 가는 것은 어른들이 유럽이나 태평양 연안 지방으로 여행하는 것이나 마찬가지의 기쁨이었다. 친구들 사이에서도 박람회에 간 적이 없으면 활개를 치지 못했다. 몇 주일이나 전부터 기대로 가슴을 설레다가 마침내 그날이 되고, 그 뒤에는 다시 이런저런 추억에 잠길 수가 있다.

그런 저런 일 때문에 패트는 아빠의 여행도 마음 편하게 생각하고 있었다. 가장 어두운 예감에 휩싸인 듯한 사람은 주디 아주머니여서, 패트는 어찌된 일인지 이해할 수가 없었다. 아빠가 출발하기 몇 주나 전부터 주디 아주머니의 혼잣말이 잦아졌고, 그 불평이 도막도막이지만 패트의 귀에 들어올 때도 있었다.

"대체 무슨 생각을 하는지 분명히 알 수가 없으니 원. 갑자기 머리가 이상해지기라도 한 모양이야. '난폭한 딕'의 피를 이어받아서야. 저주받은 방랑벽이라고나 할까. 요즘에는 먼 곳을 다니기가 쉬워졌으니, 그 점이 바로 문제라구."

그러나 패트가 왜 그러느냐고 물어도, '아무것도 묻지 말라'는 퉁명스런 대답이 돌아올 뿐이었다.

잔뜩 흐린 9월의 어느 바람 부는 날 아침에 아빠는 출발했다. 톰 삼촌과 고모들이 '소곤소곤길'까지 배웅을 나갔다. 모두가 얼마쯤은 가라앉은 표정이었다. '서부'는 아주 멀리 떨어진 곳이어서 '다녀오세요'라는 말도 그저 아련하기만 했다.

"부디 신이시여, 우리 모두를 보살펴주시기를……" 하고 중얼거리면서 주디 아주머니는 부엌으로 달려들어가 스토브 뚜껑을 몹시도 세게 두드려댔다.

패트도 자동차를 타고 한길까지 나가 아빠가 보이지 않게 될 때까지 배웅했다.

이윽고 집을 향해 걷기 시작했을 때 검은 구름이 쪼개지면서 눈부신 태양 빛이 '은빛숲'에 쏟아져 내렸다. 금빛 나무들을 배경으로 안개가 솟아오르는 푸른 언덕의 품에 안겨 있는 '은빛숲'의 아름다움! 패트는 두 팔을 쭉 펼쳤다.

"아, 이 얼마나 멋진가!"

눈에 고인 눈물은 아빠 때문이 아니었다. 아름다운 것을 보면 패트는 언제나 고통을 느꼈고, 앞으로도 그럴 것이다. 고통은 견디기 힘든 것이었지만, 지나고 나면 비할 데 없이 상쾌했다.

패트가 그 두려운 이야기를 들은 것은 마침 박람회가 끝난 뒤였다. 베츠와 함께 지낸 멋지고 유쾌한 이틀은 하느님이라도 다시 되돌릴 수 없는 평생의 추억이 되었다. 하지만 가슴을 도려내는 듯한 안타까움과 걱정으로 한순간 추억이고 뭐고 모조리 날아가 버린 듯한 기분이 들었다.

이번에도 역시 그 사실을 들려준 것은 메이 비니였다.

"너희 아빠는 서부에서 농장을 사서 그곳에서 계속 살 생각이라더라!"

얼음처럼 차가운 것이 패트의 온몸을 훑고 지나갔다.

"그렇지 않아, 거짓말이야." 패트는 부르짖었다.

메이는 웃었다.

"거짓말이 아니야. 모두가 아는걸. 위니도 알고. 네가 울고 난리를 칠까봐서 아무도 너한테는 말하지 않은 거야."

패트는 메이의 뻔뻔스러운 검은 눈을 흘겨보았다.

"그런 이야기를 하는 것뿐이라면 상관없어, 메이 비니. 하지만 그런 말을 하면서 기뻐하는 네가 싫어. 오늘 밤에 너에 대한 일을 모조리 하느님께 일러바칠 거야."

메이는 또다시 웃었지만 조금쯤은 걱정이 되었다.

'패트 가드너의 '짜증'은 견딜 수가 없어. 언제나 기분이 나빠지는걸. 게다가 하느님께 뭘 일러바친다는 건지도 모르겠고.'

패트는 고민을 하면서 집으로 돌아왔다.

"엄마, 사실이 아니지. 그렇지, 응? 그런 게 아니라고 말해 줘!"

엄마는 사랑이 가득한 눈으로 물끄러미 패트를 바라보았다. 이번 일은 말하지 않고 넘길 수만 있다면 그게 좋겠다고 생각해서 패트에게는 숨겨왔던 것이다. 서부가 아빠의 마음에 들지 않을는지도 모르기 때문이다. 하지만 만약 마음에 든다면 가족들은 모두 그곳으로 가야 한다. 낙천적이고 태평한 아빠지만 일단 마음을 정하고 나면 끄떡도 않는 것을 가족들은 모두 알고 있었다.

"우리도 알 수 없어. 아빠는 지금 생각하시는 중이란다. 몇 년 전, 아빠의 동생 앨런 삼촌이 서부로 가셨을 때 아빠도 무척이나 가고 싶어하셨어. 그렇지만 그 무렵에는 부모님을 남겨두고 떠날 수가 없었단다. 지금은…… 나도 몰라. 용기를 내거라, 패트. 우린 모두 함께 있을 거니까. 서부는 멋진 땅이야. 오빠들에겐 더욱 더 넓은 세계가 펼쳐질는지도 모르고……."

엄마는 입을 다물었다. 지금은 더 이상 말하지 않는 것이 좋다.

패트가 새파래져서 부엌으로 들어서자, 주디 아주머니가 말했다.

"결국 들었구나?"

"아주머니, 그런 일은 없어……. 그럴 리가 없어. 아주머니, 하느님이 그런 일은 하시지 않을 거야."

주디 아주머니는 고개를 가로저었다.

"아빠는 하느님을 빼놓고 결정해버린 모양이야, 패트. 아이고, 맙소사. 세상은 온통 남자들 거라니까. 우리 같은 여자들은 그저 참고 견딜 뿐이지."

"만약 그렇게 된다면 모든 것은 끝장이야."

"그렇지 않아." 주디 아주머니는 중얼거렸다. "이건 시작이야, 그리고 여러 가지가 새롭게 바뀔 거야. 그래도 난 울며 지내게 될 것만 같구나."

이 마지막 말은 입 밖에 내지는 않았다. 패트에게는 때가 될 때까지 알려서는 안 되겠지만, 주디 아주머니는 가드너 집안과 함께 서부로는 가지 않을 생각이다. 주디 아주머니에게 '은빛숲'을 떠나는 것은 패트 못지않게 견딜 수 없는 일이었다. 무슨 일이 있어도 이곳 프린스에드워드 섬을 떠날 수 없는 주디는 만약 가드너 집안이 서부로 이주하게 되면 자신은 '해변가'에서 마지막 여생을 보낼 결심이었던 것이다. '해변가'에서 영원히 살 것만 같은 한나 노부인을 보살피면서, 사랑하는 패트네 가족들을 그리워하면서 홀로 쓸쓸히 울며 지낼 작정이었다.

"이 집 식구들만이 오로지 내 생애의 보람이었는데"라고 주디 아주머니는 한탄했다. "그리고 내 소원이라면 살아 있는 동안은 이대로 일을 하게 내버려둬주는 것뿐인데. 어째 그토록 이상한 생각을 했을까. 저 고집불통 껑다리 앨릭 녀석, 뒈져버려라……. 그렇게 마음이 약한 주제에. 그러나 이 집 식구들의 피에는 한번 마음먹은 것은 하고야 마는 기질이 전해내려오고 있으니……. 앨릭의 큰아버지인 앨릭도 저랬었지만, 조금쯤은 분별이 있었는데. 어딘가 가서는 안 될 곳에 가고 싶을 때면 머리를 빡빡 밀곤 했었지. 그렇게 하면 머리칼이 자랄 때까지 아무 데도 갈 수 없는 데다가 머리가 날 때쯤이면 마음이 가라앉곤 했으니까. 껑다리 앨릭의 할아버지도 몇 번이나 얘기했던 그 얘긴 지금까지도 이 집안의 이야깃거리가 되고 있지."

"언제 알 수 있어, 아주머니?"

"그건 알 수 없지. 결정되면 곧 편지를 보내겠다고 아빠가 그랬대. 빨리 결정이 났으면 좋겠구나! 우린 그저 기다릴 도리밖엔 없으니까 말이야."

패트는 몸을 떨었다. 주디 아주머니의 이야기는 오싹하리만큼 진실성을 담고 있었다.

"어떻게 기다리는 일 따위를 할 수 있지? 틀림없이 오늘보다도 내일이 훨씬 괴로울 텐데."

2

 그로부터 몇 주일인가를 패트는 한 방울, 또 한 방울 심장에서 피가 방울져 떨어지는 기분으로 지냈다. 이렇게 안타까워 하는 사람은 패트뿐인 것 같았다. 시드는 서부에 가지 않았으면 좋겠다고 말은 했지만, 그리 신경 쓰지 않는 눈치였고, 조 오빠는 서부에 가고 싶다는 희망을 공공연하게 드러냈다. 위니 언니도 그렇게 되면 재미있을 것 같다고 했다.
 엄마는 언제나처럼 침착하고 부드러운 태도여서, 그다지 깊이 생각하지 않는 것처럼 보였다. 주디 아주머니마저도 좋다 싫다 아무런 말이 없었다. 베츠와 징글은 어찌할 바를 몰랐으나 패트는 둘에게 이 일에 관해 말할 기분이 나지 않았다. 말하기에는 너무나도 심각한 일이기 때문이었다.
 그럭저럭 학교 수업을 마치고 집으로 돌아온 패트는 어린 유령처럼 풀이 죽어 집 안을 어슬렁거리며 돌아다녔다. 책을 읽을 기분도 나지 않았다. 그렇게나 좋아하던 책도 그저 활자에 지나지 않았다. '파수꾼 소나무' 밑에서 베츠와 함께 반쯤 읽은 《바람과 버드나무》는 '기다란 집'의 책장에 틀어박힌 지 오래되었다.
 베츠나 징글과도 놀 기분이 아니었다. 이제 곧 친구들과도 영원히 헤어져야만 한다고 생각하면 견딜 수 없기 때문이었다. 시드와도 놀 수 없었다. 시드도 당연히 슬퍼해야만 하는데, 그는 태연하게 놀기 때문이다. 새끼고양이 솔트, 페퍼와도 놀 수 없었다. 그들은 너무나도 활기가 넘쳤다. 사정을 알아주는 동물은 맥긴티뿐이었다. 맥긴티와 징글은 언제나 침울했다.
 패트는 밤에도 편안히 잠들지 못하고 음식도 먹지 않는 거나 마찬가지였다.
 "저렇게 비쩍 말라서야. 뼈하고 가죽만 남았어. 앨릭이 저 아이를 서부로 끌고 가면 저 아이는 반드시 죽고 말 거야. 저 애는 이 집을 떠나서는 살지 못할걸. 어느 한구석도 좋아하지 않는 곳이 없으니 말이야." 걱정이 되어 참다못한 주디 아주머니는 가드너 부인에게 호소했다.

"그렇게 좋아하지 않았으면 좋으련만." 가드너 부인은 한숨을 내쉬었다. "하지만 아직 어리니까…… 잊을 거예요. 우리 같은 어른들은……"이라고 말하려다가 갑자기 입을 다물었다. 엄마다웠다. 엄마는 원래 자기 감정을 밖으로 드러내지 않는다. 그것이 '해변가' 집안의 전통이다. 감정의 기복이 심하고 그것을 밖으로 잘 드러내는 가드너 집안 사람들은 때로 엄마에게도 과연 '감정'이란 것이 있을까 생각될 때가 많았다.

패트는 지나치리만큼 감정이 풍부했고, 그 때문에 괴로워하고 있었다. 무엇을 보더라도 가슴이 아팠다. 집 안에 있는 것도 괴롭고……. 이 그립고 정든 방이 모조리 썰렁해지고 말 것을 생각하면…… 아마도 불을 피워서 방을 따뜻하게 해줘야겠다는 따위의 생각을 하는 사람은 없을 게 분명하다. 밤이면 창에 등도 켜지 않으리라. 또한 만약 누군가가 살기라도 한다면……. 누가 내 방에서 잘까? 주디 아주머니의 부엌을 도맡아 관리할 사람은 누구일까?

집 밖은 한층 더 나빴다. 정원은 무척이나 쓸쓸하겠지. 꽃을 예뻐하거나, 피어도 기뻐해 줄 사람이 없어지는 거야. 봄이 되어 수선화나 매발톱꽃이 피어도 나는 여기에 없는 거야. 단풍나무에서 꿀벌이 붕붕 소리를 내도 나는 그 소리를 들을 수가 없어. 포플러의 속삭임도 듣지 못할 테고, 오솔길의 장미꽃 덩굴에서 빨간색의 작고 뾰족한 꽃봉오리가 나와도 그걸 만져볼 수 없어.

아마도 '은빛숲'에 오는 사람들은 정원을 모조리 파헤쳐 버릴 게 틀림없어. 언젠가 브라이언 삼촌이 아빠에게 저 정글 같은 곳은 모조리 개간을 해야만 한다고 말하는 것을 들은 적이 있거든. 몽땅 파헤쳐지고 변해버리겠지. 아, 생각만 해도 견딜 수 없어!

그러나 이곳 '은빛숲'은 결코 그 사람들의 것은 되지 못하리라. 몇 년이나 지난 뒤에 패트는 그 무렵을 이렇게 회상했다.
"그 사람들이 '은빛숲'의 영혼을 자기들 것으로 만들 수 없다는 것을 나는 알고 있었어요. 그건 영원히 내 것이니까요."
하지만 패트는 여기에 있지는 못한다. 오래된 부엌에서의 유쾌한 식사도……, 모랫돌 계단에서 듣던 주디 아주머니의 이야기도……, 낡은 헛간에서 새끼고양이를 찾던 일도……, '기다란 집'에서의 즐거운 낮과 밤도……, 요르단 강을 건너는 일도……, '행복들판'도……, '비밀들판'도……, '안개언덕'도 모두 없어져 버리는 것이다. 서부에는 언덕 같은 건 전혀 없을 테니까.
이건 꿈이 분명해. 아, 어서 꿈에서 깨어났으면!
학교에선 불쾌한 말들만 귀에 들어왔다. 여자아이들은 가드너 집안이 서부로 가는 걸 아무렇지도 않게 이야기했다. 개중에는 자기들도 '갈 수만 있다면' 하면서 부러워하는 애들도 있었다. 진 로빈슨은 이렇게 따분한 굴속 같은 데서 도망치고 싶다는 따위의 말을 공공연히 하기도 했다.
그러던 어느 날, 메이 비니가 '은빛숲'을 자기네 아빠가 사기로 했다는 말을 꺼냈다.
메이는 패트에게 말했다.
"만약 우리 아빠가 너희 집을 사게 되면, 손을 좀 봐야 할 거야. 아빠 말로는 옛날 과수원의 나무들을 잘라버리고 땅을 갈아엎은 다음 누에콩을 심을 거래. 물론 온실도 만들어야겠지. 아마 자작나무들도 모두 베어내 버려야 할걸. 집에 나무가 너무 많은 건 건강에 좋지 않다고 우리 아빠가 그러셨어."
웬만한 악의가 없다면 그런 말을 할 턱이 없었다. 패트는 그 말에 기운이 빠져서 기다시피 하여 간신히 집으로 돌아왔다.
"비니 씨네는 우리 자작나무를 모두 베어내 버릴 거래요."

"아이고 맙소사, 그것만은 하느님도 가만 두지 않으실걸."

주디 아주머니는 험악한 표정을 지었다. 그러나 마음은 무거웠다. 맥 비니가 이미 '은빛숲'이 자기네 것이 되기라도 한 양 이런 식으로 고치겠다는 말을 공공연하게 하고 다니는 것을 알고 있었기 때문이다.

"분명히 고친다고 했니? 먼저 자기 자신이나 자기네 집 딸들의 예의범절부터 고치는 게 나을걸. 그 수다쟁이들, 그 집 안주인도 마찬가지야. '해변가'의 식탁에서 지휘봉을 휘두르려 하는 것은 말할 것도 없고 건초더미같이 거대한 몸집을 해가지고는 내 부엌에서 간섭을 하려 들다니. 아이고 맙소사, 세상은 온통 엉망진창이라니까."

"바로 얼마 전까지는 행복했었는데요, 아주머니. 이제부터는 결코 행복해지지 않을 것 같아요."

"무슨 소릴, 그런 말은 결코 하는 게 아니란다, 착한 내 강아지."

"메이 비니가 미워요. 미워 못 견디겠어요!"

"패트, 남을 미워하는 건 빨리 잊어버리는 게 좋단다. 그런 일로 시간을 허비하기에는 사람의 일생이 너무 짧으니까 말이야. 만약 시간이 좀더 있다면……. 그렇지만, 비니네 사람들은 미워할 가치조차도 없어."

"어떻게, 그렇게 되지 않게 할 방법은 없을까요?"

패트는 훌쩍이기 시작했다.

주디 아주머니는 고개를 가로 저었다.

"그게 뭐더라. 어쨌든 이곳 캐나다에선 불가능해. 그게 새로운 땅의 결점이지. 하느님이든 악마든 힘을 휘두를 만큼의 기간이 지나지 않았거든. 이곳이 내 고향 아일랜드라면 어디 마법의 우물에라도 가면 눈 깜짝할 사이에 소원이 이루어질 텐데. 그냥 달이 뜬 우물에 가서 소원을 말하기만 하면 되니까."

그날 밤 패트는 '행복들판'으로 나가서 '유령의 샘'에다 소원을 빌었다. 혹시 누가 아는가?

불안 속에서 나날을 보내는 건 견디기 어려웠다. 아빠에게서 온 첫 번째 편지는 패트가 학교에 가서 없는 사이에 왔다. 패트가 돌아오자마자 아빠에게 편지는 왔지만 아직 달라진 건 없다고 주디 아주머니가 말해주었다. 서부는 넓다, 동생 앨런은 잘 지내고 있다, 하지만 자신은 아직 어떻게 할까 결정하지 않았으며 살펴보는 중이라고. 다음 편지로 확실한 것을 알 수 있으리라고 편지에는 쓰여 있었다.

"그러니까 기운을 잃지 말아라, 패트. 아직 희망은 있으니까."

"아주머니, 희망 같은 걸 가지는 게 무서워요. 바랐다가 안 되었을 때를 생각하면, 벌써부터 오싹해지는걸요." 패트는 힘없이 말했다.

"맙소사, 이렇게 어린것이 벌써 그런 걸 다 알다니, 원 세상에."

이렇게 중얼거리면서 주디 아주머니는 빵 반죽이 마치 꺽다리 앨릭이기라도 한 것처럼 때리기도, 후려치기도 했다.

'그에게 분별이 있으면 좋으련만! 이 섬에 이렇게 훌륭한 농장이 있고 또 이곳에서 아이들을 건강하게 키우면 되지, 이제 와서 그 나이에 새로운 땅으로 이사할 마음이 어떻게 생겨났을까!'

3

두 번째 편지가 왔다. 토요일이었다. 패트가 눈을 떠보니 아직 어슴푸레한 새벽이었다. 창문을 두드리는 빗소리가 어둡게 울려 퍼졌다. 아무도 말은 하지 않았지만 틀림없이 오늘은 아빠에게서 편지가 올 것이라고 가족들은 생각했다. 어쩐지 비가 나쁜 운을 몰고 올 것 같은 예감이 들었다.

"자, 패트. 기운을 내거라. 내가 어렸을 적에 배운 시를 지금도 기억하는데 '어둡고 음침한 아침은, 기쁜 하루가 시작될 조짐이다'라는 거야. 몇 번인가 그랬던 적이 있단다."

정오쯤 되자 비는 그쳤지만 구름은 여전히 은빛숲 위로 낮게 드리워져 있었다. 패트가 마당에서 기다리고 있으려니 나이 든 집배원이 마차를 몰고 오는 것이 보였다. 그는 등이 굽고 몸집이 작은 노인으로 하얀 턱수염을 길렀으며, 밤색 털에 늙고 마른 말 한 마리로 딸깍딸깍 마차를 몰고 있었다. 이 비틀거리는 집배원의 자루 속에 자신의 운명이 들어 있다고는 도저히 믿어지지 않았다.

패트는 창백해졌으나 오솔길을 나방처럼 느릿느릿 걸어내려갔다. 편지를 보고 싶은 건지, 보고 싶지 않은 건지 스스로도 알 수가 없었다. 편지가 열릴 때까지 기다리기가 두려웠으나, 그러나 어쨌든, 어떻게 되든 간에 곧 알게 될 것이었다.

편지함 속에 편지가 들어 있었다. 패트는 편지를 꺼내 들여다보았다.

"프린스에드워드 섬, 북글렌 마을, '은빛숲', 앨릭 B. 가드너 부인."

그 뒤로 평생 동안 패트에게 편지는 두려운 것으로만 여겨졌다. 어떤 내용이 쓰여 있을까. 아니면 쓰여 있지 않을까? 아주 어릴 적에 패드는 편지힘 속 사망 통지를 집으로 들고 가기가 두려웠다. 죽은 사람에게서 온 듯한 느낌이 들었기 때문이다. 그러나 지금의 편지는 그보다도 훨씬 두려웠다.

패트는 오솔길을 되돌아가기 시작했으나 도중에 울타리가 움푹 들어간 곳에서 멈춰 섰다. 그곳은 9월에 피는 옅은 금색 꽃 '영원한 삶'으로 가득했다. 패트의 무릎은 바들바들 떨렸다.

"아, 신이시여. 이 편지에 나쁜 소식이 들어 있지 않게 해 주세요." 이렇게 기도한 다음에 페트는 남글렌 마을의 앨릭 가드너 노인에게도 패트리샤라는 중년 주부인 딸이 있음을 떠올리고는 기도가 잘못 전달되면 큰일이라는 생각이 들어 다시 이렇게 덧붙였다. "하느님, 저는 '은빛숲'의 꺽다리 앨릭의 딸, 패트입니다. 그냥 앨릭의 패트가 아닙니다."

집으로 들어가니 어찌된 일인지 식구들 모두가 부엌에 모여 있고, 주디 아주머니가 의자에 털썩 주저앉고 있었다. 베츠는 지금 막 도착한 모양이었다. 집배원을 보고는 산에서 뛰어내려온 것이다. 정글과 맥긴티는 부엌문 계단께에서 서성대고 있었다.

엄마는 눈을 빛내고, 평소 같지 않게 볼을 빨갛게 물들이면서 편지를 받아들더니, 잔뜩 긴장하며 기다리는 모두의 얼굴을 둘러보았다. 그러나 패트 쪽은 보지 않았다. 볼 수가 없었기 때문이다.

위니에 관한 편지가 왔을 때보다도 천 배는 고통스러웠다.

"만약 그곳으로 가게 되면 모두들 힘껏 용기를 내야만 한단다." 엄마는 부드럽게 말했다.

엄마는 봉투를 열고, 한번 죽 훑어보았다. 밖에 있는 나무들마저도 잠자코 귀를 기울이는 것 같았다.

"잘됐어!" 엄마는 중얼거렸다.

"엄마……."

"아빠가 돌아오신다는구나. 서부가 이 섬만큼은 마음에 들지 않으신대. '다시 집으로 돌아오게 되어 무척 기쁘다'고 씌어 있어."

그 순간 엄마의 그 말이 신호라도 되는 듯, 은빛숲 위로 드리웠던 구름 사이로 태양이 얼굴을 내밀어 부엌 전체에 빛이 흘러 넘쳤고, 나뭇잎 그림자가 춤추기 시작했다.

"그렇게 됐구나."

조는 무뚝뚝하게 말하더니 슈니클프리츠에게 휘파람을 불어 밖으로 데리고 나갔다. 패트와 베츠는 서로 부둥켜안고 울기 시작했다. 주디 아주머니는 중얼중얼하면서 의자에서 일어났다.

"대체, 어째서 울고 짜는 게냐. 좋아서 춤이라도 추겠는데."

"아주머니도 울면서 뭘."

패트는 울면서 웃었다.

"나야 워낙 마음이 약해서 남이 우는 걸 보면 이내 따라 울고 만 단다. 아무런 연관도 없는 사람의 장례식에 가서도 내가 엄청나게 운다는 건 너희들도 잘 알잖니. 아, 이렇게 기쁜 일은 없을 거야. 어이쿠, 레몬파이가 오븐 속에서 새카맣게 타버렸네. 괜찮아, 괜찮고말고. 또 굽지 뭐. 이곳에서 줄곧 즐거운 식사를 해왔는데, 하느님의 은총으로 앞으로도 계속 그렇게 되기를. 괴로운 1주일이었지만 살아 있기만 하면, 해님의 눈도 볼 수 있는 거니까."

패트의 온몸은 기쁨으로 터질 것 같았다. 사람은 기쁜 나머지 죽을 수도 있겠다는 생각이 들었다.

"네가 가버리면 어쩌나 했어, 패트." 베츠는 훌쩍였다.

징글은 아무 말도 하지 않았다. 우는 모습을 보이지 않으려고 몹시 코를 훌쩍였다. 징글이 요르단 강가의 박하 덤불 속으로 뛰어들어 엎드린 채 무엇을 하는지는 맥긴티밖에 알지 못했다. 하지만 맥긴티는 걱정하지 않고 귀를 쫑긋 세우고 있었다. 어깨를 떨고 있었지만 징글이 얼마나 행복한지를 알기 때문이었다.

4

그날 밤, 패트는 하늘을 나는 듯한 발걸음으로 작은 산을 뛰어 내려와 '파수꾼 소나무'가 있는 곳에서 멈춰 서서 '은빛숲'을 기쁜 마음으로 바라보았다.

눈에는 흘러 넘칠 듯한 애정이 장미꽃처럼 빛나고 있었다. 집이 이처럼 아름답고 사랑스럽게 보인 적은 없었다. 굴뚝에서 빙글빙글 솟아오르는 연기를 볼 수 있는 건 얼마나 멋진가. 저 터질 것처럼 불룩한 헛간은 얼마나 평화로워 보이는가. 저곳에서 앞으로도 몇백 마리나 되는 새끼고양이들이 태어나 이리저리 헤집고 다니겠지!

가는 곳마다 바람이 나무들을 흔들면서 노래하고 있었다. 위로는 부드럽고, 깊고, 자애로운 하늘이 넓게 펼쳐져 있었다. 멀리 바라다보이는 들판은 모두가 친구였다. 오솔길을 따라 피어 있는 쑥부쟁이는 마치 한 편의 시 같았다.

패트는 행복한 나머지 꿈속을 걷는 기분이었다. 나는 달빛 비치는 연못의 갈대다, 나는 거친 들판의 바람이다, 난 별이고, 우리 집의 등불이다, 나는, 나는 '은빛숲'의 패트다!

"아아, 신이시여. 이 얼마나 아름다운 세상인지요." 패트는 속삭였다.

"시간이 되면 돌아와야지, 저녁 식사 시간인데."

주디 아주머니가 잔소리를 했다.

"난, 너무나 기뻐서 저녁 식사 같은 거 까맣게 잊고 있었어요. 아, 아주머니. 오늘 일을 언제까지나 소중하게 기억해둘 거예요. 너무 행복해서 두렵기까지 해요! 이렇게 행복해지면 안 될 것만 같은 느낌이 든다니까요."

"그래그래, 행복할 때는 실컷 기뻐하는 것이 좋지. 자, 밥 먹고 자거라. 네 엄마도 귀염둥이와 함께 자러 가셨단다. 요 며칠 계속해서 잠을 제대로 못 잤기 때문이지. 셀비 집안 사람들은 감정을 잘 드러내질 않거든. 비니네 안주인도 앞으로 당분간 이 집에서 지휘봉을 흔들 수가 없게 되었구먼. 무슨 생각을 하는 게냐, 젠틀맨 톰."

"오늘 밤은 잠을 이루지 못할지도 몰라요. 너무 좋아서 잠을 못 잔다니 얼마나 멋진 일이에요."

그러나 추운 9월 밤에 주디 아주머니가 어린 자매에게 여분의 담요를 덮어주러 와보니 패트는 깊이 잠들어 있었다.

"아이고, 맙소사. 애도 이제부터는 두 번 다시 마음고생을 하지 말아야 할 텐데. 그리고 보면 어린 아이라도 마음은 어른 같다니까. 할 수만 있다면 꺽다리 앨릭을 옛날처럼 엉덩이를 한 대 때려 주고 싶구먼."

난 왜 이렇게 못생겼을까요?

1

패트는 태어나서 처음으로 파티에 가게 되었다. 헤이젤 고모가 놀러 온 남편의 조카딸 2명을 위해 마련한 제대로 격식을 갖춘 파티였다.
"두 개의 파티로군" 하고 톰 삼촌이 말한 것처럼 엘머 매디슨을 위해서는 위니나 조 또래의 아이들을, 캐슬린 매디슨을 위해서는 10살에서 12살쯤의 아이들을 초대했다.
"파티 같은 건 딱 질색이야. 누가 갈까봐?"라고 퉁명을 떨던 시드도 막상 그날이 되자 마음이 변했다.
"메이 비니가 초대되지 않아서 그렇게 부어 있는 것 아니니?"
이렇게 위니에게 놀림을 당해서일 것이다.
"메이 같은 애가 초대를 받을 이유가 없지 않니? 비니 집안이 언제부터 가드너 집안과 같은 신분이 되었다는 건지. 매디슨 집안조차도 그 사람들 앞에선 자부심을 가져도 괜찮을걸." 주디 아주머니는 주저하지 않고 말했다.

시드도 참석한다는 말에 패트는 기뻤다. 베츠는 감기로 누워 있고, 징글하고는 갈 마음도 없거니와 갈 수도 없었다. 오로지 한 벌밖에 없는 징글의 외출복은 이제는 작아지고 볼품없어서 입을 수 없기 때문이다.

크리스마스에 엄마가 새 옷 살 돈을 보내주었으면 좋았을 텐데, 언제나처럼 선물도 편지도 오지 않은 채 크리스마스는 지나가 버렸다.

패트는 기뻐서 들떠 있었다.

"이제 곧 11살이 되는데 멋지지 않아? 나도 이제 어른이 되는 거야."

"그렇구나." 주디 아주머니는 한숨을 내쉬었다.

진짜 파티에 나가기 위한 몸치장, 그건 무엇과도 비할 수 없는 즐거움이었다. 위니 언니는 벌써 몇 번이나 갔었고, 패트는 그런 준비하는 모습을 침대에 앉아서 바라보는 것이 무척이나 기분좋았다. 그런데 이제는 그 일이 패트에게도 찾아오다니!

노란색 드레스를 입은 패트에게 주디 아주머니가 설명했다.

"네겐 노란색이 어울려, 착한 내 강아지. 사실은 엄마가 연두색으로 하면 어떻겠냐고 했는데, 내가 딱 잘라 안 된다고 했지. '초록색 옷은 평생에 한 빌만 있으면 충분해. 그 결혼식 때 내가 패트에게 초록색 옷을 입힌 탓에 어떤 재난이 닥쳤는지 잊었나보군. 그걸 입으면 반드시 무슨 일이 일어나지 않던가'라고 말이야."

"그러고 보면 정말 그래요. 엄마가 무척 아끼는 더비 접시를 깼을 때도 그걸 입었고, 시드하고 싸웠을 때에도 그랬어요. 그때까진 단 한 번도 싸움 같은 걸 한 적이 없었는데 말이에요. 그 다음 교회에서 양말에 구멍이 난 것을 발견한 때에도 그랬고 프랜시스 할머니가 식사하러 오던 날 밤에도 순무에 후추를 너무 많이 넣었잖아요. 그때도 그랬고……."

"어쨌든, 초록색은 네 얼굴색에는 어울리지 않다는 말로 나는 얘기를 끝냈어. 그리고 노란색으로 결정한 거야. 그 드레스를 입으면 마치 춤추는 미나리아재비 같을 거야."

"하지만 아주머니, 난 춤을 추지 않을 거예요. 아직 그럴 나이도 아닌걸요. 아마 여럿이서 게임을 할 거예요. 그렇지만 클랩 인 게임(실내놀이로 한 사람이 방 밖으로 나갔다가 부르면 다시 들어오는데, 그때 자신을 지명한 사람이 누구인가를 맞힌다. 맞히면 모두가 박수를 치며, 이름을 부른 사람 옆에 앉는다)은 하지 않았으면 좋겠어요. 학교에서도 많이 하거든요. 하지만 난 그 게임을 별로 좋아하지 않아요. 왜냐하면…… 남자아이들이 아무도 나를 자기 옆에 앉혀주지 않기 때문이에요. 난 예쁘지가 않아서."

패트는 서슴없이 말했다. 패트는 예쁘지 않아도 조금도 괴롭지 않았다. 그러나 주디 아주머니는 팩 하고 고개를 돌렸다.

"네가 더 자란 뒤에는 그 아이들도 그런 말을 할 수 없을 거다. 자, 여기 향수가 있으니 손수건에 조금 뿌리거라."

"귀 뒤에도 아주 조금만, 응? 아주머니."

"안 돼, 안 돼. 귀 뒤에 향수를 뿌리는 건 품위가 없어요. 손수건에 한 방울, 아니면 옷깃에 조금은 괜찮지만. 자, 푸른 여우 목도리를 하고, 파랗지도 않은데 어째서 푸른 여우라고 했는지 몰라. 하지만 네겐 아주 잘 어울리는구나.

어떤 훌륭한 집안의 사람들과 함께 있게 되더라도 등을 곧게 펴고 네가 가드너 집안 사람이라는 점을 잊어서는 안 된다. 그렇다고 시를 외울 때조차도 그렇게 하면 안 되겠지만."

"으응, 헤이젤 고모도 나한테 그랬어요. 닭장 뒤 가문비나무 덤불을 향해 연습을 하긴 했는데 어떨지 모르겠어요. 베츠가 노래를 부르기로 했었는데, 감기에 걸렸다니 실망이에요. 처음 가보는 파티라서 함께 가면 얼마나 즐거울까 했는데. 혼자는 쓸쓸해. 실버브리지의 여자애들을 잘 모르거든요. 베츠가 없어서 분명히 쓸쓸할 거야. 베츠는 정말 예뻐요, 아주머니. 캐슬린 매디슨도 예쁘다고는 하지만, 베츠만큼은 아닐 거예요."

맑고 푸른 초겨울 저녁 무렵, 조와 위니, 그리고 시드와 패트는 말이 끄는 작은 썰매에 어깨를 맞대고 앉아서 길을 달렸다. 길가의 비쩍 마른 레이스 같은 나무들이 장밋빛과 금빛으로 빛나는 하늘을 배경으로 거뭇하게 서 있었다. 기분이 좋았다. 파티도 처음엔 유쾌했다.

캐슬린 매디슨은 확실히 예뻤다. 이렇게 예쁜 소녀는 본 적이 없을 정도였다. 반짝반짝 빛나는 금갈색의 짧은 머리칼이 컬을 이루고 있었고, 피부는 우윳빛과 장밋빛을 띠었으며, 꽃봉오리 같은 입 주위로 보조개가 파였고, 푸른 빛을 띤 초록색 눈이 아름답게 빛났다.

"저 애는 5킬로미터라도 걸어서 보러 올 만한데."

남글렌 마을의 체트 테일러가 하는 말이 들렸다.

그래도 상관없었다. 그다지 뭐 어쩔 것도 없었다. 시간은 즐겁게 지나갔다. 실버브리지의 여자아이들은 모두 친절하게 대해 주었다. 클랩 인 게임도 했는데, 마크 매디슨이 패트 옆에 앉고 싶어했기 때문에 다른 6명의 남자아이들이 캐슬린을 두고 쟁탈전을 벌이는 것을 보고도 패트는 아무렇지도 않았다.

'아, 정말로 파티는 재미있어!'

그때 하필이면 머리 리본이 떨어져서 패트는 리본을 머리에 다시 매러 2층으로 올라갔다. 방 안에서 캐슬린이 레이스 드레스가 찢어져 핀으로 고정시키고 있었다.

패트가 거울 앞에 서자 캐슬린도 곁으로 와서 나란히 섰다. 그다지 나쁜 감정이 있을 것도 없었다. 대부분의 여자아이들처럼 캐슬린도 패트에게 호감을 가지고 있었다. 하지만 운 나쁘게도 클랩 인 게임을 할 때 캐슬린이 같이 앉고 싶어했던 남자아이가 마크였다. 캐슬린이 패트의 옆에 서서 말했다.

"멋진 파티 아니니? 네 드레스 굉장히 예쁘구나, 다만…… 그렇게 검은 피부에 노란색이 어울리는지 모르겠어."
 거울에 비친 자신과 캐슬린의 모습을 비교하자 패트는 무언가 이상한 감정에 사로잡혔다. 지금까지 맛본 적이 없는 기분. 질투는 아니었다……. 문득 두려운 절망감에 휩싸인 것이다.
 '난 왜 이리 못생겼을까!'
 요정처럼 생긴 소녀와 나란히 선 패트는 자신이 미웠다. 옅은 색 머리칼, 햇볕에 그을린 얼굴, 일직선으로 뻗은 입, 더구나 그것은 너무나 긴 직선이었다. 패트는 몸이 벌벌 떨렸다.
 "왜 그래?" 캐슬린이 물었다.
 "아니, 아무것도 아니야. 조금 팔꿈치 뼈를 조금 부딪혔을 뿐이야."
 간신히 그렇게 대답하긴 했지만 모든 것은 비누거품처럼 사라져 버렸고, 그 뒤로는 하나도 재미가 없었다. 마크 매디슨조차도 싫어졌다.
 '나하고 같이 앉지 않겠느냐고 한 것도 불쌍하다고 생각했기 때문일 거야……. 아니면 헤이젤 고모가 부탁했는지도 모르고.'
 헤이젤 고모가 만든 모처럼의 맛있는 음식들도 목에 넘어가질 않았고, 시 낭송도 멋지게 해내지 못했다. 로버트 삼촌의 말대로 활기가 부족했기 때문이었다. 활기라니! 다시는 활기차게 돌아다닐 수 없을 것만 같다. 그저 빨리 집으로 돌아가 울고만 싶었다.
 집으로 돌아가는 썰매 위에서 패트는 남몰래 훌쩍거렸다. 바람도 없이 서리가 빛나는 달밤, 양쪽의 검은 비로드 같은 나무들이 그림자를 드리운 길. 그런 아름다운 광경도 패트의 눈에는 들어오지 않고, 그저 거울에 비쳤던 자신과 캐슬린의 모습만 계속 눈에 어른거렸다.
 집에 도착하자 패트는 살며시 '시인의 방'으로 가서 다시 한 번 거울에 비추어 보았다. 못생긴 것은 틀림없는 사실이었다. 물론 굉장한 미인이 되고 싶은 생각은 없다. 얼마 전 브라이언 삼촌이 집에 들렀다가 돌아가는 길에 "다음에 왔을 때는 좀더 예뻐지거라"고 했을 때에도 패트는 다른 사람들과 함께 웃었을 정도였다……. 주디 아주머니만은 뚱하니 브라이언 삼촌의 뒷모습에 대고 눈을 흘겼지만.

하지만 못생기다니. 패트의 눈에 눈물이 흘러넘쳤다. 자신이 못생겼다고는 캐슬린과 나란히 서서 볼 때까지는 꿈에도 생각지 않았다. 그런데 지금은 그것을 분명하게 알 수 있다.

멋진 파티였는데, 이 무슨 참혹한 결말이람! 초록색 옷은 재수가 없다는 말 따위는 당치도 않아. 비록 초록색 드레스를 입었다 하더라도 이렇게 나쁘지 않았을 거야. 운이 나쁜 건 나야. 아무도 내 생각 같은 건 해주지 않을 거야.

베츠도 못생긴 친구 따위는 진정으로 좋아하지 않을 테고. 징글이 귀여운 코라거나 아름다운 눈 어쩌고 말하긴 했지만 그건 날 놀린 말일 거야. 아름다운 눈이라니, 노란색인지 갈색인지도 모를 색인걸. 캐슬린의 커다랗고 파란 눈에 비하면 마치 고양이 눈 같아. 게다가 캐슬린의 그 속눈썹이라니!

"만약 속눈썹이 그렇게 길어도 난 그렇게 눈을 깜박이지는 못할 거야."

그렇게 생각하자 울적해졌다. 캐슬린이 아무리 마크에게 눈을 깜박여 보여도 효과가 없었던 것 따위는 까맣게 잊고 있었다.

패트의 침대는 창가에 있어서 해 뜨는 것이 보였다. 다음날 아침에 일찍 일어나서 나무 틈새로 보이는 새빨간 아침해나 저물녘에 눈 덮인 하얀 벌판으로 떨어지는 석양빛을 바라보아도 아무런 느낌이 없었다. 아침 식사 때도 변변한 말 한 마디 없이 주디 아주머니에게만 파티가 굉장히 멋졌노라고 힘없이 말했다.

학교에 갈 때 꿈같이 맑은 겨울 경치도, 목장 울타리에 춤추며 떨어지는 눈도 눈에 들어오지 않았다. 파티에 초대되었던 여자애들 곁에는 가까이 가지 않았다. 캐슬린의 아름다움에 대해 얘기하는 것을 듣고 있을 수 없었기 때문이었다.

지금까지 패트는 다른 여자아이가 예쁘다고 질투한 적은 단 한 번도 없었다. 베츠가 예쁘다는 것을 자랑스러워했으며, 노마만큼은 전부터 싫어했는데 그것도 위니보다 예쁘다는 말을 들은 탓이었다.

'징글은 나를 꽤나 못생겼다고 생각할지도 몰라.'

패트는 고든 집안의 거실에 장식되어 있는 아름다운 여자 그림의 석판화를 떠올렸다. 그 그림을 징글이 무척이나 좋아하는 걸 알고 있었다. 하지만 그것도 누군가에게서 징글의 엄마가 이 소녀랑 똑같이 생겼다는 말을 들었기 때문에 그러려니 했을 뿐이었다. 지금 생각해 보니 그 그림은 캐슬린하고 많이 닮은 듯한 느낌이 들었다. 패트는 고민에 빠졌다.

'모두들 나를 못생겼다고 생각할 거야.'

1주일에 한 번 생선을 팔러 오는 할아버지만큼은 언제나 패트에게 '예쁜 아이'라고 불러주었다. 하지만 그 할아버지는 누구에게나 그렇게 말했다.

패트는 스스로를 예쁘다고 생각한 적은 단 한 번도 없었고, 자기 얼굴 생김새 같은 것에 대해서는 전혀 깊이 생각해본 적도 없었다.

'나는 못생겼다. 아무도 나 같은 애를 좋아해 주지 않을 거고, 이렇게 못생긴 여동생이라니 조 오빠나 시드 오빠도 창피해 할 거야…….'

"패트리샤, 작문은 다 했니?"

작문이라니! 이렇게 괴로운 생각을 하는 때에 작문 같은 것을 할 수나 있을까.

2

 그날 밤, '은빛숲'에는 저녁 식사에 손님이 오기로 되어 있어서 주디 아주머니는 매우 바빴다. 그래서 주디 아주머니는 곁눈으로 힐끔힐끔 보기만 했을 뿐 제대로 패트를 돌볼 여유가 없었다.
 접시 닦기는 패트가 해야만 했다. 평소 같으면 그건 자기가 할 일이라고 크게 외쳤을 것이다. 패트는 이 집 일이라면 무엇이든지 애착을 갖고 있었고, 특히 접시닦기를 좋아했다. 세제를 푼 더운 물 속에서 접시를 반짝반짝하게 닦아내는 것은 재미있었다.
 보통 때 패트는 마음에 드는 접시부터 닦았다. 보기 싫은 것은 뒤로 미루고. 보기 싫은 접시들은 아무리 기다려도 다른 접시에게 차례를 빼앗겨 잔뜩 화가 나리라고 생각하면 기분이 좋았다. 오래되어 이가 빠진 갈색 접시는 얼마나 화가 났을까.
 '이번에야말로 내 차례예요…… 나는 아주 옛날부터 이 집에 전해 내려오는 접시니까요……. 이렇게 심하게 다루지 마세요……. '은빛숲'에 온 지 저는 50년이나 되는걸요……. 가장자리에 물망초 무늬가 있는 그 건방진 접시는 이곳에 온 지 아직 1년도 채 되지 않았잖아요.'
 그러나 아무리 고함을 질러도 이 접시는 언제나 가장 마지막까지 기다려야만 했다. 하지민 오늘 밤은 이 접시를 맨 먼저 닦았다.
 '불쌍하게도. 못생긴 건 어떻게도 할 수 없는데.'
 패트는 잠자리에 들 시간이 된 것이 기뻤다. 패트는 달빛 비치는 저녁 어스름 속을 걸어 자기 방으로 올라갔다. 우물 뒤에 쌓인 눈더미에 자주색 그림자가 생겼다. 은빛숲에 부는 서풍이 인정사정없이 자작나무 가지를 흔들었다.
 소젖을 짜고 돌아온 주디 아주머니가 단호한 태도로 들어왔다.
 "뭘 그리 끙끙대는 거냐, 패트. 하루 종일 네가 그러는 걸 보면 무슨 일이 있었던 게 틀림없어. 아무한테도 말 한 마디 하지 않고 허둥지둥하는 걸 보면. 넌 마치 주름살이라도 생겨난 것처럼 거울만 들여다보던데. 자, 모조리 털어놓는 게 좋을 거야."
패트는 일어났다.
"아, 아주머니, 못생겼다는 건 괴로운 거예요. 나는 왜 이렇게 못생겼을까요?"
"그거였던 거야? 맙소사! 그런데 대체 누가 너를 못생겼다고 하던?"
"아무도 그런 말은 하지 않았어요. 다만, 파티에서 캐슬린 매디슨이 거울 앞에서 나하고 나란히 서 있었을 뿐인데……. 그래서 나 스스로 알게 된 거예요."
"뭐야, 그 캐슬린 옆에 서 있으면 대부분 열등감을 느끼게 돼. 분명히 그 애는 예쁘게 생겼어. 걔네 엄마도 그랬듯이 말야. 하지만 걔네 엄마도 예쁘지 않은 언니보다 남편이 더 많았던 것도 아니고, 게다가 그 남편이란 사람도 그리 대단한 사람은 아니었지. 그렇게나 예쁜데 밑지는 장사를 했지 뭐냐.

대개 미인이라고 해서 다 좋은 인연을 맺는 건 아니란다, 패트. 코라 데이비슨을 보렴. 이건 코라의 엄마한테서 들은 얘긴데, 남자라면 누구나 푹 빠질 만큼 예쁘게 생겼는데도 결혼 신청을 한 건 단 한 명밖에 없었다지 뭐냐. 더구나 그 남자조차도 결혼 신청을 한 다음날 정신 병원에 들어가고 말았다는구나, 정말이야.

그 뒤 코라 언니의 결혼식 피로연 이야기를 들었지. 피로연을 성대하고 호화롭게 열기 위해 웨딩케이크를 샬럿타운에 주문해 만들었다지 뭐냐. 하지만 신부가 칼로 자르려는 순간, 케이크 속에서 쥐가 불쑥 튀어나와서는 테이블 위를 뛰어다니는 바람에 모두가 기절초풍을 하고, 도망치고, 결혼식이 아니라 초상집이 되고 말았지. 그런 뒤로는 한동안 데이비슨 집안은 얼굴을 들고 다닐 수가 없었단다."

오늘 밤은 주디 아주머니가 무슨 말을 해도 소용없었다. 주디 아주머니의 이야기를 들어도 패트는 대충 넘어가지지가 않았다.

"아주머니, 내가 너무나 못생겨서 가족들이 나를 창피해할까 걱정이에요. 세상 사람들은 '저 못생긴 가드너네 딸'이라고 하겠죠. 지난주에 실버브리지의 파이 바자회 때, 미니 프레이저의 파이는 아무도 사는 사람이 없었대요. 미니가 너무 못생겨서요."

패트의 목소리는 훌쩍임으로 바뀌었다. 어지간한 방법으로는 안 되겠다고 생각한 주디 아주머니는 침대에 허리를 굽히고 사랑스러운 눈빛으로 패트를 바라보았다.

마치 온 세상을 껴안을 것처럼 온화하게 웃는 얼굴, 부드러운 금갈색의 눈! 그런데도 못생겼다고 생각하다니! 태어나서 처음 나간 파티에, 그렇게나 즐거워하며 나갔는데, 가슴이 찢어지는 고통을 안고 돌아오다니!

"패트, 너는 미인은 아닐지 몰라도 기품이 있단다. 넌 아직 완전히 자란 게 아니야. 앞으로 2, 3년만 지나보렴. 쑥쑥 자라서 팔과 다리도 늘씬해지고 얼굴 모습도 바뀌어서 지금과는 완전히 달라질 테니까. 너처럼 생긴 눈이라면 다른 사람보다 훨씬 훌륭한 남편을 얻을 수 있을 거야."

패트는 흐느끼면서 안타깝다는 듯 부정했다.

"내가 말하는 건 남편 얘기가 아니에요. 그리고 특별한 미인이 되고 싶은 것도 아니고요, 아주머니. 지난주에 베츠하고 읽은 소설책에 어떤 소녀가 너무나도 예뻐서 꼭 한 번 보려고 많은 사람들이 몰려오고, 또 임금님은 그 소녀를 사랑한 나머지 죽어버렸대요. 난 그렇게까지 되고 싶지는 않아요. 난 그저 남들에게 싫은 느낌을 주지 않고 싶을 뿐이라구요."

주디 아주머니는 화가 났다.

"대체 네가 남에게 싫은 느낌을 주다니 누가 그러던? 혹시 그 거만한 캐슬린이 그런 말을 하더냐……?"
 "말한 게 아니라, 말투가 그랬어요. '그렇게나 까만 피부에는……'이라고. 마치 내가 인디언인 것처럼요, 아주머니. 피부색이 검은 건 커서도 달라지지 않겠지요?"
 "캐슬린처럼 하얘빠진 것보다 검은 게 낫다는 사람도 있어. 그런 애는 여름만 되면 주근깨가 다닥다닥 생겨날걸."
 "게다가 난 머리도 그렇게 좋지가 않아요. 내가 할 수 있는 건 그냥 사람이나…… 뭔가를 좋아하는 것뿐."
 "바로 그거야, 그거. 그거야말로 크나큰 재능이지. 그것만큼은 아무나 할 수 있는 게 아니니까, 착한 내 강아지. 그러니 이제 마음을 가라앉히고 실제로 네 얼굴이 어떤지 살펴보지 않겠니? 눈은 징글이 말한 대로이고……."
 "코도 귀엽다고 징글이 말하긴 했는데, 정말일까요?"
 "말 그대로야. 속눈썹도 예쁘고. 아이고 맙소사, 예쁜 데를 세려면 한도 끝도 없겠는걸……. 그리고 작은 조개껍질 같은 예쁜 분홍색 귀에다가, 그 캐슬린도 귀만큼은 자랑하지 못할걸. 아암, 매디슨네 사람이니까 말이야."
 "머리카락으로 가려져 있긴 했지만 살짝 보였어요. 분명히 튀어나와 있었어요."
 "그것 봐라! 넌 입은 좀 크긴 해도 웃을 때면 빙그레 입 끝이 올라간단다. 넌 볼 수가 없겠지만, 정말이지 너의 웃는 얼굴은 예쁘지. 발목도 날씬하고 품위가 있잖니! 캐슬린의 발목은 틀림없이 뭉툭할 거야."
 "맞아요. 정말로 굵던걸." 그것을 떠올린 패트는 마음이 놓였다. "하지만 머리칼은 정말 멋있었어요. 내 머리는 그냥 쭉쭉 내리뻗은 데다가, 더구나 생강 같은 색이잖아요."
 "네 머리색은 차츰 진해질 거란다, 착한 내 강아지. 대체로 해가

쨍쨍 내리쬐거나 바람이 불 때 모자를 쓰지 않고 돌아다니면 피부든 머리칼이든 견디지 못하는 법이야. 네 엄마나 엄마의 자매들은 모두 모자를 쓰지 않던?"

"하지만 아주머니, 그런 건 딱 질색이에요. 해님도 바람도 너무너무 좋거든요."

"그렇다면 피부색이 검거나 머리칼 색이 바래도 어쩔 수 없는 일이지. 두 가지를 다 가질 수는 없으니까 말이야."

"위니 언니는 저렇게나 예쁜 곱슬머리인데, 어째서 난 다를까요?"

"위니는 셀비 집안의 피를 물려받았고, 넌 가드너 집안의 피를 물려받은 거야. 엄마를 보려무나. 훌륭한 자연 파마 아니던? 제시 고모가 아무리 애를 써도 그렇게는 되지 않을 거야.

하지만 네겐 네 나름대로 장점이 있어. 남을 설득할 때는 제비꽃 같은 말주변을 펴고, 활짝 웃을 때 눈을 깜박이는 모습은 가드너 집안의 할머니를 빼다 박았지. 네 할머니만큼 예쁜 사람은 본 적이 없어요. 그리고 네가 눈을 내리떴다가 다시 뜰 때, 그런 모습은 정말이지 언젠가 틀림없이 누군가의 마음을 흔들어놓고 말 걸. 너의 그런 모습을 보았을 때 징글이 감탄하는 얼굴을 난 보았으니까."

"아주머니, 그게 정말이에요?"

"이런 말은 하지 않는 편이 나았을지도 모르지만…… 언젠가는 너도 알게 될 거야. 알겠니? 팻. 그런 표정 쪽이 오히려 온 세상의 파란 눈이나 빨간 앵두 같은 입술보다 훨씬 가치가 있단다. 네 엄마도 그랬었지. 엄마도 어릴 때는 그랬단다."

"아빠 말로는 처녀 시절의 엄마는 굉장히 미인이었다고 하시던데요, 아주머니."

"아빠가 그렇게 말하는 것도 무리는 아니지. 엄마와 결혼하기 위해 무척이나 애를 썼거든. 사람들은 모두들 엄마가 프레드 테일러하고 결혼할 거라고 생각했지. 그 사람은 아주 말을 잘해서 누구든지 다 구슬렸으니까. 하지만 막상 너희 아빠로 결정하는 바람에 결혼식 때 탄식한 사람도 꽤 있었지.”
“그렇지만 엄만 예뻤잖아요.”
“엄마의 언니인 도리스 이모는 예쁘진 않았지만 따르는 남자들은 네 엄마보다 많았지. 언제나 조는 것 같아서 남자 쪽에서 잠을 깨우고 싶어한 것이 아닐까 싶어. ‘해변가’ 딸들 가운데서는 가장 게으른 사람이었지만 사람들이 엄마 다음으로 좋아했단다.
 그 집에선 네 이블린 이모만큼 아름다운 팔과 어깨를 지닌 사람이 없었는데 너도 이제 곧 그리 될 거야, 패트. 좀더 살이 붙으면 말이야.
 너의 플로라 이모는……, 그 사람은 바람둥이여서 여러 사람을 사귀었지만, 결국 아무것도 이루어지진 않았단다. 모든 사람에게 그럴 게 아니라 상대를 좁히는 게 좋지. 너도 혼기가 되거든 그걸 잘 기억해야 한단다.”
“캐슬린이 그러는데, 짐 매디슨이 실버브리지에서 가장 커다란 나무에 올라가서 캐슬린을 위해 별을 따려고 했대.”
“아이고, 이거야 원. 그래서 별은 땄대? 좋은 모습을 보여주는 것도 방법이 가지가지로구먼. 자 마음 편히 갖고 쉬는 게 좋을 거야. 조금은 자신감이 생겼니?”
“응, 아주머니. 난 바보인가봐. 하지만 정말로 검게 보였는걸…….”
“패트, 옛날부터 전해오는 좋은 방법을 하나 가르쳐줄까? 봄이 되거든 매일 아침 밖으로 나가서 아침 이슬로 얼굴을 깨끗하게 씻는 거야. 캐슬린처럼 하얘지지는 않겠지만 비단 같은 피부가 될 테니까.”

"정말이에요, 아주머니?"
"정말이고말고. 내 《실용백과》에 씌어 있단다. 당장 내일이라도 보여줄까?"
"그런데 아주머니는 왜 그렇게 하지 않아요?"
"이렇게 늙은 코끼리 같은 피부에는 무슨 짓을 해도 소용이 없단다. 젊었을 때 시작해야지. 조지 쇼트리드는 이 방법으로 빼어난 미인이 되어서 집안에 노처녀가 우글대는데도 혼자 좋은 혼담이 들어왔다지 뭐냐.

조지의 언니인 키티가 단 한 번의 기회를 놓친 얘기를 했던가? 어느 날 밤, 무심코 키티가 설거지한 개숫물을 휙 버렸는데, 가끔 부엌문 층계에서 용기를 내어 문을 두드리던 남자가 그걸 뒤집어 쓴 거야. 그는 나이가 50인 사람인데 못생긴 처녀를 좋아했대나. 말솜씨도 그리 신통치 않고 말이야.

그날 이후로 그 사람은 두 번 다시 오지 않았대. 무리도 아니지. 가장 좋은 옷에 기름 범벅을 뒤집어썼으니. 쇼트리드네 식구들은 모두 다 문을 열고는 갑자기 더러운 물을 내다버리는 습관이 있었거든.

키티의 아버지인 딕이 바로 이웃인 압 볼링거하고 닭 때문에 싸운 이야기를 했던가?"
"아니요!" 완전히 기운을 되찾은 패트는 주디 아주머니의 이야기에 흥미를 느끼며 이불 속으로 파고들었다.
"그들 두 사람은 닭 때문에 3년 동안이나 싸운 끝에 마침내 재판으로까지 가는 바람에 세상의 웃음거리가 되고 말았지.

재판 비용으로 닭을 100마리나 살 수 있을 정도의 돈을 썼다는구나. 그런데 압 볼링거의 딸이 딕의 아들과 결혼하게 되면서 사돈지간이 되었던 거야. 그래서 서로 화해를 하고, 그 닭을 잡아서 피로연 음식으로 썼다는데 아마 틀림없이 고기가 질기고 맛이 없없을걸."

주디 아주머니가 방을 나간 뒤 패트는 일어나서 달빛으로 빛나는 성에 낀 창가로 가보았다. 위니 언니는 아직 올라오지 않았다. 조용한 밤이었다. 수정 같은 눈으로 덮인 목장과 그림자가 떼지어 있는 '소곤소곤길'이 보였다. '교회 헛간' 처마에는 은처럼 반짝이는 고드름이 매달려 있었다. '기다란 집'의 베츠가 쓰는 방 창에는 불이 켜져 있었다. 패트는 다시 이 세상이 친근하게 느껴졌다.

'유별나게 예쁘지 않아도 상관없어. 내게는 이렇게나 빛나고 아름다운 목장이랑 달빛 비치는 들판과 나무들, 그리고 '은빛숲'이 있는걸.'

패트는 다시 잠자리로 돌아왔다. 캐슬린의 귀를 떠올리자 기분이 좋아졌다.

바닷가에서 생긴 일

1

정오 무렵에 주디 아주머니가 일기 예보를 했다.
"틀림없이 해 지기 전에 비가 올 거야. 저길 봐. '안개언덕'이 저렇게 분명하게 보이지 않니?"

비가 오면 큰일이라고 패트는 생각했다. 징글과 둘이서 바닷가에 가기로 한 것을 아주 즐겁게 기다려왔기 때문이다. 집에서 북쪽으로 커다란 물굽이가 보이고, 동쪽으로는 파란 곡선을 그리면서 어른어른 빛나는 항구가 보이긴 했지만 걸으면 2킬로미터는 족히 되어서 '은빛숲'의 아이들은 바닷가에 가는 것이 쉽사리 허락되지 않았다.

패트는 기분 전환을 할 필요가 있었다. '은빛숲'에서 가장 귀여워하던 아기고양이 버튼이 그날 아침에 아무런 이유도 없이 죽어버린 것이다. 그토록 기쁘게 '어슴푸레함' 속을 이리저리 뛰어다니고…… 힘차게 나무에 기어오르거나…… 옛 과수원에서 작은 쥐들을 잡거나…… 묘비 위에서 햇볕을 쬐던 그런 모든 것들이 끝나버린 것이다. 어젯밤까지 그렇게도 아름다웠던 새끼고양이의 주검을 패트는 눈물을 흘리면서 묻어주었다.

　게다가 패트는 시드의 개구리 때문에 시드와 서로 불편한 상태였다. 원래 패트는 동물을 잡아 가두는 것을 무척이나 싫어했는데, 시드는 1주일이나 그 개구리를 양동이에 담아 마당 한가운데에 팽개쳐 두었던 것이다. 패트가 들여다볼 때마다 개구리는 호소하는 것처럼 올려다보았다. 분명 연못에는 아빠나 엄마, 혹은 남편이나 아내가 있으리라. 그렇지 않으면 빨리 돌아오기를 바라는 친구가 기다리고 있을지도 모른다. 급기야 패트가 '연못들판'에 개구리를 놓아주자 시드는 이틀이나 말을 걸지 않았던 것이다.

　오후 내내 '미나리아재비 들판'에는 아지랑이가 춤추고, 햇빛은 수증기를 빨아들이고 있었다. 멀리 서쪽 하늘과 바다 사이에서 반짝이는 비의 실을 누군가 잣고 있는 것 같았다.

　그렇지만 저녁 무렵, 징글과 패트, 그리고 맥긴티가 바닷가로 출발할 무렵에는 아직 맑게 개어 있었다. 그때에도 멀리 저쪽의 저지대에는 군데군데 안개가 끼어 있었고, 안개 속에서 작은 전나무 우듬지가 유령처럼 불쑥 튀어나와 있었다.

　주디 아주머니는 아이들이 바닷가에 갈 때면 언제나 그랬던 것처럼 꼼꼼하게 주의를 주었다.

　"물에 빠지거나 하지 않게 조심하거라. 그리고 곶 같은 곳에 너무 멀리 나갔다가 밀물이 들어 만조가 되어 돌아오지 못할 수도 있으니 조심해야 한다. 또 바닷가에 닿기 전에는 자동차를 조심하고……."

　하지만 둘은 이미 주디 아주머니의 목소리가 들리지 않는 곳에 와 있었다. 패트는 바닷가로 이어지는 붉고 긴 둑길을 좋아했다. 길은 이쪽인가 싶으면 어느새 굽어지면서 가문비나무가 있는 황야를 빠져나간다. 황야에는 자줏빛 달개비풀이 길가에 나 있고, 관목류와 등심붓꽃이 울타리를 따라 나 있었다. 주디 아주머니는 등심붓꽃을

‘키스의 풀’이라 불렀는데, 패트는 그 이름이 훨씬 좋았다. 남자아이들에게는 그런 이름을 말할 수 없지만.

패트와 징글은 붉은토끼풀의 꿀이 들어찬 줄기를 빨면서 느긋하고 즐겁게 걸어갔다. 기뻐 날뛰는 맥긴티는 둘의 앞을 혀를 길게 늘어뜨리고는 달려간다. 둘은 걸으면서 이야기를 할 때도 있었고, 하지 않을 때도 있었다. 징글과 함께 있으면 이런 점이 좋았다. 말하고 싶지 않으면 말을 안 해도 좋았다.

바닷가로 가는 도중에 휴즈 씨네 집에 들러야 했다. 징글의 삼촌이 시킨 심부름 때문이었다. 휴즈 씨네 집은 아주 낡은 느낌이었으나 예쁜 창문만큼은 징글의 마음에 들었다. 징글은 언제나 창에 신경을 썼다. 마치 창에 특별한 매력이라도 있는 듯, 그는 집의 좋고 나쁨은 창문으로 결정난다고 했다.

"패트, 네 집에도 저런 창을 달까?"

패트는 킥킥 웃기 시작했다. 징글은 상상 속에서 그 집에 이미 온갖 종류의 창문을 달아보았기 때문이다.

창 유리가 깨졌다는 이유도 있었지만 패트는 창이라도 바라보면서 밖에서 기다리고 싶었다. 그러나 징글은 억지로 패트를 끌고 들어갔다. 징글은 휴즈 씨 집에 딸이 셋이나 있다는 것을 알고는 자기 혼자서는 들어가기 싫었던 것이다.

휴즈 씨는 외출하고 없었지만 딸들이 징글과 패트에게 앉아서 기다리라고 했다. 둘 다 마음이 편치 않았다. 부엌은 매우 어질러져 있었고, 저녁 식사가 끝난 테이블에는 지저분한 접시에 파리 떼가 새카맣게 달라붙어 있었다.

테이블 맞은편에는 샐리와 베스, 그리고 코라가 나란히 서서 심술궂은 웃음을 띠며 이쪽을 보고 있었다. 패트는 이곳 자매들과는 얼굴을 아는 정도에 지나지 않지만 소문은 듣고 있었다.

"너, 어른이 되면 우리 중에 누구하고 결혼할 생각이니?"

베스가 초록색 눈으로 장난스럽게 웃으며 징글에게 물었다.
 순식간에 징글의 볼이 붉은 색으로 물들었다. 아무것도 신지 않은 발을 마주 비벼댈 뿐, 아무런 대답을 하지 않았다.
 "넌 아주 부끄럼쟁이구나. 이것 좀 봐, 애들아, 이 애 얼굴이 새빨개졌단다." 샐리가 킥킥 웃어댔다.
 "엄마가 쓰시는 줄자를 가져다가 입 길이를 좀 재볼까"라면서 코라는 징글에게 혀를 쏙 내밀어 보였다.
 징글은 막다른 곳에 떠밀려 어째야 좋을지 모르는 모습이었다. 그런데도 아무런 말도 하지 않았다. 아니, 할 수가 없었던 것이다. 패트는 사나운 기세로 화를 냈다. 애네들은 징글을 놀리고 있어. 문득 요전 주일날 들은 설교 말씀이 생각났다. 뜻은 모르지만 매우 위엄 있는 말 같았다.
 "애네들이 하는 말 같은 건 신경 쓰지 마, 징글. 애들은 '원형질'에 지나지 않아."
 패트는 경멸을 담아 말했다.
 순간 그 말은 엄청난 효과를 발휘했다. 마침내 휴즈 집안의 딸들이 화를 내고 말았다.
 "이 말라깽이야!" 베스가 외쳤다.
 "땅꼬마!" 코라가 말했다.
 "멍청이!" 샐리가 말했다.
 그러더니 입을 모아 외쳐댔다.
 "네가 화낼 이유는 없어, 패트 가드너."
 패트는 얼음처럼 차가운 목소리로 말했다.
 "난 화를 내는 게 아니야. 다만, 너희가 불쌍할 뿐이지."
 휴즈 집안의 딸들은 분개했다.
 "우리가 불쌍하다고? 그보다는 너하고 그 마녀인 주디 할머니를 불쌍히 여기는 게 낫지 않을까. 죽으면 곧장 지옥으로 떨어질걸?

마녀는 모두다 그렇다니까 말이야." 베스가 기분 나쁘게 웃으면서 말했다.

더 이상 체면이나 위엄 따위를 따지고 있을 수만은 없었다. 패트는 고개를 세차게 흔들었다.

"주디 아주머니는 마녀가 아니야. 너희 아빠는 메리 앤 맥클레나한과 사촌간이라며?"

그건 아니라고 말할 수 없었다. 그래서 샐리는 다른 말로 되받았다.

"징글, 어째서 네 엄마는 널 만나러 오지 않는 거니?"

"너하고 무슨 상관인데?"

"너한테 말한 게 아니야, 가드너 양. 잠자코 머리를 식히는 게 낫지 않겠어?"

"아이구, 이게 왠 소란이냐?"

샐리네 엄마가 흐트러진 머리에 남편의 낡은 펠트 모자를 쓰고 비틀비틀 걸어 들어와서 지저분한 의자에 털썩 앉더니 한 명 한 명에게 힐난하는 듯한 눈길을 보냈다.

"징글, 누구한테 얼굴을 맞았니? 너희들이 괴롭혔지? 너희들은 어째서 예의 바르게 행동하지 못하는 거냐? 징글, 이 아이들이 힌 짓은 마음쓰지 밀거라. 징닌을 좋아해서 그리는 것뿐이니까."

장난이라니! 손님을 모욕하는 것이 장난이라니!

그러나 이내 휴즈 씨가 돌아왔으므로 징글은 삼촌의 편지를 건네고 둘은 집을 나왔다. 맥긴티는 어느새 도망쳐 나와 바닷가 도로에서 둘을 기다리고 있었다.

"쟤네들 때문에 모처럼의 산책을 망쳤지만 모두 잊어버리자."

패트가 그렇게 말했지만 징글은 처참한 기분이었다.

"쟤네들은 상관없지만, 그 말만은…… 엄마 말이야."

2

 바닷가가 너무 아름다워서 둘은 휴즈 씨 집에서 있었던 일도 어느새 잊어버렸다. 둘은 '작은 만'의 오래된 바람에 흔들려 구부러진 가문비나무 숲을 빠져나와 바람과 맞닿아 있는 바닷가로 달려 내려갔다.
 고깃배가 그림자처럼 슬그머니 지나간다. 멀리서는 파도가 모래톱에 부딪혀 우레 같은 소리를 내고 있었지만, 가까운 바다는 잔뜩 움츠린 고양이처럼 가르릉대고 있었다.
 둘은 바위에 부딪혀 오는 파도를 펄쩍 뛰어 건너기도 하고, 조개껍질이나 떠밀려온 나무로 '바다의 궁전'을 짓기도 했다. 또 그들은 붉은 '곶' 아래의 작은 웅덩이가 있는 붉은 바위에 앉아 엷어져 가는 석양빛 아래로 수평선 저 멀리 아득한 곳을 바라보았다.
 "패트, 저 먼 곳에 가보고 싶지 않니?"
 패트는 몸을 떨었다.
 "난 가고 싶지 않아. 집에서 너무 먼걸."
 "난 가고 싶은데." 징글은 꿈꾸는 듯한 눈빛이 되었다. "보고 싶은 게 너무 많아. 멋진 궁전이나 대성당, 그런 것들을 짓는 방법을 공부하고 싶어. 하지만……."
 징글은 입을 다물었다. 그런 것을 바란다고 해봤자 아무런 소용이 없다는 것을 알기 때문이다. 지금대로라면 삼촌의 밭에서 돌을 주워내거나, 가문비나무 묘목을 파내면서 삶을 끝마치게 될 것 같았다.
 "조 오빠도 전에는 호러스 삼촌 같은 뱃사람이 되고 싶다고 말했어. 농사짓는 게 싫다면서. 하지만 요즘은 전혀 그런 말을 하지 않는 걸 보면 아빠가 허락하지 않기 때문이 아닐까."
 "다음 주부터 학기가 시작되는데, 난 가고 싶지 않아. 치들러 선생님께서는 진학반에 들어가라고 하실 게 분명하고…… 들어간다고 해서 무슨 뾰죽한 수가 있겠어? 퀸즈아카데미에도 갈 수 없고

……."

"가고 싶니, 징글?"

"물론, 가고 싶지. 그게 세상을 향한 첫걸음이거든……. 하지만 못 가."

"내년엔 나도 진학반에 들어가라는 소리를 들을 것 같은데, 나는 들어가지 않을 생각이야." 패트는 딱 잘라 말했다. "대학 같은 곳엔 가고 싶지 않아. 난 집에 있으면서 아주머니를 돕고 싶어. 아, 이곳 바닷바람이 향기롭지 않니? 아무때나 바닷가에 올 수 있으면 좋으련만."

"저기 항구 쪽 안개는 꼭 유령 같지 않니? 그리고 저기 지나가는 작고 쓸쓸한 배를 좀 봐. 마치 세상 저편에 떠 있는 것 같아. 바다 쪽에서 안개가 밀려오는군. 이제 돌아가는 게 좋겠어, 패트."

돌아오는 길을 방해하는 것이 하나 있었다. 둘이서 그곳에 앉아 있는 동안에 밀물이 들어 거의 발목까지 차 있었던 것이다. 곶의 끝에 튀어나온 바위는 이미 물속에 잠겨 있었다. 둘은 새파랗게 질려서 서로 얼굴을 마주보았다.

"돌아갈 수 없는 걸까?"

징글은 머리 위 바위를 올려다보았다. 저기로 올라갈 수 없을까? 하지만 여기선 안 된다. 바위가 너무 높있다.

"우리…… 우린, 이제 물에 빠지게 되는 거야?"

패트는 징글에게 바짝 달라붙었다.

징글은 패트의 어깨를 안고 패트를 위해 정신을 똑바로 차려야겠다고 생각했다.

"물론, 그런 일은 없을 거야. 저길 봐, 저기 절벽에 작은 동굴이 있어. 저리로 올라가면 돼. 바닷물도 저렇게 높은 곳까지는 올라오지 못할 테니까."

"그건 모르지. 그것 봐, 아주머니가 말했잖아. 밀물이 들면 바닷물이 차올라서 돌아오지 못한 사람들이 빠져죽었다고."
"그건 아일랜드에서의 얘기잖아. 여기선 그런 얘길 들은 적이 없어. 자, 가자. 빨리."
 징글은 맥긴티를 안아 올리고, 둘은 발목께까지 차오른 물길을 달리기 시작했다. 물은 어느새 거의 무릎께까지 차 있었다. 겁에 질린 패트와 징글은 작은 동굴로 기어올라갔다. 사실은 걱정할 필요가 없었다. 이 동굴은 물이 찼을 때의 수위보다도 훨씬 위였으므로. 그러나 패트와 징글은 이곳이 처음이었기 때문에 그것을 확실하게 알지 못했다. 소년과 소녀는 맥긴티를 사이에 두고 바짝 붙어 앉았다.
 맥긴티만은 안심하고 있었다. 무더운 인도의 평원이든, 라플란드(스칸디나비아 반도의 북부지역)의 눈 속이든, 그리도 좋아하는 이들 두 사람과 함께 있기만 한다면 맥긴티에게는 어디나 마찬가지일 것이었다.
 얼마 안 있어 패트의 걱정은 줄어들었다. 징글과 함께 있을 때는 언제나 마음이 놓였다. 바닷물도 이렇게 높은 곳까지 올라올 리는 없다. 하지만 언제까지 이곳에 있어야만 한단 말인가? 가족들은 걱정이 되어 어쩔 줄 모르겠지. 아주머니의 당부를 들었어야 했는데!
 하지만 이런 상황에서도 패트는 낭만적인 기분이 되었다. 바닷물 때문에 동굴에 갇히게 되는 건 참으로 낭만적이다.
 징글은 안전하다는 확신만 있다면 더없이 행복했을 것이다. 패트와 단둘이 있을 수 있게 되었으니까. 이런 일은 베츠가 '기다란 집'으로 이사온 뒤로는 거의 없었다. 징글은 베츠도 좋아했지만, 그래도 수줍어하지 않고 편히 대할 수 있는 여자아이는 패트뿐이었다.
 "지금 우리의 모습을 휴즈 씨네 그 굉장한 아이들이 보면, 틀림없이 웃겠지." 패트는 킥킥대며 웃었다. "하지만 그런 아이들에게 화를 낸 게 분해. 인간 쓰레기 따위에게 화를 내는 건 품위를 깎아내리는 짓이라고 아주머니가 그랬는데."
 "난, 그리 화는 나지 않았지만, 엄마에 관한 얘기를 해서 가슴이 아파. 하지만 사실인걸 뭐."

패트는 동정의 마음을 담아 징글의 손을 꼭 쥐었다.

"엄만 언젠가 꼭 오실 거야."

"이미 포기했어. 엄마는 작년 크리스마스 때도, 카드를 보내지 않았는걸." 징글의 말투는 씁쓸했다.

"편지에 답장도 오지 않아, 징글? 한 번도?"

"편지는……. 패트, 단 한 통도 보낸 적이 없어. 일요일마다 쓰긴 하지만 부치지 않고 낡은 옷장 속 상자에 넣어두기만 했어. 맨 처음 써보낸 편지에 엄만 끝끝내 답장을 해주지 않았거든……. 그래서 그 뒤로는 보내지 않았는걸."

일요일, 또 일요일마다 편지를 쓰면서 단 한 번도 우체통에 넣으러 가지 않았다니! 패트는 징글이 너무나 불쌍하고 애처로워 저도 모르게 목을 끌어안고 볼에 키스를 했다.

"이 세상을 다 뒤져봐도 너 같은 사람은 없을 거야, 패트." 징글은 힘을 되찾았다.

맥긴티가 꼬리를 살래살래 흔들었다.

이젠 멀리 보이는 기슭은 희미한 회색으로 떠올랐고 캄캄한 밤의 그림자가 주위에 자욱하게 드리워졌다.

"시간이 빨리 가도록 공상을 해 봐. 바위가 춤을 추고 있어."

"그 오래된 집을 상상해보자." 징글이 말했다.

그 오래된 집이란 오른쪽 곶의 꼭대기에 있었다. 바닷가에 점점이 흩어져 있는 어부들의 오두막은 아니었다. 5, 60년 전 어떤 유별난 영국인이 그곳에 집을 세우고는 영국에서 가족들을 데려와 바다에 끼는 안개처럼 희미한 수수께끼에 싸여 살았다. 돈이 많은지 화려한 모임이나 파티를 자주 여는 듯싶었는데 그러는 사이에 부인이 죽고 말았다.

그러자 그 영국인은 왔을 때와 마찬가지로 홀연히 이 섬을 떠나버렸다. 장소가 장소인만큼 아무도 이 집을 사려는 사람이 없어서 그대로 폐허로 변했다. 창은 부서지고 굴뚝은 쓰러졌다. 전에는 음악소리와 웃음소리, 춤추는 사람들의 발소리로 떠들썩했을 방들을 찾아오는 것은 바람뿐이었다. 밀려드는 어둠 속에서는 여느 집이나 다 그렇겠지만, 이곳 오래된 집에는 어두운 운명을 떠올리게 하는 뭔가 남모르는 비밀, 기록에도 남아 있지 않은 오싹할 만한 사건을 생각게 하는 그 무엇이 있을 것 같았다.

"저 집에서 누군가가 살해당한 것은 아닐까?"

패트는 기분 좋은 한기가 등줄기를 타고 흐르는 것을 느꼈다.

둘은 전에 그곳에 살았던 사람들의 매우 잔혹한 일들을 상상해보았다. 그 영국인이라는 자가 아내를 곶에서 바다로 떨어뜨려 죽였다. 아니, 집 아래에 묻어버렸다. 때문에 이런 날 밤에는 아내의 유령이 집 안을 돌아다니는 것이다. 폭풍이 부는 밤에는 집 전체에 울음 소리와 슬픔이 뒤섞인 목소리가 울려 퍼지고 달밤에는 어슬렁거리는 그림자들로 가득 찬다.

둘 다 자신들의 이야기에 도취해 공포에 질리고 말았다. 맥긴티는 둘의 비극적인 목소리에 흥분해 어두운 소리로 컹컹 짖어댔다.

갑자기 둘은 무서워서 더 이상 공상 따윈 계속할 수 없었다. 어두워서 큰 물굽이도 보이지 않고 파도 소리만 들려올 뿐이다. 모래톱은 신음하고 있었다. 가끔 차가운 비바람이 동굴로 불어왔다. 인기척이 없는 해변에는 잔물결이 훌쩍이며 울고, 바람조차도 자기들이 만들어낸 유령의 목소리로 불어왔다. 이 얼마나 꺼림칙한 곳인가. 패트는 징글의 곁으로 바짝 다가앉았다.

"아, 누군가 와주지 않을까."

소원이 금세 이루어지는 일은 매우 드물지만 패트의 경우는 예외였다. 멀리 바다 쪽에서 어슴푸레한 불빛이 흔들리면서 이쪽으로 다가오고 있었다. 나이 든 어부가 탄 보트였다. 징글이 소리치자 보트는 곳 쪽으로 다가왔다. 앤드루 모건 할아버지는 등불을 비추었다.
"아이구, 이게 누구야, 고든네 아이하고 가드너네 아이 아니야! 대체 그런 곳에서 뭘 하고 있었던 거야. 바닷물이 차서 돌아갈 수가 없었다고? 소금을 한 포대 사려고 '작은 만'에 갔다오려던 참인데, 다행히 발견되었으니 너희는 운이 좋았구나. 개 짖는 소리가 들려서 와봤지. 자, 이리 내려오너라……. 조심하거라……. 위험하다. 내가 데려다 주마."

3

아이들은 보트를 타고 오면서 진심으로 모건 할아버지께 감사 인사를 드렸다. 그리고 바닷가에 닿자 서둘러 집을 향해 내달리기 시작했다. 마침 빗방울이 떨어지기 시작했지만 조금도 개의치 않았다. 둘은 재빨리 주디 아주머니의 부엌으로……, 바람과 비와 어두운 바깥으로부터 밝은 집 안으로 뛰어들었다. 집은 두 팔을 벌려 둘을 환영해 주었다.

자초지종을 듣자 주디 아주머니는 깜짝 놀랐다.
"뼈 속까지 얼어붙었겠구나! 폐렴에라도 걸리면 큰일인데."
"괜찮아, 아주머니. 뛰어왔더니 더운걸요. 혼내지 말아 줘요, 아주머니. 이건 아무한테도 말해선 안 돼요. 앞으로 바다에 갈 때마다 엄마가 몹시 걱정하실 테니까. 마른 옷으로 갈아입고 올게요. 징글은 시드의 셔츠를 입는 것이 좋겠어요. 아주머니, 뭔가 좀 먹을 것이 없을까요. 우린 배가 이만저만 고픈 게 아니에요."
"아이고 맙소사, 까딱했더라면 물에 빠져 죽을 뻔했구나. 모건 영감이 와 주지 않았다면 틀림없이. 그 얼간이 영감도 난생 처음으로 좋은 일을 했구먼. 그렇지 않았으면 너희는 물이 다시 빠질 때까지 꼼짝없이 그곳에 갇혀 있어야 했을 테니 이건 아주 대단한 애깃거리야."

"어쨌든 휴즈 씨네 딸들은 틀림없이 떠들고 돌아다닐 거야." 패트는 오랜만에 활짝 웃었다.
"그 애들이라면!" 주디 아주머니는 그들을 완전히 바보 취급하는 말투였다. "분명히 그 샐리라는 계집애는 혀가 나온 뒤에는 잘도 지껄이게 되었지. 3살 때던가, 뱀한테 홀려서 몇 년 동안이나 말도 분명하게 하질 못했었지."
"뱀한테 홀렸다고요?"
"가만 들어보렴. 입구의 계단께에서 또아리를 틀고 있는 뱀의 눈을 샐리가 물끄러미 바라보았대. 그 뱀을 걔네 엄마가 막대기로 후려쳤는데 샐리는 마치 자기가 얻어맞기라도 한 것처럼 비명을 지르더라는 거야. 이 얘기는 휴즈네 할아버지한테서 들은 거라서 어디까지가 정말인지는 모르지. 아마도 샐리가 혀짤배기인 게 창피해서 그랬을 거야. 그렇지만 뱀 얘기가 사실이 아니라 하더라도 한 가지 분명한 것은 있단다. 샐리는 6살이 될 때까지 모든 것을 뱀처럼 '쉭 쉬익' 하는 소리로 말했거든. 메리 앤 맥클레나한은 저 애는 바뀐 아이 (요정들이 앗아간 예쁜 아이 대신 두고 가는 작고 못난 아이)가 분명하다고 했단다.
그러고 보면 참말이지 메리 앤 얘길 안 할 수가 없어. 메리 앤하고 친척 관계인 것을 그 집에선 그다지 자랑스러워하지 않기 때문이지. 그런데 뭐더라, 이거야 원 기억력이 나빠져서……. 그래 그 애들한테 넌 뭐라고 해주었다고?"
"원형질이라고 했어요." 패트는 자랑스럽게 말했다.
"그래 그래. 그건, 걔네들한테 딱 들어맞는 말이구나. 자, 이제 그만 올라가거라. 엄마는 너희가 어디 갔는지 모르고 주무신단다. 두 번 다시 이런 법석을 일으키면 절대로 용서하지 않겠어."
"하지만 아무런 일이 일어나지 않는 건 너무 따분하잖아요, 아주머니? 그리고 모험이 없으면 나이 들어 추억할 것이 아무것도 없잖아요."

"아이고, 이 영리한 것!"
주디 아주머니는 감탄을 했다.

헤이젤 고모네 집

1

 9월 들어서 2, 3일 동안 실버브리지의 헤이젤 고모 댁에 묵으러 가게 되었을 때, 패트는 기뻐하며 떠났다. 잠깐 동안이라면 '은빛숲'을 떠나는 것도 그 전처럼 괴롭지 않았고, 게다가 헤이젤 고모네 집은 마음이 편했기 때문이다.
 그런데 얼마 안 있어 돌아갈 때가 되자 귀염둥이와 시드가 홍역에 걸렸으니 전염될 염려가 없을 때까지 돌아오지 말라는 전갈이 왔다. 이렇게 되면 이야기가 달라진다.
 집에 돌아가고 싶어서 견딜 수가 없게 된 패트는 어떻게든 마음을 달래보려고 모두에게 편지를 쓰면서 쓸쓸함을 달랬다.

 (베츠에게 보낸 편지. 편지지 가장자리를 귀여운 검은 고양이 그림으로 둘렀다.)
 다정한 벗 엘리자베스에게.
 '다정한'이라고 말이 '친애하는'이라는 말보다 애정이 더 담겨 있다고 생각되지 않니? 오늘은 너하고 나의 생일인데 함께 지내지 못하게 되어 정말 섭섭하구나. 하지만 같이 있지 않아도 하루 종일 네 생각을 한단다.

우리의 생일이 9월이라는 것이 기쁘지 않니? 난 9월에 태어난 것을 행운이라 생각해. 9월은 내가 가장 좋아하는 달이거든. 서두르던 발걸음을 잠깐 멈추고 나를 생각해주는 느낌이 드는 달이야.

베츠, 생각해보렴. 바로 얼마 전까지만 해도 어린아이였는데 이제 우린 12살이야. 그리고 요번 돌아오는 생일이면 우린 13살, 틴에이저가 돼. 로버트 고모부에게는 나이 드신 노처녀 고모가 계시는데, 그분 말씀으로는 13살이 되면 눈 깜짝할 사이에 세월이 지나가서 정신을 차리고 보면 어느새 노인이 된대. 우리가 노인이 된다니 믿어지지가 않지? 베츠.

여긴 꽤 좋은 곳이야. 헤이젤 고모네 집은 멋있어. 하지만 너하고 함께 있었다면 모든 것이 훨씬 더 멋질 거라고 생각해.

내 방 창문은 과수원 쪽으로 나 있어. 왼쪽으로는 어린 가문비나무와 그림자들로 가득 찬 골짜기가 있단다. 내가 어리다고 한 것은 가문비나무에만 해당돼. 그림자는 늘 무척 나이 든 것으로 느껴지니까. 아름답긴 하지만 그림자는 너무 오래되어서 조금은 무섭기도 해.

이런 말을 하면 헤이젤 고모는 주디 아주머니가 요정이라든가 뭐 그런 쓸데없는 이야기를 나한테 잔뜩 들려주어서 그런 생각을 하는 거라면서 웃으셔. 그렇지만 그런 이야기하고는 상관이 없다고 생각해. 내겐 원래부터 그림자가 살아 있는 것처럼 보였거든. 특히 달빛과 석양빛이 섞일 무렵에는 말이야.

길 저편으로는 로버트 고모부의 동생 집이 있어서 나는 자주 그곳에 가서 실비아 시릴라 매디슨하고 놀아. 나는 이 이름이 아주 맘에 들어. 졸졸 흐르는 개울물 같은 느낌이 들거든. 실비아 시릴라는 좋은 아이야. 하지만 어떤 사람도 너만큼 좋아하게 될 것 같지는 않아, 베츠. 실비아 시릴라는 좋아하지만 너는 사랑하는걸.

실비아 시릴라는 시드가 굉장히 잘생겼대. 그런 찬사를 들었는데도 웬일인지 전혀 기쁘지가 않아. 같은 말을 실비아 시릴라의 언니인 마티한테서 들었다면 자랑스러웠겠지만, 실비아 시릴라에게 그 소릴 듣는 건 싫어. 왜일까.

실비아 시릴라의 큰오빠인 버트가 실비아에게 내가 귀엽다고 말했대. 하지만 아마 예의상 한 말일 거야.

헤이젤 고모에게 퍼지(설탕, 버터, 우유, 초콜릿으로 만든 부드러운 사탕) 만드는 법과 감침질하는 요령을 배웠는데, 실비아 시릴라의 말로는 그런 걸 집에서 만드는 건 너무 구식이라면서 요즘은 공장에서 만든다는 거야. 나도 그게 좋다고 생각해. 하지만 누군가는 퍼지를 만들어야 할 테지. 누군가 만들어 놓으면 실비아 시릴라도 정신없이 먹을 거야.

실비아 시릴라의 제일 친한 친구는 젠 캠벨이야. 굉장히 유쾌한 아이이긴 한데 무슨 일이든 남에게 지는 건 도저히 참질 못해. 내가 시드와 귀염둥이가 홍역에 걸렸다고 했더니 "난 1년 동안 유행성 이하선염과 홍역, 성홍열, 중이염을 앓았고, 이제 곧 편도선을 절제해야만 해"라면서 잘난 체를 하는 거야.

젠은 자기가 남자로 태어났더라면 좋았을 거라고 하는데, 난 싫어. 넌 어떠니? 난 여자로 태어나길 잘했다고 생각하거든.

비가 내리고 있어서 이 편지는 지금 다락방에서 쓰고 있어. 비가 올 때는 다락방에 있는 게 좋거든. 넌? 마치 비 내리는 바깥에 있는 것처럼 가라앉고 조금은 어두운 느낌이 들어. 차분하게 내리는 비는 정말이지 매우 친숙한 느낌이야.

로버트 고모부는 내가 다락방을 좋아한다고 꼭 생쥐 같다고 하시지만, 내가 이곳을 좋아하는 건 한쪽 창으로는 항구가 보이고, 다른 창으로는 '은빛숲'이 보이기 때문이야. 우리 집도 여기서는 자작나무를 배경으로 한 작고 하얀 점으로밖에는 보이지 않아. 너희 집은 보이지 않지만 '안개언덕'은 보여. 다만 '안개언덕'이 있는 곳이 동쪽이 아니라 북쪽이어서 왠지 '거울 속의 앨리스'를 볼 때와 같은 이상한 느낌이 든단다.

오늘 밤은 비 내리는 항구 위를, 바람에 흔들리는 그림자가 날고 있어. 커다랗고 긴 안개의 날개 같아. 바라보고 있으려니 문득 이상한 느낌이 들어. 가슴이 아픈 것 같으면서도 너무나 아름답다는 느낌이 말야. 아, 베츠, 살아 있어서 이런 걸 볼 수 있다니 참 행복해.

사실은 비밀로 해둘 것이 있어. 다른 사람에게는 말하지 않겠지만, 너한테만은 말할게. 너라면 웃지 않을 거고, 또 우리 사이에는 비밀 따위는 없잖아.

지난 일요일 밤 8시에 난 사랑에 빠지고 말았어. 실버브리지에서 세 사람의 맹인이 연주하는 음악회에 헤이젤 고모가 데려가 주셨어. 셋 가운데 한 명은 피아노를, 한 명은 바이올린을 연주하고, 나머지 한 명이 노래를 했는데, 그 목소리가 굉장히 멋있었다고 할까, 거룩하다고 할까. 아니, 뭐라고 표현도 못하겠어. 게다가 그 사람은 무척 잘생겼더라. 검은 머리에 코도 잘생겼고, 보이진 않지만 그 파란 눈의 아름다움이란!

그 사람이 노래를 부르기 시작한 순간, 갑자기 명치께가 쿵 하고 가라앉는 듯한 이상한 기분이 들어서, 이것이야말로 아주머니가 자주 말하던 신앙 체험이 틀림없다고 생각했어. 그런데 다음 순간에 나는 나에게 무슨 일이 일어났는지를 알게 됐어. 무릎이 떨려왔기 때문이지. 언젠가 아주머니한테 사랑에 빠진 걸 어떻게 아느냐고 물었더니, '다리가 떨린단다' 하고 말해 주었거든.

아, 뭔가 그 사람의 주의를 끌 만한 멋진 일을 하고 그 사람을 위해 죽고 싶었어. 집을 나서기 전에 헤이젤 고모가 손에 화장수를 뿌려주어서 다행이야. 그리고 비록 저 사람에겐 보이지 않더라도 파란 드레스에 작고 푸른 목걸이를 하고 오길 잘했다는 생각도 들었어. 유행이 지난 옷을 입고 있거나, 실비아 시릴라처럼 코감기에 걸렸을 때 사랑에 빠지는 건 싫거든. 안쓰럽게도 실비아 시릴라는 음악회 내내 훌쩍거리거나 코를 풀어야만 했지.

그런데 베츠, 이 일을 난 언제까지나 잊을 수 없을 것 같았는데, 난처하게도 그리 오래가질 않더구나. 월요일 아침이 되니까 씻은 듯이 사라져버린 거야. 일요일 밤에만 해도 책에 쓰인 것처럼 영원히 계속될 것 같았는데, 지금은 그 사람이 전혀 그렇게 생각되지 않아. 돌이켜보면 조금은 마음이 들뜨긴 하지만 말야. 난 변덕쟁이인가 봐. 변덕은 딱 질색인데.

어서 집으로 돌아가서 다시 만나고 싶어. 날마다 달력에 줄을 그어가며 날짜를 지우고 있어. 밤에는 우리 집 다른 식구들이 홍역에 걸리지 않게 해달라고 기도를 한단다.

내가 돌아갈 때까지 '파수꾼 소나무' 밑에서 시를 읊지 말아 줘. 그곳에 혼자 서 있는 너를 생각만 해도 난 견딜 수가 없거든.

이제 다시 잠자리로 들어가 로버트 고모부의 말대로 '뷰티 슬립(숙면을 취하면 미인이 된다는 뜻)'을 할 거야. 난 이 말이 좋더라. 잠에 곯아떨어지기 전에는 못생겼지만, 깨고 나면 미인이 된다니 말이야! 넌 뭐 그다지 멋지게 생각되지 않겠지만. 넌 정말 예뻐. 하지만 난……

맹인 남편을 얻으면 예쁘지 않아도 상관없겠지. 하지만 그 사람을 다시 만날 일은 없을 것 같아.

언제나 나를 생각해 주길 바라면서.

패트리샤

추신

헤이젤 고모가 나더러 머리를 짧게 자르라고 하는데, 아주머니가 뭐라고 할지 모르겠어.

2

(엄마에게 보내는 편지)

어느 누구보다 사랑하는 엄마께.

지금 엄마가 제 어깨에 손을 얹고 이곳에 계신 것만 같아요. 식구들 모두가 보고 싶어 못 견디겠어요. 낮에는 여기도 꽤 재미있지만 밤이 되면 엄마랑 가족들이 멀리 떠나버린 것 같아요. 엄마, 제가 없어서 쓸쓸하지요? '은빛숲'도 제가 없어서 외로워할까요? 그리운 '은빛숲'. 오늘 밤, 다락방으로 올라가서 집 쪽을 보았더니 죽은 것처럼 온통 캄캄했어요. 그러다가 문득 창마다 불이 들어와서 엄마랑 아주머니, 그리고 젠틀맨 톰도 모두 보이는 것만 같아서 울고 말았어요.

시드와 귀염둥이가 차츰 좋아진다니 기뻐요. 귀염둥이가 저를 잊지나 말았으면 좋겠어요. 엄마의 편지를 오븐에서 살균해 보내 주신다니 안심이 돼요. 돌아갈 때쯤 되어 여기서 홍역에 걸리면 큰일이거든요. 엄마, 제가 없는 동안에 평소의 그 엄청난 두통은 일어나지 않았나요?

저는 매일 밤마다 성경을 읽고 기도도 하고 있어요. 마사 매디슨 할머니가 이 집에 오랫동안 머물고 있는데, 로버트 고모부는 그분이 없는 데시는 '노처녀 고모'라고 부른답니다. 그 매디슨 할머니가 매일 밤 제 방에 들어와서 기도를 했느냐고 물어보지만, 저는 다른 사람이 제 기도에 대해 간섭하는 건 싫어요.

아빠가 서부에서 돌아오신 지 1년이 다 돼가는데, 저는 지금도 매일 밤 하느님께 감사기도를 드린답니다. 아무리 감사를 드려도 모자랄 정도예요. 젠은 사촌들이 그곳에 가 있다며, 서부가 굉장히 멋진 곳이라고 해요. 그럴지도 모르지요……. 하지만 '은빛숲'은 아닌걸요.

이 집에서 한 가지 마음에 드는 것이 있어요. 그건 내 침대 옆에 있는 양털 깔개예요. 침대에서 뛰어내리면 발끝이 양털 사이에 파묻혀서 차가운 기름천이나 뜨개질한 깔개보다도 훨씬 기분이 좋아요. 나도 양털 깔개가 갖고 싶어요. 주디 아주머니만 기분 나쁘지 않다면요.

오늘은 베츠에게서 재미난 편지가 왔어요. 엄마, 난 베츠가 너무 좋아요. 그렇게 예쁜 친구가 있어서 정말로 기뻐요. 베츠의 목소리를 듣고 있으면 자작나무 숲을 가로지르는 바람 소리가 생각나요. 그리고 베츠의 눈은 엄마 눈처럼 뭔가 아름다운 것을 아는 듯한 표정을 띠고 있거든요.

엄마처럼 아름다운 분은 다시 없을 거예요. 제가 편지 쓰기를 좋아하는 것도, 편지로는 이런 말을 하기가 쉽기 때문이에요.

엄마, 올겨울 제 새 옷은 빨간색으로 하면 안 되나요? 저는 부드럽고 선명한 빨간색이 좋거든요. 실비아 시릴라는 매달 새옷을 지어 입고 싶다고 하지만, 저는 그렇지 않아요. 입는 동안에 차차 애정이 솟아나거든요. 작년에 만든 갈색 옷이 작아져서 못 입게 된 것이 속상해요. 그 옷에는 무척이나 즐거운 추억이 있거든요. 제가 돌아갈 때까지 제 옷이 주디 아주머니의 코바늘뜨기 재료로 쓰이지 않게 해 주세요. 아주머니가 내 노란 블라우스에 눈독을 들인다는 걸 전 다 알고 있어요. 하지만 엄마 소맷단을 내면 아직은 입을 수 있지 않을까요?

오늘 밤은 다락방 주위의 바람이 조금은 슬픈 듯한 소릴 내고 있지만, 항구 위에는 아름다운 달이 떠 있어요. 주디 아주머니 말로는 제가 3살 때의 어느 날 밤에 보름달을 보면서 '어, 하늘에 등불을 든 사람이 있어요'라고 했다던데, 그게 정말인가요?

'노처녀 고모'가 이불 사이에 라벤더를 넣는 걸 좋아한다고 하기에, 전 우리 집에선 클로버를 넣는다고 했더니, '노처녀 고모'는 흥 하고 콧방귀를 뀌시더군요. 어제저녁에, 헤이젤 고모가 제게 브라운 베티(사과, 빵가루, 설탕, 버터, 향료 등으로 만든 푸딩)를 만들어도 좋다고 해서 만들 기회가 있었는데, 곁에서 '노처녀 고모'가 뭔가 흠을 찾아내려는 듯한 눈초리로 지켜보는 바람에 잘 되지 않아서 창피했어요. 그런데 브라운 베티라는 이름은 왠지 식인풍습을 연상케 해요.

 실비아 시릴라의 엄마는 응접실을 매우 소중히 여기시기 때문에 평소에는 블라인드를 내리고 자물쇠로 채워놓고는 특별한 손님이 올 때만 사용한답니다. 집에선 방을 모두 사용하는 게 좋을 것 같은데 말이에요.

 오늘 밤은 서리가 내릴 거라고 '노처녀 고모'가 말했지만, 내리지 않으면 좋겠어요. 제가 돌아가기 전에 꽃이 서리를 맞아 시들면 큰일이니까요. 하지만 오늘 포플러의 노란 잎이 떨어지기 시작한 것을 보고 여름이 끝났다는 생각을 했어요.

 지금 막 바람에 키스를 실어 엄마께 보냈어요. 그리고 이 편지에는 모든 사람과 모든 사물에게 보내는 키스와, 그리고 아빠랑 귀염둥이에게 보내는 특별한 키스가 들어 있어요. 편지에 아무리 사랑을 담아도 무거워지지 않는 게 다행이지 뭐예요. 그렇지 않으면 이 편지는 우표 값을 지불하지 못할 정도로 무거워질 테니까요.

 이번에 태어난 헤이젤 고모네 아기는 굉장히 귀엽지만 귀염둥이 때만큼은 예쁘지 않아요. 그래요, 엄마. 우리 가족만큼 좋은 건 세상 어디에도 없어요. 멋진 가족이에요! 그리고 그중에선 엄마가 가장 멋있고요.

패트 올림

 추신
 헤이젤 고모는 제게 머리를 짧게 자르라고 합니다만, 주디 아주머니는 지금도 반대하는지요. 실비아 시릴라가 단발을 했을 때 개네 엄마는 1주일 동안이나 울었지만 지금은 오히려 마음에 들어하신대요.

3

(시드에게 보내는 편지)

사랑하는 시드 오빠에게.

차츰 좋아져서 이제 식사도 잘 한다니 기뻐. 홍역의 회복기에는 너무 많이 먹으면 안 된다고 '노처녀 고모'는 말했지만, 우리 주디 아주머니가 뭐든 잘 알아서 하실 테니까 걱정 없어.

오빠가 아프다는데 곁에 있으면서 열이 오른 이마를 식혀주지도 못해서 괴로웠어. 하지만 엄마가 귀염둥이를 돌보느라 바쁘더라도 주디 아주머니가 모든 것을 잘 해주셨을 거라 믿어.

이 집은 쾌적하고, 헤이젤 고모는 9시 반까지 자도 내버려두셔. 하지만 역시 하루 빨리 집으로 돌아가고 싶어. 홍역에 걸리는 건 싫지만, 어딘가 아픈 건 즐거울 것 같아. 모두가 잘 대해주잖아. 오빠가 기운을 차리면 '비밀들판'에 가서 가문비나무가 어떻게 되었는지 보기로 해.

실비아 시릴라의 말로는 프레드 데이비슨과 그의 여동생 뮤리엘이 마치 오빠와 나처럼 사이가 좋았는데, 싸워서 지금은 서로 말도 않는대. 오빠, 우린 싸움 따윈 절대로 하지 말기로 해. 그렇게 되면 아마 난 견디지 못할 거야.

물론 데이비슨 집안의 사람들이니까 그렇겠지만.

실비아 시릴라가 그러는데, 지난주에 남글렌 마을의 피터슨 씨네 사람들은 혼이 쏙 빠질 정도로 깜짝 놀랐대. 머틀 피터슨이 애정의 도피행각을 벌인 줄 알고. 그런데 결국은 물에 빠져서 죽은 거였대.

실비아는 오빠가 메이 비니를 좋아한다고 하는데, 그건 사실이 아니지? 비니 집안의 사람 따윌 절대로 좋아해선 안 돼. 우리와는 많이 다르거든.

오빠가 어른이 되면 베츠하고 결혼하면 좋을 것 같아. 베츠라면 '은빛숲'에 와도 좋아. 나 못지않게 우리 집을 소중히 여길 테고, 틀림없이 좋은 아내가 될 테니까. 게다가 내가 오빠하고 함께 살더라도 싫어하지 않을 게 분명하거든.

참, 헛간에 사는 얼룩고양이가 새끼를 낳거든 내 것으로 한 마리만 남겨놓으라고 조 오빠에게 부탁해 줘.

이제 곧 밭을 갈아야 할 계절이네. 그때까지는 나도 집으로 돌아가서 사과 따는 걸 도울게.

버트 매디슨에게 뱃사람 매듭을 배우고 있어. 오빠에게도 가르쳐 줄게. 하지만 메이 비니에게 가르쳐 주면 싫어.

오빠의 귀여운 동생, 패트

추신

헤이젤 고모가 머리를 짧게 자르라고 하시는데, 그러는 게 어울릴까? 하지만 주디 아주머니가 뭐라고 할지 몰라서.

4

(징글에게 보내는 편지)

징글에게.

자주 편지 보내주어서 고마워. 그리고 내가 없어서 쓸쓸하다고 말해줘서 기뻐. 우리 식구들은 아무도 그렇게 말해주지 않았거든. 시드 오빠하고 귀염둥이는 아마 그렇지는 않겠지만, 위니 인니랑 조 오빠는 이제 커서 나 따윈 아무래도 상관이 없는 모양이야.

난 지금 다락방에 와 있어. 이곳에 앉아서 가문비나무 골짜기가 어두워져 가는 것을 보기도 하고, 굴뚝 주위의 바람이 내는 신음소리를 듣기도 해. 오늘 밤에는 주디 아주머니가 말하던 유령의 바람 같은 바람이 불어. 이렇게 바람 소리를 듣고 있으려니 요전에 마지막으로 '행복들판'에 갔을 때 네가 읊어주었던 시가 떠오르네.

몹시도 거친 한밤의 바람은

두렵게도,
　　죽은 사람의 목소리로 가득 차 있다.

　이 시구를 생각하면 늘 기분 좋은 한기가 느껴져. 너도 같은 것을 느낀다니 기뻐. 시드는 그런 건 모두 시시하대. 내가 '나무들은 언제나 무슨 말을 하는 걸까, 혹은 바람에 흔들리면 언제나 슬픈 것 같은데 어째서일까'라고 하면, 시드는 웃어. 하지만 징글, 넌 단 한 번도 웃은 적이 없지? 매일 밤 이곳에서 자기 전에 조용히 누워 있으면 그리운 '행복들판'의 이끼 낀 바위 사이를 흘러 떨어지는 물소리가 들려오는 것 같아.
　맥긴티는 잘 있어? 나 대신에 안아 줘. '노처녀 고모'한테도 개가 있는데 불쌍해. 언제나 눈길이 닿는 곳에만 있어야 하고, 고무로 된 쥐만 상대해야 하거든.
　실비아 시릴라의 집에도 개가 몇 마리 있어. 버트의 개와 머틀의 개, 그리고 가족 모두의 개가 있지. 하지만 그 개들은 맥긴티처럼 멋지지 않아.
　길 끝에 사시는 로버트 고모부의 아버지 댁에도 개가 한 마리 있긴 한데, 힘이 없어서 언제나 축 쳐진 데다가 짖을 때는 울타리에 기대야만 할 정도야.
　개 얘길 하니까 생각나는데 헤이젤 고모의 스크랩북 속에서 〈천사 같은 작은 개〉라는 멋진 시를 찾아냈어. 그 시를 읽고 나는 너하고 맥긴티 생각이 나서 울고 말았어. 맥긴티가 성베드로의 다리 사이로 천국의 문을 빠져나가 '차가운 어둠 속에서 기뻐 짖으면서 너를 마중 나와 있는' 모습이 눈에 떠오르는 것 같았어. 아, 징글, 맥긴티처럼 귀여운 개에게는 영혼이 있는 게 틀림없어.
　헤이젤 고모의 집을 넌 어떻게 생각할까. 넌 아마도 높이가 너무 높다고 할 테지. 하지만 안은 굉장히 멋져. 다만 앉을 만한 부엌 계단도 없고, 둥근 창도, 죽은 시계도 없는 게 흠이긴 해.

항구의 피터 모건 할아버지가 내게 말해준 건데, 할아버진 젊은 시절에 해적이었대. 그래서 몇 억이나 되는 보물을 서인도제도의 어떤 섬에 묻어 놓았는데, 그곳이 어딘지 아무리 해도 찾을 수가 없다는 거야.

이 이야기를 만약 4년 전에 들었다면 믿었겠지만, 지금은 너무 늦었어. 그 전처럼 무엇이든지 믿을 수 있었으면 좋겠어.

로버트 고모부 집 뒤뜰의 울타리가 정확히 퀸즈 군(郡)과 프린스 군의 경계선에 해당돼. 멋지지 않아, 징글? 울타리 하나만 넘으면 다른 군에 갈 수 있다니 말야. 왠지 모르게 모든 것이 달라져버리는 느낌이야. 난 날마다 울타리를 넘으면서 모험을 하는 기분을 맛보곤 해. 무엇에든 쉽게 스릴을 느낀다고 헤이젤 고모한테 말을 듣긴 했지만, 그래도 그런 편이 행복하다고 생각해. 스릴이 없는 인생은 어떤 것일까. 베츠랑, 징글, 시드, 아주머니, 그리고 '은빛숲'이 없다면 인생은 어떨까.

패트 보냄

추신

헤이젤 고모가 머리를 짧게 자르라고 하셔. 짧게 자르는 게 나을까, 징글?

5

(주디 아주머니에게 보내는 편지 및 주디 아주머니의 감상)

나의 소중한 주디 아주머니에게.

집을 떠난 지 벌써 몇 년이나 지난 것만 같아서, 아주머니랑 가족들, 그리고 정든 부엌이 그리워서 견딜 수가 없어요. 헤이젤 고모네 부엌은 무척이나 현대적이긴 하지만 우리 집 부엌처럼 편안하지는 않아요.

쓸쓸해지면 저는 다락방으로 올라가서 '은빛숲'의 등불을 바라보면서 지금쯤 모두들 뭘 하고 있을까, 아주머니는 부엌에서 혼잣말을 하면서 빵 반죽을 하고 있을까, 그런 상상을 해요. (글쎄, 무얼할까.) 젠틀맨 톰은 벤치에 앉아서 깊은 생각에 잠겨 있겠지요. (그렇고말고. 톰, 넌 아주 특별한 고양이야. 난 세상 사람들에게 외치고 싶어. 네가 하루에 생각하는 분량은 보통 사람이 1주일 동안 생각해도 모자랄 거라고 말이야.)

이곳엔 고양이가 단 한 마리도 없어요. 로버트 고모부의 '노처녀 고모'가 와서 오랫동안 머물기 때문인데, 그 할머니는 고양이를 아주 싫어하거든요. 전 '노처녀 고모'가 별로 좋아지지가 않아요. (아무렴, 그렇고말고. 그렇고말고, 무리도 아니야, 패트.) 생김새가 너무 곱지 않거든요. 저도 예쁘지는 않지만 제 코는 '노처녀 고모'의 코처럼 이상하게 생기지는 않았어요. 그 무시무시한 코는 바로 옆에 있는 머리카락마저도 놀라서 달아나 버릴 것만 같아요. (잘도 알아보았구나, 패트.)

그렇지만 조금은 불쌍하기도 해요, 아주머니. (에그, 마음씨도 곱지.) 왜냐하면 사실은 쓸쓸할 테니까요. 애정을 쏟을 사람도 집도 없잖아요. 틀림없이 괴로울 거예요.

헤이젤 고모의 손님용 침실 침대에는 부챗살 모양의 굉장히 멋진 자수 이불이 덮여 있어요. 아주머니가 만든 장미 무늬 매트는 거실 바닥에 깔려 있는데, 헤이젤 고모는 손님들이 올 때마다 그것을 보여주며 자랑한답니다. (그렇다면 나도 유명해지겠는걸.) 헤이젤 고모네 집에는 응접실이 없어요. 만약 응접실이 있었으면 그곳에 깔았을 거예요.

실비아 시릴라는 응접실 따윈 구식이라고 말했어요. 우리 집엔 응접실이 둘이나 있다는 소릴 들으면 뭐라고 할까요. (뭐라고 하든 상관없지 않니? 거실보다는 응접실이 훨씬 멋지니까.)

올겨울에 엄마가 빨간 옷을 새로 만들어주신다고 그랬어요, 아주머니. 난 거기에 맞춰서 작고 빨간 모자도 갖고 싶어요. (그건 아주 세련되어 보이겠구먼.) 젠 데이비슨은 새 모자가 두 개나 생길 거래요. 자기 집에선 언제나 그렇다더군요. 하지만 모자는 한 번에 한 개밖엔 쓸 수 없지 않나요, 아주머니? (제법 똑똑한 말을 하네.)

로버트 고모부의 '노처녀 고모'는 내가 옷 얘기를 꺼내면 바보 취급을 하고선 콧방귀를 뀌지요. 헤이젤 고모가 그러는데 '노처녀 고모'가 그러는 건 만약 로버트 고모부가 해마다 생활비를 보태주지 않으면 옷을 살 돈이 없어서 벗은 채로 지내야만 하기 때문이래요. (분명 요즘 사람들은 벗는 걸 좋아하는 모양이야. 패션 책 같은 데서 보면 말이야.)

그런데, 아주머니. '노처녀 고모' 말로는 옛날 얘기 따윈 전혀 이롭지가 않대요. 산타클로스 이야기조차도요. (마침내는 애를 부추기고 있구먼.) 하지만 난 요정의 고리(잔디밭에 균류가 번져 동그란 모양으로 생겨나는 진녹색 부분. 요정들이 춤춘 흔적이라고 믿었음)와, 문에 걸려 있는 말의 편자, 그리고 빗자루를 탄 마녀만큼은 계속 믿을 생각이에요. 그런 것을 믿는 편이 인생이 즐거워질 테니까요. 어떤 것이 꼭 실제로 존재해야만 믿을 수 있는 건 아니잖아요. (정말이지 이 아이에게는 어떤 훌륭한 변호사라도 당할 수 없을 거야.)

이 집에선 간식은 먹지 않아요. 그러는 게 선상에 좋은 건 분명하지만, 밤에 잘 때쯤 되면 아주머니가 해주던 버터에 튀긴 달걀이 생각나요. 자기 전에 밤참을 조금 먹는 것은 건강에 좋을 것 같은데. (분명히 이해가 빠른 사람들은 모두 똑같은 생각을 하는 법이지.)

그렇지만 헤이젤 고모의 요리 솜씨는 훌륭해요. 헤이젤 고모처럼 멋진 리본 케이크를 만들 수 있는 사람은 아무도 없을 거예요. 아주머니도 헤이젤 고모에게 리본 케이크를 만드는 방법을 배웠으면 좋겠어요. (리본 케이크라고? 새로운 것을 배우는 것은 나 같은 늙은이에겐 무리지, 암.)

그런데 크랜베리 파이는 헤이젤 고모가 만든 것보다 아주머니가 만든 것이 훨씬 맛있어요. 헤이젤 고모가 만든 것은 너무 달거든요. (요런, 아첨을 떠는 게로군. 내 비위를 맞추려고 말이야.)

실비아 시릴라의 엄마는 데번셔 크림을 잘 만들어요. (뭐라고, 데번셔 크림이라고? 그거라면 실비아의 엄마가 태어나기 전부터 내가 만들어왔던 것이지. 하지만 짜낸 크림은 한 방울도 남김없이 치즈 공장으로 보내버리는데, 대체 어디서 크림을 구했다지?)

하지만 다른 요리는 별로예요. 모양새는 좋지만 맛이 영 아니거든요. 너무 싱겁거나 짜거나 향신료가 들어 있지 않거나 해요. (그거야 아주 상식적인 것인데, 착한 내 강아지. 상식이지.)

샬럿타운에 사는 실비아 시릴라네 아버지의 사촌이 지난주에 인후를 절제하려고 하다가 잘되지 않아서 큰 병원으로 실려가 봉합을 했대요. (앨빈 서튼이 틀림없어. 그 서튼 집안의 사람들은 뭘 해도 잘된 적이 없으니까.)

근처에 헤이젤 고모의 시부모님인 제임스 매디슨 씨 부부가 살고 계셔서 저는 가끔 그곳으로 심부름을 간답니다. 제가 오트밀 죽을 먹지 않았더니 고모부의 아버지가 굉장히 싫어하시더군요. "이건 임금님이 드실 만한 죽인데"라면서요. 하지만 전 임금님이 아니잖아요. (죽이라고? 나야 뭐 죽을 헐뜯을 마음은 없지만, 그 구두쇠 제임스 할아버지의 죽이란 그리 자랑할 만한 것이 아닐 텐데.)

두 분 다 맏딸 메리가 커다란 자랑거리예요. 많은 장학금을 받으며 석사 학위를 땄고, 지금은 대학 교수래요. 그렇게나 머리가 좋다니 부러워요, 아주머니. (하지만 남편을 얻었다는 말은 듣지 못했는걸.)

고모부의 아버지 제임스 씨는 자기 부인을 놀리는 걸 아주 좋아하는데, 실비아 시릴라의 아버지가 다시 한 번 결혼할 마음이 있느냐고 물었더니 웃으면서 "물론, 있고말고. 하지만 다른 여자하고야"

라고 대답했어요. 그런데도 제임스 부인은 웃지 않았어요. (그랬겠지. 농담 같아도 진심이란 걸 알기 때문일 테지.)

그분은 젊은 시절에 뭐든지 마음 내키는 대로 했다고 하던데, 그렇기 때문에 지금 이렇게 애깃거리가 있는 것이라면서, 그렇지 않았다면 쓸모없는 영감이 되었을 거라고 하셨어요.

아주머니, 나도 아주머니 나이가 되었을 때 이야기를 들려주기 위해 여기 와서 들은 여러 이야기들을 열심히 모으고 있어요. 이것도 그중 하나인데, 실비아 시릴라네 삼촌의 농장에 구레나룻을 기른 유령이 나타난대요. 이상하지요? 유령이 구레나룻을 다 기르다니. 그런 유령을 상상하실 수 있어요? (물론 상상할 수 있다마다. 아일랜드에선 대머리 유령도 있었는걸. 정말이지 그 무리들을 만나면 머리가 돌고 마니까.)

그리고 젠 데이비슨의 사촌은 술에 취하면 운대요. 술에 취한 것을 후회하면서 우는가 보다 했더니 그게 아니라 좀더 자주 술에 취하지 못하는 것이 분해서 우는 거래요.

다리 옆의 조니 맥컬리스터 할아버지가 요전 월요일에 고모부의 아버지 제임스 씨를 찾아와서 말하기를, 일요일에 하루 종일 악마하고 격투를 했다고 하는데 그게 정말일까요? 아니면 비유를 한 것일까요? (틀림없이 아내의 비위를 맞추느라 힘들었던 것을 그렇게 표현한 걸 거야. 그 집 안주인은 언제나 버럭버럭 화를 내니까. 조니 할아버지가 그 여자하고 결혼한 것은 실수였어. 물론 거절당할 게 분명하다고 결혼 신청을 했는데, 상대가 승낙해버리는 바람에, 조니 할아버지가 기절초풍을 했다지, 아마.)

맥컬리스터 할아버지의 형이라는 분은 무시무시한 사람으로, 죽을 때 하느님한테 주먹을 휘둘렀대요. (그 맥컬리스터 집안 사람들은 예의범절이라곤 도통 모르는 사람들이지, 패트.)

몰트비 씨 형제는 다퉈서 30년 동안이나 서로 말을 하지 않았는데 화해를 했대요. 이젠 전처럼 재미있지는 않을 것 같아요. 로버트 고모부는, 두 사람이 화해를 한 건 다툼의 원인이 뭐였는지 잊어버렸기 때문인데, 누군가 그 얘길 꺼내 기억나게 하면 또다시 다툴 게 틀림없다고 했어요.

고든 키스 씨는 부인이 자기 말을 듣지 않을 때는 언제나 코바늘 뜨기를 한대요. 그러면 부인은 키스 씨가 코바늘뜨기를 하는 모습을 보는 게 너무 싫어서 그냥 져준대요.

이건 내가 모아놓은 이야기 가운데 가장 재미있는 거예요. 샬럿타운의 샘 매킨지 씨가 몇 년인가 전에 병이 위중해져서 모두들 곧 돌아가시리라고 생각했대요. 장의사인 트로터 씨는 이 할아버지가 부자인 데다가 매우 유명했으므로 가족들이 훌륭한 관을 원할 거라고 생각했지요. 그래서 금방이라도 쓸 수 있도록 서둘러 특별히 훌륭한 관을 본토에서 들여왔지요. 그해 겨울은 추웠으므로 해협이 얼어붙기라도 하면 큰일이라고 생각해서요.

하지만 샘 할아버지의 병이 나아버렸기 때문에, 안됐지만 트로터 씨는 살 사람이 아무도 없는 호화로운 관을 가지고 있을 수밖에 없었대요. 그런데 그 일을 아무에게도 알리지 않고 있었는데 두세 달 뒤에 역시 부자이고 유명한 톰 램지 씨가 갑작스레 죽었더래요. 그래서 트로터 씨가 유족에게 어디에 내놓아도 부끄럽지 않을 훌륭한 관이 있다고 했더니 유족들은 그것을 사기로 해서, 샘 매킨지 씨의 관에 톰 램지 씨를 넣어 매장했다나요. 시간이 지나 그 비밀이 어디선가 새어나와 사실을 알게 된 램지 씨네 유족들이 심하게 화를 냈지만, 그렇다고 관을 파내 돌려줄 수도 없잖아요.

이건 가장 우스운 이야기이고 또 가장 멋진 얘기이기도 해요. 4년 전에 천국에 가신 조지 맥퍼딘 할아버지 얘기예요. 그 할아버지는 천국에 갔어도 처음엔 프린스에드워드 섬 사람을 찾을 수가 없었대요. 시간이 지나고 많은 사람들이 있다는 건 알았지만, 그 사람들은 자물쇠가 채워진 방에 갇혀 있더라는 거예요. 모두가 프린스에드워드 섬으로 돌아가고 싶어하기 때문에 어쩔 수가 없었다나요.

이 애긴 고모부의 아버지한테서 들은 건데 천국에 가신 맥퍼딘 씨의 경험을 어떻게 알았는지 그건 가르쳐주지 않았어요. 하지만 나도 분명 그런 기분이 들 게 틀림없어요, 아주머니. 천국에 간다 해도 나는 '은빛숲'으로 돌아가고 싶을걸요.

어제는 바람이 너무 세서 집의 나무들이 꺾이지나 않았을까 걱정되었어요. 혹시 조 오빠가 내게 새끼고양이를 한 마리 남겨주거든, 아주머니가 잊지 말고 우유를 주셔야 해요.

젠 데이비슨에게는 네 번이나 결혼한 고모가 있대요. (아이고 맙소사, 그 거짓말쟁이 딸년을 얘기하는 게로군!) 젠은 그 고모를 자랑스러워하던데, 로버트 고모부의 말로는 남편을 네 명이나 얻는 것은 낭비래요. 신랑감의 수가 모자라기 때문이라나요? 틀림없이 노처녀 고모를 놀리려고 한 말일 거예요.

매지 데이비슨이 크로프터 카터 씨하고 결혼하기로 했대요. (그 처녀도 꽤나 오랫동안 팔리지 않아 먼지가 잔뜩 앉았으니까. 그렇지 않으면 그 따위 사내에게 눈을 돌릴 리가 없어. 데이비슨 집안 사람이 카터 집안 사람 따위하고는 어깨를 나란히하고 걷는 것조차도 싫어했던 시설을 나는 알고 있지.)

실버브리지의 로스 할리데이와 마린다 베일리는 결혼식을 올렸어요. 약혼 기간이 15년이나 되었으니 신물이 날만 하겠어요. (분명히 마린다는 '결혼'에 대한 생각에 익숙해질 때까지는 결혼하지 않겠다고 했었지. 그 처녀는 머리는 좀 모자라지만 남자들이 좋아하지. 그다지 예쁘진 않지만 귀여워하긴 딱 좋아. 이것으로 마침내 로스도 행복해질 수 있다면 나도 아무런 트집을 잡을 마음은 없어.)

새뮤얼 카터 씨의 부인이 돌아가셔서 금요일이 장례식이에요. 실비아 시릴라의 말로는 그 집에는 장례식만 있다는데, 카터 씨는 결혼식보다도 장례식 쪽이 싸게 먹힌다고 했어요. (무리도 아니야. 사위들의 생활도 돌봐줘야만 하겠고 말이야.)

　아주머니, 이렇게 긴 편지를 읽느라 녹초가 된 건 아닌가요? 1주일 동안, 날마다 조금씩 머리에 떠오른 것들을 써두었거든요. 이제 곧 집으로 돌아갈 텐데, 그렇게 되면 모든 걸 서로 이야기할 수 있겠지요. 내가 없는 동안에 아무도 가구의 위치를 바꾸거나 하지 않게 해주세요. 이 편지가 이렇게 불룩한 건 아주머니에 대한 애정이 가득 담겨 있기 때문이에요.

패트가

　추신
　헤이젤 고모는 머리를 짧게 자르면 머리카락이 짙어진다고 하던데 어떨까요, 아주머니? (정말이지 이 아이는 편지를 훌륭하게 쓰는군. 그 춤추는 듯한 발소리랑 귀여운 웃음소리가 들리지 않으니 쓸쓸해서 견딜 수 없군. 둘이서만 아는 어떤 비밀이라도 있는 것처럼 빙긋 웃는 그 눈길이 그리워지는걸. 그런데 머리를 짧게 자르는 애기는 내년쯤 천천히 생각해도 될 것을. 이 편지는 나의 소중한 파란 상자에 보관해 두어야겠군.)

진정한 아름다움

1

'노처녀 고모'의 예언대로 12살을 넘긴 뒤의 세월은 눈 깜짝할 정도는 아니지만, 그전보다는 빠르게 지나가는 것처럼 여겨져서 패트도, 베츠도 자기들이 이제 곧 13살이 된다는 것이 믿기지 않았다.

어느 날 엄마가 세인트존에서 외사촌인 존과 도로시가 올 테니 그들을 위해 작은 파티를 열면 어떻겠느냐고 말했다.

"파티는 네 생일날로 하는 게 좋겠구나. 베즈의 생일이기도 하고, 그렇게 되면 일석삼조가 될 듯한데."

엄마는 얼마쯤 들뜬 목소리로 말했다.

패트는 파티가 전혀 마음에 내키질 않았다. 좀더 관심을 가져도 괜찮지 않느냐며 주디 아주머니가 걱정을 했다. 존 셀비와 도로시 셀비의 방문을 특별히 신바람이 나서 기다릴 것도 없지만, 한편으로 얼마쯤 흥미는 있었다. 도로시가 예쁘게 생겼다는 말을 들은 적이 있기 때문이다. 존과 도로시는 신문의 사교란에 사진과 함께, '린던의 앨버트 셀비 부부의 아름다운 따님'이라고 소개된 적이 있다. 그런 평판이 나 있는 미인 도로시를 패트는 직접 눈으로 확인해 보고 싶었다.
"위니 언니보다 예쁘진 않을 거야."
"그렇고말고. 아마 위니도 그렇게 좋은 드레스를 입으면 더 멋져 보일 거다. 옷이 날개라니까. 앨버트 외삼촌은 아주 잘생기셨어. 도로시는 아빠를 닮은 모양이야. 걔네 아빠는 집에 있을 때가 별로 없단다. 사치를 좋아하는 젊은 아내로서는 그게 따분했을 거야."
"존하고 도로시는 수도원의 기숙 학교에 다닌대. 틀림없이 머리가 아주 좋을 거야."
패트가 부러워하는 것을 보고 주디 아주머니는 흥 하며 콧방귀를 뀌었다.
"무슨 수도원 같은 데 다닌대서 머리가 좋은 것은 아니란다. '은빛숲'에도 머리가 좋은 사람은 있으니까 말이야. 그저 무슨 도회지풍이니, 무슨 수도원에서 배운다느니 해서 조금도 주눅들 것 없다, 패트. 그렇지만 엄마한텐 단둘밖에 없는 조카니까 사이좋게 지내야 한다."
존과 도로시가 '은빛숲'에 온 지 채 하루도 지나지 않아 패트는 그들 둘과는 전혀 사이가 좋아질 것 같지 않은 느낌이 들었다. 패트는 스스로 인정하고 싶진 않았으나 듣던 것보다 훨씬 예쁘게 생긴 도로시에게 질투를 느낀 탓인지도 모른다. 도로시는 분명 위니 언니보다도 예뻤다. 그렇지만 베츠보다도 예쁘다고 생각하고 싶지는 않았다.
도로시의 머리는 윤기가 흐르는 밤색으로 이마를 예쁘게 덮고 있다. 그에 비하면 패트의 머리칼은 한층 옅은 생강색이었다. 눈은 도로시가 비로드 같은 갈색이라면, 패트는 거의 호박색이었다.
손도 예뻤다. 그 손을 언제나 얼굴 쪽으로 가져가곤 한다. 그러면 다른 사람의 손은 모두 다 햇볕에 그을린 것처럼 거칠게 보였다.

존은 머리는 좋지만 외모는 별로였는데, 예쁜 도로시를 무척이나 자랑스러워했다. 존은 패트에게 이렇게 말했다.

"도로시는 세인트존에서 가장 예쁘지."

"분명, 아주 예뻐. 위니 언니나 베츠와 비교해도 손색이 없을 정도야."

"뭐라고, 위니라고 했니?" 존은 의아한 표정을 지었다. "물론 위니도 느낌이 괜찮아. 너도 머리칼이 그렇게 길고 곧지만 않다면 괜찮을 텐데. 그건 빅토리아 왕조풍이로군."

빅토리아 왕조풍이란 어떤 것인지 존도 확실히 알지는 못했지만, 누군가가 했던 그 말이 조금은 건방지다 싶은 시골 사촌의 코를 납작하게 해주는 데는 안성맞춤이라고 생각한 것이다.

"머리를 짧게 자르는 걸 아주머니가 반대해서." 패트는 쌀쌀맞게 대답했다.

"아주머니라고? 아, 그 별난 가정부 말이구나. 너한텐 그 사람이 그렇게나 대단하니?"

"아주머니는 가정부가 아니야." 패트는 발끈했다.

"그럼 뭔데?"

"가족의 한 사람이야."

"급료를 지불하지 않니?"

그것까지는 생각해본 적이 없었다.

"그건…… 지불할걸."

"그럼 가정부지 뭐냐? 물론 너처럼 애정을 가지고 대해주는 건 좋은 일이라고 생각하지만. 그렇지만 일하는 사람이란 말이야, 그렇게 애지중지하면 콧대가 높아져서 못쓴다고 우리 엄마가 그랬어. 그 할머니도 태도가 공손하지는 않은 것 같던데. 시골에서는 그래도 괜찮은지 모르지만. 어, 저것 좀 봐. 도로시가 백합 옆에 있네. 꼭 천사 같지 않니?"

패트는 실례를 무릅쓰고 말했다.
"어릴 때 예쁘면 어른이 되어서는 미워지는 경우가 많다고 들었는데 그게 정말인지 모르겠어, 존."
"우리 엄마는 어릴 때도, 어른이 된 지금도 예쁘셔. 엄마는 샬럿타운의 힐튼 집안 출신이니까."
존은 거만하게 말했다.
패트는 샬럿타운의 힐튼 집안 따위는 전혀 알지 못했지만 주디 아주머니가 말한 것처럼 존이 잘난 체하고 싶어한다는 것만은 분명했다.
이런 일이 있었던 것은, 존과 도로시가 '은빛숲'에 온 지 며칠이 지난 뒤였다. 첫날은 둘 다 무척 예의가 발랐다.
"'은빛숲'은 아주 멋진 곳이구나. 마당은 굉장히 '운치'가 있어. 우물도 무척이나 '운치'가 있고, 교회 헛간도 꽤 '운치'가 있어. 묘지는 '귀중한' 곳이야."
왠지 느낌이 이상했다. 패트는 곧 그 이유를 깨달았다. 이들 둘은 마당과 우물, 그리고 헛간을 우습게 여기는 것이었다. 더구나 묘지까지!
"너흰 수돗물을 마시겠지?"
패트의 말투에는 경멸이 담겨 있었다.
"아유, 넌 정말 웃기는 애로구나."
도로시는 패트를 꼭 안았다.
그러나 그 뒤로는 그들이 그렇게 호의적으로 나오지 않았다. 그들은 거리를 두고 서로를 살펴보았으며 서로에 대해 편견을 갖게 되었다. 패트는 도로시에게는 꽤 호감을 가졌으나, 존은 영 아니었다.
패트가 정원으로 안내하자 존이 말을 꺼냈다.
"우리 집 국화를 꼭 보여주고 싶어. 우리 아빠 언제나 꽃 전시회에서 상을 휩쓸곤 하셨지. 앨릭 고모부는 어째서 이렇게 오래된 가문비나무를 잘라내 버리지 않는 걸까. 저쪽 구석이 저렇게나 어두워지는데 말야."

"저 나무는 우리들 모두의 친구야." 패트가 설명했다.

"나라면 구석에 있는 바이올렛을 서쪽으로 옮기겠어." 도로시가 말했다.

"하지만 바이올렛은 원래부터 그곳에 있었어."

"이 나무문은 끼익 소리가 나네. 어째서 기름을 치지 않는 거지?" 존은 진저리를 치며 말했다.

"이 나무문은 원래부터 끼익 소리를 내."

"너희 정원은 운치는 있지만, 마치 정글 같구나. 모조리 베어버려야만 하겠어."

정원을 떠나면서 도로시가 비평을 했다.

패트는 언젠가 노마를 후려갈긴 이후로 분별력이 생겼다. '은빛숲'의 명예를 생각해서라도 손님에게 실례의 태도를 보여선 안 되었다. 그런 분별력이 없었다면 도로시에게 무슨 짓을 했을지 모를 일이었다.

집 안에선 더욱 신랄했다. 존은 만약 자기 집이라면 가구의 위치를 모조리 바꿔버릴 거라고 했다.

"나라면 어떻게 하리라고 생각해? 피아노를 우선 저쪽 구석으로 옮기고……."

"하지만 피아노는 여기로 정해져 있어."

"위치를 조금만 바꾸어도 훨씬 나아지는 법이야, 패트."

"하지만 그렇게 하면 방이 화를 낼 거야." 패트는 외쳤다.

존과 도로시는 의아한 듯 눈을 동그랗게 뜨고는 서로 마주 보았다. 패트도 그것을 깨달았으나 그냥 용서해 주었다. 존과 도로시가 베츠를 상냥하고 좋은 애라고 칭찬했기 때문이다.

"그럼, 그렇고말고. 그 앤 착한 마음씨를 가졌으니까 태도도 훌륭한 거야." 주디 아주머니가 말했다.

패트가 존에게 호감을 갖게 된 건 징글에게서 받은 새장을 칭찬해 주었을 때였다. 하지만 징글을 만나자 여전히 존은 예의를 벗어난 태도로 돌아갔다. 도로시는 징글에게 친절했다. 조금은 너무 친절하다 싶을 정도였다. 하지만 존은 징글의 들쭉날쭉한 머리와 볼품없는 옷매무새밖엔 눈에 들어오지 않았다. 게다가 도로시가 뒤에서 이런 말을 하는 바람에 패트는 화가 치밀었다.

"저런 가난뱅이 남자아이에게 친절을 베풀다니, 넌 정말 착하구나."

'나를 우습게 여기는 거야! 깔보는 것을 한마디로 나타낸 것이지. 징글마저도 얕보다니. 그런데도 징글은 도로시의 피아노 연주를 기쁘게 듣고 있네. 피아노를 확실히 잘 치긴 하는군. 위니 언니는 발끝에도 미치지 못하겠어. 셸비 집안의 자매는 둘 다 음악에 타고난 재주가 있군. 존은 밤낮을 가리지 않고 기타를 연주하고, 도로시는 피아노 건반 위에서 춤추는 고운 손을 자랑이라도 하는 것 같아.'

"저렇게 치면 건반이 뿌리째 뽑히고 말겠는걸."

주디 아주머니가 불만을 터트렸다. 위니가 빛을 발하지 못하는 것이 싫었기 때문이리라.

2

그런저런 이유로 어른들은 모두——주디 아주머니는 빼고——여자아이들의 사이가 좋아서 다행이라고 생각했으나, 이번 방문이 대성공이라고는 말할 수 없었다.

우선 존과 도로시를 재미있게 해주는 것이 쉽지가 않았다. 패트나 베츠처럼 스스로 재미있는 것을 찾아내지 않았으므로 언제나 이쪽에서 뭔가를 해서 재미있게 해줘야만 했다. 패트는 존과 도로시를 묘지로 데려가거나, 들판의 이름을 모조리 설명하기도 했고, '오래된 정원'이나 '소곤소곤길'로 안내하기도 했다. 시드가 도로시에게 '비밀들판'을 보여주었을 때도 패트는 마음쓰지 않으려고 애썼다. 그러나 생각과는 달리 가슴이 무척이나 아팠다.

모두들 시드가 도로시에게 푹 빠졌다고 생각한다는 것도 패트는 알고 있었다. 도로시가 메이 비니보다는 나을지도 모르지만, 패트는 시드가 그 누구에게라도 푹 빠지는 것을 바라지 않았다.

"귀염둥이가 저렇게 따르니까 넌 도로시를 질투하는 거지?" 시드가 놀려댔다.

"그렇지 않아. 아니라니까, 난 다만…… 그곳은 우리 둘만의 비밀이잖아."

"이제 다 커서 그런지 '비밀들판'이라든가 뭐 그런 것 다 시시해." 시드는 제법 어른 같은 말투로 말했다.

"어른이 되는 건 싫어." 패트는 훌쩍훌쩍 울기 시작했다. "알잖아, 시드. 도로시를 좋아하는 것도 괜찮고, 좋아하게 되어서 잘됐다고 생각해. 하지만 그 들판은 도로시에겐 아무것도 아니잖아."

"분명히 그래. 어째서 그 들판을 비밀로 하는지 모르겠다고 하더라. 듣고 보니 그 말도 맞아. 우린 왜 그곳을 비밀로 했었지, 패트?"

"아아!"

이제 끝이라고 패트는 생각했다. 시드가 전처럼 생각하지 않는 이상 무리하게 강요할 수는 없었다.

자작나무 숲의 놀이 오두막에도 존과 도로시는 흥미를 보이지 않았고, 헛간에서 고양이를 쫓는 것도 별로 내키지 않는지 꼬리털이 복슬복슬한 두 마리의 오렌지색 새끼고양이를 보아도 아무런 반응을 보이지 않았다. 다만, 누군가 남자아이가 옆에 있을 때는 달랐는데, 그럴 때 도로시는 그 예쁜 턱 밑으로 두 마리를 끌어안고 햇빛에 반짝이는 비로드 같은 머리 꼭대기에 키스를 하기까지 했다.
"남자아이로 하여금 자신이 그 새끼고양이였으면 좋겠다고 생각하게 하기 위한 짓이지."
주디 아주머니는 혼잣말을 했다.
둘 다 '모험놀이' 따위는 전혀 모르는 데다가, 굵고 기다란 지렁이로 요르단 강에서 낚시를 하는 것도 좋아하지 않았다. 울타리나 둥근 돌, 사과나무 가지에 몇 시간이나 앉아서 패트나 베츠처럼 눈에 들어오는 모든 것에 관해 서로 이야기하는 것도 불가능했고, '울보 윌리'의 묘비에 앉거나 초저녁 별이 나오기를 기다리는 것이 어째서 재미있는지도 이해하지 못했다.
저녁때 조가 존과 도로시를 데리고 드라이브를 할 때나, 파티 같은 데 참석할 때는 조금쯤 재미있어했다. 파티에 입었던 존과 도로시의 드레스는 그때까지 북글렌 마을에서는 본 적도 없는, 몇 년 동안이나 소녀들의 기억에 남을 만한 것이었다. 하지만 둘은 예의상 얼굴에 나타내지는 않으나 따분해서 못 견딜 지경이었다.
그러나 그들에게도 한 가지 마음에 드는 것은 있었다. 어두워진 언덕 뒤로 가라앉은 태양의 부드러운 빛이 하늘 가득 넘치고, 숲 속의 자작나무 가지가 주위에 키스를 보내기라도 하듯 흔들리는 9월의 해질녘에, 부엌문의 계단에 앉아 빨갛고 달콤한 사과를 깨물면서 주디 아주머니의 이야기를 듣는 것이었다. 이때만큼은 패트와 두 사촌은 진심으로 서로를 좋아하게 되었다.
또한 부엌에서 식사를 하다니, 도로시는 진짜 촌스럽다고 생각했다. 하지만 이야기가 끝나고 나서 먹는 주디 아주머니의 '밤참'은 결코 무시할 수 없었다. 버터에 튀긴 달걀과 케이크를 내놓자 존과 도로시가 의아하다는 듯 서로 마주 보는 것을 패트는 보았다.
그러나 비숍 빵과 도넛에 대해서 쉴새없이 칭찬을 해대어서 둘에 대한 주디 아주머니의 기분도 조금은 풀렸다. 주디 아주머니는 후회가 되었다. 패트에게는 그렇게나 사촌들과 친하게 지내라고 당부했으면서도 스스로는 그렇게 하지 않았기 때문이다.

지금까지 주디 아주머니 아닌 그 누구에게도 마음을 열지 않던 젠틀맨 톰이 존만은 따랐다. 패트는 아주머니가 질투하지나 않을까 생각했지만 전혀 그런 기색은 없었다. 주디 아주머니는 콧방귀를 뀌며 말했다.

"저 애를 돌봐줄 필요가 있다는 것을 젠틀맨 톰이 알아챈 거지."
어느 날 저녁에 존이 말했다.
"여긴 여름엔 좋지만 겨울엔 무척이나 따분하겠다."
"말도 안 돼. 여긴 겨울이 좋아. 얼마나 재미있는데." 패트가 대답했다.
"라디에이터도 없잖아. 어떻게 얼어죽지 않고 견딜 수가 있지?"
"우리 집엔 방마다 스토브가 있어." 패트는 자랑스럽게 설명했다. "그리고 질좋은 장작도 산더미처럼 쌓여 있고……. 아 참, 저기를 좀 봐. 불이 타오르는 것이 보일 거야. 침대 속에 틀어박혀 있지 않아도 돼."
존은 웃었다.
"멍청하긴. 우리 집에는 스팀이 들어오고 난로도 있어. 넌 정말 웃기는구나, 패트. 집 얘기만 나오면 성색을 하니, 원. 꼭 이 세상에 여기밖에 없는 것처럼 말이야."
"내겐 그래."
"조는 그렇게 생각하지 않아. 드라이브하러 갔을 때 들었는데, 조는 이곳 생활에 만족하지 않는대, 패트."
패트는 어안이 벙벙했다.
"조 오빠가 그렇게 말했어?"
"정확하게 그렇게 말한 건 아니지만 난 알 수 있었어. 농가의 일을 좋아하지 않는다는 것을……. 조는 선원이 되고 싶어해. 조는 자기 생각을 가슴속에 담아두는 성격이야. 겉으로 드러내길 싫어해."

두 사람이 '시인의 방'으로 올라가고 나자 패트는 울면서 주디 아주머니에게 호소했다.

"내게 조 오빠의 이야기를 하다니 너무해요. 나도 조 오빠가 배를 타고 싶어한다는 것쯤은 알고 있어요. 하지만 아빠가 더 큰 다음에 생각하자고 했고, 조 오빠도 '은빛숲'을 떠날 마음은 없을 거라고 생각해요."

"너희들 모두가 언제까지나 이곳에 있을 수 있는 건 아니란다, 착한 내 강아지."

"하지만 그런 건 몇 년쯤 지난 다음에 생각하면 되잖아요, 아주머니. 조 오빠는 아직 열아홉이에요. 존은 자못 자기가 오빠의 기분을 다 안다는 태도인걸!"

"그것 때문에 운 거야?" 주디 아주머니는 킥킥대며 웃었다.

"오늘도 존은 도로시의 웃는 모습이 예쁘지 않느냐고, 도로시의 웃음소리가 멋지지 않느냐고 묻는 거예요. 난 예의상 그렇다고 대답하긴 했지만……."

"예의란 필요한 거란다."

"그렇지만 도로시의 웃음은 위니의 웃음 절반 만큼도 예쁘지 않은걸요."

"확실히 도로시와 위니는 셀비 집안의 피를 물려받았어. 직접 보지 않으면 누구의 웃음소린지 구별할 수가 없다니까. 하긴 너나 존은 그렇게 생각하지 않겠지만 말이야. 솔직히 말하면 너하고 존은 닮은 데가 너무 많아서, 그래서 맞지 않는 거란다."

패트는 마음속에 있는 것을 주디 아주머니에게 전부 털어놓지는 않았다. 존은 이런 말도 했던 것이다.

"너의 징글도 웃는 모습이 괜찮더구나."

"나의 정글이 아니야."

정글의 웃는 얼굴이 괜찮든 말든 존에게 무슨 상관이 있는 것일까. 정글의 머리칼과 안경, 누더기 바지를 업신여긴 주제에.

존은 또 톰 삼촌의 수염과 주디의 《실용백과》도 빅토리아 왕조풍으로 시대에 뒤떨어진 것이라면서 비웃었다. 에디스 고모와 바바라 고모마저도 업신여기고 '시골 아주머니들'이라고 했다.

식당 천장의 비가 샌 얼룩도, 작은 거실의 카펫이 해진 곳도 존이 뚫어져라 쳐다보는 바람에 패트는 그때서야 비로소 알았고, 부엌의 지붕 판자가 얼마나 이끼가 끼어 있는지도 존이 "난 오래된 집이 좋아"라고 붙임성 있게 말함으로써 깨달았다.

"우리 집은 너무 새 거야. 하얗게 칠을 한 데다 빨간 기와지붕이 거든. 조금은 번쩍거리는 느낌이야. 시간이 지나면 괜찮아질 거라고 아빠가 그러시기는 했지만."

"난 새 집은 좋아하지 않아. 유령이 없거든."

"유령이라고? 설마 유령 같은 걸 정말로 믿는 건 아니겠지, 패트."

"진짜 유령을 말하는 게 아니야."

"그럼, 뭔데?"

"글쎄, 그러니까…… 그건 아주 오랫동안 사람이 살던 집에는…… 그곳에 살았던 사람들의 뭔가가 남아 있다는 거지."

"넌 정말 유별난 애로구나!" 도로시가 말했다.

3

패트는 존과 도로시가 떠난 뒤 조용해진 집과 자유가 뼈에 사무치도록 고마웠다. 다시 전처럼 가족들만 있게 된 기쁨에 어쩔 줄 몰랐다. 여기저기 흩어져 있던 책은 제자리로 돌아갔고, '시인의 방'에 어수선하게 놓여 있던 눈에 익지 않은 드레스와 구두, 브러시, 목걸이 등도 모습을 감추었다.
"다시 우리끼리만 있게 돼서 좋지 않아요?"
패트는 계단에 앉아서 주디 아주머니에게 말했다.
은빛 어스름이 숲을 내리덮고 금빛으로 떨리는 백양나무 잎도 어둠 속으로 사라졌다. 멀리서 파도 소리가 아련하게 들려왔다. 젠틀맨 톰은 우물가의 받침대 위에서 깨끗하게 몸단장을 마쳤고, 두 마리의 오렌지빛 새끼고양이는 패트의 무릎 위에서 보석 같은 눈을 굴리면서 커다란 소리로 가르릉대고 있었다.
"엄마는 내가 외사촌들에게 애정이 없어서 유감이라고 말했지만 난 애정은 있어요, 아주머니. 하지만 좋아지지는 않던걸요."
"사람 셋이 모이면 원래 그런 거란다. 둘이면 서로 잘 지내지만 너희는 셋인 데다가 저마다 자존심이 너무 세서 쉴새 없이 누군가의 마음에 상처를 주더구나. 그런 모습을 난 수도 없이 보아왔단다."
"나는 존의 어떤 점은 좋지만…… 존이랑 같이 있으면 내가 하찮은 존재로 여겨져요. 존은 나를 무시한다구요."
"하지만 그 앤 머리가 좋지."
"게다가 허풍이 심해요."
"힐튼 집안 사람들은 좀 과장하는 버릇이 있지. 너도 걸핏하면 상대방을 바보로 만들거나, 자기 자랑을 늘어놓거나 하지 않았니, 패트? 물론 상대방을 화나게 할 만한 말은 하지 않았지만 말이야. 단점이 없는 집안은 없단다. 셀비 집안도 그렇고, 가드너 집안도 마찬가지야. 상대를 관대하게 봐줘야 하는 거란다. 질투만 아니었으면 너도 그 아이들과 좀더 사이가 좋아질 수 있었을 것을."
"난 질투 같은 건 하지 않아요, 아주머니!"
"자, 솔직히 말하는 게 좋아. 착한 내 강아지. 넌 조가 존을 좋아한다면서 질투를 했고, 시드하고 귀염둥이가 도로시를 좋아하니까 또 질투를 하지 않았니? 너도 그 두 아이들과 마찬가지로 조금은 잘못이 있는 거야, 패트."
"하지만 난 거짓말은 하지 않아요. 걔네들이 돌아갈 때 엄마한테 굉장히 재미있었다고 했지만 그거 다 거짓말이에요, 아주머니."
"그거야 예의상 어쩔 수 없이 한 거짓말일 거야. 그리고 전부 다 거짓말은 아니었을 거고. 조금은 재미있었던 게 틀림없거든."
"어쨌든 살아 있는 한 두 번 다시 듣고 싶지 않은 말이 딱 하나 있었어요. 유별나다는 말."
"유별나다고 했지? 존이 젠틀맨 톰을 유별나다고 말했을 때 분명히 톰은 내게 눈짓을 해 보였어. 난 그날 밤, 존의 할머닌 꽤나 유별난 사람이었다고 말해주고 싶었단다.
 어느 날 밤, 보수파 토리당의 모임이 있어서 할아버진 연설을 하려고 일어났지. 그런데 그의 부인은 반대당을 지지하는 톨맨 집안 출신이었단다. 그래서 할아버지가 일어선 순간 뒷좌석에서 부인이 휙 하니 소맷자락을 잡아당기는 바람에 할아버지는 쿵 하고 엉덩방아를 찧고 말았단다. 회의장 전체에 들릴 정도의 소리였지. 결국 부인은 할아버지에게 단 한마디도 하지 못하게 한 거야. 정말 유별나시 않니!"
"그런데 아주머니. 난 존하고 도로시한테 너무너무 화가 날 때가 있었어요. 속으로 말이에요."
"그렇지만, 가슴속에 묻어두었다니 넌 그만큼 성숙해졌다는 뜻이로구나. 다른 사람과 원만하게 사귀려면 그렇게 해야만 한단다. 걔네 둘이서 이 부엌에 와서 이러쿵저러쿵 지껄이고 나서부터는 날마다 내 속이 부글부글 끓었다니까. 그 존이라는 애가 '시대에 뒤떨어지지 않게 달라져야지'라고 말하는 것을 듣고 나는 생각했단다. 자기 꼬리를 쫓아서 빙글빙글 도는 것이 시대에 뒤떨어지지 않는 거라면 '존아, 너야말로 그렇게 하는 게 좋겠구나'라고.
　그런데 갑자기 떠오른 생각인데, '해변가'의 네 외가쪽 할머니들도 어린시절에는 너희들과 똑같았단다. 그래서 난 생각했지. 한핏줄인 사람들은 서로 도와야 한다고. 세상을 헤쳐 가는 동안에 우리는 모두 자신이 어리석다는 것을 깨닫게 될 테니까 말이야. 어른이 된 다음에 다시 만나면 틀림없이 너나 그 아이들도 서로를 좋아하게 될 거야."
　주디 아주머니의 이런 예언을 듣고도 패트는 믿을 수가 없어서 잠자코 있었다. '기다란 집' 쪽을 올려다보니, 베츠의 창문 불빛이 어두운 언덕 위의 친숙한 별처럼 빛나고 있었다.
　"어쨌든 다시 베츠하고 둘이서만 있게 돼서 기뻐요. 내가 친구하고 싶은 건 베츠뿐이니까요."
　"앞으로 어른이 되어서 베츠가 다른 곳으로 가버리면 어쩌려고 그러니?"
　"그런 일은 생기지 않아요, 아주머니. 베츠는 외동딸이라서 결혼하더라도 그대로 '기다란 집'에 있을 거고, 나도 언제까지나 이곳에 있을 테니까 우리는 계속해서 함께 있는 거죠 뭐. 우린 이미 다 계획을 세워 두었거든요."
　주디 아주머니는 한숨을 내쉬며 패트를 쿡 찔렀다.
　"패트, 그런 말은 큰 소리로 하는 게 아니란다. 결코 입 밖으로 소리내서 하는 게 아니야. 누가 들을지 모르니까."

사라진 꿈

1

"패트, 빨리 '행복들판'으로 와주지 않겠어?"

징글에게서 전화가 걸려왔다.

고든 씨의 집에도 드디어 전화를 놓아 징글과 패트는 자주 전화를 했다.

징글의 목소리로 보아 뭔가 가슴이 두근거릴 만큼 기쁜 일이 일어난 것이 틀림없었다. 뭘까? 불쌍하게도 징글에게는 가슴이 두근기릴 정도로 기쁜 일 같은 건 별로 없을 텐데.

서둘렀더니 패트가 징글보다도 먼저 '행복들판'에 닿아 구릉으로 둘러싸인 양치식물이 자라는 우묵한 곳에서 기다리게 되었다. 징글은 칸막이처럼 서 있는 어린 가문비나무 뒤에서 발길을 멈추고 패트를 바라보았다. 꿈꾸는 듯 물끄러미 허공을 올려다보고 있는 아름다운 금갈색 눈동자, 뭔가를 생각하는 듯 입가에 떠올라 사람의 마음을 애태우게 하는 미소, 그 아련한 미소로 입가가 빙글 말려 올라간 입은 키스하고 싶을 정도로 귀엽다.

요즘 들어 징글은 패트의 그런 모습을 볼 때마다 가슴이 떨리고 기분이 이상해지는 것이었다.

'무슨 생각을 하는 걸까. 여자들이란 대체 무슨 생각을 할까.' 징글은 여자에 관해서 부쩍 자세히 알고 싶어졌다.

패트가 구름을 보던 시선을 아래쪽으로 향하니 징글이 지금까지 본 적이 없는 모습을 하고 서 있었다. 파란 안경 너머로 무언가 강렬한 눈빛이 번득이는 것 같았다.

"징글, 무슨 일이야? 마치 무슨 소원이라도 이루어진 것 같은데."

"그래, 맞았어."

징글은 풀밭 위로 몸을 내던지면서 햇볕에 그을린 손으로 턱을 괴었다.

"패트……, 우리 엄마가 온대……, 내일!"

패트의 눈이 휘둥그레졌다.

"정말이야, 징글? 드디어, 드디어! 굉장히 기쁘겠구나!"

"어젯밤에 전보가 왔어. 곧장 '은빛숲'으로 전화를 했지만 네가 없었어. 오늘 아침엔 5시에 일어나 공장의 치즈를 모조리 마을로 운반해야만 했어. 지금 막 돌아온 참이야. 제일 먼저 너한테 알리고 싶었어."

"징글……, 정말 기뻐!"

"나도 그래. 하지만 말야, 패트. 엄마가 전보가 아니라 편지로 알려주었으면 좋았을 텐데."

"분명히 그럴 짬이 없었을 거야. 지금, 어디에 계시는데?"

"세인트존이래. 아아, 패트. 이해할 수 있겠니? 15살이나 되었는데 단 한 번도 자기 엄마를 만난 적이 없다니. 엄마의 기억도 없고 사진조차도 없거든. 엄마가 실제로 어떤 모습일지 전혀 짐작도 가질 않아. 아주 오래전인데……. 기억하고 있니, 패트? '행복들판'을 찾아내던 날인데, 우리 엄마는 눈이 파랗고 금발이라고 말했었지? 하지만 그건 나의 상상에 지나지 않아. 언젠가 마리아 숙모한테 우리 엄마의 피부가 희다는 말을 들은 적이 있거든. 아마도 엄마는 내 생각과는 전혀 다를지도 몰라."
"머리색깔과 눈이 어떻든 네 엄마는 틀림없이 아름다운 분일 거야."
"너희 집 작은 거실에 걸려 있는 '구름 속의 마돈나'를 본 뒤로는 엄마는 저런 사람일 거라고 나 혼자 상상했었어. 물론 엄마는 나이가 많지……. 서른다섯이니까. 어젯밤에는 엄마가 온다고 생각하니 좀처럼 잠을 이룰 수 없었어. 내일까지 어떻게 기다리지? 어젯밤엔 도저히 이틀을 더 기다릴 수 없을 것 같은 기분이었어."
여위었지만 기품 있는 징글의 얼굴에는 꿈꾸는 듯한 표정이 떠올랐다. 그것을 보자 패트는 가슴이 메이는 것 같았다. 그의 심정을 충분히 이해할 수 있었기 때문이다.
"네 맘 알 것 같아. 아주머니 말로는 내가 어릴 때, 아주머니가 나에게 내일 뭔가를 해주겠다고 약속하면 나는 '내일은 지금 어디에 있는 거야, 아주머니?'라고 성가시게 물어댔대. 너의 내일도 어딘가에 있을 거야, 징글. 지금 이 순간, 어딘가에 있는 게 틀림없어. 그런 생각만으로도 즐겁지 않니?"
"오늘은 하루 종일 꿈속을 헤매는 것 같았어. 사실이 아닌 것만 같아서 말이야. 정말일까 하고 몇 번이나 전보를 다시 읽었는지 몰라. 그런데 이게 편지였다면 말이야, 패트. 엄마가 쓴……, 엄마의 손길이 스쳐간 편지였다면……."
"내일은 진짜 엄마를 만질 수도 있는데 뭘 그래? 그게 편지보다도 훨씬 좋잖아? 엄마는 언제까지 이곳에 계실 거래?"
"몰라. 온다고밖엔 써 있지 않으니까. 단 몇 주일 동안이라도 머물러 주셨으면 좋겠는데."

"어쩌면…… 어쩌면, 너를 데려갈지도 몰라, 징글."
패트는 오싹했다. 징글이 가버리면! 징글이 없는 요르단 강! 징글이 없는 '행복들판'! 가슴속이 이상하게 서늘해졌다. 차가운 기운이 차츰 몸 전체로 퍼져 나갔다.
징글은 고개를 가로저었다.
"그런 일은 없을 거야. 왠지는 모르지만 가고 싶지도 않고. 하지만 만날 수만 있다면, 단 한 번이라도 좋으니까 엄마한테 안길 수만 있다면, 그걸로 충분해. 만나서 모든 것을 이야기할 거야. 편지도 모두 전해드리고 싶어, 패트. 어젯밤에 상자에서 꺼내 다시 읽어보았어. 맨 처음 쓴 것은 비뚤비뚤한 글씨여서 이상하더라. 하지만 엄마라면 우습다고 생각하지 않을 거야. 오히려 마음에 들어하시지 않을까?"
"그럼, 매우 기뻐하실 거야."
징글은 마음이 놓이는지 숨을 길게 내쉬었다.
"엄마라면 나보다 네가 훨씬 잘 알 거야, 패트. 너한테는 태어날 때부터 엄마가 계셨으니까."
패트는 눈물을 참으려고 애써 눈을 깜박였다. 울거나 하면 안 되었다. 그러나 징글이 불쌍해서 견딜 수가 없었다. 엄마가 아직 단 한 번도 만나러 오지 않았다니……. 징글은 보내지도 않을 편지를 몇 년 동안이나 써왔건만……. 그런 편지를 받을 수 없었던 징글의 엄마가 패트는 가여웠다. 하지만 앞으로는 모든 것이 잘 될 테니까 걱정 없을 것이다.
"패트, 너도 우리 엄마를 만나러 와주면 좋겠어."
"그건 안 돼. 넌 엄마하고 단둘이서만 있고 싶을 테니까."
"그건 그렇지만, 네가 꼭 만나 주었으면 해……. 엄마한테도 너를 보여드리고 싶고. 그리고 참, 이곳 '행복들판'에 엄마를 데려와도 괜찮겠지, 패트?"

"괜찮고말고. 엄마도 네가 가장 좋아하는 곳을 보고 싶어하실 거야."

"엄마한테 뭔가 만들어 드릴 짬이 없어서……."

"예쁜 꽃다발을 만들어서 드리면 어떨까? 매우 기뻐하실 거야."

"우리 집엔 예쁜 꽃이 단 한 송이도 피어 있지 않으니……."

"아침 일찍 우리 집 마당으로 와. 내가 만들어 줄게……. 예쁜 안개꽃이 벌써 피기 시작했고, 또 네가 고른 꽃을 내가 다발로 만들어 줄게. 이래 봬도 난 꽃다발 만드는 데 선수라고 주디 아주머니가 그러셨거든. 징글, 엄마 이름이 어떻게 돼?"

"개리슨이야." 징글은 씁쓸하게 대답했다. 엄마가 자신과 다른 성씨인 것이 무척이나 싫은 모양이다. "이름은 도린이라고 해. 예쁜 이름이지?"

주디 아주머니는 이 소식을 듣고 이렇게 말했다.

"그렇다면 마침내 짐의 그 품위 있는 마나님께서 아들을 만나러 온다는 건가? 하긴 이제 와도 괜찮을 때가 되었으니까. 로렌스 고든이 편지로 알린 게 틀림없어. 아들의 장래를 어떻게 할 생각인지 알려주는 게 당연하다고 했으니까. 남글렌 초등학교 선생님은 징글을 진학반에 넣으라고 권했지만, 로렌스는 그런 건 아무 소용이 없다고 거질했다더구나. 퀸즈아카데미의 등록금을 낼 수가 없어서 그렇겠지. 먹고 살기도 힘든 마당에."

"그럼, 징글의 엄마는 징글이 보고 싶어서 오는 게 아닌가 보죠?"

"그렇게 말하지는 않았다. 그러나 10년이 넘도록 아들을 만나러 온 적이 한 번도 없으니까. 뭐, 어쩌면 마음이 달라진 건지도 모르지. 좋은 쪽으로 해석하자구나. 불쌍하게도 징글은 엄마가 온다고 무척이나 들떠 있을 텐데."

"그럼요. 아, 아주머니. 징글이 얼마나 기대에 부풀어 있는데요.

사라진 꿈 279

아마도…… 걔네 엄마도 징글을 만나면 틀림없이……."
"그럴지도 모르겠구나."
주디 아주머니는 마음에 없는 대답을 했다.

2

다음날 아침 일찍 징글은 활짝 웃는 얼굴로 찾아왔다. 단 한 벌밖에 없는 볼품없는 옷을 입었는데, 원래부터 짧았던 데다가 한 해가 지나면서 한층 더 짧아진 것 같았다. 마리아 숙모가 머리를 깎아준 것이 오히려 평소보다도 이상한 모습이 되고 말았다. 그러나 붉게 상기된 그의 얼굴을 보자 비로소 패트는 징글이 그리 못생긴 소년은 아니라고 생각했다. 저 어울리지 않는 안경만 없으면 괜찮을 텐데!
"징글, 엄마가 오시기 전에 그 안경을 벗으면 어떨까? 잠깐쯤이야 눈에는 상관없지 않을까?"
"마리아 숙모가 싫어해. 안경 값을 지불해주셨거든. 그래서 언제나 안경을 쓰지 않으면 돈이 아깝다고 하거든. 숙모는 내가 안경을 싫어한다는 것을 아시면서도 내가 안경을 벗으면 화를 내서. 우리하고 엄마만 있게 되면……, '행복들판'에 가게 되면 안경을 벗을게. 패트, 생각해 봐. 엄마가, 우리 엄마가 '행복들판'에 오시다니!"
패트와 징글은 정성들여 꽃다발을 만들었다. 징글은 가장 예쁜 꽃이 아니면 마음에 들어하지 않았다. 제비꽃은 싫다고 했다.
"제비꽃은 너무나 거만한 느낌이 들어. 게다가 향기가 없거든. 좋은 향기가 나는 꽃만으로 만들고 싶어, 패트. 그리고 향쑥도 조금 넣자. 주디 아주머니는 향쑥을 '귀부인의 사랑'이라고 부른댔지? 그러니까 엄마한테 드리는 꽃다발에 넣고 싶은 거야."
징글은 조금 쑥스러운 듯 웃었다. 그러나 패트에게는 감상적으로 보여도 상관없었다.

"들장미 잎도 조금 넣을게. 사과향 같은 좋은 냄새가 나거든. 장미가 조금만 더 피었더라면 좋았을 텐데. 아직 때가 일러서 말이야. 하지만 이 분홍빛 장미 꽃봉오리는 귀여워. 그리고 꽃술이 분홍인 흰장미도 예뻐. 어젯밤에 아빠의 새 장미 덤불에 딱 한 송이, 검붉은 장미꽃이 아름답게 피었어. 그걸 꺾어도 괜찮다고 아빠가 그랬는데, 밤새 비를 맞아서 오늘 아침엔 망가지고 말았어. 난 울고 싶었어. 하지만 위니 언니의 덤불에서 빨간 꽃봉오리를 꺾어왔으니까 네 윗옷에 꽂아줄게, 징글."

"이제 앞으로 2시간이야, 패트. 점심 식사가 끝나면 곧바로 와주지 않겠어? 엄마가 도착하기 전에 말이야."

"저어…… 그런데, 처음엔 엄마하고 둘이서만 있는 게 좋지 않을까?"

"그럴 수만 있다면. 그렇지만 로렌스 삼촌하고 마리아 숙모도 같이 있을 거야. 그리고 왠지 모르지만 네가 있어 주면 좋겠어, 패트."

결국 패트는 집을 나섰다. 머리끝에서 발끝까지 흥분되고, 게다가 호기심으로 가득 차서 가슴이 터질 것만 같았다. 징글의 엄마에게 잘 보이겠다는 일념으로 어젯밤에는 핀으로 머리를 말았는데 결과는 엉망이어서 볼썽사나운 털북숭이 머리가 되고 말았다.

"머리를 짧게 했더라면 좋았을 텐데, 아주머니." 패트는 한탄을 했다.

"그랬더라면 머리칼이 모두 거꾸로 서버렸을걸." 주디 아주머니는 비꼬았다.

패트는 머리를 촘촘하게 땋고, 파란 치마 위에 주디 아주머니가 짜준 새 스웨터를 입었다. 이런 부스스한 머리로는 징글의 엄마에게 영락없는 시골뜨기로 비칠지도 모른다.

"하지만 걔네 엄마는 징글에게 열중하느라 나 같은 건 눈에 들이 오지도 않을 거야."
 패트는 이렇게 스스로를 위로했다.
 징글은 꽃다발을 안고 기다리고 있었다. 입술이 떨리는 것을 감추려고 입술을 꽉 깨물고 있었다. 로렌스 고든의 낡은 자동차가 덜커덩 흔들리면서 문으로 들어왔다.
 "아, 도착했어." 패트는 숨이 찼다.
 징글의 엄마가 자동차에서 내리는 것이 보였다. 내려서 돌투성이의 오솔길을 가볍게 걸어서 이쪽으로 가까이 왔다. 징글은 뛰어서 다가갈 참이었다. 하지만 다리가 움직이질 않았다. 숨을 헐떡이면서 바보처럼 그 자리에 붙박혀 있었다. 손에 든 꽃다발이 떨렸다. 이분이……, 이 사람이…… 내 엄마란 말인가?
 패트가 징글보다도 분명하게 보았다. 키가 크고 날씬한, 꽃처럼 아름다운 사람이었다. 푸른 안개처럼 부드러운 모슬린 옷을 입었다. 은색이 섞인 금발은 머리에서 흘러내렸고, 그 위로 푸른 깃털이 달린 작은 모자가 얹혀 있었다.
 짙은 녹색 눈은 상대방을 향하고 있을 때에도 상대를 보는 것 같지 않았다. 눈썹은 그린 것처럼 가늘었다. 모든 것을 망쳐버린 건 새빨갛게 립스틱을 바른 입술이었다. 마치 잡지의 표지에서 금방 튀어나온 사람 같았다. 예쁘다……. 확실히 예쁘다! 하지만 왠지 엄마답지가 않다!
 '난 엄마다운 엄마가 좋아'라는 것이 패트의 머리를 스쳐간 느낌이었다. 이 여자는——잠깐 본 바로는——젊은 처녀 같았다.
 오솔길을 걸어온 도린 개리슨 부인은 현관에 서 있는 두 사람을 이상하다는 듯 바라보았다. 징글이 먼저 말을 했다.
 "엄마!" 이것은 그가 태어나서 처음으로 해본 말이었다. 기도하는 듯한 여운을 담고 있었다.
 개리슨 부인의 불안정한 눈에 놀라는 빛이 떠올랐다고 생각한 순간, 새빨간 입술에서 카랑카랑한 웃음소리가 잔물결처럼 흘러나왔다.

"네가 내 아들 징글이란 말이냐? 이제 다 컸구나, 내 아기!"

부인은 몸을 숙여 징글의 볼에 눈처럼 차가운 키스를 했다.

'이 부인은 자기 아들을 알아본 것일까!'

징글의 얼굴에서 행복의 찬란함이 씻어낸 듯이 사라지는 것을 보고 패트는 더 이상 참을 수가 없었다.

"이걸 드릴게요, 엄마." 징글은 어색하게 꽃다발을 내밀었다. 개리슨 부인은 흘낏 보더니 그걸 받아들었다. 또다시 잔물결 같은 웃음이 흘러나왔다. 저런 건 웃음이 아니라고 패트는 생각했다.

징글은 따귀를 한 대 얻어맞은 것처럼 쩔쩔매고 있었다.

"세상에! 이렇게 커다란 걸 어떻게 하라는 거니? 너무 크게 다발을 묶었구나. 어째 이리 무겁지? 이거, 어딘가에 좀 놓아두렴. 돌아갈 때 꽃봉오리 하나만 가져갈 테니. 시간이 없구나. 저녁때 기차를 타야만 하고, 또 로렌스 숙부와도 여러 가지 할 얘기가 있기 때문이야. 이렇게 크게 자랐을 줄은 몰랐네."

부인은 매니큐어를 칠한, 굉장히 기다랗고 상아처럼 흰 손을 징글의 어깨에 올려놓더니 냉정한 눈으로 징글을 내려다봤다.

"좀 마른 편이구나. 먹을 것은 충분히 먹는 거니? 하지만 네 나이 때가 한창 마를 때인지도 모르겠구나. 그 볼썽사나운 안경은 벗어버리거라. 그건 정말 쓸 필요가 있는 거니? 요즘 눈 검사를 해 봤어?"

"아니요." 이번엔 엄마라는 말을 하지 않았다.

"앤 패트 가드너예요."

개리슨 부인은 패트를 힐끗 바라보았다. 순간 패트는 양말이 흘러내렸거나 머리칼이 피지 섬의 원주민처럼 되어 있을 게 틀림없다고 생각했다.

잠시 후 모두는 거실에 자리를 잡았다. 아무도 무슨 말을 해야 할지 몰랐으나, 개리슨 부인 혼자서 아름다운 손을 이것 보라는 듯이 움직이면서 고든 부부를 향해 은방울을 울리는 듯한 감미로운 목소리로 거침없이 말을 계속했다.

패트는 자기 엄마의 손을 생각했다……. 엄마의 손은 조금 마디가 굵어지긴 했지만, 작고 마른 손이었다. 그리고 오랫동안 일을 해와서 손바닥은 딱딱하고 거칠었다. 하지만 만지고 싶은 손이다. 개리슨 부인의 손은 만지고 싶어할 사람이 없을 것 같았다.

징글은 카펫만 내려다보고 있었다. 패트는 처음의 흥분이 가라앉자 차분히 개리슨 부인을 바라보았다. 미인이었다. 하지만 얼굴 어딘가 이상한 데가 있다. 몇 년인가 지난 뒤 패트는 깨달았지만…… 그 얼굴은 배신을 당한 얼굴이었다. 예쁜 여자만 보면 정신을 차리지 못하는 남편. 그런 남편 때문에 언제까지나 젊고 아름답기를 바란 나머지 몸을 상하게 한 것이었다. 패트는 그것을 훨씬 나중에야 깨달았다.

이 사람은 그림자 같구나. 아름답지만 비현실적이고, 살아 있는 사람 같지가 않아. 그런데 이 사람이 징글의 엄마인 것이다. 누구에게나 상냥하게 대하면서 아들에게는 굶주린 개에게 뼈다귀를 던져주기라도 하는 것처럼 가끔씩 한두 마디를 건넬 뿐이다.

맥긴티가 징글에게로 달려오자, 개리슨 부인은 이렇게 말하며 웃었다.

"맙소사, 이런 세상에. 저런 밉살맞은 개를 보겠나!"

맥긴티는 마구간에 갇혀 있다가 지금쯤 주인에게 자신이 필요하다는 것을 감지하고는 탈출해 나온 것이었다.

"넌 개를 정말로 좋아하니, 징글? 그렇다면 훌륭한 개를 보내주마."

"괜찮아요. 맥긴티는 좋은 개니까요. 다른 개는 필요 없어요."

징글의 얼굴은 검붉은 색으로 바뀌어 있었다.

패트가 집으로 돌아가려 하자 징글이 현관까지 따라와서 물었다.

"우리 엄마…… 예쁘지?"

"저렇게 예쁜 사람은 본 적이 없어." 패트는 진심으로 칭찬했다.

징글의 얼굴을 보자 패트는 어젯밤엔 그렇게나 아름다웠건만 오늘 아침엔 비를 맞아 엉망진창이 된 검붉은 장미를 떠올리지 않을 수 없었다. 패트는 도린 개리슨 부인이 미웠다. 나중에는 결국 그녀를 불쌍하게 여기게 되었지만 패트는 그날 이후 몇 년 동안 개리슨 부인을 미워하지 않을 수 없었다.

"패트, 되도록 빨리 와 줘. 그래……. '행복들판'을 보여주고 싶어. 그곳은 나뿐만 아니라 네 것이기도 하니까 말이야."

그렇게 하겠노라고 패트는 약속했다. 패트는 징글의 엄마가 '행복들판' 따위에는 관심이 없으리라는 것을 징글도 알고 있으며, 그곳에서 그가 엄마와 단둘이 있기를 원치 않는다는 것을 알았다. 하지만 결코 말로 해서는 안 되는 것이 많이 있음을 패트는 그날 배웠던 것이다.

3

오후에 또다시 패트기 찾아갔을 때는 개리슨 부인이 막 돌아가려던 참이었다.

"하지만, 엄마……. 패트하고 둘이서 '행복들판'으로 안내하고 싶어요. 굉장히 아름다운 곳이에요." 징글은 가까스로 말을 꺼냈다.

"'행복들판'이라고 했니? 어째서 그런 이름을 붙였니? 별난 아이들이네."

"너무나도 아름다운 곳이라서, 그곳에서라면 어떤 사람이든 불행한 기분이 들지 않을 것 같아서요." 패트가 이렇게 설명하자, 개리슨 부인의 얼굴에 의아해하는 표정이 떠올랐다.

"세상일에 대해 아무것도 모르고 공상에 잠길 수 있는 건 좋은 거야. 징글, 너희의 '행복들판'인가 뭔가 하는 데는 못 가겠다. 이런 구두를 신고 벌판이나 나무 등걸 위를 다닐 수 있으리라고 생각하니? 게다가 배를 놓치기라도 하면 큰일이니까 말이야. 그렇게 되면 샌프란시스코로 가는 기선 시간에도 댈 수가 없게 되지.
 얘, 징글. 넌 자세가 나쁘구나. 그래……, 그게 좋아. 그리고 그 안경을 벗는 게 훨씬 인상이 좋아질 거야. 두 번 다시 그런 걸 쓰지 말아라. 로렌스 숙부에게 널 훌륭한 안과 의사에게로 데려가라고 해야겠구나. 꼭 안경이 필요하다면 좋은 걸 씌우라고 말이다. 옷도 제대로 된 것을 입히고, 실버브리지의 이발소에 데려가기로 얘기가 다 되어 있단다. 차가 왔네. 그럼……."
 개리슨 부인은 '꼭 키스를 해야만 할까' 하고 망설이는 것처럼 징글 쪽을 보았다. 그러나 어쩐지 그의 태도에는 그것을 거부하는 데가 있었다. 개리슨 부인은 안도했다.
 '오늘은 무척이나 힘이 드는 하루였다. 별난 머리 모양을 한, 이미 어른이라 해도 될 듯한 이 남자애는 말 한마디도 만족스럽지가 않았어. 이 무슨 거북살스러운 일이란 말인가. 하지만 이것으로 나도 할 일을 다 한 거니까. 이 아이의 장래도 결정했고, 앞으론 로렌스가 다 알아서 하겠지.'
 개리슨 부인은 징글의 머리를 가볍게 쓰다듬었다.
 "안녕, 얘야. 오래 머물지 못해서 유감이구나. 12년 뒤에 다시 만날 때는 이렇게 커지지 않기를. 안녕……, 노라라고 했던가?"
 "안녕히 가세요." 패트의 태도는 거만했다. 그러나 이 사람은 그런 건 개의치 않으리라. 패트는 크게 실망하고 말았다.
 개리슨 부인은 새장에서 풀려난 새처럼 돌투성이인 오솔길을 서둘러 걸어갔다. 그 뒤에선 이국의 향수 냄새가 났다. 징글은 계단에 선 채 엄마를 배웅했다. 오랫동안 가슴속 옥좌에 여왕으로 자리잡았던 엄마가 지금은 흐릿한 모습으로 옥좌에서 내려가고 있었다.
 혹시 이쪽을 돌아보고 손을 흔들지 않을까. 그러나 아니었다. 그녀는 그대로 떠나갔다. 꽃봉오리를 가져가겠다던 말도 잊어버리고 꽃다발을 현관의 테이블에 놓아둔 채로. 향쑥은 완전히 시들었다.
 "저런 엄마를 어떻게 생각하니?" 마리아 숙모가 물었다.
 징글은 기가 푹 꺾였다. 숙모의 거침없고 불쾌한 목소리는 그의 예민한 신경을 더욱 거슬렸다.
 "굉장히, 굉장히 좋은 사람이라고 생각했어요."
 엄마에 관해 거짓말을 해야 한다는 건 견딜 수 없는 고통이었다.
 마리아 숙모는 뼈가 앙상한 어깨를 움츠렸다.
 "흥, 어쨌든 네 진로만큼은 결정하고 갔으니까. 내년에 넌 진학반으로 들어가고, 그 뒤엔 대학에 가게 될 거야. 뭐든지 네가 원하는 대로 해주라고, 비용은 지불하겠다고 했으니까. 네 옷은 자기가 돈을 내는 것도 아닌 주제에 뭐가 이러쿵저러쿵 말이 많은 거야? 이번에 새 옷을 두 벌 짓기로 했단다. 양복점에 가서 맞추기로 했지. 자기 아들에게 헌옷 따위는 입히지 말라는 거야, 흥!"
 마리아 숙모는 쉴새없이 투덜거리면서 부엌으로 가버렸다.
 징글은 생기 없는 눈길로 패트를 바라보았다. 패트는 가슴이 메었다.
 "저녁을 먹고 나서 '행복들판'으로 와주지 않겠니? 부탁할 게 있어."

편지

1

패트가 '행복들판'으로 가보니 징글은 풀밭 위에 엎드려 있었다. 곁에서 맥긴티가 슬픈 듯이 작은 꾸러미를 지키고 있었다.

패트는 아무 말도 않고 가만히 옆에 앉았다. 이 세상에는 슬픈 일이 너무나 많다고 깨닫게 된 것이다. 어떻게든 징글을 위로해주고 싶었다. 주디 아주머니가 즐겨 해주는 이야기로 패트가 4살 때 '부디'라는 말을 배웠는데, 어느 날 그것을 잊어버리고는, "아주머니, 일이 일어나게 해주는 그 말이 뭐였더라?"라고 물었다고 한다. 아 지금, 그런 마법의 말이…… 징글에게 모든 일이 잘 되도록 바꿔줄 만한 말이 있으면 얼마나 좋을까!

'행복들판'의 해질녘은 아름다웠다. 맑은 은청색 하늘에는 날개 같은 구름이 떠 있다. '행복들판' 한쪽 구석에는 숲이 그림자를 떨구고 있지만, 그 뒤로는 빨간 저녁 해를 듬뿍 받아 포도주색으로 물들어 있다. 보이지 않는 작은 개울이 졸졸 흐르는 소리가 들려오고, 둔덕을 따라 물색 오랑캐장구채가 예쁘게 피어 있다.

오직 하나 아름답지 않은 것이 있었다. 그것은 숲 속에 나 있는 커다랗게 갈라진 틈새였다. 로렌스 고든이 겨울에 쓸 장작을 잘라낸 자국이다. 나무가 잘려나간 텅빈 자리는 보기에도 으스스했다. 나무란 것은 잘려질 수도 있는 것이지만——사람에겐 장작이 필요하다——그 결과로서 이러한 광경을 눈으로 확인할 때마다 패트는 가슴이 아렸다.

물론 시간은 또다시 그것을 아름답게 만들어 준다. 잘려나간 그루터기 옆에는 양치식물이 무성해질 테고, 밟혀진 오솔길을 따라서는 고사리가 끝이 둥글게 말려 올라간 잎을 펼칠 것이며, 자작나무랑 포플러 묘목도 해마다 조금씩 싹을 틔우리라. 사람이 살아가면서 받는 상처도 아마 그럴 것이다.

징글은 문득 몸을 일으키더니 패트의 무릎에 머리를 올려놓았다.

"내 꿈이 실현되지 않았더라면 오히려 좋았을 걸 그랬어, 패트. 현실로 이루어지기 전이 훨씬 더 행복했는데……."

"네 마음을 알 것 같아."

패트는 햇볕에 그을린 손으로 징글의 뒤죽박죽인 머리칼을 부드럽게 쓸어 내렸다. 징글은 쌓였던 감정이 터졌는지 하소연하기 시작했다.

"내게…… 나한테 10달러를 주었어, 패트. 그것을 받아들었을 때 손이 불에 덴 것 같았어. 대학에 갈 수 있게 되었지만 엄마는 나의 장래엔 전혀 관심이 없었어. 엄마를 위해 설계했던 집을 보여 주었는데도 그냥 웃기만 했을 뿐이야."

"징글, 엄마는 네가…… 너무나 많이 커서…… 낯선 사람 같은 느낌이 들었던 게 아닐까? 다음에 다시 올 때는 그렇지 않을 거야."

"내가 낯선 사람 같다는 건 대체 누구 탓이지? 게다가 다음에 다시 오는 일 따위는 없을 거야. 그 사람이 돌아갈 때 이미 난 그걸 느꼈어. 내게 무슨 애정 같은 것은 한 가닥도 갖고 있지 않았어. 전혀 나를 생각하지 않는단 말야. 이제야 겨우 그걸 알았어. 바보가 아니라면 훨씬 전에 그걸 알았을 테지만.”
패트는 더 듣고 있을 수가 없었다. 또다시 그의 머리칼을 쓰다듬었다.
“어쨌든, 난 너를 사랑해, 징글. 시드를 사랑하는 것처럼 말이야.”
징글은 패트의 손을 눈물 젖은 제 볼에 갖다댔다.
“패트, 고마워. 부탁이 있어. 앞으로 날 '힐러리'라고 불러주지 않겠어? 징글이라니⋯⋯. 이렇게 자랐는데, 꼴불견이야.”
그것도 엄마 때문이라고 패트는 생각했다.
“그럴게. 하지만 지금까지 습관이 돼서, 무심코 징글이라고 부를 때가 있을지도 몰라.”
'얼굴을 마주하면 힐러리라고 부르겠지만, 앞으로도 마음속으로는 징글로 생각할 거야.' 패트는 속으로 생각했다.
“네게 부탁할 게 있다고 했지, 패트? 사실은 편지를 건네주지 않았어. 이 바위 위에 불을 놓을 테니, 태워주지 않겠니?”
패트는 고개를 끄덕였다. 이렇게 된 바에야 편지도 그렇게 할 수밖에 없을 것이다.
징글이 불을 붙였다. 패트는 꾸러미를 풀고 편지를 태우기 시작했다. 허무하게 끝나버린 소년의 애정, 믿음, 희망이 낙엽처럼 차례로 작은 불꽃 속으로 삼켜져 들어갔다.
패트는 태우는 게 싫었다. 두렵기도 했다. 낡은 교과서에서 잘라낸 종이나 포장지를 정성스레 잘라 모아 쓴 것도 있었다. 엄마라면 이런 것을 보물처럼 소중히 여길 텐데. 하지만 개리슨 부인이라면 읽으려고도 하지 않을 거야. 안타깝다! 파르르 떨리는 검은 재 속에서 한순간 하얀 글자가 떠올라 패트는 무심코 그것을 읽고 말았다. …… "나의 소중한 엄마께" …… "이제 곧 저를 만나러 와주시겠지요, 엄마?" …… "엄마, 이번 주에 저는 반에서 1등을 했어요. 기쁘지 않으세요?" …….

마지막 편지가 다 타고 나자 패트는 재를 긁어모은 다음 그것을 작은 개울에 뿌렸다.

힐러리는 일어섰다. 그는 갑자기 어른이 된 것 같았다. 턱 선에 냉엄함이 생겨났고, 목소리에는 더 이상 어린애 같은 데라곤 전혀 찾아볼 수 없을 만큼 어른스럽고 늠름한 기개가 있었다.

"이제…… 앞으로 대학에 가서 건축가가 될 거야. 반드시 성공해 보이겠어."

둘은 말없이 요르단 강을 따라서 돌아왔다.

달이 떠오르고 박쥐가 날기 시작했다. '행복들판' 저편의 가문비나무 언덕에선 올빼미가 울고 커다란 금색 별이 '은빛숲' 위에서 빛나고 있었다. 둘은 다리 옆에서 헤어졌다.

"잘 자, 징글…… 참, 아니지, 힐러리."

"잘 자, 패트. 네가 있어주어서 고마웠어. 패트, 네 눈은 굉장히 아름답구나."

"그건 달빛 때문이야."

2

패트는 주디 아주머니가 우유통을 씻고 귀여운 노랑 병아리를 닭장에 넣는 일을 도우면서 개리슨 부인의 이야기를 했다.

"징글의 엄마란 사람은, 글쎄 뭐랄까요……."

"그 뭐냐, 사람을 얕잡아보는 듯한……?"

"그런 게 아니에요. 우리한텐 무척이나 정중했어요. 하지만 어쩐지, 우리가 눈에 들어오지 않는 느낌이었어요. 세상에 그런 엄마가 있을 줄은 정말 몰랐어요."

"그렇고말고. 상상조차 할 수 없는 그런 엄마도 있는 거란다. 하느님조차도 깜박 잊고 넣어주지 않으신 것을 우리가 어떻게 그 사람들 머릿속에 넣어줄 수가 있겠니? 그러니까 그런 일로 끙끙 앓을 필요가 없단다. 불쌍한 모든 고아를 위해 기도하고, 단단히 뿌리 내린 엄마가 있다는 것을 고맙게 생각하거라."
"뿌리라고요?"
"그렇지. 도린 개리슨에게는 바로 그게 없어. 개리슨 부인은 아무 데도 뿌리를 내리지 못하고 바람이 부는 대로 휩쓸려 다니는 거란다. 사람들이 말하는 현대적인 엄마라고 할 수 있겠지."
"난 그 아주머니가 징글 같은 건 빨리 잊어버리고 싶어하는 게 아닐까 하는 느낌이 들었어요."
"언젠가 마리아 고든에게서 들었는데, 그 집의 미망인은 기억하기 싫은 일은 말끔히 잊어버리는 데 명수라는 거야. 징글만 가엾게 되었지. 내일 점심 식사에 부르는 게 좋겠다. 징글을 위해 산딸기 잼 푸딩을 만들어야겠어."
"징글은 앞으로 힐러리라고 불러 달래요. 그런데 재미있게도 지난주에 베츠하고 저하고 앞으로 서로를 엘리자베스와 패트리샤로 부르기로 막 결정한 참이었거든요. 물론 다른 사람들한텐 그렇게 불리지 않아도 괜찮아요."
"그렇다면 다행이구나, 착한 내 강아지. 나한테 너는 언제까지나 패트니까 말이야."
"'은빛숲'의 패트예요."

패트는 자신이 얼마나 행복한지를 절실하게 느꼈다. 집이 있고, 가족이 있고, 이렇게 애정으로 둘러싸여 있다는 건 얼마나 고마운 일인가!

여름에 태어난 새끼고양이 '고약한 놈'이 마당 저편에서 패트를 향해 달려왔다. 꼭 안아주니 가르릉가르릉 목울대를 울려댔다. 무슨 일이 일어나든, 어쨌든 고양이들이 있어줄 것이다.

 달빛을 받으면서 패트는 '소곤소곤길'을 지나 들판길로 나와, 언덕을 올라갔다. 베츠에게 징글의 엄마에 대해 얘기해 주기로 약속했던 것이다. 징글이 싫어하지 않을 만큼만 얘기할 생각이었고, 어쨌든 징글의 기분을 상하지 않게 하기 위해서도 베츠에게는 사정을 설명해둘 필요가 있었다.

 '파수꾼 소나무'가 있는 곳에 와보니 베츠는 아직 도착하지 않았다. 패트는 까칠까칠한 나무 줄기에 볼을 대고 기다렸다. 달이 얇은 구름에 가려 있었다. 소나무 가지 너머로 새어나오는 약한 달빛에 패트는 마법의 세계에 있는 듯 설렜다. 멋진 밤이다. 요정들이 보일는지도 모른다. 그런 건 이미 오래 전에 믿지 않게 되었지만, 오늘 밤 같으면 믿을 수 있을 것 같았다. 저기 저 울타리 위에 앉아 있는 것은 뾰족한 모자에 작은 방울을 단 달의 요정일까? 아니, 그건 마른 나무껍질의 떨림일 뿐이다.

 농장 뒤 '비밀들판'에서 상쾌한 산들바람이 불어왔다. 그때 달이 구름을 벗어나면서, 울타리를 따라 여기저기에 나 있는 작은 전나무가 순식간에 신비로운 검은 그림자로 변했다.

 아래쪽엔 집들이 달빛 비치는 정원에 둘러싸여 잠들어 있다. 저 멀리 바다 위를 흐르는 날빛이 마치 실크드레스를 펼쳐놓은 듯하다. 패트는 자신이 온 세상의 아름다운 것들과 자매인 듯한 느낌이 들었다. 아무도 모르는 이 멋진 기분을 모든 사람들에게 맛보게 하고 싶었다.

 불쌍하게도 징글은 지금쯤 건초 오두막에서 맥긴티하고 둘이서 잔뜩 움츠리고는 오늘의 괴로운 사건들을 잊으려하고 있을 것이다. 징글이 힘들어 하고 있는데, 이렇게 즐거워하는 건 잘못이라는 느낌이 들었다.

 하지만 아래를 내려다보면, 애정이 담뿍 담긴 '은빛숲'이 여유 있게 자리잡고 있고, 조 오빠의 쾌활한 휘파람소리와 슈니클프리츠가 짖어대는 소리가 여기까지 들려온다. 이렇게 즐거운 밤에 즐거워하지 말라는 건 무리다. 하물며 이렇게 둘도 없는 친구를 기다리고 있음에랴. 그곳에 베츠가 아름다운 밤의 일부분인 것처럼 팔랑팔랑 오솔길을 달려 내려왔다.

"우리가 이제 힐러리에게 한층 더 잘해주어야겠구나."

이야기를 듣고 난 베츠가 말했다. 패트는 불태운 편지 이야기는 하지 않았다. 그건 영원히 자신과 힐러리 둘만의 비밀로 해야만 한다고 생각했다.

조 오빠의 가출

1

9월에 학교가 시작되자 '은빛숲'에서는 가족회의가 열렸다. 그 결과, 패트는 진학반에 들어가 내년에 있을 입시를 목표로 공부하게 되었다.

패트는 반대했지만 아빠는 완강하게 양보하지 않았다. 위니는 공부에는 별 관심이 없었으므로 대학에 보내지 않았으나, 패트는 학교 성적이 훌륭하다고는 할 수 없지만 상위권이어서 퀸즈아카데미에서 공부하여 교사 자격증을 따야만 한다고 아빠는 주장했다.

"북글렌 초등학교에서 가르치게 되면 집에서도 다닐 수 있지 않겠니?"

그것만이 가장 큰 위로가 되었다. 패트는 부엌으로 달려가 주디 아주머니에게 불만을 털어놓았다.

"그렇다면 넌 더 이상 공부하고 싶지 않다는 거냐, 패트?"

공부를 하는 건 좋지만 집을 떠나는 게 싫었다.

"난 다른 여자 애들과는 다른 모양이에요. 모두들 대학을 나와 사회생활을 하고 싶어하는데, 나는 가고 싶지 않아. 나는 이대로 집에 있으면서 아주머니랑 엄마를 돕고 싶어요. 엄마도 건강이 안 좋으시잖아요. 그리고 공부라면…… 집에서도 할 수 있어요……. 사랑이야말로 진정한 교육을 가능케 해주는 것이니까요.”

"그렇긴 하다만, 그게 전부는 아니란다. 돈이란 건 풀이나 나무에서 저절로 얻어지는 건 아니니까. 너희 아버진 부자가 아니니 가족들이 자라면 좋은 옷이다 뭐다 해서 돈이 필요할 게 아니냐. 누군가가 시집을 가거나 집을 떠나거나 할 때까지는 너도 얼마쯤은 아버질 도와야만 하지 않겠니?”

"아무도 시집을 가거나 집을 떠나거나 하지 않았으면 좋겠어요.”

"넌 아무리 말해도 못 알아듣는 벽창호야, 패트.”

패트도 자신이 벽창호로 여겨졌다. 그런 일은 언젠가는 겪게 될 것이다. 예를 들면 위니 언니에겐 남자친구가 있다. 그것도 여러 사람이 아니라 한 사람이다. 지난 1년 동안에 몇 명이나 되는 남자들이 위니 언니를 만나러 '은빛숲'을 드나들었고, 따라서 패트는 언니의 '데이트' 이야기를 쉴새없이 들어왔다.

그렇지만 여럿이 아니라 한 사람이라면 사정이 다르다. 위니 언니를 따라다니는 여러 경쟁자를 물리치고 위니 언니의 관심을 독차지한 것은 바닷가에 사는 프랭크 러셀이었다. 위니 언니는 주디 아주머니가 프랭크에 대한 이야기를 하며 놀릴 때면 얼굴을 붉힐 정도가 되었던 것이다. 패트가 프랭크에게 너무 심하게 굴어서 결국은 주디 아주머니가 화를 내고 말았다.

"패트, 너의 그 벽창호엔 내가 두 손을 들고 말았다. 조금은 말을 알아들어야지. 프랭크처럼 훌륭한 상대는 별로 없단다. 러셀 집안 사람들은 모두 능력 있는 사람들이야. 외동아들인 데다가 엄마는 돌아가셨는데, 바닷가의 처녀들은 모조리 프랭크를 마음에 두고 있어. 위니는 바닷가의 그 훌륭한 러셀 집안에서 여왕처럼 떠받들려질 거야. 소파 하나를 옮기려 해도 싫은 내색을 하는 시누이가 있는 것도 아니고, 게다가 집에서 가까우니 이보다 더 좋을 수 있겠니?"

"결혼 같은 거 생각하기엔 위니 언니의 나이가 너무 어려요."

"그렇긴 해. 열여덟이니까. 물론 지금 당장 결혼하겠다는 건 아니야……. 적당한 약혼 기간을 두어야만 하겠지. 하지만 러셀 집안 사람들은 무슨 일에든 진심으로 대하니까 말야. 프랭크의 그 눈빛을 보았니! 그 사람은 훌륭한 아내감이 어디에 있는지를 잘 알고 있는 거야."

"그 사람은 별로 머리가 좋지 않아요."

"무슨 소릴 하는 거냐! 프랭크는 시를 외거나 너의 징글처럼 머릿속으로 집을 짓거나 하지는 않을지도 모르지만, 정치에 대해선 아주 특별해. 아버진 이미 그걸 알아차리셨지만 말이야. 내 생각으론 머리가 벗겨질 즈음이면 그는 정치가가 되어 있을 게 틀림없어. 잘 생각해 보려무나. 그건 뭐 별로 공부 따위가 필요치도 않고, 위니도 공부에는 크게 관심이 없으니까. 하지만 비스킷을 만드는 것만큼은 프린스에드워드 섬에서 위니를 따라갈 사람이 없지. 위니는 훌륭한 집의 좋은 안주인이 될 거란다. 앞으로 두고봐라."

패트는 지켜보는 것 따위는 원하지 않았다. 비록 약혼 기간이 있다 하더라도 언젠가는 위니 언니가 집을 떠나가리라고 생각하면 안절부절못했다. 여전히 프랭크가 미운 건 어쩔 수 없었지만, 포기하고 입시 준비에 매달리기로 했다. '은빛숲'의 명예를 걸고서 열심히 노력해야만 한다! '은빛숲'의 사람은 이를 악물고 노력하지 않는다고 사람들이 말한다는 것도 알고 있었다.

조 오빠는 열다섯이 되자 덜컥 학교를 그만두었고, 위니 언니도 공부에 대해선 '벙어리'가 되어버렸다. 시드는 농사짓는 일 말고는 아무것에도 관심이 없다. 그런 저런 이유로 공부 쪽으로 가드너 집안의 명예를 높이는 일은 오직 패트에게 맡겨진 셈이 되었다.
"아주머니, 베츠도 진학반에 들어왔어요. 잘됐죠? 몸이 약하다고 허락하지 않을까 봐서 나는 전부터 걱정했는데 하도 애원을 하는 바람에 마침내 걔네 아빠도 지고 말았대요. 퀸즈아카데미에 가는 것도 베츠와 함께라면 그다지 싫지 않아요. 만약 들어갈 수 있다면 말이에요."
"만약이라고 했니? 무슨 소리야. 틀림없이 들어갈 수 있어. 넌 머리가 좋으니까 열심히 노력하면 걱정 없단다. 네가 그 뭐냐, 대수인가 하는 이상한 공부를 하는 걸 보기만 해도 난 머리가 핑핑 돌 것만 같다니까. 기하학인가 하는 건 젠틀맨 톰이라도 이해하지 못할 거야."
"베츠는 기하학을 싫어하지만, 난 기하학이 무척 좋아요. 기하학만 빼면 베츠는 내가 좋아하는 과목을 다 좋아해요. 우린 겨울 동안 매일 밤, 함께 공부하기로 했어요. 2시간 동안 열심히 공부하고 나서 이런저런 이야기를 나누는 거죠."
"보나마나 수다꽃을 피우겠구나."
"그거야 그렇겠지만. 아주머니, 그런데 우린 아무 말도 하지 않고 그냥 앉아서 생각만 할 때도 있어요. 때로는 멍하니 그냥 앉아 있기만 할 때도 있구요. 둘이서 함께 있는 걸로 충분하거든요. 그리고 말이에요, 베츠하고 난……."
"너흰 엘리자베스하고 패트리샤로 부르기로 하지 않았니?"
패트는 웃으면서 대답했다.
"그럴 생각이었는데 잘되지 않아요. 엘리자베스니 패트리샤니 하는 건 마치 우리가 아니라 다른 사람 같거든요. 우리는 성경을 읽기 시작했어요. 사람들 이름이 엄청나게 나오는 창세기조차도 뛰어넘지 않고 모조리 읽을 거예요. 성경도 이야기책으로 읽으니까 그렇게 재미있을 수가 없어요, 아주머니."

"그건 나도 안다. 성경책이라면 너희가 태어나기도 전부터 읽었으니까 말이야. 나도 이름이 나오는 부분은 건너뛰고 말았단다. 혀를 깨물 것 같았거든. 그 시대에는 별명이나 애칭 같은 건 없었을까. 여호사밧(유대국 제7대 왕)의 어머니는 밥 먹으라고 부를 때마다 그렇게 긴 이름을 어떻게 불렀을까 모르겠구나, 패트."

2

가을이 천천히 지나가면서 '비밀들판' 주위에는 단풍잎이 붉게 물들기 시작했고, '행복들판'의 고사리와 양치식물은 갈색으로 바뀌었다. 요르단 강은 개미취 덤불 사이를 빠져나가 바다로 흘러간다. 한가위의 금빛 밝은 달이 '안개언덕'을 내려다보고 있다.

멋진 9월, 온화한 10월이 지나가고 속절없이 슬픈 11월이 찾아와, 서리맞아 시든 언덕에 부슬부슬 비가 내리는 날이 계속되었다. 그러던 어느 날, 아무런 예고도 없이 '은빛숲' 가족들의 결속이 무너지는 일이 생겼다.

토요일 오후에서 저녁 무렵에 걸쳐 조를 제외한 다른 가족들 모두가 '해변가'에 갔다. 그때까지는 패트가 기억하는 한, 이렇다 할 아무런 변화가 없었다. '모든 것이 언제나 똑같이 보이는 세계'였다. 변함이 없다는 이유에서 패트는 '해변가'에도 애정을 갖게 되었다…… 끊임없이 변화하는 이 세상에서 오직 한 군데 바람직한 곳으로 여겨졌다. 프랜시스 할머니나 오너 할머니도 변함없이 위엄이 있었으나, 패트에게 성경을 읽으라고 한다거나 마음에 들지 않는다며 고개를 절레절레 흔들거나 하지는 않았다. 지금도 할머니들이 볼 때는 패트에게 마음에 들지 않는 곳이 더러 있었으나 그것조차도 패트는 변함이 없다는 의미에서 좋았다.

댄 외삼촌은 지금도 장난기가 가득한 웃음을 보였고, 외증조할머니는 아흔여덟인데도 여전히 정정하셨다. 겉모습도 달라진 게 없고, 까다로운 성미도 그대로다. 패트를 볼 때마다 '못생겼구나'라고 한마디를 했는데, 마치 패트에게 책임이 있다는 듯한 말투였다.

세라 젠킨스에게 얼굴을 찌푸려 보였다는 꽃병도 원래대로 서랍장 위에 장식되어 있고, 반짝반짝 닦아놓은 문고리에는 얼굴이 비칠 정도다. 난로 위 상아로 만든 흰 코끼리들은 지금도 여전히 행진하는 중이다. 빨갛고 노란 암탉도 여전히 알을 품지 않는 것 같다.

베츠도 함께 갔으므로 한층 재미있었다. 프랜시스 할머니도, 또 오너 할머니도 베츠를 대단히 마음에 들어했다. 베츠를 좋아하지 않을 사람이 있을까. 외증조할머니조차도 반들반들 빛나는 눈으로 감탄하여 베츠를 바라보다가, 처음으로 패트에게 '못생겼다'고 말하는 것을 잊었을 정도였다.

'은빛숲'으로 돌아오자마자 패트는 그 길로 베츠를 집까지 바래다주었다. 해질녘 추위는 혹독했고, 첫눈이 하얗게 쌓인 곳을 지나 부엌으로 들어선 순간, 패트는 뭔가 나쁜 일이 일어났음을 알았다.

엄마의 얼굴이 새파랬다. 위니 언니는 울고, 사람이 있는데도 주디 아주머니마저 울고 있었다. 시드는 울고 싶은 것을 애써 참는 모습이었다. 아빠는 편지를 손에 쥔 채로 테이블 옆에 선 채 꼼짝도 않고 있었다. 아빠의 발치에서 슈니클프리츠가 호소하는 듯한 눈길로 아빠를 올려다보고 있었다. 젠틀맨 톰은 무언가 맘에 들지 않는다는 표정이었고, 평소에는 나타나지도 않는 '고약한 놈'마저 아무런 할 말이 없다는 듯 스토브 밑에 웅크리고 있었다.

패트는 집 안을 한 번 빙 둘러보았다. 모두 있었다······. 그러나 ······ 그러나······.

"조 오빠, 어디 있어요?" 패트는 외쳤다.

한동안 대답하는 사람이 없었다. 이윽고 위니 언니가 흐느껴 울면서 말했다.

"가버렸어."

"가버리다니? 어디로?"

"바다로. 조 오빠는 오늘 피어스 모건 씨의 배를 타고 서인도 제도로 갔어."

"그걸 바보 같은 내가 눈치채지 못했던 거야! 조가 평소 같지 않은 모습으로 부엌에 들어오더니 실버브리지에 갔다오겠노라고 말했을 때조차도 몰랐으니까. 그때 알았더라면 물때가 바뀔 때까지 물고늘어져서라도 그 아이를 놓아주지 않았을 텐데……."

주디 아주머니는 울음 섞인 소리로 말했다.

멍하니 서 있던 아빠는 겨우 정신을 차리고 말했다.

"그렇게 해봤자 소용없어요. 언제가 됐든 그 아이는 떠났을 테니까. 아주 오래전부터 나는 알고 있었어. 아직 나이가 되지 않았는데도, 우리들 중 누구에게도 한 마디 말도 없이 가버리다니! 그 아이는 무모한 행동을 한 거야. 자, 메리, 그만 울라구."

엄마는 아빠의 어깨에 얼굴을 파묻고 울고 있었다. 아빠는 엄마를 부엌에서 데리고 나갔다. 위니 언니와 귀염둥이가 그 뒤를 따랐다. 시드는 밖으로 나갔고, 패트는 주디 아주머니를 끌어안고 대성통곡을 했다.

"너무해! 정말, 어떻게 이럴 수가 있어요! 떠나버리다니……. 이렇게, 이렇게."

"정말이지, 아빠 말씀대로 너무 무모해. 젊은 사람은 가끔 무모한 행동을 하긴 한다만, 스스로는 그걸 깨닫지 못하지. 자, 그렇게 울 것 없다, 착한 내 강아지. 너도 알겠지만 누구보다도 가장 가슴 아픈 건 엄마니까 말이야. 조도 언젠가는 돌아올 거야."

"그렇지만 전처럼 집에 있는 건 아니잖아요……. 한동안, 오랫동안 없는 거예요. 아, 오늘이라는, 이 날의 일을 난 평생 잊지 못할 거예요."

"그런 냉소적인 말은 하는 게 아니란다."
주디는 냉소적이라는 말을 아이들이 공부할 때에 언뜻 들었는데, 이런 경우에 꼭 들어맞는 말이라고 할 수는 없다.
"오늘이라는 날을, 잊지 않는다고 해서 뭐가 달라진다니? 사실을 그대로 받아들이는 게 좋아. '난폭한 딕'과 호러스 삼촌 때하고 똑같아. 조는 아빠보다도 호러스를 닮았어. 조는 아빠에게 떠나겠다고 말하면, 더 있다가 나중에 떠나라는 말을 들으리라는 것을 알고 있었어.
자, 패트, 엄마를 위해서라도 힘을 내거라. 시드를 보렴. 훌륭하지 않니? 조하고는 달리 시드는 농사짓는 일에 흥미가 있고, 자동차 운전도 할 수 있고 말이야. 조는 떠났지만, '은빛숲'마저 사라진 것은 아니잖아.
아빠의 책상 위에 있는 조의 편지를 보았니……? 아직 못 봤다고? 너한테도 남긴 말이 있어. '패트에게 슈니클프리츠를 돌봐달라고 해주세요'라고 씌어 있었지. 나한테도 우스갯소리를 했단다. 그 아인 늘 농담을 좋아했으니까. '내가 돌아갈 때쯤이면 그 그림 속의 새끼고양이들이 모두 자라도록 돌봐달라고, 아주머니한테 전해주세요'라고. 조는 오래전부터 그 새끼고양이들을 갖고 농담을 했었지."
그러나 패트는 그 뒤로 오랫동안 웃을 수가 없었다. 조 오빠의 가출을 가장 받아들이기 힘들어 했던 사람은 패트였다. 포기하는 심정이 되는 것이 어딘가 꺼림칙했다. 폭풍이 부는 밤에도 간신히 잠들 수 있게 된 것은 춥고 비가 많은 겨울도 이미 반쯤은 지나간 뒤였다.
그 무렵이 되자 조 오빠에게서 오는 편지를 즐겁게 기다릴 수 있게 되었다. 편지에 붙어 있는 진기한 우표는 귀염둥이가 좋아라 모아두었다. 편지에는 생소한 항구와 먼 나라들의 이야기, 모험에의 유혹, 흰 돛을 단 배 등, 가슴 뛰는 일들만 씌어 있었다.
 언제부터인지 모르게 '은빛숲'은 조 오빠가 없어도 지낼 수 있게 되었다. 시드는 남자답게 조 오빠를 대신했다……. 솔직히 말하면 학교를 그만둘 구실이 생긴 것을 기뻐했다. 엄마의 얼굴에도 전처럼 웃음이 떠오르게 되었고, 프랭크 러셀은 위니 언니를 위로했다. 저녁 무렵, 낡은 헛간 쪽에서 조 오빠의 활기찬 휘파람 소리가 들리는 듯해 저절로 귀를 기울이는 일도 없어졌다. 오솔길에 발소리가 날 때마다 귀를 쫑긋 세우곤 하던 슈니클프리츠도 언제부터인지 그러지 않게 되었다.
 달라지는 것……, 아니 달라지는 것보다 훨씬 나쁜 것은 잊어버리는 것! 패트는 무언가 잊혀지는 것이 가장 괴로웠다. 이렇다면, 아들 하나는 캘리포니아, 한 명은 호주, 또 한 명은 인도, 하나는 페트로그라드로 뿔뿔이 흩어져도 아무렇지도 않은, 그 실버브리지의 집과 조금도 다를 바가 없지 않은가.
 "아이고 맙소사. 잊는다는 게 없다면 우리가 어떻게 살아가겠니, 착한 내 강아지야." 주디 아주머니가 말했다.
 패트는 한숨을 내쉬었다. "하지만 크리스마스 땐 끔찍했어요. 가족들이 모두 함께 있지 않은 건 처음인걸요. 언젠가 아주머니가 한 밀이 머리에서 떠나질 않아요. 크리스마스에 누군가 빠지면, 두 번 다시 가족들이 모두 모이는 일은 없다고 말이에요. 다른 사람은 모두들 잘들 먹던데 난 아무것도 목에 넘어가지 않았어요."
 "하지만, 자기 전에 살며시 부엌으로 들어와서 둘이서 맛있는 요리를 먹은 걸 잊었니?" 주디 아주머니가 놀렸다.

3

 모든 것은 지나가고 또 사라진다. 어느새 겨울은 봄이 되어 있있다. 식구들 모두가 조 오빠가 돌아오기를 즐겁게 기다리고 있었다.

3월에 슬픈 편지가 왔다. 조 오빠는 피어스 모건 씨의 배로 돌아오지 않고 중국으로 가는 배를 탔다는 것이다. 무척 실망스러운 소식이었다.

하지만 그러는 동안에도 3월은 가고 4월이 왔다. '연못들판'에는 과꽃이 피었고 개구리가 울어대기 시작했다. 겨울의 폭풍으로 꺾인 사과나무 가지는 긁어모아서 태워야만 한다. 그건 시드와 패트가 할 일이었다. 밤에는 베츠와 힐러리도 와서 커다란 모닥불을 피웠다. 그런 뒤에 베츠를 집까지 데려다주는 건 패트가 아니라 시드였다. 패트는 조금도 개의치 않았다. 그해 봄, 시드가 베츠에게 푹 빠진 것을 보고 패트는 기뻐서 어쩔 줄 몰랐다.

"시드는 이제 메이 비니하곤 사귀지 않는 것 같아요, 아주머니. 나중에 베츠하고 결혼하면 좋겠지요?"

"저런, 그렇게 서두를 것 없어요, 귀여운 중매쟁이 아가씨."

힐러리와 함께 '울보 윌리'의 묘비에 앉아서 과수원의 모닥불이 타오르는 것을 바라보면서 이야기를 나누는 것도 즐거웠다. 패트는 그를 부를 때뿐만 아니라 생각할 때에도 힐러리로 생각하게 되었다. 하긴 가끔씩 옛날 이름이 튀어나올 때도 있긴 하지만.

주디 아주머니는 아무리 애를 써도 징글의 새로운 호칭이 입에 익지가 않았다. 주디 아주머니에게는 그저 영원히 징글일 뿐이었다.

부엌 창으로 둘의 모습을 바라보면서 주디 아주머니는 젠틀맨 톰에게 말했다.

"앞으로 저 두 사람은 어떻게 될까? 언제까지나 어리고 태평하게 보낼 수만 있다면."

젠틀맨 톰은 아무 대답이 없었다.

4월에 들어선 게 엊그제만 같은데, 어느새 5월이 되어 있었다. '행복들판'에는 하얀색 야생 벚꽃이 만발했고, 마당 가득 수선화가 춤을 추며, 아이리스 꽃밭에는 초록색의 원추형 싹이 나왔다. 패트는 매일처럼 새로운 발견을 했다.
"봄이 얼마나 멋진 계절인가 잊고 지내다가 갑자기 봄을 맞이하면 언제나 깜짝 놀라곤 해요."
5월이 지나고 6월이 되었다. '소곤소곤길'에는 야생 자두꽃이 만발했고, 뒤뜰 울타리에는 보랏빛 라일락이 물결친다. 주디 아주머니의 팬지 꽃밭이 흰색 비로드 천같이 펼쳐져 있다. 언덕 위 숲은 연한 초록에서 진한 초록까지 갖가지 초록 옷을 입고 있다.
"다른 어느 곳보다도 '은빛숲'에서 맞이하는 봄이 가장 아름다워요, 아주머니. 아이리스가 얼마나 예쁜지……. 조 오빠의 아이리스 말이예요. 작년 봄에 심은 건데. 지금쯤 조 오빠는 어디 있을까요?"
"지구 반대편이겠지. 그런데 패트, 지구 반대쪽 사람들이 어떻게 떨어지지 않고 서 있을 수가 있을까? 난 도저히 이해할 수가 없어."
패트는 설명했지만 주디 아주머니는 그래도 이해가 가지 않는 듯 하얀 머리를 흔들었다.
"아무래도 난 머리가 나쁜가봐."
"그런 게 아니에요. 내 탓이에요. 오늘 밤은 두통이 나는걸요."
"그렇게나 열심히 공부만 하니까 무리도 아니지."
"열심히 하지 않으면 안 되는걸요, 아주머니. 시험 날짜까지 앞으로 한 달밖에 남지 않았고, 어떻게 해서든 합격해야 하거든요. 그렇지 않으면 아빠도 엄마도 분명 실망하실 테니까. 난 수학은 걱정 없어요. 원래 계산하는 걸 좋아했으니까요. 전에 제가 날마다 공부만 하는 A와 B와 C가 불쌍하다고 말했던 거 기억나세요? D는 놀면서도 잘하는 것 같았거든요."
"기억하고말고. 무척이나 불쌍하다는 표정으로 나를 올려다보면서, '아주머니, A한테는 쉬는 날도 없어요?'라고 묻곤 했지. 너는 어떤 과목이든 모두 훌륭한 성적을 받을 거야."

"난 역사가 잘 안 돼요. 연대를 기억할 수가 없는걸요."

"연대라고 했니? 그런 거야 아무려면 어떠냐. 그런 사건이 일어났던 건 확실한데 뭘."

"하지만 시험관은 그렇게 생각하지 않는걸요. 내가 확실하게 기억하는 건 줄리어스 시저가 영국에 상륙했던 게 기원전 55년이라는 것과, 워털루 전쟁은 1815년에 일어났다는 것, 그 두 가지뿐이에요. 나머진 뒤죽박죽인걸요."

"우리 증조할아버지도 워털루에서 전사하셨단다. 그래서 증조할머니는 어린아이들을 아홉이나 데리고 과부가 되고 말았지. 하지만 세계 대전이 끝난 지금 세상의 과부들은 어떻게 되었을까? 패트, 그때 일을 기억하니?"

"휴전 협정이 체결되던 때에 나는 5살이었어요. 다리에서 불꽃놀이가 있었던 것하고, 그리고 모두가 휴전 협정에 대한 이야기로 시끌벅적했던 것을 어렴풋이 기억하는 정도예요. 꿈 같아요. 아주머니는 그때 이야기는 하지 않으셨죠."

"그건 말이야, 나와 상관이 있는 사람이 아무도 전쟁에 나가지 않았던 게 부끄러워서야. 고맙게도 조와 시드는 어린애였고, 엄마랑 헤이젤 고모랑 셋이서 열심히 군인들의 양말을 떴단다. 그 시절 이야긴 생각하고 싶지도 않아. 모두들 소리 높여 독일군을 욕해댔고, 톰 삼촌과 아빠는 나이가 들어서 전쟁터에 나갈 수 없다는 걸 아쉬워하던 참이어서, 몰래 전쟁터로 가버리면 어쩌나 우리는 밤에도 제대로 잠을 잘 수가 없었단다.

그러면서도 우리 집의 창문에는 단풍잎(캐나다의 표장)이 단 하나도 붙어 있지 않은 걸 우리는 마음속으로 부끄러워하기도 했지.

재미난 일도 있기는 했어. 처녀들은 카키색 군복을 입은 젊은 사람과 함께 다니는 걸 자랑스럽게 여겼고, 톰 삼촌은 날마다 반드시 아침 식사 전에 '제비들판' 뒷마당에서 적의 험담을 꽤나 해대곤 했지. 내가 우유를 짜고 있노라면 이렇게 외쳐대곤 했단다.
 '독일의 지배를 받느니 차라리 싸우다 죽는 편이 나아'라고 말이야.
 연방 정부의 선거 때엔 톰 삼촌이 미친 사람처럼 몹시 열중하는 바람에, 핏줄이 터지는 건 아닐까 걱정할 정도였어. 에디스 고모가 선거에 이기게 해달라고 기도하는 것을 본 톰 삼촌은 선거는 기도 따위로 이길 수 있는 게 아니라고 화를 내면서 에디스 고모를 투표장으로 내몰았단다. 에디스 고모는 싫다면서 가는 동안 내내 남들이야 보거나 말거나 큰소리로 외치면서 끌려갔단다.
 바닷가에 사는 샌디 테일러는 장남에게 훌륭한 군인이나 정치가의 이름만 죄다 모아서 존 젤리코 더글러스 헤이그 로이드 조지 보너 로 키치너라고 이름을 짓는 바람에 세례를 할 때 목사님의 얼굴이 어땠는지 네게 보여주었으면 좋겠구나. 그렇게까지 했는데도 그 아이는 평생 사람들에게서 슬래츠(얇은 판자)라 불렸단다. 비쩍 말라서 말이야.
 세상 사람들은 랠프 모건이 제인 피셔와 결혼한 것은 병역을 회피하기 위해서라고 말했단다. 나야 결혼한 경험이 없으니까 뭐라고 할 수도 없었지만, 나라면 피셔 집안 사람과 결혼할 정도라면 독일군과 전쟁하는 편이 낫겠더라. 랠프도 그걸 깨달았는지 전몰장병 추도예배 때 나에게 이렇게 말했단다.
 '이 사람들은 평화롭게 잠들어 있기라도 하지요'라고 말이야.
 모든 것은 이미 지나간 일이니 두 번 다시 그런 난리통을 겪지 않았으면 좋겠구나. 여자들도 투표할 수 있게 되었으니 좀더 나은 세상이 되겠지."
 "실버브리지의 빌리 스미슨 씨는 아주머니 생각과는 반대예요. 여자들은 어리석어서 앞으로 더욱 못 봐줄 세상이 될 거라고 하던걸요."

그러자 주디 아주머니는 냉소적으로 말을 받았다.

"과연 그럴까? 빌리도 자기 아내가 그렇다고 해서 여자들 모두를 싸잡아 그럴 거라고 단정하는 건 곤란해. 그리고 보니 내가 처음으로 투표하러 가던 때가 기억나는구나. 나는 파란 실크드레스에 하이힐을 신고 갔는데, 몹시 흥분한 나머지 어디에 표시를 해야 하는 건지 알 수가 없었지. 내 말을 듣고 난 네 아빠는 내가 표기를 잘못한 것이 분명하다고 하더라만, 그거야 어쨌든 내가 생각한 후보자가 당선되었으니까 아무래도 상관없었지. 투표에는 그때뿐, 그 이후로는 간 적이 없었어. 선거 때마다 토마토 통조림을 만들어야 하거나 그 밖에 특별히 할 일이 생겨나곤 했으니까."

"선거권을 행사하는 것은 신성한 의무라고 톰 삼촌이 그랬어요."

"아이고 저런, 그렇게 훌륭할 데가! 그렇담 실버브리지 변두리까지 선거하러 가서, 토마토나 구운 자두를 모조리 쓸모없게 만들어도 괜찮다는 거냐. 어쨌든 정부는 생겨났다가 없어지는지는 모르지만, '은빛숲'의 잼 병만큼은 가득 채워두지 않을 수가 없었단다, 패트."

위독한 패트

1

 패트는 역사 시험 따위는 걱정하지 않아도 되었다. 그해는 시험을 칠 수 없는 운명이었기 때문이다.
 전날 밤에 호소했던 두통은 다음날 아침이 되어도 낫질 않았고, 게다가 목까지 아파오기 시작했다. 눕는 게 좋겠다는 엄마 말에 패트가 너무나도 점잖게 따르는 것을 보고 주디 아주머니는 놀랐다. 걱정이 된 주디 아주머니는 다음날 아침 일찍, 발끝으로 걸어서 패트의 모습을 살피러 갔다.
 "오늘 아침은 어떠냐, 착한 내 강아지."
 패트는 새빨간 얼굴에 타오르는 듯한 눈으로 주디 아주머니를 보았다.
 "계단의 '죽은 시계'가 째각째각 말하기 시작했어요. 멈추게 해줘. 머리가 울려서 참을 수가 없단 말이에요."
 주디 아주머니는 구르듯이 방에서 달려나와 패트의 엄마를 깨웠고 닥터 벤틀리에게 전화를 걸었다.

패트는 성홍열에 걸린 것이었다.

처음에는 아무도 놀라지 않았다. 조나 위니도 어릴 때에 성홍열에 걸렸지만 별일 없이 지나갔기 때문이다. 하지만 날이 감에 따라서 가족들의 불안은 깊어만 갔다. 닥터 벤틀리는 난처한 표정으로 합병증이 생겼는지도 모르겠다고 말했다. 엄마는 성홍열에 걸린 적이 없으므로 병실에 들어가지도 못하고, 주디 아주머니와 위니가 간호를 맡았다.

전문 간호사를 고용하는 것은 주디 아주머니가 받아들이지 않았다. 아직껏 간호사 미스 마틴이 귀염둥이에게 '그레타'라는 이름이 어울린다고 한 사건을 분하게 여기고 있기 때문이다.

도대체 주디 아주머니가 언제 잠을 자는지, 과연 잠을 자기는 하는 건지는 아무도 몰랐다. 주디 아주머니는 밤새도록 패트의 침대 곁에 있는 고풍스런 앤 여왕풍의, 다리가 휘어진 의자에 앉아 있었다. 그것은 패트가 마음에 든다며 다락방에서 자기 방에다 가져다 놓은 것으로, 색이 바랜 빨간 다마스크 조직의 천이 깔린 의자였다. 그러고는 잠깐 조는 법도 없이 차가운 음료를 마시게 하거나, 부드럽게 어루만지거나 하는 것이었다.

"주디는 타고난 간호사야. 보통 사람이라면 몇 년이나 걸려야 익힐 것을 저렇게 본능적으로 알고 있다니!" 나중에 닥터 벤틀리가 이렇게 감탄했을 정도였다.

패트는 고열에 시달리면서부터는 주디 아주머니가 아닌 다른 사람으로부터는 그 어떤 것도 받아들이려 하지 않았다. 계속해서 열이 끓어올랐다. 망상이 머릿속을 온통 휘저어 놓았다. '울보 윌리'가 식기실 문의 나무 손잡이를 가져가 버렸다.

"분명 하느님이 이상하다고 생각하실 거야."

패트는 하느님보다 먼저 찾으려고 열심히 찾아다녔지만 손잡이는 찾을 수 없었다.

천장의 갈라진 틈이 계속 벌어져 사방으로 번졌다.

패트는 쓸쓸한 길을 걸었다. 어둠만이 달려들 뿐, 징글을 불러도 그는 에밀리와 릴리의 묘비를 겨드랑이에 끼고는 모른 척 총총 사라져간다.

'난폭한 딕'이 패트를 우물에 던져 넣었다. 도로시가 '비밀들판'을 가져가 버렸다. 조 오빠의 휘파람 소리는 들리는데 그의 모습은 보이지 않는다. 누군가가 집 안의 가구 위치를 모조리 바꿔버려서 원래대로 되돌리고 싶었으나 잘되지 않는다.

"지난 일요일에 목사님이, 하느님은 손바닥에 이 세상을 올려놓고 있다고 했는데, 만약 하느님이 피곤해서 세상을 떨어뜨려 버리면 어떻게 하지요, 아주머니?"

"하느님은 절대로 그것만큼은 하시지 않을 테니까 안심해라, 패트."

바람은 언제까지나 불고 또 불어 멈추질 않는다.

"……피곤해 지쳤을 거예요, 아주머니. 부탁이야, 바람을 쉬게 해줘요."

기다란 행렬을 지어 길을 데굴데굴 굴러가는 치즈들의 맨 앞에 패트는 서 있다. 지금까지 '은빛숲'에서 만든 치즈들이 다 나와 있다. 치즈들보다 뒤처지면 큰일이다!

수많은 얼굴들이 유리창에 얼굴을 바싹 대고 들여다본다. '해변가'의 유령처럼, 침대 발치에 죽 늘어서서 꺼림칙한 눈초리로 바라보는 얼굴도 있다. 움찔하는 표정, 냉정한 표정, 뻔뻔스러운 표정, 무시무시한 표정들.

"아주머니 쫓아내 줘요. 부탁이야……. 제발요!"

패트의 마음속에 패트냐, 패트리샤냐를 놓고 오랫동안 격렬한 말다툼이 벌어진다. '시간'이 찬송가에 나오는 검은 개울처럼, 패트의 곁을 달려 빠져나간다. 아무리 애를 써도 따라잡을 수가 없다.

"집 안의 모든 시계를 모조리 세우면 시간도 멈출 수 있어요, 아주머니. 부탁이에요, 제발! 게다가 불쌍한 '고약한 놈'에겐 누가 먹을 것을 주는 걸까?"

"내가 준단다, 패트. '고약한 놈' 같은 건 걱정하지 않아도 돼. 이름처럼 하루 종일 변변치도 못한 일만 하고 있으니까. '시인의 방' 침대에서 자거나, 파리 끈끈이 위를 뒹굴기도 하고, 내 그런 미치광이 고양이는 본 적이 없어. 걱정되는 건 젠틀맨 톰이야. 꼭 해야할 일만 마치면 그 다음은 내내 요 앞 층계참에 앉아 있단다."

마침내 패트는 위독해졌다. 닥터 벤틀리는 고개를 가로저었고, 가족들도 희망을 버렸다. 하지만 주디 아주머니만큼은 꿈쩍도 하지 않았다. 아직 '사전 예고'도 없고, 게다가 젠틀맨 톰이 가끔 털을 곤두세우고 "야옹" 소리를 내면서도 계단참에서 움직이려고 하지 않기 때문이라는 것이었다.

"무엇이 패트를 노리는지는 모르지만, 어쨌든 그 고양이 곁을 지나는 건 쉽지가 않을걸." 주디 아주머니는 자신만만하게 말했다.

그러나 사흘째 되던 날 밤, 가족들 모두가 잠자리에도 들지 않고 날이 새면 어떻게 될까, 슬픈 생각에 빠져 있으려니, 한밤중에 젠틀맨 톰이 천천히 몸을 일으키더니 부들부들 진저리를 치고 나서는 무겁게 계단을 내려와 부엌으로 들어가서 자기 쿠션 위에 자리잡았다.

새벽녘에 주디 아주머니가 말했다.

"젠틀맨 톰이 이제 더 이상 그곳에 앉아 있을 필요가 없다는 걸 깨달은 거야. 패트는 이제 다 나았어. 내가 계단을 올라가는데, 위에서 내려오던 젠틀맨 톰이 나를 물끄러미 쳐다보던걸. 그건 패트의 상태가 달라졌다는 뜻이야. 그런데 꼭 그대로, 패트가 새끼 양처럼 새근새근 잠을 자는 게 아니겠어? 정말 기뻤지.

위니, 잠깐 패트 곁에 있어주지 않겠니? 무릎이 떨리고 머리가 빙빙 돌아서 차를 한 잔 마셔야겠구나."

2

패트가 회복하기까지는 오랜 시간이 걸렸다. 다섯째 주가 되면서 간신히 침대에 앉아서 노란 바탕에 파란 장미 무늬가 새겨진 그릇에 담긴 죽을 먹을 수 있었다. 이 그릇은 '해변가'의 가보인데, 오너 할머니가 패트가 아프다는 소식을 듣고 일부러 보냈던 것이다.

패트의 머리를 받치고 있는 작은 태양 같은 금빛 쿠션은 헤이젤 고모가 보낸 것이고, 패트가 입고 있는 연노랑 실크 재킷은 에디스 고모가 갖다준 것이다.

모두들 잘해 주었다. 방문이 금지된 베츠는 열매가 잔뜩 달려 있는 산딸기 가지를 보내주었고, 힐러리는 강에서 송어를 잡아다주었다. 힐러리가 다리를 삐어 1주일 동안 바깥 출입을 할 수 없게 되었을 때에는 주디 아주머니가 직접 지렁이 깡통을 메고 시드의 낚시 도구를 들고 요르단 강 둔덕을 왔다갔다하는 등, 좀처럼 나아지지 않는 패트의 식욕을 위해 노심초사했다.

엄마도 문틈으로 웃는 얼굴을 내밀었다. 때로는 계단 난간 사이로 걱정스럽게 이쪽을 바라보는 귀염둥이의 얼굴이 보일 때도 있었다.

아무리 애원을 해도 일곱째 주가 될 때까지 일어나는 것은 허락되지 않았다.

"아주머니, 누워 있는 건 이제 진절머리가 나요. 잠깐 일어나서 창가 의자에 앉는 것쯤은 괜찮지 않을까요? 바깥을 보고 싶어서 참을 수가 없어요. 벽지의 블루벨 꽃 무늬만 바라보는 건 이제 완전히 질렸어요. 세면대 위쪽의 블루벨 무늬는 꼭 보닛을 쓴 요정 같아요. 올챙이배를 쑥 내밀고 나를 향해 씩 웃고 있네요. 아니, 걱정하지 않아도 돼요, 아주머니. 헛소리를 하는 건 아니니까요. 그건 보면 아실 거예요."

"네 말대로 그렇구나. 하지만 아직 앞으로 이틀 동안은 일어나면 안 돼. 의사 선생님께서 그렇게 말씀하셨으니 난 꼭 지켜야겠구나."
"그럼, 아주머니. 베개로 머리를 받쳐줘요. 그렇게 하면 조금은 창밖이 보일 것 같아요."
멋진 바깥 풍경이었다. 정원에서 떨어진 곳의 전나무 우듬지가 푸른 하늘에 솟아 있고, 성 모양의 구름이 나타났다가는 사라지곤 했다. 헛간의 처마 끝에선 제비가 들락날락하고 있다. 톰 삼촌네 집 굴뚝에서 솟아오르는 연기가 언덕을 배경으로 마치 마법의 연기처럼 머리를 풀고 하늘로 오르는 게 보였다.
그렇게 더 이틀을 견디고 난 뒤, 주디 아주머니는 30분 동안만 창가의 의자에 앉게 해 주었다. 간신히 패트는 의자 옆에까지 걸어갔지만, 살짝만 건드려도 조각조각 부서질 것만 같았다. 그러나 그녀의 눈과 귀는 그 30분을 실컷 즐겼다.
패트는 누워 있는 동안에 어느새 여름이 지나간 것을 알고 깜짝 놀랐다. 하지만 보면 볼수록 그곳은 아름다운 색으로 바뀌어 있었다. 항구에 뾰족 튀어나온 구릉의 푸른 어깨, 온 들판을 흔들며 즐겁게 지나가는 여름의 정취, 잔물결처럼 잔디 위를 지나는 비단 같은 바람, 그립고 소중한 나무들. 또다시 이런 것들을 볼 수 있게 된 기쁨!
속삭이면서 언덕을 지나는 산들바람이 꽃향기를 날라 온다. 묘지의 울타리 위로 인동덩굴이 보이고, 우물가에는 주디 아주머니의 오리들이 앉아 있다. 교회 헛간의 창문턱에는 '고약한 놈'이 있고, 곳간의 계단참에는 가슴에 흰 하트 무늬가 들어 있는 털이 곱슬거리는 검은 고양이가 앉아 있다.
"저 애가…… 설마…… 베츠? 연보랏빛 옷을 입은 아름답고 호리호리한 소녀가 작약을 한아름 안고 '소곤소곤길'에서 손을 흔들고 있다. 아니 베츠가 언제 저렇게 어른이 되었지!
"주디 아주머니가 있잖아, 여기 오면 네가 보일 거라고 가르쳐 주셨어. 아, 패트, 다시 널 볼 수 있다니 꿈만 같아. 얼마나 괴로웠는지 몰라! 힐러리에게도 알려주고 싶었는데……. 힐러리도 너를 몹시 보고 싶어해……. 하지만 한 번에 두 사람이나 나타나면 네가 너무 흥분할지도 모른다고 아주머니가 그랬어. 힐러리는 내일 올 거야.”

하루하루가 지나면서 일어나 있는 시간이 길어졌고, 마침내는 오후 내내 창가에서 지낼 수 있게 되었다. 이제는 마당까지 들어오는 것도 허용된 힐러리와 베츠가 큰소리로 말을 걸었다. 하지만 그에 대답하여 패트가 너무 많은 말을 하지 않도록 주디 아주머니는 마음을 썼다. 그래도 여기서 아름다운 들판을 바라보는 것만으로도 충분했다. 들판에는 때로는 은빛 소나기가 내리기도 하고, 때로는 환한 햇살이 쏟아지기도 했다.

어느 저녁 무렵, 주디 아주머니는 저녁 식사가 끝날 때까지 일어나 있게 해주었다. 마당으로 살그머니 숨어드는 '어슴푸레함'을 다시 바라볼 수 있는 감사함. 패트는 전에 마지막으로 베츠하고 둘이서 읽었던, 꽃들끼리 이야기를 나누는 마법의 정원 이야기를 떠올렸다.

'내 꽃도 밤에 이야기하는 게 아닐까. 저쪽 구석의 빨간 장미는 정열적인 연인이라서 흰장미를 향해 끊임없이 찬사를 던지고, 저기 잔뜩 뽐내고 있는 참나리는 믿지 못할 정도의 모험담을 쏟아내고, 꾸벅꾸벅 졸고 있는 양귀비들은 가슴속 비밀을 털어놓고, 프랑스 백합은 기도를 하고 있는지도…….

별을 보는 건 무척이나 오랜만이야. 게다가 달이 뜨는 걸 다시 볼 수 있다니! 언젠가 베츠와 둘이서 그리스의 하이메터스 산에 달이 뜨는 모습을 노래한 시를 읽은 적이 있는데, 그 달도 '안개 언덕' 위에 떠오르는 달보다는 아름답지 않으리라. 나무들의 그림자는 또 얼마나 멋진가! 저기 키 큰 백합이 달빛을 받아 하얗게 빛나는 모습은 마치 성인(聖人) 같구나.'

방에 들어온 주디 아주머니는 패트가 아직도 침대로 돌아가지 않은 것을 보고 깜짝 놀랐다.
"아직 안 잤구나? 달빛을 받으며 자면 안 된다, 패트."
"아직 안 자요. 그런데 왜 달빛 속에 잠들면 안 된다는 거지요?"
"무슨 소릴 하는 거냐. 달빛 속에서는 절대로 자거나 하는 게 아니란다. 정신이 이상해지기 때문이지. 내가 아는 어떤 남자도 언젠가 밤에 달빛 속에서 깊이 잠들어버리는 바람에, 두 번 다시 원래대로 돌아오지 않았단다."

패트는 한숨을 쉬었다. 언제까지나 이렇게 기분 좋은 달빛을 받으며 있고 싶었는데. 하지만 곧 피곤해졌다. 다시 피로감을 느끼고 곧바로 잠에 곯아떨어지는 것도 기쁜 일이었다.

앓기 시작한 지 10주가 되던 때에 패트는 아래층으로 내려왔다. 자유의 몸이 된 기쁨은 그 어디에도 비할 데가 없었다.

주디 아주머니는 위세가 당당했다. 양귀비꽃은 모두들 고개를 끄덕이며 패트에게 인사하고 있다! 또다시 유쾌한 식욕이 솟아올랐다. 식탁을 둘러싸고 가족들이 즐겁게 서로를 마주 보고 있다. 젠틀맨 톰마저 쉴새없이 패트에게 엉겨붙었다.

"네가 다시 건강해졌다고 온 집안이 이렇게 기뻐하고 있단다."

주디 아주머니는 만족스러운 듯 활짝 웃었다.

모든 것이 그대로인 것을 보고 패트는 마음이 놓였다. 뭔가 달라진 것이 없을까 걱정했던 것이다. 정원은 상당히 달라졌다. 베츠와 징글도 변했다. 어딘가 모르게 어른스러워졌다. 징글의 키가 훌쩍 자랐다. 아아, 어째서 사람이든 사물이든 변하는 것일까.

"너도 달라졌어, 착한 내 강아지야."

주디 아주머니는 슬퍼했다. 분명 패트는 변했다. 패트 역시 어딘지 모르게 어른스러워진 것이다.

"그렇게 저승 문턱까지 갔다왔으니 변하지 않을 수도 없을 거야.

저 아이도 이제 어린애가 아니지. 두 번 다시 옛날처럼은 되지 않을 거야." 주디 아주머니는 혼잣말을 했다.

얼굴빛이 창백하고 또 마른 탓에 달라져보이는 것이라고 다른 사람들은 생각했다. 톰 삼촌은 패트가 뼈만 남았다고 놀려댔다.

"아주머니가 만든 맛있는 음식을 먹으면 금세 살이 오를 거예요. 오늘은 살아 있는 기쁨을 사무치게 맛보았어요."

"분명 살아 있다는 건 좋은 거란다, 패트. 나 같은 사람은 평생 집안일을 하면서 홀로 늙은 사람에 지나지 않는다만, 그런데도 살아 있다는 기쁨을 수도 없이 맛보고 있지."

"힐러리가 굉장히 재미있는 책을 갖다주었어요. 베츠는 전보다 훨씬 상냥하게 대해주었고. 달라지긴 했지만 역시 세상은 좋은 곳이에요. 병이 나아서 잘됐어요."

"알겠니, 패트. 조심해야 한다. 당분간은 뛰어다니거나 하지 말고 점잖게 앉아서 머리칼이 새로 솟아나오는 소리를 듣는 게 좋을 거야."

3

패트의 머리칼이 쑥쑥 빠지기 시작했다. 그리 되는 것이 당연하다고 했던 주디 아주머니마저도 놀라 낭황했나. 모두들 깜짝 놀라 어둥댔다. 패트는 울었다.

"난 대머리가 되었어요, 아주머니……. 진짜 대머리가 되어버렸다니까요. 그렇게나 연노란색 머리칼을 싫어했더니 벌을 받았나봐요. 아주머니, 이대로 머리가 나지 않으면 어떡하지요? 머리칼이 다시 날까요?"

"물론, 다시 나고말고." 주디 아주머니는 이렇게 위로하기는 했지만 주디 아주머니에게도 확신은 없었다. 아주머니가 실크와 레이스로 모자를 만들어 씌워주었지만 패트는 몇 주일 동안이나 지옥 같은 심정으로 보내야만 했다.
 오싹할 만한 예언을 하는 사람도 있었다. 에디스 고모는 이처럼 머리칼이 죄다 빠져버린 여자를 알고 있다고 했다.
 "새로 난 머리칼은 새하얬단다."
 머리칼이 다시 나기 시작했다. 처음엔 짙은색 솜털 같은 것이었다. 여하튼 흰머리는 아니었으므로 패트는 안심했다. 머리칼은 차츰 길어졌고 색도 진해졌다.
 "틀림없이 곱슬머리가 될 거야." 주디 아주머니는 기뻐했다.
 참으로 오랜만에 패트는 거울을 볼 마음이 생겼다. 분명히 곱슬곱슬했다. 쭉쭉 뻗은 것이 아니라 자연스러운 웨이브를 이루고 있었다. 게다가 진한 갈색이었다. 패트는 너무나 기뻤다.
 톰 삼촌은 레이스 모자를 벗은 패트를 처음 보고는 이렇게 말했다.
 "역시 앤 미인이 되겠군."
 그날 밤 패트는 거울 앞에 서서 자신의 얼굴을 자세히 살펴보았다.
 "미인은 아니지만, 그래도 전보다는 분명히 나아졌어요."
 "어쨌든 넌 파마를 하지 않아도 되니까 잘됐지, 뭐. 닥터 벤틀리의 부인은 파마를 하다가 머리를 데어서 여기저기 머리칼이 한줌씩 빠져버렸다고 하더구나. 하느님이 주신 대로 내버려둘 것을 그랬다며 후회를 했다던가 원."
 이렇게 되고 보니 성홍열에 걸렸던 것도 그다지 나쁜 것만은 아니었다. 덕분에 진한 웨이브 머리가 되었고, 입학시험도 1년 늦출 수가 있었으니까.

첫사랑

1

베츠는 입학시험에 합격했지만 패트와 함께 다니기 위해서 1년을 기다리기로 했다.

일이 잘되어 가려는지 힐러리가 입학시험에 떨어졌다. 물론 잘된 일이라고 할 수는 없다. 힐러리가 떨어진 것은 남글렌 학교 선생님이 좋지 않기 때문이었다. 그래서 삼촌인 로렌스 고든은 남글렌 학교를 그만두게 하고는 북글렌 학교로 전학시켰다. 그래서 매일 아침 힐러리와 베츠, 그리고 패트 세 사람은 나란히 학교를 다니게 되었고, 더할 나위 없이 재미있는 나날이 시작된 것이다.

시드는 벌써 학교를 그만두고 지금은 아빠의 오른팔 노릇을 단단히 하고 있었다. 시드가 학교를 그만둔 대신 귀염둥이가 학교를 다니게 되었다. 9월의 어느 아침, 귀염둥이가 로빈슨 집안의 작은 여자아이와 둘이서 허겁지겁 앞을 걸어가는 것을 바라보면서 패트는 자신이 처음으로 학교에 갔던 날을 떠올렸다. 저 귀여운 아이들은 아직 세상일을 아무것도 모르리라. 패트는 자신이 무척이나 나이가 들고, 꽤나 경험을 쌓은 듯한 기분이 들었다.
"우리에게도 저렇게 어린 시절이 있었다는 게 믿어지니?" 패트가 베츠에게 묻자 베츠도 한숨을 쉬면서 믿지 못하겠다고 말했다.
그러면서도 둘의 발걸음은 빛나는 별 아래서 태어난 베아트리체(단테의 영원한 연인, 그의 작품 《신곡》에 나옴)처럼 가벼웠다. 어린 시절을 떠올리고는 한숨을 쉴 만한 나이가 된 것도 기쁜 일이었다. 부드러운 보랏빛 안개로 덮인 길을 걷는 것도, 추수가 끝난 들판 가장자리의 거뭇한 어린 전나무들을 보는 것도, 허버트 테일러 씨의 숲에 난 지름길로 빠져나가는 것도 모두 즐거운 일이었다. 여하튼 둘이서 함께 있기만 하면 즐겁고 편안했다.
조는 한 번도 집으로 돌아오지 않았다. 열대나 북극 지방, 지중해의 항구 등지에서 그의 편지가 오면 '은빛숲'은 야단법석이었다. 가족들 모두가 읽고 나면 편지는 '제비들판'을 한 바퀴 돌았고, 그 다음은 '해변가'으로 보내졌으며, 돌아온 뒤에는 엄마의 보석 상자1호에 소중히 보관되었다.
이제는 패트도 자신만의 보석 상자를 가지게 되었고, 그 안에는 라벨이 붙어 있는 다양한 기념품들이 가지런히 담겨져 있었다. 베츠네 정원의 꽃. 힐러리 고든이 설계한 '나의 집' 도면. 조 오빠에게서 받은 편지. '파수꾼 소나무' 밑에서 베츠와 둘이서 찍은 사진. 사랑하는 엘리자베스 거트루드 윌콕스에게서 받은 편지. 처음으로 H.H.에게 편지를 썼던 연필.
H.H.란 해리스 J. 하이네스로 패트는 그를 열렬히 사랑하게 되었다. 위니 언니에 따르면 완전히 그에게 푹 빠져버린 것이다.
그것은 어둠침침한 11월의 어느 날 교회에서 일어난 일이었다. 탑 주위로 바람이 기분 나쁘게 울부짖고 있었고, 패트는 이유 없이 슬픈 기분이 들었다.
'은빛숲'을 나설 때만 해도 그렇지 않았다. 새빨간 모자는 새로 산 것이었고, 모자 아래로는 호박색 눈동자가 보석처럼 빛났다. 연노란색 머리칼이던 시절에는 약간 검게 보였던 피부도, 머리칼이 진한 갈색이 되고 난 뒤로는 크림색으로 보였고, 입술은 모자 색깔 못지않게 붉었다.

"정말 예쁘구나!" 주디 아주머니는 넋을 잃고 바라보았다. "이보다 더 예쁠 수는 없을 거야. 아이고, 세상에…… 곧 남자들이 줄을 서겠는걸." 주디 아주머니는 한숨을 내쉬었다.

패트는 고개를 흔들었다.

"남자들 따위는 필요 없어요, 난."

"아니 뭐야, 여자란 누구나 그저 숭배자 두서넛은 있어야만 하는 법이야, 패트. 그게 권리이기도 하지. 지난주에도 틸리 테일러 할머니가 숭배자 따위가 어쨌다고 험담을 하기에 내가 그렇게 말해 주었지. 그랬더니 테일러 할머니는 '숭배자란 아무것도 아니거나 대단히 소중한 것이거나, 둘 중 하나일 거야'라고 말하는 거야. 하느님이라도 고개를 갸웃하실 거야."

"어쨌든 지금은 숭배자니 뭐니 그런 말은 쓰지 않아요, 아주머니. 그건 시대에 뒤떨어진 말이에요. 요즘은 남자친구라고 해요."

"남자친구라고 했니? 애, 패트. 이제 너도 친구하고 숭배자의 차이를 알세 된 거란다."

교회로 가는 길에 패트와 베츠는 얼마간 슬픈 기분에 잠겨 말을 주고받았다.

"난, 요즘 굉장히 나이 들어버린 것 같아."

"나도 그래."

"11월은 음침한 달이야."

"아, 베츠. 이렇게 세월이 가는 거구나. 그리고 그렇게 변하고 말이야. 너도 언젠가는 결혼해서 어딘가 먼 곳으로 떠나버릴 테고. 그걸 생각하면 난 죽기보다 괴로워. 견딜 수 없을 것 같아."

"나도 마찬가지야." 베츠의 목소리도 움츠러들었다.
 그러자 얼마간 기분이 나아졌다. 젊은 두 사람이 함께 슬퍼한다는 것은 기쁜 일이었다.

2

 패트의 슬픈 기분은 두 번째 찬송가를 부를 때까지 계속되었다. 그러나 눈 깜짝할 사이에 세상은 변하고 말았다.
 해리스는 몇몇 소년들과 함께 들어와서 통로를 사이에 두고 패트의 맞은편에 섰다. 해리스는 찬송가 책 너머로 곧장 패트 쪽을 보고는 멍하니 넋을 잃었다. 남자아이가 그렇게 자신을 뚫어져라 바라보는 것은 처음이었다. 문득 패트는 자신이 미인일지도 모른다는 생각이 들었다. 그렇게 생각하니…… 이것도 처음이었지만, 볼이 새빨개져 눈을 내리깔았다. 지금까지 정면으로 얼굴을 바라보지 못할 남자아이 따윈 단 한 명도 없었다.
 패트는 자신에게 뭔가가 일어났음을 깨달았다. 몇 년 전인가 맹인 음악회에서 일어났던 것과 똑같은 일이. 징후도 같았다. 다리가 떨렸던 것이다.
 '저 사람의 얼굴을 똑바로 쳐다봐야지.' 패트는 기를 쓰고 눈을 앞으로 향해보았다.
 찬송이 끝나고 사람들이 앉을 참이었다. 해리스가 자기 발끝만 쳐다보고 있었으므로 패트는 천천히 관찰할 수가 있었다.
 잘생겼다. 곱슬거리는 금갈색의 아름다운 머리칼, 뚜렷한 이목구비……. 동화에 나오는 주인공은 모두 이목구비가 뚜렷했다. 그의 커다란 눈은 갈색이었다. 그것을 깨달은 것은 그가 눈을 들어 또다시 패트 쪽을 보았을 때였다. 패트의 온몸에 전기가 흘렀다.
 설교 내용도, 설교 제목조차도 이미 패트의 귀에는 들어오지 않았다. 아빠는 화를 낼 것이다. 일요일 저녁 식사 때에 가족들 모두가 그날 설교 본문을 말할 수 있어야 한다는 것이 아빠의 주장이니까.
 설교 본문은 기억나지 않았지만 찬송가는 영원히 잊지 못할 것 같았다. 성가대는 "온 세상에 기쁨을"이라고 노래했다. 이보다 더 잘 어울리는 구절이 있을까. 그가 있는 쪽으로는 두 번 다시 눈길을 주지 않았으나 교회를 나오면서 현관에서 스쳤을 때, 두 사람의 눈은 다시 마주쳤다. 패트는 꿈속을 걷듯 계단을 내려왔다.
 모든 것이 달라져 있었다. 흐린 하늘마저 개어 있었다. 구름은 사라지고 숲 속 오솔길에는 하얀 햇빛이 비치고 있었다. 주위에 고요히 가라앉은 회색빛 나무들은 뭔가 아름다운 비밀을 품고 있는 것만 같았다.
 "해리스 하이네스를 보았니?" 베츠가 물었다.
 "해리스 하이네스가 누군데?" 알면서도 패트는 짐짓 시치미를 뗐다.
 "새로 온 아이야. 아, 그 콜더 씨네 집을 사서 이번에 이사한 집 아이 말이야. 우리 맞은편에 앉았었어."
 "아아, 그 애? 그래, 봤어." 패트는 아무렇지도 않은 것처럼 말했지만, 뭔가 나쁜 짓이라도 저지른 듯한 느낌이 들었다. 베츠에게 뭔가를 감춘 것은 이번이 처음이었다.
 "코 고만 아니면 잘생긴 얼굴인데."
 베츠가 이렇게 말하자, 패트는 냉정한 어조로 대답했다.
 "코가 어때서? 내가 보기엔 아무렇지도 않던데."
 "조금 비뚤어지지 않았니? 물론 네게는 옆모습 밖에는 보이지 않았으니까 너는 모를 거야. 그런데 머리칼은 멋지더라. 실버브리지의 마이러 로클리하고 사귄대."
 패트는 낭떠러지 아래로 떨어지는 듯한 느낌이 들었다. 과연 이 세상에 기쁨이란 게 있기나 한 것일까! 11월은 정말 끔찍한 달이다.

하지만 그때 그의 눈빛이란!

3

그 다음날, 에드나 로빈슨에게서 파티 초대장이 왔다. 그 애도 올까? 패트는 이틀 동안 그 생각만 했다. 수요일 밤은 달이 휘영청 빛나고 서리가 내렸으나, 그렇게 아름다운 경치조차도 패트의 눈에는 들어오지 않았다.

두 벌의 드레스 가운데 어느 쪽으로 할지를 결정하는 것도 무척 가슴이 설레는 일이었다. 빨간색 쪽이 스마트해 보이긴 하지만, 푸른색이 깃든 은빛 드레스가 어른스럽게 보였다. 달빛과 노을빛을 섞어 짠 것 같았다. 패트는 그 드레스로 정했다. 머리와 목에는 향수를 뿌리고, 위니 언니의 진주 귀고리까지 빌렸다. 그를 위해 치장하는 것은 멋진 일이었다. 잘 차려입은 나에게 과연 그의 눈길이 머물 것인가. 처음으로 패트는 몸치장에 여념이 없었다.

준비가 끝나자 패트는 부엌에서 소시지를 만들고 있는 주디 아주머니에게 보이러 내려갔다. 향수 냄새를 언뜻 맡기만 하고도 주디 아주머니는 무언가 눈치를 챘지만 "멋지구나, 패트"라고 말했을 뿐이다.

그 애도 그렇게 생각할까. 그게 문제였다. 그러나 패트는 오로지 소시지 생각만 한다는 듯이 소시지에 육두구(미나리아재비목 육두구과의 상록활엽교목, 약이나 향신료 등에 쓰임)를 넣었느냐고 물었다. 아빠가 육두구가 들어간 소시지를 좋아하기 때문이었다. 패트가 나가자 주디 아주머니는 배를 움켜쥐고 웃기 시작했다.

"소시지 따위는 손톱만큼도 생각하지 않았으면서. 아이고 맙소사, 난 다 알고 있는데."

만약 그 애가 오지 않으면 어쩐다지! 노을 진 하늘을 배경으로 한 검은 구릉을 쳐다보기만 해도 가슴이 설렜다. 저 언덕 바로 뒤가 전엔 콜더 씨네 집이었고, 지금은 하이네스네 집이 되었기 때문이다.

'파티에서 그 애를 만나면 무슨 말을 해야 좋을까. 너무 말이 많으면 곤란해. 반대로 바보같이 입을 다물고 있는 것도 별로일 테고. 그 애의 가족들은……, 그 애 어머니는…… 나를 마음에 들어할까.'

시드와 베츠가 무슨 말을 했지만 거의 들리지 않았다. 로빈슨 씨 댁의 집 손님용 침실에서 패트는 메이 비니와 같이 있게 되었다. 메이는 패트의 드레스를 보더니 말했다.

"그건, '새벽빛'이라고 하는 새로운 색이구나. 어떤 사람들에게는 매우 잘 어울리지. 그러나 그런 옷을 입기에는 네 피부색이 너무 검지 않니, 패트?"

이 말을 듣자 패트는 걱정이 되었다. 메이 비니가 한 말이 마음에 걸리는 것은 아니다. 하지만 그 애도 내 피부색이 검다고 생각할까? 문득 마이러 로클리의 흰 피부가 떠올랐다.

패트는 그가 도착했음을 알았다. 홀 쪽에서 그의 웃음소리가 들려왔을 때는 숨쉬기가 힘들 정도로 가슴이 뛰었다. 그때까지 그의 웃음소리를 들은 적은 없지만, 저런 웃음소릴 낼 수 있는 사람은 이 세상에 그밖엔 없을 것이다. 다른 소년들과 함께 들어왔을 때의 멋진 모습이란! 마치 그리스의 젊은 신 같았다. 패트는 그 자리에서 꼼짝할 수가 없었다.

폴 로빈슨과 춤을 추고 있던 패트에게 해리스가 춤 신청을 했다. 지금 패트가 그와 춤을 추고 있다. 기적 같은 일이었다. 그들은 서로 소개를 받은 적도 없지만, 소개받을 필요도 없었다. 이미 서로를 알고 있으므로……. 몇 년이나 전부터 서로 알고 있었던 듯했다.

둘은 오랫동안 아무 말없이 춤만 추었다. 마침내 그가 부드럽게 말했다.

"나를 좀 봐주지 않겠니?"

패트는 눈을 들어 그를 보았다. 그 순간 다른 것은 모두 아무래도 좋았다. 그러나 패트는 역시 가드너 집안의 딸이었다. 주디 아주머니의 가르침이 헛되지만은 않았던 것이다. 패트는 도전적인 눈빛으로 그를 응시하였다. 그가 알아서는 안 된다, 아직은. 그녀는 그의 눈이 무엇을 말하고 있는지 알았다. 분명 아는 것은 힘이었다.

"네가 패트리샤구나." 그녀의 이름을 말할 때 그의 목소리는 더없이 매력 넘쳤다. 그의 어조는 이렇게 아름다운 이름은 들어본 적이 없다고 말하고 있는 듯했다.

"내 생각을 하고 있었니?"

"내가 왜 네 생각을 해야 하는데?"

패트는 가볍게 되받았다. 그녀가 줄곧 그를 생각하고 있었음을 알게 해서는 안 되었다. 하지만 지난 일요일이 자신뿐만 아니라 그에게도 기념할 만한 날이었음을 알게 된 기쁨이란!

"나도 모르겠어." 그는 자신만만하게 한숨을 내쉬었다. "내가 아는 건 네가 나에게 늘 상냥하게 대해주었으면 하는 것뿐이야."

그는 패트를 집까지 바래다주었다. 앞서 가던 시드와 베츠는 푸른 수정과도 같은 밤길 저쪽으로 사라져버렸으므로 패트는 그와 단둘이 걷게 되었다. 이렇게 해리스와 함께 캄캄한 숲을 배경으로 밤하늘의 별을 담뿍 받으면서 언덕을 넘어가는 기분은 평생 잊지 못할 것 같았다.

패트는 자신이 하는 말이 모두 어리석게 들리지 않을까 걱정이 되었지만, 해리스는 그렇게 생각하지 않는 것 같았다. 특별히 패트의 말수가 많았던 것은 아니다. 말을 하는 사람은 주로 해리스였다. 그가 얼마 전에 비행기를 타고 여행했다는 이야기에 패트는 숨도 제대로 쉬지 못했다. 그는 자기는 앞으로 비행사가 될 생각이며, 평범한 생활은 성격에 맞지 않는다고 말했다.

"오늘의 파티는 정말 지루하고 따분했어."

위니 언니는 하품을 하면서 침대로 들어갔다. 프랭크가 오지 않은 탓이었다.

패트에게 이 날은 커다란 변화의 날이었다. 예쁜 드레스를 벗어서 옷장에 넣기 전에 볼에 대어보았다. 그가 마음에 들어했기 때문이다. 이 드레스는 영원히 간직하리라. 주디 아주머니가 헌 옷으로 깔개를 만들겠다고 해도 절대로 건네주지 말아야지. 그가 무릎 위에 펼쳐주었던 꽃무늬 냅킨은 소중하게 접어서 보석함에 넣었다. 잠자리에 들고나서도 해리스가 했던 말 한마디 한마디를 다시 되새기는 사이에 어느새 날이 새고 말았다.

패트는 자신의 태도가 너무 뻣뻣했던 것은 아닐까 걱정이 되었다. 아마도 그는 이해하지 못할 것이다. 주디 아주머니는 늘 남자들에게 상대의 마음을 얻기 위해 애쓰는 즐거움을 주어야 한다고 말하지만, 아주머니는 옛날 사람이 아닌가. 눈을 뜨자 찬란한 햇살이 침대 위로 쏟아져 들어왔다.

이 환한 햇빛 속에 불행한 사람은 아무도 없을 것 같았다. 그녀는 다시는 슬픔에 잠기지 않으리라.

하루 종일 패트는 바이올린 소리, 아니 그의 목소리가 들리는 듯한 느낌에 꿈을 꾸는 듯했다. 로맨틱한 시의 구절이 아름다운 유령처럼 떠올랐다가 사라지곤 했다.

"서로의 눈 속에서 인생을 본다."

베츠가 보석함에 넣어둔 시에서 이런 구절을 보고, 이 무슨 쓸데없는 짓인가 생각한 적이 있었다. 그러나 아아, 이것이 인생이다. 그 시의 의미를 지금에서야 겨우 깨달은 것이다.

밤이 되어 주디 아주머니가 걱정하기 시작했다.

"혀를 내밀어 보거라. 어젯밤 파티로 감기에 걸린 건 아니니? 그게 아니면…… 숭배자냐, 패트? 혹시 숭배자라면 아주머니한테 말해주지 않겠니?"
"숭배자라니, 말도 안 돼요!"
그러나 비밀은 아무리 감추려 해도 소용이 없어서 패트가 해리스 하이네스에게 '푹 빠졌다'는 사실이 가족들 모두에게 알려지고 말았고, 모두들 계속해서 놀려댔다. 패트는 화가 나서 어찌할 바를 몰랐으나, 아무도 진지하게 생각해주지 않았다……. 주디 아주머니와 베츠 말고는. 베츠에게는 '기다란 집'으로 묵으러 갈 때마다 털어놓았다. 가끔 패트와 베츠는 같이 자면서 이런저런 이야기를 나눌 필요가 있었다. 베츠는 진짜 연애 이야기를 들으면서 무척이나 흥분했고, 패트 못지않게 가슴이 설레기도 했다.

사랑과 우정

1

가슴 두근거리는 나날이 시작되었다. 혹시 해리스 J. 하이네스와 마주칠지도 모른다고 생각하면 아무 상관도 없는 길모퉁이조차도 뜻깊게 여겨졌다. 팩스턴 노목사님의 따분하기 짝이 없는 설교도 통로를 사이에 두고 해리스와 눈으로 이야기를 나누는 패트에게는 명쾌한 연설로 들려오는 것이었다. 그가 문득 들어오거나, 주일학교의 노서관에서 빌린 책을 건네거나, 혹은 문을 열고 지나가게 해줄 때면 패트는 얼굴이 새빨개졌다. 그의 태도는 참으로 정중했다!

패트는 보석함에 간직해 둔 달력에 처음으로 그가 '사랑스런 패트리샤'라고 불러주었던 날짜에 작은 동그라미를 쳤다. 이 달력은 그에게서 받은 것으로 핑크색 장미꽃 모양이며, 12개의 꽃잎에 12개의 달이 표시되어 있고, '너의 행복한 나날을 위해'라고 금박으로 씌어 있었다.

"꽤나 감상적이구나." 위니는 놀려댔지만 주디 아주머니는 굉장히 기뻐했다.

"나는 감상적인 사람이 좋더라. 요즘은 영 메마른 사람들뿐이니 말이야."

"어젯밤에는 거의 밤새도록 네 방의 등불을 바라보았어"라는 말을 그에게서 들을 때의 기쁨이란! (해리스가 바라보고 있던 것은 사실은 주디 아주머니 방의 등불이었으나, 그런 줄은 해리스도 패트도 알지 못했다.)

해리스가 고양이를 좋아한다는 것을 알았을 때의 환희! '고약한 놈'이 몸을 문질러대는 바람에 가장 좋은 바지가 털투성이가 되었는데도 그는 전혀 화를 내지 않았다. 꼭 천사 같은 아이다! 그의 진한 감색 코트 속에 날개가 나 있따 해도 조금도 이상하게 느껴지지 않을 것이다.

특히 실버브리지로 함께 영화를 보러 가던 날은 무척이나 즐거웠다. 마을의 낡고 볼품 없는 마을회관은 수요일과 토요일 밤에는 영화관이 되었다. 주디 아주머니도 단 한 번 권유에 못이겨 갔지만, 별로 마음이 내키지 않는다면서 두 번 다시 가지 않았다. 그러나 패트는 처음으로 해리스와 함께 그곳에 갔던 날을 평생 잊지 못할 것처럼 감격스러웠다.

"네가 얼마나 아름다운지 네게 말해준 사람이 있었니?" 해리스는 '은빛숲'의 부엌에서 패트에게 코트를 입혀주면서 속삭였다.

"수많은 사람들이 그런 말을 했지." 패트는 장난스럽게 눈을 반짝이며 웃었다. 식료품 저장실에서 그 소리를 들은 주디 아주머니는 기뻐했다.

"그럼, 그래야지. '은빛숲'의 딸들을 만만히 보면 안 된다구, 하이네스 군."

패트는 들떠 있었다. 모두들 지름길로 해서 언덕을 넘고, '기다란 집' 옆을 지나 목장을 가로질러 실버브리지로 갔다. 패트는 마법에 걸린 듯한 하얀 겨울 풍경 속을 해리스와 팔짱을 끼고 걸었다. 두 사람의 조금 앞에는 시드와 베츠가 걷고 있다. 패트는 시드가 베츠에게 완전히 마음을 빼앗겼으므로 몹시 기뻤다.
"이렇게 기쁜 일은 없을 거예요"라는 패트의 말에 주디 아주머니는 "베츠도 너처럼 여러 사람 사귀어본 뒤에 결정해야겠지"라고 대꾸했다. 그 말에 패트는 몹시 화가 났다. 정말이지 나이 든 사람들은 아무것도 이해하지 못한다니까.
"초승달을 맨 처음으로 아름답다고 생각한 사람은 누구일까?"
패트가 꿈꾸듯이 속삭이자 해리스는 심각하게 대답했다.
"오늘 밤에는 달 같은 건 눈에 들어오지 않아."
패트는 적이 흥이 깨지고 말았다. 해리스는 패트를 칭찬할 생각에서 한 말임에 틀림없다. 하지만 눈 쌓인 가문비나무들 위로 살짝 걸린 초승달의 아름다움을 해리스도 느끼길 바랐다. 힐러리라면 이해했을 텐데. 저도 모르게 그렇게 생각하고 있는 스스로에게 패트는 움찔했다.
그러나 영화관에 도착해서는 그런 것도 전부 잊을 수 있었다. 영화가 너무나 훌륭했던 것이다. 그해 겨울의 패트는 "멋있어" "굉장해"라는 말을 연발했고, 가끔 그것이 "멋져"라는 말로 바뀔 뿐이었다. 많은 사람들에게 둘러싸여 있어도 어두운 곳에서는 단둘이서만 있는 것이나 마찬가지였다. 해리스는 그녀의 손을 꼭 잡았다. 패트가 손을 빼내려 하자 해리스는 손을 놓아달라고 '부탁'하라고 속삭였다. 그러나 패트는 부탁하지 않았다.
옥의 티는 스크린에 나오는 미녀들이었다. 저 사람들은 재채기 같은 것도 하지 않는 걸까. 입 주위에 뾰루지가 생기거나, 음식을 잘못 삼켜 목이 메거나 하지도 않는가봐. 남자들은 저렇게 예쁜 사람들을 계속해서 쳐다본 뒤에는 보통 여자들은 눈에 들어오지 않겠지. 그렇게 생각하자 지난 일요일 교회에서 마이러 로클리를 보았을 때 이상으로 쓸쓸했다. 마이러 로클리는 눈이 부시도록 하였다. 패트는 마이러에게서 눈을 뗄 수가 없었다. 마이러도 예배 시간 내내 해리스의 등만 바라보고 있는 것 같았다. 그날 해리스는 앞줄 가족석에 앉아 있었던 것이다.
 다음날 밤 달빛 아래 연못에서 스케이트를 타며 패트가 농담처럼 마이러의 얘기를 꺼내자 해리스는 웃으면서 이렇게 말할 뿐이었다.
 "마이러라는 여자애와 알고 지낸 적이 있었지."
 패트는 처음엔 안도했으나, 그러다가 "패트리샤라는 여자애와 알고 지낸 적이 있었지"라고 할 날도 마침내는 오는 것이 아닐까 불안했다.

2

 처음으로 연애편지를 받는 것도 큰 기쁨이었다. 시내의 친구 집에 가 있는 해리스가 편지를 보내리라고는 생각지도 못했었는데, 학교에서 돌아와보니 주디 아주머니의 시계 뒤에 편지가 끼워져 있었다.
 "시드의 눈에 띄지 않도록 감춰두었단다." 주디 아주머니가 속삭였다.
 패트는 이 신성한 편지를 읽을 장소를 찾느라 고심했다. 공교롭게도 어느 방에든 누군가가 있었고, '시인의 방'마저도 닫혀 있었다. 헤이젤 고모가 묵으러 와 있었기 때문이다. 주디 아주머니가 닭털을 뽑고 있는 부엌에서 편지를 읽다니 그건 당치도 않은 일이다.
 패트는 문득 좋은 생각이 났다. 그녀는 눈신을 신고 자작나무 숲을 빠져나와 언덕의 목장을 지나 '비밀들판'으로 나왔다. 그곳은 발자국 하나 없이 푸른 빛이 감도는 눈이 펼쳐져 있었다. '나무 여왕'과 '버섯 공주'도 지금은 호리호리한 어린 나무가 되어 있었다. 편지를 읽기에는 안성맞춤인 곳이다. 단풍나무 아래의 회색 통나무에 걸터앉아서 패트는 편지를 읽었다.
 "귀여운 여왕에게." ……언젠가 베츠하고 둘이서 엘라 휠러 윌콕스의 시를 읽으면서 패트는 자신에게도 귀여운 여왕이라고 불러주는 사람이 나타날까 생각했었다. "지금 이 순간에도 넌 내 앞에 앉아 있어. 멋진 패트리샤……, 나는 펜 따위가 아니라 장미꽃으로 이 편지를 쓰고 싶구나. …… 영원한 너의 노예, 해리스 J. 하이네스가."

J는 무엇의 약자일까. 그는 아무에게도 가르쳐 주려 하지 않았다.

"언젠가 네게만 말해줄게."

마치 그의 일생과 관련된 비밀이 있기라도 한 듯한 어조였다.

"그래, 네 연애 편지에는 키스가 몇 개쯤 들어 있더냐?" 주디 아주머니가 놀려댔다.

"아주머니. 요즘은 연애 편지라느니 그런 말 쓰지 않아요. 그냥 쪽지라고 하지요."

"그야 그렇겠지. 요즘 세상엔 그저 무엇이든 느낌이 나쁜 것만 좋다고 하니까. 연애 편지라고 하는 편이 훨씬 로맨틱하지 않니? 그런데 넌 답장을 쓰겠지만 너도 알다시피 글은 언제까지나 남게 되지. 그 점을 잊지 말도록 해라."

패트는 만년필을 어디에 두었는지 찾을 수가 없었고, 잉크병도 비어서 언젠가 생일날 시드에게서 받은 무척이나 예쁜 연필을 꺼냈다. 그것은 금색과 청색 바탕에 커다란 불꽃색 술이 딜러 있었다. 패드가 어떤 답장을 쓸 것인가 하는 주디 아주머니의 걱정은 불필요한 것이었다. 그녀의 편지는 놀리는 투이면서도 매우 품위가 있어서 패트에게 몹시 열중해 있는 해리스를 오히려 영원히 매혹시켜 버렸다.

편지를 다 쓰고 나자 패트는 얇은 종이로 연필을 싸서 보석상자에 넣으면서 해리스에게 편지 쓸 때 말고는 결코 사용하지 않겠다고 결심했다. 그날 밤은 그의 편지를 베개 밑에 깔고 잤다. 이렇게 행복한 밤엔 잠들어버리는 것이 아까웠다.

"하지만 징글이 어떻게 생각할지 모르겠구나." 주디 아주머니가 어느 날 은근슬쩍 말을 꺼냈을 때, 패트는 기가 꺾였다. 솔직히 힐러리의 태도는 겨우내 패트의 마음을 괴롭혔던 것이다. 해리스와 함께 있을 때 불쾌하게 침묵하는 것을 보아도, 그가 해리스를 싫어하는 것은 분명해 보였다.

어느 날 밤, 해리스가 자기의 유명한 친척들 자랑이 한창이던 때에——그가 어떤 자랑을 했는지는 주디 아주머니가 전부 말해줄 수 있을 것이다——힐러리가 불쾌한 말을 꺼냈다.

"하지만 너 자신은 뭘 할 계획이지 ?"

해리스의 태도는 훌륭했다. 그는 아름다운 머리칼을 뒤로 넘기면서 힐러리에게 부드럽게 웃어 보였다. 힐러리가 외면하자 해리스는 패트의 귓가에 속삭였다.

"난 프린스에드워드 섬에서 가장 멋진 여자와 결혼하려고 해. 우리 집안의 그 누구도 해보지 못한 커다란 사업이지."

그러나 패트는 여전히 힐러리가 신경이 쓰였다. 이제는 둘이서 '행복들판'에 가는 일도 없어졌다. 물론 겨울 동안엔 자주 가기도 힘들었지만, 힐러리는 공부하느라 바빠서 주디 아주머니의 부엌에서 밤에 잠깐 시간을 보내기도 어렵게 됐다.

해리스는 물론 부엌에서 시간을 보내거나 하지 않았다. 그는 작은 응접실에서 패트에게 프랑스 어와 라틴 어를 가르쳤다. 패트는 부엌 쪽이 훨씬 편할 거라고 생각했지만. 공부가 끝나면 패트는 애깃거리가 없어지는 때도 있었지만 별달리 곤혹스럽지는 않았다. 해리스가 두 사람 몫을 얘기해줬기 때문이다.

그러나 언덕 위에 서 있던 아름다운 구릿빛 너도밤나무가 3월의 세찬 돌풍에 쓰러졌을 때, 패트의 슬픔을 이해하고 위로해 준 사람은 힐러리였다. 해리스는 패트의 기분을 이해하지 못했다. 오래된 나무 한 그루 때문에 어째서 저처럼 소동을 피우는 걸까. 그는 말을 알아듣지 못하는 어린애에게라도 말하는 것처럼 친절하게 웃으면서 일깨워 주었다.
"잊어버려, 패트. 이 세상에 나무는 얼마든지 있어."
그러나 힐러리의 말은 달랐다. "사랑하는 사람이 죽었을 때, 세상에 많은 사람들이 있다고 해서 위로가 되는 것은 아닐 거야."
해리스는 웃었다. 해리스는 힐러리가 무슨 말을 할 때마다 웃었고, '반미치광이 건축가'라고 불렀다. 물론 패트가 없는 곳에서만 그랬다.
그때 패트는 해리스의 눈이 너무나 진한 밤색으로 번쩍이는 것을 알았다. 지금까지 몰랐던 것이 이상할 정도였다. 그러나 힐러리는 패트의 기분을 잘 이해해주었다. 갑자기 힐러리를 소중히 생각하는 마음이 파도처럼 밀려왔다. 그 파도가 물러갔을 때, 마음속에 맺혀 있던 것도 함께 사라져간 듯한 느낌이 들었다.
그날 밤, 해리스와 영화를 보러 갔는데 조금은 따분했다. 해리스의 강한 소유욕도 역겨웠다. 게다가 입고 있는 옷도 요란스럽다. 이쪽에서 진지하게 하는 얘기도 웃으며 흘려버린다.
마당의 나무문까지 그가 바래다주었을 때, 패트는 '은빛숲'이 비난의 눈초리로 자기를 보고 있는 것처럼 여겨져 문득 후회가 되었다.
"내게 키스해 주지 않겠어, 패트?" 해리스가 속삭였다.
"으응…… 네가 어른이 되면." 패트도 웃으니 받아님겼다.
해리스는 화가 나서 돌아갔다. 처음으로 다투었는데도 그날 밤 패트는 잠을 푹 잤다. 해리스는 1주일 동안이나 '은빛숲'에 나타나지 않았다. 위니와 시드에게 쉴새없이 놀림을 당했으나 패트는 태연했다. 주디 아주머니의 짐작과 달리 패트는 걱정하지 않았다.
"남자들이란 가끔 그런단다. 곧 다시 올 거야."
주디 아주머니가 이렇게 말하자 패트는 어깨를 으쓱했다.
"그렇고말고요. 그때까지 마음을 가라앉히고 공부나 할 생각이에요."

3

해리스는 또다시 모습을 보이기 시작했고, 모든 일은 예전처럼 돌아갔다. 아니, 과연 그럴까? 예전의 광휘는 어디론가 사라져 버렸다. 패트는 스스로가 싫었다. 해리스도 싫었고, 세상 모든 것에 대해서도 염증이 났다.

그러던 차에 해리스가 실버브리지의 테일러 상점에서 일하게 되었다. 식료품 가게의 점원이 되었다고 해서 로맨틱하지 않은 것은 아니지만, 그러나 비행사가 되겠다느니 어쩌느니 했던 것을 생각하면 심한 환멸을 느낄 수밖에 없었다. 그는 마치 전혀 모르는 사람 같았다.

'H. 제뮤얼 하이네스 씨는 실버브리지의 테일러 상점에서 일하게 되었다'고 신문의 지방판에 실려 있었다. 아마도 하이네스 집안을 좋게 여기지 않는 사람의 행동임에 틀림없다.

"제뮤얼이라고? 그럼 J라는 이니셜은 제뮤얼의 약자였나보네. 이렇게 이상한 이름이었나. 그 때문에 가르쳐 주지 않았던 거구나."
주디 아주머니가 신문을 읽어주자 패트는 웃기 시작했다.

그날 밤 주디 아주머니는 조용한 부엌에서 빵 반죽을 치대면서 혼잣말을 했다. 가족들은 모두 외출을 했고 패트는 작은 응접실에서 공부하고 있었다.

"저렇게 웃는 걸 보니 이제 그럭저럭 종말이 다가온 모양이군. 그 남자애도 그렇지, 성경에 분명히 나와 있는 이름을 어째서 부끄러워했을까. 그나저나 패트에겐 좋은 경험이 되었지. 요 다음엔 좀더 요령이 생길 테니까."

베츠의 집에서 있었던 파티에 갔다가 돌아오는 길에 로맨스의 마지막 불꽃이 타올랐다. 그날 해리스는 무척이나 느낌이 좋았다. 코가 이상하게 휘어져 있지만 않다면 분명히 잘생긴 얼굴이었다. 머리칼은 아름답고, 춤도 잘 추었다. 둘은 즐거운 밤을 보냈다. 역시 주디 아주머니가 말했던 것처럼 남자에게 그다지 큰 기대를 거는 것이 아닌 모양이다. 얼마간의 결점은 누구에게나 있는 법이니까.
"추워, 빨리 돌아가자."
패트는 참지 못하고 소리쳤다. 주디 아주머니가 이 말을 들었다면 둘 사이에 차츰 종말이 다가오고 있음을 분명히 알았을 것이다.
'소곤소곤길'을 지나 정원의 나무문께에 이르자 해리스는 멈춰 서서 패트를 껴안았다. 그러나 패트의 눈은 정원 쪽을 향해 있었다. 달빛에 눈이 반짝반짝 빛나고 있는 것이 얼마나 아름다운가!
"해리스, 저것 좀 봐."
패트는 좋아하는 시를 읊었다.

　　하얀 은빛으로 나의 정원은 빛난다
　　고즈넉하고 하얗게 나의 정원은 펼쳐져 있으니
　　천국의 들판을 여기에 견줄까
　　호박색 서쪽 하늘을 배경으로
　　차갑고 새하얗게 잠들어 있는
　　이 낙원의 평화로움
　　진주의 길도 황금의 문도 따르지 못하리.

"날씨 따위야 아무려면 어때? 넌 내 생각만 하면 되는 거야."
해리스가 이렇게 말한 순간 패트의 얼굴에서 광채가 사라졌다.
"힐러리라면 내 마음을 이해했을 텐데."
입밖에 내서 말할 생각은 없었으나 저절로 나오고 말았다.
해리스는 웃었다. 확실히 해리스는 난처할 때 웃는 데는 선수다.
"그 계집애 같은 녀석 말이야? 그놈이라면 정원이 어떻고 나무가 어떻고 해가면서 멍청하게 돌아다니겠지."
패트의 머릿속에서 뭔가가 딱 부딪는 소리를 냈다. 그녀는 속으로 생각했다.

'힐러리가 계집애 같다고? 자기는 곱슬곱슬한 머리에 소처럼 커다란 눈을 한 주제에.'

해리스는 팔에 힘을 주면서 명령조로 말했다.

"화낼 것 없잖아."

패트는 뒤로 물러서면서 그의 팔을 뿌리쳤다.

"앞으로 다시는 만나고 싶지 않아, 해리스 제뮤얼 하이네스."

패트는 똑똑하게 말해 주었다.

이윽고 해리스도 그녀의 본심을 깨달았다.

"변덕이 심하시군."

이것이 그가 내뱉은 말이었다.

자신이 변덕쟁이든 아니든 그건 아무래도 상관없지만, 다만 한 가지 마음에 걸리는 것은 해리스가 처음부터 자신을 우습게 여긴 것 같았기 때문이었다. 그 밉살맞은 메이 비니가 해리스를 '바람둥이'라고 말하지 않았던가. 나는, '은빛숲'의 패트 가드너는 감쪽같이 그의 손에 놀아났던 것이다. 아주머니가 지나치게 적극적인 여자가 있다는 말을 하긴 했지만, 나도 그랬던 것일까. 해리스 하이네스와는 더이상 만나지 않기로 한 것이 알려지자 패트는 모두에게서 놀림을 당했다. 베츠가 다정하게 위로해 주었지만, 패트는 주디 아주머니와 이야기하기까지는 왠지 마음이 가라앉지 않았다.

"아주머니, 그 애와 사귀는 동안 무척 즐거웠어요. 그렇지만 오래 이어지진 않았어요."

"난 그리 대단한 일은 아니라고 생각했단다. 진지한 교제를 하기에는 네 나이가 아직 너무 어리니까 말이야. 네게 해리스는 소풍과도 같은 것이지. 네가 좋아하는 사람에 대해 이러쿵저러쿵 말하고 싶지는 않지만, 나는 두 번째로 만났을 때부터 애칭을 부르는 사람보다는 조금은 삼가고 사양할 줄 아는 사람이 좋더라. 게다가 그 애는 서 있을 때 다리를 너무 벌리는데 그건 품위가 없는 모양새지.

징글이 서 있는 것을 보았니? 자세가 꼭 군인 같더구나. 좋은 옷을 입고 실버브리지의 이발소에서 단정하게 머리를 깎고 신식 안경까지 쓰니까 영 딴 사람이 되어버렸어."

이렇다할 감정 변화없이 평소의 즐거운 생활로 돌아올 수 있다는 것은 기이하면서도 기쁜 일이었다.

"시드와 힐러리만 있으면 다른 남자애들은 필요 없어요, 아주머니. 나 이제 다시는 사랑에 빠지지 않을 거예요."

"요 다음까지는 말이지?"

"이 다음 따위는 없어요."

"연애 같은 건 하지 않는 게 속이 편하지. 그래 참, 그 파란 드레스는 얼마나 더 입을 거니? 몸에 너무 꼭 맞아 불편하지 않니? 내가 만들 깔개의 소용돌이 무늬에 마침 그런 파란색이 필요한데."

"그럼 갖다 쓰세요."

패트는 무관심하게 대답했다. 편지도 곧장 불태워버렸다. 그러나 몇 년 뒤에 다락방의 낡은 상자 안에서 얇은 종이로 말아놓은 연필이 나오자 패트는 빙긋 엷은 웃음을 지으면서 한숨을 내쉬었다.

힐러리가 처음 편 산사나무꽃을 잔뜩 안고 나타났다. 둘은 '행복들판'으로 산책을 나갔다.

"오늘 밤은 아마 징글도 틀림없이 기뻤을 거야." 주디 아주머니는 혼잣말을 하며 슬며시 웃었다.

패트는 사랑보다 우정이 얼마나 더 좋은지 모르겠다고 생각하면서 잠들었다.

4월

1

비가 내리는 어느 날 저녁 무렵, 세상은 4월이 오기 전에 겨울의 때를 씻어내려 하고 있었다. 패트는 너도밤나무가 연주하는 격렬한 음악에 귀를 기울이면서 부엌에서 주디 아주머니와 이야기를 나누고 있었다. 엄마는 피곤해했으므로 모두들 쉬라고 권하는 바람에 일찍 잠자리에 들었다. '은빛숲'에선 아무도 입 밖에 내지는 않았지만 모두들 엄마의 건강을 크게 걱정하고 있었다.

작은 응접실에서는 귀염둥이가 노래를 부르고 있다. 패트는 귀염둥이의 목소리가 매우 좋다고 생각했다. 주디 아주머니는 젠틀맨 톰과 '고약한 놈'을 양옆에 앉혀놓고 빵 반죽을 하고 있다. 슈니클프리츠는 스토브 옆에서 웅크린 채 코를 골고 있다. 모두들 그렇게 생각하고 싶지는 않으나 슈니클프리츠는 나이를 너무 먹었다.

그때 자갈이 깔린 오솔길에서 발소리가 들려왔다. 패트는 아빠나 시드가 헛간에서 돌아오는 것이리라고 생각했다. 그러나 슈니클프리츠가 눈을 번쩍 뜨더니 미친 듯이 짖으면서 문 쪽으로 달려가 박박 긁어댔다.

"어이구 저런, 저 개가 대체 왜 저런다지? 손님이 왔다고 저런 행동을 하는 게 몇 개월 만인가. 게다가 어젯밤 꿈이 아무래도 이상하거든. 아니, 아직도 꿈이 계속되는 건가?"

문이 열리자 붉은 구릿빛의 남자가 서 있었다. 슈니클프리츠는 너무 기쁜 나머지 소리도 나오지 않는 모양이었다. 남자의 젖은 팔뚝으로 패트는 뛰어들었다. 시드와 아빠가 헛간에서 달려왔다. 엄마는 2층에서 달려 내려왔다. 이 낯선 사내 때문에 식구들 모두가 떠들썩한 것을 보고 '고약한 놈'이 털을 곤두세우고는 "야옹!" 소리를 냈다.

모두들 제정신이 아니었다. 조가 돌아온 것이다. 알아보지 못할 만큼 달라져 있었으나 역시 전과 똑같은 조였다. 그는 엄마와 누이동생들, 그리고 주디 아주머니를 차례로 껴안으면서 익살을 떨고 있는 '고약한 놈'을 보고 웃더니, 주디 아주머니의 그림 속의 새끼고양이들이 조금도 자라지 않았다고 화난 표정을 지어 보였다.

'은빛숲'의 시끌벅적한 2주일이 지나갔다. 슈니클프리츠는 단 한 순간도 조의 곁을 떠나지 않고, 밤이면 어떻게 해서든 조의 침대에서 자겠다고 성화를 해댔다. 주디 아주머니도 매일 밤, 조의 어린 시절부터 그래 왔던 깃처럼, 살그미니 방으로 들어와서 따뜻한지 어떤지를 확인하고는 하느님께 지켜달라고 기도했다.

먼 나라들과 희한한 사람들의 이야기에 식구들 모두가 즐거워했다. 그렇지만 주디 아주머니는 패트의 기쁨은 도가 지나치다고 생각했다.

"너무 기쁨이 지나치면 그 대가를 치러야만 한다고 우리 할머니가 자주 말씀하셨더랬지. 틀림없이 대가를 치러야 할 날이 올 거야."

이윽고 조가 다시 떠나게 되었다. 뒤에 남겨진 사람들은 이번에야말로 조가 더 이상 '은빛숲'의 사람이 아님을 깨달았다. 가끔은 집을 찾아올 때도 있겠지만…… 다음에 찾아올 때까지의 시간이 차츰 길어질 테고…… 그리고 조가 가는 곳은 바다였다. 그가 더 이상 가족이 아니라는 생각이 패트의 가슴에 사무치게 와 닿았다. 조가 떠난 뒤 '은빛숲'의 생활은 잔물결 하나 일지 않고 이어져 갔다.
"아주머니, 무정하다는 생각이 들어요. 처음에 조 오빠가 떠났을 때는 난 쓸쓸해서 못살 것만 같았어요. 그런데 지금은…… 전과 다름없이 소중한 오빠지만…… 이번에도 가버린 뒤의 2, 3일은 쓸쓸해서 견딜 수가 없었지만…… 그러나 지금은 원래부터 집에 없었던 사람 같아요. 만약, 조 오빠가 이대로 집에 있겠다고 한다면 여긴 조 오빠가 진정으로 있을 곳이 아니라는 생각이 들 거예요. 조 오빠의 자리가 없어져버린 것 같아 슬퍼요, 아주머니."
"그게 세상살이란 거다. 떠나는 사람도 있고 오는 사람도 있지. 하지만 그렇게 쉽사리 포기하지 못하는 게 하나 있단다. 불쌍하게도 슈니클프리츠의 눈을 보았니? 나이가 들어서 이번의 이별은 견디지 못할 거야."
주디 아주머니의 말은 들어맞았다. 다음날 아침, 조의 침대에서 슈니클프리츠는 조의 베개에 머리를 올려놓고 누워 있었다. 다시는 눈을 뜨고 멀리 짖어대거나 울지도 않았다. 죽은 것이다. 패트와 시드, 힐러리, 베츠, 그리고 귀염둥이는 슈니클프리츠를 묘지 한쪽 구석에 묻어 주었다. 고양이를 묻겠다고 할 때는 절대로 그곳에 묻지 못하게 했던 주디 아주머니도 이번엔 아무런 불평도 제지도 하지 않았다.
"아줌만 개보다도 고양이를 좋아하는 줄 알았는데"라고 귀염둥이가 의아해하자, 주디 아주머니는 이렇게 대답했을 뿐이다.
"그건 틀림없지만 고양이에겐 묘지에 묻힐 권리가 없어."
그날 밤, 귀염둥이는 슈니클프리츠가 쓸쓸하지 않게 해달라고 기도했다. 패트는 슈니클프리츠가 쓸쓸하지 않으리라는 것을 알고 있었다. 슈니클프리츠는 자기 동료들과 함께 잠들어 있다. 늙은 개로서 그보다 더 기쁜 일은 없지 않을까. '난폭한 딕'이 노래를 부르고, '울보 윌리'가 우는 밤이면 작은 개들의 유령이 무덤에서 나와 짖어 댈 테니까.

2

패트와 베츠는 언덕 꼭대기에 있는 초록의 나무 문께에 멈춰선 채 계획을 짜느라 한창이었다. 올봄, 둘에겐 계획이 잔뜩 있었다. 여름에는 무엇을 하고 가을에 대학에 들어간 뒤에는 무엇을 할지, 그 다음엔 또……

올여름엔 1주일 동안 둘이서 캠핑을 가기로 되어 있었다. 그리고 퀸즈아카데미에 들어가면 함께 하숙을 하고, 그 2, 3년 뒤에 둘이서 유럽 여행을 갈 예정이었다. 지난 몇 년 동안 둘은 상상 속의 여행 계획을 잔뜩 세워 왔으나, 이번에는 실현할 가능성이 있는 계획이었다.

"계획을 세우는 건 정말 즐거워." 패트는 기뻐했다.

그날 둘은 오후 내내 '기다란 집'에서 지냈다. 패트는 '은빛숲' 다음으로 이 집을 좋아했다. 언제나 '어서 오라'며 손짓을 하고, '잘 와주었군요'라고 기쁘게 맞이하는 듯한 집이었다. 열려 있는 문, 창가의 제라늄, 그리고 현관으로 올라가는 폭이 넓고 얕은 계단. 집 안으로 들어서면 이른 봄의 추위를 잊게 해주는 불이 빨갛게 타오른다.

둘은 함께 시를 읽으면서 시어의 아름다움에 취하기도 했고, 서로 푸념을 늘어놓기도 했다. 베츠의 엄마는 바지 잠옷을 입지 못하게 했고, 반드시 치마여야만 한다고 했다. 베츠는 세라 로빈슨처럼 노란색의 멋진 바지 잠옷을 무척이나 갖고 싶어했다. 굉장히 현대적인 것인데.

둘은 재롱을 떠는 새끼고양이처럼 서로 농담을 주고받으며 웃었다. 패트가 돌아가려 하면 베츠는 나무문 있는 곳까지 배웅을 나왔고, 그곳에서 다시 1시간이나 이야기를 나누었다. 아무리 오랫동안 이야기를 해도 끝이 없었다. 게다가 다음날부터 패트는 '해변가'로 2주일 동안 묵으러 가기로 되어 있어서 그 전에 이야기해야 할 것이 산더미 같았다. 그렇게 오랫동안 헤어져 있어야 하는 것은 실로 비극이라고 둘은 생각했다.

봄도 끝나가려 하는데 추운 날씨가 계속되었지만, 오늘은 처음으로 따뜻한 저녁 무렵이었다. 저지대 저편으로 은회색의 바다가 보였다. 수평선이 가늘게 금색으로 빛나고, 저 멀리에서 종소리가 들려왔다.

초록빛의 신비로운 황혼이 맨살을 드러낸 볼품없는 들판을 덮어가려 주었고, 뒤쪽 가문비나무 위에는 아슴푸레한 별이 떠올라 있었다. 그 아래쪽에서 톰 삼촌이 잡목을 태우고 있다. 해 저문 뒤의 모닥불만큼 사람의 마음을 끄는 것이 있을까. 추운 하늘 저편으로 꽃피는 봄과 여름 장미가 기다리고 있으리라. 둘은 아래쪽 세상을 멀리 바라보면서 골짜기에 사는 사람들은 알지 못할 기쁨을 맛보았다. 아, 인생이란 얼마나 감미로운 것인가!

"이번에 같이 잘 때 '비밀들판'에 텐트를 치지 않을래?" 베츠가 말을 꺼냈다. 지금은 베츠도 '비밀들판'을 안다. 시드가 이야기한 것이다. 패트는 좋았다. 시드와의 약속 때문에 그동안 이야기하지 못했는데, 베츠에게 감추는 것은 왠지 괴로웠다.

"정말 멋지겠다! 숲에 둘러싸여서 잠들다니. 달빛을 받은 너도밤나무들이 무척 아름다울 거야. 물론 달도 끼워 줘야겠지, 베츠?"

베츠는 이해했다. 새빨간 스카프로 감싼 벚꽃 같은 베츠의 얼굴이 패트 못지않게 상기되어 있었다. 빨강은 베츠에게 잘 어울린다고 패트는 생각했다. 빨강뿐만 아니라 무엇이든지 어울렸다. 아주 간소한 옷이라도 베츠가 입으면 여왕 같았다. 베츠는 아름다웠다. 그러나 외모의 아름다움보다도 인격적인 아름다움이 느껴졌다.
"시드는 우리가 무서워서 벌벌 떨 거라고 말하겠지만, 결코 그런 일은 없을 거야. 주디 아주머니의 이야기에 나오는 초록 요정들이 우리의 텐트를 들여다본다 해도 겁나지 않아."
문득 둘의 입술에 밤의 손길이 와 닿았다. 뭔가 기분 나쁜, 요정 같은 것이 서성대고 있다. 옅은 저녁 노을을 배경으로 언덕의 가문비나무가 갑자기 한 떼의 주름투성이 노파로 바뀌면서 귀를 쫑긋하는 것 같았으나, 마침내 둘은 그것을 비웃듯 몸을 흔들며 웃기 시작했다. 바로 옆 덤불에서 마치 목신이라도 빠져나온 것처럼 분위기가 어수선했으므로 저도 모르게 둘은 손을 맞잡았다. 그 순간, 둘 다 요정이 되어 주위 그림자와 한 패가 된 듯했다. 기쁨에 겨워 무릎을 꿇고 대지에 키스하고 싶은 심정이었다.
그것이 한순간의 일인지, 아니면 한 세기 동안 계속된 것인지 둘은 알지 못했다. '은빛숲'의 부엌에 불이 들어오자 패트는 제정신으로 돌아왔다.
"나, 이제 가야겠어. '해변가'에는 시드가 데려다줄 거야."
"그분들께 안부 전해 줘." 베츠는 명랑하게 말했다.
"너도 함께 가면 좋으련만. 네가 없으면 뭘 해도 재미가 없어, 베츠."
패트는 나무문으로 몸을 쑥 내밀어 베츠의 차가운 볼에 키스를 하고는 발걸음도 가볍게 오솔길을 뛰어내려 갔다. 이것이, 지금까지의 행복한 나날들과의 이별이 되리라고는 꿈에도 모른 채.
기러기 떼가 4월의 밤하늘을 지나갔다. 회색빛 고양이가 '소곤소곤길'의 양치식물 그늘에서 뛰어나왔다. 헛간 앞에서 등불이 흔들리고 있다. 패트는 달고 진한 봄의 향기에 흠뻑 취했다.
"아, 아주머니, 인생은 정말 아름다워요! 봄도 아름답고, 아줌만 어떻게 춤을 추지 않고 그렇게 있을 수가 있어요?"

"춤을 추라고?"

주디 아주머니는 불쾌한 표정으로 의자에 앉았다. 그녀는 피곤했지만 피곤하다고 말하고 싶지 않았다. 그것은 나이 들었음을 인정하는 것이므로. 주디 아주머니에게는 두려운 것이 한 가지 있었다. 나이를 너무 먹어서 '은빛숲'에 있어도 아무런 도움이 되지 않으면 어쩌나 하는 것이었다.

"패트, 너도 내 나이가 되면 알겠지만 춤이란 그리 간단히 출 수 있는 게 아니란다. 그러니 춤출 수 있을 때 춰……. 춤출 수 있을 때 실컷 추려무나."

빼앗긴 친구

1

'해변가'에서 패트는 2주일 동안 머물 예정이었는데, 머무는 것이 그리 싫은 것만도 아니었다. 외할머니들과도 잘 지내게 되었고, 외할머니들도 패트를 꽤 괜찮은 아이가 되었다고 생각했다. 1년 전에 외증조할머니가 돌아가셨지만, '해변가'에는 그것 말고는 무엇 한 가지 달라지지 않았다. 패트는 그것이 마음에 들었다. '시간'을 속여넘긴 듯한 쾌감을 느끼는 것이었다.

그러나 첫 번째 맞는 주말 저녁 무렵이 되었을 때, 아빠가 데리러 왔다. 아빠의 얼굴은······.

"아빠, 엄마에게 무슨 일이 있어요?"

"아니, 엄마가 아니야. 베츠란다. 폐렴에 걸렸어."

패트는 심장에 차가운 손이 닿은 듯한 느낌이 들었다.

"어째서 좀더 일찍 데리러 와주지 않았어요?"

패트는 무척이나 침착하게 말했다.

"오늘 저녁까지는 그리 위중하지 않았단다. 베츠는 널 만나고 싶어해. 아직은 시간에 댈 수 있을 것 같구나.”
베츠가 중태다······. 시간 맞춰서······. 패트의 머릿속은 혼란스러웠다.
집으로 향하는 도중에도 악몽을 꾸는 듯한 느낌이었다. 이것은 현실이 아니다. 그럴 리가 없어. 그런 일이 일어날 리가 없지 않은가. 그런 일을 하느님이 허락하실 턱이 없어. 이건 꿈이야. 이제 곧 꿈에서 깨어날 것이 분명해. 그때까지 침착해야만 해. 너무 많은 말을 하면 계속해서 꿈을 꾸게 될지도 모르니까. 패트의 심장은 돌이 되어 아래로 아래로만 가라앉는 것 같았다.
자동차는 '은빛숲'에 닿았다. 패트는 언덕의 오솔길로 갈 작정이었다. 그게 지름길이다. 자동차에서 구르듯 뛰어내린 패트를 주디가 꼭 껴안았다.
"아주머니, 베츠는······."
아니, 침착해야만 해. 다른 건 물어선 안 돼.
"나도 같이 가자."
힐러리였다. 그는 창백한 표정에 입을 꼭 다물고 있었다. 주디 아주머니가 살며시 속삭였다.
"패트를 혼자서 가게 하렴, 징글. 그게, 네가 할 수 있는 일이야."
"아직 얼마간 희망을 가질 수 있는 것 아닌가요, 아주머니?"
힐러리가 쉰 목소리로 묻자 주디 아주머니는 고개를 가로저었다.
"예후가 있었어. 베츠는 모두에게서 사랑을 받았으니 천국에서도 그 아이를 크게 환영할 거야."
패트는 자기가 혼자인지 아니면 누군가와 함께인지조차도 의식하지 못했다. 그저 숨이 턱에 닿도록 '소곤소곤길'을 뛰어 언덕을 올라갔다.
'파수꾼 소나무'가 망을 보고 있었다. 무슨 망을 보고 있는 것일까. 초록빛 나무문까지 왔을 때, 빨갛고 엄숙한 저녁 해가 검은 언덕 뒤로 가라앉고 있었다. 거기에 검은 구름이 가로줄무늬처럼 튀어나오고 있었다. 순간, 패트는 모든 사실을 알아버리기 전에 마지막으로 한번 뒤돌아보았다. 알지 못하는 동안은 어쨌든 살아갈 수 있다.

저 멀리 아래쪽에는 춥고 어둠침침한 4월의 노을이 펼쳐져 있었다. 멀리서 아직도 종소리가 들렸다. 바로 1주일 전의 일이다. 베츠와 둘이서 저 종소리를 들으면서 여름의 계획을 세웠던 것이. 겨우 1주일 만에 이렇게 될 리가 없어. 그것은 몇 년이나 몇 년이나 지난 뒤의 일이어야 한다. 난 왜 이리 바보일까. 이렇게 떨고 있다니. 얼른 정신차려야겠어.

'기다란 집'의 부엌에는 메이 비니가 와 있었다. 와달라고 하지 않았는데도, 언제나 주제넘게 나선다고 패트는 생각했다. 베츠의 방으로 올라갔다. 함께 떠들고, 웃고, 잠을 자던 방이다. 베츠는 창백한 얼굴에 언제나처럼 상냥한 표정을 띠고 가쁜 숨을 쉬면서 잠들어 있었다. 방에는 베츠의 어머니와 간호사 등 다른 사람들도 있었지만, 패트에게는 베츠밖에는 눈에 들어오지 않았다.

"패트……, 와줘서 고마워."

"베츠, 기분은 어때?"

"좋아, 패트. 훨씬 좋아졌어. 다만, 조금 피곤해."

물론 좋아진 것이 분명하다. 그렇다면 어째서 나는 정신을 차릴 수 없는 것일까?

누군가가 침대 옆으로 의자를 가져다 주어서 패트는 그곳에 앉았다. 베츠가 차가운 손을 내밀었다. 어째서 이렇게 가늘어졌을까! 패트는 그 손을 꼭 잡았다.

간호사가 피하 주사를 놓으려고 곁으로 왔다.

"패트에게 시켜주세요. 앞으론 뭐든 패트가 해주었으면 좋겠어요."

 간호사가 망설이고 있으려니까 누군가가……, 닥터 벤틀리가…… 곁으로 다가와 말했다.

 "이제 주사를 놓아도 소용없어. 반응을 보이지 않으니까. 이대로 쉬게 하는 게 좋겠어."

 베츠의 엄마가 격렬히 울기 시작하자 아빠가 방 밖으로 데리고 나갔다. 닥터 벤틀리도 나갔다. 간호사가 등의 밝기를 조절했다.

 패트는 미동도 않고 앉아 있었다. 아무 말도 할 수가 없었다. 베츠의 휴식을 방해해선 안 된다. 푹 쉬고 나면 회복될 테니까.

 패트의 손을 쥐고 있는 베츠의 손에 가끔 희미하게 힘이 주어졌다. 패트도 그때마다 맞잡은 손을 꼭 쥐었다. 앞으로 2, 3일만 지나면 베츠와 둘이서 오늘 일을 떠올리며 웃을 수 있으리라. 올여름에 달빛 환한 '비밀들판'에서 캠핑을 할 때는 훌륭한 농담거리가 되겠지.

 "숨이…… 너무…… 숨이 차."

 그 말뿐 베츠는 다시는 입을 열지 않았다. 새벽녘에 베츠의 얼굴에 어떤 변화가 나타났다. 가슴이 철렁할 만한 변화였다.

 "베츠!"

 패트는 외쳤다. 지금까지 패트가 부를 때마다 베츠는 대답했는데, 지금은 아름다운 눈을 덮고 있는 희고 무거운 눈꺼풀을 올리려고도 하지 않는다. 하지만 그녀는 웃음 짓고 있었다.

 "운명했습니다."

 간호사가 나지막이 말했다.

 누군가가……, 베츠의 엄마가…… 비통하게 울부짖었다.

 패트는 창가로 가서 밖을 바라보았다. 동쪽 하늘은 무어라 형언할 수 없을 만큼 아름다웠다. 아래쪽 골짜기에는 너도밤나무들이 아침 안개 속에 떠올라 있고, 저 멀리 항구에는 일출을 배경으로 한 등대가 금백색으로 솟아 있었다. 제비들판과 '은빛숲'의 굴뚝에서 연기가 솟아오르고 있다.

아, 작년으로 돌아가고 싶어. 그러면 이런 악몽에서 벗어날 수 있으련만.

방 안은 너무도 조용했다. 누군가가 소리를 내주면 좋을 텐데. 어째서 간호사는 저렇게 발끝으로 걸어다니는 걸까. 이젠 무엇을 하든 베츠에게 방해가 되지도 않을 것을. 베츠의 얼굴에는 영원의 세계로 들어간 사람의 표정이 떠올라 있었다.

패트는 곁으로 다가가 침착하게 바라보았다. 베츠는 뭔가 아름다운 비밀을 안고 있는 것 같았다. 원래부터 베츠에겐 그런 데가 있었다. 그러나 이젠 그 비밀을 이야기할 수가 없다. 패트는 오래전인 듯한 느낌이 들었으나, 바로 지난주 일요일에 바닷가 교회에서 들었던 찬송가 구절이 어렴풋하게 머리에 떠올랐다.

"우리는 큰물에 떠내려가 깊은 구렁으로 빠지리."

아, 이런 악몽에서 깨어날 수만 있다면!

"차라리 목놓아 울 수 있으면 좋겠어. 이렇게 목이 메지만 않는다면."

2

패트는 집으로 돌아왔다. 엄마가 잠자코 손을 꼭 쥐었다. 위니 언니는 동정을 담은 눈길을 보냈고, 주디 아주머니는 애써 위로하려 했다.

"패트, 아직 넌 아침 식사 전이니 한 숟가락 뜨는 게 좋겠다. 힘을 내야 하니까. 너무 슬퍼하지 말아라. 베츠는 웃으면서 죽었다고 하지 않았니? 즐거운 여행을 떠난 거야."

패트는 슬퍼하지 않았다. 죽었다고는 믿어지지가 않았기 때문이다. 패트가 너무나 침착해서 가족들이 이상할 정도였다.

"저 아인 아직도 믿지 못하는 거야."
주디 아주머니가 간파했다.
그 다음 며칠은 꿈 속 같았다. 장례식이 치러졌다. 패트는 침착한 발걸음으로 언덕의 오솔길을 지나 '기다란 집'으로 올라갔다. 당장이라도 베츠가 춤을 추면서 초록빛 나무문으로 마중 나올 것만 같았다. 패트는 베츠가 웃는 얼굴로 내다보던 창을 올려다보았다……. 틀림없이 저기에 있을 거야.
'기다란 집'에는 많은 사람들이 모여 있었다. 메이 비니도 와서 울고 있었다. 그렇게나 베츠를 싫어한 주제에. 메이의 엄마가 위로하고 있다! 이 무슨 우스꽝스러운 광경이란 말인가! 여기에 베츠가 있었다면 둘이서 실컷 웃어줄 텐데!
그러나 베츠는 하얀 얼굴에 희미한 웃음을 띠고 누워 있을 뿐이었다. 힐러리가 '행복들판'에서 가져온 갯버들 다발을 손에 들고서.
집 안이 온통 꽃으로 가득했다. 주일학교에서 보낸 '우리 집으로 돌아오라'고 쓰인 십자가가 와 있다. 그것을 보고 패트는 웃어주고 싶었다. 그러나 이제 다시는 웃을 수 없음을 깨달았다. 우리 집으로라고! 여기가, 베츠의 집이 아니던가. 베츠가 사랑했던 '기다란 집', 베츠가 꽃의 배치를 계획했던 정원. 베츠는 집으로 돌아간 게 아니야. 오직 홀로 여행을 떠난 것뿐이니까, 분명히 이제 곧 돌아올 거야.
관에 뚜껑을 덮을 때 메이 비니는 정신을 잃었다. 많은 사람들은 패트 가드너가 어째서 저리도 매정한가 의아해했다. 딱딱하게 굳어진 패트의 얼굴을 보고 폭포 같은 눈물 이상의 비애를 느낀 것은 극소수의 분별 있는 사람들뿐이었다.
혼자 있고 싶어! 아무도 볼 수 없는 곳으로 갈 수 있으면 좋으련만. 하지만 묘지까지 가야만 한다. 패트는 톰 삼촌과 함께 갔다. 시드와 힐러리는 관을 따라 가야 했으므로 자동차로 가버렸다. 봄은 멀었는지 거무칙칙하게 흐린 날이었다. 회색 들판에 눈발이 날리기 시작했다. 바다는 어둡게 가라앉아 있다. 차가운 길은 쇠처럼 단단하기만 했다.

일행은 서쪽 언덕의 작은 묘지에 도착했다. 그곳에는 붉은 흙이 쌓여 있고, 무덤이 입을 벌리고 있었다. 베츠와 함께 놀던 소년들은 낙엽이 쌓인 오솔길을 밟으면서 관을 운반했다. 이 세상에서 가장 듣기 싫은 소리……. 사랑하는 사람의 관 위로 떨어지는 흙더미 소리에도 패트는 태연했다.

"베츠는 말이야, 그 어느 곳보다도 좋은 곳에 있을 거야." 뒤에서 흐느끼고 있는 메이에게 그녀의 엄마가 하는 말이 들려왔다. 패트는 휙 하고 뒤돌아보았다.

"'은빛숲'이나 '기다란 집'보다 더 나은 곳이 있으리라고 생각하세요? 난 그렇게 생각하지 않아요. 베츠도 그렇게는 생각하지 않을 거라구요."

"패트는 정말 무서운 애더군요. 마치 이교도처럼 말하지 뭐예요." 메이의 엄마는 그때 이야기를 할 때마다 놀라워했다.

해가 기울고, 마침내 어둠이 찾아왔다. 언덕의 나무들이 가깝게 다가왔다. 베츠의 창에는 불이 켜지지 않는다. 그날 밤에야 패트는 꿈이 아닌 현실로 돌아왔다.

패트는 지금까지 누가 되었든 사랑하는 사람이 죽을 수도 있다는 것을 도저히 믿을 수가 없었다. 쓰라린 가르침을……, 죽는 일도 있다는 것을 비로소 깨달은 것이다.

"위니 언니, 오늘 밤은 나 혼자 있게 해 줘."

위니도 그 기분을 잘 알았으므로 흔쾌히 '시인의 방'으로 갔다.

패트는 떨면서 잠옷으로 갈아입고 침대로 들어갔다. 창으로 불어오는 바람은 이미 친구가 아니라 악의로 가득 찬 것이었다. 외로움이 엄습해왔다. 견딜 수가 없었다. 잠들 수만 있다면! 하지만 잠에서 깨어났을 때가 두려웠다.

베스는…… 죽었다. 아름다운 것을 사랑한 베스가 지금 저 언덕의 차갑고 습한 무덤 속에 누워 있고, 무덤 주위에는 키가 큰 풀과 낙엽이 쓸쓸하게 바람에 흔들리고 있다. 패트는 베개에 얼굴을 묻었다. 오랫동안 참아왔던 눈물이 한꺼번에 쏟아져 나왔다.

"착하지……. 착한 아이니까…… 그렇게 울지 말거라."

언제부터인지 주디 아주머니가 와 있었다. 주디 아주머니는 침대 옆에 무릎을 꿇고 괴로워 어쩔 줄 모르는 패트를 상냥하게 껴안았다.

"아, 아주머니. 세상이 이렇게 괴로운 것인지는 정말 몰랐어요. 견딜 수가 없어요, 아주머니."

"가련하게도. 처음엔 모두 그렇단다."

"내게서 베스를 데려가다니, 하느님을 절대로 용서할 수 없어요." 패트는 격렬하게 울부짖었다.

주디 아주머니는 깜짝 놀랐다.

"하느님을 용서하지 않는다니 그런 말은 들은 적이 없구나. 하지만 하느님은 원한이 없으시단다."

"내 삶이 엉망진창이 되어버렸어요. 그런데도 난 살아 있어야만 하는 걸까요? 어떻게 살아갈 수 있을까요?"

"그건 말이야, 한 번에 하루씩 살아가면 되는 거란다, 착한 내 강아지. 누구나 하루는 살 수 있는 법이니까."

"베스처럼 좋은 친구는 없었어요. 둘이서 얼마나 많은 계획을 세웠는데. 베스가 없으면 난 퀸즈아카데미에 갈 수 없어요. 아, 아주머니. 우리의 우정은 정말 아름다운 거였어요. 어째서 하느님은 그리 되도록 내버려두신 걸까요? 하느님은 아름다운 것들을 싫어하시는 걸까요?"

"분명히 우리는 하느님의 생각을 알 수는 없지만, 하느님이 끝없이 선하신 분이라는 것을 믿으면 되는 거란다. 아마도 하느님은 너희의 우정을 언제까지나 아름다운 채로, 그대로 놔두고 싶으셔서 그랬을 거야."

쓰라린 나날

 베츠가 죽은 지 1주일이 지났는데, 패트에겐 그 시간이 1년으로 느껴질 정도로 고통스러웠다. 하루하루가 망령처럼 지나갔다. 저녁 때가 되면 패트는 언덕과 들판으로 산책을 나갔다. 봄의 아름다움이 눈에 들어오긴 해도 느껴지지는 않았다. 작년 봄 함께 걸었던 베츠는 지금 어디에 있는 것일까?
 모든 것은 끝나버렸다. 모든 것이 달라져야만 한다. 그것이 가장 고통스러웠다. 살아갈 힘이 모두 사라져버렸는데 어떻게, 무엇을 새로 시작할 수 있단 말인가.
 "잊어버리고 싶어요, 아주머니. 베츠에 대한 모든 것을요. 베츠를 떠올리면 견딜 수가 없어요. 아주머니의 옛날 얘기에 나오는 망각의 약이라도 먹고 싶어……." 패트는 미친 듯이 외쳤다.
 "그렇지만…… 설령, 그렇게 할 수 있다 하더라도, 그렇게 하면 말이야, 착한 내 강아지야. 괴로운 기억과 함께 즐거웠던 추억들도 모조리 잊혀지고 만단다. 네가 친구와 함께 지냈던 즐거운 기억들과 행복한 추억도 모조리 잊게 될 텐데, 그렇게 되고 싶은 거야?"
 그건 싫다. 패트는 아름다운 추억을 가슴에 꼭 껴안았다. 하지만 어떻게 살아갈 수 있을 것인가.
 "네가 어릴 때, 4살쯤이었던가. 그때를 기억하는지 모르겠구나, 패트. 너는 하늘에 구름이 잔뜩 껴서 새카매진 것을 보고 무서워서 엄마에게로 달려가서는 '엄마, 파란 하늘은 어디로 가버린 거야……? 응, 엄마!'라고 큰 소리로 외쳤지. 우리가 다시 파란 하늘이 돌아올 거라고 아무리 말해도 믿으려하지 않았단다. 그런데 다음날 아침이 되고 보니 파란 하늘이 활짝 웃고 있었지."
 그렇지만 패트는 자신에겐 파란 하늘이 다시는 돌아오지 않을 것만 같았다. 행복한 시간들은 다시는 오지 않을 것 같았다. 비록 그렇게 된다손치더라도 베츠가 없는데 행복해진다니, 그건 베츠를, 둘의 우정을 배신하는 일이다. 패트는 다시금 식욕이 돌아온 스스로를 경멸했다.
 지금으로선 '은빛숲'만이 오직 하나의 위안이었다. '은빛숲'에 대한 애정만이 흔들림 없이 확고한 것으로 여겨질 뿐이었다. 패트는 자기도 모르는 사이에 친숙한 이 집으로부터 위로와 힘을 얻고 있었다.
 봄이 지나갔다. 수선화, 범의귀, 금낭화, 매발톱꽃들이 피었다. 베츠는 매발톱꽃을 무척이나 좋아했었다. '은빛숲'엔 둘이서 함께 심은 삼색제비꽃이 피었지만, 해질 무렵에 그것을 꺾으러 오던 가녀린 소녀의 모습은 이제 다시 볼 수 없었다.
 '기다란 집'의 커다란 사과나무는 몇십 년 전과 마찬가지로 꽃을 피웠으나, 이제는 베츠와 둘이서 그 기다란 가지에 앉아서 시를 읊을 수가 없다. 패트는 베츠와 함께 읽었던 책을 펼치고 둘이서 표시를 해두었던 구절을 보는 것조차도 견디기가 힘들었다. 뭔가 베츠에게 보여주고 싶고 들려주고 싶은 것이 있을 때마다 베츠의 죽음이 생생하게 되살아나서 가슴을 에는 것만 같았다.
 여름이 왔다. 묘지의 울타리 위에는 인동덩굴이 두텁게 뻗어 있다. 저 인동덩굴의 향기도, 부드럽게 빛나는 밤하늘의 별도, 하얀 장미를 비추는 달빛도 이제 베츠에게는 아무 의미가 없으리라.
 언덕의 오솔길은 무성한 풀들로 뒤덮여 버렸다. 지금은 누구 한 사람 그 오솔길을 지나는 이가 없다.
 윌콕스 부부는 '기다란 집'을 팔고 시내로 이사했다. '기다란 집'에는 낯선 가족의 등불이 빛나고 있지만, 베츠의 방은 언제나 어둡기만 하다. 일요일에는 특히 고통스러웠다. 오후부터 저녁 시간까지 언제나 베츠와 둘이서 함께 지냈기 때문이다.
 시드는 베츠의 이야기를 하고 싶어하지 않았다. 그도 남모르게 베츠의 죽음으로 인해 엄청난 충격을 받은 모양이다. 하지만 힐러리와는 이야기할 수가 있었다.
 '힐러리가 없었다면 난 올여름을 어떻게 넘겼을까.' 패트는 생각했다.
 차츰 삶이 다시금 손짓을 해오기 시작했다. 영원한 아름다움이 횃불을 드높인 것이다. 패트는 이 세상에 베츠가 없는데 삶을 향유하는 자신이 미웠다.
 "아주머니, 나는 조금이라도 즐거운 기분이 되거나 하면 안 될 것 같은데, 오늘 '비밀들판'에서 즐겁게 지내고 말았어요. 잠깐 동안 베츠도 잊어버리고. 하지만 다시 생각났을 때의 슬픔이란. 어떻게 베츠를 잊을 수가 있었을까요. 그리고 '비밀들판'도 모조리 달라져 버렸어……. 전보다 훨씬 아름다워지긴 했지만 전과 같지는 않았어요."
 주디 아주머니는 옛날 초등학교 시절에 배운 오래된 시를 떠올렸다. 너무 오래전 일이라 지은이는 잊었지만, 지금도 여전히 사람의 마음을 흔드는 데가 있었다.

"요전에 만났을 때 이후로, 계속 너는 죽음을 지켜보고 있다."
주디 아주머니는 이 구절을 마음속으로 되뇌었으나 소리가 입 밖으로 나오고 말았다.
"즐거운 기분이 되었다고 해서 그렇게 자신을 책망할 필요는 없단다. 베츠도 네가 즐거워하는 걸 기뻐할 거야."
"있잖아요, 아주머니. 처음엔 베츠 생각만 해도 괴롭고 마음 아파서 견딜 수가 없었어요. 그런데 지금은 마음이 많이 가벼워졌어요. 둘이서 자주 갔던 곳에서도 베츠를 생각할 수 있게 되었고요. 오늘 밤에도 달이 뜰 때에 베츠가 저기 '파수꾼 소나무' 밑에서 나를 기다리고 있다고 생각하니까, 그냥 그렇게 생각하기만 했는데도 잠깐 동안은 즐거웠어요. 하지만 이제 다시는 친구를 사귀는 일이 없을 거예요. 친구를 잃었을 때의 고통은 이제 정말 싫어요."
"아직 나이도 어린데 벌써 그런 걸 알아버렸구나. 하지만 우린 모두 늦든 이르든, 언젠가는 그것을 알게 되지. 그리고 친구 얘긴데…… 거 뭐냐, 그건 이미 정해져 있는 거란다. 친구란 건 선택해야만 하는 거라고 언젠가 내가 말한 적이 있다만, 패트, 역시 친구란 선택하는 것이 아니라, 상대방이 다가오는 것이더구나. 그렇지 않으면 도시히 친구가 될 수 없는 법이지. 많는 석는 간에 네게 정해진 사람이, 정해진 시기에 친구가 되는 거란다."
여름도 끝났다. 지나간 나날들이 또다시 추억 속에서 즐겁게 되살아났다. 베츠에게서 받은 흰 꽃고비가 처음으로 꽃을 피웠다. 금색과 청동색 달리아는 푸른 가문비나무 산울타리를 배경으로 타오르는 것만 같았다. 가을 숲에는 화려한 꽃잔치가 벌어지고 있었다.
베츠는 '장미꽃 화관을 쓰고' 어둠의 세계로 사라져 버렸고, 조 오빠는 집을 떠났다. 그러나 '안개언덕'은 여전히 호박색의 신비로운 자태를 뽐내고 있고, '비밀들판'은 본디의 매력 그대로 풍기고 있으며, '은빛숲'은, 사랑스러운 '은빛숲'은, 지금도 변함없이 패트의 것이었다.

주디 아주머니의 부엌에서 다시금 패트의 웃음소리가 울려나왔다. 패트는 또다시 힐러리와 오랜 시간 '행복들판'에서 대학 생활의 계획을 서로 이야기했다. 또다시 세상은 즐거워진 것이다.

 그러나 자줏빛 그림자 자욱히 낄 무렵이면
 또다시 따뜻한 회색 비가 흩뿌릴 때면
 옛날의 슬픔이
 잊혀진 가슴속 아픔이 되살아나리.

아니, 잊혀질 리가 없다. 언제까지나 잊지 않을 것이다. 베츠와 보냈던 멋진 9년 동안의 세월. 그것은 그 누구도 빼앗아갈 수 없다. 주디 아주머니 말이 맞다. 나는 결코 망각의 약 같은 것은 마시지 않으리라.

은빛숲이여 안녕

1

8월에 합격자 발표가 있었다. 힐러리는 1등으로 합격했다. 패트도 꽤 좋은 성적이었다. 그래서 9월에는 둘 다 퀸즈아카데미에 들어가게 되었다. 1년의 3분의 2나 '은빛숲'에서 떨어져 지내는 것은 괴로웠지만, 그것만 참아내면 대학 생활도 그리 나쁜 것은 아닐 거라고 패트는 생각했다. 패트는 전부터 은근히 롯의 아내(구약성서 속의 인물. 소돔에서 하느님의 심판을 피해 가던 도중에 뒤를 돌아보는 바람에 소금기둥이 되었다)를 동정했었다. 뉘놀아 서서 자기 집을 바라본 것이 그렇게나 나쁜 짓이었을까.

한 가지 위안은 힐러리도 퀸즈아카데미에 왔다는 것과 주말에는 둘이서 집으로 돌아올 수 있다는 것이었다.

"아주머니 있잖아요, 여러 가지 면에서 '은빛숲'만큼 훌륭한 집은 생각할 수가 없어요. 가구도 그냥 가구가 아니라 사람 같은 느낌이 드는걸요. 저 니어마이아 고조할아버지의 낡은 의자에 앉으면 의자가 나를 꼭 안아주는 것만 같아요. 난 그걸 알 수 있어요, 아주머니. 그리고 집에 있는 모든 의자가 다 누군가 앉아주길 바라고 있어요."
"확실히 이 집의 물건들은 많은 사람들이 소중하게 쓰고, 또 소중히 여기니까, 그냥 단순한 가구가 아닌 건 틀림없단다."
"난 어쩔 수 없이 빅토리아 시대 사람을 닮았나봐요. 노마도 그렇게 말했어요. 내게 가장 간절한 소원이 있다면, 그건 이 '은빛숲'에서 이대로 계속 살면서, 집과 그 안에 있는 것들 모두에게 애정을 쏟고, 소중히 여기고, 계획을 세우는 거예요.
 만약 내년에 교사자격 시험을 통과해 학교에 취직이 되면, 첫 월급으로 집의 지붕을 새로 이을 생각이에요. 새로 나온 빨강과 초록 지붕으로요. 아주머니, 겨울에는 '은빛숲'이 자작나무 숲에 둘러싸여 보나마나 멋질 거예요. 그리고 작은 응접실 깔개도 새것으로 바꿔야겠지요. 아주머니, 10월이 되면 잊지 말고 참제비고깔 뿌리를 갈라 줘요. 올해가 딱 좋은 시기인데 내가 여기 없는 동안 아무도 그 생각을 하지 않을까봐 미리 말씀드리는 거예요."
 퀸즈아카데미에 갈 준비를 하는 것은 즐거웠다. 그러나 이러니저러니 베츠와 서로 이야기할 수만 있다면 얼마나 즐거울까 생각하면 슬프기도 했다. 준비라고는 해도 대단한 것은 할 수 없었다. 올해는 작황이 좋지 않기 때문이다. 하지만 필요한 것만큼은 어떻게든 갖췄다. 톰 삼촌에게선 복슬복슬하고 커다란 모피 깃이 달린 예쁜 코트를, 바바라 고모에게는 한쪽 눈을 살짝 가리는, 세련된 밤색 비로드 모자를 받았고, '해변가'의 할머니들은 이브닝 드레스를 마련해 주었다.
 주디 아주머니는 아름다운 스웨터를 두 벌 짜주었다. 그 파자마 사건만 없었다면 에디스 고모에게서 실크 속옷을 받을 수도 있었을 것이다. 그 사건으로 '은빛숲'에는 커다란 소동이 일어났다. 실크로 된 잠옷가운조차도 부도덕하다고 한 에디스 고모는, 파자마 따위는 점잖치 못하다고 했다. 패트는 어떻게 해서든지 파자마를 갖고 싶었다. 주디 아주머니는 에디스 고모가 반대한다는 이유만으로 패트와 한편이 되어 주었다.

"혹시 네가 자는 동안에 죽는다고 치자, 패트리샤. 넌 파자마 차림으로 하느님 앞에 나갈 수 있겠니?"

에디스 고모는 근엄하게 일깨웠다.

그러나 엄마가 이 상황을 재치있게 정돈해주어서 다행히 패트의 소원은 이루어질 수 있었다.

마침내 마지막 날이 오자, 패트는 '비밀들판'에 이별을 고하러 갔다. 돌아오는 길에는 한동안 언덕 위를 거닐었다. 이제는 가을이었다. 하늘에는 소리없는 음악이 감돌고 있었다. 온화한 9월의 저녁 무렵, 오래된 농장은 금빛 햇볕을 담뿍 받고 있었다. 그 어느 한 구석이라도 패트가 모르는 곳은 없다. 밭도, 목장도 모조리 친한 친구 같았다. 연못은 신비롭게 빛나고 있다. 둥근 창은 눈을 동그랗게 뜨고 내려다본다. 패트가 심은 나무들이 손을 흔든다. 마당에는 하얀 코스모스가 거품처럼 흐드러지게 피었고, 그 뒤에는 맨드라미의 당당한 자태가 보인다. 사랑스러운 '은빛숲'이여! 이 집이 지금처럼 가깝게 느껴진 적은 없었다.

가드너 집 안은 경제적으로 여유로운 편이 아니라 패트는 싸구려 히숙집에서 지내야 했다. 그 집은 언제나 속이 메스꺼운 음식 냄새가 풍겨나는, 네모낳고 살풍경한 건물이었다. 마당에는 나무도 없는 데다가 거리가 조용해지는 것은 밤에 아주 잠깐뿐이었다. 이 거리에선 바람도, 넓은 들판이나 드넓은 바다 위를 위풍당당하게 불어오는 바람과는 달리, 좀스럽게도 좁은 틈새로 불어 들어왔다. 패트는 모조리 똑같은 집들뿐인 이 거리에선 도저히 살 수 없으리라고 생각했다.

그날 밤, 패트가 방에 혼자 있을 때에 쓸쓸함이 파도처럼 밀려왔다. 바닥에는 겨자색 깔개, 벽에는 오싹하리만큼 거무칙칙한 적갈색의 건방진 자명종 시계가 걸려 있을 뿐이었다. 오늘 아침 출발할 때, 주디 아주머니가 "행운이 함께하기를" 하고 작별인사를 해주었지만, 지금 '은빛숲'을 떠나 있는 패트에겐 행운 같은 건 찾아올 것 같지 않았다.

패트는 창가로 다가갔다. 거리 아래를 서쪽으로 가는 기차가 칙칙폭폭 소리를 내며 달려간다. 저걸 타고 집으로 돌아가면 얼마나 좋을까! 저 멀리에는 낯선 구릉이 차가운 달빛을 받고 있다.

패트는 눈을 감고 '은빛숲'을 떠올렸다. 지금쯤, '비밀들판'에는 달빛이 반짝이고 있으리라. 그리고 자작나무 숲에는 작은 토끼들이 앉아 있으리라.

해먹은 전나무 사이에서 한숨을 쉬고 있을 바닷바람과, 언덕의 단풍나무들의 속삭임이 들려오고, 푸른 '어슴푸레함' 사이를 춤추며 떨어지는 포플러 잎들이 보이는 것만 같았다. 현관의 낡은 계단은 나의 발소리가 들리지 않을까 귀를 쫑긋 세우고 있겠지. 내 방도 쓸쓸해할 게 틀림없어. 부엌에서 주디 아주머니가 옆에는 젠틀맨 톰을, 무릎에는 '고약한 놈'을 올려놓고 뜨개질을 하고 있는 모습이 눈에 선했다. 귀염둥이는 옛날의 패트와 마찬가지로 어딘가에 앉아서 뭔가를 생각하고 있으리라.

패트는 향수병이라는 커다란 파도에 휩쓸려 딱딱하고 작은 침대에 몸을 던지고는 울었다.

2

패트는 괴로운 향수병도 얼마쯤 이겨내자 인간이란 꽤나 여러 가지 일을 참아낼 수 있는가 보다 생각했다. 패트는 이제 비 내리는 밤에만 향수에 젖을 정도가 되었다. 그럴 때면 똑똑 빗물이 튕겨 오르는 부엌 계단이랑 부엌의 창문을 미끄러져 떨어지는 빗방울을 떠올리며, 밖에서 내리는 비 따위는 아무런 상관이 없다는 표정을 짓던 고양이들로 가득한 부엌을 그리워하곤 했다.

퀸즈아카데미에서의 생활은 꽤 마음에 들었다. 교수들도 한 사람을 제외하곤 모두 인상이 좋았다. 그 교수는 언제나 마음속으로 웃으면서 너그럽게 봐주겠노라며 사람이든 사물이든 어딘가 바보처럼 여기는 데가 있어서, 이런 사람이라면 '은빛숲'조차도 그런 눈으로 볼 게 틀림없다고 패트는 느꼈다.

패트는 학업면에서도 비교적 훌륭한 성적을 올렸다. 패트가 지닌 한 가지 재능은 사물에 강한 애정을 품는 것으로, 이는 그리스 어 동사변화나 연대를 암기하는 데에는 크게 도움이 되지 않았지만, 사람을 사귀는 데는 얼마쯤 도움이 되었다.

패트는 다른 학생들에게서 조금은 도도하다는 평을 듣는데도 인기가 있어서 일찌감치 토요회의 회원으로 뽑혔고, 새해에는 연극부의 스타가 되었다. 인기 투표에서도 '미인이라고는 할 수 없지만 매력적'이라는 결과가 나왔다. 그러나 늘 고개를 바짝 쳐들고 다녀서 조금은 거만해 보였으며 여학생들 사이에 단짝친구가 없었다. 저녁 때는 영화를 보러 가기보다 하숙집 앞 작은 공원에 앉아 있는 편을 더 좋아했다.

패트는 황혼녘의 공원에 앉아서 거리나 골짜기, 맞은편 구릉지대의 집들에 등불이 들어오는 것을 바라보는 것이 좋았다. 흔히 볼 수 있는 집들이지만, 그 안에서 어떤 일들이 일어나는지 누가 짐작할 수 있을까. 패트가 말 없이 편안한 기분으로 함께 앉아 있을 수 있는 사람은 힐러리밖에 없었다. 패트는 힐러리의 존재를 너무나 당연시 해서 그의 넥타이 취향이 그다지 나쁘지 않다는 정도 말고는 그의 외모에는 전혀 신경을 쓰지 않았다. 하지만 대학의 여학생들 가운데 힐러리에게 반한 사람은 많았다. 다만, 그의 눈이 오로지 패트 가드너에게만 향해 있는데도, 패트 쪽에선 그 따위는 전혀 안중에도 없다는 사실은 모르는 사람이 없었다.

힐러리는 무엇보다도 학생의 본분에 철저하고자 했으며, 예전처럼 소극적이지는 않았지만 사교생활에는 거의 흥미가 없었다. 그의 한 가지 즐거움이라면 주말에 패트와 함께 집에 돌아가는 것뿐이었다.

집에 돌아가는 주말은 늘 즐거웠다. 패트와 힐러리는 실버브리지까지 기차로 가서 그 다음은 걸었다. 처음엔 한길을 걷다가 키 큰 가문비나무가 울창한 언덕을 오른다. 초록빛 골짜기로 내려갔다가 다시 또 언덕을 오르고, 또다시 골짜기를 내려가는 꼬불꼬불한 길을 지나간다.

패트가 말했다.

"난, 똑바른 길이나 평평한 길은 싫어. 길모퉁이랑 움푹 파인 곳 투성이인 이런 길이 좋아. 이런 길이야말로 나의 길이야. 물론 국유지이긴 하지만, 하나부터 열까지 다 좋아. 아주머니가 '자살 계곡'이라 부르는 그 어둡고 작은 골짜기조차도 말이야. 그 골짜기에 관해 몇 년 전에 아주머니에게서 아주 멋지고 오싹한 이야기를 자주 들었지."

이윽고 한길을 떠나 똑바른 지름길로 접어든다. 안개 낀 습지를 건너고 '비밀들판'을 가로질러 숲의 오솔길을 따라서 걷다 보면 북극광이 보이고 초승달이 아련하게 걸려 있다. 때로는 부드럽고 파란 어둠뿐이다. 얕은 개울에 졸졸 물 흐르는 소리, 가문비나무들이 연주하는 하프 소리, 별마저도 친구가 된다.

베츠도 함께였더라면! 이렇게 집으로 돌아갈 때마다 패트는 베츠를 생각하지 않을 수가 없다. 언덕 중턱 베츠의 무덤에는 낙엽이 쌓여 있다.

이윽고 '은빛숲'이 보이기 시작한다! 언덕 꼭대기의 목장에 나서면 갑자기 '은빛숲'이 아름다운 자태를 드러낸다. 집은 창마다 등불을 켜놓고 기쁘게 패트를 맞아준다. 주디 아주머니가 그렇게 해 두는 것이리라. 하긴 한 번은 주디 아주머니가 깜박 조는 사이에 돌아온 적도 있었다. 주디 아주머니는 헛간에서 늦게야 돌아온 데다, 엄마는 두통으로 일찍 잠자리에 들어서 온 집 안에 단 하나의 등에도 불이 들어와 있지 않았지만, 온통 캄캄한 집은 정말이지 깊은 생각에 잠긴 엄마 같아서 패트에겐 그때의 '은빛숲'이 가장 멋있게 생각되었다.

삐걱거리는 문 소리조차도 정겹다. 기쁨에 겨워 어쩔 줄 모르는 개가 힐러리에게 뛰어든다. 금요일 밤이 되면 맥긴티는 반드시 '은빛숲'까지 마중을 나왔다.

그러고는 부엌으로 들어서서 가족들의 환영을 받는다. 힐러리는 언제나 저녁 식사를 함께 했다. 주디 아주머니는 추운 곳을 걸어오느라 수고했다면서 먼저 두 사람에게 뜨거운 완두콩 수프를 내주고 맥긴티에게도 맛있는 뼈를 주었다.

집 밖에서 바람이 울부짖고 있을 때 패트는 '고약한 놈'이 일으킨 못된 짓을 포함해 그 동안의 모든 소식을 듣는다. 바닥에는 비로드처럼 복슬복슬한 고양이 세 마리가 뒹굴고 있다. '은빛숲'은 고양이가 득실대서 질색이라며 에디스 고모가 경멸하는 것도 무리는 아니었다.

월요일 아침에 두 사람이 출발할 때 주디 아주머니는 과자 한 상자를 들려주었다.

"뭐가 입에 들어가면 힘이 나는 법이란다."

패트는 다른 학생들이 어떻게 한 달에 한 번 정도만 집에 다녀오는지 의아했다. 하지만 그 사람들의 집은 '은빛숲'이 아니니까!

검은 숭배자

1

 패트가 그를 처음 만난 것은 대학 강당에서 개최된 연극부원들만의 무도회 때였다. 연극부에서는 〈시녀들〉 공연의 성공을 자축하는 파티를 열었던 것이다. 패트는 시녀의 한 사람으로서 특별히 연기를 잘했다는 평을 들었다. 다만 연출가는 어떤 강렬한 장면에선 연기에 정열이 부족했다면서 좀처럼 만족하지 않았지만.
 "이렇게 동글동글한 코로 어떻게 정열적인 연기 같은 걸 할 수 있겠어?"
 패트는 가련한 목소리를 냈다. 결국 그녀의 연기는 장난스러운 점이 관객에게 어필했던 것이다.
 그는 곁으로 다가와 그녀와 함께 춤출 생각이라고 말했다. 그는 결코 상대방에게 춤을 추자거나, 드라이브를 가지 않겠느냐고 하지 않고, 무엇무엇을 하라고 명령하는 스타일이었다. 그것이 그 사람의 방식이라고 퀸즈아카데미의 여학생들은 말했다. 그런 행동은 인기가 있긴 했지만, 그의 관심을 끌지 못한 여학생들은 '집 안 내력'이라며 비웃었다.

"난 아까부터 네가 누굴까 생각했어."

"그래서 알아내지 못했어요?" 패트는 물었다.

"아마도. 그렇지만 난 네게서 직접 듣고 싶었어. 이제 달이 뜨는 걸 보면서 서로에 대해 알아보기로 할까."

그는 레스터 콘웨이라고 하며, 퀸즈아카데미에 다니는 3학년 학생인데 폐렴으로 1년을 휴학하고 막 복학한 참이라고 했다. 집이 서머사이드에 있다는 것도 알게 됐다.

"나는 네가 나와 똑같은 생각을 한다는 걸 알 수 있어. 여태까지 겨우 16킬로미터밖에는 떨어지지 않은 곳에 살면서 단 한 번도 만난 적이 없다니."

지금까지의 세월을 쓸데없이 허비하기라도 했다는 양, 자못 엄숙한 말투였다. 그가 하는 말에는 전부 특별한 의미가 담겨 있는 것 같았다. 게다가 그와 함께 있으면 이 세상과는 격리된 세계에 자기들 둘만이 있는 듯한 느낌이 들었다.

"이제 난 살아났어. 모든 것이 따분하고 또 따분해서 도망칠까 생각하던 차에 네가 나타난 거야. 계단을 내려가는 널 보았을 때부터 난 네가 사라져버리면 어쩌나 싶어 눈을 뗄 수가 없었어."

"만난 지 30분만 지나면 어떤 여자한테든지 그런 말을 하나보죠?"

패트는 목소리로 가슴이 뛰는 것을 감춰보려 했다.

"그런 말은 아무에게나 하지 않아. 너도 알 텐데. 너도 나를 기다리고 있었던 게 아닌가?"

패트 스스로도 그리 생각했으나 '은빛숲'에서 익힌 분별력 덕택에 입 밖에 내어 말하지는 않았다. 순간적으로 볼이 빨갛게 물들었을 뿐이다. 그녀의 프랑스계, 영국계, 스코틀랜드계, 아일랜드계 퀘이커 교도의 피가 수은처럼 혈관을 타고 흘렀다.

그랬다. 이번이야말로 연애였다. 이번엔 무릎이 떨리거나, 오싹오싹 흥분이 되거나 하는 난센스가 아니라, 운명적인 사랑을 만났다는 조용한 확신이 있었다. 세상 끝까지라도 함께 할, '보라색 경계선을 넘어서' 죽는 날까지도 함께 할 사람이라는 깊은 확신이었다.

그는 쏟아지는 달빛을 받으며 자동차로 그녀를 집까지 바래다주었다. 그리고 곧 그녀를 다시 만나러 오겠다고 말했다.

"오늘이라는 멋진 날이 왔다가 갔지만, 우리에겐 내일이라는 날이 있어."

그는 이 마지막 말을 목소리를 낮추어, 뭔가 중대한 사실이라도 털어놓는 것처럼 속삭였다.

패트는 그날 밤, 일단 잠에 곯아떨어진 뒤에는 푹 잘 수 있었으므로 정신이 말짱하다고 생각했다.

레스터 콘웨이와 패트 가드너가 열렬한 '사이'가 되었다는 소문이 순식간에 학교 안에 퍼졌다. 대체 패트가 어떤 교묘한 수법을 썼느냐에 대한 다양한 억측이 나돌았다. 그도 그럴 것이 지금까지 레스터는 몇몇 여학생들과 놀러 다니긴 했지만 진심으로 푹 빠진 적은 없었기 때문이었다.

그는 피부가 약간 거무스름했다……. 해리스 제뮤얼의 금발을 떠올리면, 패트는 피부가 하얀 남자는 다시는 만나고 싶지 않았다. 그는 특별히 잘생긴 것은 아니지만, 패트로서도 영화배우 등을 동경하는 시기는 이미 지난 때였다. 수수께끼 같은 표정을 띠고 알 듯 모를 듯 얼굴을 찌푸리는 점은 얼마쯤 수재다웠다.

레스터는 자신이 얼굴을 약간 찌푸릴 때가 가장 매력적으로 보인다는 것을 알고 있었고, 그러한 그의 심리작전은 적중했다. 만나는 여학생은 모두 이 사람은 싱긋 웃으면 어떤 표정이 될까 싶어서 웃겨보려고 했던 것이다.

그는 놀라우리만큼 머리가 좋았고, 못하는 게 없었다. 춤, 스케이트, 축구, 하키, 테니스, 노래, 연극, 우쿨렐레(하와이 원주민의 기타 비슷한 넉 줄의 현악기), 그림 등 어느 것이든 잘해냈다. 〈등불〉의 표지 디자인도 그가 했는데, 매우 전위적이었다.

〈등불〉 2월호에는 〈푸른 들판의 제비꽃에게 바친다〉는 제목의 시가 실렸는데, 빅토리아 왕조풍의 제목이었지만 상당히 대담한 표현을 구사한 것이 학생들의 시선을 끌었다. 작자의 이름이 실려 있지 않아서 누가 쓴 것인지, 또 그 푸른 들판의 제비꽃이 과연 누구인지가 커다란 화제가 되었다. 패트는 알고 있었다. 이 시에는 그녀의 느낌과 생각이 모조리 표현되어 있었으므로, 자신이 푸른 제비꽃이라 불리는 것도 조금도 우스꽝스럽게 여겨지지 않았다. 만약 패트가 좀더 정상적인 정신상태였다면 자신에겐 갈색과 오렌지빛 금잔화가 더 잘 어울린다는 생각이 들었을 테지만 말이다.

이렇게 한창 그에게 빠져 있으면서도 패트는 그가 시를 쓸 수 있는 것이 의외였다. 그렇게 생각하고 싶지는 않았으나, 그가 시를 잘 모르는 게 아닐까 하는 생각이 들었다.

그러나 〈푸른 들판의 제비꽃에게 바친다〉는 자유시였다. 레스터는 다른 형태의 것은 모두 시대에 뒤떨어졌으며, 각운의 시대는 이미 끝났다고 말했다. 그 말을 들은 뒤였다면 패트는 《정열의 시》라는 시집을 헌책방에서 사다가 그 절반쯤 되는 시에 밑줄을 그었던 이야기 따윈 하지 않았으리라. 특히 '가슴속 추억을 떠나보내면 나는 재가 되리'라는 구절 밑에는 줄을 두 개나 그었던 것이다.

'나처럼 머리가 나쁜 사람은 아무래도 그와 같은 사람을 따라갈 수 없는 것이 아닐까.' 패트는 걱정이 되었다. 어느 날 밤, 그는 별 생각 없이 아인슈타인의 상대성 원리에 관해──상대방이 감명을 받는지 어떤지 곁눈으로 상태를 살피면서──이야기하는 바람에 패트는 허둥대고 말았다. 상대성 원리 같은 건 전혀 몰랐기 때문이다. 설마 그도 모르리라고는 꿈에도 생각지 못하고 그날 밤 패트는 자신의 무지함을 고민하며 거의 잠을 이루지 못했다. 그는 나를 어떻게 생각할까?

패트는 공립도서관으로 가서 상대성 원리에 관해 조사해보려 했다. 그러나 읽기만 해도 머리가 아팠고, 비참한 생각만 들었다. 그러나 다음날 밤, 레스터가 넌 초승달이 빛나는 4월의 밤처럼 멋지다고 치켜세우는 바람에 안도를 했다.

"그건 지금 생각난 거야, 아니면 어젯밤 내내 생각했던 거야?"

기분이야 어쨌든 간에 패트의 말은 언제나 냉정했다. 그러나 아인슈타인의 원리가 어찌되었건 패트는 다시금 즐거운 기분으로 돌아갔다. 레스터는 거의 남을 칭찬하지 않는 만큼 가끔 칭찬할 때면 무게가 느껴졌다.

그런 점에서 레스터는 해리스와는 달랐다. 해리스는 입만 열었다 하면 쉴새없이 아첨이 흘러나왔다. 주디 아주머니는 늘 해리스가 블라니의 돌(아일랜드의 코크 근처 성 안에 있는 돌로, 여기에 키스하면 아첨을 잘하게 된다고 한다)에 키스를 한 게 틀림없다고 말했었다.

지금은 레스터의 찌푸린 얼굴과 명령조의 말에 가려져서 해리스는 망령과도 같은 존재가 되었다. 그런 아이를 좋아했다니! 초등학생처럼. 불쌍하게도 해리스는 아름다움이란 것을 모르는 아이였어. 패트는 달밝은 겨울 밤 '안개언덕'을 손으로 가리키자 해리스가 마치 설탕을 입힌 케이크 같다고 했던 것이 떠올랐다. 가련한 해리스!

그리고 불쌍한 힐러리! 그는 또다시 한쪽 구석으로 밀려나야만 했다. 함께 저녁 무렵에 공원에 앉거나 산책하는 일도 없어졌다. 주말에조차 요즘은 거의 함께 집으로 돌아가지 못했다. 레스터가 그의 빨간 소형 로드스터로 패트를 집까지 태워다 주었기 때문이다. 퀸즈 아카데미에서도 자기 차가 있는 사람은 레스터뿐이었다. 그에게는 주디 아주머니의 부엌에서 완두콩 수프 같은 걸 먹게 해서는 안 되었다. 식당 천장의 흉측하게 갈라진 틈을 그가 눈치채지 않기를 패트는 기도했다.

2

 주디 아주머니가 레스터에 대해 그다지 마음에 내켜하지 않아서 패트는 적이 걱정되었다. 특별히 주디 아주머니가 무슨 말을 해서가 아니라 아무 말도 하지 않기 때문이었다. 게다가 그가 서머사이드의 콘웨이 집 안의 레스터 B. 콘웨이라는 말을 들려주었을 때의 주디 아주머니의 말투라니!
 "아이구 저런, 아주 품위가 있는 이름이구먼. 그런데 그 B는 무엇의 약자일까⋯⋯. 혹시, 바솔로뮤가 아닐까?"
 "B는 브란칠리의 약자예요. 그이의 어머니가 홈번의 브란칠리 가문이니까." 패트는 쌀쌀맞게 대답했다.
 "그 사람들 얘기라면 내가 다 알고말고. 콘웨이에 브란칠리라고? 콘웨이의 아버지가 아직 큰 재산을 모으기 전에는 그 아이 엄마도 이곳에 자주 오곤 했단다. 그 무렵에는 살림살이도 형편없었지. 너의 그 레스터도 어렸을 때는 내가 몇 번이나 코를 풀어주었는지 모른다. 그렇지만 나 같은 사람이 이러쿵저러쿵 말할 게 아니지. 돈이 있으면 지옥의 사자도 돌려보낸다니까. 너도 참 영리허구나." 주디 아주머니는 거만한 어조로 말했다.
 정말이지 아주머니는 어찌해 볼 도리가 없다. 내가 돈에 이끌려서 레스터 콘웨이에게 눈길을 주었다고 말하는 듯하지 않은가.
 "아줌만 나를 몰라요." 패트는 분개했다.
 외톨이의 쓸쓸함이 절실하게 느껴졌다. 베츠라도 살아 있어 주었더라면! 베츠라면 이해해 주었을 텐데. 이런저런 고민을 베츠에게 털어놓을 수 있다면 마음이 편안해질 텐데. 실제로 패트에게는 고민이 있었다. 레스터는 학교를 마치면 곧장 결혼하자고, 기다리는 것 따위는 의미가 없으며 자기는 아버지의 사업을 이어받을 것이라고 했다.

정말이지 어처구니없는 일이다. 물론 언젠가는 그렇게 하겠지만 앞으로 몇 년 동안 결혼 따위는 생각할 수 없다. 학교에서 아이들을 가르쳐서 집 안 살림을 도와야만 한다. 지붕을 새로 하고, 집에 페인트칠도 다시 해야 하고, 또 식당엔 단단한 나무바닥을 깔아야 하고, 현관문에 놋쇠 고리를 달아야 하고, 귀염둥이의 음악 레슨비도 지불해야 한다.

토요회의 부활절 댄스파티에서 이 이야기를 하자 레스터는 웃었다.

"패트, 그렇게 초라하고 음침한 '은빛숲' 농장을 위해 그런 쓸데없는 고생을 하기엔 넌 너무 아름다워."

패트의 가슴속에 분노의 불길이 걷잡을 수 없이 타올랐다.

"다시는 내게 말 시키지 말아요, 레스터 콘웨이 씨."

그녀의 한 마디 한 마디가 차가운 돌에 떨어지는 얼음 물방울 같았다.

"대체 내가 뭘 어쨌다고 그래?"

레스터는 깜짝 놀라 허둥댔다.

그런 말을 한 것은 불에 기름을 부은 격이었다. 자신이 무엇을 했는지조차도 깨닫지 못하다니! 패트는 획 하니 그에게서 등을 돌리고 2층으로 뛰어올라가 코트를 집어들고는 뒷 계단을 통해 밖으로 나와서 린던 거리로 돌아왔다. 차가운 공기에 닿자 분노가 한층 더 끓어올랐다. '은빛숲'의 패트리샤 가드너가 이토록 분개하기는 처음이었다.

다음날 저녁 무렵, 레스터는 한 술 더 떠 마치 콧노래라도 부를 듯한 모습으로 찾아왔다. 어젯밤의 일 따위는 무시하고 말했다. 아마 그러는 편이 현명하다고 판단했으리라.

"넌, 지금부터 나와 함께 부활절 댄스파티에 가는 거야."
"초대는 고맙지만 사양할게요. 앞으론 그런 찌푸린 얼굴 따위를 보인댔자 아무 소용없을걸요. 내가 끝이라고 말했을 때에는 정말 그것으로 끝이니까."
패트가 진심인 것은 그녀의 말투에서도 알 수 있었다.
"엄청난 변덕이군."
레스터도 해리스와 똑같은 말을 했다. 남자들은 모두 똑같다.
"난 달밤에 태어났기 때문이죠. 그러니 내 마음이 쉽게 변하는 것은 당연해요. 누구든지 내 앞에서 '은빛숲'을 모욕하는 건 용서 못해요. 그리고 이래라 저래라 명령하는 말투도 이젠 지긋지긋하다구요." 패트는 침착하게 말했다.
그러자 콘웨이 집 안의 신경질이 폭발했다.
"그런 바보 같은 말을 할 거라면 나도 그것으로 충분해! 어차피 너하고 사귀기 시작했던 것도 힐러리 고든을 골탕먹이기 위해서였을 뿐이니까!"
그 말을 듣자 패트는 오히려 속이 시원했다. 그를 향한 미움이 애정과 마찬가지로 그녀의 마음을 사로잡고 있었는데, 이젠 그런 감정이 씻긴 듯이 사라진 것이다. 그는 존재조차 잊혀지고 말았다.
레스터가 처음으로 진짜 찌푸린 표정을 짓고 뛰쳐나간 뒤 패트는 혼잣말을 했다. "그래 맞아, 아주머니가 말했던 대로야. 마음의 장난이야. 그래, 나도 마음의 장난에 속았던 거지. 단지 그뿐이야."

3

한참이 지난 뒤에야 패트는 주디 아주머니에게 그 일에 관한 전말을 얘기할 수 있었다. 이번엔 주디 아주머니도 크게 동정을 하고 이해해 주었다.
"난 말이야 패트, 네가 콘웨이 집 안 사람과 사귀는 것이 처음부터 마음에 들지 않았단다. 비록 돈은 떵떵거릴 만큼 많다 하더라도 말이야. 젠틀맨 톰조차도 그 사람을 좋아하지 않았어. 그 사람을 볼 때의 톰의 눈을 보았니? 게다가 그 사람의 잘난 체하는 구석이 난 마음에 들지 않더구나. 남자들은 모름지기 여자를 설득할 때만큼은 자신을 낮출 줄을 알아야 하는 거야. 달리 또 언제 겸손해져야 한다고 생각하니?"

"'은빛숲'을 모욕하다니, 영원히 용서하지 않겠어요."

"'은빛숲'을 모욕하더냐? 아이고 맙소사, 그 아이의 아버지가 자란 오두막을 네게 보여주고 싶구나. 지붕에서 연통이 삐죽이 튀어나와서 말이지. 그 시절의 콘웨이 집 안은 정말이지 초라하고 볼품이 없었단다. 게다가 걔네 아버지의 성질은 또 어떻고. 언젠가 자기 아내가 사온 페티코트의 색이 마음에 들지 않는다면서—— 걔네 아버진 보라색을 원했는데 초록색을 사왔더라지——서머사이드의 그 훌륭한 집 다락방으로 그걸 갖고 올라가서는 창밖으로 내던졌지 뭐냐. 그런데 그게 집 뒤뜰의 커다란 포플러 꼭대기에 걸린 거야. 그래서 여름 내내 그대로 늘어뜨려져 있었단다. 바람이 불면 잔뜩 부풀어올라서 아주 볼만했지. 이웃 사람들은 콘웨이 집 안의 깃발이라고 했단다. 콘웨이의 아버지는 그걸 내리고 싶어도 내릴 도리가 없었지. 그 포플러가 사실은 네드 올리의 땅에 심어져 있었거든. 네드는 콘웨이의 아버지와 사이가 나빠서 아무도 포플러 근처에 다가오지 못하게 했어. 그는 자기가 콘웨이의 아버지보다 훌륭한 아일랜드 인이라서 초록색(아일랜드의 상징)을 바라보는 것이 기분이 좋다고 말했단다."

"아버지가 자수성가를 했다는 건 레스터도 말했어요, 아주머니."

"그게 사실이라면 다행이게? 콘웨이의 아버지는 하느님 덕택에 돈을 번 것이지 자기 능력으로 돈을 번 게 아니야. 그는 식품과 청과물을 팔았지. 그렇지만 그가 형인 짐과는 달리 구두쇠가 아니라는 점만은 말해두어야겠구나. 짐은 아주 대단한 구두쇠여서 임종을 앞두고 이렇게 말했더란다. '그 램프를 저쪽으로 가져가. 죽는 데는 양초 한 자루면 충분하니까'라고 말이야. 정말이지 세상에 유별난 사람도 다 있지 뭐냐.

그건 그렇고, 가엾게도 레스터는 지금은 완전히 낙심했을 텐데, 그 아이를 유혹한 건 네가 아니었니, 패트? 레스터는 너를 진심으로 좋아하는 것 같던데."

"물론 아주머니, 내가 바보였어요. 하지만 이제 괜찮아요. 이제 다시는 사랑에 빠지거나 하지 않을 테니까요. 가능하다면 말이에요." 패트는 솔직하게 말했다.

"아이고 저런, 누군가를 사랑하는 것은 전혀 나쁜 일이 아니란다, 착한 내 강아지야. 너의 헤이젤 고모 말마따나 사랑은 따분한 인생에 활력소가 되어주니까 말이야. 다만 그게 너무 지나쳐서 마음을 다치는 일이 없도록 해야겠지. 사랑에 빠지는 것하고 사랑하는 것은 커다란 차이가 있단다, 패트." 주디 아주머니는 웃었다.

"아줌만 그런 걸 어떻게 알아요? 아주머니도 사랑에 빠진 적이 있어요?"

패트가 주제넘은 질문을 하자 주디 아주머니는 깔깔 웃으면서 말을 이었다.

"살다 보면 다양한 일들을 겪게 된단다."

"하지만 아주머니, 사랑하는 것하고 사랑에 빠지는 것의 차이를 어떻게 알 수 있어요?"

"그거야 나도 어지간히 경험이 있지." 그것은 주디 아주머니도 시인했다.

패트는 《정열의 시》도 불태워버렸다. 태우는 동안에 카먼의 시 가운데 한 구절, 패트가 밑줄을 그었던 '깨어진 파편들 사이로 넘쳐흐르는 물'이라는 글귀가 나왔다. 그것이 사랑의 진정한 모습이었다.

패트는 힐러리와 함께 부활절 댄스파티에 갔다.
 "징글도 불쌍하기도 하지. 이번이 두 번째야. 만약 패트가 세 번째 사랑에 빠지기라도 한다면……." 주디 아주머니는 젠틀맨 톰에게 말했다.

에이버그웨이트 거리

1

"부자들이 어떻게 사는지를 보러 가자. 에이버그웨이트 거리로 산책을 나가는 거야. 네게 보여주고 싶은 새 집이 있어. 어떤 집인지는 말하지 않겠어……. 네가 직접 보았으면 해. 내 생각대로라면 너는 단번에 알아볼 거야."

어느 토요일 오후에 힐러리가 이런 제안을 했다. 4월의 바람이 살랑살랑 불어왔다. 이런 날에는 어느 곳이든 친숙하게 보이리라고 패트는 생각했다. 패트는 스웨터에 베레모 차림이 자신에게 어울리는 것을 알고 있었고, 찌푸린 얼굴로 로드스터를 몰면서 지나쳐간 레스터 콘웨이의 눈에도 그리 비쳤으리라는 것도 알고 있었다.

찌푸린 표정을 짓고 싶다면 얼마든지 지으라지. 함께 있는 힐러리의 놀리는 듯한 미소가 얼마나 재미있는지 모른다. 봄날의 햇볕을 담뿍 받은 힐러리는 햇볕에 그을려 건강해 보였다. 아주 오래전, 어둡고 쓸쓸한 길에서 마주쳤던 때의 누더기를 입은 남자아이의 모습은 그 어디에도 없다. 그러나 마음은 변함이 없었다. 사랑하는 힐러리! 충실하고, 의지가 되는 힐러리. 이런 친구가 아주머니가 말하는 '숭배자' 몇천 명보다도 나아.

이번 주말에는 둘 다 집으로 돌아가지 않았다. 그날 밤 토요회의 마지막 파티가 있기 때문이었다. 요즘은 패트도 주말에 집에 가지 않고 시내에서 보냈다. 그러나 그럴 때마다 뭔가를 잃은 듯한 느낌이 들었다. 예를 들면 지금쯤 '행복들판'에 하얀 제비꽃이 피었을 텐데 그걸 볼 수 없다니, 하는 식이었다.

에이버그웨이트 거리는 시내에서 가장 고급스러운 주택가로, 거리를 벗어나면 널찍한 시골로 이어지고 저 멀리에는 에메랄드빛 산들이 보이는 곳이다. 패트는 이 세상에 '은빛숲' 말고도 만족할 만한 집이 적지 않게 존재한다는 것을 분하지만 인정하지 않을 수가 없었다.

이 거리에는 다양한 형태의 집들이 늘어서 있다. 탑과 작고 둥근 지붕이 달린, 흔히 말하는 빅토리아 왕조 시대의 것에서부터 최신식 방갈로까지 있다.

패트와 힐러리는 이 거리를 산책하는 것을 매우 좋아했다. 말을 하고 싶을 때는 말을 하고, 그렇지 않을 때는 침묵한 채, 또는 집집마다 평을 하거나 하면서 걷는다. 머릿속으로 집에 창을 달거나 떼고, 지붕을 높이거나 낮추는 식으로 수리를 해가면서.

"낮은 지붕은 집에 깊고 친근한 느낌을 주지." 힐러리가 말했다.

집에 따라서는 등줄기가 오싹할 정도로 매력적인 것도 있고, 안타까운 느낌이 드는 것도 있다. "저 창문을 쨍그렁 깨뜨려주고 싶어." 패트가 이런 말을 던지는 집도 있었다. 문만 보아도 재미있었다. 그 안에서 어떤 일이 일어나는 것일까? 저 집은 우리를 쫓아낼까, 아니면 안으로 들여보내 줄까?

다음으로 둘은 만약 누군가가 집을 가져도 좋다고 했다면 어떤 집으로 할지 결정하기로 했다.

"나라면 저 모서리에 있는 멋진 집으로 하겠어. 다락방이 있거든. 난, 다락방이 무척 좋아. 게다가 저 집은 오랜 세월 소중히 다뤄진 것 같은 느낌이야. 언뜻 보아도 알 수 있어. 나도 좋아해 줄 것 같아. 그리고 저기에 단 하나 뚝 떨어져 있는 귀여운 작은 창문은 내게 뭔가 재미있는 얘기를 하고 싶어하는 것 같아."

"난 이번엔 새 집으로 하겠어. 뭐니뭐니해도 난 역시 오래된 집보다 새 집이 좋거든. 새 집이라면 내가 소유한 집이라는 느낌이 들겠지만, 오래된 집은 내가 집에 소유당한 느낌이 들 것 같아서."

패트는 힐러리가 말하는 집이 어떤 것일까 쉴새없이 살펴보았다. 새 집 가운데 몇 채인가는, 혹시 저것일까 짐작되는 것도 있었다. 그러나 그 집이 있는 곳까지 왔을 때 패트는 곧 깨달았다. 작은 언덕 중간쯤 우묵한 곳에 지은 작은 집으로, 위 창은 언덕 꼭대기를 향해 열려 있었다. 굴뚝마저도 로맨틱했다. 커다란 단풍나무가 집 위에 가지를 드리우고 있었는데, 나무가 엄청나게 크고 집은 무척이나 작았으므로 마치 그 큰 나무가 장난감 집을 데리고 귀여워하는 것처럼 보였다. 집 옆에는 작은 마당이 있고 한쪽 구석에 제비꽃이 피어 있었다. 마당 한가운데에는 편평한 돌로 둘러싼 연못이 있고, 그 가장자리에는 둥글게 수선화를 심어놓았다.

"와아!" 패트는 깊은 한숨을 쉬었다. "저 집을 볼 수 있어서 다행이야. 그래, 만약 저 집을 주겠다고 한다면 받겠어. 저 집은 정말 …… 좋아, 딱 좋지 않아?"

"하지만 저 정면으로 보이는 나무는 잘라내야만 할 거야. 선을 망가뜨릴뿐더러 집의 미관을 해치거든." 힐러리는 깊이 생각하면서 중얼거렸다.

"그렇지 않아. 저 나무는 단지 보물처럼 집을 감싸고 있을 뿐이야. 저렇게 아름다운 단풍나무를 자르진 말아 줘, 힐러리."

"방해가 되는 나무는 잘라야 하는 법이야." 힐러리는 단호하게 말했다.
 "나무는 꼭 있어야 할 곳에 나는 법이야." 패트도 양보하지 않았다.
 "그렇다면 한동안 그대로 놔두기로 하지. 하지만 어느 야심한 밤에 내가 뭘 할 생각인지 말해볼까, 패트? 살그머니 저기로 올라가서 옆집의 철제 사슴을 훔쳐내다가 바다 속에 빠뜨려버릴 거야."
 "그렇게 한다고 뭐가 달라질까? 저 집 전체가 너무 심한걸. 저 커다란 현관을 통째로 들어다 버릴 수도 없는 노릇이고, 저 집은 마치 결핵요양소 같아. 저렇게 꺼림칙한 집이 또 있을까?"
 "그 옆집은 그리 심하진 않아. 하지만 잔혹하고 뭔가 비밀스러운 데가 있어. 난 별로 좋지가 않군. 집이란 저렇게 음흉하고 뭔가를 감추는 듯한 느낌이 들면 안 되지. 저기 저 집은 사들여서 수리해 보고 싶은걸. 너무도 초라해. 지붕은 완전히 낡았고, 베란다 지붕은 휘어졌어."
 "하지만 적어도 독선적인 느낌은 들지 않는걸. 그 옆집은 괜히 거드름을 피우는 것 같지 않아? 그리고 저 집은 막대한 돈을 들여 지었을 것 같긴 한데, 마치 무덤처럼 음침한 느낌이야."
 "저기 비죽이 튀어나온 창에는 미늘창을 달면 깜짝 놀랄 만큼 달라질 텐데. 아주 사소한 부분 때문에 집이 돋보이기도 하고, 또 엉망이 되기도 하니 정말 이상해, 패트. 하지만 저 집에서는 꿈을 꿀 수 없을 것 같아. 유령이 있을 만한 곳도 없을 것 같고. 내가 설계하는 집에는 반드시 꿈과 유령이 깃들 수 있도록 하겠어."
 "저기 짓다 만 집을 볼 때마다 나는 가슴이 아파. 어째서 완성하지 않는 것일까."
 "내가 그 이유를 알아 보았지. 저 집은 어떤 사람이 아내를 기쁘게 하기 위해 짓기 시작했는데, 도중에 아내가 죽는 바람에 그 사람은 마무리할 힘이 없어져 버렸다는 거야. 저 하얀 지붕 집은 마녀가 사는 집이야. 눈이 부실 정도군."
"있잖아, 힐러리. 저기 한가운데에 있는 저 집은 어떻게 된 것일까? 무척 훌륭하긴 한데, 하지만……."
"정돈된 느낌이 없어. 저렇게 부푼 것은, 마치……."
패트는 웃기 시작했다.
"코르셋을 입지 않은 살찐 여자 같아. 꼭 메리 앤 맥클레나한 아주머니 같네. 안됐지만 지난주에 돌아가셨어. 우리는 그 아주머니를 마녀인 줄 알았지 뭐야. 생각나, 힐러리?"
땅을 파놓고 인부들이 배관이나 전선 공사를 하는 곳도 있었다. 어떤 사람들이 저 집이 다 지어지기를 기다리고 있을까. 결혼을 앞둔 예비신부인지도 모른다. 그렇지 않으면 지금까지 단 한 번도 마음에 드는 집에 산 적이 없는 나이 든 부인이 죽기 전에 소원을 이루기 위해 짓고 있는 것인지도 몰랐다.
한 집에서 닥터 에임스가 나왔다. 난처한 표정이었다. 그 집에서 누군가가 죽어가고 있는지도 모른다. 만약 아기가 태어난 것이라면 에임스 선생님이 저런 표정을 지을 리가 없을 테니까.
"온 세상 집들을 모조리 보고 싶어. 아름다운 집은 모두 말이야. 오늘 패트 네 집에 관한 새로운 아이디어가 떠올랐어."
힐러리는 언제나 패트의 집을 위해 새로운 아이디어를 찾고 있었으나, 요즘은 그 내용을 패트에게 이야기하지 않았다. 나중에 깜짝 놀라게 해주고 싶었기 때문이다.
둘은 잠자코 돌아오는 길로 접어들었다. 힐러리는 꿈을 꾸고 있었다. 남자들이란 모두가 꿈을 꾸는 모양이다. 그의 꿈은 애정이 피어나는 아름다운 집을 짓는 것이다. 세찬 바람과 뜨거운 햇빛, 어둡고 쓸쓸한 밤으로부터 사람들을 보호해줄 집을. 아름다운 집, 몇 세대에 걸쳐 안락함과 우정과 아름다움을 전해줄 집을 짓는 것은 멋진 일이리라. 언젠가는 패트가 살 집을 꼭 지으리라고 힐러리는 생각했다.

패트는 힐러리와 함께 걷는 것이 무척이나 즐겁다는 생각을 하고 있었다. 해리스나 다른 숭배자와 같이 있을 때는 '바보' 소리를 듣지 않기 위해 무리해서 명랑한 척 행동하고, 재치 있는 말을 하려고 애를 썼지만, 힐러리와 함께 있을 때는 마음이 편했다. 게다가 힐러리는 상대방을 당황하게 할 만한 말은 한마디도 하지 않는다.

때때로 그가 말로 표현하지 않은 생각이 표정으로 나타날 때가 있긴 하지만, 표정을 가지고 뭐라고 할 수는 없지 않을까.

그림자

1

패트의 이마에는 깊은 고뇌의 그림자가 자리잡고 있었다.
"다음 주부턴 아주 끔찍해질 것 같아요, 아주머니. 교사 자격 시험이 있거든요. 만약 합격하지 못하면 어쩐다지!"
"무슨 소리야, 합격하고말고. 이번 학기 내내 그렇게나 열심히 공부하지 않았니? 걱정할 것 하나 없어. 그러지 말고 자작나무 숲으로 산책이라도 다녀오렴. 잊지 않고 찾아와 준 봄을 감상하고 나서 저녁 때 시드가 좋아하는 핫케이크를 만드는 거야. 난 도저히 네 핫케이크 만드는 솜씨를 따라갈 수가 없는걸."
"아주머니, 정말 아침도 잘 하네요! 아주머니가 만든 것 같은 핫케이크는 아무도 흉내낼 수 없다는 걸 잘 알면서."
"하지만 페이스트리라면 도저히 널 당하지 못하겠더라, 패트. 지난 주말에 네가 만든 파이는…… 마치 위니가 보는 요리 잡지에 실린 사진이 금방 튀어나온 것 같았다니까."
이러면 조금쯤은 패트의 기분이 풀렸을 거라고 주디 아주머니는 생각했지만 사실은 그렇지 않았다.
"어쨌든 걱정이에요. 만약 합격하지 못하면 어떻게 되리라고 생각하세요? 엄마가 속상해하실 거고, 그러면 엄마의 건강에 무리가 갈 거예요."
말은 하지 않았지만 '은빛숲' 가족들은 모두 엄마의 건강을 크게 걱정하고 있었다. 엄마는 결코 몸이 아프다고 말하지는 않았지만 겨우내 심장약을 먹고 오후에는 안정을 취했다.
'은빛숲'으로 살며시 다가오는 어두운 그림자가 아직은 분명하게 감지되지 않았지만, 아버지의 얼굴에는 걱정의 빛이 짙게 감돌고 있었다. 아이들에게는 알리지 않았으나 의사가 수술을 권했던 것이다. 이때만큼은 주디 아주머니와 에디스 고모의 의견이 일치했다. 두 사람의 의견이 일치한 것은 아마 이때가 처음이자 마지막이었을 것이다.
"그런 걸 했다간 메리는 의사의 훌륭한 실험 재료가 될 뿐이야. 내가 장담하지."
에디스 고모가 분개하자, 주디 아주머니도 단호하게 말했다.
"그런 일은 나도 절대로 받아들일 수 없어."
엄마 스스로도 수술을 원치 않았다. 남편 앨릭이 그 비용을 감당할 수 없으리라는 생각 때문이었지만, 그냥 수술이 무섭기 때문이라고 설명했다.
아빠는 그 말을 듣고 놀랐다. 무섭다는 말과 아내를 결부시켜서 생각한 적이 한 번도 없었기 때문이다. 게다가 이상하게 나른해하는 것 같고, 누워서 쉬라는 말을 들으면 기꺼이 그 말에 따랐으며, 다른 사람에게 일을 시키는 것도 이상했다. 엄마는 서두르지 않고 천천히 움직여 왔었다. 주디 아주머니가 이렇게 소리 없이 집 안일을 하는 사람은 본 적이 없다고 말할 정도였다. 그러면서도 깜짝 놀랄 정도로 많은 일을 해냈었다.

드디어 패트의 시험이 끝났다. 꽤 좋은 성적이었다. 퀸즈아카데미에는 섭섭한 이별을 고했지만, 지저분한 런던 거리의 하숙집에는 아무런 미련도 없었다. 이제 그리운 '은빛숲'으로 돌아간다. 고향 초등학교에서 가르치게 되었으므로 이제 다시는 집을 떠나지 않아도 되었다. 1년 치 급여는 집을 위해 쓰겠다고 아주 오래전부터 생각해 왔다. '은빛숲'을 위해서라면 하고 싶은 일들이 잔뜩 있었다. 패트의 생활과 생각은 모두 '은빛숲'과 단단히 맺어져 있어서 도저히 떼어 낼 수가 없었다.

패트가 이해할 수 없는 성경 구절이 하나 있었다. '너는 너의 고향 친척과 아비의 집을 떠나'라는 구절인데, 이 구절을 읽을 때마다 패트는 진저리를 쳤다. 그렇게 할 수 있는 사람이 있을까?

봄날의 저녁 무렵, 언덕을 넘거나 요르단 강가와 마법에 걸린 듯한 자작나무 숲 속의 오솔길을 산책하면서 패트는 또다시 삶과 사랑에 빠졌다. 바람, 아름다운 새벽녘, 별이 빛나는 밤, 은빛 안개 속에 어슴푸레 떠오른 해안 길, 차가운 초록 방울 같은 봄비 등, 이 모든 것이 패트에게 뭔가 말을 걸어왔고, 또한 이 모든 것들이 베츠를 생각나게 했다. 지금도 베츠의 이름을 말할 때면 패트의 목소리는 떨렸다.

베츠는 어디에 있는 것일까?

하늘 어느 춤추는 무리에?
영원히 흐르는 강가 어디에?

베츠는 어디 있는 것일까?
"베츠가 이걸 보고 싶어서 천국에서 향수병에 걸렸을지도 몰라요." 패트는 마당의 울타리 위에 피어 있는 하얀 라일락꽃을 가리켰다. "그리고 저녁 노을도 보고 싶을 거예요. 꼭 오늘 같은 밤을 베츠는 무척 좋아했어요, 아주머니. 아, 작년 가을엔 이곳에 있었는데. 퀸즈아카데미에 있을 때는 그렇게 괴롭지 않았어요. 하지만 여기선 모든 것이 베츠를 생각나게 해요. 오늘 밤, 이렇게 저 하얀 라일락 향기를 맡고 있으려니, 베츠가 가까이에 있는 것 같아요. 베츠가 죽었다고는 생각되지 않아요. 이 모퉁이를 돌아선 어딘가에 변함없이 상냥한 모습으로 있을 것만 같아요. 하지만, 아, 너무나 보고 싶어요!"

그때 귀염둥이의 분명하고 재촉하는 듯한 목소리가 들렸다. "패트 언니, 나, 글래머로 보여?"

그날 아침에 주디 아주머니는 이렇게 말했다. "앞으로 2, 3년만 지나면 귀염둥이에게 두 손 들게 될 거야. 네 톰 삼촌은 그걸 미리 알고 어제 그러더구나. '저 아이에겐 두 손 들게 될걸'이라고 말이야. 그 뭐냐, 저 아인 평생을 즐겁게 살아갈 거야."

귀염둥이가 이렇게 자라다니 패트는 믿어지지가 않았다. 바로 어제까지만 해도 귀염둥이는 볼에 보조개가 파인 귀여운 아기였고, "나를 귀여워해 줘"라는 듯한 표정을 지었는데, 그러던 아이가 지금은 11살이라니……. 귀염둥이 이마 한가운데에는 한 줄기의 곱슬머리가 늘어져 사람들의 애를 태울 듯하였고, 코는 11살짜리의 코 같지가 않았다.

게다가 눈은 또 어떤가! 귀염둥이가 응석을 부리는 것도 무리는 아니다. 슬프게 호소하는 듯한 눈길로 올려다보면 결코 가혹한 벌을 줄 수가 없다. 길 잃은 천사를 누가 벌 줄 수 있을까. 귀염둥이의 눈은 언제나 뭔가를 추구했고 언제나 그것을 손에 넣었다.

패트와는 달리 귀염둥이에게는 친한 친구가 많아 '은빛숲'은 언제나 떠들썩했다…….

"참새처럼 조잘대는군." 주디 아주머니는 인기 있는 귀염둥이 덕분에 팬시리 우쭐했다. 남자들에게도 인기가 좋으냐고? 글쎄……

선물로 받은 끈적끈적한 사탕과 물기 있는 사과, 그리고 그보다 더 끈적하고 축축한 입맞춤을 생각하면 귀염둥이는 분명 그렇다.

"내가 11살이었을 때는 말이야, 그런 건 전혀 생각지도 않았어요, 레이철 양." 패트는 여든 된 노인 같은 말투로 일깨웠다.

"하지만 난 요즘 아이인걸. 트릭스 비니가 그러는데 글래머가 아니면 남자아이들이 쳐다보지도 않는다던데?" 귀염둥이는 시원시원한 표정으로 되받았다.

주디 아주머니는 '이렇게 어릴 때부터 그런 말을 하면 대체 앞으론 무슨 말을 더 할 셈이냐'라고 말하기라도 하는 것처럼 백발의 머리를 가로저었다. 그러나 귀염둥이는 집요했다.

"글래머가 뭔지 가르쳐주면 되잖아, 패트 언니. 그리고 내가 글래머인지 아닌지도 말이야. 역시, 난 비니네 사람들보다도 우리 가족한테서 정확한 얘기를 듣고 싶어." 귀염둥이는 매우 진지한 표정이 되었다.

"아주 분별 있는 말을 하는구나!" 주디 아주머니가 감탄을 했다.

패트는 귀염둥이를 묘지로 데리고 가서 '난폭한 딕'의 묘석에 앉아 이야기를 들려줬다. 지금은 귀염둥이를 위해 엄마를 대신해야만 했다. 엄마에게 걱정을 끼쳐서는 안 되었기 때문이다.

2

마침내, 지금까지 소리 없이 다가오던 어두운 그림자가 갑자기 뛰어들었다. 엄마가 병환이 난 것이다. 더구나 중태였다. 가족들 모두가 엄마에게 죽음이 임박했음을 알고 있었다.

그러나 주디 아주머니만은 완고하게 믿지 않았다. 아직 징후가 없다는 것이었다.

"무슨 징후가 있을 때까지는 믿을 수가 없어."

패트도 믿으려고 하지 않았다.
"엄마가 돌아가시다니, 우리 엄마가 돌아가실 리가 없어."
패트는 필사적이었다. 가족들은 모두 엄마의 존재를 당연하게 여겨왔다. 지금까지 함께 있어 왔기에 앞으로도 같이 있을 게 틀림없다고만 생각했다.
지난 몇 주 동안은 힐러리에게 기댈 수조차 없었다. 힐러리는 또 다른 삼촌의 집 짓는 일을 도우러 서부로 가 있었기 때문이다. 힐러리는 기쁘게 출발했다. 하고 싶던 일이었고, 집 설계 전에 땅 다지는 일부터 시작해 집 짓는 과정 모두를 알고 싶었기 때문이다.
"작년엔 베츠……, 올해는 엄마가……." 패트는 어두운 생각에 잠겼다.
그러는 동안 한 가닥 희망이 생겨났다. '은빛숲'을 찾아온 전문의가 수술을 하면 살아날지도 모르지만 그렇지 않으면 희망이 없다는 진단을 내린 것이다.
마침내 수술을 하기로 결정하자, 주디 아주머니는 징후와 상관없이 모든 희망을 버리고 말았다.
"아이고 세상에, 할 수만 있다면 내가 대신 죽고 싶구나. 정말이지 하느님이 무슨 생각으로 그리 하시는 건지, 원."
젠틀맨 톰이 수수께끼 같은 눈초리를 해 보였다.
"도저히 어떻게 할 수가 없어요, 야옹 군. 언젠가는 패트를 잡아가려 했던 것을 네가 쫓아내버렸다만, 이번엔 그렇게 안 될 거야. 병원으로 들어가서 이리저리 후벼낼 테니까. '해변가'의 셀비 집안 사람인데 말이지!"
패트는 엄마 방에 있었다. 갑자기 어른스러운 침착함이 몸에 밴, 새로운 패트가 앉아 있었다. 하지만 전보다는 희망이 있었다. 아무리 작더라도 희망만 있다면!
엄마가 파릇파릇한 목장이 보고 싶다고 해서 몸을 일으켜 등에 베개를 받쳐드렸다. 이불 위에 놓인 엄마의 손은 너무나도 하얬다.

　다음날이면 엄마는 입원을 하신다. 엄마의 태도는 침착하고 용감했다. 엄마는 옛날부터 그랬다. 엄마에게는 가드너 집 안 사람처럼 쉽게 격분하는 면은 손톱만큼도 없었다. 마음이 언제나 차분히 안정되어 있어서 엄마 앞에 나서면 누구든지 마음이 무척이나 편안해졌다. 엄마는 언제나 호기심으로 가득한 소녀 같으면서도 집 안사람들로 하여금 피곤하거나 난처한 일이 있을 때면 엄마의 가슴에 얼굴을 묻고 싶은 마음이 들게 하는 그런 엄마다움이 배어 있었다.

　"사과꽃이 피기 시작했구나. 다시 볼 수 있어서 다행이야. 내가 저 꽃 아래에 서 있던 때는 꼭 너만한 처녀였단다, 패트. 그리고 아빠는……"

엄마는 행복한 추억에 잠긴 모습이었다.

　"아직 앞으로, 몇 년이나, 몇 년이나 더 사과꽃을 볼 수 있어요, 엄마. 병원에서 병을 완전히 고치고 건강해져서 돌아오는 거예요."

엄마는 웃음지었다.

　"나도 그러길 바란단다, 패트. 아직 희망은 버리지 않고 있지만 혹시 돌아오지 못할 경우를 생각해서 네게 얘기해둘 게 있단다. 사실은 사실로서 받아들여야만 하니까, 패드. 위니는 프랭크와 결혼해야 할 테니…… 그리 되면 네가 엄마를 대신해주기 바란다."

패트는 목이 메었다.

　"물론이에요. 그리고 난 평생 결혼하지 않겠어요. 엄마, 약속해요. 나는 계속 여기 살면서 아빠랑, 시드랑, 귀염둥이를 위해 집안을 돌보겠어요. 시드도 내가 있으면 결혼할 생각은 하지 않을 테니까."

엄마는 또다시 미소를 지었다.

　"그런 약속을 바라는 건 아니야, 패트. 엄마는 너도 언젠가는 결혼을 했으면 한단다. 행복한 아내가 되어 아이들의 행복한 엄마가 되어주렴. 나처럼 말이야. 이곳에서 난 무척이나 행복하게 살았으니까. 내가 여기에 왔을 때는 20살이었단다. 제멋대로인 아이였지. 집 안일 따위 무엇 하나 제대로 할 수 없었는데 아주머니가 모두 가르쳐 주었어. 만약 내가 돌아오지 않거든 아주머니에게 잘 해드리렴. 말할 것까지도 없겠지만.

아줌마는 내게 무척 잘해 주었단다. 손이 거칠어진다면서 일을 못하게 했지. 내 손은 아주 예뻤어. 하지만 '은빛숲'을 위해서라면 아무리 손이 거칠어져도 상관없었어. 나도 너 못지않게 이 집에 애정을 갖고 있었단다. 모든 방이 다 나의 친구였고…… 내게는 모든 방들이 저마다 생명이 있는 것으로 느껴졌어. 밤에 잠이 깨면, 남편도 아이들도 건강하게, 또 따뜻하고 편안하게 잠들어 있는 것을 바라보면서 얼마나 기뻤는지 모른단다. 여자에게 그 이상의 행복이 또 어디 있겠니, 패트."

엄마는 이 이야기를 한 번에 하지 못하고 숨이 차서 오래 사이를 두었는데, 그러는 동안 엄마는 조용히 누워 있었다. 그 모습을 보고 패트는 또다시 불안에 휩싸였다.

아빠가 교대하러 와서 패트는 아래층으로 내려와 어두운 정원으로 나갔다. 다른 사람들은 모두, 주디 아주머니조차도 잠자리에 들었다. 패트는 잠들고 싶은 기분이 아니었다. 도저히 잠이 올 것 같지 않았다.

따뜻한 밤이었다. 밤은 엄마처럼 부드럽게 패트를 안아주었다. 어둠 속에서 하얀 아이리스가 희망을 비춰주듯 빛나고 있다. '고약한 놈'이 오솔길을 달려와 패트의 무릎으로 뛰어들어 몸을 둥글게 말았다. '고약한 놈'조차도 사람을 감동시킬 때가 있는 모양이다. '고약한 놈'은 불쌍한 패트를 힘껏 위로하려고 했다.

정원의 벤치에 앉아 있는 동안, '안개언덕' 주위가 하얘지기 시작하자, '고약한 놈'은 묘지의 쥐를 잡으러 뛰어갔다. 바람도 없는 밤을 밝게 물들이면서 엄마가 입원할 날이 찾아왔다. 엄마는 돌아올 수 있을까? 무척이나 싫어하는 찬송가 한 구절이 떠올랐다.

바라보이는 곳마다
변화와 쇠퇴로 가득 차 있다

옛날부터 패트는 변화라는 것을 그 어떤 것보다도 두려워했다.

오오, 변함 없으신 주여
우리와 함께 하시기를

결국 꺼림칙한 찬송가는 아니었다. 좋은 찬송가였다. 영원히 변하지 않는 힘이, 의지할 수 있는 전능한 신의 힘이 주위를 에워싸고 있다고 생각하자 뭐라고 표현할 수 없는 감사한 마음이 들었다. 평안이 패트의 가슴을 메웠다.
"아이구 세상에, 어째서 이렇게 일찍 일어난 거냐?"
"잠을 자지 않았어요, 아주머니. 계속 마당에서 기도를 하고 있었어요."
"그래그래, 지금으로선 우리가 할 수 있는 건 그것밖엔 없지."
주디 아주머니는 완전히 절망적이었다.
귀염둥이에게는 사실을 말하지 않았으나 낮에 학교에서 엄마 소식을 듣고 오는 바람에, 그날 밤, 귀염둥이를 위로하느라 패트는 한참 고생을 해야 했다.
"트릭스 비니가 뭐라고 했는지 알아? 내가 부러워 죽겠대. 가족 중에 누군가 죽는 건 재미있다는 거야."
주디 아주머니가 훌쩍훌쩍 우는 귀염둥이에게 말했다.

그림자 393

"오늘 밤 무릎꿇고 기도할 때, 널 비니 집 안의 아이로 태어나지 않게 해주신 하느님께 깊이 감사드리는 게 좋겠구나."

그날은 별일 없이 지나갔다. 밤이 되어 아빠가 전화를 걸어 수술은 성공적이며, 엄마는 순조롭게 마취에서 깨어나고 있다고 알려왔다. 그날 밤, 가족들은 모두 잠을 잘 수 있었다. 그러나 이어지는 며칠 동안은 아직 불안이 남아 있었다. 끝없이 길기만 하던 1주일이 지났을 때에야 간신히 안심할 수 있었다.

아빠가 돌아왔다. 지친 눈에는 오랜만에 생기가 감돌고 있었다. 엄마는 생명을 건졌다. 전 같지는 않지만, 여하튼 살아 계신 것이다.

주디 아주머니는 그렇게 절개하고 수술하면 어쩌고 하면서 걱정할 때는 언제고 지금은 아주 의기양양했다.

"거 봐라, 내가 말했던 대로가 아니냐. 징후가 없었단 말이야. 젠틀맨 톰은 그걸 분명히 알고 있었지. 저 고양이는 전혀 걱정하지 않았는걸."

3

엄마는 6주일 동안이나 돌아오지 못했다. 그동안 패트와 주디 아주머니가 '은빛숲'을 이끌어 갔다. '해변가'의 할머니 두 분이 모두 병환이 나는 바람에 위니는 도우러 가고 없었다.

패트는 너무나 행복했다. 집에 대한 애정이 전보다 깊어져 갔다. 멋진 가장자리 장식을 단 테이블 덮개, 주디 아주머니가 뜨개질한 깔개, 문자를 조합한 시트, 모포가 잘 개켜져 들어 있는 상자, 수놓인 식탁보, 레이스로 된 꽃병받침, 예쁜 접시들, 셀비 할머니의 은제 찻잔, 오래된 거울들……. 이 거울들은 지금까지 얼굴을 비춘 사람들의 아름다움을 조금씩 훔쳐내던 것들이다.

모든 것이 패트에게 새로운 의미를 가져다 주었다.

창 하나하나 저마다 다른 아름다운 경치를 보여주는 소중한 존재이다. 패트의 방 창으로는 '안개언덕'이, '시인의 방' 창으로는 언뜻 바다가 보인다. 둥근 창은 정면으로 자작나무 숲에 닿아 있고, 현관 홀의 창문은 정원을 향하고 있다. 다락방 창문으로는 주위의 모든 것들이 보였으므로 패트는 특별한 볼일이 없어도 그냥 창문으로 밖을 내다보기 위해 가끔 다락방으로 올라갔다.

패트와 주디 아주머니는 악착같이 일을 하지는 않았다. 가끔 패트가 이렇게 제안하기도 했다.

"자, 아주머니, 집 안일은 제쳐두고 산딸기 구경이나 가는 게 어떨까요?"

그러면 둘은 산책을 나섰다. 때에 따라서는 산딸기 대신 양치식물이나 준벨을 보러 갈 때도 있었다. 그리고 '어슴푸레'할 때면, 옛날처럼 부엌 계단에 앉아서 주디 아주머니가 들려주는 재미있는 이야기에 패트는 자지러지게 웃어대곤 했다.

"넌 일하는 방법을 터득했구나, 패트. 가끔은 일손을 놓고 웃어야 해. 그게 요령이야. 그걸 아는 사람은 별로 없단다. '해변가'의 할머니들은 웃는 일이 좀처럼 없어서 저렇게 늘 병을 달고 살지 않니."

"주밀에 브라이언 삼촌하고 제시 고모가 오신다니까 '시인의 방'을 꾸밀 아이리스를 꺾으러 가야겠어요. 난 그 방에 손님 맞을 준비를 하는 게 무척 좋아요. 그리고 거품을 낸 크림을 얹은 애플파이도 만들어야겠네요. 브라이언 삼촌이 아주 좋아하는 디저트니까요."

패트는 손님이 좋아하는 요리를 잘 기억했다. 요리에 대해서는 주디 아주머니도 말했듯이 패트는 '하느님이 내려주신 재능'을 가졌다. 패트는 적어도 이처럼 요리하기를 좋아한다는 점에서만큼은 온 세상, 모든 시대의 여성들과 하나가 되는 거라며 기뻐했다. 엄마나 힐러리, 혹은 대학 친구들에게 쓰는 편지에도 '지금 무엇무엇을 오븐에 넣었다'는 말로 시작할 정도였다.

식료품 저장실에는 좋은 냄새가 나는 쿠키 상자랑, 주디 아주머니가 눈을 동그랗게 뜰 정도로 화려하고 폭신폭신한 케이크가 떨어진 적이 없었다. 어느 날엔가는 패트가 혼자서 과일 케이크를 구워냈는데, 주디 아주머니의 말에 의하면 그것은 '은빛숲'이 시작된 이래 가장 훌륭한 것이었다.

"과일 케이크만큼은 나도 잘 만들 수 없었지, 패트."
주디 아주머니는 슬픈 표정을 지었다.
"너희 에디스 고모가 늘 말하기를, 과일 케이크를 잘 만들 수 있는 사람은 타고난 귀부인뿐이라고 하더라만 그 말이 정말 맞는구나. 난 그 방법을 익혔었던 것 같은데 이곳 '은빛숲'으로 온 지 얼마 안 되었을 때 과일 케이크 때문에 무척 실망한 적이 있어서 그런지 그 이후로 영 안 되더구나.

어느 날, 내가 과일 케이크를 만들려고 매우 의욕적으로 덤벼들었지. 그 무렵엔 너의 호러스 삼촌이 집에 있었는데, 아주 장난꾸러기였단다. 그릇에 남은 찌꺼기라도 핥아먹으려고 부엌을 서성대다가 '아주머니, 과일 케이크엔 어떤 게 들어가?'라고 묻기에, '여러 가지 이것저것 듬뿍 넣는단다'라고 아무 생각 없이 대답을 했지.

그런데 내가 뒤를 돌아서 있는 사이에 요 장난꾸러기가 글쎄 선반 위에 있던 잉크병의 잉크를 과일 케이크에 모조리 쏟아버린 거야. 난 그걸 전혀 몰랐지 뭐냐? 자고로 고급 과일 케이크는 검어야만 하는 법이라고 에디스 고모가 평소 말했거든. 내 케이크는 에디스 고모도 마음에 들어할 정도로 새카맸단다."

패트는 새로운 요리의 조리법을 발견하면 기뻐 어쩔 줄 몰라하며, '은빛숲'에서 부인회 모임이라도 있을 때면 누구보다도 먼저 그 요리를 만들어 내놓았다. 그녀는 예쁜 케이크, 과일, 야채……, 하얗고 빨간 무, 조글조글한 양상추, 빨간 순무, 끝 부분이 약간 초록빛을 띤 금색 아스파라거스 등의 광고 사진을 보는 것도 좋아했다.

패트는 또한 시내로 물건을 사러 나가는 것도 좋아했다. 가게에는 그녀가 사고 싶은 물건이 많았다. 패트는 정육점이나 식료품점에서 값을 깎기도 잘했고, 아껴야 할 때는 절약했으며, 써야 할 곳에는 썼다. 패트는 휴식과 먹을 것, 그리고 애정을 필요로 하는 지친 사람들과 외로운 사람들이 '은빛숲'으로 오면 좋겠다고 생각했다.

무엇보다도 모든 것이 자신에게 맡겨져 있다는 만족감이 패트를 기쁘게 했다. 가족들이 저마다 맡은 일을 하느라 바쁘고 고양이들이 창가에서 햇볕을 쬐고 있을 때면 '은빛숲'은 고요했지만, 그런 고요 속에서 패트는 맘껏 만족의 기쁨을 맛보는 것이었다.

은빛숲의 딸들

1

"아빠는 전보다 걸음걸이가 느려졌어."

위니가 한숨을 쉬었다. 무더운 8월의 오후, 위니와 패트는 부엌에서 콩을 까고 있었다. 곁에는 '고약한 놈'도 앉아 있었다. 가끔 불어오는 바람에 문 옆의 어린 포플러 잎이 심하게 흔들렸다. 패트는 이 포플러를 무척이나 좋아했다. 이 나무는 몇 번의 여름을 지나면서 갑자기 높이 자라서 주디 아주머니는 언제든 잘라버려야겠다고 위협하곤 했다. 아빠도 아무래도 잘라내야겠다고 말했지만 패트는 받아들이려 하지 않았다.

"앞으로 1년이나 2년만 지나면 이 나무는 틀림없이 계단에 시원한 그늘을 만들어 줄 거예요. 아빠, 여름밤 같은 때 잎새 너머로 달빛이 새어드는 걸 생각해 보세요."

아빠는 어깨를 으쓱하며 패트가 하자는 대로 내버려 두었다. 패트가 나무를 베어내는 것을 싫어한다는 건 모두가 아는 일이라서 그녀를 울릴 수는 없었다.

'연못들판'에선 시드가 귀리를 쌓아올리고 있었다. 프린스에드워드 섬에서 귀리를 쌓아올리는 데 있어서 시드를 따를 사람이 없다고 평판이 나 있었다.

패트는 슬픈 듯이 아빠를 바라보았다. 아빠는 마당을 가로질러 '연못들판' 쪽으로 가는 중이었다. 분명히 걸음걸이가 느리다. 등도 굽기 시작했다. 하지만 그렇게 인정하기는 싫었다.

"무리도 아니야. 엄마가 몇 주나 사경을 헤매고 계셨으니……. 게다가 조에게선 한 번 다녀간 뒤로 아무 소식도 없고……."

위니는 또다시 한숨을 내쉬었다. 패트는 분명히 보았다. 지난 며칠 동안 위니는 멍하니 지냈다. 그러고 보니 한동안 웃음소리도 듣지 못한 것 같았다. 언제부터였을까. 얼마 전, 프랭크 러셀이 왔다 간 날 밤 이후부터였다. 더구나 러셀은 1주일이나 모습을 보이지 않았다.

위니와 프랭크는 가을에 식을 올릴 것으로 모두들 생각했다. 겨우내 주디 아주머니는 미친 사람처럼 뜨개질을 해서 깔개를 만들었다. 패트는 위니 언니가 결혼하는 것이 조금도 기쁘지 않았지만 어쩔 수 없다면서 포기했었다.

"언니, 무슨 일이 있어?"

"아무것도 아니야. 바보 같은 소리하지 마, 패트."

위니는 초조해했다.

"바보 같은 소리가 아니야. 지난 1주일 동안…… 뭔가 이상했어. 프랭크하고 싸우기라도 한 거야?"

"아니."

위니는 천천히 대답했다. 그러다가 얼굴이 차츰 창백해졌고, 눈에는 눈물이 그렁그렁했다. 누군가에게 말하고 싶지만, 지금은 엄마에게 걱정을 끼쳐서는 안 된다. 물론 패트는 아직 나이가 어려서 얘기해도 모를 테고. 위니는 지금도 패트를 그저 어린아이로만 생각했다. 하지만 아무한테도 말하지 않는 것보다는 나을지도 몰랐다.
"단지…… 우리는 올가을에는 결혼을 할 수 없다고, 어쩌면 앞으로 몇 년 더 기다려야 할지 모른다고 했더니 그 사람이 조금 화를 낸 것뿐이야."
"하지만, 언니. 왜 그랬어? 이미 결정된 일인 줄 알았는데."
"그래, 엄마가 병석에 눕기 전에는 그랬지. 하지만 너도 잘 알다시피 사정이 완전히 달라져버렸어. 우린, 사실은 사실로써 받아들여야만 해. 엄마는 앞으로 오래 사시긴 하겠지만, 계속 환자로 사시게 될거야. 넌 학교에서 아이들을 가르쳐야 하고, 아주머니도 연세가 드셔서 예전 같지 않아. 네가 학교에서 돌아와 돕기는 하지만 이곳 일을 모조리 아주머니 혼자서 해내는 건 무리야. 사람을 써서 돕게 하면 아주머니가 비관할 테고, 당장은 아빠한테 그럴 만한 여유도 없지 않니? 그래서 지금 내 결혼 같은 건 생각할 수가 없는 거야. 물론, 프랭크는 좋아하지 않겠지. 그래도 참고 기다려줘야만 해. 그러나…… 그 사람하고 기꺼이 결혼하려는 처녀들은 많으니까."
괜찮은 척했지만 위니의 목소리는 떨리고 있었다. 기꺼이 프랭크와 결혼하려는 처녀들을 생각하면 견딜 수가 없었다. 게다가 프랭크는 무척이나 까다롭다. 러셀 집 안 사람들은 기다리는 걸 싫어한다. 틀림없이 프랭크는 몇 년이나 기다리는 것 따위는 할 수 없을 것이다. 비록 기다려준다 하더라도…… 두 사람 다 나이가 들어서, 힘이 빠지고 지쳐서, 피기 시작한 인생의 꽃도 움츠러들고, 향기는 사라져 버리리라. 마치 가련한 소피 라이트처럼. 소피와 고든 도즈는 소피의 중풍에 걸린 아버지가 돌아가실 때까지 15년이나 기다렸다. 그러는 바람에, 소피는 조금도 신부답지가 않았던 것이다.
그러나 위니는 결심을 바꾸려 하지 않았다. '은빛숲'의 딸들에게는 확고한 신념이 있었다. 세상에는 자기가 원하는 것만 하려 들고 그

나머지는 알 바 아니라는 식으로 살아가는 사람들도 많았지만, '은빛숲'의 딸들은 그 어떤 것보다도 의무를 가장 중요시했다.

한순간 패트는 억제할 수 없는 기쁨에 사로잡혔다. 결국 위니는 프랭크와 결혼하지 않는 것이다. '은빛숲'에는 더 이상의 변화가 일어나지 않아도 된다. 나하고 위니하고 시드 셋이서 지금까지처럼 아빠랑 엄마를 보살피며 살리라. 바깥의 변화무쌍한 세상과 상관없이 '은빛숲'에서 서로를 사랑하면서 살아가면 된다. 이게 바로 천국 아니겠는가.

하지만 위니의 눈은! 그 눈은 무참하게 짓밟힌 제비꽃을 연상시켰다. 위니가 어째서 그런 정도로까지 프랭크를 사랑하는 건지, 패트는 이해할 수가 없었다. 프랭크는 소중한 언니를 채간 것만 빼놓고 생각하면 좋은 사람이다. 그는 건강한 장밋빛 볼과 침착한 푸른 빛이 도는 잿빛 눈동자를 지녔다. 하지만 로맨틱한 점은 조금도 없다. 세련된 칭찬 한마디 할 줄도 모르고, 시인다운 우울한 분위기 같은 것도 없다. 그런데도, 그의 발소리만 들어도 위니의 감정은 파도치듯 동요하는 것이다! 도저히 이해할 수가 없었다. 프랭크의 어떤 점이 위니를 저렇게 매혹시킨 것일까. 아무리 생각해도 모르겠다. 결국 패트는 포기했다.

제멋대로의 상상이 빚어낸 기쁨은 위니의 눈을 본 순간 산산조각이 났다. 위니 언니의 눈을 저렇게 내버려 둘 수는 없다. 그리고 그럴 필요도 없다. 내가 모든 일이 잘 되도록 해 나가면 되니까.

"언니, 쓸데없는 말 하지 마. 물론 프랭크하고 결혼하는 거야. 나는 학교에 나가지 않겠어. 엄마가 돌아오던 날부터 그렇게 결정했거든. 집에서 아주머니를 도울 거야."

"패트, 너한테 그런 일을 시킬 순 없어. 교사 자격을 얻기 위해 그렇게나 열심히 공부했는데. 그런 말은 하지 마. 너는 기회를 놓쳐선 안 돼……."

패트는 웃기 시작했다.
"기회라고 했어? 바로 그거야. 나는 기회를 잡은 거야. 전부터 바랬던 것처럼, '은빛숲'에 살면서 이곳을 지켜나갈 기회 말이야. 학교에서 가르치는 건 싫어. 비록 처음 1년은 고향의 학교에서 가르칠 수 있겠지만, 다음 해에는 어디로 가게 될지 모르고. 하지만 그런 건 이제 상관없어. 물론 엄마가 다시 건강해질 수만 있다면 난 지구 끝까지라도 가겠어. 하지만 그걸 기대할 수 없는 이상, 마지막 위안은 내가 이 집에 있을 수 있다는 것뿐이야."
"아빠는 뭐라고 하실까?"
"아빠는 알고 계셔. 언니를 결혼시켜야만 한다는 걸 말이야. 하지만 앞으로 어떻게 집 안을 꾸려갈지 난감해 하고 계시지. 그렇다고 내게 학교를 그만두라고 하지도 못하실 거야. 내가 실망할 거라고 생각하실 테니까!"
패트는 또다시 소리높여 웃었다.
"언니, 부모란 세상 사람들 말처럼 이기적이지 않아. 자신을 위해 자식의 희생을 바라지 않는다구. 부모는 자식이 행복하기를 바라지."
"유별난 사람들 말고는 그렇지."
주디 아주머니가 작은 실꾸리를 들고 들어와서 이야기에 끼어 들었다.
"부모 가운데도 유별난 사람은 있으니까. 하지만 가드너 집 안에는 그런 사람은 없단다."
"패트, 콩을 마저 까주겠니? 잠깐 2층에 갔다올 테니까." 위니가 들뜬 목소리로 말했다.
패트는 싱긋 웃었다. 위니는 프랭크에게 편지를 쓰러 간 것이다.
"올가을에 위니는 프랭크하고 결혼할 것 같아."
패트는 다짐하듯 속으로 말해보았다. 입 밖으로 소리내서 말하면 더 이상 돌이킬 수 없는 일이 될 것 같았던 것이다.

"그럼, 그렇고말고! 위니는 요리도 잘하지, 바느질도 잘 해. 돈이 부족해도 잘 견딜 거야. 웃어도 될 때와 웃어서는 안 될 때를 분별할 줄도 알지. 이젠 언제 어느 때라도 시집을 갈 수 있고말고. '은빛숲'으로선 11년 만의 결혼식이 되겠네."

귀염둥이가 헛간에 사는 얼룩 고양이를 안고 들어왔다. "조지 니콜슨이 메리 베이커하고 결혼한대요. 조지는 내가 어른이 될 때까지 기다려주면 좋았을 텐데. 나는 조지가 메리보다 나를 더 마음에 들어하는 줄 알았어요. 메리는 재미가 없거든요. 나는 양심이 나를 방해하지만 않으면 매우 재미있는 사람이 될 수 있는데 말이에요. 어머…… '고약한 놈' 좀 봐."

귀염둥이가 헛간에 사는 고양이를 데리고 들어왔을 때부터 '고약한 놈'은 공격 태세를 취하고 있었다. 헛간에 사는 고양이는 마른 데다가 못생겼지만, 그 누구의 모욕도 용서하지 않았다. '고약한 놈'의 위협은 우스꽝스러울 정도였으므로 작은 고양이가 덤벼들자 도망치기 시작했다. 앞발로 한 대 치면 상대를 이길 것 같은데도 '고약한 놈'은 비명을 지르면서 뒤뜰을 지나 묘지로 달아나 버렸다.

"젠틀맨 톰이 재미있다는 듯 쳐다보고 있구먼."

주디 아주머니가 킥킥대며 웃었다.

"'은빛숲'에는 훌륭한 고양이들만 있어요." 귀염둥이는 매우 만족스러워했다. "재미있고 위엄이 있거든요. 걸어갈 때도 뻐기면서 꼬리를 바짝 세우고 다니죠. 다른 고양이는 살금살금 다녀요. 내가 그렇게 말하자 트릭스 비니는 웃으면서 이렇게 말했어요. '그 낡아빠진 '은빛숲'의 일이라면 너도 패트처럼 미친 사람이 되어서, 그만큼 훌륭한 곳은 세상에 없다고 하고 싶은 거겠지'라고 말이에요. 그래서 나도 '그래, 바로 네 말 그대로야'라고 말해주었지요. 내가 한 말이 틀리지 않았지, 패트 언니?"

"그래, 그렇고말고." 패트는 힘주어 말했다. "하지만 그 고양이는 아빠가 보시기 전에 헛간에 갖다놓는 게 좋겠구나. 아빤 헛간에 사는 고양이를 집 안으로 들여놓는 걸 무척이나 싫어하시거든. 젠틀맨 톰하고 '고약한 놈'은 원래부터 집 안에 있었으니 어쩔 수가 없지만 말이야."

"젠틀맨 톰은 몇 살이에요, 아주머니?"

"몇 살이냐고? 그건 하느님만이 아신단다. 어쨌든 이곳에 온 건 12년 전이지. 그때에도 지금 정도의 나이로 보였으니까. 어쩌면 이 고양이에겐 나이 같은 게 없는지도 모르겠구나."

주디 아주머니는 수수께끼 같은 말을 했다.

"새끼고양이 시절의 톰을 상상할 수 있을까?"

"톰은 분명히 이상한 이야기들을 많이 알고 있을 거예요. 고양이가 말을 하지 못한다는 게 유감스러워요."

"말을 하지 못한다고? 누가 그런 말을 하더냐, 귀염둥아? 언젠가 우리 할아버지는 고양이 두 마리가 서로 이야기하는 걸 들은 적이 있단다. 어떤 이야기였는지는 말해주지 않았지만 말이야. 지난 일요일에 '고약한 놈'이 시드의 외출복 바지 위에서 잠자는 바람에 외출복이 온통 털투성이가 되었다고 시드가 무척 화를 냈어. 그래서 내가 시드에게 이렇게 말해주었지. '고양이에 대해서라면 속으로 어떤 생각을 해도 상관없지만, 겉으로는 아무것도 말하는 게 아니란다. 고양이 임금님의 귀에 들어가면 큰일이니까'라고 말이야."

"만약 고양이 임금님 귀에 들어가면 어떤 일이 일어나는데요, 아주머니?"

"그 얘기는 눈보라 치는 겨울 밤에 하기로 하자꾸나, 귀염둥아. 따뜻한 이불 속에서 얘기해주마. 아일랜드에서 고양이 얘기를 큰 소리로 했던 사내가 어떻게 되었는지도 그때 얘기해주지. 그 얘기는 여름철 오후에, 더구나 결혼식을 앞둔 때에 할 수 있는 이야기는 아니란다."

2

위니의 결혼식은 9월 말로 정해졌다. 그때까지 6주 동안 '은빛숲'은 결혼식 준비로 부산했다. 주디 아주머니는 움막에 새로이 선반을 달아매고는 위니를 위해 루비 같은 잼 병들을 몇 줄이나 늘어놓았다. '시인의 방'의 목조 부분에는 푸른 칠을 다시 했고, 거기에 어울리는 벽지를 고르느라 즐거운 소란이 벌어졌다.

그러나 패트는 낡은 벽지를 떼어내는 것이 싫었다. 그 동안 정이 들었던 것이다. 커다란 거실 의자의 천갈이를 하는 것도 싫었다. 방에 잘 어울리는 의자를 새롭게 바꾸면 균형이 깨지기 때문이다. 그러나 위니의 성대한 결혼식을 위해 '은빛숲'을 최고로 멋지게 꾸며야 한다.

"가족들도 모두 화려하게 단장하는 게 좋겠지." 주디 아주머니가 잔뜩 들떠서 말했다.

"그렇지만 너무 일이 커지지 않을까요?" 에디스 고모가 반대했다.

"일이 키긴다고? 그건 맞는 말이야. 그렇지 않아도 바쁜데 상당한 품이 들 테니까. 하지만 마치 부끄러운 일처럼 슬며시 우리끼리 결혼식을 올리는 건 질색이야. 여봐란 듯이 하고 싶어. 양쪽 친척들도 한 사람도 남김없이 초대하고 선물도 듬뿍 하고, 신부의 들러리 처녀 두 명에 꽃을 드는 아이가 한 명…… 그래 그래, 그리고 위니의 혼수 가구도 있었지! '은빛숲'에서도 처음일 훌륭한 것으로 말이야. 속옷은 모두 수제품으로 하고. 글쎄 사촌의 딸이 속옷을 종류별로 한 다스씩 해갔다고 비니네 안주인이 자랑하기에 내가 그랬지. '손 바느질 1센티미터는 재봉틀 박음질 1킬로미터의 가치가 있다'고 말이야."
"아, 주디. 당신이나 나나 나이를 너무 먹었나봐요."
바바라 고모가 한숨을 쉬었다.
주디 아주머니는 큰일 날 소리라는 듯이 걱정스럽게 속삭였다.
"그건 틀림없지만, 쉬잇……. 그런 걸 소리내어 말하지는 말아요."
위니의 웨딩드레스는 꿈처럼 아름다웠다. 모두들 멍하니 넋을 잃고 있었지만 에디스 고모만은 길이가 짧다면서 걱정을 했다. 위니가 결혼하던 무렵이 드레스의 길이가 가장 짧았던 시기였다. 에디스 고모가 몇 년 전부터 스커트의 길이가 길어지게 해달라고 기도했지만 아무래도 그 소원은 이루어지지 않은 모양이다.
"기도를 해서 될 문제가 아니야." 톰 삼촌이 일깨웠다.
위니는 사람들이 바쁘게 움직이는 것을 눈을 반짝이면서 바라보고 있었다. 위니는 혼자 꿈이라도 꾸는 것처럼 빙그레 웃음지었다. 프랭크가 너무나도 자주 '은빛숲'을 드나들어서 초조해하던 주디 아주머니가 "저렇게 제멋대로 설치는 데는 두 손 들었다니까"라고 불평을 하자 패트가 냉정하게 대답했다.
"위니 언니한테 푹 빠진 거예요. 잘된 일이라고 생각해요."
마침내 프랭크를 가족의 한 사람으로서 받아들이게 된 패트는 어느새 주디 아주머니 앞에서조차 그를 감싸게 되었다.
"프랭크는 어떤 식으로 위니 언니한테 결혼 신청을 했을까?" 패트의 도움을 받으면서 케이크에 연두색 안젤리카(미나리과 여러해살이풀. 연한 줄기와 잎자루를 잘라 케이크를 장식하는 데 쓴다.)와 새빨간 체리 장식을 하고 있던 귀염둥이가 궁금해 했다. "굉장히 로맨틱했을 거야. 무릎을 꿇었을까?"
부엌으로 물을 마시러 들어온 시드가 그 말을 듣고 큰소리로 웃기 시작했다.
"요즘은 그렇게 하지 않아. 프랭크는 이렇게 말했을 뿐이야. '위니, 나 어때?'라고 말이야. 내가 다 들었지."

시드는 귀염둥이의 뒤에 있는 주디에게 눈짓을 해 보였다.

"에이, 시시해. 나라면 좀더 화려하고 멋있는 말이 아니면 절대로 승낙하지 않을 텐데."

그러자 주디 아주머니가 까닭 모를 말을 했다.

"개구리(프랑스 사람을 빗대어 말한 것임)의 결혼 신청이냐?"

위니 언니의 결혼식

1

위니 언니의 약혼이 신문에 발표되었다. 그런 신식 방법에는 감탄을 했노라고 주디 아주머니가 투덜거렸다.

"저런, 한 치 앞을 모른다고 했는데, 앞으로 3주일 동안에 만약 프랭크의 신상에 좋지 않은 일이라도 일어나면 우린 곤란하지 않니? 매기 니콜슨도 그랬단다. 결혼식 1주일 전에 신랑감이 미쳐 버려서 그 이후로는 계속 정신 병원에 들어가 있었지. 만약 결혼식이 허사가 되기라도 하면 비니 집 안 사람들에게 얼마나 웃음거리가 될지, 원."

결혼식까지는 앞으로 3주일밖에 남지 않았다. 식이 끝나면 위니는 영원히 '은빛숲'을 떠나게 된다. 가끔 패트는 참을 수 없을 것 같았다. 버넌 가드너가 위니를 향해 농담삼아 "다음에 만날 때는 널 러셀 부인이라고 불러야만 하겠구나"라고 말하자 패트는 2층으로 올라가서 울었다. 위니가 러셀 부인이라니! 이건 너무나도 남처럼 들린다. 나의 사랑하는 위니 언니가 그런……

아무리 울어도 날짜는 날 듯이 지나갔다. 결혼식은 교회에서 거행될 예정이었다. 패트는 '우리 집 잔디 위, 자작나무 아래서 하면 얼마나 좋을까'라고 생각했다. 엄마는 교회까지 나갈 수가 없다. 그런데도 프랭크는 교회에서 하겠다고 완강히 주장했다. 러셀 집 안은 영국 국교도이므로 언제나 교회에서 식을 올린다면서, 프랭크는 자기 주장을 관철했다.

"물론 그래야겠지." 패트는 혼잣말로 비웃었다.

패트와 주디 아주머니는 집 안 대대로 전해오는 요리법이 적힌 공책을 찾아내 케이크를 만드느라 무척 바빴다. 이 케이크에는 달걀이 아주 많이 필요했으므로 몇 년 동안이나 만든 적이 없었다. 달걀을 1판도 넘게 쓰는 경우는 '은빛숲'의 웨딩 케이크뿐이었다.

'해변가'의 외할머니네와 '제비들판'의 고모네 집에서는 훌륭한 과자를 몇 바구니나 보내왔다. 바바라 고모의 바구니에는 오렌지 쿠키, 대추 쿠키, 호두 쿠키를 비롯해 온갖 종류의 쿠키가 가득 들어 있었다.

"이거야, 이건 정말이지 로너 비니의 결혼 때와는 비교도 안 되게 훌륭한걸." 주디 아주머니는 매우 기뻐했다. "불쌍하게도 비니네 안주인은 쿠키 모양을 다르게 하면 맛도 다른 맛이 나는 줄 알더라니까. 패트, 짐낀 이 치긴을 좀 봐주겠니? 난 뒤뜰의 말뚝에 회실을 하고 올 테니까."

날이 새자마자 '고약한 놈'이 쥐를 잡겠다면서 온 집 안을 헤집고 다니는 소리와 주디 아주머니가 부엌 계단을 내려가는 발소리가 들렸다. 아침의 고요함은 순식간에 깨졌고 사람들은 마지막 준비로 바빴다. 밤새 비가 내려서 온 세상은 말갛게 씻긴 얼굴을 햇볕에 말리고 있었다.

"이런 날은 하늘이 정해주는 거야."

주디 아주머니는 새가 지렁이를 파낸 자국이 여기저기 난 잔디를 고르면서 말했다.

아침 식사를 할 수 없었던 패트는 위니 언니가 볼이 메어질 듯이 먹어대는 것을 보고 질리고 말았다. 패트라면 결혼식 1주일 전부터 아무것도 먹지 못했을 것이다. 물론 패트는 위니 언니가 시집가기 한 달 전부터 울었다는 레나 테일러 같기를 바라지는 않았다. 그렇지만 마침내 '은빛숲'을 떠나야만 하는 날인데 어떻게 음식이 넘어간단 말인가.

오전은 마치 회오리바람에 휘말린 것처럼 정신 없이 바빴다. 음식 준비도 해야만 한다. 아, 가족이란 어째서 떠나가야만 하는 것일까? 패트는 샐러드랑 젤리 그리고 케이크 사이를 우아한 모습으로 돌아다녔다.

'내일 이맘때쯤이면 위니 언니는 이미 다른 집 사람이 되어버리는 거야.'

손님들의 자리도 정해졌다. 패트는 자리 배치를 아주 잘했다.

'집에 남는 건 나하고 시드, 귀염둥이뿐이야.'

집 안의 모든 방에 패트는 꽃을 장식했다. 톰 삼촌이 '귀염둥이의 코너'라고 부르는, 벽에 작게 파인 곳에는 작은 태양 같은 동그란 금빛 쿠션을 가득 늘어놓았다.

'위니 언니가 이제 떠나가 버릴 텐데 즐거운 기분으로 일어나 잘도 일을 하는구나.'

꽃도 더 꺾어 와야만 했다. 사실은 꽃을 꺾는 것은 싫었다. 멋진 꽃을 바라볼 때의 기쁨이 너무나 컸으므로 꽃을 꺾을 때마다 고통을 느끼곤 했다. 하지만 지금은 이것저것 생각할 겨를 없이 꺾고 다녔다.

음식이 차려진 식탁은 아름다웠다. 식사가 끝난 뒤의 무참한 광경을 생각하면 아까울 정도였다. 하지만 주디 아주머니 말대로 이것이 세상일이리라.

'어쨌든, '은빛숲'은 두말할 나위 없이 훌륭해.'

그렇게 생각한 순간 패트는 몹시 기분이 좋아졌다.

위니의 결혼식은 오래전에 있었던 헤이젤 고모의 결혼식 때와 비슷했고, 모두가 옷을 갈아입을 때의 법석도 똑같았다. 평정을 유지하고 있는 것은 젠틀맨 톰뿐이었다.

주디 아주머니는 반쯤 넋이 나간 듯했다. '고약한 놈'이 커다란 죽은 쥐를 물고 홀을 뛰어다니는 것을 보았는데, 그 쥐를 어떻게 했는지 알 수 없었기 때문이었다.

멋지게 차려입은 귀염둥이는 집 안에 있는 모든 거울에 제 모습을 비춰보며 돌아다녔다. 귀염둥이는 입고 있는 꽃무늬 시폰 드레스의 늘어뜨려진 부분이 마음에 들지 않는다며 투덜댔다. 귀염둥이는 이미 나이가 많아서 신부의 꽃들러리 앞에서 꽃을 들고 걸을 수 없는 것이 억울했다. 그 역할은 헤이젤 고모의 6살 난 딸 에이미에게 맡겨졌다. 그렇다면 에이미보다도 훨씬 예쁘다는 걸 기필코 보여주겠다고 귀염둥이는 다짐했다.

"응? 패트 언니, 내 코 어때? 너무 큰 것 같지 않아?"

코가 귀염둥이의 고민거리인가 보다. 앞으로 어떻게 될까?

"너무 크다 해도 어떻게 할 수도 없지 않니? 코 같은 거 조금도 신경 쓸 거 없어. 너무 멋지니까." 패드는 웃으면서 말했다.

"코에 분을 조금 바르면 안 될까? 부탁이야. 나도 이제 11살인걸."

"그렇게 했다간 더욱 눈에 띄게 돼."

귀염둥이도 그걸 알고 있었다. 귀염둥이는 거울에 비친 자신의 모습을 자못 만족스러운 듯 바라보면서 말했다.

"난 결정했어." 꽤나 시원시원한 말투였다. "20살이 되면 난 결혼할 거고, 아이는 셋을 낳겠어. 그런데 패트 언니, 프랭크에게 키스해야 할까?"

"난 싫어."

패트는 냉정한 반응을 보였다.

주디 아주머니는 이번에도 나사 평상복과 함께 아일랜드 사투리를 어디엔가 치워두고는, 소중하게 간직해 두었던 외출복과 함께 매우 정확한 표준어를 덧입었다. 아주머니의 외출복은 약간 통이 좁아져서 패트는 단추를 채우는 데 무진 애를 써야만 했다.

"이 옷을 만들던 무렵엔 내게도 허리가 있었는데 말이야. 패트, 좀 유행에 뒤쳐진 건 아닐까?" 주디 아주머니는 걱정했다.

패트가 레이스를 이용해 허리 부분을 눈에 띄지 않게 가려주자 주디 아주머니는 매우 기뻐했다.

엄마도 곱게 차려입고 거실에 앉아 있었다. 흰 머리칼과 부드럽고 푸른 눈의 엄마에게는 위엄이 있었다. 지난 1년 동안 엄마의 머리가 부쩍 하얘진 것을 보고 패트는 슬펐다. 하지만 은회색에 장밋빛이 섞인 드레스를 입고, 퇴원 기념으로 아빠에게 선물 받은 호박 목걸이를 한 엄마는 그림처럼 아름다웠다.

아빠는 교회에는 가지 않기로 했다. 떠나기 직전에 엄마를 혼자 남겨두고 갈 수는 없다고 하셨다. 톰 삼촌이 신부를 데리고 입장하기로 했다. 위니는 톰 삼촌의 턱수염이 시대에 뒤떨어진 것이 약간 마음에 걸렸지만, 그런 것에 계속 마음을 쓰기에는 너무 행복했다.

신부차림을 한 위니의 아름다움이란! 얼굴도, 눈도 사랑으로 빛나고 있었다. 패트는 가슴이 벅차올랐다. 위니를 이렇게 만든 것은 프랭크였다. 패트는 형부가 될 프랭크를 용서할 마음이 생겼다.

부엌의 시계는 10분 전을 가리키고 있었고, 거실의 시계는 5분이 지나 있었고, 식당의 시계는 정각을 알렸다. 그것은 곧 정각에서 15분이 지났음을 의미한다. 이제 식장으로 가야할 시간인 것이다.

2

참나리와 레몬색 글라디올러스로 장식한 교회에는 하객들이 가득했다. 꽃은 캐나다 소녀 봉사단 회원들이 위니를 위해 준비해준 것이었다. 패트는 울지 않으려고 필사적으로 노력했다. 울지 않겠노라고 미리 위니에게 다짐을 했지만, 헤이젤 고모 때보다 열 배나 고통스러웠다.

보통 때는 혈색이 좋고 철부지 같은 표정의 프랭크가 창백해진 것을 보자 묘한 기분이 들었다. 그러나 그는 훌륭한 신랑이었다. 패트는 그가 멋져보여서 기뻤다. '은빛숲'의 인척이 될 사람은 역시 미남이어야 한다.

톰 삼촌의 북실북실한 턱수염이 스테인드글라스를 통과한 햇빛에 보라색으로 변했다. 마치 고대 그리스의 왕 같았다.

위니는 "예, 맹세합니다"라고 말하고 있다.

이 얼마나 엄숙한 말인가. 오직 이 한 마디를 하고 안 하고에 따라서 일생이 달라지는 것이다. 역사의 흐름도 그럴지 모른다. 만약 나폴레옹의 어머니가 '예' 대신에 '아니요'라고 했더라면 어떻게 되었을까? 그러나 그런 일은 다 끝나 버린 일, 이미 지나간 일이다.

위니는 이제 프랭크 러셀 부인이다. 신랑 신부는 교회부속실로 들어가려는 참이다. 브라이언 삼촌네의 노마가 결혼 축가를 부르고 있다. 패트는 먼 옛날, 노마의 뺨을 때렸던 일이 생각났다.

좌석의 등 너머로 인상이 좋지 않은 친척, 샘 가드너 노인이 뭔가 속삭이고 있었다.

"이 교회 안에 있는 부부 가운데 몇 명 정도가 상대를 갈아치우고 싶어할까."

그 몇 명이라면? 어쩌면 저 맬컴 매디슨 노인일지도 모른다. 지금까지 세 번밖에는 웃지 않았으니까. 제럴드 블랙 씨일까? 저 사람의 부인은 파리를 때려잡는 걸 아주 좋아해서 언젠가는 교회에서 몸을 앞으로 쑥 내밀고는, 잭슨 러셀 씨의 대머리에 앉은 파리를 철썩 때려잡았다고 하니까.

그렇지 않으면 헨리 그린 씨의 부인일까? 그린 씨는 늘 묘비 같은 음침한 표정을 짓고 있으니까. 언젠가 아주머니에게서 들었던 얘기는 사실일까? 그린 씨는 학교에 다닐 때 석판에다 집시 혼혈인 루라 페리 앞으로 러브레터를 쓰다가 선생님에게 들켜서 회초리로 맞았다고 했다. 설마······. 아닐 것이다. 그는 스코틀랜드계 장로교회의 장로가 아닌가.

존 가드너 씨는 대기 시간을 이용해 졸고 있다. 맞다, 언젠가 난로 옆에서 꾸벅꾸벅 졸다가 나무 의족에 불이 붙었다고 했었지.

제임스 모건 씨의 부인도 있다. 저 사람은 딸이 칼 포터와 결혼한 것이 용서가 안 돼서 한 번도 딸의 집에 발걸음을 하지 않았다던가. 가족끼리 무슨 그런 일이 다 있담?

처녀적 이름이 세라 말론인 앨버트 코디 씨의 부인도 보였다. 그녀에 대해서도 주디 아주머니한테서 들은 얘기가 있다.

"세라의 상대는 천하태평인 사내였지. 몇 년이나 사귀면서 손톱만큼도 일을 진행시키지 않은 거야. 세라는 핼리팩스의 고모네 집에 가 있었는데, 그곳에서 많은 숭배자들에게 둘러싸여서 즐겁게 지낸다는 내용의 편지를 써보냈지. 그 남자는 그걸 읽고 깜짝 놀라서 결혼하자고 답장을 낸 거야. 그런데 세라의 편지는 거짓말투성이였지. 왜냐하면 개네 고모는 병이 들어서 신경질적이었기 때문에 세라는 집 밖으로 한 발짝도 나갈 수가 없었거든."

세라 코디는 주일학교 교사였고, 천하태평인 남편 앨버트의 곁에서 얌전하고 신앙심 깊게 살고 있다. 그 얘기는 아주머니가 지어낸 것인지도 모른다.

저 밉살맞은 스티븐 러셀 씨의 부인이 뭔가 작은 소리로 속삭이고 있는데······.

"신부보다도 예쁜 들러리를 세우다니, 당치도 않아."

그렇지 않아. 터무니없는 거짓말이야. 알리 러셀 따위는 위니의 발끝에도 따라오지 못해.

그랜트 매디슨 할아버지. 저 할아버지는 언젠가 아빠에게, 자기는 너무나도 무서운 옛날 역사를 많이 읽어서 하느님 따위는 믿을 수 없다고 했었지. 하느님을 믿을 수 없다니 두려운 일이다. 그러고도 어떻게 살아갈까?

스코트 가드너 씨의 부인은 어쩐지 주름살이 펴진 것 같다. 이것을 두고 주디 아주머니가 '미용술'의 조화라고 말했지.

그런데 위니 언니는 영영 돌아오지 않는 걸까? 하지만 이제 위니 언니는 없다. 프랭크 러셀 부인이라는 낯선 사람이 되어버렸는걸.

저 파랑과 금색으로 빛나는 스테인드글라스를 보며 귀염둥이는 무슨 생각을 하는 걸까? 정말이지 귀염둥이는 사랑스럽다. 패트는 자신이 귀염둥이가 태어나지 않기를 바란 적이 있었다는 것이 믿어지지 않았다.

3

결혼식이 끝나고 집으로 돌아왔다. 사람들은 악수와 축하 인사말과 키스를 주고받았다. 패트는 프랭크에게 키스를 하고 위니를 세게 껴안았다.

"언니, 행복해야 해."

그러고 나서 패트는 가장자리에 주름 장식이 달린 무명 앞치마를 두르고 돌아다녔다. 얼음 창고에서 칵테일을 날라와야 하고, 파이에 크림 치킨을 채워 넣어야 하고, 결혼 축하 선물을 진열해야 했다. 아이들이 온 집 안에 작은 장미꽃을 흩어놓은 것처럼 뛰어다니고 있었다.

집 안에도 사람으로 그득했다. 가드너 집 안과, 가드너 집 안의 인척들, 셀비 집 안, 그리고 러셀 집 안까지 한 명도 빠지지 않고 모두 모였다.
 "마치 최후의 심판 날 같구먼."
 랠프 러셀 노인은 이렇게 말하면서, 때마침 곁을 지나가는 패트의 팔을 붙잡았다.
 "꺽다리 앨릭의 딸이로군. 엄청난 미인이라고 하던데. 어디 어디, 자세히 좀 보여 주게나. 아니 아니야, 미인이 아니로군. 게다가 특별히 머리가 좋은 것도 아니라던데. 하지만 좋은 점은 있군. 좋은 남편을 얻게 될 거야."
 어째서 사람들은 모두 결혼 결혼 하면서 똑같은 말들만 하는 걸까! 진절머리가 난다. 아직껏 결혼이라는 연줄에 얽매이지 않았다며 자랑스러워하는 초로의 엘러리 매디슨마저도 패트를 '귀여운 아이' 어쩌고 해가면서, 괜찮다면 자기하고 결혼하지 않겠느냐고 한다.
 "서로 어른이 된 다음에 생각하기로 하지요"라고 패트는 되받았다.
 "정말이지 훌륭한 대답을 해주었구나."
 둘이서 양초에 불을 붙이고 다니면서 주디 아주머니가 말했다.
 "저 남자는 나한테조차 '이제 그럭저럭 결혼하는 게 어떻겠어, 주디?' 따위의 말을 한단다. '어째서 남자들이란 남자 없이도 잘 살아가는 여자를 미워하는지 모르겠다'고 했더니, 잠자코 있더군. 정말이지 여기저기서 그런 말을 듣느라 정신이 다 없구나. 저런 사람들은 그저 내 부엌을 어지르거나, 깔개를 못쓰게 만드는 일밖에 못한다니까.
 제리 러셀 할아버지는 뭐라고 했는지 아니? 글쎄, '미스 플럼, 당신은 신은 역시 신이라고 생각합니까, 아니면 모든 사물의 제1원인이라고 생각하십니까?'라고 하지 뭐냐? 마크 러셀은 '미스 플럼, 가을에는 정부에서 총선거를 실시하리라고 생각합니까?'라고 했는데, 날 놀리려 한다는 것쯤은 눈치챘지. 난 그 사람들을 찍소리도 못하게 해주었지. '당신들에겐 분별력이란 것이 없는 모양이군요. 결혼식 자리는 하느님이나 정치 얘기를 하는 장소가 아니랍니다. 그리고 자꾸 내 이름을 부르지 않았으면 좋겠군요'라고 말이야.

훌륭한 결혼식이지 않았니, 패트? 잭 러셀이 '은빛숲'에 사람이 살기 시작한 이래 가장 아름다운 신부라고 칭찬하기에 '당신도 가끔은 훌륭한 말을 하는군요'라고 말해주었지. 하지만 저 백금 반지 말야. 저건 정말로 격식에 맞는 걸까? 옛날식 금반지를 위니도 원하지 않았을까?"

"아주머니, 위니 언니를 배웅하는 건 도저히 할 수 없을 것 같아요."

"웃는 얼굴로 보내주자꾸나, 패트. 나중은 어찌 됐든, 웃는 얼굴로 보내야 하는 거야."

울며 웃으며

1

모든 것이 끝났다.
"패트, 정말로 멋있었어. 자기 결혼식이 이렇게 즐겁다니, 이건 모두 너하고 아주머니 덕택이야."
위니는 아쉬워하며 떠나갔다.
주디 아주머니의 당부대로 패트는 웃는 얼굴을 하고 있었지만, 손님이 돌아간 뒤의 식탁을 멍하니 내려다보고 있는데 주디 아주머니가 다가오자 이렇게 말했다.
"아주머니, 더 이상 웃는 표정을 짓지 않아도 되니 다행이에요. 이젠 결혼식은 이것으로 충분해요. '은빛숲'에는 앞으로 100년 동안은 결혼식이 없었으면 좋겠어요."
"무슨 소리야, 난 날마다 결혼식이 있었으면 좋겠는데. 요 다음은 패트 언니고, 그 다음은 내 차례야. 하기야 나를 데려가 줄 사람이 있어야 하겠지만. 그래도 난 올드미스 같은 건 되고 싶지 않은걸."
귀염둥이가 말했다.

"그런 남의 마음을 아프게 할 만한 말은 하는 게 아니란다. 바로 내가 올드미스니까 말이야."

"어머, 그걸 깜박했네요." 귀염둥이는 후회했다. "아주머니는 전혀 올드미스 같지 않아요. 아주머닌…… 그냥, 아주머니야."

"세인트존의 로널드 러셀 씨가 우리 어머니처럼 아름다운 사람은 본 적이 없다고 했어요." 패트가 말했다.

"그래서 넌 이제 영원히 그 사람을 좋아하게 되겠구나. 하지만 나도 그 말이 맞다고 생각해. 그 사람이 위니에게, '당신은 프랭크를 장로교회파로 만들 생각입니까?'라고 한 걸 너희가 들었는지 모르겠구나. 그랬더니 위니는 이렇게 대답했어. '장로교 신자는 만들어지는 게 아니라 타고나는 거랍니다'라고 말이야. 이 얼마나 훌륭한 대답이냐? 세인트존도 '은빛숲'에는 당할 수가 없는 거야. 그 사람의 식욕은 정말이지 엄청나더구나. 하지만 난 음식을 기쁘고 즐겁게 먹는 사람이 좋더라."

"그 사람은 지금 국회의원이래요. 언젠가는 수상이 될 거라고 하던데요?"

"뭐, 그 땅딸보 러셀 영감의 아들이 말이냐! 그럴 가능성은 전혀 없다!" 주디 아주머니는 비웃었다.

"사진이 잘 나오면 좋겠는데. 난 어떤 사진에든지 들이가 있거든." 귀염둥이가 말했다.

"어쨌든 위니는 진 매디슨처럼 뻔뻔스럽게 신랑의 어깨에 손을 얹고 사진을 찍지는 않았으니까. 그런데 패트, 서둘러 정리를 해야겠구나. 그렇지 않으면 아침까지 이대로 둘 참이냐?"

"아무려나, 아주머니 좋은 대로 해요."

"뭐라고, 이젠 네가 이곳의 여주인이 아니냐? 위니는 가버렸고, 엄마를 힘들게 할 수는 없으니까. 네가 명령하면 난 그대로 따를 거란다."

울며 웃으며 419

"당치도 않아요! 내가 아주머니한테 명령을 하다니!"
"난 그렇게 하는 게 좋겠다." 주디 아주머니는 잘라 말했다.
패트는 잠깐 망설였지만 이윽고 조용히 '은빛숲'의 지휘를 맡았다.
"알았어요, 아주머니. 오늘 밤은 이대로 두기로 해요. 우린 모두 지쳐서 너무 피곤해요. 헤이젤 고모의 결혼식이 있던 날 밤에 둘이서 식당 뒷정리를 하던 때를 기억하세요?"
"넌 정말 대단했어. 울지 않으려고 아주 열심히 일을 했지."
"아주머니는 내게 재미있는 이야기를 해주었죠. 추우니까 불을 지펴야겠네요. 불 옆에서 아주머니, 또 이야기를 해 주세요."
"내 얘긴 이제 모두가 몇 번이나 들은 거 아니냐, 패트? 하지만 오늘 조 켈러스를 보고 난 내내 생각했단다. 그 사람은 자기가 좋아했던 여자한테 차이고, 또 그의 아내는 바닷가에 살고 있는 샘 밀러에게 차이는 바람에 조하고 결혼을 했지. 어떻게 됐을 거라고 생각하니?"
"잘 되지 않았을 것 같은데요, 아주머니?"
"아니, 틀렸어. 두 사람의 결혼은 대성공이었지. 그게 바로 세상살이라는 거야."
"정말로 세상살이란 모를 것투성이예요. 위니 언니하고 프랭크도……. 위니 언닌 아무런 불안도 느끼지 않는 것 같았어요. 하지만 난 불안해요. 결혼해도 좋을 정도의 애정이, 과연 내게 있을까 싶어서. 오늘은 속으로는 위니 언니가 가버리는 게 괴로워서 어쩔 줄 모르겠는데, 겉으로는 즐거운 기분이 들기도 했어요."
"그것은 그러니까 고통을 완화시키는 게 반드시 있게 마련이거든. 바로 그렇기 때문에 모든 일은 생각처럼 고통스럽지가 않은 거야."
역까지 손님을 배웅 나갔던 힐러리가 돌아왔다. '고약한 놈'은 아무도 보살펴 주지 않아서 하루 종일 퉁퉁 부어 있었는데, 지금은 기분이 좋아져 깔개 위에서 몸을 동글게 말고 있었다.
 또다시 안정되고, 여유 있는 생활로 돌아온 것은 기쁜 일이었다. 그러나 앞으로 2층으로 올라가서 잘 때, 지금까지의 떠들썩함과 달리 참기 힘든 쓸쓸함이 덮쳐오는 것은 아닐까. 패트는 그것이 두려웠다. 패트가 되도록 오랫동안 힐러리를 붙잡아두고는 최대한 상냥한 태도를 보였더니, 용기백배한 힐러리는 헤어질 때 계단에서 키스해 주지 않겠느냐고 했다.
 "그래, 좋아. 오늘은 너무나도 많은 사람들한테 키스를 했으니 한 번쯤 더 해도 괜찮겠지 뭐."
 "난, 아무한테나 하는 키스 따위는 받고 싶지 않아."
 힐러리는 그렇게 말하더니 화를 내며 돌아가 버렸다.
 "아이고, 얘. 그 아이가 원하는 키스를 해주면 좋았을 것을." 지켜보고 있던 주디 아주머니가 쓸데없는 참견을 했다. "에그, 불쌍하게도, 이제 곧 멀리 떠나버릴 텐데."
 "나는…… 난…… 얼마든지 키스해 줄 수 있었는데. 아, 힐러리가 멀리 떠난다는 말은 하지 말아 줘요. 오늘 밤은 너무나도 견디기 힘들 것 같아." 패트의 목소리는 울음이 섞여 떨리고 있었다.

2

 2층으로 올라온 패트는 쓸쓸해서 견딜 수가 없었다. 위니의 웃음소리가 사라진 집 안은 이상하게도 텅 빈 것만 같았다. 위니가 늘 앉아 있던 작은 의자는 다시금 위니의 부재를 깨닫게 해주었으며 위니가 신던 슬리퍼는 침대 밑에서 서로를 위로하고 있었다. 방 안에는 아직도 위니의 냄새가 남아 있다. 무엇을 보아도 애달프기만 했다.
 패트는 창밖으로 몸을 내밀어 차갑고 신선한 공기를 마셨다. 덤불 사이로 스산한 바람이 불어왔다. '제비들판' 주위에서 개가 짖고 있었다. 패트는 홀로 남게 되면 침대에 몸을 던지고 몸도 마음도 울기만 하리라고 생각했었다. 하지만 이 세상에는 아직 달이 빛나고 있다. 자작나무 숲에서는 올빼미도 울고 있고, 우리 집은 여전히 사랑스럽다. 게다가 자기만의 방을 갖는다는 것도 분명 멋진 일일 것이다.

손님을 치른 뒤의 어질러진 집은 생소한 느낌이 들었다. 패트는 날이 새자 움막에서 다락방까지 열심히, 쉬지 않고 원래대로 정리해 나가면서 그 나름의 즐거움을 만끽했다. 선물은 모두 꾸려 위니와 프랭크가 살게 될 바닷가 새 집으로 보냈다. 신문에 실린 결혼식 기사를 읽는 것도 무척이나 재미있었다.

'신부는 결혼 전에 앨릭 가드너 부부의 따님이던 위니프레드 앨머 양이다.' 이 글을 보고 패트의 가슴은 쓰라렸다. 위니는 지금도 엄마 아빠의 딸에 틀림없는데. '신부의 들러리 처녀들은 핑크빛 크레이프 드레스에, 핑크빛 모헤어(앙고라 산양에서 채취한 모섬유 또는 그것으로 짠 직물) 모자를 쓰고, 스위트피 꽃다발을 받쳐들었다. 신부 앞에서 꽃을 들고 걷는 에이미 매디슨은 매우 귀여웠다.' 귀여운 에이미의 이름과 옷 얘기가 신문에 실리다니! '신부의 여동생인 패트리샤 가드너 양은 금잔화색 보일(성기게 짜서 비쳐 보이는 얇고 가벼운 직물) 드레스가 잘 어울려 아름다웠다. 미스 주디 플럼은 푸른 실크드레스에 장미 코사지를 달고 있었다.'

이 글을 쓴 건 젠 러셀이 분명하다. 주디 아주머니는 매우 기뻐했다. '코사지'라는 말은 좀 이상했지만, 자기 이름이 검은 공단 드레스에 연보라색 난(蘭)을 든, 신랑의 숙모인 저 거만한 로널드 러셀 부인의 이름과 나란히 나와 있었기 때문이다.

다음은 새 집으로 가서 위니를 도와 집 안을 정돈해야만 했다. 새 집은 커다랗고 하얀 집으로, 사파이어 같은 바다를 배경으로 하고 있었다. 전나무 향이 감도는 정원에는 갖가지 색의 꽃들이 만발했고, 바람의 가락과 꿀벌의 노랫소리로 가득 차 있었다. 정원은 항구의 바닷가를 향해 완만한 경사를 이루었고, 쉴새없이 물결소리가 들려왔다. 힐러리가 떠나버린다는 것만 잊을 수 있다면 정말 기뻤을 것이다.

요르단 강가에서

1

패트는 쉰 고개를 넘기라도 한 것처럼 갑자기 나이가 부쩍 들어버린 느낌이었다. 인생이 한순간에 춥고 허전하게 느껴졌다. 힐러리가 5년 과정의 건축 연수를 받기 위해 토론토로 가게 된 것이다.

그의 엄마가 주선했다는 것 말고는 힐러리에게 아무 말도 들을 수 없었다. 도린 개리슨 부인이 자기 아들 징글에게 등을 돌린 그날 이후로 힐러리는 단 한 번도 엄마에 대해 말한 적이 없었다. 학비로 쓰라고 보내오는 수표에 간단하게 휘갈긴 글 말고는 편지 같은 것도 기대할 수 없다는 걸 패트는 알고 있었다.

힐러리를 위해서는 기쁜 일이었다. 지금까지의 꿈과 희망이 실현되는 것이므로. 하지만 패트는 무척이나 쓸쓸했다. 함께 산책할 사람도…… 말벗도 없다. 아주 오래전부터 힐러리에게도 무슨 말이든지 할 수 있었다. 그랬는데 이젠 농담을 주고받을 사람도 없는 것이다.

"우린 언제나 같은 일로 웃었어요, 아주머니."

"그랬지, 그랬고말고. 그러니까 너흰 사이가 좋은 거야, 패트. 그게 결정적인 거지. 나도 징글이 가버리는 게 쓸쓸하단다. 훌륭한 신사가 되었더구나. 키도 늘씬하게 크고. 건축가가 되겠지. 전에 아일랜드에서 들었던 남자처럼 되지 않으면 좋겠는데. 그 사람은 훌륭한 집의 도면을 악마에게서 사들였단다. 그 도면의 대가로 지불한 것은 자기 연인의 영혼이었어. 집이야 훌륭한 집임에 틀림없었지만, 그곳엔 아무도 살고 싶어하지 않았단다."

"힐러리는 악마에게서 도면을 사거나 그러지는 않을 거예요." 패트는 쓸쓸하게 빙긋 웃었다. "스스로 끊임없이 생각해내는걸요. 하지만 아주머니, 난 견딜 수가 없어요. 베츠는 죽었고, 위니는 가버렸고, 이번엔 힐러리예요."

"두 번 있는 일은 세 번도 있다고 하더라만 틀림없이 그런가보구나. 이제 앞으로는 네게 좋은 일만 일어날 거야."

"하지만 세상살이가 시들하고 재미가 없어졌어요."

"얼마 안 있어 징글도 돌아올 거야."

패트는 고개를 가로저었다. 힐러리가 돌아온다는 말을 들어도 공허하고 헛된 말처럼 들렸다. 한두 달의 휴가 말고는 그가 다시 돌아오지 않으리란 걸 알고 있었다. 친구로 즐겁게 보낸 나날은 이제 지나가 버린 것이다. 둘이서 '행복들판'에서 시냈던 시간들. 들판과 바닷가로의 산책. 어린 시절은 떠나갔고, '최초의 환희'도 끝난 것이다.

"맥긴티는 어찌 될까? 불쌍한 것. 그 개도 틀림없이 슬퍼할 거야."

"맥긴티는 내가 데려와 보살펴주기로 했어요. 슬퍼하긴 하겠지만 귀여워해 주면……."

패트의 목소리가 차츰 작아졌다. 아침이 되어도 힐러리가 나타나지 않을 때의 맥긴티의 눈동자를 보는 것만 같았다.

요르단 강가에서 425

"아, 그것 잘 되었구나. 개가 없어서 아쉬웠는데. 고양이도 좋긴 하지만, 개에겐 개 나름의 무엇이 있으니까. 또 뼈를 챙겨두었다가 주는 기쁨을 맛볼 수도 있겠구 말이야."

지금쯤 힐러리가 '행복들판'에서 기다리고 있을 터였다. 밤 기차를 타기 전에 만나기로 약속되어 있었다. 패트는 무거운 발걸음으로 집을 나섰다. 주위는 다채로운 색의 홍수를 이루고 있었다. 따뜻한 가운데서도 서리가 내릴 듯한 느낌이 들었다. 낡은 회색 헛간에 부드러운 저녁 햇볕이 비쳐들고 있었다.

요르단 강을 건너면서 목장 한쪽 구석의 금빛 단풍나무 사이로 끝이 뾰족한 전나무 두 그루가 검게 솟아올라 있는 것이 눈에 띄었다. 힐러리는 그 전나무를 매우 좋아했다. 저녁 햇살을 받은 신비로운 사원의 한 쌍의 탑 같다고 했었다.

2

힐러리는 '행복들판'에서 기다리고 있었다. 샘물가, 오래되어 이끼가 낀 돌에 걸터앉아 있는 그의 곁에 작은 개가 명랑하면서도 어딘가 슬픈 듯이 앉아 있다. 맥긴티에게도 뭔가 알 수 없는, 싸늘한 것이 다가오고 있다는 예감이 드는 모양이었다. 그러나 소중한 주인만 옆에 있어 준다면 무슨 일이 일어나도 상관이 없다는 태도였다.

힐러리는 숨을 삼켰다. 그의 눈이 천천히 광채를 띠기 시작했다. 목장 저편으로부터 패트가 다가오고 있다. 금색이 섞인 오렌지색 스웨터를 입은 가냘픈 모습, 가을 햇볕을 받아 빛나는 짙은 갈색 머리, 달아오른 얼굴, 휘어도 부러지지 않을 여린 나무 같은 모습.

    생기발랄하고 성실하게
    금빛 눈에 깃든 것은
    들장미의 이슬인가

왜 나는 스티븐슨처럼 이렇게 노래할 수 없었던가. 이거야말로 패트에게 딱 들어맞는 표현인 것을. 밤이면 가슴속에 불타오르던 생각들을 어째서 다음날이 되면 말할 수가 없게 되어버리는 것일까.

패트는 힐러리와 나란히 돌 위에 걸터앉았다. 한 마디 할 때마다 이야기가 끊겼다.

"나, 이제 다시는 '행복들판'에 오지 않을 거야."

"어째서? 가끔 이곳에 앉아 있을 네 모습을 상상하고 싶었는데. 맥긴티하고 말이야."

"불쌍한 맥!"

패트는 사람을 잘 따르는 맥긴티의 얼굴을 멍하니 들여다보면서 가냘픈 손가락으로 쓰다듬었다. 귀여운 손이라고 힐러리는 생각했다.

"나 혼자 이곳에 오다니 견딜 수 없을 것 같아. 둘이서 헤아릴 수 없을 만큼 여러 번 이곳에 왔었는데. 우린 정말 오랜 친구였어."

"우리…… 우리는…… 언젠가 친구 이상이 될 수 있지 않을까, 패트?"

힐러리는 필사적이었다.

순간 패트의 태도가 서먹해지면서 얼굴이 장미꽃처럼 빨개졌다. 힐러리는 좋은 친구이고…… 진한 친구이며…… 오빠 같은 존재이기도 하지만 연인은 될 수 없다. 패트는 그렇게 믿어 의심치 않았다.

"우리는 지금까지 줄곧 멋진 친구였어, 힐러리. 그걸 지금 깨뜨리지 말아 줘. 왜냐하면 우린 그날 밤, 내가 길을 잃고 헤매던 것을 네가 구해준 뒤로 줄곧 친구였잖아. 벌써 10년이 되었구나."

"즐거운 10년이었어."

패트의 거절을 힐러리는 걱정했던 것보다는 냉정하게 받아들이는 것 같았다.

요르단 강가에서 427

"앞으로의 시간은 어떻게 될까?"

"너에겐 멋진 시간이 될 거야, 힐러리. 넌 성공해서 일류가 될 거야. 그러면 옛날에 친했던 친구들은 모두…… 특히 올드미스인 '은빛숲'의 패트는…… 전에 너하고 친한 친구였다면서 자랑을 할 거야."

"난 꼭 성공하겠어." 힐러리는 이를 악물었다. "너의 우정이 있으면…… 난 무엇이든지 할 수 있어. 너의 우정과 '은빛숲'에서 너와 함께 지냈던 시간이 내게 어떤 것이었는지 네가 알아주었으면 좋겠어. 덕택에 나는 비뚤어지지 않고 엇나가지 않을 수 있었거든. 너희 집 식구들 모두가 인생을 선한 것으로 믿었기 때문에 나까지 그렇게 믿지 않을 수가 없었지. 그건 앞으로도 변함이 없을 거야. 패트, 가끔 편지를 보내주지 않겠어? 외로울 것 같으니까 말야. 토론토에는 아는 사람이 한 사람도 없는걸."

"물론 보내야지. 그리고 말이야, 힐러리. 잊으면 안 돼." 패트는 장난스럽게 웃었다. "언젠가 나한테 집을 지어주기로 했잖아. 시드가 결혼해서 '은빛숲'에서 나가게 되면 난 그 집에서 살 거니까 말이야. 그렇게 되면 꼭 찾아와 줘. 난 은발의 귀여운 할머니가 되어 있을 거야. 그리고 셀비 할머니가 주신 찻잔으로 네게 차를 끓여줄게. 둘이서 함께 지난 일을 얘기하기로 해……. 그리고…… 모든 것이 꿈이었다고, 우리는 다시 집에 돌아온 패트와 징글일 뿐이라고 생각할 수 있었으면 해."

"패트, 어디든 네가 있는 곳이라면 거기가 곧 나의 집이야."

저런, 또 시작이군. 지금이 긴 이별을 고하는 때만 아니라면 화를 내 주련만. 하지만 오늘 밤만큼은 화낼 수도 없다. 자신이 이렇게 바보같이 행동한 것을 힐러리는 곧 잊어버리리라. 토론토에는 예쁘고 똑똑한 처녀들이 많이 있을 테니까. 하지만 우린 언제까지나 친구이기로 하자. 가장 친한 친구이기로. 패트는 힐러리의 우정 없이 살아가는 자신을 상상할 수가 없었다.

둘은 어린 시절 이야기를 하면서 굽이쳐 흐르는 요르단 강을 따라 되돌아왔다. 둘이 함께 공유하는 추억이 있다는 건 즐거운 일이다. 쑥부쟁이가 피어 있었다. 드물게 보는 진보랏빛 꽃을 힐러리는 패트에게 꺾어 주려고 하니 패트는 그것을 제지했다.

"꺾지 말아 줘. 시든 꽃을 마지막 추억으로 삼고 싶지는 않아. 이대로 놔두자. 그러면 둘이서 이렇게 보았던 때 그대로를 기억할 수 있을 것 같아."

너무나도 패트다웠다. 힐러리는 패트가 꽃을 꺾는 것을 좋아하지 않는 것을 떠올렸다. 황홀한 표정으로 꽃을 바라보는 패트를 그는 영원히 잊지 않으리라고 다짐했다. 힐러리에게는 패트가 가을날의 저녁노을처럼 아름답고 신비로웠다. 사랑스러운 패트!

작은 개울은 서로 이야기를 하거나 작은 소리로 노래를 부르면서 흘러간다. 둘이서 처음 이곳에 왔을 때 어린 나무에 지나지 않던 전나무가 개울물에 팔을 드리우고 있다. 작은 개울의 속삭임과 졸졸 흐르는 소리 사이로 어린 시절의 둘의 목소리가 들려온다. 달콤한 슬픔이 뒤섞인 지난날 다양한 가락들이 감돌고 있다. 20살인 힐러리와 열여덟인 패트는 어린 시절을 그리워하는 나이 든 나그네 같은 기분이 늘었다.

둘은 요르단 강에 가로놓인 돌다리 위에서 멈춰 섰다. 패트는 두 손을 앞으로 내밀었다. 그의 어깨에 얼굴을 묻고 울고 싶었지만 그래서는 안 되었다. 그렇게 했다가는 힐러리는 그녀를 껴안을 것이다. 그것도 나쁘지는 않다…… 하지만…….

패트는 자신이 얼마나 그를 사랑하는가를 말하고 싶었다. 지금은 조보다도, 시드보다도, 그를 사랑하고 있다는 것을. 패트는 그에게 키스하고 싶었다. 하지만 그는 친구로서 하는 키스는 싫다고 했다. 그렇다고 해서 이대로 이별을 할 수는 없다.

"난, 떠나기 전에 몇 번이나 안녕이란 말을 반복하는 사람이 되고 싶지는 않았어." 힐러리는 웃음을 지어 보였다. "안녕, 패트."

그러나 그는 패트의 손을 놓아야 하는 것을 잊은 것 같았다.

"안녕, 징글."

패트의 입에서 힐러리의 옛날 이름이 튀어나왔다. 그녀는 그의 따뜻하고 기분 좋은 손에서 자신의 손을 빼내자 달을 뒤로 하고 오솔길을 내달리기 시작했다.

힐러리는 물끄러미 그 모습을 지켜보고 있었다. 발치에는 맥긴티가 떨면서 웅크리고 있었다. 심상치 않은 사태를 예감한 것이리라.

힐러리는 패트를 위해 지을 집을 생각했다. 그 집이 눈앞에 보이는 것만 같았…….'멀리 산이 보이는' 땅에, 노을 속에 빛나는 그 집의 등불마저도 보이는 것 같았다. '은빛숲'보다 훨씬 아름다운 집이다. 순간 힐러리는 '은빛숲'이 미워졌다. 자신에게는 결코 만만치 않은 경쟁자인 것이다. 마침내 그는 이를 악물면서 중얼거렸다.

"이제 곧 반드시 널 내 사람으로 만들겠어, 패트."

3

패트는 허둥대며 오솔길을 올라, 목장을 마구 달려서 정원의 나무문에 이르렀다. 지금까지 참았던 눈물이 한꺼번에 넘쳐흘렀다. 더 이상은 견딜 수가 없다. 모든 것을 잃고 어떻게 참을 수 있단 말인가!

달이 떠올라 '안개언덕'에 은색의 손길을 보내고 있었다. 바다는 푸른 진주가 되었다. 꿈을 꾸듯 편안한 과수원이 손짓하는 것처럼 보인다. '은빛숲'에는 너무나도 친숙한 등불이 밝게 빛나고 있다. 패트는 눈물을 훔치고 바라보았다.

얼마나 믿음직한 집인가……. 이 집을 사랑하는 사람에게 이 집은 언제나 충실하다. 한 발짝 안으로 들어서는 순간, 이 집이 자기

편임을 느낄 수 있다. 그립고, 또 아름다운 과거가 가득 차 있는 집. 패트는 이 집에서 있었던 사건을 단 하나도 잊지 않았다. 사랑과 슬픔, 비극과 희극이 있었다. 이 집에서 아기가 태어났고, 이 집에서 신부가 꿈을 꾸었다. 이 집의 오래된 거울 앞에는 다양한 유행이 나타났다가 사라져갔다.

'이 집은 내가 태어나던 때부터 나를 알고 있다. 이 집은 옛날과 똑같다……. 조금도 변함이 없다. 겉모습만이 조금 달라졌을 뿐이다. 아, 나는 이 집을 너무나 사랑한다!'

장밋빛 아침과 호박색 저녁노을 속에서 이 집을 보는 것도 좋지만, 밤의 어둠을 헤치고 희푸르게 떠올라 있을 때가 가장 아름답다. 이 집의 아름다움이 고스란히 자기 것이라고 생각하니 패트는 가슴이 벅차올랐다.

'은빛숲'에는 공허한 삶 따위는 있을 수 없다. 전에 누군가가 '속세를 떠난 면이 있다'며 패트를 불쌍히 여긴 적이 있었다. 당치않은 생각이다! 패트는 세상 한가운데에, 그녀의 세계 한가운데에 있다. 수넴 여인처럼 '나는 내 백성 중에 거하나이다.'(구약성서 열왕기하 4장 13절)

패트의 가슴에 알 수 없는 만족감이 퍼져나가기 시작했다. 여기가 나의 집인 것이다.

김유경
숙명여자대학교 미술대학〈서양화 전공〉졸업
창작미협전「정월」특선 목우회전「주왕산」입상
지은책「조선 세시 열두달 이야기」옮긴책「잉걸스·초원의 집」
「몽고메리·그린게이블즈 빨강머리 앤」10권

ANNE'S BOOKS
5
패트 은빛숲의 집

루시 모드 몽고메리 지음/김유경 옮김
초판 발행/2004. 1. 1
발행인 고정일/발행처 동서문화사
창업 1956. 12. 12. 등록 16 345〔윤〕
서울강남구신사동540-22 ☎ 546-0331~6 (FAX) 545-0331
www.epascal.co.kr
＊잘못 만들어진 책은 바꾸어 드립니다.
전10권 각권 9,800원
＊

본 저작물의 한국어 번역 편집 그림 장정 꾸밈 출판권은 동서문화사(동판)가 소유합니다.
의장권 제호권 편집권 특허권 저작권 법에 의하여 보호를 받는 저작물이므로
무단전재와 무단복제를 금합니다.

「앤스북스」편찬·필름·제작 일체「동판」자본으로 이루어짐에 따라
한국어 번역 편집 그림 장정 꾸밈 출판권 소유권자「동판」에서 제조출판판매 세무일체 전담합니다.
사업자등록번호 211-90-02201
ISBN 89-497-0303-3 04840
ISBN 89-497-0289-3(세트)